百年客諺
客英解讀

Hakka Proverbs: A Centennial Revisit in English and Chinese

彭欽清、黃菊芳　譯注

Translated and annotated by Chinching Peng and Chufang Huang

贊助單位：客家委員會

《海外客家研究叢書》總序

中央大學客家學院獲得當時李誠代校長的大力支持，於2012年底正式成立「海外客家研究中心」，在中心的工作目標裡，明列出版《海外客家研究叢書》，以貫穿教學、研究和出版的學術三大宗旨。

「海外客家」，顧名思義是以原鄉中國和本國臺灣以外的客家族群和社會做為研究對象。就客家族群歷史淵源來說，臺灣客家也算是中國原鄉的「海外」移民客家，但客家在臺灣經歷三百年的本土化、臺灣化和國家化之後，已與臺灣的新國家社會形成有機體。如此的國家化和「去離散化」的經驗乃構成臺灣客家與其他全球客家很不同的族群歷史和政治文化樣貌。基於此，如果將臺灣客家與其他海外客家進行比較研究的著作，當然也可以列入此一叢書。

到底「海外客家」有多少人？一直是人人有興趣、大家有意見，但彼此都不太確定的「事實」。偶爾會聽到的猜測竟高達8,000萬到1億，但根據1994年「世界客屬第十二次懇親大會」所公布的統計是6,562萬，似是比較嚴謹和實在的數字。在這6,562萬當中，中國原鄉大概有5,290萬、臺灣有460萬，剩下來的812萬客家人口，嚴格說來，就是本叢書系列著作要去探討研究的「海外客家族群」對象。

如何在這812萬海外客家裡，去做進一步的分類、理解和比較，恐怕也是見仁見智。我認為，至少要做以下的初步分類嘗試：

第一群是所謂海外華人集中的社會，即香港（125萬）、澳門（10萬）、新加坡（20萬）。在這三個社會裡，客家族群（共155萬）如何形成、演變，並與其他華人族群如何相同相異，當是很有意義的研究主題。

第二群是亞洲和太平洋的海外客家，其總人數有360萬，僅次於臺灣的460萬，包括印尼（150萬）、馬來西亞（125萬）、泰國（55萬）、越南（15萬）、緬甸（10萬）、澳大利亞（4.3萬）、印度（2.5萬）、太平洋各島嶼（1.7萬）、日本（1.2萬）、菲律賓（6,800）和汶萊（5,000）。這些身處少數的亞太客家族群的變貌和如何維繫客家族群認同，及其與在地本土社會、族群和國家的種種生成、矛盾、辯證關係，即是有價值的探討課題。

第三群是北美洲和中南美洲的海外客家，共60萬。其中美國有28.4萬、加拿大有8.1萬，其餘的23.5萬則分散在秘魯、牙買加、古巴、圭亞那、巴拿馬和巴西等國。這些算是少數中的少數之海外客家族群經驗中，最難能可貴的恐怕就是如何去延續什麼程度的客家文化傳統和習慣的「微觀族群生活經驗」。

第四群是其他的海外客家，共28萬，包括歐洲的20萬和非洲的8萬。其中歐洲的英國有15萬、法國3萬，再次是瑞士、荷蘭、比利時，北歐的瑞典和丹麥也有少數客家人的蹤跡。至於非洲的模里西斯有 3.5 萬，算是可觀，南非有 2.5 萬，留尼旺約有 1.8 萬。

本叢書的目的就是計畫陸續出版有關上述這些分散五大洲，多達 80 個國家和社會海外客家族群之移民史、在地化歷程、「離散經驗」以及維繫和延續客家文化認同的奮鬥和努力的學術著作，或是關於在海外出版的客家研究出版品。

以上就是我做為本叢書總主編的出版想法和期許。

蕭新煌

總統府資政、台灣亞洲交流基金會董事長、國立中央大學客家學院講座教授

推薦序

客家文化與客家精神

國立中央大學客家語文暨社會科學學系榮譽教授

民間文學係該民族最重要个精神文化遺產，保留該民族最完整最深入个生活特質。故所，保留民間文學就係延續民族歷史文化命脈个盡基礎工作。像十八世紀芬蘭從瑞典獨立出來，抑係德國脫離法國自主自立，靠个就係大力推廣佢本身同統治者無共樣个民族特色文化，將厥个文化特性轉化到日常生活底肚，等到民族覺醒，了解自家同人無共樣，愛做自家个主人，自然就會團結奮命去爭取自家个主體文化，建立獨立个國家。𠊎恁樣講民間文學个重要，毋係鼓勵客家愛獨立建國，𠊎係想借這个歷史事實，來分大家了解民間文學對一個族群个影響力，從事客家文化工作个人，做毋得毋知民間文學有恁深層个意義。

照恁仔講來，客家文學之中，目前第一要緊个係，從客家民間文學肚項，分析出客家文化歷史个精神元素，分各地客家人去了解，分各級政府單位去推廣宣傳，漸漸仔，客家人正會知佢愛認同个係麼个，別族群个人正會相賽來支持客家。等大家了解客家文化係麼个欵，客家文化正有永久保存延續个基礎。

另外，客家文學个傳說、故事、神話、詩文、歌曲、戲劇之中，盡輒分人拿來用个係諺語、光語、老古人言，這兜流傳幾下十百年个文化語言，包含盡豐富盡有特色个客話語詞，就係客家歷史文化紀錄肚項最真實最原始个材料。像講到俗忒个「寧賣祖宗田，不賣祖宗言」「寧賣祖宗坑，不賣祖宗聲」無就「逢客（瑤）必住山，逢山必有客（瑤）」，這係瑤畲客歷史以來个傳統諺語，充分講出瑤畲客長年以來就係歇在山項个民族。因爭「刀耕火種」个生活逼著，不得不搬來徙去，故所歇个所在無重要，重要个係祖宗个「話」同「聲」做毋得擲忒。 經過長遠个歷史流傳，感受著自家文化精神主體係「山」，大家愛用語言做客家文化傳代个第一條件，故所正會流傳下來恁樣个諺語。

《客英大辭典》，蒐集一般客話詞彙以外，還特別收錄八百零條客家話底肚，盡有特色个諺語，彭欽清、黃菊芳兩位教授，用佢兜純熟个客語、英語、漢文專才，詳細分析解讀這兜諺語留下來个客人生活肚个秘密。像「龍身係好，愛在狗肚裏」（283），這句諺語係流傳在大潮州地區，抑係瑤畲客盤瓠（狗頭王）發源地，不管《盤瓠歌》个鳳凰山，歷史文獻个羅浮山、蓮花山，到後期三山國王、三王公、將軍摎忠犬、十八王公，再轉化到今晡日客人崇拜祖先、伯公龍神，全部就同大潮州瑤畬客盤瓠信仰有關。故所一句「龍身係好，愛在狗肚裏」做得看出恁多客家歷史个秘密。可見諺語个收集係一等重要个工作， 當然解讀諺語个能力也愛好好培養，這本《百年諺語客英解讀》就係一个盡好个典範。

其他像「食係人膽，著係人威」（545）、「食兩隻黃豆就愛變仙」（547）（臺灣流行个係「食兩粒黃豆仔，就愛學人上西天」）、「食毋窮，使毋窮，打算毋著一世窮」（548）、「食上食下食自家」（551）、「食大麥糜，講皇帝話」（555）、「食煙人行多路」（559）、「好漢毋食六月莧」（102）、「食田刀，屙鐵鉦」（557）……。樸樸實實紀錄客家人个生活哲學同生活態度。多想一下就了解客人對人態度有幾多斤重就講幾多斤話，多看一下就知客家人做事穩重毋會虛假誇口，這就係諺語值得好好解讀傳揚个所在。

接等來看這本諺語解讀个貢獻同較無完整个部分。首先係一句諺語，尋出當多各地無共樣講法，像「泥蛇一畚箕都閒情」（353）同時收集「泥蛇一糞箕，毋當一條草花蛇（徐運德）」、「一畚箕泥蛇仔毋當一尾傘仔節（楊兆禎）」、「泥蛇一畚箕，唔當飯匙衝一尾（涂春景）」、「泥蛇一畚箕，毋當一尾青竹絲（羅肇錦）」，充分顯現民間文學个「變異性」，各地各家講法有兜仔無共樣，正係真正个民間文學，正表現地方性差別个所在。另外像「男人嘴闊食四方，女人嘴闊（食爺娘）（食虧郎）（食嫁妝）（食劊郎）」（355、366）這位批評女人嘴闊有四種無好个光景。不管「食爺娘、食虧郎、食嫁妝、食劊郎」全全係無好个字眼，比對男人嘴闊「食四方」，十足表現客家社會係男女不平等，正會有差恁多个比論。這也係「變異性」可貴个所在。

當然解讀當中有兜諺語解析有無麼完整。像「食田刀，屙鐵鉦」（557）解讀全文不管中文抑係英文，全部無解釋清楚。像「獒心臼毋怕惡家娘」（380），這位个「獒」（音 ngau5），應該係借學老話來用，可惜解讀無點出這个關鍵。再過像「好漢毋食六月莧」（102），解讀該下，用英文翻譯變到「壯丁避免吃六月菠菜」，這位將「莧菜」講到「菠菜」（spinach）。有異多人在網站講「菠菜源自尼泊爾音 polinga，官話譯為菠菜，閩語譯為飛龍菜（poling），客家人譯為角菜（ga）」，可見「莧菜」做毋得翻譯「菠菜」。

這本《客英大辭典》係 1926 年出版，到今會兼歸百年久。這百年間，客人從大潮州徙到臺灣，經過時代變化、社會變化、生活變化、記載方式變化。今晡日倒轉來看當時个詞彙，可能會有異多解毋出注毋準个地方，使用起來無麼个方便。好在彭欽清、黃菊芳教授發揮精深个中英客話能力，整理出這本《百年客諺客英解讀》分大家方便了解客家諺語同客家精神。這係臺灣客家个福氣，希望這本諺語解讀，做得將部分客家精神文化，推廣分社會大眾，共下來思考客家話，客家文化、客家精神到底係麼个？

推薦序

重整舊資產，覓先人智慧

南臺科技大學應用英語系講座教授

鍾榮富

很早就聽說彭欽清教授要整理 MacIver 1926 版的《客英大辭典》的語料，但是始終都只「響雷公，無落雨」（只聞樓梯響，未見人下來）。前年吧？還是大前年，總之不是很久遠的時間，偶然影到彭教授和菊芳聯合申請的計畫案，主題竟然就是那部辭典的客家諺語部分。當時覺得這項工程艱繁浩大，昔日的辭典都透過照相翻印，版型不大，字體又小，老人工雖然類比志工廉價，但整日耗在諺語的尋找、比對、校勘，遇到客英不對眼，還要去翻查英文對譯的部分，實在非兩三年無法竟其功。沒想到，彭教授電話來說，已經完稿，我馬上想到放紙炮慶祝。

細看體例與內文，果然慢工出細活。有精細的校對，有重新注音，有改用常用詞典的用字，最受用的還是與現行刊刻有稽可查的文獻參互對照，並提出諺語最可能的解釋，還原客語的底蘊。這不僅是校勘古籍的工作，同時兼具了從古典中覓尋先人智慧結晶的理想。

本書的出版至少有三個影響或啟示。第一，諺語反映了民族的生活文化。無論有沒有文字，任何一種民族都會創用諺語，含納生活智慧於其中。我曾說過，「諺語是一個文化具體而微的展現，無論是生活形態、思考方式、年節禮俗、宗教信仰、語言精髓等等構成文化整個的各個層面，無不一一鮮活地融入了諺語之中。因此，要瞭解一個種族或民族的整個文化風貌，研究與瞭解諺語是最基本的入門。」客人普遍居住在山區靠水之處，因此客家諺語有所謂「逢山必有客，無客不住山」。又由於客家人不怨山高，更不煩遠離人群，但恨所居不遠，長恨所居不密。職是之故，客諺多山居生活之反映，如「山豬學食糠」（508），又如「掌羊種薑，利息難當」（34）。

第二，客家先賢的用語非常的純樸，信手拈來就有種純真感情的自然流露，可是每個含有純樸語言的諺語，細加玩味，卻又擁有那麼深刻的人生感受，彷彿一個入世老僧對生命的體悟，深刻、準確而精要。無論是講感受，講生活，生命種種，無不充滿了機智與幽默。例如「紅梅做過青梅來」（80），「樹大愛開椏，人多愛發家」（580）。

第三，客諺淵源流長，古老的生活智慧即使過了百年千年，人性還是能從諺語中得到詮釋與解讀。例如「打得雷大，落得雨少」（626）[我們大路關用「毋前落雨先唱歌，又落麻毋多」] 表話講得很漂亮的人，不一定能做事。又如「罵三年無（半）點烏青（308）。

我想還有第四個貢獻或啟示，那就是不要以為年紀大了，就可以逃避應該要做的工作。彭教授老驥伏櫪，從不拒絕客家相關的事務，雖然每次都說「以後絕對不要再搞客家事務了」，幸好這些牢騷僅止於口說無憑，聽者不用放在心上。工作來了，不論是有薪無薪，先扛下來再說，這就是彭老的執性，或者應該說，這正是客人固有的硬頸精神。這項工程固然有菊芳可以秉燭夜「工」，從旁協助，但菊芳是現代人，現代人共通的煩惱是職務過於煩忙，常常蠟燭好幾頭同時燃燒，line 或手機無所逃避，打開電腦各種公文、書函、邀稿、審查、還有在耳際嗡嗡不停的學生問題，簡直「落英繽紛」。

彭教授特別囑咐，序言不能過長，不能像唐德剛為《胡適口述歷史》作序，一序就寫成了另外一本書。但是，與這本書很有關係的是《客英大辭典》應不應該看成「客語研究的經典」。後面這一小段，若不藉此機會發表，可能未來還是存疑的問題。

任何語言的研究，通常都源自第一手的「田野調查」，英語的研究如此，印地安的語言也是如此（詳細論述，可以參見 Mandelbaum 1949 中 Sapir 對於語言、文化的論述）。「田野調查」固然各有不同的目的而啟用了不同語料，但是語音的整理卻是認識任何一個沒有文字的語言最初步的基礎。客家語言的研究，最早奠基者即為十九世紀中期到達客家地區傳教的巴塞浸信教會（Barmen and Basel Missionary Society），會中德籍牧師 Thedore Hamberg 所編撰的 *Kleines Deutsch Hakka Wörterbuch*（德語與客語對照字典），是為客語辭典的濫觴。但是德語屬於少數人精通的語言，影響不如後來同教會的 D. MacIver 所編著的《客英大辭典》（*A Chinese-English Dictionary Hakka Dialect*, 1926，正如本書的「解讀」這是第二版）。這本以英語書寫編撰的客語辭典，從目前的影響而言，當然應該視為客語研究的經典之作，理由有四：

1. 前通行的客家辭典，遠的如日本總督府編印的《廣東語辭典》（1930）到近的中原周刊主編的《客話辭典》（1994），莫不以《客英大辭典》為原型（stereotype），從入項（lexical entries）到標音、語意解釋、地方腔調、以至於例句或諺語範例，或多或少都可以見到本辭典的影響。換言之，《客英大辭典》的影響力，迄今仍然不容忽視。
2. 《客英大辭典》在記音、語音研究與語音教學上扮演關鍵的角色。從早期的古直（1928）到王力的兩粵音說（1930），從羅香林（1933）的經典論述到楊時逢（1957）的破山之作，都揮不去 MacIver 的影子。直到近年的客家研究，如楊毓雯（1995）研究了《客英大辭典》而後細列了 795 條有音無字的漢字，這些漢字同樣對目前還在進行中的教育部編的「客語常用詞辭典」帶來困擾。林英津（1994）專門對「客英大辭典」做了客語音系之整理。張屏生（1997）特別為「客英大辭典」編了同音字表。彭欽清（2005）討論了「客英大辭典」的海陸客家成分。都些論文足以證明《客英大辭典》在學術研究上所扮演的角色，材料是經典的，但解釋卻可以全新的，這就是辭典的貢獻。至於教學上，語音的爭執或差異（如客語認證），各種教材遇到瓶頸，如用字語解釋的困擾，依然需要參酌《客英大辭典》。

3. 《客英大辭典》最令人注目的應該是客家語音的多元融合。MacIver 很早就注意到客家話內部的語音差異，海陸與四縣不同，揭陽與詔安有別。從前交通不便，客家人又多住山區，往往隔一座山，鄉音就不同。當時能來往各客家地區，能注意各種客家腔調差異的，就只有傳教士了。其中，MacIver 兼收了 Hamberg 的語音，加上自己敏銳的觀察與助理人員的協助，故能多方蒐集，細加校核，終於卓然成一家之見。對於客家語言的研究而言，《客英大辭典》的影響與價值，並不遜於揚雄的「方言」。
4. 「經典」（canon）有些會隨時代不同而略有差別，莎士比亞之獲得約翰孫（S. Johnson）的重新定位，元明戲曲之經由王國維重加評估，兩者均具有為文學 canon 定錨的眼光與學識。《客英大辭典》之於客家語言，其影響力是多層面的，長時間的，迄今依然明燈高照之作，無論從影響、典範、定錨、或作為參酌、定音、解惑等角度而言，都沒有理由不把《客英大辭典》視為經典之作。

除此之外，《客英大辭典》也洞悉文化因素，許多客家話的隱諱詞、比喻詞、方言差等，均透過辭典說明，提出簡要而肯綮切中的詞例，雖然並非全都錄，至少啟發了後代的進一步探究。總而言之，《客英大辭典》在客語研究中，無論從哪個角度而言，都堪稱經典。

最後，完結以前總有內心話。我在 1990 年代為《民眾日報》寫「客家諺語」的專欄，當時還沒有如今市面上的各客家諺語或師父話的專書，我從初中開始就負笈在外，很少接觸客家諺語。於是我從《客英大辭典》攫取靈感，後面附上兩篇，讀者可以比較我的寫法與本書的註解。

本村鳥隔村打（495）

自古先知和聖賢都是先得到外人的認可，宣揚，而後才贏得本地的尊奉，進而引以為榮。就以孔子為例吧。至聖先師的諸多理念，從政治到教育，無不見棄於魯國，終於迫使孔子周遊列國，到處兜售其理想。後來儒家思想為顯學時，山東一帶才開始建孔廟，奉孔子為聖。耶穌的故事，與孔子差不多；初傳教義，就被視為異端，終於為此而捐生。蘇格拉底也為自己的理想，喪生於本土。

「本村鳥，隔村打」就是說，本村的鳥，總是被視為平凡的，不會叫的，因此在本村沒有人會去理會，然同樣一隻鳥，飛到了隔壁村莊，身份頓時重要起來，其羽毛被視為稀有，其鳴聲被視為悅耳，於是爭相羅致，儼然成為寶貝。

於是日本過氣的首相、議員，可成為我們的上賓；美國被遺忘的影星，可以在台灣大撈一把。還有，我們的學術也彷彿都要仰人鼻息。研究漢學，徵引的都是西方人的看法，連針灸，都要說「人家美國如何如何」！

最近兩岸開始接觸，於是大陸的出版品，從托福生字的背法到小說、新詩的創作，從談古典中國的研究到論到西方思潮的作品，無不大量傾銷台灣。以前，我們一談到大陸，就說他們的文化大革命，已然使學術生命中斷，如今我們立刻忘了這些。為什麼呢？哇！本村鳥，隔村打，也許是遠方的和尚會唸經吧！

掌羊種薑，利息難當（34）

有一位朋友，高職畜牧科畢業後，就回鄉牧羊。起初只買十幾隻，每日早出晚歸，置身青山綠草間，生活相當愜意。我每次回鄉，他都會帶我去看他的牧場。但見一片山坡中，點點白羊黑羊，咩咩之聲，此起彼落。置身其中，飽享清風，再也舒適不過。以後每去一次，祇看到羊群愈來愈多，竟多到滿山滿谷，其獲利可知。

「掌羊種薑，利息難當」這句諺語，本意就是養羊和種薑，其穫利遠超過把錢借出去所得利息，用現代人的眼光來看，其實就是說：把錢做生產投資，遠比把錢存放在銀行生利息要好。

客家話「掌」就是「牧、養」的意思，而且「薑」讀 giong，「當」唸 dong，也取押韻上口，以利記誦。另外，薑也是農業社會的重要產品，除了廚房煮東西，放點薑爽口增味外，還能把薑泡醃起來，供平日便當食用。薑同時也是治感冒的良方，如逢雨季，從田野中帶一身溼淋淋回家，農村就常煮一大鍋薑湯，甜辣有勁，喝入肚中，熱汗冒出，防止感冒。

「掌羊」和「種薑」都是須要勞力的付出，也須要花精神去照顧，而放利息則是一勞永逸的營生，兩相比較，放利孳息彷彿輕鬆得多。然而，客家先賢的智慧，卻提醒我們：一分耕耘，一分收穫，靠生產之所得，其淨值、樂趣，遠非吸人血的利息錢所能比擬的。

是為之序。

序

彭欽清

十多年前，一批客家學界的朋友應教育部之邀編撰客語辭典，幾乎每週都開一整天的會討論。午飯吃過，大部分人都會小寐一下，或者輕聲聊天。有一次，我抽空去附近彩券行買了幾注大樂透，回到會議室，鍾榮富教授問我那麼熱跑去哪裡，我說去買大樂透，他問好吃嗎？我說「買著就好食，毋著就難食」。後來他才知道，「此透非彼豆」（客語「透」、「豆」音同）。

其實許多客家界的朋友知道我愛買彩券，也知道我買彩券的目的是想圓一個夢——組團隊翻譯客英大辭典，但就是沒偏財運，到現在還在買。

1980 年在臺北市的國際學舍書展，買到南天書局發行該辭典的翻印本。我細讀後，發現它是客語的百科全書。 許多在臺灣還用的詞句都可以找到，實在是獲益良多；也暗暗許下心願，有朝一日應該將它譯成中文，好讓不諳英文的客語研究者分享。礙於個人時間、精力與物力，一直未能實現。

2008 年暑假，我趁著去廣州中山大學做一場「客英大辭典的編撰」演講之便，親赴五經富參訪與此辭典息息相關的長老會教堂。發現當年長老教會在此地興建的醫院、學校都幾乎不見，教堂也是近年重建，一位八十幾歲的曾牧師提供一些資料，但沒有辭典的原版，翻印版也沒有，感慨萬千，返臺後，立即郵寄給他兩本南天書局的翻印本。2010 年我在網站上從荷蘭及英國分別購得 1905 及 1926 年《客英大辭典》原版，詳細比對之下，越覺得這本辭典的可貴，除了發表幾篇相關論文外，也呼籲客家學界應該將這麼珍貴的語料整個翻譯出來，可惜人微言輕，未見任何行動。

四年前與中央大學的黃菊芳教授共同向客委會申請該辭典俗諺語的校釋研究計劃，經審核通過，乃積極進行。

該辭典記錄的主要是河婆腔客語，是大陸原鄉的四海腔。我講四縣也說海陸，加上教授英文，自信對該辭典客語選詞、例句及發音絕大部分可以掌握，英文部分也無太多問題。不過實際著手翻譯時，才發現不是想像中的那麼容易，客語和英文釋義的契合度、文化差異以及辭典許多有音無字等等問題，都需費時耗力一一解決，校釋過程再三斟酌推敲。以下舉幾個例子說明。

老雞嫲較好踏（266）。英文釋義：the old hen fear less the rooster, the old are easier to consult with.（老母雞比較不怕公雞，年長者比較好商量。）英文解釋沒將

客語的「踏」的意思（禽類動物交配時，公的踩在母的上面）譯出，我們只好用說明方式處理。

日大千斤，夜大八百（445）。英文釋義：every day adds a thousand, every night eight hundred catties.（每天長一千斤，每晚長八百斤。）無論是客、英、中都很難理解其中含義。其實，這句俗諺是將買來的豬仔放入豬欄時主人說的吉祥話。從前村莊許多人家養豬以貼補家用，希望豬能順順利利長大販售。

弓緪箭正緪（200）。辭典中該詞條客語，僅有「弓」字，其他的是拼音。要推敲才知其原意。英文釋義：people need to be urged to be diligent.（人需要激勵才會努力。）英文是引申義，原意是：弓要拉得緊，箭才會有力道。

分碓踏過，看著礱勾都著驚（494）。原句都是拼音，英文釋義：if one should be struck by a pestle he will fear when he sees a grinding mill. 從英文釋義去查本辭典「碓」和「礱勾」的釋義而推敲出客語字。其引申義是：一朝被蛇咬，十年怕草繩。

水攏總倒，在佢馱來（582）。原句都是拼音，英文釋義：Fig. I shall have to pay all the consequences.（意指我必須承擔所有後果。）英譯是引申義。再三推敲斟酌，又查本辭典「攏總」及「馱」的解釋才定案。

生理好做，夥計難合（520）。1926 年版的英文釋義：the business is good but to form a partnership is difficult to agree about.（生意很好，但很難建立雙方合意的夥伴關係。） 和 1905 年版的 It is difficult in business to take in a partner.（做生意要找個合夥人不容易。）兩版英文釋義有異，就將原版的釋義列入說明，以供讀者參考。

三朝痲，七日痘（501）。1926 年版的英文釋義：measles show in three days, smallpox in seven.（痲疹在三天後顯現，天花則是七天後。）1905 年版的英文釋義：measles take three days, small-pox seven, to come out.（痲疹要三天才會顯現，天花則要七天。） 兩版都把「痘」翻譯成 small pox，而 「痘」 實際上是水痘，英文是 chicken pox。為了避免以訛傳訛，將此指出說明。

菊芳教授中文好，電腦強，又有優異的行政能力，許多每次討論的前置作業及後續處理的瑣瑣碎碎事，她都處理的非常妥當，尤其是煞費苦心的收集相關的參考資料。

感謝羅肇錦及鍾榮富教授賜序。感謝內人張素珍協助，讓我順利完成這本書。最要感謝的是編 1905 年版的 D. MacIver 和 1926 年版的 M. C. MacKenzie 兩位牧師，沒有他們留下來這麼豐富的語料，就沒有我們研究材料，也就沒有這本書的出版。

很高興我們克服各種艱辛，終於將研究案完成出書，對客家語言及文化的研究稍盡心力。限於能力，本書有許多待改進之處，請讀者諸君多多指教。

目次

導言

彭欽清 黃菊芳

《客英大辭典》（*An English-Chinese Dictionary in the Vernacular of the Hakka People in the Canton Province*）（按：依英文書名應譯為《英漢辭典——廣東省客家方言》）（以下簡稱《客英》）的初版是由在現今廣東省揭西縣宣教的蘇格蘭長老教會牧師 D. MacIver 於 1905 年編撰完成付印出版。在序言中編者提到本辭典係根據一本部分漢英，部分漢德（實即客英，客德）的辭典編成，該辭典由巴色教會的牧師 Th. Hamberg 及 R. Lechler 編撰。Hamberg 牧師在 1847 年抵達中國後便開始編撰該辭典，直至 1854 年去世才由 Lechler 接手編成客英辭典，為當時客家地區所有傳教士所廣用五十餘年，中間曾由 Charles Piton 牧師修訂及精簡。MacIver 增修時，巴色教會無法派人協助，但該會的 O. Schultze 牧師寫下 A 到 K 及 S 的嘉應州話版本，在嘉應州的 C. Kastler 牧師亦提供協助。MacIver 尤其認為他以前教的學生彭景高花了兩整年時間增訂中文及客家俚語，功不可沒。另外，MacIver 指出極重要的一點：巴色會傳教士所編的辭典係呈現客家區西南角的客語，而他自己的版本係呈現客家區東北部的客語。所謂西南當係與香港九龍交界之寶安、惠州等地，而東北當指潮州及嘉應州。MacIver 的序文是 1905 年 8 月在當時汕頭的五經富教會寫的。編者還說辭典是在南中國的內陸編撰，許多部分是在旅棧及船上完成，一方面無法利用參考書籍，另一方面，書在上海印行，書信往來曠日費時，印刷工人又不懂客家話和英文，所以雖經校對改正，誤印之處難免，聲調符號尤其多。

依增訂版編者 M. C. MacKenzie 序言所述，《客英》初版發行十年後，MacKenzie 應英格蘭長老教會國外傳教小組之請，著手修訂，除參考當時的漢英辭典外，客家話部分仍請協助編初版的彭景高幫忙，另外還請 Vong 黃（王） Chheu-fen 牧師提供資料。費時十年始完成修訂，於 1926 出版，書名改為 *A Chinese-English Dictionary, Hakka-Dialect as Spoken in Kwang-tung Province*, Prepared by D. MacIver, Revised and Rearranged with Many Additional Terms and Phrases（按：依英文書名應譯為《英漢辭典——廣東省客家方言》）。初版編者 McIver 說他的學生彭景高提供許多珍貴客家俗語，但他這位高足的籍貫在序言中無交代，從辭典中出現許多臺灣所稱的「四海話」（實際上是通稱的河婆話，河婆是揭西縣治所在）的現象來推論，他應該來自潮州客語區。辭典的序是在五經富教會寫的，即現在的揭西縣五經富鎮，是當時蘇格蘭長老教會的宣教重鎮，教堂在大陸開放後重新運作。

MacKenzie 的增訂本，參考了許多當時出版的工具書，但客語口語部分還是借重彭景高及一位客家牧師，條目詞例的編排以詞頭的方式安排，使用起來比較方便，也可減少重複的詞例，只是聲調的標法仍然有時容易混淆。

1926 年版，除了少數不出現在詞頭的詞目外，皆以詞頭為該詞目為首者收錄。因此，節省許多篇幅，得以加多詞目及例句，使內容更豐富，但也使得許多 1905 年版非詞頭的詞消失。兩版辭典收詞廣泛，舉凡天文地理，動植物，農事，風土，人情，擬聲相關語詞都收錄，尤其可貴的是俚俗語廣收市井小民用語，有些詞無漢字，所以出現許多有音無字的詞目及俚俗語。

客家人自雍正、乾隆期間即大量移入臺灣，保留有許多古老道地的客語，有些詞語只能在1905年版《客英詞典》找到，如頁559「nan5 ngai3 sai5」：“difficult to bear.”（按：難耐豺：不好對付），頁516「nyit ya3 mi3 tu2」：“day and night, bent on gambling.”（按：日夜汨賭：日夜沉迷賭博），頁516「chon mi3 li2 hong3」：“gives his whole attention to this subject.”（按：專汨這項：沉迷此項）；頁208「sien ho3 sien yang5」：“who makes the first claim gets it.”（按：先號先贏：先佔先贏）；頁894「phak8 chi2 tiap phak8 piak」：“white paper pasted on a white wall.”（按：白紙貼白壁），其實這句話是客語的繞口令，用來練習入聲字。頁1064「yen tung5 theu5 tsui3 lok8 hi3」：“to hit one with the bowl of a pipe (as elders are allowed to do.)”（按：煙筒頭墜落去：老人家以旱煙管頭捶人）；頁846「kan2 tak8 tui3」：“what a good shot!”（按：恁的對：真準確！）；頁161「nyon kiok hai2」：“a crab with weak legs—a man without influence.”（按：軟腳蟹：軟腳螃蟹，即沒有影響力的人）；頁929「m tong nyit」：“in a place where it cannot get the sun.”（按：毋當日：無日照處）；頁929「lau nyin5 tso3 a tong5」：“be your servant.”（按：摎人做阿僮：當你的僕人）。這些道地的客語語彙，只有透過上下文，才較易理解，而增訂版為了要增加詞條量，只好精簡上下文，犧牲這些語彙。

如果相關學術機構或政府單位有規劃的將此兩版客英辭典系統性的翻譯出來，對客家語言文化的研究者絕對是一座挖不盡的寶山。

我們力量有限，只能逐年向客家委員會申請《客英大辭典》收錄的客家俗諺語的部分整理的研究案，這三年完成 1926 年版《客英》收錄所有客家俗諺語的校訂、翻譯、考證等整理工作。工作項目主要有幾個重點：

校訂：如果《客英》使用的漢字與當今教育部規範字不同者則予以校訂。

辭典客語拼音：根據辭典客語拼音校稿，聲調的符號以數字轉寫。

辭典英文釋義：根據辭典英文釋義校正整理。

中文翻譯：將英文釋義翻譯為中文。

說明：如果中文翻譯不足以理解該諺語，則以文字進一步說明。

參考資料：蒐集目前已有之客家相關諺語，提供研究及教學者參考。

辭典截圖：提供原辭典內容截圖查閱。

這些工作看似簡單，實則繁複，茲舉出現在第 1 頁的「鴉鵲教烏鷯」整理為例：

阿鵲教烏鷯

1-1 鴉鵲教烏鷯

| 校訂 | 阿鵲教烏鷯

| 辭典客語拼音 | a siak kau vu liau3

| 辭典英文釋義 | one ass calls another jackass.

| 中文翻譯 | 一個傻瓜叫另外一個為笨蛋。

| 說明 | 阿鵲，臺灣客語也稱「山阿鵲」，叫聲單調；烏鷯，類似八哥，叫聲婉轉，善於模仿其他鳥類及動物叫聲。臺灣客語有「阿鵲教烏鷯，教到蹦蹦跳」之說，意指本身條件不如人，卻要他人學自己，別人學不來，就氣得跳腳。另外，“ass”和“jackass”英文俗語都有傻瓜、笨蛋的意思。就有「五十步笑百步」的意思。即英文的“The pot calls the kettle black.”（鍋嫌壺黑）。

| 參考資料 |

《教育部臺灣客家語常用詞辭典試用版》「阿鵲教烏鷯，教到腳跳啊跳」條，釋義為「喜鵲教八哥學說話本事，自己不會卻硬要教別人，結果把走路教成一跳一跳的：用以諷刺學藝不精而開業授徒的人。」

徐運德《客家諺語》頁 37 也有收錄「阿鵲教烏鷚，教到腳跳啊跳。」意指「比喻某人，自己本身無何技能，竟然去指導人家，教得不倫不類，徒惹旁人笑話的意思。」

涂春景《形象化客話俗語 1200 句》頁 118「阿鵲教烏鷯」條，解釋為「阿鵲，鵲鳥，這裡借指沒什麼才能、本事的人；烏鷯，可能是鷦鷯鳥。以鵲鳥教盛鷯，教不好；來比喻一個沒啥技能，卻去教人家，教不好反而鬧笑話。」

楊兆禎《客家諺語拾穗》頁 56 收錄相似的諺語「阿鵲教烏了，教到兩腳跳阿跳。」其解釋為「不會的硬要教會的，還教得比手劃腳。」

鴉 鵲 教 烏 鷯, *a siak kau vu liàu*, one ass calls another jackass.

《客英》大量收錄了當時的客家俗諺語，許多這些俗諺語仍然在臺灣廣泛使用，如下列：

赤腳打鹿，著鞋食肉（14）；
朝晨種竹，暗晡遮陰（17）；
針無雙頭利（24）；
直腸直肚，一生著爛褲；橫腸吊肚，門前綯馬牯（29）；
出街學官樣，屋下無米放（44）；
火燒豬頭——熟面（51）；
灰屋峨峨肚裡空，茅寮肚裡出相公（53）；
戲者虛也，採茶實話（123）；
家無浪蕩子，官從何處來（134）；
雞子出世無乳食，鴨子出世無爺娘（150、151）；
恁好草地有瘦牛（158）；
見官莫在前，作客莫在後（164）；
窮人毋使多，斗米能（會）唱歌（206）；
開便井分人食水（215）；
各人洗面各人光（217）；
姑舅姊妹骨頭親，兩姨姊妹路中人（229）；
老鴉毋留隔夜卵（267）；
老鼠恁大都係總成貓（270）；
獵狗好个毋長命（274）；
毋上高山，毋知平地好（302）；
言量贏，先量輸（317）；
肥水毋會出外溪（493）；
山豬學食糠（508）；
生子過學堂，生女過家娘（514）；
食番薯講米價（544）；
上屋徙下屋，毋見一籮穀（575）；
衰鳥遇著湯銃（608）；
打拳唱曲，無面無目（619）；
打魚贏打獵，無一盤有一碟（622）；
多食無味緒（680）；
千擇萬擇，擇著爛瓠杓（717）；
初學剃頭遇著鬍鬚（753）；

爺娘想子長江水，子想爺娘一陣風（783）；
一筒米舞死一隻猴（818）；
有錢難買親生子（851）。

但有些則因時空的改變，用法有所不同，如「看新莫看舊，看舊家家有」（222），辭典英文釋義是"Let us see the new bride the old is stale!"（讓我們看看新娘，老的過時了），可能與當時當地結婚鬧洞房的習俗有關。而在臺灣則是用在凡事喜歡看新款式，要和別人不同的語境。

有些俗諺語，《客英》中的釋義是意譯，如「老雞嫲較好踏」(266)的英文釋義："the old hen fears less the rooster, the old are easier to consult with."（老母雞比較不怕公雞，年長者比較好商量。）英文釋義後半句為引申義，前半句未將原文意思譯出。客語「踏」是指禽類交配，公的踩在母的上面。小母雞看到公雞追過來會逃離，而老母雞看到公雞過來會蹲下準備。而有的則是直譯，無引申義，如「打死田螺落簍」（624）譯成"to kill a snail ere putting into the fish trap."（打死田螺後放進魚簍），引申義「多此一舉」未指明。有的反而有引申義無直譯，如「大雞拑，細雞啄」(631)，譯為 "Fig. of one who is disliked by high and low."（喻一個人到處惹人厭），原諺的意思是遭大雞小雞都啄的弱雞。

《客英》兼收潮州、惠州及嘉應州三地之客家語音，田志軍（2015）的研究指出，《客英》有 23 個聲母、51 個韻母、6 個聲調，以下分別說明《客英》的聲韻調系統。

《客英》的聲母有23個，其辭典原標音、國際音標（IPA）擬音及例字舉例如下：

編號	原標音	擬音（IPA）	例字
1	p	[p]	補杯
2	ph	[pʰ]	肥敗
3	m	[m]	枚木
4	f	[f]	花非
5	v	[v]	武圍
6	t	[t]	多都
7	th	[tʰ]	圖大
8	n	[n]	奴內
9	l	[l]	羅雷
10	k	[k]	個加
11	kh	[kʰ]	科期
12	ng / ny	[ŋ] / [ɲ]	我雅／嚴熱

編號	原標音	擬音（IPA）	例字
13	h	[h]	何海
14		[Ø]	鴉矮
15	kw	[kʷ]	瓜骨
16	khw	[kʰʷ]	快裙
17	ch	[ʧ]	追朱
18	chh	[ʧʰ]	陳出
19	sh	[ʃ]	世蛇
20	y	[j]	儒友
21	ts	[ʦ]	左最
22	tsh	[ʦʰ]	次草
23	s	[s]	沙三

資料來源：田志軍 2015: 129

《客英》的韻母有51個，其辭典原標音、國際音標（IPA）擬音及例字舉例如下：

編號	原標音	擬音（IPA）	例字
1	a	[a]	他車
2	au	[au]	毛超
3	ai	[ai]	怪排
4	ia	[ia]	邪姐
5	iau	[iau]	宵聊
6	e	[e]	係齊
7	eu	[eu]	偷樓
8	ṳ	[ɨ]	租次
9	i	[i]	皮眉
10	o	[o]	波梳
11	oi	[oi]	胎堆
12	io	[io]	靴
13	ioi	[ioi]	髓（[sioi]、[ʦʰioi] 又音 [sui]）
14	u	[u]	模收
15	ui	[ui]	杯脆
16	iu	[iu]	修流
17	iui	[iui]	銳
18	am	[am]	男衫
19	an	[an]	反山

編號	原標音	擬音（IPA）	例字
20	ang	[aŋ]	橫彭
21	iam	[iam]	廉甜
22	iang	[iaŋ]	名領
23	em	[em]	砧參
24	en	[en]	登生
25	ien	[ien]	仙田
26	im	[im]	林心
27	in	[in]	明成
28	on	[on]	端看
29	ong	[oŋ]	光妝
30	iong	[ioŋ]	良相
31	un	[un]	盆分
32	ung	[uŋ]	東衷
33	yun	[iun]	君近
34	yung	[iuŋ]	弓龍
35	ap	[ap]	蠟甲
36	at	[at]	括辣
37	ak	[ak]	白隔
38	iap	[iap]	接碟
39	iak	[iak]	惜壁
40	ep	[ep]	嗇
41	et	[et]	北墨
42	iet	[iet]	鐵揭
43	ip	[ip]	汁集
44	it	[it]	七辟
45	ot	[ot]	脫割
46	ok	[ok]	托勺
47	iok	[iok]	掠卻
48	ut	[ut]	律出
49	uk	[uk]	木捉
50	iut	[iut]	屈
51	iuk	[iuk]	六曲

資料來源：田志軍 2015: 218

《客英》的聲調有 6 個，其辭典調類名、傳統調類名及例字舉例如下：

辭典調類名	上平	下平	上聲	去聲	下入	上入
傳統調類名	陰平	陽平	上聲	去聲	陰入	陽入
例字	冷毛	詳來	表跪	店謝	曲六	白力

資料來源：田志軍 2015: 260

田志軍的研究指出，《客英》「本身無具體調值說明，暫時也還未找到其他相關材料可予佐證，目前難以進行擬定，……」（田志軍 2015: 260）本書認為田志軍將《客英》的語音系統拿來與五華客語比較，並認為五華客語與《客英》接近的結論還有待商榷，該研究的推論如下：

> 《客英詞典》（即《客英大辭典》）究竟以哪裡的方音為基礎音系呢？我們在前面的考證中因為缺乏直接的材料也未能確證。但是我們認為其基礎方言點應該距離五經富地區不遠，但距嘉應州城為中心的區域（今梅州市梅江區、梅縣）應該不近。……我們看到聲調特徵「濁去作上」只見於五經富《新約》《客英詞典》，這給我們一個重要的提示。結合粵東現代客家方言情況看來，距原五經富（今揭西縣）不遠，且其方言聲調「濁去作上」的只有五華縣（舊廣東長樂縣）。我們據此認為長樂客家方言音系是《客英詞典》的基礎音系。（田志軍 2015: 272）

據指出，揭西縣即原西方傳教士在華教會慣稱的五經富（Wukingfu）地區，也就是泛指潮汕客屬地區。（田志軍 2015: 3）本書認為《客英》的主要音系尚難有定論，因此暫以揭西縣縣城河婆鎮的河婆客語稱之。

《客英》蘊涵豐富的客家文化知識，俗諺語只是其中的一部分。本書整理譯注了 1926 年版《客英》所收錄的 850 餘則客家俗諺語，可作為研究客家文化與客語教學的參考資料。

編輯體例

一、本書譯注 1926 年版《客英》收錄的客家俗諺語，每條俗諺語依教育部頒定規範字校訂；辭典客語拼音及辭典英文釋義均依《客英》原文排版，辭典英文釋義若有明顯誤植則直接校改，不另作說明，例如 107-4「狐狸毋打夜啼雞」的英文釋義 “the fox does not-kill the cock that crows in the night.” 其中 “not-kill” 修改為 “not kill”，又如 556-7「人相打，莫行前」的英文釋義 “do no approach men when fighting.”其中 “no” 修改為 “not”；辭典客語拼音的調類與調號的對應如下：「陰平及陰入不標」、「上聲（調號ˊ）：2」、「去聲（調號ˋ）：3」、「陽平（調號ˆ）：5」、「陽入（調號ˈ）：8」。中文翻譯是本書的重點，如果中文翻譯有不足之處，則增加說明。參考資料是目前查找得到與該諺語相同或相似的相關解釋，歧義並列，提供讀者參考。辭典截圖則是方便讀者查閱對照。

二、本書俗諺語未收錄與古籍完全相同之內容，例如頁 1125 的「有貨不愁貧」，「愁」是錯字，考訂為「愁」，不過由於「有貨不愁貧」出自《增廣昔時賢文》，本書不收錄。假設用詞稍有不同，則收錄，例如頁 2 的「鴉有反哺之誼」，「誼」與《增廣昔時賢文》的「義」不同，因此收錄。最後，假設辭典中收錄兩個一樣的俗諺語，不過卻有不同的英文釋義，例如「恁大鼠打恁大窿」頁 60-2 的英文釋義為“the rat makes a run commensurate with its strength.”和頁 214-3 的“the rat as big, his nest as big, (met. Work is according to strength).”不同，則一併收錄。

三、本書俗諺語依 1926 年版《客英》出現先後排序，例如第 1 頁的第 1 則和第 2 則俗諺語編號排序為：1. 阿爸賺錢，倈子享福；2. 阿鵲教烏鶫。第 2 頁的第 1 則和第 2 則俗諺語編號排序為：3. 鴉有反哺之誼；4. 啞子食苦瓜。以此類推。

四、未校訂俗諺語前的編號及俗諺語如：1-1 阿爸賺錢犫子享福，意指第 1 頁第 1 則俗諺語「阿爸賺錢犫子享福」；1-2 鵶鵲教烏鶇，意指第 1 頁第 2 則俗諺語「鵶鵲教烏鶇」；2-1 鵶有反哺之誼，意指第 2 頁第 1 則俗諺語「鵶有反哺之誼」；2-2 瘂子食苦瓜，意指第 2 頁第 2 則俗諺語「瘂子食苦瓜」。以此類推。

五、本書附索引兩種，一種是原《客英》依字母 A ～ Z 排序的音標（聲母與韻母）索引，另一種是依諺語漢字第一字的筆劃排序的索引，方便讀者查閱。

六、查詢網頁提供查詢功能，有兩種搜尋方式：

（一）諺語搜尋：輸入重點字，能查詢完整諺語。輸入「鴉」字，會顯示有「鴉」字的諺語。

（二）發音模糊搜尋：輸入客家英文拼音，能查詢相關發音的完整諺語。輸入「a siak」字，會顯示有「a siak」字的諺語。

請掃描以下 QR CODE 連結查詢功能。

1. 阿爸賺錢，倈子享福

1-1 阿爸聰錢㰷子享福

｜校訂｜阿爸賺錢，倈子享福

｜辭典客語拼音｜ a pa tshon3 tshien5, lai3-tsii2 hiong2 fuk

｜辭典英文釋義｜ the father earns, the son enjoys.

｜中文翻譯｜爸爸賺錢，兒子享受。

｜參考資料｜

涂春景《形象化客話俗語 1200 句》頁 118「阿爸賺錢賴兒使」條，解釋為「賴兒，兒子。話說父親賺錢給兒子花用；譏諷做人子弟的無能、不肖；或說做父母的沒教養好自己的子弟。」

黃永達《臺灣客家俚諺語語典：祖先的智慧》頁 218「阿爸扛轎，子坐轎」條，解釋為「[俚俗語] 做爺僆為㰷仔勞碌，㰷仔享樂，喻事理倒反。」

阿爸聰錢㰷子享福, *a pa tshòn tshièn, lài-tsú hióng fuk*, **the father earns, the son enjoys.**

2. 阿鵲教烏鷯

1-2 鴉鵲教烏鷯

｜校訂｜阿鵲教烏鷯

｜辭典客語拼音｜ a siak kau vu liau3

｜辭典英文釋義｜ one ass calls another jackass.

｜中文翻譯｜一個傻瓜叫另外一個為笨蛋。

｜說明｜ 阿鵲，臺灣客語也稱「山阿鵲」，叫聲單調；烏鷯，類似八哥，叫聲婉轉，善於模仿其他鳥類及動物叫聲。臺灣客語有「阿鵲教烏鷯，教到蹦蹦跳」之說，意指本身條件不如人，卻要他人學自己，別人學不來，就氣得跳腳。另外，「ass」和「 jackass」英文俗語都有傻瓜、笨蛋的意思。就有「五十步笑百步」的意思。即英文的 “The pot calls the kettle black.”（鍋嫌壺黑）。

｜參考資料｜

《教育部臺灣客家語常用詞辭典試用版》「阿鵲教烏鷯，教到腳跳啊跳」條，釋義為「喜鵲教八哥學說話本事，自己不會卻硬要教別人，結果把走路教成一跳一跳的：用以諷刺學藝不精而開業授徒的人。」

徐運德《客家諺語》頁 37 也有收錄「阿鵲教烏鷚，教到腳跳啊跳。」意指「比喻某人，自己本身無何技能，竟然去指導人家，教得不倫不類，徒惹旁人笑話的意思。」

涂春景《形象化客話俗語 1200 句》頁 118「阿鵲教烏鷯」條，解釋為「阿鵲，鵲鳥，這裡借指沒什麼才能、本事的人；烏鷯，可能是鷦鷯鳥。以鵲鳥教盛鷯，教不好；來比喻一個沒啥技能，卻去教人家，教不好反而鬧笑話。」

楊兆禎《客家諺語拾穗》頁 56 收錄相似的諺語「阿鵲教烏了，教到兩腳跳阿跳。」其解釋為「不會的硬要教會的，還教得比手劃腳。」

鴉鵲教烏鷯, *a siak kau vu liàu*, one **ass** calls **another jackass.**

3. 鴉有反哺之誼

2-1 鴉有反哺之誼

｜辭典客語拼音｜ a yu fan2 phu2 tsii ni2

｜辭典英文釋義｜ the raven nourishes its aged parent.

｜中文翻譯｜烏鴉會供養年老的父母。

｜說明｜《增廣賢文》：「羊有跪乳之恩，鴉有反哺之義」。

｜參考資料｜

《教育部重編國語辭典修訂本》「反哺」詞條的解釋：「烏鴉長大後，會啣食餵養母烏鴉。比喻子女成長後奉養父母，報答親恩。」

鴉有反哺之誼, *a yu fán phú tsṳ ní*, the raven nourishes its aged parent.

4. 啞子食苦瓜

2-2 瘂子食苦瓜

｜校訂｜啞子食苦瓜

｜辭典客語拼音｜ a2 tsii2 shit8 khu2 kwa (vong5 lien5,vong5 pak)

｜辭典英文釋義｜ the dumb eats the bitter gourd.
｜中文翻譯｜啞巴吃苦瓜。

｜說明｜ 本句是師傅話「啞仔食苦瓜（黃蓮）——有苦講毋出」。但英文未指出。辭典客語拼音括弧有「黃蓮，黃柏」。

瘂子食苦瓜, *á tṣụ̈ shit khú kwa* (*vông liên, vông pak*), the dumb eats the bitter gourd.

5. 挨礱牽鋸，有食懶去

3-1 挨礱牽鋸，有食懶去

｜辭典客語拼音｜ ai lung5 khien ki3, yu shit8 lan khi3

｜辭典英文釋義｜ even hunger scarcely makes men willing to hull rice or to saw wood.
｜中文翻譯｜即使飢餓也很難讓人願意去礱穀和鋸木。

｜說明｜ 「挨礱」是使用土礱將稻穀外殼磨下來；「牽鋸」是鋸巨木，都是辛苦又單調的差事。比喻工作辛苦單調，待遇再好也不吸引人。

｜參考資料｜

黃永達《臺灣客家俚諺語語典：祖先的智慧》頁 270「挨礱牽鋸，有食懶去」條，解釋為「[俚俗語] 挨礱精米、拉鋸斷木係又艱苦又無味的工作，就係有好食，也無想要去做。」另有「挨礱牽鋸，丈人老喊毋好去」條，解釋為「[俚俗語] 碾米、牽鋸全係儘艱苦的工作，連丈人老吩咐去做，也最好想辦法推忒莫去做較贏，有戲謔之意。」

劉守松《客家人諺語（二）》頁 25 收錄類似的諺語「挨壟牽鋸，丈人老喊不可去」，其解釋為「丈人老是太太的爸爸，女婿屬於半子，俗云『半分婿郎，半分子』，挨壟牽鋸都是苦差使，儘量避免的意思。」

挨礱牽鋸, 有食懶去, *a. lûng khien kì, yu shit lan khì*, even hunger scarcely makes men willing to hull rice or to saw wood.

6. 矮子看戲

3-2 矮子看戲

｜辭典客語拼音｜ ai2 (e2) tsii2 khon3 hi3

｜辭典英文釋義｜ like a dwarf looking at a play (no part in it).

｜中文翻譯｜就像矮子看戲（沒參與）。

｜參考資料｜

《教育部重編國語辭典修訂本》「矮子看戲」，釋義為「比喻隨聲附和，毫無己見。《朱子語類・卷一一六・訓門人四》：『其有知得某人詩好，某人詩不好者，亦只是見了前人如此說，便承虛接響說取去。如矮子看戲相似，見人道好，他也道好。』也作『矮人觀場』、『矮人看場』、『矮子觀場』。」

《教育部臺灣客家語常用詞辭典試用版》「矮牯仔看戲──跈人笑」，釋義為「個子矮小者看不到戲臺上在演些什麼，旁邊的觀眾笑就跟著一起笑；用以諷刺人不懂又要裝懂。」

涂春景《形象化客話俗語 1200 句》頁 213「矮牯兒看戲」條，解釋為「矮牯兒，矮個頭。矮個子擠在人群中看戲，看不到戲的演出，只好隨觀眾起舞；此話有跟著人家哭、笑的意思，借指沒有主見的人，隨人起舞。」

矮子看戲, *a. tsṳ́ khòn hì*, like a dwarf looking at a play (no part in it)

7. 矮凳徑踗人

3-3 矮凳逕路人

｜校訂｜矮凳徑踗人

｜辭典客語拼音｜ ai2 ten3 kang3 toi ngin5

｜辭典英文釋義｜ a small stool (a slight matter) trips a man.

｜中文翻譯｜一張小凳子（小事）會絆倒人。

｜說明｜ 比喻不可小看他人或輕忽小事。

｜參考資料｜

《教育部臺灣客家語常用詞辭典試用版》「矮凳仔會徑死人」條，釋義為「本意為矮凳子也是會絆倒人，後用以比喻不起眼的人或物也有可能成為絆腳石，故不能輕視之。」

徐運德《客家諺語》頁 398 有「矮凳仔會徑死人」，意為「不要小看一個不足輕重的人，但他卻是一位厲害的人物呢？譬如小板凳，莫以為它小小的器物，不值得注意，但它往往容易害人絆倒，跌一大跤的。」

楊兆禎《客家老古人言》頁 117「矮凳會徑跌人——不可小看人」條，解釋為「不起眼的，也可能使你吃盡苦頭」。

矮凳逕跢人, *a. tèn kàng toi nyîn* a small stool (a slight matter) trips a man.

8. 矮人短秤

3-4 矮人短秤

｜辭典客語拼音｜ ai2 ngin5 ton2 chhin3

｜辭典英文釋義｜ small men have great notions.

｜中文翻譯｜矮小的人有偉大理想。

｜說明｜ 依英文釋義，這句諺語的原意可能是「人細心肝大」。本諺在臺灣的使用有負面的意涵。

｜參考資料｜

徐運德《客家諺語》頁 397-398 有「矮仔心肝短柄秤」，解釋為「身材矮小的人，心機特別詭譎，鬼計多端。」另解為，身材矮小的人，像「短桿的秤子一樣，秤星細小，斤兩不足，誆騙人家，交易不公之謂。」

黃永達《臺灣客家俚諺語語典：祖先的智慧》頁 365「矮仔心肝短柄秤」條，解釋為「[比喻詞] 身材矮的人心機重又鬼計多端，桿秤短、秤星細，斤兩就矮少騙人，此句喻人心胸狹小，又會算計別人。」

矮人短秤, *a. nyîn tón chhìn*, small men have great notions.

9. 矮子多心事

3-5 矮子多心事

｜辭典客語拼音｜ ai2 tsii2 to sim sii3

｜辭典英文釋義｜ the dwarf schemes much.
｜中文翻譯｜矮人擅於設計人。

｜說明｜ 譏笑身材矮小的人工於心計。

｜參考資料｜
黃永達《臺灣客家俚諺語語典：祖先的智慧》頁365「矮人多心事」條，解釋為「[經驗談]矮人較多心機，人細心事較重。」

矮 子 多 心 事, *a. tsṳ́ to sim sṳ,* the dwarf schemes much.

10. 鴨子聽雷一樣

6-1 鴨子聽雷一樣

｜辭典客語拼音｜ ap tsii2 then lui5 yit yong3

｜辭典英文釋義｜ like a duck hearing thunder — I misunderstood.
｜中文翻譯｜像鴨子聽雷——我誤解。

｜說明｜ 英文釋義加衍生義，與目前臺灣客語用法不同。

｜參考資料｜
《教育部臺灣客家語常用詞辭典試用版》「鴨仔聽雷」條，釋義為「像鴨子聽見雷聲一般，聽不出所以然。比喻一個人對所接收的訊息無法理解。」

鴨 子 聽 雷 一 樣, *a. tsṳ́ then lûi yit yǒng,* like a duck hearing thunder—I misunderstood.

11. 鴨子吞紅蟪一樣

6-2 鴨子吞紅蟪一樣

｜辭典客語拼音｜ ap tsii2 thun fung5 hien2 yit yong3

｜辭典英文釋義｜ like a duck swallowing a worm: greatly enjoys it.

｜中文翻譯｜像鴨子吞蚯蚓，樂在其中。

｜說明｜ 鴨子極喜歡吃蚯蚓，從前人養鴨常會去挖掘蚯蚓餵食。按：「蟲蠔」在臺灣主要是海陸腔客家話使用，四縣腔客家話稱為「蠔公」。《客英》記錄的「紅蠔」應是河婆客家話使用的詞彙。

｜參考資料｜

黃永達《臺灣客家俚諺語語典：祖先的智慧》頁 422「鴨仔吞蟲蠔——儘簡單」條，解釋為「[師傅話] 一條一口非常輕鬆。例：這十過題數學問題對我來講，鴨仔吞蟲蠔——儘簡單，兩分鐘解一題，半點鐘就會分我解淨淨。」

楊兆禎《客家諺語拾穗》頁 133 收錄有「鴨仔食蟲蠔——該食（容易）」，並註明「比喻很容易。」

鴨子吞紅蠔一樣, *ap tsṳ́ thun fûng hién yit yòng*, **like a duck swallowing a worm: greatly enjoys it.**

12. 鴨嫲討食，毋知坑窮

6-3 鴨嫲討食唔知坑窮

｜校訂｜鴨嫲討食，毋知坑窮

｜辭典客語拼音｜ ap ma5 thau2 shit8, m ti hang khiung5

｜辭典英文釋義｜ the duck in searching for food does not know the stream is poor — said of a beggar, etc. to whose commands there is no limit

｜中文翻譯｜鴨子覓食，不知溪窮——意指乞丐等人之需索無度。

｜說明｜ 比喻人之需索無度。「鴨嫲」是「母鴨」。母鴨帶小鴨沿著山澗覓食，「討食」原指乞求食物，但本諺應指「覓食」。

｜參考資料｜

黃永達《臺灣客家俚諺語語典：祖先的智慧》頁 423「鴨嫲討（絡）食毋知㳩窮」條，解釋為「[俚俗語] 鴨仔在㳩肚覓食毋知飽，也毋知㳩水早暗會無東西好食咧，諷人浪費資源，毋知資源會用忒。」

楊兆禎《客家諺語拾穗》頁 132：「比喻『實已挖空』。」

羅肇錦《苗栗縣客語、諺謠集（四）》頁 1 收錄「鴨嫲絡食，毋知坑窮。」注釋「1. 鴨嫲：母鴨。2. 絡食：覓食。3. 坑窮：山間溪流為坑，坑窮指溪流無通路或引申為無魚蝦。」釋義為「鴨子到小溪覓食，不管溪流早已沒有魚蝦，還是一味貪食。喻人貪心不足。」

鴨嫲討食唔知坑窮, *a. mâ tháu shit m ti hang khiung*, the duck in searching for food does not know the stream is poor—said of a beggar, etc., to whose commands there is no limit.

13. 扯衫裾，補背脊

10-1 搽衫裾補背脊

| 校訂 | 扯衫裾，補背脊

| 辭典客語拼音 | chha2 sam ki, pu2 poi3 tsiak

| 辭典英文釋義 | tear off the side of the coat to patch the back part. (To rob Peter to pay Paul.)

| 中文翻譯 | 撕開外衣的側邊去補外衣的背部（搶奪彼得來還欠保羅的債）。

| 說明 | 比喻臨時湊合應付，不是根本解決辦法。英文釋義用的英諺有「拆東牆，補西牆」的意思。

| 參考資料 |

《教育部重編國語辭典修訂本》「拆東牆，補西壁」詞條的解釋：「比喻臨時湊合應付，不是根本解決辦法。」

黃永達《臺灣客家俚諺語語典：祖先的智慧》頁272「東籬補西壁」條，解釋為「[比喻詞]運轉金錢，拿該錢補這款。例：汝搖命打拼，就知好 東籬補西壁，毋係長久的辦法。」

搽衫裾補背脊, *c. sam ki pú pòi tsiak*, tear off the side of the coat to patch the back part. (To rob Peter to pay Paul.)

14. 赤腳打鹿，著鞋食肉

11-1 赤脚打鹿，着鞋食肉

| 校訂 | 赤腳打鹿，著鞋食肉

| 辭典客語拼音 | chhak kiok ta2 luk8, chok hai5 (he5) shit8 nyuk

| 辭典英文釋義 | the bare footed kill the deer the shoed folks eat the flesh.
| 中文翻譯 | 打赤腳的人捕殺鹿，穿鞋子的人吃肉。

| 說明 | 「赤腳」譬喻窮人或百姓，「著鞋」譬喻富人或官吏。打赤腳的獵鹿提供給有穿鞋的人食用。

赤脚打鹿，着鞋食肉, c. kiok tá lúk, chok hâi (hê) shit nyuk, the bare footed kill the deer the shoed folks eat the flesh.

15. 占天師分鬼迷

12-1 占天師分鬼迷

| 辭典客語拼音 | cham thien sii pun kwui2 mi5

| 辭典英文釋義 | the diviner is foiled by the demon — (the cleverest is sometimes frustrated).
| 中文翻譯 | 占卜者被鬼壞了事（最聰明的人也會失算）。

| 說明 | 比喻再聰明也會算計失靈。

占天師分鬼迷, c. thien sụ pun kwúi mî, the diviner is foiled by the demon—(the cleverest is sometimes frustrated).

16. 正月凍死牛，二月凍死馬，三月凍死耕田儕

12-2 正月凍死牛，二月凍死馬，三月凍死耕田儕

| 辭典客語拼音 | chang nyet8 tung3 si2 ngeu5, nyi3 nyet8 tung3 si2 ma, sam nyet8 tung3 si2 kang thien5 sa5

| 辭典英文釋義 | in the first month cows, in the second month horses, in the 3rd month agricul-turists are frozen to death (expression of very cold weather).
| 中文翻譯 | 農曆一月的牛、二月的馬、三月的農夫被凍死（意指天氣很冷）。

｜參考資料｜

徐運德《客家諺語》頁 220 解釋這條諺語：「大地雖然回復陽春了，但正二三月的氣候，仍然會很寒冷的。有時會冷到凍死牛馬，也會使種田的農家，凍得叫苦連天。」

正月凍死牛，二月凍死馬，三月凍死耕田儕, *c. nyėt tùng si ngêu, nyi nyėt tùng si ma, sam nyėt tùng si kang thièn sâ*, in the first month cows, in the second month horses, in the 3rd month agriculturists are frozen to death (expression of very cold weather).

17. 朝晨種竹，暗晡遮陰

15-1 朝晨種竹暗晡遮陰

｜校訂｜朝晨種竹，暗晡遮陰

｜辭典客語拼音｜ chau (cheu) shin5 chung3 chuk, am3 pu cha yim

｜辭典英文釋義｜ like planting a bamboo in the morning expecting its shade in the evening.

｜中文翻譯｜像早上種竹子期待傍晚成陰涼處。

｜說明｜ 比喻做事希望收到速效。

｜參考資料｜

張魯原《中華古諺語大辭典》頁 370「早晨栽下樹，到晚要乘涼」條，解釋為「比喻做事企望很快收到效益。元・佚名《劉弘嫁婢》一：『姑夫老人家，一法的糊塗了：為什麼開這解典庫？常言道：早晨栽下樹，到晚要乘涼。』清・張南庄《何典》八：『又不擔擱工夫，手到拿來，豈不是朝種樹，夜乘涼的勾當？』」

黃永達《臺灣客家俚諺語語典：祖先的智慧》頁 327「朝晨種竹，暗晡遮陰」條，解釋為「[俚俗語] 正開始做就想黏皮有結果，世間無恁遽的頭路哩，諷人毋知循序進行，就想一步腳就要有結果之意。」

朝晨種竹暗晡遮陰, *c. shîn chùng chuk, àm pu cha yim*, like planting a bamboo in the morning expecting its shade in the evening.

18. 朝霞暮雨，暮霞絕雨

15-2 朝霞暮雨暮霞絕雨

| 校訂 | 朝霞暮雨，暮霞絕雨

| 辭典客語拼音 | chau (cheu) ha5 mu3 yi2, mu3 ha5 tshiet8 yi2

| 辭典英文釋義 | rosy clouds in the morning at night there will be rain, if in the evening the clouds be tinted there will be no rain.

| 中文翻譯 | 早上出現彩霞，那麼晚上會下雨，如果傍晚出現彩霞，就不會下雨。

| 說明 | 古人累積的經驗，彩霞出現在早或晚，是下雨與否的徵兆。

| 參考資料 |

徐運德《客家諺語》頁 239 有「朝霞暗雨，暗霞無點雨」，頁 267 有「朝霞夜雨，晚霞無點雨」，其意指「朝晨東方，出現紅霞一片，則當天晚上，必會下雨。如若日落西山時，西天出現紅霞，便是無下雨之象。」

黃永達《臺灣客家俚諺語語典：祖先的智慧》頁 328「朝霞暮雨，暮霞無雨」條，解釋為「[經驗談] 朝晨出紅霞，到晚會落水；臨暗出紅霞，毋會落水。」此外有「朝霞夜雨，晚無點雨」條，解釋為「[經驗談] 朝晨東邊出紅霞，該日暗晡一定會落水；臨暗時西邊出紅霞，就會做天旱。」另有「朝霞暗雨，晚霞斷點雨」條，解釋為「[經驗談] 朝晨東邊出紅霞，到暗就有雨落；紅霞出現在臨暗的西天，就會做天旱。」

朝霞暮雨暮霞絕雨, *c. hâ mù yi, mù hâ tshiét yi*, rosy clouds in the morning at night there will be rain, if in the evening the clouds be tinted there will be no rain.

19. 朝霞晚霞，無水煲茶

15-3 朝霞晚霞，無水倸茶

| 校訂 | 朝霞晚霞，無水煲茶

| 辭典客語拼音 | chau (cheu) ha5 van ha5, mau5 shui2 pau tsha5

| 辭典英文釋義 | if both at morn and eve there be rosy tinted clouds there will be no water to infuse tea.

| 中文翻譯 | 如果在早上和傍晚都有彩霞，那麼就沒有水可以泡茶。

｜說明｜ 早晚都出現彩霞，是不會下雨的徵兆。「煲茶」，是燒開水的意思，英譯譯成「泡茶」。

｜參考資料｜

《教育部臺灣客家語常用詞辭典試用版》「朝霞晚霞，無水㷫茶」條，釋義為「早晚都出現霞光，表示將會有旱災，如此連煮茶的水都會沒有了。」

黃永達《臺灣客家俚諺語語典：祖先的智慧》頁 328「朝霞晚霞，無水㷫茶」條，解釋為「[經驗談] 早暗都出紅霞，主天旱，連㷫茶用的水就會無。」另有「朝霞暮又霞，無水好㷫茶」條，解釋為「[經驗談] 朝晨出紅霞，到晚會落水；臨暗出紅霞，毋會落水。」

朝霞晚霞，無水煲茶, *c. hâ van hâ, mâu shúi pạu tshâ*, if both at morn and eve there be rosy tinted clouds there will be no water to infuse tea.

20. 照鴨檢卵

16-1 照鴨檢卵

｜辭典客語拼音｜ chau3 ap kiam2 lon2

｜辭典英文釋義｜ so many ducks so many eggs (according to face value).

｜中文翻譯｜多少鴨子多少蛋（依據面值）。

｜說明｜ 按件計酬，核實照付，無議論空間，照實進行檢核之意。「檢」是檢驗的意思，就是做多少工，就應有多少的產值，即數人頭核實之意。

照鴨檢卵, *c. ap kiám lòn*, so many ducks so many eggs (according to face value).

21. 朝裡無人莫望官

17-1 朝裡無人莫望官

｜辭典客語拼音｜ chhau5 li2 mau5 nyin5 mok8 mong3 kwan

｜辭典英文釋義｜ no hope of office apart from favouritism.

｜中文翻譯｜除非有人關照，不要冀望求得一官半職。

｜參考資料｜

《教育部臺灣客家語常用詞辭典試用版》「朝裡無人莫做官」條，釋義為「官場中沒有親朋好友等人為靠山，就不要向那裡求發展。比喻職場上若沒有長官照顧，將很難有前途。」

徐運德《客家諺語》頁 110 收錄類似的諺語「朝裡無人莫做官，廚下無人莫去穿」其解釋為「此二語是說明人事關係的重要性。譬如做官如果朝廷裡面沒有得力的人事關係，就是當了一官半職也難出人頭地，甚至還會受到別人的排擠，時生『五日京兆』之想的苦悶。在人家辦理酒席的廚下，如果沒有熟人在裡面掌廚，你若貿然進去，別人以為你想偷吃東西，若是廚下有熟人，你便不致遭此污衊。由此二語所示，可見古今都脫不了人際關係也。」

朝 裡 無 人 莫 望 官, *c. lí mâu nyîn mók mòng kwan*, no hope of office apart from favouritism.

22. 媸人多古怪

17-2 □□□□□

｜校訂｜媸人多古怪

｜辭典客語拼音｜ che2 nyin5 to ku2 kwai3

｜辭典英文釋義｜ ugly people have many queer ways.

｜中文翻譯｜醜人多作怪。

｜參考資料｜

《教育部重編國語辭典修訂本》「醜人多作怪」條解釋：「相貌難看，於是刻意著力於新奇的裝扮，以引人注意。後用於指稱本事不足的人，卻愛到處賣弄，自我炫耀。」

徐運德《客家諺語》頁 56「醜人多作怪，瘦牛多鹵癩」，解釋為「醜的人做事較多心機，瘦的牛易生皮膚病。」頁 414 收錄「醜人多作怪，癩痢好花戴」，解釋為「此語是訕笑容貌不秀美的人，不自藏拙，偏偏好化粧打扮，自以為漂亮，其實一打扮反而益增其醜陋也。」

涂春景《聽算無窮漢——有韻的客話俚諺 1500 則》頁 184 收錄「醜人多作怪，瘦牛多鹵癩，瘌痢好花戴」，註解為「鹵癩，皮膚病；瘌痢，頭上長瘡，頭髮脫落的病。話說：醜人為了裝扮自己，往往奇裝異服；牛如果太瘦，容易長皮膚病，瘌痢頭喜歡戴花。嘲諷拙人不知藏拙的道理。」

黃永達《臺灣客家俚諺語語典：祖先的智慧》頁 435「醜人多作怪」條，解釋為「[經驗談] 能力有限的人，顛倒好做怪異的事情來吸引別人的注意。」「醜人多作怪，瘦牛多鹵癩」條，解釋為「[經驗談] 醜人做事較多心機，瘦牛較會發皮膚病。」「醜人多作怪，癩痢好花戴」條，解釋為「[經驗談] 指醜陋人或無才能之人，愈會做樣變怪。」

c. nyin to kú kwài, ugly people have many queer ways.

23. 指牛罵馬

22-1 指牛罵馬

| 辭典客語拼音 | chi2 nyu5 (ngeu5) ma3 ma

| 辭典英文釋義 | pointing to the cow while scolding the horse. (A manner with Chinese.)

| 中文翻譯 | 指著牛罵馬（中國人用的罵人方式）。

| 參考資料 |

《教育部重編國語辭典修訂本》「指桑罵槐」條解釋：「指著桑樹罵槐樹，比喻拐彎抹角的罵人。」《教育部臺灣客家語常用詞辭典試用版》「指牛罵馬」條，釋義為「指著牛罵馬，意為間接罵人。用以比喻拐彎抹角的罵人。」

楊兆禎《客家諺語拾穗》頁 178 解釋為「與『指桑罵槐』、『指雞罵狗』、『指著禿頭罵和尚』……類似。」

指牛罵馬, *c. nyû (ngêu) mà ma*, pointing to the cow while scolding the horse. (A manner with Chinese.)

24. 針無雙頭利

29-1 針無雙頭利

| 辭典客語拼音 | chim mau5 sung theu5 li3

| 辭典英文釋義 | can only attend to one business.

| 中文翻譯 | 僅能處理一件事。

| 參考資料 |

《教育部臺灣客家語常用詞辭典試用版》「針無雙頭利」條，釋義為「針只有一端是尖銳的，故此句用以比喻一物不能兩用。」

涂春景《形象化客話俗語 1200 句》頁 165「針無雙頭利」條，解釋為「凡天下之事，有利就有弊；就像縫衣針沒兩端都銳利的一般。」

針無雙頭利, *c. mâu sung thêu li,* can only attend to one business.

25. 真藥醫假病

31-1 真藥醫假病

｜辭典客語拼音｜ chin yok8 yi ka2 phiang3

｜辭典英文釋義｜ good medicine heals a disease which is not serious.

｜中文翻譯｜好的藥治療不嚴重的疾病。

｜說明｜ 與 31-2「真病無藥醫」（26）是上下句。

｜參考資料｜

《教育部重編國語辭典修訂本》「藥醫不死病，佛度有緣人」條，釋義為「藥只能醫好那些可以治癒的病，佛也只有度脫那些有緣分的人出家。」

《教育部臺灣客家語常用詞辭典試用版》「真藥醫假病，真病無藥醫」條，釋義為「藥物所能治療的只是表面顯露的病徵，真正的疾病是沒有藥物可以治療的。勸人不要太過相信藥物的效用。」

眞藥醫假病, *c. yȯk yi ká phiàng.* good medicine heals a disease which is not serious.

26. 真病無藥醫

31-2 真病無藥醫

｜辭典客語拼音｜ chin phiang3 mau5 yok8 yi

｜辭典英文釋義｜ a real disease no medicine can heal.

｜中文翻譯｜真的疾病沒有藥可以醫治。

｜說明｜ 與 31-1「真藥醫假病」（25）是上下句。

| 參考資料 |
《教育部重編國語辭典修訂本》「治得病，治不得命」條，釋義為「命裡註定要死的，怎麼治也治不好。」

眞病無藥醫, c. phiàng mâu yòk yi, a real disease no medicine can heal.

27. 秤頭係路頭

37-1 秤頭係路頭

| 辭典客語拼音 | chhin3 theu5 he3 lu3 theu5

| 辭典英文釋義 | fair weight secures business.
| 中文翻譯 | 秤砣量的公道，會獲得生意。

| 說明 | 比喻生意公道，自然興隆。「秤頭」是指用秤桿量重時，秤砣擺的位置。「貼秤頭」意思就是在秤桿平衡時再加份量，以示優惠。

| 參考資料 |
《教育部臺灣客家語常用詞辭典試用版》「秤頭係路頭」條，釋義為「指做生意要講求公道，斤兩公道的話，生意自然興隆，要不然生意就無人光顧了。」
涂春景《形象化客話俗語 1200 句》頁 168「秤頭就係路頭」條，解釋為「秤頭，買賣時多出來的斤兩；係，是；路頭，指商機。勸生意人對顧客要體貼，買賣時多施給顧客一些小惠，將帶來源源不斷的商機。」

秤頭係路頭, c. thêu hè lù thêu, fair weight secures business.

28. 秤不離砣，公不離婆

37-2 秤不離砣，公不離婆

| 辭典客語拼音 | chhin3 put li5 tho5, kung put li5 pho5

| 辭典英文釋義 | the husband should stick to his wife, as the weight to the balance.
| 中文翻譯 | 丈夫應緊貼著妻子就像秤要緊貼著秤砣。

｜說明｜ 比喻形影不離；或比喻一物配一物。

｜參考資料｜

《教育部臺灣客家語常用詞辭典試用版》「公不離婆，秤不離砣」條，釋義為「做丈夫的不離開妻子，秤稈不離開秤錘；此句用以比喻（1）二者形影不離、時時在一起。（2）二者很相配。」

徐運德《客家諺語》頁 121 解釋為「夫唱婦隨也」。

楊兆禎《客家諺語拾穗》頁 31 解釋為「一物配一物」、「時時均在一起」，《客家老古人言》頁 50「公不離婆，秤不離鉈——一物配一物、形影不離、水乳交融」。

秤不離砣, 公不離婆, *c. put li thô, kung put li phô*, the husband should stick to his wife, as the weight to the balance.

29. 直腸直肚，一生著爛褲；橫腸吊肚，門前絢馬牯

39-1 直腸直肚一生着爛褲，橫腸吊肚門前絢馬牯

｜校訂｜直腸直肚，一生著爛褲；橫腸吊肚，門前絢馬牯

｜辭典客語拼音｜ chhit8 chhong5 chhit8 tu2, yit sen chok lan3 khu3, vang5 chhong5 tiau3 tu2, mun5 tshien5 thau5 ma ku2

｜辭典英文釋義｜ the honest man goes about in rags, whereas the crafty man has a horse hitched at his door (is rich).

｜中文翻譯｜誠實的人穿著破爛衣服，但心機重的人家門前有繫馬（很有錢）。

｜說明｜ 比喻心直口快沒有心機的人，往往吃虧。

｜參考資料｜

《教育部臺灣客家語常用詞辭典試用版》「直腸直肚無米煮」條，釋義為「為人直爽，沒有心機，落得窮到沒米煮飯；用來比喻過於老實而沒有心機的人，往往吃虧。」

徐運德《客家諺語》頁 393-394 收錄相同的諺語「橫腸吊肚，門前絢馬牯，直腸直肚，鑊肚沒米煮。」其解釋為「此語是含有世風日下，人心不古的歎息之意，意謂強梁霸道的人，竟然有高車駟馬，絢縛門前，顯得生活優裕；而忠直厚道

的人，卻窮得忍饑挨餓，過著很苦的生活。是天道的不平？抑為道德的淪喪而形成的現象，令人感喟！」

直腸直肚一生着爛褲，橫腸吊肚門前綯馬牯, *chhit chhông chhit tú yit sen chok làn khù*, *vâng chhông tiàu tú mûn tshiên thâu ma lú*, the honest man goes about in rags, whereas the crafty man has a horse hitched at his door (is rich).

30. 呪上呪下呪自家

41-1 呪上呪下呪自家

| 辭典客語拼音 | chiu3 shong3 chiu3 ha3 chiu3 tshii3 ka

| 辭典英文釋義 | to swear is to curse oneself.
| 中文翻譯 | 咀咒別人就是咀咒自己。

| 說明 | 勸人不要咀咒別人。意同英文諺語 “Curses, like chickens, come home to roost.”。

| 參考資料 |
黃永達《臺灣客家俚諺語語典：祖先的智慧》頁 195「呪上呪下呪到自家」條，解釋為「[教示諺] 好咒人毋好的人，最尾會咒到自家，勸話人毋好咒誓別人。」

呪上呪下呪自家, *c. shòng c. hà c. tshṳ̀ ka*, to swear is to curse oneself.

31. 嘴脣兩垤皮，講話無定期

43-1 □□□□□，□□□□□

| 校訂 | 嘴脣兩垤皮，講話無定期
| 辭典客語拼音 | choi3 shun5 liong2 teu phi5, kong2 voi mau5 thin3 khi5

| 辭典英文釋義 | his words are unreliable.
| 中文翻譯 | 他的話是不可信的。

｜說明｜ 本句英文為意譯。「兩垤皮」之「垤」，字及發音是否正確，待考。

｜參考資料｜

《教育部臺灣客家語常用詞辭典試用版》「嘴脣兩垤皮——好壞由在你」條，釋義為「嘴巴有兩塊皮，說好說歹都隨你；意即嘴是別人的，要怎麼講都由他去。」

楊兆禎《客家諺語拾穗》頁3收錄相似的諺語「一張嘴兩層皮，講好講壞由在佢。」解釋為「講由佢講，是非總會分明。」

c. shûn lióng teu phî, kóng voi mau thîn khî, his words are unreliable.

32. 斫了桃樹斫李樹

45-1 斫了桃樹斫李樹

｜辭典客語拼音｜ chok liau2 tho5 (thau5) shu3 chok li2 shu3

｜辭典英文釋義｜ cut the peach tree then will cut the plum tree (met. when one man is dealt with the next offender is similarly dealt with).

｜中文翻譯｜砍完桃子樹將會砍李子樹（比喻人解決了一個人後接著會用同樣的方法對付下一個冒犯他的人）。

｜說明｜ 與823-2「倒了桃樹倒李樹」（645）意思相近。

斫了桃樹斫李樹, c. liáu thô (thâu) shù chok lí shù, cut the peach tree then will cut the plum tree (met., when one man is dealt with the next offender is similarly dealt with).

33. 穿了係衣，死了係妻

47-1 穿了係衣，死了係妻

｜辭典客語拼音｜ chhon liau2 he3 yi, si2 liau2 he3 tshi

｜辭典英文釋義｜ worn, they are my clothes, dead, she is my wife.

｜中文翻譯｜破了，他們是我的衣服，死了，她是我的妻子。

｜說明｜《明心寶鑒・省心篇》第十一：「著破是君衣，死了是君妻。」

｜參考資料｜

涂春景《聽算無窮漢——有韻的客話俚 1500 則》頁 149「穿了係衣，死了係妻」條，解釋為「還沒穿之前，可能還只是布料；太太未死，有可能改嫁。所以說，穿上的才是衣服，死了才算自己的妻。」

穿了係衣，死了係妻，*c. liáu hè yi, si liáu hè tshi*, worn, they are my clothes, dead, she is my wife.

34. 掌羊種薑，利息難當

51-1 掌羊種薑利息難當

｜校訂｜掌羊種薑，利息難當

｜辭典客語拼音｜ chong2 yong5 chung3 kiong li3-sit nan5 tong

｜辭典英文釋義｜ The profits accruing from sheep rearing and ginger growing are very large.

｜中文翻譯｜飼養羊和種植薑的利潤極大。

｜參考資料｜

徐運德《客家諺語》頁 278「養羊種薑，利益難擋」，解釋為「是說養羊種薑，可以致富。」原意是，養羊和種薑，其獲利遠超過把錢借出去所得的利息。換句話說，把錢拿去投資遠比放在銀行生利息來得有價值。

涂春景《聽算無窮漢——有韻的客話俚諺 1500 則》頁 90 收錄「掌羊種薑，利益難當」，註解為「農家有兩件副業，牧羊、種生薑，獲利無窮。」

掌羊種薑利息難當，*c. yông chùng kiong li-sit nân tong.* The profits accruing from sheep rearing and ginger growing are very large.

35. 長頸烏喙，食人骨髓

52-1 長頸烏喙，食人骨髓

｜辭典客語拼音｜ chhong kiang2 vu tsui2 shit8 nyin5 kwut sui2 (sioi2)

｜辭典英文釋義｜ a man with a long neck and a raven's mouth is dangerous. (Eat one's marrow.)

｜中文翻譯｜有長脖子和烏鴉喙的人是危險人物（吃人骨髓）。

｜說明｜「烏喙」應是「鳥喙」之誤。「喙」的英譯是「beak」。

｜參考資料｜

《教育部重編國語辭典修訂本》「長頸鳥喙」條，釋義為「長頸尖嘴。形容人尖刻的相貌。《史記．卷四一．越王句踐世家》：『越王為人長頸鳥喙，可與共患難，不可與共樂。』」

長頸烏喙，食人骨髓, *c. kiáng vu tsui shit nyîn kwut súi* (*siói*), a man with a long neck and a raven's mouth is dangerous. (Eat one's marrow.)

36. 長姊妹，短爺娘

53-1 長姊妹短爺娘

｜校訂｜長姊妹，短爺娘

｜辭典客語拼音｜ chhong5 tsi2-moi3, ton2 ya5 nyong5

｜辭典英文釋義｜ sisters live longer than parents.

｜中文翻譯｜姊妹們的壽命比父母長。

｜參考資料｜

黃永達《臺灣客家俚諺語語典：祖先的智慧》頁 216「長姊妹，短爺娘」條，解釋為「[經驗談] 和兄弟姊妹見面相處的時日較長，和自家的爺娘相處的時日就相對較短。」

長姊妹短爺娘, *c. tsi-mòi, tón yâ nyông*, sisters live longer than parents.

37. 丈二竹筒，揞不得兩頭

54-1 丈二竹筒揞不得兩頭

｜校訂｜丈二竹筒，揞不得兩頭

｜辭典客語拼音｜ chhong3 nyi3 chuk thung2, em put tet liong2 theu5

| 辭典英文釋義 | You cannot close both ends of a twelve foot bamboo with your hands. (You can't attend to interests too far away from you.)

| 中文翻譯 | 你無法用你的雙手將十二尺那麼長的竹子的兩端封住（你無法處理離你太遠的利益）。

丈二竹筒揞不得兩頭, *c. nyì chuk thûng, em put tet lióng thêu,* You cannot close both ends of a twelve foot bamboo with your hands. (You can't attend to interests too far away from you.)

38. 豬撐大，狗撐壞，人撐成怪

56-1 猪□□，□□□，□□□□

| 校訂 | 豬撐大，狗撐壞，人撐成怪

| 辭典客語拼音 | chu tshang3 thai3, keu2 tshang3 fai3, nyin5 tshang3 shang5 kwai3

| 辭典英文釋義 | a pig that eats much grows large, a dog that eats much sickens, a man who eats much gets deformed.

| 中文翻譯 | 豬多吃會變大，狗多吃會體弱多病，人多吃則會變形難看。

| 參考資料 |

徐運德《客家諺語》頁 211「豬撐大，狗撐壞，人撐出變精怪。」其解釋為「豬能吃，吃得越多越快肥大。狗則不能給牠多吃。吃多了，反而不強壯。至於人嘛，尤其是小孩子，吃多了，腸胃不消化，容易釀成疳積，而瘦得像猴子一樣的難看之謂。」

黃永達《臺灣客家俚諺語語典：祖先的智慧》頁 415「豬撐大，狗撐壞，人撐多變精怪」條，解釋為「[教示諺] 豬能食，食越多越肥；狗仔多食，會毋強壯；人吃多咧，毋係變肥就係變瘦，會變毋像人形咧，勸話人食東西要有節制。」

r. tshàng thài, kéu tshàng fài, nyîn tshàng shâng kwài, a pig that eats much grows large, a dog that eats much sickens, a man who eats much gets deformed.

39. 鼠尾淨腫都有限

60-1 鼠尾淨腫都有限

｜辭典客語拼音｜ chhu2 mui tshiang3 chung2 tu yu han

｜辭典英文釋義｜ the growth of a rat's tail has its limits (a mean man cannot do a big thing).

｜中文翻譯｜老鼠尾巴的生長有其局限性（小器的人成不了大事）。

｜說明｜「淨」有「任」之意。

｜參考資料｜

徐運德《客家諺語》頁 294 收錄「老鼠尾腫不大」，意思是「天生的材料，無法有好的變化。」

黃永達《臺灣客家俚諺語語典：祖先的智慧》頁 164「老鼠尾恁腫也無幾大條」、「老鼠尾腫不大」條，解釋為「[比喻詞] 老鼠尾腫脹也毋會變大條，指細頭路做毋出大事業，生成的材料無會變較好。例：佢就做到裏理，老鼠尾腫不大，無可能再升課長咧。」

鼠尾淨腫都有限, *c. mui tshiàng chúng tu yu han*, the growth of a rat's tail has its limits (a mean man cannot do a big thing).

40. 恁大鼠打恁大窿

60-2 唻□□□□□□

｜校訂｜恁大鼠打恁大窿

｜辭典客語拼音｜ an2 thai3 chhu2 ta2 an2 thai3 lung5

｜辭典英文釋義｜ the rat makes a run commensurate with its strength.

｜中文翻譯｜老鼠依自己的氣力逃離。

｜說明｜「恁大鼠打恁大窿」就是「多大的老鼠挖多大的洞」。比喻量力而為，衡量自己的能力做事。與 214-3「恁大鼠打恁大窿」（160）相同。

｜參考資料｜

黃永達《臺灣客家俚諺語語典：祖先的智慧》頁 268-269「恁樣的衫晾恁樣的竹篙」，解釋為「[俚俗語] 喻仰般形的衫就由仰般形的人著，也指麼个人做麼个事係註定的。」另有「恁樣的秤合恁樣个鉈」條，解釋為「[俚俗語]喻麼个人配麼个人，註定好好的。」

楊兆禎《客家諺語拾穗》頁107「幾大个鳥仔，做幾大个竇——量力而為」。

án thài c. tà án thài lûng, the rat makes a run commensurate with its strength.

41. 竹篙量布，價錢上落

62-1 竹篙量布價錢上落

| 校訂 | 竹篙量布，價錢上落

| 辭典客語拼音 | chuk ko (kau) liong5 pu3, ka3 tshien5 shong lok8

| 辭典英文釋義 | price of the cloth is according to measure (the price goes up or down accordingly).

| 中文翻譯 | 布的價格根據丈量而定（價錢相應上漲或下降）。

| 說明 | 布匹的買賣要用尺來計量，用竹篙量布，就沒有了標準，價格的高低就會有出入。

| 參考資料 |

涂春景《形象化客話俗語1200句》頁102「竹篙量布，價錢取湊」條，解釋為「竹篙，竹竿；價錢取湊，以價錢的高低來決定買賣與否。買布通常都用尺量取；用竹竿量取，便失去了取信於人的標準。最後，買者只有以貨價的高低，來決定買還是不買。寓有準繩的重要之意。」

黃永達《臺灣客家俚諺語語典：祖先的智慧》頁158「竹篙量布——有賺就好」條，解釋為「[師傅話]精打細算的布商用細尺來量布，用竹篙來量布，自然只係量一個大概，指無計較恁多，有賺就好。例：股票起起落落，看佢起到差毋多咧，我就竹篙量布——有賺就好，賣賣忒去咧。」

楊兆禎《客家老古人言》頁124「賣布不用尺——存心不良（量）」。

竹篙量布價錢上落, *c. ko (kau) liông pù, kà tshiên shong lòk*, price of the cloth is according to measure (the price goes up or down accordingly).

42. 春寒雨起，夏寒絕流

65-1 春寒雨起夏寒絕流

｜校訂｜春寒雨起，夏寒絕流

｜辭典客語拼音｜ chhun hon5 yi2 khi2 (hi2), ha3 hon5 tshiet8 liu5

｜辭典英文釋義｜ a cold spring presages rain, a cold summer presages drought.

｜中文翻譯｜寒春是下雨的徵兆，寒夏是乾旱的徵兆。

｜參考資料｜

《教育部臺灣客家語常用詞辭典試用版》「春寒多雨，夏寒絕雨」條，釋義為「春天寒冷表示會多下雨，夏天變冷則雨不多。」

徐運德《客家諺語》頁 243「春寒雨起，夏寒絕雨」，意思是「春分下雨，夏至就沒雨。」

黃永達《臺灣客家俚諺語語典：祖先的智慧》頁 237「春寒雨起，夏寒絕雨」條，解釋為「[經驗談] 春天做冷會落水，熱天毋熱會天旱。」

楊兆禎《客家諺語拾穗》頁 82「春寒多雨，夏寒絕雨」，解釋為「春天冷時常下雨；夏天則天氣一涼，雨便停了。」

春寒雨起夏寒絕流, *c. hôn yì (hì) khì, hà hôn tshièt liú*, a cold spring presages rain, a cold summer presages drought.

43. 鐘不打不鳴，人不勸不善

68-1 鐘不打不鳴人不勸不善

｜校訂｜鐘不打不鳴，人不勸不善

｜辭典客語拼音｜ chung put ta2 put min5, nyin5 put khen3 put shen3

｜辭典英文釋義｜ the bell if not struck; will not ring; man if not exhorted. will not become good.

｜中文翻譯｜鐘不敲不響，人不訓示不會變好。

｜參考資料｜

《教育部重編國語辭典修訂本》「鼓不打不響，鐘不撞不鳴」條，釋義為「比喻事出必有因。」此外還有「鐘不扣不鳴，鼓不打不響」條，釋義為「事情皆有起因，且既種下前因，就必有後果。」

《教育部臺灣客家語常用詞辭典試用版》「人愛人打落，火愛人燒著」條，釋義為「人要受到刺激才會打拚，就像火要人點才能燃燒般。喻人需要激勵，才會奮發；也勸人要有志氣，千萬不要因為被取笑而退縮。」

徐運德《客家諺語》頁 47-48「人要人打落，火要人燒著」，解釋為「普通人受了別人的激勵之後，往往能發揮他的本能而盡力為之，致使本來不易完成的事，在激勵之下而完成了。」

張魯原《中華古諺語大辭典》頁 383「鐘不撞不鳴，士不激不奮」條，解釋為「如同鐘不敲打就不會發出響聲一樣，男子漢不激勵就不會奮發圖強。明・吾邱瑞《運甓記》三〇：『嘗聞：「鐘不撞不鳴，士不激不奮。」當此天下洶洶，人情思亂，豈有鷹揚將佐，藏形草澤之中。』」

楊兆禎《客家諺語拾穗》頁 12「人愛人打落，火愛人燒著」條，解釋為「人需要打氣鼓勵」。

羅肇錦《苗栗縣客語、諺謠集（四）》頁 37-38「人愛人打落，火愛人燒著」條，解釋為「人需要激勵，才知道努力。就像爐火必須有人去點燃，才燒得旺。」

鐘不打不鳴人不勸不善, *c.* *pui tá put tá put mîn, nyîn put khèn put shèn*, the bell if not struck; will not ring; man if not exhorted. will not become good.

44. 出街學官樣，屋下無米放

76-1 出街學官樣，屋家無米放

| 校訂 | 出街學官樣，屋下無米放

| 辭典客語拼音 | chhut kai (ke) hok8 kwan yong3, vuk-ha mau5 mi2 piong3

| 辭典英文釋義 | a rich man abroad, foodless at home.

| 中文翻譯 | 在外富人樣，家中卻無糧。

| 說明 | 「官樣」是「學當官的派頭」。

| 參考資料 |

涂春景《聽算無窮漢——有韻的客話俚諺 1500 則》頁 44 收錄「出街學官樣，屋家無米放」，註解為「出街，上街；屋下，家裡。人都有虛榮，君不聞『打腫臉充胖子』乎？因此說，有人上街時，學做官人的派頭，家裡的飯鍋卻沒米可煮。或說『出門紳士樣，鑊頭洗淨無米放。』」

出街學官樣，屋家無米放, *c.* *kai (ke) hȯk kwan yòng vuk-ka mâu mi piòng*, a rich man abroad, foodless at home.

45. 畫眉打輸屎缸鳥

82-1 畫眉打輸屎缸鳥

| 辭典客語拼音 | fa3 mi5 ta2 shu shi2 kong tiau

| 辭典英文釋義 | the thrush beaten by the magpie robin; men who with little opportunity accomplish more than those who have.

| 中文翻譯 | 畫眉鳥打輸鵲鴝。意指機會小的人，其成就反而贏過那些擁有良好機遇的人。

| 說明 | 畫眉鳥外型與啼聲皆遠勝鵲鴝（客語為「屎缸鳥」，大陸及臺灣客語皆同），但卻打輸鵲鴝。喻出生背景、條件及機遇很好的人，因為不自愛、不努力等因素，後來的成就不如那些條件機遇很差的人。

| 參考資料 |

黃永達《臺灣客家俚諺語語典：祖先的智慧》頁341「畫眉鳥」條，解釋為「[俚俗語]喻人講話大聲，又好亂講大話。」

畫 眉 打 輸 屎 缸 鳥, *f. mî tà shu shì kong tiau*, the thrush beaten b the magpie robin; men who with little opportunity accomplish more than those who have.

46. 壞貓屙無好屎

82-2 壞貓疴無好屎

| 校訂 | 壞貓屙無好屎

| 辭典客語拼音 | fai2 nyau3 o mau5 (mo5) hau2 (ho2) shi2

| 辭典英文釋義 | an ill cat excretes bad ordure (met. for foul-tongued people).

| 中文翻譯 | 生病的貓排泄壞的糞（對滿嘴髒話的人說的）。

壞 貓 疴 無 好 屎, *f. nyàu o mâu (mô) háu (hó) shì*, an ill cat excretes bad ordure (met. for foul-tongued people).

47. 凡事留人情，後來好相見

83-1 凡事留人情後來好相見

｜校訂｜凡事留人情，後來好相見

｜辭典客語拼音｜ fam5 sii3 liu5 nyin5 tshin5, heu3 loi5 hau2 siong kien3

｜辭典英文釋義｜ while good feelings remain, we can meet to discuss again.

｜中文翻譯｜彼此留有好感，我們可以再談。

｜參考資料｜

《教育部臺灣客家語常用詞辭典試用版》「人情留一線，後來好見面」條，釋義為「意在提醒人做人不要太絕，要留一點後路給別人走，以後見面才不會尷尬。」

凡事留人情後來好相見, *f. sụ̀ liû nyîn tshîn hèu lôi háu siong kièn*, while good feelings remain, we can meet to discuss again.

48. 飯好亂食，話毋好亂講

88-1 飯好亂食，話唔好亂講

｜校訂｜飯好亂食，話毋好亂講

｜辭典客語拼音｜ fan2 hau2 lon3 shit8, va3 m hau2 lon3 kong2

｜辭典英文釋義｜ eat as you please, but be careful how you speak.

｜中文翻譯｜要怎麼吃都可以，但要小心說話。

｜參考資料｜

《教育部重編國語辭典修訂本》「寧吃過頭飯，莫說過頭話」條，釋義為「飯可以吃太飽，話卻不能講太滿。警告人說話要實在，不要誇張、吹牛。」

飯好亂食，話唔好亂講 *f. háu lòn shit, và m háu lòn kóng*, eat as you please, but be careful how you speak.

49. 竵嘴雞揀穀

93-1 □□□□□

｜校訂｜竵嘴雞揀穀

｜辭典客語拼音｜ fe2 choi3 kai (ke) kan2 kwuk

｜辭典英文釋義｜ a crooked beated hen certainly selects the grain (used in blame of those who handle everything on the tray before they buy).

｜中文翻譯｜歪嘴雞還真是挑選穀（用於指責那些在買東西之前在貨物盤上東挑西挑的人）。

｜說明｜「竵」與「歪」在客語有些許差別，如形容嘴巴長的偏一邊稱「嘴竵竵」，稱呼這種人為「竵嘴仔」。

｜參考資料｜

黃永達《臺灣客家俚諺語語典：祖先的智慧》頁 239「歪嘴雞——捲（揀）食」條，解釋為「[師傅話]雞仔歪嘴，食東西要用捲的，故稱『捲食』，共音轉意成『揀食』。」

羅肇錦《苗栗縣客語、諺謠集（四）》頁 58 收錄「歪嘴雞簡穀食」，解釋為「嘴巴歪斜的雞還在挑剔穀子才要吃。自身條件不佳，還在挑剔工作不好。譏刺不自量力的人。」

f. chòi kai (ke) kán kwuk, a crooked beated hen certainly selects the grain (used in blame of those who handle everything on the tray before they buy).

50. 和尚無眠，孝子無睡

95-1 和尚無眠孝子無睡

｜校訂｜和尚無眠，孝子無睡

｜辭典客語拼音｜ fo5 shong3 mau5 min5, hau3 tsii2 mau5 shoi3

｜辭典英文釋義｜ if the bonze sleep not the mourners sleep not (met. of where one's activity necessitates that of others.)

｜中文翻譯｜僧侶道士沒睡，孝子孝孫也沒睡（比喻某個人的行動會牽引到其他人的行動）。

| 參考資料 |

徐于芳、陳康宏、劉兆蘭《一日一句客家話——客家老古人言》頁 10「和尚無眼，孝子無睡」，解釋為「這句話是說和尚職司喪家養生送死之事，對人死之事早已司空見慣，不過，孝子則不同，悲慟難眠；此乃二者處境不同，自難感同身受。」

涂春景《形象化客話俗語 1200 句》頁 126 收錄此條，解釋為「和尚，稱為人家做法事的道士。」客家庄的傳統葬禮，子孫要為過身的親人做法事，稱「做齋兒」或「誦經」，叫做「做功德」。做功德有四道程序，一告神、二成服、三點主、四開鑼。開鑼即做功德的起始，或一日一夜（大約自早上八點至晚上十點），或一晝一夜（大約午後一點到晚上十點）。通常以一晝一夜為多，做法事的道士沒睡，披麻帶孝的孝子孝孫，當然跟隨道士不得休息。因此稱，受人牽制不得自由，說「和尚無睡，孝子無眠」。

和尚無眼孝子無睡, *fô. shòng mâu mîn hàu tsṳ́ mâu shòi*, if the bonze sleep not the mourners sleep not (met. of where one's activity necessitates that of others.)

51. 火燒豬頭——熟面

96-1 火燒猪頭熟面

| 校訂 | 火燒豬頭——熟面

| 辭典客語拼音 | fo2 shau chu theu5 shuk8 mien3

| 辭典英文釋義 | of one you know but cannot place him.

| 中文翻譯 | 指依稀認得某人，但記不得何時見過，如何認得。

| 說明 | 師傅話「火燒豬頭——熟面」，比喻似曾相識。

| 參考資料 |

《教育部臺灣客家語常用詞辭典試用版》「火燒豬頭——熟面」條，釋義為「面熟，比喻面貌熟識。」

火燒猪頭熟面, *f. shau chu thêu shuk mièn*, of one you know but cannot place him.

52. 火燒竹筒——直爆

97-1 火燒竹筒直爆

| 校訂 | 火燒竹筒——直爆

| 辭典客語拼音 | fo2 shau chuk thung2 chhit8 pau3

| 辭典英文釋義 | a bamboo fired splits straight (met. men should speak straight — correctly.)

| 中文翻譯 | 火燒的竹子，直接裂開（比喻人應直言不諱）。

| 說明 | 本諺是師傅話「火燒竹筒——直爆」，比喻有話直說。

火 燒 竹 筒 直 爆, *f. shau chuk thúng chhit pàu*, a bamboo fired splits straight (met. men should speak straight—correctly.

53. 灰屋峨峨肚裡空，茅寮肚裡出相公

99-1 灰□□□□□□，□□□□□□□

| 校訂 | 灰屋峨峨肚裡空，茅寮肚裡出相公

| 辭典客語拼音 | foi vuk ngo5 ngo5 tu2 li2 khung, mau5 liau5 tu2 li2 chhut siong3 kung

| 辭典英文釋義 | the lime-built house is empty within — from the thatched cottage comes the scholar.

| 中文翻譯 | 石灰建造的華屋裡頭空無一物，茅草蓋的房子培養出學者。

| 說明 | 比喻將相本無種，豪門出不了人才，艱困的環境反而成就功業。

| 參考資料 |

徐運德《客家諺語》頁 32「朱門生阿斗，茅寮出狀元」，意思是「富有的家，生出了阿斗似地傻孩子，窮苦的家，生出了狀元般的聰明孩子。」

羅肇錦《苗栗縣客語諺語、謎語集（二）》頁 115-116「瓦屋高高肚裡空，茅屋矮矮出相公」條，解釋為「環境富裕的家庭，養尊處優，往往使子女缺乏鬥志，很難成材；倒是貧窮家道，容易激起子女的向上進取之心，常能孕育出傑出的人才，教育有成才子女。」

羅肇錦《苗栗縣客語、諺謠集（四）》頁 60-61「朱門生阿斗，茅寮出狀元」，解為「富

貴豪門，有可能生出低能兒，貧賤家庭也有可能出現狀元郎。」

f. vuk ngô ngô tú lí khung. Mâu liâu tú lí chhut siòng kung, the lime-built house is empty within—from the thatched cottage comes the scholar.

54. 荒田肥，荒埔瘦

101-1 荒田肥荒埔瘦

| 校訂 | 荒田肥，荒埔瘦

| 辭典客語拼音 | fong thien5 phui5, fong pu seu3

| 辭典英文釋義 | arable land untilled grows rich, non-arable land untilled gets poor or lean.

| 中文翻譯 | 適合耕種的田不去犁它會變肥沃，不適合耕種的地不去犁它則會變得貧瘠。

| 說明 | 原諺意思是：田荒廢不耕種會變肥沃，山園荒廢不耕作會變貧瘠。田是農田，園是山園。「荒」是動詞。讓田休耕，會使田土肥沃，將來產量更多，但讓山園休作，會使園地貧瘠，將來產量減少。

荒田𦢊荒埔瘦, *f. thiên phûi fon- pu sèu,* arable land untilled grows rich, non arable land untilled gets poor or lean.

55. 皇帝打架──爭天

103-1 皇帝打架爭天

| 校訂 | 皇帝打架──爭天

| 辭典客語拼音 | fong5 ti3 ta2 ka3 (kau3) tsang thien

| 辭典英文釋義 | like rival kings striving for world possession, (used in bargaining when a ridiculously small sum is offered).

| 中文翻譯 | 像是敵對的皇帝爭奪領土（用在講價時，有人出奇低的價格時）。

｜說明｜ 師傅話「皇帝打架——爭天」，「爭天」是「相差極大」之意。

皇帝打架爭天, *f. tì tá kà (kau) tsang thien*, like rival kings striving for world possession, (used in bargaining when a ridiculously small sum is offered).

56. 皇帝也有草鞋親

103-2 皇帝亦有草鞋親

｜校訂｜皇帝也有草鞋親

｜辭典客語拼音｜ fong5 ti3 ya yu tshau2 hai5 (he5) tshin

｜辭典英文釋義｜ the king has relations who wear straw shoes.

｜中文翻譯｜皇帝也有穿草鞋的親戚。

｜參考資料｜

《教育部重編國語辭典修訂本》「草鞋親」條，釋義為「穿草鞋的親戚。比喻貧窮卑賤的親戚。」

涂春景《形象化客話俗語 1200 句》頁 151「皇帝也有草鞋親」條，解釋為「草鞋親，穿草鞋的親戚，指親戚是平民百姓。此話意指皇帝未得天下之前，也是一介平民。」

張魯原《中華古諺語大辭典》頁 113「皇帝也有草鞋親」條，解釋為「指任何人都有窮親友。清．李漁《乞兒行好事．皇帝做媒人》：『自古道：「皇帝也有草鞋親。」就下賤些也無礙。』」

黃永達《臺灣客家俚諺語語典：祖先的智慧》頁 240「皇帝也有草鞋親」條，解釋為「[俚俗語] 喻身份尊貴的人共樣有身份卑微的親戚。」

皇帝亦有草鞋親, *f. ti ya yu tsháu hâi (hê) tshin*, the king has relations who wear straw shoes.

57. 狐狸笑貓

107-1 狐狸笑貓

｜辭典客語拼音｜ fu5 li5 siau3 myau3

| 辭典英文釋義 | the fox laughs at the cat, (the pot calls the kettle black).
| 中文翻譯 | 狐狸笑貓（鍋嫌壺黑）。

| 說明 | 比喻彼此不相上下，五十步笑百步。

| 參考資料 |
《教育部臺灣客家語常用詞辭典試用版》「狐狸莫笑貓」條，釋義為「自己不行，不要笑別人差。」「狐狸莫笑貓，共樣尾翹翹」條，釋義為「比喻兩人半斤八兩而不知要檢討。」
涂春景《形象化客話俗語1200句》頁127「狐狸莫笑貓」條，解釋為「狐狸、貓一樣，尾巴都臭臭的，誰也不必笑誰。用這個事實，來借喻兩個人彼此地位、程度相等。」

狐 狸 笑 貓, *f. lî siàu myàu*, the fox laughs at the cat, (the pot calls the kettle black).

58. 狐狸毋知尾下臭

107-2 狐狸唔知尾下臭

| 校訂 | 狐狸毋知尾下臭
| 辭典客語拼音 | fu5 li5 m ti mui ha chhiu3

| 辭典英文釋義 | the fox does not know the smell it leaves.
| 中文翻譯 | 狐狸不識自己留下的臭味。

| 說明 | 比喻不知檢討自己的缺失，只顧批評別人。「尾下臭」指狐狸尾巴根部有臭腺，釋出臭氣。

| 參考資料 |
《教育部臺灣客家語常用詞辭典試用版》「狐狸毋知尾下臭」，釋義為「比喻不知檢討自己的缺失，只顧批評別人。」與「狐狸莫笑貓，共樣尾翹翹」義同。
徐運德《客家諺語》頁34收錄「狐狸毋知尾下臭，田螺毋知屎朏皺」，解釋為「喻人只知批評他人缺點，而不知自己的缺失。」
楊兆禎《客家諺語拾穗》頁70「狐狸毋知自家尾下臭——只會講別人」，解釋為「1.與『鱉笑龜無尾』、『自家朘仔歪，嫌人尿桶漏』類似。2.上面的『狐狸』、『鱉』、『自家』（自己）……都是自己有問題而不自知，且還笑人嫌人……。」

楊兆禎《客家老古人言》頁 81「狐狸唔知自家尾下臭——只會批評別人」。

狐狸唔知尾下臭, *f. lî m ti mui ha chhiù*, the fox does not know the smell it leaves.

59. 狐狸打扮像貓樣

107-3 狐狸打扮像貓樣

| 辭典客語拼音 | fu5 li5 ta2 pan3 tshiong3 miau3 yong3

| 辭典英文釋義 | the fox assumes the disguise of a cat — said of wily people.
| 中文翻譯 | 狐狸裝成貓——意指詭計多端的人。

| 說明 | 狐狸喜歡捕捉家禽，裝成家貓的樣子，使家禽無戒心。

| 參考資料 |
《教育部臺灣客家語常用詞辭典試用版》「狐狸花貓」條，釋義為「形容人說話不符合事實。」

狐狸打扮像貓樣, *f. lî tá pàn tshiòng, miàu yòng*, the fox assumes the disguise of a cat—said of wily people.

60. 狐狸毋打夜啼雞

107-4 狐狸唔打夜啼鷄

| 校訂 | 狐狸毋打夜啼雞
| 辭典客語拼音 | fu5 li5 m ta2 ya3 thai5 kai

| 辭典英文釋義 | the fox does not kill the cock that crows in the night.
| 中文翻譯 | 狐狸不殺夜間啼叫的公雞。

| 說明 | 狐狸擔心如果去捕殺夜啼雞，公雞一啼主人就會前來查看，狐狸就會性命不保，故不捕殺夜啼雞。比喻歹徒做事極為小心。亦可比喻壞人對有責任在身的人，不會輕易欺負。

| 參考資料 |

涂春景《形象化客話俗語 1200 句》頁 126「狐狸毋打夜啼雞」條，解釋為「毋打，不打；夜啼雞，夜裡司晨的雞隻，傳說雞夜間看不到，此話稱弱者。用連狐狸都不打夜啼的雞，來說明人也不該欺負弱者。」

黃永達《臺灣客家俚諺語語典：祖先的智慧》頁 206「狐狸毋打夜啼雞」條，解釋為「[俚俗語] 狐狸好食雞，就係毋打夜啼雞，因為驚佢一啼自家生命就毋保，指奸人做事儘小心；也喻奸詐、做壞事的人，有成時也會同情有困難的人。」

狐狸唔打夜啼鷄, *f. lî m tá yà thâi kai,* the fox does not kill the cock that crows in the night.

61. 狐狸愛去狗掕尾

107-5 狐狸愛去狗搖尾

| 校訂 | 狐狸愛去狗掕尾

| 辭典客語拼音 | fu5 li5 oi3 khi3 keu2 pang mui

| 辭典英文釋義 | the flying fox the dog its tail will seize (debt seizes the debtor).

| 中文翻譯 | 狗會抓住想逃離的狐狸的尾巴（債務困住債務人）。

| 說明 | 比喻想脫離困境，卻難脫身。

| 參考資料 |

徐運德《客家諺語》頁 196-197 收錄「狐狸愛走狗掕尾」，解釋為「比喻男女，兩情繾綣，臨別依依不捨，大有不願分離的意思。」

黃永達《臺灣客家俚諺語語典：祖先的智慧》頁 206-207「狐狸愛走狗 尾」條，解釋為「[比喻語] 難分難捨，也有『甩毋忒』之意。例：佢無愛該位細妹仔咧，毋過狐狸愛走狗 尾，佢這下難脫瓜咧。」

狐狸愛去狗搖尾, *f. lî òi khì kéu pang mui,* the flying fox the dog its tail will seize (debt seizes the debtor).

62. 湖鰍和鮹子

107-6 湖鰍和鮹子

| 辭典客語拼音 | fu5 tshiu (vo) vat8 tsii2

｜辭典英文釋義｜ the eel and hornyblack fish are alike without scales, (met. This man and that are of the same ilk) indiscriminate mixing of the sexes.

｜中文翻譯｜鰻魚和黑硬棘魚很像，都沒有鱗，性別夾雜不清（比喻這個人和那個人是同類）。

｜說明｜ “eel”是鰻魚，非湖鰍，“hornyblack fish”是否就是「鯖」，待考。類似的東西參雜在一起，讓人分不清楚。為何英文有「性別夾雜不清」的說法，待考。「鯖」是「黃江鯰」，鮨鮠魚，無鱗，有硬棘，易刺傷人，客語稱「鯖哥」，後音變成「黃阿角」，即閩南語的「三角姑」。

｜參考資料｜

徐運德《客家諺語》頁 406「湖鰍合鯖」，解釋為「湖鰍和鯖哥，雖同是魚類，但各自的稟質不同，滋味也不一樣。故不能混在一起煮的。如果混在一起煎煮，就會變成不可口的食物了。故此語，乃用以比喻某種事情，被搞得亂七八糟，不成體統之謂。鯖乃鯖魚形如蛇有四腳。」

彭欽清〈客俗語「湖鰍合鯖仔」的「鯖」探源〉摘要：「『湖鰍合鯖仔』是常聽到的客家俗語，意思是類似的東西參雜在一起，讓人分不清楚。」

黃永達《臺灣客家俚諺語語典：祖先的智慧》頁 330-331「湖鰍合鯖」條，解釋為「[比喻詞] 鰍鯖共煮，變毋好食，喻好壞毋分，事情亂搞一通。鯖，鯖哥也，形像蛇，有四腳。」另有「湖鰍合塘虱」條，解釋為「[俚俗語] 毋管麼个東西，全部煮煮共下，也喻賤物和賤物共下。湖鰍、塘虱，全係水溝肚的賤魚類。」

湖鰍和鯖子, *f. tshiu (vo) vàt tsṳ̀,* the eel and hornyblack fish are alike without scales, (met. This man and that are of the same ilk) indiscriminate mixing of the sexes.

63. 湖蜞毋齧凳腳

108-1 蝴蜞唔囓櫈腳

｜校訂｜湖蜞毋齧凳腳

｜辭典客語拼音｜ fu5 khi5 m ngat ten3 kiok

｜辭典英文釋義｜ leeches will not bite the legs of stools — those who have nothing are not squeezed.

｜中文翻譯｜水蛭不會咬凳腳，意指一無所有的人不會被壓榨。

｜說明｜ 比喻不做徒勞無功的事。

| 參考資料 |

《教育部臺灣客家語常用詞辭典試用版》「湖蜞毋齧凳腳」條，釋義為「水蛭天生能認出動物可供吸血，不會去咬椅腳，比喻不會白花功夫在毫無利益的事上。」與「雞嫲蟲毋咬書」義近。

黃永達《臺灣客家俚諺語語典：祖先的智慧》頁 330「湖蜞毋齧凳腳」條，解釋為「[俚俗語] 毋係該種料就毋好做該種事，喻人有自知之明。湖蜞，水蛭也。」此外頁 400「蝴蜞咬凳腳——毋係該塊料」條，解釋為「[師傅話] 蝴蜞無牙，係無能力齧硬凳腳的，喻人毋係該種材料，就無該種能力。」另有「蝴蜞齧凳腳——毋係該種腳」條，解釋為「[師傅話] 蝴蜞要食人腳血，凳腳毋係有血的動物腳，故為毋係該種腳，即毋係塊料之意。」

蝴蜞唔囓㮛脚, *f. khî m ngat tèn kiok;* leeches will not bite the legs of stools—those who have nothing are not squeezed.

64. 虎惡毋食尾下子

110-1 虎惡唔食尾下子

| 校訂 | 虎惡毋食尾下子

| 辭典客語拼音 | fu2 ok m shit8 mui ha tsii2

| 辭典英文釋義 | the cruel tiger does not eat its young; of one who is cruel save to his own.

| 中文翻譯 | 老虎再凶殘也不會吃自己的小孩；指一個人很凶殘，除了對自己的小孩。

| 說明 | 此處「尾下子」指親生的虎子。

| 參考資料 |

《教育部重編國語辭典修訂本》「虎毒不食子」條，釋義為「老虎雖然凶猛，尚且不吃虎子。比喻人不論如何狠毒，也不會傷害自己的孩子。」

虎惡唔食尾下子, *f. ok m shit mui ha tsṳ̀,* the cruel tiger does not eat its young; of one who is cruel save to his own.

65. 富人思來年，窮人思眼前

113-1 富人思來年窮人思眼前

| 校訂 | 富人思來年，窮人思眼前

｜辭典客語拼音｜ fu3 nyin5 sii loi5 nyen5, khiung5 nyin5 sii ngan2 tshien5

｜辭典英文釋義｜ the rich man can think of the future, the poor man is taken up with the present.
｜中文翻譯｜富人可以想到未來，窮人只能顧眼前。

｜說明｜ 富人有閒規劃未來，窮人只能圖三餐溫飽。

富人思來年窮人思眼前, *f. nyîn sụ lôi nyên, khiûng nyîn sụ ngán tshièn*, the rich man can think of the future, the poor man is taken up with the present.

66. 富人讀書，窮人餵豬

113-2 富人讀書窮人餵猪

｜校訂｜富人讀書，窮人餵豬
｜辭典客語拼音｜ fu3 nyin5 thuk8 shu, khiung5 nyin5 vui3 chu

｜辭典英文釋義｜ the rich man studies, the poor man rears pigs.
｜中文翻譯｜有錢人讀書，貧窮人養豬。

｜說明｜ 富人讀書求官，窮人養豬求富。

｜參考資料｜
黃永達《臺灣客家俚諺語語典：祖先的智慧》頁 322「富人讀書，窮人畜豬」條，解釋為「[教示諺] 人有錢就要讀加兜書才會有修，人窮苦就要多畜豬賣豬來改善生活。」

富人讀書窮人餵猪, *f. nyîn thùk shu, khiûng nyîn vúi chu,* the rich man studies, the poor man rears pigs.

67. 富人捨錢，窮人捨力

113-3 富人捨錢窮人捨力

｜校訂｜富人捨錢，窮人捨力
｜辭典客語拼音｜ fu3 nyin5 sha3 tshien5, khiung5 nyin5 sha3 lit8

| 辭典英文釋義 | the rich man spends money, the poor spends strength.
| 中文翻譯 | 有錢的人出錢，貧窮的人出力。

| 說明 | 比喻各盡己力。

富人捨錢窮人捨力, *f. nyîn shà tshiên, khiûng nyîn shà lit,* the rich man spends money, the poor spends strength.

68. 富貴不離城郭

113-4 富貴不離城郭

| 辭典客語拼音 | fu3 kwui3 put li5 shang5 kwok

| 辭典英文釋義 | the rich are from the city suburbs, the honourable also.
| 中文翻譯 | 富貴之人都來自市郊。

| 說明 | 有錢有地位之富貴人家，生活都不離城市的中心及其周圍，因為當地生活機能較好較方便。

富貴不離城郭, *f. kwùi put lî shâng kwok,* the rich are from the city suburbs, the honourable also.

69. 富人富上天，窮人無枚針

114-1 富人富上天窮人無枚針

| 校訂 | 富人富上天，窮人無枚針
| 辭典客語拼音 | fu3 nyin5 fu3 shong thien, khiung5 ngin5 mo5 (mau5) mui5 chim

| 辭典英文釋義 | the rich man's riches mount to the heavens, the poor man does not own a pin.
| 中文翻譯 | 富人的財富多到可以堆上天，窮人窮到連根針都沒有。

| 說明 | 比喻貧富懸殊。

富人富上天窮人無枚針, *f. nyîn fù shong thien, khiûng ngîn mô (mâu) mûi chim,* the rich man's riches mount to the heavens, the poor man does not own a pin.

70. 㪐魚遇著獺

114-2 㪐魚遇到獺

|校訂|㪐魚遇著獺

|辭典客語拼音| fu3 ng5 nyi3-tau2 tshat

|辭典英文釋義| after baling the water in order to catch the fish, I met an otter (which had taken the fish); (met. he was unfortunate in his request.)

|中文翻譯|在我潑乾水之後要捕魚時，卻遇到了一隻已先吃了魚的水獺（比喻一個人在求取事物上不順遂）。

|參考資料|

羅肇錦《苗栗縣客語、諺謠集（四）》頁42「偓㪐水你捉魚」，「㪐水」解釋為「把水從低處往高處潑灑」，全句意為「我弄乾河水，你來抓魚。謂自己辛苦工作，卻讓別人坐享其成。」

㪐魚遇到獺, *f. n̂g nyì-táu tshat,* after baling the water in order to catch the fish, I met an otter (which had taken the fish); (met he was unfortunate in his request.)

71. 㪐魚愛力，釣魚乞食

114-3 㪐魚愛力釣魚乞食

|校訂|㪐魚愛力，釣魚乞食

|辭典客語拼音| fu3 ng5 oi3 lit8, tiau3 ng5 khet shit8

|辭典英文釋義| It costs effort to catch fish by baling out water; the man who fishes with hook begs for food.

|中文翻譯|潑乾水捕魚要費心費力；用釣鉤釣魚的人則是乞食。

|參考資料|

何石松《客諺第二百首——收錄最新一百首客諺》頁60「㪐魚愛力，釣魚乞食」條，解釋為：「㪐魚愛力，釣魚乞食。意指到河壩或小溪捕魚，要先將水窟（溪中蓄積深水處）的上游截流，再將壩上水窟的水㪐乾（雙手持勺將水潑倒出去），需要付出不少心力，但卻可以真正捕捉到魚，以資佐食；如果不此之圖，只求安逸享樂，日夕坐於岸邊釣魚，則可能蹉跎歲月而大失所望，雖不必淪為乞丐，

恐亦不合勤勞之道。戽魚易為力，釣魚難為功，實乃勸人要務實踐履，不可好逸惡勞。」

涂春景《聽算無窮漢——有韻的客話俚諺 1500 則》頁 86 收錄此條，解釋為「戽魚，戽水捉魚；愛，需要；乞食，討吃。話說，戽水捉魚，要費很大力氣；釣魚雖清閒不用力，但像乞丐乞食一般。」

戽魚愛力釣魚乞食, *f. n̂g òi li̍t tiàu n̂g khet shi̍t,* It costs effort to catch fish by baling out water; the man who fishes with hook begs for food.

72. 分得平，使得行

123-1 分得平使得行

| 校訂 | 分得平，使得行

| 辭典客語拼音 | fun tet phiang5, sii2 tet hang5

| 辭典英文釋義 | if there is a fair division, the matter can be carried through.

| 中文翻譯 | 分配如果公平，事情就可以順利完成。

| 參考資料 |

涂春景《聽算無窮漢——有韻的客話俚諺 1500 則》頁 45「分得平，使得行」條，解釋為「分，給。如果分東西給一群人，應該講求公平，以後有事使喚，人家才會甘心為你效勞。」

黃永達《臺灣客家俚諺語語典：祖先的智慧》頁 69「分得平，使得行」條，解釋為「[教示諺] 勸人要公平對人對事，公平不偏私就好做事。」

分得平使得行, *f. tet phiàng sṳ́ tet hàng,* if there is a fair division, the matter can be carried through.

73. 分家三年成鄰舍

123-2 分家三年成鄰舍

| 辭典客語拼音 | fun ka sam nyen5 shang5 lin5 sha3

| 辭典英文釋義 | three years after the patrimony is divided, brethren become simply neighbours.

| 中文翻譯 | 分家三年後，兄弟變成純鄰居。

｜參考資料｜

《教育部臺灣客家語常用詞辭典試用版》「分家三年成鄰舍」條，釋義為「時間久了，感情自然漸漸疏遠。」

黃永達《臺灣客家俚諺語語典：祖先的智慧》頁 97「兄弟分家成鄰舍，上晝分家下晝借」條，解釋為「[經驗談] 嘆人間世事變化快速，親兄弟一屋人，一分家就像鄰舍別人了。」

羅肇錦《苗栗縣客語、諺謠集（四）》頁 23「兄弟分家成鄰舍，上晝分下晝借」，其意為「兄弟之間分家以後就成了鄰居，上午剛分完，下午就彼此相借貸了。」

分家三年成鄰舍, *f. ka sam nyên shâng lîn shà*, three years after the patrimony is divided, brethren become simply neighbours.

74. 婚姻不明，請問媒人

125-1 婚姻不明請問媒人

｜校訂｜婚姻不明，請問媒人

｜辭典客語拼音｜ fun yin put min5, tshiang2 mun3 moi5 nyin5

｜辭典英文釋義｜ If the marriage contract be not clear ask the go-between.

｜中文翻譯｜如果婚約不清楚，要去請教媒人。

｜參考資料｜

涂春景《聽算無窮漢——有韻的客話俚諺 1500 則》頁 67「婚姻不明，去問媒人；買賣不明，去問中人」條，解釋為「不明，不清楚或說有糾紛；中人，仲介業者。從前人的婚姻，完全憑媒人從中傳話媒合，所以婚姻有什麼糾紛或不清楚明白的地方，去問媒人；以前人家像土地……等大筆的交易買賣，多靠仲介業者的撮合，所以買賣有了糾葛，要找中人。」

婚姻不明請問媒人, *f. yin put mîn, tshiáng mùn môi nyîn*, If the marriage contract be not clear ask the go-between.

75. 粉洗烏鴉白不久

126-1 粉洗烏鴉白不久

｜辭典客語拼音｜ fun2 se2 v-u-a phak8 put kiu2

｜辭典英文釋義｜ to powder the raven white, does not last long, (met. for reversion to type) nothing endures but reality.

｜中文翻譯｜用粉讓烏鴉變白不能持久，（比喻回復原貌）只有真實才能持久。

｜說明｜ 黑的就是黑，即使抹粉也無法變白。比喻事實就是事實，無法掩蓋。

粉洗烏鴉白不久, *f. sé v-u-a phák put kiú*, to powder the raven white, does not last long, (met. for reversion to type) nothing endures but reality.

76. 風起扇無功

129-1 風起扇無功

｜辭典客語拼音｜ fung khi2 shen3 vu5 kwung

｜辭典英文釋義｜ wind renders the fan of no consequence.

｜中文翻譯｜風使得扇子毫無作用。

｜參考資料｜

黃永達《臺灣客家俚諺語語典：祖先的智慧》頁251「風起扇無功」條，解釋為「[經驗談]無風時節，扇仔做得用來撥涼；風起自然涼，扇仔就無用咧，喻社會的現實。」

風起扇無功, *f. khi shèn vû kwung*, wind renders the fan of no consequence.

77. 逢真人不說假話

131-1 逢真人不說假話

｜辭典客語拼音｜ fung5 chin nyin5 put shot ka2 va3

｜辭典英文釋義｜ meet a sincere man you do not speak false words to him.

｜中文翻譯｜遇到一個真誠的人，你不會對他說假話。

｜說明｜ 在真誠可靠或知情的人面前不必說謊話。

｜參考資料｜

宋・釋普濟《五燈會元・南康軍雲居山了元佛印禪師》：「真人面前不說假，佛也安，祖也安。」

逢真人不說假話, *f. chin nyîn put shot ká và*, meet a sincere man you do not speak false words to him.

78. 紅金鯉留來嚇獺

132-1 紅金鯉留來嚇獺

｜辭典客語拼音｜ fung5 kim li liu5 loi5 hak tshat (like)

｜辭典英文釋義｜ keeping gold fish to frighten otters (met. useless).

｜中文翻譯｜留下金魚嚇水獺（比喻無用）。

｜說明｜ 1. 原客語拼音「獺」另拼「like」，疑誤植。2. 水獺喜歡吃魚，留下紅金鯉正好給水獺吃。

｜參考資料｜

黃永達《臺灣客家俚諺語語典：祖先的智慧》頁 245「紅金鯉嫲——嚇獺（㩧）仔」條，解釋為「[師傅話] 水獺仔看到紅鯉嫲會驚，故為嚇獺仔，共音轉意成為嚇㩧仔。」

紅金鯉留來嚇獺, *f. kim li liû lôi hak tshat* (*like*), keeping gold fish to frighten otters (met. useless).

79. 紅面毋做做烏面

132-2 紅面唔做做烏面

｜校訂｜紅面毋做做烏面

｜辭典客語拼音｜ fung5 mien3 m tso3, tso3 vu mien5

｜辭典英文釋義｜ if you do not respect decency you become a nigger.

｜中文翻譯｜不尊重誠信正義的話，你就是黑鬼。

｜說明｜ 比喻好人不做，做壞人。英譯「nigger」指「黑鬼」，為歧視黑人用語。客語「烏面」指壞人，如「面畫烏來」。在戲曲中之「紅面」代表正直，如關公。

紅面唔做做烏面, *f. mièn m̄ tsò, tsò vu mièn*, if you do not respect decency you become a nigger.

80. 紅梅做過青梅來

132-3 紅梅做過青梅來

| 辭典客語拼音 | fung5 moi5 tso3 kwo3 tshiang moi5 loi5

| 辭典英文釋義 | the teacher remembers his schoolboy days.

| 中文翻譯 | 老師記得他的學童時光。

| 說明 | 比喻年輕與年老是人生必經過程。

| 參考資料 |

《教育部重編國語辭典修訂本》「黃梅不落青梅落」條，釋義為「黃梅，已經成熟的梅子。青梅，初結而尚未成熟的梅子。全句比喻老年人尚健在而年輕人反倒先死了。」

徐運德《客家諺語》頁 441「擔竿做過竹筍來」，解釋為「此語是指過來人的經歷，說她曾經享有綺麗年華風光，而至徐娘半老，終至雞皮鶴髮的老太婆。但他的意思是說，那是人生必經的過程，誰也用不著自傲，也不必自傷老大的意思。」

黃永達《臺灣客家俚諺語語典：祖先的智慧》頁 245「[比喻詞] 先有青梅才變紅梅，喻老人家都係經過後生時代來的。」

紅梅做過青梅來, *f. môi tsò kwò tshiang môi lôi*, the teacher remembers his schoolboy days.

81. 蛤蟆想食天鵝肉

136-1 蝦蟆想食天鵝肉

| 校訂 | 蛤蟆想食天鵝肉

| 辭典客語拼音 | ha5 ma5 siong2 shit8 thien ngo5 nyuk

| 辭典英文釋義 | the edible frog desires for food the flesh of the goose.

| 中文翻譯 | 田雞想吃天鵝肉。

｜說明｜ 客語「蝦蟆」是田雞。全句比喻痴心妄想，不自量力。

｜參考資料｜

《教育部重編國語辭典修訂本》「癩蝦蟆想吃天鵝肉」條，解釋為「比喻痴心妄想，不自量力。」

蝦 蟆 想 食 天 鵝 肉, *h. mâ sióng shit, thien ngô nyuk*, the edible frog desires for food the flesh of the goose.

82. 蝦公腳係人意（心）

136-2 蝦蚣脚係人意

｜校訂｜蝦公腳係人意（心）

｜辭典客語拼音｜ ha5 kung kiok he3 nyin5 yi3 (sim)

｜辭典英文釋義｜ the gift though small is prompted by deep feeling.

｜中文翻譯｜禮物雖小卻是因情意深才送的。

｜參考資料｜

《教育部重編國語辭典修訂本》「千里送鵝毛」條，釋義為「相傳大理國派特使向唐朝進貢天鵝，經沔陽湖時，天鵝飛走，留下一根羽毛。特使獻上羽毛，並賦詩：『將鵝送唐朝，山高路遠遙；沔陽湖失去，倒地哭號號；上覆唐天子，可饒緬伯高；禮輕人意重，千里送鵝毛。』見明．徐渭《路史》。後用以指自遠方贈送輕微的禮物，有禮物雖輕而情意深重的意思，亦用作贈人禮物的謙辭。」

楊兆禎《客家諺語拾穗》頁 127「蝦公腳敬人意——禮輕意重」，解釋為「與『千里送鵝毛』類似。」

蝦 蚣 脚 係 人 意, *h. kung kiok hè nyîn yì* (*sim*), the gift though small is prompted by déep feeling.

83. 夏至至長，冬至至短

138-1 夏至至長，冬至至短

｜辭典客語拼音｜ ha3 chi3 chi3 chhong5, tung chi3 chi3 ton2

｜辭典英文釋義｜ summer solstice the longest, winter solstice the shortest day.
｜中文翻譯｜夏至白天最長，冬至白天最短。

｜參考資料｜
徐運德《客家諺語》頁 228 解釋為「夏至晝長夜短；冬至夜長晝短。」

夏至至長，冬至至短， *h. chì chì chhông, tung chì chì tón,* summer solstice the longest, winter solstice the shortest day.

84. 客走主人寬

141-1 客走主人寬

｜辭典客語拼音｜ hak tseu2 chu2 nyin5 khwan (khwon)

｜辭典英文釋義｜ the guests gone there is leisure.
｜中文翻譯｜客人走了，就有空了。

｜說明｜ 形容主人待客深怕不周，直到客人離去才放心。

｜參考資料｜
《中華諺語》「客來主人歡，客走主人寬」，意思是主人好客，客人來了，熱情接待，表示歡迎；主人忙於接待，唯恐招待不周；客人離去，主人就不那麼忙碌拘束了。」

客走主人寬， *h. tséu chú nyîn khwan (khwon),* the guests gone there is leisure.

85. 鹹水係肚渴人食个

141-2 鹹水係肚渴人食個

｜校訂｜鹹水係肚渴人食个
｜辭典客語拼音｜ ham5 shui2 he3 tu2 hot (khot) nyin5 shit8 kai3

｜辭典英文釋義｜ salt water does not slake thirst, (met. notwithstanding high interest I must borrow money).

｜中文翻譯｜鹹水無法止渴（意指雖然利息高仍要借錢）。

｜說明｜ 比喻只求解救眼前困難，而不顧將來的大禍患。與「飲鴆止渴」類似。

鹹水係肚渴人食個, *h. shúi hè tú hot (khot) nyîn shit kài*, salt water does not slake thirst, (met. notwithstanding high interest I must borrow money).

86. 銜血噴人，先汙其口

142-1 銜血湓人先污其口

｜校訂｜銜血噴人，先汙其口

｜辭典客語拼音｜ ham hiet phun3 nyin5, sien vu khi5 kheu2

｜辭典英文釋義｜ filthy talk defiles first the mouth that utters it.

｜中文翻譯｜髒話首先汙到說髒話的嘴巴。

｜參考資料｜

《教育部重編國語辭典修訂本》「含血噴人」條，釋義為「比喻捏造事實，誣賴他人。」

銜血湓人先污其口, *h. hiet phùn nyîn sien vu khì khéu*, filthy talk defiles first the mouth that utters it.

87. 喊天天不應，喊地地無聲

143-1 喊天天不應喊地地無聲

｜校訂｜喊天天不應，喊地地無聲

｜辭典客語拼音｜ ham3 thien thien put yin3, ham3 thi3 thi3 vu5 shang

｜辭典英文釋義｜ neither heaven nor earth will answer.

｜中文翻譯｜天和地都不會回答。

｜參考資料｜

《教育部重編國語辭典修訂本》「叫天天不應，叫地地不靈」條，釋義為「呼天喚地也得不到回應。形容處境十分困難，得不到任何幫助。」

喊天天不應喊地地無聲, h. thien thien put yìn, h. thì thì vû shang, neither heaven nor earth will answer.

88. 閒手爪爛疤

144-1 閒手抓爛疤

｜校訂｜閒手爪爛疤

｜辭典客語拼音｜ han5 shiu2 tsau2 lan3 pa

｜辭典英文釋義｜ the idle hand scratches the sore to his injury. (The devil gets work for the idle hand.)

｜中文翻譯｜空閒的手抓潰爛的傷口（小人閒居做惡事）。

｜說明｜ 比喻太閒而沒事找事，自找麻煩。

｜參考資料｜

《教育部臺灣客家語常用詞辭典試用版》「閒手爪爛疤仔」條，釋義為「比喻太閒時，常會做些無意義的事。」

黃永達《臺灣客家俚諺語語典：祖先的智慧》頁 349「閒手抓爛疤」條，解釋為「[俚俗語] 雙手忒閒無事好做，就抓爛疤仔，喻日仔過到忒閒咧。」

羅肇錦《苗栗縣客語、諺謠集（四）》頁 20「閒手爪爛疤，緊爪緊大疤」，注釋「1. 爛疤：瘡疤。2. 緊抓緊大：越抓越大。」解釋為「手閒著沒事，就在抓身上的瘡疤，結果是越抓越糟。喻人沒事找事，結果惹出一身麻煩。」

閒手抓爛疤, h. shiú tsáu làn pa, the idle hand scratches the sore to his injury. (The devil gets-work for the idle hand.)

89. 閒時毋燒香，急時抱佛腳

144-2 閒時唔燒香急時抱佛腳

｜校訂｜閒時毋燒香，急時抱佛腳

｜辭典客語拼音｜ han5 shi5 m shau hiong, kip shi5 phau3 fut8 kiok

| 辭典英文釋義 | ordinarily he does not burn incense; in distress he embraces Buddha's legs.
| 中文翻譯 | 平常不燒香，遭遇困難時擁抱佛的大腿。

| 參考資料 |
《教育部重編國語辭典修訂本》「抱佛腳」條，釋義為「信仰佛教，鑽研佛理。唐．孟郊〈讀經〉詩：『垂老抱佛腳，教妻讀黃經。』後比喻平時沒有準備，臨時倉皇應付。《喻世明言．卷一〇．滕大尹鬼斷家私》：『自從倪太守亡後，從不曾見善繼一盤一盒，歲時也不曾酒盃相及。今日大塊銀子送來，正是「閑時不燒香，急來抱佛腳」，各各暗笑，落得受了買東西吃。』」

辭典截圖

閒時唔燒香急時抱佛腳, *h. shî m shau hiong, kip shî phâu fut kiok*, ordinarily he does not burn incense; in distress he embraces Buddha's legs.

90. 閒時物，急時用

144-3 閒時物急時用

| 校訂 | 閒時物，急時用
| 辭典客語拼音 | han5 shi5 vut8, kip shi5 yung3

| 辭典英文釋義 | what is of no use at present will find its use at another time.
| 中文翻譯 | 現在沒有使用的東西，在其他時候將會被使用到。

| 說明 | 比喻物必有用，留著以備不時之需。

辭典截圖

閒時物急時用, *h. shî vut, kip shî yùng*, what is of no use at present will find its use at another time.

91. 閒談莫說人非

144-4 閒談莫說人非

| 辭典客語拼音 | han5 tham5 mok8 shot nyin5 fui

| 辭典英文釋義 | when speaking do not find fault with others.

| 中文翻譯 | 在談話時不要議論別人的缺失。

| 說明 | 告誡謹言慎行的重要。

| 參考資料 |

清・金纓《格言聯璧》：「靜坐常思己過，閒談莫論人非。」一個人靜心獨處時，要時常反省自己所犯的過錯；與人交談閒聊之時，不要去談論他人的是非對錯。嚴以律己，寬以待人之意。

閒談莫說人非, *h. thâm mòk shot nyîn fui*, when speaking do not find fault with others.

92. 閒時置下，急時用

144-5 閒時置下急時用

| 校訂 | 閒時置下，急時用

| 辭典客語拼音 | han5 shi5 chi3 ha3, kip shi5 yung3

| 辭典英文釋義 | what I do at leisure I can use in time of stress.

| 中文翻譯 | 在空閒時做的事，可以在緊急時使用。

| 說明 | 英文「閒時置下」的意思與原諺有出入。客語「置」有「購買」意，「置下」有「買好，安排好」之意。全句比喻提前做好準備，以便需要時派上用場。即有備無患之意。

閒時置下急時用, *h. shî chì hà, kip shî yùng*, what I do at leisure I can use in time of stress.

93. 行船企鋪，不離半步

146-1 行船企鋪不離半步

| 校訂 | 行船企鋪，不離半步

| 辭典客語拼音 | hang5 shon5 khi phu3, put li5 pan3 phu3

｜辭典英文釋義｜ boatmen and shopkeepers must not go five li from the door.
｜中文翻譯｜船夫和掌櫃不離開門超過五釐。

｜說明｜ 比喻謹守崗位，盡忠職守。

行船企舖不離半步, *h. shón khí phù put lî pàn phù*, boatmen and shopkeepers must not go five li from the door.

94. 行船騎馬三分命

146-2 行船騎馬三分命

｜辭典客語拼音｜ hang5 shon5 khi5 ma sam fun miang3

｜辭典英文釋義｜ boating and racing run heavy risks.
｜中文翻譯｜行船和騎馬風險很大。

｜說明｜ 比喻各有天命。與 262-1「騎馬行船三分命」（180）相同。

｜參考資料｜
羅肇錦《苗栗縣客語、諺謠集（四）》頁 21「行船走馬三分命」，解釋為「一個人所從事的生計行業，有幾分是先天註定的，不必怨尤。」

行船騎馬三分命, *h. shôn khî ma sam fun miàng*, boating and racing run heavy risks.

95. 行善一生不足，行惡一朝有餘

146-3 行善一生不足行惡一朝有餘

｜校訂｜行善一生不足，行惡一朝有餘
｜辭典客語拼音｜ hang5 shen3 yit sen put tsiuk; hang5 ok yit cheu yu yi5

｜辭典英文釋義｜ a life time of doing good is not enough, a day of ill-doing is too much.

｜中文翻譯｜善事做一輩子都不夠，壞事做一天就太多。

行善一生不足行惡一朝有餘, *h. shèn yit sen put tsiuk; h. ok yit cheu yu yî,* a life time of doing good is not enough, a day of ill-doing is too much.

96. 行路毋著，眾人有目

146-4 行路唔着眾人有目

｜校訂｜行路毋著，眾人有目

｜辭典客語拼音｜ hang5 lu3 m chhok8, chung3 nyin5 yu muk

｜辭典英文釋義｜ the eyes of all behold wrong actions.

｜中文翻譯｜所有人的眼睛都看到錯誤的行為。

｜說明｜ 客語「行路毋著」是行為不對。整句比喻做錯事眾人皆知。

行路唔着衆人有目, *h. lù m chhòk chùng nyîn yu muk,* the eyes of all behold wrong actions.

97. 行嫁儕無恁緊，送嫁儕較緊

146-5 行嫁儕無㖠緊，送嫁儕好緊

｜校訂｜行嫁儕無恁緊，送嫁儕較緊

｜辭典客語拼音｜ hang5 ka3 sa5 mau5 kan3 kin2, sung3 ka3 sa5 hau3 kin2

｜辭典英文釋義｜ secondary parties are in greater hurry than the principles; the bearers than the bridal party.

｜中文翻譯｜非當事人比當事人還急。搬嫁妝的送嫁人比新娘家人更緊張。

｜說明｜ 「較緊」的「較」一般客語均讀「ka」，海陸腔有部分地區讀「hau」的音。

整句比喻當事人慢條斯理，而旁觀者卻十分著急。即「皇帝不急，急死太監」。

行嫁儕無㗎，緊，送嫁儕好緊， *h. kà sâ mâu kàn kín, sùng kà sâ hàu kín,* secondary parties are in greater hurry than the principles; the bearers than the bridal party.

98. 瞎子作揖

149-1 瞎子作揖

｜辭典客語拼音｜ hat tsii2 tsok yip

｜辭典英文釋義｜ like two blind men bowing to each other: neither of you know anything about the matter.

｜中文翻譯｜就像兩個瞎子彼此鞠躬，兩人都不知道在做什麼。

瞎子作揖， *h. tsṳ́ tsok yip,* like two blind men bowing to each other: neither of you know anything about the matter.

99. 好心分雷打

151-1 好心分雷打

｜辭典客語拼音｜ hau2 sim pun lui5 ta2

｜辭典英文釋義｜ a good heart struck by lightning. (good intentions thwarted).

｜中文翻譯｜好心被雷擊（善心橫遭阻撓）。

｜參考資料｜

徐運德《客家諺語》頁 100「好心著雷打」，解釋為「好心沒好報」。

好心分雷打， *h. sim pun lûi tá,* a good heart struck by lightning. (good intentions thwarted).

100. 好子毋使爺田地

151-2 好子唔使爺田地

｜校訂｜好子毋使爺田地

｜辭典客語拼音｜ hau2 tsii2 m sii2 ya5 thien5 thi3

｜辭典英文釋義｜ a good son is independent of inheritance.

｜中文翻譯｜一個好兒子不必依賴遺產。

｜說明｜ 比喻好的子女能夠自立自強，不依靠父母。與 153-1「好女毋使爺娘衣 」（114）為上下句。

｜參考資料｜

《教育部臺灣客家語常用詞辭典試用版》「好女毋使娘嫁衣，好男毋使爺田地」條，釋義為「意指好的兒女是不需要父母的幫助，而能靠自己的力量開創事業和生活。」

黃永達《臺灣客家俚諺語語典：祖先的智慧》頁 136「好子毋使爺田地，好女毋使嫁時衣」條，解釋為「[教示諺] 好子女靠自家打拼成家立業，毋使倚靠爺娘分田地、嫁妝。」

好子唔使爺田地, *h. tsṳ́ m sṳ́ yâ thiên thì*, a good son is independant of inheritance.

101. 好花慢開，好子慢來

151-3 好花緩開好子緩來

｜校訂｜好花慢開，好子慢來

｜辭典客語拼音｜ hau2 fa man3 khoi, hau2 tsii2 man3 loi5

｜辭典英文釋義｜ the precious flowers blossoms late; the good son is slow to come: (words of comfort).

｜中文翻譯｜珍貴的花晚開，佳兒遲來。（安慰的話）

｜說明｜ 勸慰老而無子之人。

｜參考資料｜

涂春景《聽算無窮漢——有韻的客話俚諺 1500 則》頁 64-65「好花慢開，好子緩來」

條，解釋為「有句話說，慢工出細活。好花不急著與群芳爭艷，所以說，好花慢開；一個人的婚姻絕對急不得，慢慢找到好對象再結婚生子，所生的子女再有好的教養，所以說，好子緩來。」

好花緩開好子緩來, *h. fa màn khoi. h. tsü màn lôi,* the precious flowers blossoms late; the good son is slow to come: (words of comfort).

102. 好漢毋食六月莧

151-4 好漢唔食六月莧

| 校訂 | 好漢毋食六月莧

| 辭典客語拼音 | hau2 hon3 m shit8 liuk nyet8 han3

| 辭典英文釋義 | the actively strong avoid spinach in sixth month.

| 中文翻譯 | 壯丁避免吃農曆六月的菠菜。

| 說明 | 英譯將「莧菜」譯為「菠菜」。

好漢唔食六月莧, *h. hòn m shit liuk nyĕt hàn,* the actively strong avoid spinach in sixth month.

103. 好田好秧，好子好娘

151-5 好田好秧好子好娘

| 校訂 | 好田好秧，好子好娘

| 辭典客語拼音 | hau2 thien5 hau2 yong, hau2 tsii2 hau2 nyong5

| 辭典英文釋義 | in good soil plant good seed, for a good son provide a good mother.

| 中文翻譯 | 在好土上種好種子，好兒子由好媽媽教育出來。

| 說明 | 比喻父母身教的重要。

| 參考資料 |

涂春景《聽算無窮漢——有韻的客話俚諺 1500 則》頁 64 收錄此條，解釋為「收成

好的良田，一定有好秧苗的緣故；一個品行端莊的好人，背後一定有一位好母親。」

好田好秧好子好娘, *h. thiên háu yong, háu tsṳ́ háu nyông*, in good soil plant good seed, for a good son provide a good mother.

104. 好人恅做賊，火炭恅做墨

152-1 好人拉做賊火炭拉做墨

| 校訂 | 好人恅做賊，火炭恅做墨

| 辭典客語拼音 | hau2 nyin5 la2 tso3 tshet8, fo2-than3 la2 tso3 met8

| 辭典英文釋義 | a good man he takes for a thief, a piece of charcoal he takes for a stick of ink. (met. man does not know man).

| 中文翻譯 | 好人他視為小偷，木炭他視為墨（比喻識人不明）。

| 說明 | 此句「恅做」是「誤以為」，臺灣四縣常說「恅著」。整句比喻識人不明或有眼不識泰山。

好人拉做賊火炭拉做墨, *h. nyîn lá tsò tshe̍t fó-thàn lá tsò me̍t*, a good man he takes for a thief, a piece of charcoal he takes for a stick of ink. (met. man does not know man).

105. 好事不出門，惡事傳千里

152-2 好事不出門，惡事傳千里

| 辭典客語拼音 | hau2 sii3 put chhut mun5, ok sii3 chhon5 tshien li2

| 辭典英文釋義 | the good deed is little known, the evil thing spreads abroad.

| 中文翻譯 | 好事鮮有人知，壞事傳播四方。

｜說明｜ 比喻好事情不容易傳揚，壞事情卻往往傳得很快。

好事不出門、惡事傳千里, *h. sṳ put ˎchhut mûn, ok sṳ chhôn tshien li*, the good deed is little known, the evil thing spreads abroad.

106. 好漢不受眼前虧

152-3 好漢不受眼前虧

｜辭典客語拼音｜ hau2 hon3 put shiu3 nyan2 tshien5 khwui

｜辭典英文釋義｜ a brave man avoids a difficulty that he sees; a brave man does not consider the losses confronting him.

｜中文翻譯｜勇敢的人會避開他所面臨的困難。勇敢的人會斷然處置面臨的損失。

｜說明｜ 比喻聰明人審時度勢，暫時讓步以免吃虧。

｜參考資料｜

《教育部重編國語辭典修訂本》「好漢不吃眼前虧」條，釋義為「聰明人在形勢不利時，寧可暫時讓步，以待來日。」

好漢不受眼前虧, *h. hòn put shiù ngán tshiên khwui*, a brave man avoids a difficulty that he sees; a brave man does not consider the losses confronting him.

107. 好子十隻不嫌多

152-4 好子十隻不嫌多

｜辭典客語拼音｜ hau2 tsii2 ship8 chak put hiam5 to

｜辭典英文釋義｜ if the sons are good, ten are not too many.

｜中文翻譯｜如果兒子都好，十個不算多。

｜參考資料｜

黃永達《臺灣客家俚諺語語典：祖先的智慧》頁 136「好子十個無嫌多」條，解釋為「[經驗談] 好的䘆仔有十個也毋會嫌忒多，指好的子女愈多愈好。」

好子十隻不嫌多, h. tsú ship chak put hiâm to, if the sons are good, ten are not too many.

108. 好子毋使多

152-5 好子唔使多

｜校訂｜好子毋使多

｜辭典客語拼音｜ hau2 tsii2 m sii2 to

｜辭典英文釋義｜ we can get along with a few good sons.

｜中文翻譯｜我們可以和少數幾個不錯的兒子相處融洽。

｜說明｜ 比喻好的小孩不用太多。

｜參考資料｜

張魯原《中華古諺語大辭典》頁 105「好子勿用多，一個抵十個」條，解釋為「養兒子不求多，只求好。清．范寅《越諺》上：『好子勿用多，一個抵十個。』」

好子唔 [illegible], [illegible] tsú m sú to, we can get along with a few good sons.

109. 好肉毋會養屍

152-6 好肉唔噲養屍

｜校訂｜好肉毋會養屍

｜辭典客語拼音｜ hau2 nyuk m voi3 yong shi

｜辭典英文釋義｜ good food won't nourish a dead body. (met. difficult to convert or pervert).

｜中文翻譯｜好的食物不會滋養屍體（比喻難以改變或讓他逆轉）。

｜說明｜ 意指好逸惡勞、尸位素餐的人。

｜參考資料｜

涂春景《形象化客話俗語 1200 句》頁 91「好肉毋會養尸」條，解釋為「肉，肉身，指身體；毋會，不會、不懂得；養尸，指安逸不勞動。責備人家沒事找事做，結果反把事情搞砸了。說好好的身體不懂得一動不如一靜的道理。」

黃永達《臺灣客家俚諺語語典：祖先的智慧》頁 138「好肉毋會養尸」條，解釋為「[俚俗語] 好好的身體毋曉得嬲，罵人無事尋事，顛倒敗事之意。養尸，嬲等毋做之意也。」

辭典截圖

好肉唔噲養屍, *h. nyuk m vòi yong shi*, good food wont' nourish a dead body. (met. difficult to convert or pervert).

110. 好鐵毋做釘

152-7 好鐵唔作釘

｜校訂｜好鐵毋做釘

｜辭典客語拼音｜ hau2 thiet m tso3 tang (ten)

｜辭典英文釋義｜ do not use good steel to make nails.

｜中文翻譯｜不要用好的鋼製做釘子。

｜說明｜ 比喻才能的浪費或人事安排不當。與「大材小用」類似。

辭典截圖

好鐵唔作釘, *h. thiet m tsò tang (ten)*, do not use good steel to make nails.

111. 好種無傳，壞種無斷

152-8 好種無傳，壞種無斷

｜辭典客語拼音｜ hau2 chung2 mau5 chhon5, fai3 chung2 mau5 thon

｜辭典英文釋義｜ good seed ceases to produce; while bad seed continues to produce.

｜中文翻譯｜好的種子不再繁殖，而壞的種子繼續繁殖。

｜參考資料｜

徐運德《客家諺語》頁 331「好種毋傳，歪種不斷」，解釋為「好的沒遺傳到，留下的是不好的。」

涂春景《聽算無窮漢——有韻的客話俚諺 1500 則》頁 65-66「好種毋傳，壞種毋斷」條，解釋為「種，俗稱種草，本指基因，一般說後天的習染。毋傳，不傳；毋斷，不根絕，不停止。話說，看見子弟有不好的習氣時，感嘆好的基因不傳下來，不良的習氣卻傳下來。」

黃永達《臺灣客家俚諺語語典：祖先的智慧》頁 139「好種毋傳，歪種不斷」條，解釋為「[俚俗語] 好的無遺傳到，傳下來的係毋好的，罵人不肖也；也譏人缺點儘多，或罵自家細孺或別人的細孺仔毋學好樣。」

楊兆禎《客家諺語拾穗》頁 49「好種毋傳，壞種毋斷」，解釋為「發現遺傳上有缺點時的常用語。」

好種無傳，壞種無斷, *h. chúng mâu, chhôn fài chúng mâu thon,* good seed ceases to produce; while bad seed continues to produce.

112. 好貓管三家

152-9 好貓管三家

｜辭典客語拼音｜ hau2 miau3 kwon2 (kwan2) sam ka

｜辭典英文釋義｜ a good cat suffices for three houses.

｜中文翻譯｜一隻好的貓足夠三家用。

｜參考資料｜

黃永達《臺灣客家俚諺語語典：祖先的智慧》頁 140「好貓管三家，好狗管一寨」條，解釋為「[比喻詞] 好貓管三家屋無老鼠，好狗管一寨人平安過日；喻用人一定要選著人，選著人效用大。」

好貓管三家, *h miàu kwón (kwán) sam ka,* a good cat suffices for three houses.

113. 好頭不如好尾

152-10 好頭不如好尾

｜辭典客語拼音｜ hau2 theu5 put yi5 hau2 mui

｜辭典英文釋義｜ a good ending is preferable to a good beginning

｜中文翻譯｜一個好的結局比一個好的開始更好。

｜參考資料｜

徐運德《客家諺語》頁65「好頭毋當好尾」，解釋為「好的開始，不如好的結尾。」

涂春景《形象化客話俗語1200句》頁93「好頭不如好尾」條，解釋為「指人事，開始時好，倒不如後來、結尾時好。因為人生在世，人人都希望先苦後甘、苦盡甘來。」

羅肇錦《苗栗縣客語、諺謠集（四）》頁22「好頭毋當好尾」，解釋為「喻與人交往，有好的開始，不如有好的結果。」

好頭不如好尾. *h. thêu put yî háu mui,* a good ending is preferable to a good beginning.

114. 好女毋使爺娘衣

153-1 好女唔使爺娘衣

｜校訂｜好女毋使爺娘衣

｜辭典客語拼音｜ hau2 nyi2 m sii2 ya5 nyong5 yi

｜辭典英文釋義｜ a good woman needs not her parents to dress her.

｜中文翻譯｜一個好女人不需要父母幫她裝扮。

｜說明｜ 比喻好的子女能夠自立自強，不依靠父母。與151-2「好子毋使爺田地」（100）為上下句。

｜參考資料｜

《教育部臺灣客家語常用詞辭典試用版》「好女毋使娘嫁衣，好男毋使爺田地」條，釋義為「意指好的兒女是不需要父母的幫助，而能靠自己的力量開創事業和生活。」

黃永達《臺灣客家俚諺語語典：祖先的智慧》頁136「好子毋使爺田地，好女毋使嫁時衣」條，解釋為「[教示諺]好子女靠自家打拼成家立業，毋使倚靠爺哀分田地、嫁妝。」

好女唔使爺娘衣, *h. nyi m sṳ́ yâ nyông yi,* a good woman needs not her parents to dress her.

115. 好好蠔，㓾出屎

153-2 好好蠔㓾出屎

｜校訂｜好好蠔，㓾出屎

｜辭典客語拼音｜ hau2 hau2 hau5, chhi5 chhut shi2

｜辭典英文釋義｜ dress a good oyster, clear out the entrails. (met. a good thing is easily spoiled).

｜中文翻譯｜處理一個好好的牡蠣，卻把內臟清出來（比喻一件好好的東西輕易給毀了）。

好好蠔㓾出屎, *h. h. hâu chhî chhut shí*, dress a good oyster, clear out the entrails. (met. a good thing is easily spoiled).

116. 好馬毋食回頭草

153-3 好馬唔食回頭草

｜校訂｜好馬毋食回頭草

｜辭典客語拼音｜ hau2 ma m shit8 fui5 theu5 tshau2

｜辭典英文釋義｜ a good horse does not turn back to eat the grass behind it. (met. a man of self respect will not do again at your request what you now disallow.

｜中文翻譯｜好馬不吃回頭草（比喻有自尊心的人被拒絕後，不會再請求一次）。

｜參考資料｜

《教育部重編國語辭典修訂本》「好馬不吃回頭草」條，釋義為「有志氣的人，即使遭遇挫折也不走回頭路。」

涂春景《形象化客話俗語 1200 句》頁 92「好馬毋食回頭草」條，解釋為「毋食，不吃。好馬不吃回頭草，意謂：被自己擇汰的事、物，有志氣的人不會後悔，回頭再低聲下氣的求人。」

好馬唔食回頭草, *h. ma m shit fûi thêu tsháu*, a good horse does not turn back to eat the grass behind it. (met. a man of self respect will not do again at your request what you now disallow.

117. 好聽不如好問

154-1 好聽不如好問

｜辭典客語拼音｜ hau3 then put yi5 hau3 mun3

｜辭典英文釋義｜ to ask for information is more helpful than to listen.

｜中文翻譯｜請教相關資訊比聽相關資訊有用。

｜說明｜ 比喻主動求知的重要。

好 聽 不 如 好 問, *h. then put yî h. mùn,* to ask for information is more helpful than to listen.

118. 好糖好蔗好地豆

154-2 好糖好蔗好地豆

｜辭典客語拼音｜ hau3 thong5 hau3 cha3 hau3 thi3-theu3

｜辭典英文釋義｜ he has a desire for everything (of one who cannot save money).

｜中文翻譯｜他什麼都想要（指不會省錢的人）。

｜說明｜ 本句是意譯。此諺的「好」是「喜歡」之意。

｜參考資料｜

涂春景《形象化客話俗語 1200 句》頁 93「好嫖好賭好地豆」條，解釋為「地豆，花生。形容一個好逸惡勞、好吃懶做、嗜酒色財氣的浪蕩子，說『好嫖好賭好地豆』。」

黃永達《《臺灣客家俚諺語語典：祖先的智慧》頁 138「好酒好地（番）豆」條，解釋為「[習用語] 有好酒傍好地豆，大家共下坐聊，人生一大樂事也，另引喻有『紅花要有綠葉配』的意思。」

好 糖 好 蔗 好 地 豆, *h. thông h. chà, h. thì-thèu,* he has a desire for everything (of one who cannot save money).

119. 好食當小賭

154-3 好食當小賭

｜辭典客語拼音｜ hau3 shit8 tong3 siau2 tu2

｜辭典英文釋義｜ gluttony is like gambling.
｜中文翻譯｜貪吃就像賭博。

好食當小賭, *h. shit tòng siáu tù,* gluttony is like gambling.

120. 係該樣蟲，正蛀該樣木

155-1 係□□□□□□□□□

｜校訂｜係該樣蟲，正蛀該樣木
｜辭典客語拼音｜ he3 kai3 yong3 chhung5, chang3 chu3 kai3 yong3 muk

｜辭典英文釋義｜ every kind of tree has its own kind of grub, each man to his trade.
｜中文翻譯｜每一種樹都有專咬的蛀蟲，每個人都各有專長。

｜說明｜ 比喻各有所長。

h. kài yong chhûng chàng chù kài yòng muk, every kind of tree has its own kind of grub, each man to his trade.

121. 後哀好做，狗屎好食

160-1 後□□□，□□□□

｜校訂｜後哀好做，狗屎好食
｜辭典客語拼音｜ heu3 oi hau2 tso3, keu2 shi2 hau2 shit8

｜辭典英文釋義｜ do not be a stepmother (despised).
｜中文翻譯｜不要做繼母（受鄙視）。

｜說明｜ 比喻繼母難為。

h. oi háu tsò, kéu shi háu shit, do not be a stepmother (despised).

122. 許秥許糯

165-1 許黏許糯

｜校訂｜許秥許糯
｜辭典客語拼音｜ hi2 cham hi2 no3

｜辭典英文釋義｜ promised all sorts of things (but does not fulfil the promises).
｜中文翻譯｜承諾所有事（但不履行承諾）。

｜說明｜ 「秥」與「糯」是米類的兩種，糯米較貴，秥米較便宜。

｜說明｜ 比喻輕諾寡信。

許 黏 許 糯, *h. cham, h. nò* promised all sorts of things (but does not fulfil the promises).

123. 戲者虛也，採茶實話

167-1 戲者虛也採茶實話

｜校訂｜戲者虛也，採茶實話
｜辭典客語拼音｜ hi3 cha2 hi ya, tshai2 tsha5 shit8 va3

｜辭典英文釋義｜ the play actors' words are fiction, the ballad singers' words are true.
｜中文翻譯｜演戲者的話是虛假的，民謠歌手的話才是真實的。

｜說明｜ 「戲」的異體字「戱」，是由「虛」再加上一個「戈」字組成，有「虛動干戈」之意。凡是戲曲在舞台上呈現出來的表演藝術多是寫意的虛構居多。

｜參考資料｜
涂春景《聽算無窮漢——有韻的客話俚諺 1500 則》頁 86 錄此句，解釋為「採茶，指客家的民歌。戲，為了吸引觀眾，必有衝突、有高潮，有編劇加以潤飾，所以說，戲是虛構的；民歌多是男男女女，山上農耕時應和的，實實在在唱出了工作的辛勞和想望。」

戲者虛也採茶實話, *h. chá hi ya tshái tshâ shit vá*, the play actors' words are fiction, the ballad singers' words are true.

124. 嫌貨正係買貨人

168-1 嫌貨正係買貨人

｜辭典客語拼音｜ hiam5 fo3 chang3 he3 mai fo3 nyin5

｜辭典英文釋義｜ the man who finds fault with the goods wants to buy them.

｜中文翻譯｜會挑剔產品的人才是真正想買它的人。

｜參考資料｜

《教育部臺灣客家語常用詞辭典試用版》「嫌貨正係買貨人」條，釋義為「會挑剔貨品的人就是懂貨的人，也才是真正的買家。」

嫌貨正係買貨人, *h. fò chàng hè mai fò nyîn*, the man who finds fault with the goods wants to buy them.

125. 嫌人就如神如聖

168-2 嫌人就如成如聖

｜校訂｜嫌人就如神如聖

｜辭典客語拼音｜ hiam5 nyin5 tshiu3 yi5 shin5 yi5 shin3

｜辭典英文釋義｜ finds fault with people as if he himself were faultless.

｜中文翻譯｜找人的錯誤，好像他自己是完美無缺的人。

｜說明｜ 比喻嫌東嫌西卻不知自我檢討的人。

嫌人就如成如聖, *h. nyîn tshiù yî shîn yî shìn*, finds fault with people as if he himself were faultless.

126. 嫌人毋使揀日子

168-3 嫌人唔使揀日子

｜校訂｜嫌人毋使揀日子

｜辭典客語拼音｜ hiam5 nyin5 m sii2 kan2 nyit tsii2

｜辭典英文釋義｜ very ready to find fault.

｜中文翻譯｜隨時可以找碴。

嫌人唔使揀日子, *h. nyîn m sṳ́ kán nyit tsṳ́*, very ready to find fault.

127. 嫌人毋使看向

168-4 嫌人唔使看向

｜校訂｜嫌人毋使看向

｜辭典客語拼音｜ hiam nyin5 m sii2 khon3 hiong3

｜辭典英文釋義｜ ready to blame at any place.

｜中文翻譯｜隨地皆可找碴。

嫌人唔使看向, *h. nyîn m sṳ́ khòn hiòng*, ready to blame at any place.

128. 梟人梟自己

170-1 梟人梟自己

｜辭典客語拼音｜ hiau nyin5 hiau tshii3 ki2

｜辭典英文釋義｜ to deceive a man is to deceive oneself.

｜中文翻譯｜騙人騙自己。

｜參考資料｜

劉守松《客家人諺語（一）》頁 243「好心好他人，梟心梟自己」，解釋為「害人則害己，利人則利己的意思」。

梟人梟自己, *h. nyîn hiau tshṳ̀ ki,* to deceive a man is to deceive oneself.

129. 兄有兄分，弟有弟分

182-1 兄有兄分弟有弟分

｜校訂｜兄有兄分，弟有弟分

｜辭典客語拼音｜ hiung yu hiung fun3, thi3 yu thi3 fun3

｜辭典英文釋義｜ the older and younger brother each has his share.

｜中文翻譯｜哥哥和弟弟都有自己的分配額。

｜說明｜ 比喻公平分配，不必爭執。

｜參考資料｜

劉守松《客家人諺語（一）》頁 257「兄有兄分，弟有弟情」，解釋為「兄弟是手足之情，兄則友弟則恭」。

兄有兄分弟有弟分, *h. yu h. fùn thì yu thì fùn,* the older and younger brother each has his share.

130. 兄弟不和外人欺

182-2 兄弟不和外人欺

｜辭典客語拼音｜ hiung thi3 put fo5 ngwai3 nyin5 khi

｜辭典英文釋義｜ brothers who disagree are despised by others.

｜中文翻譯｜兄弟不和會被外人瞧不起。

｜參考資料｜

徐運德《客家諺語》頁 60「兄弟不和叔侄欺，叔侄不和外人欺」，解釋為「勸人兄弟必須和睦相處，否則，甭說要遭外人欺侮，就是連自己親如叔侄者都要看不起。」

黃永達《臺灣客家俚諺語語典：祖先的智慧》頁 97「兄弟不和叔侄欺，叔侄不和外人欺」條，解釋為「[教示諺] 勸人兄弟、叔侄要和睦相處，正毋會分外人欺侮。」

兄弟不和外人欺, *h. thì put fô ngwài nyîn khi*, brothers who disagree are despised by others.

131. 海龍王不脫寶

185-1 海龍王不脫寶

｜辭典客語拼音｜ hoi2 liung5 vong5 put thot pau2 (po2)

｜辭典英文釋義｜ Neptune is always surrounded with riches (complimentary to a rich man).

｜中文翻譯｜海龍王總是被寶物圍繞（恭維有錢人）。

｜說明｜ 「海龍王」譬喻有錢人，全句在形容有錢人的富有情況。

海龍王不脫寶, *h. liûng vông put thot páu (pó)*, Neptune is always surrounded with riches (complimentary to a rich man).

132. 學精愛本錢

187-1 學精愛本錢

｜辭典客語拼音｜ hok8 tsin oi3 pun2 tshien5

｜辭典英文釋義｜ to be an expert demands much money.

｜中文翻譯｜當個行家要花費很多錢。

｜說明｜ 「學精」是學聰明的意思。

｜參考資料｜

涂春景《形象化客話俗語 1200 句》頁 238「學精愛本錢」條，解釋為「精，聰明。使自己從學習或經驗、教訓中變得聰明，是要付出代價的。有云：吃一次虧學一次乖；正是這道理。」

黃永達《臺灣客家俚諺語語典：祖先的智慧》頁407「學精要本錢」條，解釋為「[經驗談]要先食虧，才會學聰明、練達。」

學精愛本錢, *h. tsin òi pún tshièn*, to be an expert demands much money.

133. 翰林門前賣文章

191-1 翰林門前賣文章

| 辭典客語拼音 | hon3 lim5 mun5 tshien5 mai3 vun5 chong

| 辭典英文釋義 | like a Hon lim buying scrolls.

| 中文翻譯 | 就像翰林買卷軸古書。

| 說明 | 英譯將「賣」誤譯為「買」。「翰林門前賣文章」是師傅話，指不自量力。

| 參考資料 |

《教育部重編國語辭典修訂本》「孔夫子門前賣文章」條，釋義為「不自量力。孔夫子是中國文聖，在其面前賣弄文章，即是在能人面前，賣弄自己。」

翰林門前賣文章, *h. lîm mûn tshièn mài vûn chong*, like a Hon lim buying scrolls.

134. 家無浪蕩子，官從何處來

193-1 家無浪蕩子官從何處來

| 校訂 | 家無浪蕩子，官從何處來

| 辭典客語拼音 | ka vu5 long3 thong2 tsii2, kwon tshiung5 ho5 chhu3 loi5

| 辭典英文釋義 | the son who is an outlaw may become a ruler.

| 中文翻譯 | 違法亂紀的兒子能成為官員。

| 說明 | 這句諺語可從不同角度切入詮釋。有鼓勵年輕人出外闖蕩，累積資源才能有所成就的積極正面意思；「浪蕩」有遊走法律邊緣，挑戰體制之意。喻勇於闖蕩江湖、打破框架，才是有機會成功的人。

｜參考資料｜

徐運德《客家諺語》頁 199 有收此條，解釋為「此語是溺愛兒子的母親，所說的錯誤話。在她的意思，認為她的兒子，敢於浪蕩江湖，日後將有發跡的時候。其實她這種觀念，只有貽害她的兒子，不知上進，終至陷於不能自拔的深淵。故此語，不足為訓。」

黃永達《臺灣客家俚諺語語典：祖先的智慧》頁 267「家無浪蕩子，官從何處來」條，解釋為「[俚俗語] 子女敢浪蕩江湖，日後就會有做官的機會，這係一種過於溺愛子女的父母親所講的錯誤言語。」

家無浪蕩子官從何處來, *k. vû lòng thóng tsụ̈, kwon tshiûng hô chhù loî*, the son who is an outlaw may become a ruler.

135. 家賊難防，偷了米糧

193-2 家賊難防偷了米糧

｜校訂｜家賊難防，偷了米糧

｜辭典客語拼音｜ ka tshet8 nan5 fong5, theu liau2 mi2 liong5

｜辭典英文釋義｜ a thief in the family is difficult to ward off, can filch food, etc.

｜中文翻譯｜家中的小偷難以防備，會偷糧食等等。

｜參考資料｜

《教育部重編國語辭典修訂本》「家賊難防」條，釋義為「比喻內部的敵人或壞人最難防範。」

徐運德《客家諺語》頁 122「家賊難防，偷過屋樑」，解釋為「家裡面出了內賊，是難於提防的。因為這個內賊，不外是不務正業，品行不端的不肖子弟幹的。由於他們是自家人，隨時都會把東西偷出屋的，由於難於防範，做家長的故有此歎。」頁 135-136「外偷易察，家賊難防」，解釋為「外面潛來的小偷，容易察覺。至於家賊，就難於防範了，因為所謂家賊，不外是自己的子弟兒孫家人。他們同住家中，他們要把家中的財務偷出去，是很難防範的。」

黃永達《臺灣客家俚諺語語典：祖先的智慧》頁 267「家賊難防，偷過屋樑」條，解釋為「[教示諺] 內賊係難於提防的，隨時會和東西偷出屋。」

家賊難防偷了米糧, *k. tshĕt nân fông, theu liáu mí liông*, a thief in the family is difficult to ward off, can filch food, etc.

136. 家貧難改舊家風

194-1 家貧難改舊家風

| 辭典客語拼音 | ka phin5 nan5 koi2 khiu3 ka fung

| 辭典英文釋義 | a family fallen from high estate finds it hard to change their ways.

| 中文翻譯 | 家道中落的大戶人家，很難改變家族傳統。

| 說明 | 與 757-3「新貧難改舊家風」（600）相近。

| 參考資料 |

涂春景《形象化客話俗語 1200 句》頁 163「家貧難改舊家風」條，解釋為「舊家風，家庭的傳統。就算家庭貧困，也不放棄家的例規、改變家族的傳統。」

家貧難改舊家風, *k. phîn nân koi khiù ka fung,* a family fallen from high estate finds it hard to change their ways.

137. 家人犯法，罪及家長

194-2 家人犯法罪及家長

| 校訂 | 家人犯法，罪及家長

| 辭典客語拼音 | ka nyin5 fam3 fap, tshui3 khip8 ka chong2

| 辭典英文釋義 | the transgressor affects the whole household.

| 中文翻譯 | 犯法者會影響整個家庭。

家人犯法罪及家長, *k. nyîn fàm fap, tshùi khip ka chóng,* the transgressor affects the whole household.

138. 家有萬金，日食難度

194-3 家有萬金日食難度

| 校訂 | 家有萬金，日食難度

| 辭典客語拼音 | ka yu van3 kim, nyit shit8 nan5 thu3

| 辭典英文釋義 | it is hard to make provision for a large family.

| 中文翻譯 | 為大家庭供給餐飲是一件困難的事情。

| 說明 | 「萬金」意指有錢。大家庭成員多，口味不同，要張羅每個人的三餐不容易。

家有萬金日食難度, *k. yu vàn kim, nyit shit nân thù,* it is hard to make provision for a large family.

139. 家娘無好樣，心臼合和尚

194-4 家娘無好樣心舅合和尚

| 校訂 | 家娘無好樣，心臼合和尚

| 辭典客語拼音 | ka nyong5 mau5 hau2 yong3, sim-khiu kap fo5 shong3

| 辭典英文釋義 | the bad example of the mother-in-law leads the daughter-in-law to illicit conduct with the monk.

| 中文翻譯 | 婆婆的壞榜樣，造成媳婦跟僧侶有不當的勾當。

| 參考資料 |

徐運德《客家諺語》頁 121 收錄此條，解釋為「做婆婆的人，不能以身作則，為媳婦的模範，媳婦也就不能循規蹈矩，而趨於品行不端，有虧婦道之謂。」

黃永達《臺灣客家俚諺語語典：祖先的智慧》頁 266「家娘無好樣，心舅合和尚」條，解釋為「[教示諺]做家娘的人，無以身作則，媳婦也會品行不良，有虧婦道。」

楊兆禎《客家諺語拾穗》頁 87「家娘冇好樣，心舅合和尚——上樑不正，下樑歪」，注釋「『家娘』即『婆婆』；『心舅』即『媳婦』。」

羅肇錦《苗栗縣客語、諺謠集（四）》頁 13 收錄此條，注釋「1. 家娘：婆婆。2. 合：不正常的男女關係。」全句解釋為「做婆婆的沒好榜樣，媳婦就會學樣感情出軌。猶言『上樑不正下樑歪』。」

家娘無好樣心舅合和尚, *k. nyông mâu háu yòng, sim-khiu kap fô shòng,* the bad example of the mother-in-law leads the daughter-in-law to illicit conduct with the monk.

140. 家有黃金，外人有秤

194-5 家有黃金外人有秤

｜校訂｜家有黃金，外人有秤

｜辭典客語拼音｜ ka yu vong5 kim, ngoi3 (ngwai3) nyin5 yu chhin3

｜辭典英文釋義｜ your neighbours know the weight of your gold.

｜中文翻譯｜鄰居知道你家黃金的重量。

｜說明｜ 家中有多少金子，外人心中有譜。表示有多大的家業或本領，外人是能夠了解和掌握的。

｜參考資料｜

涂春景《形象化客話俗語 1200 句》頁 69-70「家有黃金，外人有秤」條，解釋為「富家常遭覬覦，如果家裡有黃金，外人會設法竊取，因此說，家有黃金，外人有秤。」

家有黃金外人有秤, *k. yu rông kim, ngòi (ngwài) nyîn yu chhìn*, **your neighbours know the weight of your gold.**

141. 家有千條棕，毋使愁貧窮

195-1 家有千條棕唔使愁貧窮

｜校訂｜家有千條棕，毋使愁貧窮

｜辭典客語拼音｜ ka yu tshien thiau5 tsung, m sii2 seu5 phin5-khiung5

｜辭典英文釋義｜ if the household possess a thousand coir palms it need not grieve over its poverty.

｜中文翻譯｜家裡有千棵棕樹，不用擔心會貧窮。

｜參考資料｜

徐運德《客家諺語》頁 277「家有千條棕，子孫毋會窮」，解釋為「家中多種棕櫚，子孫自然富裕。」類似的諺語有頁 276「家有千墩竹，衣食都豐足」，意為「竹子的經濟價值很高，如果家裡種有很多竹子，衣食就很豐足了。」頁 276「家种千棵桐，一生毋愁窮」，解釋為「桐樹可收桐子搾桐油，賣錢可維生，如一家種有千棵桐樹，就不必擔心過窮日子。」

黃永達《臺灣客家俚諺語語典：祖先的智慧》頁 266「家有千條棕，子孫毋會窮」條，解釋為「[教示諺] 早年棕櫚用途大，價值高，故所屋下多種棕櫚，子孫就毋驚會窮。」

家有千條棕唔使愁貧窮, *k. yu tshien thiâu tsung, m sṳ́ sêu phîn-khiûng*, if the household possess a thousand coir palms it need not grieve over its poverty.

142. 家有長，國有王

195-2 家有長國有王

| 校訂 | 家有長，國有王

| 辭典客語拼音 | ka yu chong2, kwet yu vong5

| 辭典英文釋義 | every house has its master and the kingdom a king.

| 中文翻譯 | 家有家長，國有國王。

家有長國有王, *k. yu chóng, kwet yu vông.* every house has its master and the kingdom a king.

143. 家有千丁，主事一人

195-3 家有千丁主事一人

| 校訂 | 家有千丁，主事一人

| 辭典客語拼音 | ka yu tshien ten, chu2 sii3 yit nyin5

| 辭典英文釋義 | though a family has a thousand members, one man has the controlling voice.

| 中文翻譯 | 一個家庭即使有一千個成員，只有一個人發號司令。

| 說明 | 比喻任何事情都要有做主領頭的人。

家有千丁主事一人, *k. yu tshien ten, chú sṳ́ yit nyîn*, though a family has a thousand members, one man has the controlling voice.

144. 嫁狗黏狗走

199-1 嫁狗粘狗走

| 校訂 | 嫁狗黏狗走

| 辭典客語拼音 | ka3 keu2 nyam5 keu2 tseu2

| 辭典英文釋義 | marry a dog follow a dog — a woman must in all things share her husband's lot.

| 中文翻譯 | 嫁狗隨狗——女人必須全數分擔丈夫的命運。

| 說明 | 與 199-2「嫁著狐狸弄草竇」（145）合用。

| 參考資料 |

《教育部臺灣客家語常用詞辭典試用版》「嫁雞跈雞飛，嫁狗跈狗走」條，釋義為「嫁了雞就要跟雞飛、嫁了狗就要跟狗走；後來用以比喻女子出嫁後，不論丈夫的好壞，都要隨遇而安，從一而終。」意即「嫁雞隨雞，嫁狗隨狗」。

徐運德《客家諺語》頁 188「嫁雞隨雞飛，嫁狗隨狗走」，解釋為「女人嫁給怎樣的男人，都要隨從自己的丈夫做事，或生活在一起，意指需同甘共苦。」頁 199-200「嫁豬跈豬，嫁狗跈狗，嫁著狐狸滿山走」，解釋為「此數語是一般長輩，勸勉女孩們，對婚姻的看法，和履踐的義務。換言之，就是唯命是從，不可輕易違抗的。」

辭典截圖

嫁狗粘狗走 *k. kéu nyâm kéu tséu* marry a dog follow a dog—a woman must in all things share her husband's lot.

145. 嫁著狐狸弄草竇

199-2 嫁倒狐狸弄草藪

| 校訂 | 嫁著狐狸弄草竇

| 辭典客語拼音 | ka3 to2 fu5 li5 nung3 tsho2 teu3

| 辭典英文釋義 | marry a fox burrow a nest in the grass.

| 中文翻譯 | 嫁給狐狸就要在草地上築窩住。

| 說明 | 比喻女子出嫁後，不論丈夫的好壞，都要隨遇而安。（通常接在「嫁狗黏狗走」（144）之後。）

辭典截圖

嫁倒狐狸弄草藪, *k. tó fû lî nùng tshó tèu*, marry a fox burrow a nest in the grass.

146. 雞公啼係本分，雞嫲啼愛斬頭

200-1 鷄□□□□□，□□□□□□

| 校訂 | 雞公啼係本分，雞嫲啼愛斬頭

| 辭典客語拼音 | kai kung thai2 he3 pun2 fun3, kai ma5 thai5 oi3 tsam2 theu5

| 辭典英文釋義 | it is natural that the male bird crow, should the female bird crow, off with its head. (of the woman taking the man's place).

| 中文翻譯 | 公鳥叫很自然，若是母鳥叫要砍頭（意指女人取代男人位置）。

| 說明 | 此處英文釋義將「雞」翻譯成「鳥」。

| 參考資料 |

《教育部重編國語辭典修訂本》「牝雞司晨」條，釋義為「母雞代公雞執行清晨報曉的鳴啼。比喻婦人專權。」

徐運德《客家諺語》頁 1-2「鷄公啼係本分，雞嫲啼愛殺頭」，解釋為「鷄公啼叫，是牠司晨的本份。如若母鷄啼叫，那是不祥之兆，就得把牠殺掉的意思。但此語的含義，是暗示一切以男性為中心。女的不能越職。若女的擅權越職，便會受到攻訐。故古有『牝鷄司晨』是家國不祥的現象。不過，那是男權時代的觀念。而今男女平等，此說已不合時代潮流了。」

涂春景《形象化客話俗語 1200 句》頁 253「雞公啼應該，雞母啼斬頭」條，解釋為「雞公，公雞；雞母，母雞。這是一句有性別歧視的話，意思說男人可以有外遇，女子則萬萬不可。」

黃永達《臺灣客家俚諺語語典：祖先的智慧》頁 441「雞公啼係本分，雞嫲啼要剁頭」條，解釋為「[教示諺] 麼个身分講麼个話，麼个人做麼个頭路，否則就會有禍害，此句勸話人要謹守自家本分。」

楊兆禎《客家諺語拾穗》頁 149「雞公啼係本分，雞嫲啼愛剁頭」條，解釋為「喻女人不能專權。」

k. kung thâi hè pún fùn, k. mâ thaî oì tsám thêu, it is natural that the male bird crow, should the female bird crow, off with its head. (of the woman taking the man's place).

147. 雞棲下跁正會

200-2 鷄棲下跁正會

| 校訂 | 雞棲下跁正會

| 辭典客語拼音 | kai tsi3 ha pha3 chang3 voi3

| 辭典英文釋義 | like a hen that only can scratch beneath its own coop.

| 中文翻譯 | 就像只會在自己雞舍下抓地的雞。

| 說明 | 雞只會在自己雞舍下抓地找蟲吃，比喻沒有志氣。

| 參考資料 |

徐運德《客家諺語》頁407-408「褲襠肚打拳，雞棲下絡食」，解釋為「此語是形容某人，只能躲在家鄉內，耀武揚威，逞兇肆虐，欺壓善良，卻不敢到外面去和人家稱強比試之謂。」

黃永達《臺灣客家俚諺語語典：祖先的智慧》頁442「雞棲下落食」條，解釋為「[俚俗語]指某人只知欺負自己人，或在自家地盤作威作福，卻不敢向外對付別人之意。」另有「雞棲下掙食——無志氣」條，解釋為「[師傅話]譏人像雞仔樣仔，等主人用米穀餵佢，還和其他的伴仔搶食，毋會自力更生，就係無志氣。」

羅肇錦《苗栗縣客語、諺謠集（四）》頁17「雞棲下絡食」條，解釋為「絡食：覓食。原意是在雞舍底下覓食。乃譏人格局不大，只會貪圖小利。」

鷄 棲 下 跁 正 會, *k. tsì ha phâ chàng voì*, like a hen that only can scratch beneath its own coop.

148. 雞嫲狗子有金耳環好戴

201-1 鷄𪃿狗子有金耳環好帶

| 校訂 | 雞嫲狗子有金耳環好戴

| 辭典客語拼音 | kai ma5 keu2 tsii2 yu kim nyi van5 hau2 tai3

| 辭典英文釋義 | his chickens and dogs go about with gold rings (...he is so rich).

｜中文翻譯｜他的雞和狗戴著金耳環（意指非常有錢）。

鷄嫲狗子有金耳環好帶, *k. mâ kéu tsṳ́ yu kim nyi vân háu tài*, his chickens and dogs go about with gold rings (... he is so rich).

149. 雞毛毋好試火

202-1 鷄毛唔好試火

｜校訂｜雞毛毋好試火

｜辭典客語拼音｜ kai mau m hau2 chhi3 fo2

｜辭典英文釋義｜ feathers can't bear fire.

｜中文翻譯｜羽毛經不起火燒著。

｜說明｜ 拿雞毛點火一定會燒，不必試。比喻事理簡單清楚；或比喻明知故犯。

｜參考資料｜

《教育部臺灣客家語常用詞辭典試用版》「燈心毋使試火」條，釋義為「燈心點火就會燃燒，不必去試。形容事情的結果必然如此。」

涂春景《形象化客話俗語1200句》頁253「雞毛毋使試火」條，解釋為「毋使，不必。以雞毛遇火必然燒著，來譏諷一個人明知故犯的不智舉動。」

黃永達《臺灣客家俚諺語語典：祖先的智慧》頁441「雞毛毋使試火」條，解釋為「[俚俗語]雞毛毋使試就知定著會燒起來，指事理儘簡單清楚，毋使試看就知。」

鷄毛唔好試火, *k. mau m háu chhì fó*, feathers can't bear fire.

150. 雞子出世無乳食

202-2 鷄子出世無乳食

｜校訂｜雞子出世無乳食

｜辭典客語拼音｜ kai tsii2 chhut she3 mau5 nen3 shit8

｜辭典英文釋義｜ chicks when born get no milk.

｜中文翻譯｜小雞出生沒奶吃。

｜說明｜ 與 202-3「鴨子出世無爺娘」（151）為上下句。

｜參考資料｜

何石松《客諺第二百首——收錄最新一百首客諺》頁 96「雞子出世無乳食，鴨子出世無爺娘」條，解釋為「意指小雞一旦降臨人間，就必須自力更生，不只沒有母奶可以吸吮，更要自己覓食；鴨子一出世，就如難兄難弟一般，整批賣給別人，無法與父母相處，更無爺娘照顧撫育，也要好好生存下去，二者都毫無怨言。有知足不辱，樂天知命，不可自甘墮落，自怨自艾，只羨慕別人，不反躬自省，自恨枝無葉，莫怨太陽偏的涵義在內。」

黃永達《臺灣客家俚諺語語典：祖先的智慧》頁 440「雞子出世——無乳食」條，解釋為「雞仔毋係哺乳動物，雞子破卵出生，奈有乳好食。」涂春景《形象化客話俗語 1200 句》頁 253「雞子出世無乳食」條，解釋為「雞子，小雞。以小雞一出生便沒奶可吃，來比喻人世間有許多比自己更可憐的人。」

鷄子出世無乳食, *k. tsṳ́ chhut shè mâu nèn shı̍t*, chicks when born get no milk.

151. 鴨子出世無爺娘

202-3 鴨子出世無爺娘

｜辭典客語拼音｜ ap tsii2 chhut she3 mau5 ya5 nyong5

｜辭典英文釋義｜ ducklings have no parents (are artificially hatched).

｜中文翻譯｜小鴨沒有父母（都是人工孵出）。

｜說明｜ 母鴨本來是會孵蛋的，由於人為的因素，讓母鴨漸漸只有生蛋而失去孵蛋的能力，這些鴨蛋則由母雞、母鵝或機器代其孵化，故鴨子一出生就沒有爺娘。比喻孤兒無爺娘的狀態，也表示其需具有自力更生的能力。（通常接在 202-2「雞子出世無乳食」（150）之後。）

鴨子出世無爺娘, *ap tsṳ́ chhut shè mâu yâ nyòng*, ducklings have no parents (are artificially hatched).

152. 挾鮮魚走直腳

205-1 □□□□□□

｜校訂｜挾鮮魚走直腳

｜辭典客語拼音｜ khai sien ng5 tseu2 chhit8 kiok

｜辭典英文釋義｜ he who carries fresh fish must run.

｜中文翻譯｜挑運鮮魚必須用跑的。

｜說明｜ 客語「走直腳」意為「腳不離地的跑」。比喻急事急辦。與 205-2「挾鹹魚慢慢踱」（153）為上下句。

k. sien n̂g tséu chhi̍t kiok, he who carries fresh fish must run.

153. 挾鹹魚慢慢踱

205-2 □□□□□□

｜校訂｜挾鹹魚慢慢踱

｜辭典客語拼音｜ khai ham5 ng5 man3 man3 tok8

｜辭典英文釋義｜ who carries salt fish may jog slowly.

｜中文翻譯｜挑運鹹魚可以慢慢地走。

｜說明｜ 比喻緩事緩辦。（通常接在 205-1「挾鮮魚走直腳」（152）之後。）

k. hâm n̂g màn màn to̍k, who carries salt fish may jog slowly.

154. 柑樹開花狗蝨鬧

208-1 柑樹開花狗蝨鬧

｜校訂｜柑樹開花狗蝨鬧

｜辭典客語拼音｜ kam shu3 khoi fa keu2 set nau3

｜辭典英文釋義｜ when the orange tree blossoms fleas abound.

｜中文翻譯｜橘子樹開花時，跳蚤到處都是。

柑樹開花狗蝨鬧, *k. shù khoi fa kéu set nàu*, when the orange tree blossoms fleas abound.

155. 敢食三升半，敢餓七餐

208-2 敢食三升半敢餓七餐

｜校訂｜敢食三升半，敢餓七餐

｜辭典客語拼音｜ kam2 shit8 sam shin pan3, kam ngo3 tshit tshon

｜辭典英文釋義｜ I dare to eat much I dare to endure hunger also. (met. If I dare to do, I'll do it.)

｜中文翻譯｜我敢吃很多，也敢忍受飢餓（比喻敢做敢為）。

敢食三升半敢餓七餐, *k. shit sam shin pàn k. ngò tshit tshon*, I dare to eat much I dare to endure hunger also. (met. If I dare to do, I'll do it.)

156. 減個蝨嫲，減個口

209-1 減個蝨嫲減個口

｜校訂｜減個蝨嫲，減個口

｜辭典客語拼音｜ kam2 kai3 sit (set) ma5, kam2 kai3 kheu2

｜辭典英文釋義｜ the fewer the lice the less the bites, (used by women to express their diminishing cares).

｜中文翻譯｜蝨子越少，叮咬越少（女性用來表達她們要照料的事漸漸減少）。

｜說明｜ 對傳統女性而言，用來表達孩子漸長大，要照顧的部分漸漸減少，負擔就少一些的意思。

｜參考資料｜

徐運德《客家諺語》頁 154「少个蝨嫲，少个嘴」，解釋為「此語是比喻在共同聚餐時，少一個人吃，大家便可多吃一份的意思。」

辭典截圖

減 個 蝨 嫲 減 個 口, *k. kài sit* (*set*) *mâ k. kài khéu*, the fewer the lice the less the bites, (used by women to express their diminishing cares).

157. 恁好龍床，毋當自家狗竇

213-1 唻好龍床唔當自家狗藪

｜校訂｜恁好龍床，毋當自家狗竇

｜辭典客語拼音｜ kan3 (an3, kan5) hau2 liung5 tshong5, m tong3 tshii3 ka keu2 teu3

｜辭典英文釋義｜ so gorgeous a dragon bed, yet it is not the equal of my own cub's kennel.

｜中文翻譯｜龍床儘管華麗不如自己的狗窩。

｜參考資料｜

《教育部重編國語辭典修訂本》「金窩銀窩不如自己的狗窩」條，釋義為「形容任何地方都比不上自己的家舒適。」楊兆禎《客家諺語拾穗》頁 57「別人龍床，毋當自家狗竇」條，解釋為「無論他人多好，還是自己的最好。」

徐運德《客家諺語》頁 160「他人龍床不如自己狗竇」，解釋為「此語意指別人，生活如何豪華富裕，不可去羨慕，諂媚。只要自己能安貧樂道，堅持志節，才是立身處世的本份的意思。」

辭典截圖

唻 好 龍 床 唔 當 自 家 狗 藪, *k. háu liûng tshông m tòng tshù ka kéu téu*, so gorgeous a dragon bed, yet 'tis not the equal of my own cub's kennel.

158. 恁好草地有瘦牛

214-1 唻好草地有瘦牛

｜校訂｜恁好草地有瘦牛

｜辭典客語拼音｜ kan3 (an3, kan5) hau2 tshau2 thi3 yu seu3 ngeu5 (nyu5)

｜辭典英文釋義｜ the best grass has lean cattle (the richest city has poor folks).

｜中文翻譯｜最好的草地場依然有瘦牛（意指最富有的城市仍有窮人）。

｜參考資料｜

徐運德《客家諺語》頁 343-344「再好个草場崗也有瘦牛」，解釋為「此語是比喻，凡事都有特殊的情形，並無十全十美的意思。例如綠草如茵的場地裡，群牛都啃得飽滿健壯，但也有吃不胖的瘦牛。」

㖔好草地有瘦牛. *k. háu tsháu thì yu sèu ngêu (nyû),* the best grass has lean cattle (the richest city has poor folks).

159. 恁好娘子怕子擘

214-2 㖔好娘子怕子擘

｜校訂｜恁好娘子怕子擘

｜辭典客語拼音｜ kan3 (an3, kan5) hau2 nyong5 tsii2 pha3 tsii2 pak

｜辭典英文釋義｜ the best of women fear the worry of children (spoken by women).

｜中文翻譯｜再好的女人也怕要為小孩擔心這，擔心那（婦女用語）。

｜說明｜ 本辭典頁 563「娘子」英文釋義為“a girl; a young lady.”，頁 585「擘」英文釋義為 “to open; to break; to tear.”。原諺客語意思是再好的少女也怕有兒女來折騰。

㖔好娘子怕子擘, *k. háu nyông tsṳ́ phà tsṳ́ pak,* the best of women fear the worry of children (spoken by women).

160. 恁大鼠打恁大窿

214-3 㖔大鼠打㖔大竉

｜校訂｜恁大鼠打恁大窿

｜辭典客語拼音｜ kan3 (an3, kan5) thai3 chhu2 ta2 kan3 thai3 lung5

｜辭典英文釋義｜ the rat as big, his nest as big, (met. work is according to strength).

｜中文翻譯｜老鼠多大，竇就多大（喻有多少力，做多少事）。

｜說明｜ 與 60-2「佢大鼠打佢大窿」（40）相同。

｜參考資料｜

黃永達《臺灣客家俚諺語語典：祖先的智慧》頁 268-269「佢樣的衫晾佢樣的竹篙」，解釋為「[俚俗語] 喻仰般形的衫就由仰般形的人著，也指麼个人做麼个事係註定的。」另有「佢樣的秤合佢樣个鉈」條，解釋為「[俚俗語] 喻麼个人配麼个人，註定好好的。」

楊兆禎《客家諺語拾穗》頁 107「幾大个鳥仔，做幾大个竇——量力而為」。

唻大鼠打唻大竉, *k. thài chhú tá kàn thài lùng*, the rat as big, his nest as big, (met. work is according to strength).

161. 耕田毋怕屎，當兵毋怕死

215-1 耕田唔怕屎，當兵唔怕死

｜校訂｜耕田毋怕屎，當兵毋怕死

｜辭典客語拼音｜ kang thien2 m pha3 shi2, tong pin m pha3 si2

｜辭典英文釋義｜ a farmer must not shrink from dung, nor a soldier from death.

｜中文翻譯｜農民要不閃躲糞肥，士兵要不閃躲死亡。

｜說明｜ 比喻做什麼像什麼，盡好本分。

｜參考資料｜

黃永達《臺灣客家俚諺語語典：祖先的智慧》頁 281「耕田毋驚屎，做兵毋驚死」條，解釋為「[教示諺] 耕田做農事就要擔肥踏屎，做軍人就要敢死衛國，鼓勵人做麼个要像麼个。」

耕田唔怕屎, *k. thiên m phà shí*, a farmer must not shrink from dung. **當兵唔怕死**, *tong pin m phà sí*. nor a soldier from death.

162. 刻鬼毋會，相鬼又會

219-1 刻□□□，□□□□

｜校訂｜刻鬼毋會，相鬼又會

｜辭典客語拼音｜ khat kwui2 m voi3, siong3 kwui2 yu3 voi3

｜辭典英文釋義｜ I cannot carve an idol but I can criticise it.
｜中文翻譯｜不會刻神像卻很會品評。

｜說明｜ 英譯將「鬼」譯為「idol」（神像），疑是將「鬼神」混而為一。整句指只會空談而無實際行動，即光說不練。

｜參考資料｜
《教育部臺灣客家語常用詞辭典試用版》「相佛容易刻佛難」，釋義為「觀看佛像很容易，要自己動手雕刻佛像就很困難了。比喻看似容易，但做起來很困難。」
黃永達《臺灣客家俚諺語語典：祖先的智慧》頁 195「刻佛毋會，相佛又會」條，解釋為「[俚俗語] 喻自家毋會做，總係批評別人做的好壞。」
楊兆禎《客家諺語拾穗》頁 80「相佛容易，刻佛難」條，解釋為「1. 一件事可『信口開河』，說得『一文不值』；但是，要實際做得『盡善盡美』『人見人愛』是很難的。2. 相，欣賞；刻，雕。」
羅肇錦《苗栗縣客語、諺謠集（四）》頁 68「相佛容易，刻佛難」條，解釋為「一件事可『信口開河』，說得『一文不值』，但是，要實際做得『盡善盡美』『人見人愛』是很難的。『相』xiong，欣賞。」

k. kwúi m vòi, siòng kwúi yù vòi, I cannot carve an idol but I can criticise it.

163. 交官窮，交賊富

221-1 交官窮交賊富

｜校訂｜交官窮，交賊富
｜辭典客語拼音｜ kau kwan khiung5, kau tshet8 fu3

｜辭典英文釋義｜ fraternising with the rich you become poor, fraternising with the thief you grow rich.
｜中文翻譯｜跟有錢人交友會變窮，跟小偷交往會變富有。

｜說明｜ 英譯將「官」譯為“the rich”（富人）。整句比喻交友要小心。

｜參考資料｜
徐運德《客家諺語》頁 97「交官窮，交鬼死」，解釋為「與當官者交往只花錢的份沒有好處，此語的說法是，以前的官吏，大部份是貪官污吏，故有這種流傳。與奸詐者交往，總有一天會被害死。」頁 109-110「交官窮，交鬼死，交著苦力食了米」，解釋為「交官窮：交到做的人平時須迎新送舊，或巴結送禮，錢財遲早會被用光，或因交際應酬多而變貧。交鬼死：鬼乃指鬼計多端的人，總有一天會出賣或陷害。苦力：即是勞力、做工，因為飯量大，很驚人的。」

黃永達《臺灣客家俚諺語語典：祖先的智慧》頁 130「交官窮，交鬼死，交著苦力食了米」條，解釋為「[經驗談] 交到做官，要交際應酬而變貧；交到鬼計多端的人，會分佢陷害；交到做工人，會分佢食到無米，勸話人小心交友。」另有「交官窮，交賊死，交牛販食了米」條，解釋為「[教示諺] 結交做官的，要奉承，開銷就大，會變窮苦；和 賊之流共下，免不了受牢獄之災；交結牛販，牛販做生理來往，會和自家屋下的伙食食忒去，毋會有麼个好結果。」

羅肇錦《苗栗縣客語、諺謠集（四）》頁 14「交官窮，交鬼死，交著牛販食了米」條，解釋為「與官交友，應酬花費必多；與無品或作歹之徒交友，終必受連累而不得善終；與牛販子交友會有很多同行聚集而飲食開銷必大。此句誡人交友必須謹慎小心。」

交官窮交賊富, *k. kwan khiûng k. tshe̍t fù*, fraternising with the rich you become poor, fraternising with the thief you grow rich.

164. 見官莫在前，作客莫在後

233-1 見官莫在前作客莫在後

| 校訂 | 見官莫在前，作客莫在後

| 辭典客語拼音 | ken3 (kien3) kwan mok8 tshai3 tshien5, tsok khak mok8 tshai3 heu3

| 辭典英文釋義 | when visiting a magistrate be not forward, when invited be not late.

| 中文翻譯 | 見官員不要搶前，當客人不要遲到。

| 說明 | 比喻做人要審時度勢，知所進退。

| 參考資料 |

徐運德《客家諺語》頁 96「見官莫向前，作客莫在後」，解釋為「喻：做人要精明，要看情勢，知進退。」

黃永達《臺灣客家俚諺語語典：祖先的智慧》頁 187「見官莫向前，做客莫在後」條，解釋為「[教示諺] 以早官威可怕，忒靠頭前見官，驚會分官打到；做人客就要向前，免得主人招待毋到，以此勸話人要知進退。」

見官莫在前作客莫在後, *k. kwan mȯk tshài tshiên tsok khak mȯk tshài hèu*, when visiting a magistrate be not forward, when invited be not late.

165. 見床眠，見凳坐

233-2 見牀眠見凳坐

| 校訂 | 見床眠，見凳坐

| 辭典客語拼音 | ken (kien3) tshong5 min5 kien3 ten3 tsho

| 辭典英文釋義 | when he sees a bed he would lie down — a chair he would sit.

| 中文翻譯 | 看到床就睡，看到椅子就坐。

| 說明 | 比喻一個人體弱或懶惰。

| 參考資料 |

《教育部臺灣客家語常用詞辭典》「見床眠，見凳坐」條，釋義為「形容身體孱弱的人，一看見床就想躺臥，看到椅子便想坐下來。」

黃永達《臺灣客家俚諺語語典：祖先的智慧》頁 187「見床橫，見凳坐」條，解釋為「[習用語] 看到眠床就橫下來，看到凳仔就坐下去，形容人身體弱，或者人儘懶尸。」

見牀眠見発坐, *k. tshông mîn kièn tèn tsho*, when he sees a bed he would lie down—a chair he would sit.

166. 拳不離手，曲不離口

236-1 拳不離手曲不離口

| 校訂 | 拳不離手，曲不離口

| 辭典客語拼音 | khen5 (khien5) put li5 shiu2, khiuk put li5 kheu2

| 辭典英文釋義 | the boxer must always box; the singer must always sing.

| 中文翻譯 | 打拳的人一定要隨時練拳，歌手一定要隨時練唱。

｜說明｜ 比喻技精於勤。

｜參考資料｜

《教育部臺灣客家語常用詞辭典試用版》「曲不離口，拳不離手」條，釋義為「指人要練好唱歌或拳術等技藝，一定要勤於練習，不能間斷，否則會前功盡棄。」

楊兆禎《客家諺語拾穗》頁47「曲不離口，拳不離手——愛勤練」條，解釋為「比喻凡事要勤練，不能間斷，否則，前功盡去。」

羅肇錦《苗栗縣客語、諺謠集（四）》頁26「曲不離口，拳不離手」條，解釋為「學唱歌要天天唱，學打拳要日日打。是說學藝必須經常演練，才有功效。」

拳不離手曲不離口, *k. put lî shiú, khiuk put lî khéu*, the boxer must always box: the singer must always sing!

167. 勸人出錢，㧯水上天

238-1 勸人出錢㧯水上天

｜校訂｜勸人出錢，㧯水上天

｜辭典客語拼音｜ khen3 (khien3) nyin5 chhut tshien5, fu3 shui2 shong thien

｜辭典英文釋義｜ to ask people for money is like heaving water to the skies.

｜中文翻譯｜要求人給錢就像把水往上潑到天空一樣困難。

｜說明｜ 「㧯水」是用器物或雙手將水往外潑出。

｜參考資料｜

徐運德《客家諺語》頁448「㧯水上天」，解釋為「難又難。」

楊兆禎《客家諺語拾穗》頁71「㧯水上天——難又難」條，解釋為「『㧯水上天』是不可能事，以此比喻天下事很多『難又難』。」頁119「愛人出錢，像人㧯水上天」條，解釋為「要人捐錢最難。」

勸人出錢㧯水上天, *k. nyîn chhut tshiên fù shúi shong thien*, to ask people for money is like heaving water to the skies.

168. 乞食過坑裝撈大

244-1 乞食過坑裝扎大

｜校訂｜乞食過坑裝撈大

｜辭典客語拼音｜ khet (khiet) shit8 kwo3 khang (hang) tsong tsap thai3

｜辭典英文釋義｜ a beggar when crossing stream carefully ties up his things, — lest he lose them.

｜中文翻譯｜乞丐過溪把自己的東西小心綁住（免得沖失）。

｜說明｜ 乞丐的家當雖不值錢，但也是必需品，要過河時還是要花工夫裝綁好。比喻為小事大費周章。

乞食過坑裝扎大, *k. shit kwò khang (hang) tsong tsap thài,* a beggar when crossing stream carefully ties up his things,—lest he lose them.

169. 乞食多過人家

244-2 乞食多過人家

｜辭典客語拼音｜ khet (khiet) shit8 to kwo3 nyin5 ka

｜辭典英文釋義｜ (met.) more men than there is work for them to do.

｜中文翻譯｜比喻人比工作多。

｜參考資料｜

《教育部重編國語辭典修訂本》「僧多粥少」條，釋義為「由多人分取不足額的差事或利益。」「人浮於事」條，釋義為「工作人員的數量多於工作的需要。」

乞食多過人家, *k. shit to kwò nyîn ka,* (met.) more men than there is work for them to do.

170. 乞食身，糧戶嘴

244-3 乞食身糧富嘴

｜校訂｜乞食身，糧戶嘴

｜辭典客語拼音｜ khet (khiet) shit8 shin, liong5 fu3 choi3

｜辭典英文釋義｜ my body is that of a beggar, my mouth is that of a rich man.

｜中文翻譯｜我身是乞丐，卻有富人的嘴。

｜說明｜「糧戶」於 1926 年版《客英》頁 408 解釋為“a rich man.”（富人）。

｜參考資料｜

《教育部臺灣客家語常用詞辭典試用版》「乞食身，皇帝嘴」條，釋義為「本義為雖是乞丐，但說話卻頗靈驗，今義多指乞丐的身分卻像皇帝一樣挑食，比喻人窮還挑嘴，真是不知好歹。」

涂春景《形象化客話俗語 1200 句》頁 42-43「乞食命，糧富嘴」條，解釋為「乞食命，指乞丐的命或遭遇；糧富嘴，說一個人挑食、要吃好的。話說一個乞丐有施主肯施捨，能夠飽餐就該滿足，卻還要挑食。比喻一個人不知安分、不知認命。有小孩偏食，大人常會說：乞食命，糧富嘴。」

黃永達《臺灣客家俚諺語語典：祖先的智慧》頁 51「乞食命，糧富嘴」條，解釋為「[俚俗語] 毋知自家的乞食命，總想要食山珍海味，意謂毋知自家的斤兩，妄想自家有恁高貴的身家。」另有「乞食命糧富嘴，好食懶做」條，解釋為「[俚俗語] 諷人毋認份，要食好著好，又毋認真做事。」還有「乞食身，皇帝嘴」條，解釋為「[俚俗語] 諷人生活窮苦，還要撿三擇四，毋知自家的斤兩。」

羅肇錦《苗栗縣客語、諺謠集（四）》頁 27「乞食命，皇帝嘴」條，解釋為「明明是乞丐的命，卻有皇帝的嘴，要好的食物才吃。喻不能認清本分，一味貪圖享受。」

辭典截圖

乞食身糧富嘴, *k.˙ shit shin liông fù chòi*, my body is that of a beggar, my mouth is that of a rich man.

171. 乞食少不得癩哥个錢

244-4 乞食少不得癩痾個錢

｜校訂｜乞食少不得癩哥个錢

｜辭典客語拼音｜ khet (khiet) shit8 shau2 put tet lai3 ko kai3 tshien5

｜辭典英文釋義｜ the leper will have his money from the beggar, (pay what you owe).

｜中文翻譯｜痲瘋病人會從乞丐那裡拿到錢（你欠債要還）。

｜說明｜ 乞丐與痲瘋患者，不論中外，古時候都被視為最底層人物，前人傳聞痲瘋病會接觸傳染，乞丐為避免感染，欠了痲瘋患者的錢，會儘快還清。比喻虧欠人家什麼，就得歸還什麼。

乞食少不得癩瘑個錢, *k. shit sháu put tet lài ko kài tshiên*, the leper will have his money from the beggar, (pay what you owe).

172. 狗瘦主人羞

247-1 狗瘦主人羞

｜辭典客語拼音｜ keu2 seu3 chu2 nyin5 siu

｜辭典英文釋義｜ a lean dog is a disgrace to its master.
｜中文翻譯｜狗很瘦是主人的恥辱。

｜說明｜ 比喻子弟不肖乃家門之恥；或比喻手下人不出色，主人臉上也無光。

｜參考資料｜

徐運德《客家諺語》頁 198「狗瘦主人羞」，解釋為「此語是用以比喻子弟，平日沒有得到良好的教養，幹出悖情悖理和闖禍的敗德醜行，乃是家庭父母的羞恥。這種情形，就如餓瘦的狗般，表示主人家境貧窮，沒有餵飽牠樣，見羞於人的，沒有體面之謂。」頁 450「狗瘦主人羞」，解釋為「此語原是說狗瘦，顯示主人貧窮，無能使狗吃得肥胖之意。引伸出來，暗指子弟外出，衣著要整齊端莊，不可穿得襤褸。否則，是父母家長的恥辱的意思。」

涂春景《形象化客話俗語 1200 句》頁 122「狗瘦主人羞」條，解釋為「狗瘦，這裡借指自己生養的子女，蓬頭垢面、衣衫襤褸。話說，子女蓬頭垢面、衣衫襤褸，或沒有教養，使為人父母者丟臉出醜、沒面子。含有為人父母者，一定要重視孩子的穿著、生活教育及人格的養成之意。」

黃永達《臺灣客家俚諺語語典：祖先的智慧》頁 210「狗瘦主人羞」條，解釋為「[比喻詞] 家犬瘦係主人的問題，引喻為子女身體毋強壯、衣著毋端莊、行為毋正常，係爺娘的恥辱。」

楊兆禎《客家諺語拾穗》頁 65「狗瘦主人羞」條，解釋為「喻『子弟不肖，乃家門之恥』。」

狗瘦主人羞. *k. sèu chú nyîn siu*, a lean dog is a disgrace to its master.

173. 狗食糯米—無變像

247-2 狗食糯米無變像

| 校訂 | 狗食糯米——無變像

| 辭典客語拼音 | keu2 shit8 no3 mi mau5 pien3 siong3

| 辭典英文釋義 | the dog does not thrive that eats glutinous rice.

| 中文翻譯 | 吃糯米的狗長不大。

| 說明 | 師傅話。有些地區客語會說「無變樣」。

| 參考資料 |

《教育部臺灣客家語常用詞辭典試用版》「狗食糯米——無變」條，釋義為「形容一個人本性難移。」

徐運德《客家諺語》頁 309「狗食糯米無變」，解釋為「作了歹事絲毫不改。」

涂春景《形象化客話俗語 1200 句》頁 121「狗食糯米無變」條，解釋為「聽說狗吃了糯米飯，不會消化，還是拉出糯米飯，因此，稱一個不改劣根性的人，說：『狗食糯米無變』。」

黃永達《臺灣客家俚諺語語典：祖先的智慧》頁 209「狗食糯米——毋會變」條，解釋為「[師傅話] 狗仔食糯米，無會消化，屙出來共樣係糯米，故稱毋會變，諷人的性仔固定，毋會改變。」另有「狗食糯米——無變」條，解釋為「[師傅話] 指性情行為毋會變。」

楊兆禎《客家諺語拾穗》頁 63 及 173「狗食糯米——有（無）變」條，解釋為「與『囫圇吞棗』類似。」

狗食糯米無變像, *k. shit nò mi mâu piên siòng*, the dog does not thrive that eats glutinous rice.

174. 狗打老鼠—有功無勞

247-3 狗打老鼠有功無勞

| 校訂 | 狗打老鼠——有功無勞

| 辭典客語拼音 | keu2 ta2 lau2 chhu2, yu kwung mau5 lau5

| 辭典英文釋義 | the dog that kills rats is of use but not profitable (as he breaks so many things in the process). (met. of work which is more harmful than profitable).

｜中文翻譯｜殺死老鼠的狗是有用但無益處（因為過程中弄壞許多東西）（比喻勞碌的結果弊大於利）。

｜參考資料｜

徐運德《客家諺語》頁22「狗打老鼠，多管閒事」，解釋為「狗拿耗子，多管閒事。」頁 304「狗咬老鼠多管閑［閒］事」，解釋為「此語是指某人，越俎代庖，非干自己事，卻去干預的意思。譬如捕捉老鼠，乃是貓兒的天賦本能，如果狗不自量，見到老鼠，就去咬牠，那便是多管事了。這也意在教人，『非干己事少當頭！』的意思。」

黃永達《臺灣客家俚諺語語典：祖先的智慧》頁 207「狗打老鼠——多管閒事」條，解釋為「［師傅話］狗掌屋，貓打鼠，各有其司，狗仔打老鼠，就管到份外的事情。」

楊兆禎《客家諺語拾穗》頁 63「狗打老鼠——多管閒事」條，解釋為「非你份內事，也非你專長。」

狗打老鼠有功無勞, *k. tá láu chhú yu kwung mâu laû,* the dog that kills rats is of use but not profitable (as he breaks so many things in the process). (met. of work which is more harmful than profitable).

175. 狗食薑嫲屎

247-4 狗食薑麻屎

｜校訂｜狗食薑嫲屎

｜辭典客語拼音｜ keu2 shit8 kiong ma5 shi2

｜辭典英文釋義｜ once bitten twice shy.

｜中文翻譯｜一朝被蛇咬，十年怕草繩。

｜說明｜ 從前的狗習於吃人糞，人吃了薑，糞便會留有薑渣會辣，吃了一次，便不敢再試。

｜參考資料｜

《教育部重編國語辭典修訂本》「一朝被蛇咬，十年怕草繩」條，釋義為「比喻曾遭受挫折，後遇類似狀況就變得膽小如鼠。」也作「一度著蛇咬，怕見斷井索」。

楊兆禎《客家諺語拾穗》頁 96「被蛇咬過一口，看到稈索就走」條，解釋為「一次慘痛經驗，終生難忘。」

狗食薑麻屎, *k. shit kiong mâ shi*, once bitten twice shy.

176. 口食天財，緊食緊有來

249-1 口食天財竟食更有來

｜校訂｜口食天財，緊食緊有來

｜辭典客語拼音｜ kheu2 (heu2) shit8 thien tshoi5, kin2 shit8 kin2 yu loi2

｜辭典英文釋義｜ heaven's food is multiplied as it is eaten.

｜中文翻譯｜天賜的食物，會越吃越多，來源不絕。

｜說明｜「天財」是天財星，意指帶天財星的人，有食祿，不愁吃。

口食天財竟食更有來, *k. shit thien tshôi kin shit kin yu lôi*, heaven's food is multiplied as it is eaten.

177. 口涎落地收毋轉

249-2 口瀺落地收唔轉

｜校訂｜口涎落地收毋轉

｜辭典客語拼音｜ kheu2 (heu2) lan lok8 thi3 shiu m chon2

｜辭典英文釋義｜ words spoken can't be called back (unsaid).

｜中文翻譯｜說出的話不能收回（回復到未說出口的）。

｜說明｜ 意指不要信口開河，說話要謹慎，不論是承諾、說人長短或罵人等。

｜參考資料｜

《教育部重編國語辭典修訂本》「覆水難收」，釋義為「已經潑出去的水很難收回。典源一說為姜太公妻馬氏因不堪貧而求去，直到姜太公富貴又來求合，太公取水潑地，叫她取回。事見王楙《野客叢書・卷二八・心堅穿石覆水難收》；一說為漢朱買臣未當官時，家貧賣柴度日，其妻求去，後得官，卻求復婚，朱潑一盆水，如他收得回來，才允婚。但典故來源不明，而後人多據此傳說編為戲劇和小說。後比喻離異的夫妻很難再復合或既定的事實很難再改變。」

黃永達《臺灣客家俚諺語語典：祖先的智慧》頁 53「口涎落地收冇轉」條，解釋為「[教示諺] 話講出去，收冇轉來，教示人講話要有信用。」

楊兆禎《客家諺語拾穗》頁 129「潑出去个水——收冇轉來」。

口 漤 落 地 收 唔 **轉**. *k. lau lòk thì shiu m chón*, words spoken can't be called back (unsaid).

178. 口講係風，筆寫係蹤

250-1 口講係風筆寫係踪

| 校訂 | 口講係風，筆寫係蹤

| 辭典客語拼音 | kheu2 (heu2) kong2 he3 fung, pit sia2 he3 tsung.

| 辭典英文釋義 | words are wind, but the pen leaves its impress.

| 中文翻譯 | 話語像風，但筆會留下痕跡。

| 說明 | 話語像風，無影無蹤，但寫下的文字會有跡可尋。

| 參考資料 |

黃永達《臺灣客家俚諺語語典：祖先的智慧》頁 53「口係風，筆係蹤」條，解釋為「[比喻詞] 言語就像風吹，無影無蹤，用筆寫字，白紙黑字才係有證有據。」又做「口說如風吹，紙筆定山河」。

口 講 係 風 筆 寫 係 踪. *k. kóng hè fung, pit siá hè tsung*, words are wind, but the pen leaves its impress?

179. 欺山莫欺水

259-1 欺山莫欺水

| 辭典客語拼音 | khi san mok8 khi shui2

| 辭典英文釋義 | you may trifle with a hill, not with water.

| 中文翻譯 | 可以輕忽山，不能輕忽水。

| 參考資料 |

徐運德《客家諺語》頁 212「賭財莫賭食，欺山莫欺水」，解釋為「這兩句諺語。其一是指賭博，如不是豪賭死賭，僅是小賭，輸贏不大，只當作消遣娛樂逢場作戲，那倒無傷元氣。至於賭食，便不同了。因為好勝，是人類的通病。為了爭取勝利，不甘失敗，賭食時，對於用以作賭的食物，為雞蛋豬肉，或其它多量的物品，便拼命吞吃。由於所吃的物品，超過平時能吃的數量，結果，小則脹滿胃囊，苦難消化飽悶難當。甚則撐塞咽喉，堵塞氣道，便有撐死的危險。所以古有『賭財莫賭食』也。其二是說登山爬山，本是尋常之事，懸崖峭壁，儘可避免攀登，可選平坦山徑而上，自無危險可言。故山雖高，也難不倒登山者 [，] 如此慎重，山便可欺也。至於水，便不同了。蓋水既能載舟，亦能覆舟，其勢便不可欺了。若自恃嫻習水性，認為輕鬆易游，便毅然躍入水中，滿不在乎。可是，萬一入水之後，突然發生手腳抽筋，動彈不得，或遇急湍漩渦，難於把持，便有滅頂溺斃的危險。所以說，欺山莫欺水也。古人之言，應視同圭臬。」

涂春景《形象化客話俗語 1200 句》頁 191「欺山莫欺水」條，解釋為「過去人的觀念，山上總比河、海安全得多。登山避免懸崖峭壁，照理應無危險；至於戲水，如不諳水性、一遇漩渦急流，或在水中突然手腳抽筋，都有滅頂之虞。所以可以在山間活動自如，但在水中活動總得小心謹慎。」

黃永達《臺灣客家俚諺語語典：祖先的智慧》頁 330「欺山莫欺水」條，解釋為「[教示諺] 水一等危險，比山較危險，千萬毋好看輕水，也千萬毋好糟蹋水。」

欺山莫欺水, *k. san mòk k. shúi,* you may trifle with a hill, not with water.

180. 騎馬行船三分命

262-1 騎馬行船三分命

| 辭典客語拼音 | khi5 ma hang5 shon5 sam fun miang3

| 辭典英文釋義 | in riding, and travelling by boat, one risks one-third of his life.

| 中文翻譯 | 人騎馬、乘船要冒三分之一失去生命的風險。

| 說明 | 比喻各有天命。與 146-2「行船騎馬三分命」（94） 相同。

| 參考資料 |

羅肇錦《苗栗縣客語、諺謠集（四）》頁 21「行船走馬三分命」，解釋為「一個

人所從事的生計行業，有幾分是先天註定的，不必怨尤。」

騎馬行船三分命, *k. ma hâng shón sam fun miàng*, in riding, and travelling by boat, one risks one-third of his life.

181. 欠字兩頭低

270-1 欠字兩頭低

｜辭典客語拼音｜ khiam3 tshii3 liong2 theu5 te

｜辭典英文釋義｜ both ends of this character are down. (met.) misfortune attends both lender and borrower.

｜中文翻譯｜「欠」這個字的兩頭都向下（比喻貸方借方都是不幸）。

｜說明｜ 借貸雙方都是不幸的事。欠「字」或可詮釋為諧音欠「數」（債）。

欠字兩頭低, *k. tshṳ́ lióng thèu te*, both ends of this character are down. (met.) misfortune attends both lender and borrower.

182. 輕財不出貴人手

272-1 輕財不出貴人手

｜辭典客語拼音｜ khiang tshoi5 put chhut kwui3 nyin5 shiu2

｜辭典英文釋義｜ the honourable man is never niggard.

｜中文翻譯｜地位尊榮的人絕不小器。

輕財不出貴人手, *k. tshôi put chhut kwùi nyîn shiú*, the honourable man is never niggard.

183. 叫鳥無打

276-1 噭鳥無打

｜校訂｜叫鳥無打

｜辭典客語拼音｜ kiau3 tiau mau5 ta2

｜辭典英文釋義｜ the crying bird does not fight. (met. the man who brags but does not act).

｜中文翻譯｜會叫的鳥不會打架（比喻只吹噓但不行動的人）。

｜說明｜ 比喻虛張聲勢的人。

噭鳥無打, *k. tiau mâu tá*, the crying bird does not fight. (met. the man who brags but does not act).

184. 根深不怕風搖動

283-1 根深不怕風搖動

｜辭典客語拼音｜ kin chhim put pha3 fung yau5 (yeu5) thung3

｜辭典英文釋義｜ a tree well rooted fears not the blowing winds, a strong man (upright) fears not the talk of men.

｜中文翻譯｜根深不怕強風吹，大丈夫（正直的人）不怕閒言閒語。

｜參考資料｜

《教育部重編國語辭典修訂本》「根深柢固」條，釋義為「根柢長得深且穩固。比喻基礎堅實，牢不可拔。」

《教育部臺灣客家語常用辭典試用版》「樹頭係講生得在，毋驚樹尾做風搓」條，釋義為「樹根如果長得好，就不怕樹尾被颱風侵襲，比喻根本如果能夠掌握好，其它的細微末節都不是問題。」

根深不怕風搖動, *k. chhim put phà fung yâu (yêu) thùng*, a tree well rooted fears not the blowing winds, a strong man (upright) fears not the talk of men.

185. 緊人愛等寬人來

284-1 緊人愛等寬人來

| 辭典客語拼音 | kin2 nyin5 oi3 ten2 khwan (khwon) nyin5 loi5

| 辭典英文釋義 | the man in a hurry has to wait for the man that takes it easy.
| 中文翻譯 | 急性子的人必定要等慢性子的。

| 說明 | 性子急的人凡事耐不住，慢性子的人則凡事不匆忙，而前者總是要比後者先到。

辭典截圖 緊人愛等寬人來, *k. nyîn òi tén khwan (khwon) nyîn lôi*, the man in a hurry has to wait for the man that takes it easy.

186. 緊惜緊孤盲，緊惱緊婆娑

284-2 竟□□□□，□□□□□

| 校訂 | 緊惜緊孤盲，緊惱緊婆娑
| 辭典客語拼音 | kin2 siak kin2 kwo-mo, kin2 nau kin2pho5-so

| 辭典英文釋義 | the loved one perishes, the hated one (progresses or) multiplies.
| 中文翻譯 | 愛的人死了，恨的人發了。

| 說明 | 1926 年版《客英》頁 352「kwo mo」（孤盲），釋義為"exterminated — used in reviling."（全家族死光光，憤怒用語）。

| 參考資料 |

涂春景《聽算無窮漢——有韻的客話俚諺 1500 則》頁 154-155「緊惜緊孤耄，緊惱緊髀娑」，解釋為「緊，越；孤耄，這指成長不好；惱，不憐惜；髀娑，植物生長茂盛。有道是：愛之適足以害之。呵護太過，反使其不能獨立。所以說，種菜……等，越憐愛越長不好，越隨順它越長得好。」

辭典截圖 *k. siak kin kwo-mo, kin nau kin phô-so*, the loved one perishes, the hated one (progresses or) multiplics.

187. 腳踏馬屎傍官勢

289-1 腳踏馬屎傍官勢

| 校訂 | 腳踏馬屎傍官勢

| 辭典客語拼音 | kiok thap8 ma shi2 phong3 kwan she3

| 辭典英文釋義 | said of people who take advantage of slight acquaintance with officials to “squeeze” people.

| 中文翻譯 | 用來說利用與官吏的些許關係欺壓百姓的人。

| 參考資料 |

徐運德《客家諺語》頁315「腳踏馬屎傍官勢」，解釋為「此語是指某人，狐假虎威，倚仗別人的勢力，去欺負他人之謂。」

楊兆禎《客家諺語拾穗》頁99「腳踏馬屎，靠官勢——狐假虎威」條，解釋為「比喻『小人依靠惡勢力，為非作歹』。」

腳踏馬屎傍官勢, *k. thăp ma shi phòng kwan shè*, said of people who take advantage of slight acquaintance with officials to “ squeeze ” people.

188. 薑桂之性，愈老愈辣

290-1 薑桂之性愈老愈辣

| 校訂 | 薑桂之性，愈老愈辣

| 辭典客語拼音 | kiong kwui3 tsii sin3, yi3 lau2 yi3 lat8

| 辭典英文釋義 | ginger or cinnamon grow pungent with age. (a hard nature grows harder with age).

| 中文翻譯 | 薑或肉桂愈老愈辣（剛強的性格愈老愈剛強）。

| 參考資料 |

《教育部重編國語辭典修訂本》「薑桂老辣」條，釋義為「薑和肉桂，味皆辛辣。薑桂老辣比喻剛烈正直的性情。語本《宋史·卷三八一·晏敦復傳》：『況吾薑桂之性，到老愈辣。』」

徐運德《客家諺語》頁297「薑嫲還係老个卡辣」，解釋為「意指老人的見識經驗，總是比年輕人，歷練豐富得多。」

薑桂之性愈老愈辣, *k. kwùi tsụ sin, yì láu yì làt*, ginger or cinnamon grow pungent with age. (a hard nature grows harder with age).

189. 薑毋捶毋辣，命毋算毋發

290-2 薑□□□□，□□□□□

｜校訂｜薑毋捶毋辣，命毋算毋發

｜辭典客語拼音｜ kiong m chhui5 m lat8, miang3 m son3 m fat

｜辭典英文釋義｜ beat ginger and it's pungent, to get fortune told makes prosperous.

｜中文翻譯｜薑要捶打才會辣，命要算才會興旺。

｜說明｜ 本諺應是江湖術士的宣傳話語。

k. m chhûi m làt, miàng m sòn m fat, beat ginger and it's pungent, to get fortune told makes prosperous.

190. 急字難寫

292-1 急字難寫

｜辭典客語拼音｜ kip sii3 nan5 sia2

｜辭典英文釋義｜ difficult to write on the spur of the moment.

｜中文翻譯｜難以在緊急情況下寫字。

｜說明｜ 「字」可以是書法、文章、契約，很難急就章。比喻急中無法生智。

急字難寫, *k. sụ nân siá*, difficult to write on the spur of the moment.

191. 急人無急計

292-2 急人無急計

｜辭典客語拼音｜ Kip nyin5 mau5 kip ke3

｜辭典英文釋義｜ the hasty man does not decide hastily.

｜中文翻譯｜心急的人無法急中做決定。

｜說明｜ 比喻急不得，而要考慮周詳。

｜參考資料｜

《教育部重編國語辭典修訂本》「急水下不得槳」，釋義為「在湍急的水流中無處下槳。比喻匆忙之間，找不到適當的解決方法。」

急人無急計, *k. nyîn maú k. kè,* the hasty man does not decide hastily.

192. 急手打無拳

292-3 急手打無拳

｜辭典客語拼音｜ kip shiu2 ta2 mau5 khen5

｜辭典英文釋義｜ an unexpected blow is difficult to parry.

｜中文翻譯｜意想不到的一擊難以招架。

｜說明｜ 英譯是意譯，是否正確，待考。原意應有「匆忙出招，無法展出拳腳之意」，比喻凡事應從容應對。

急手打無拳, *k. shiú tá máu khên,* an unexpected blow is difficult to parry.

193. 求官毋著秀才在

299-1 求官唔倒秀才在

| 校訂 | 求官毋著秀才在

| 辭典客語拼音 | khiu5 kwon m tau2 siu3 tshoi5 tshai3

| 辭典英文釋義 | if you cannot get the mandarin to grant you request, your degree still remains. — no harm in asking.

| 中文翻譯 | 即使你無法使官員答應你的請求，你還是秀才。——問問無妨。

| 說明 | 「秀才」是科舉時代官方認證的基層士大夫，故英文譯為“degree”。全句意指謀求官位雖未能如願，但依舊保有自己本身的才華及能力，鼓勵年輕人先打好基礎，再去求更好的發展。

| 參考資料 |

徐運德《客家諺語》頁 50「求官毋著秀才在」，解釋為「此語是鼓勵年輕人，要勇於任事，不可畏縮不前，即令不成功，也可獲得經歷。何況自己的人格無傷，且可作為日後成功的助益。所謂『失敗為成功之母』，其意義是很切當的。」

黃永達《臺灣客家俚諺語語典：祖先的智慧》頁 181「求官毋著秀才在」條，解釋為「[教示諺] 讀書求官，雖然做官目的無達到，地方人還係尊為知書達禮的讀書人。」

求官唔倒秀才在, *k. kwon m táu siù tshôi tshài,* if you cannot get the mandarin to grant your request, your degree still remains—no harm in asking.

194. 君子報仇三年

303-1 君子報仇三年

| 辭典客語拼音 | kiun tsii2 po3 (pau3) chhiu5 sam nyen5

| 辭典英文釋義 | a gentleman seeks revenge gradually.

| 中文翻譯 | 君子會逐步尋找復仇的機會。

| 參考資料 |

涂春景《聽算無窮漢——有韻的客話俚諺 1500 則》頁 52「君子報仇三年，小人報仇眼前」，解釋為「君子報仇三年不晚，小人以牙還牙以眼還眼，報仇必定馬

上為之。」

黃永達《臺灣客家俚諺語語典：祖先的智慧》頁 59 收錄類似諺語「小人報冤三日，君子報冤三年」，其解釋為「[經驗談] 小人有仇就要現報，君子有仇做得忍氣吞聲，慢慢的尋機會報。」

君子報仇三年, *k. tsṳ́ pò (pàu) chhiû sam nyên*, a gentleman seeks revenge gradually.

195. 君子嘴講，小人手擭

304-1 君□□□，□□□□

| 校訂 | 君子嘴講，小人手擭

| 辭典客語拼音 | kiun tsii2 choi3 kong2, siau2-nyin5 shiu2 nyong2

| 辭典英文釋義 | the superior man uses speech, the mean man displays hands and feet.

| 中文翻譯 | 君子用言語，小人動手動腳。

k. tsṳ́ chòi kóng, siau-nyîn shíu nyóng, the superior man uses speech, the mean man displays hands and feet.

196. 君子大頭，小人大腳

304-2 君子大頭，小人大腳

| 校訂 | 君子大頭，小人大腳

| 辭典客語拼音 | kiun tsii2 thai3 theu5, siau2 nyin5 thai3 kiok

| 辭典英文釋義 | the superior man has a big head, the mean man has big feet.

| 中文翻譯 | 君子有大腦袋，小人有大隻腳。

| 說明 | 「大頭」與「大腳」分別意指「勞心」與「勞力」。

君子大頭, 小人大脚, *k. tsṳ́ thài thêu, siau nyîn thài kiok*, the superior man has a big head, the mean man has big feet.

197. 君子見面賢

304-3 君子見面賢

｜辭典客語拼音｜ kiun tsii2 kien3 mien3 hien5

｜辭典英文釋義｜ the superior man makes his statement face to face.

｜中文翻譯｜君子有話當面講清楚。

君子見面賢, *ḳ. tsṳ́ kièn mien hiên*, the superior man makes his statement face to face.

198. 近水無水食，近山無樵燒

306-1 近水無水食，□□□□□

｜校訂｜近水無水食，近山無樵燒

｜辭典客語拼音｜ khiun3 shui2 mau5 shui2 shit8, khiun3 san mau5 tshiau5 sheu

｜辭典英文釋義｜ by the sea there is no water to drink by the hill no wood to burn.

｜中文翻譯｜住在海邊沒有水喝，住在山上沒有柴燒。

｜說明｜「近水」意指「靠近河」。全句指容易到手的物資也容易浪費。

｜參考資料｜

姜義鎮《客家諺語》頁 7 收錄類似諺語「近廟欺神」，解釋為「捨近就遠；近處方便，反容易忽略。」姜義鎮《客家諺語》頁 13 收錄類似諺語「近海食貴魚」，解釋為「過於方便，反而得不到好處。」

徐運德《客家諺語》頁 12 收錄類似諺語「近廟欺神」，解釋為「本意家住廟邊，反而疏遠廟神，少去拜求平安。比喻雖然較近又方便，反而容易疏遠。以人做比喻，因太過熟悉反而會覺得無可敬畏之處。」

涂春景《形象化客話俗語 1200 句》頁 116 收錄類似諺語「近水無魚食，近山無樵燒」，解釋為「所以會『近水無魚食，近山無樵燒』的理由，乃凡人都有依恃著近山、近水，絕不會缺魚、缺柴的心理，而不及早準備；等到要燒柴、煮魚時，又碰上刮風下雨、或有臨時打不了柴、捕不到魚的窘迫。此話寓有有備無患、未雨綢繆的道理。」

黃永達《臺灣客家俚諺語語典：祖先的智慧》頁 215 收錄類似諺語「近溪搭無船」，解釋為「[經驗談] 邸較近的人，顛倒赴毋著搭船，喻愈方便，愈會疏忽。」

另有「近廟欺神」，解釋為「[經驗談] 邸廟唇的百姓，對神明的尊崇毋當外地人，顛倒疏遠神明，喻雖然較近又方便，顛倒容易疏遠、或毋知尊重，也喻尊威需要距離來建立。」

近水無水食, *k. shúi mâu shúi shit, khiùn san mâu tshiâu sheu*, by the sea there is no water to drink by the hill no wood to burn.

199. 近官得貴，近廚得食

306-2 近官得貴近廚得食

| 校訂 | 近官得貴，近廚得食

| 辭典客語拼音 | khiun3 kwon tet kwui3, khiun3 chhu5 tet shit8

| 辭典英文釋義 | near the mandarins there is honour, near the kitchen there is food.

| 中文翻譯 | 接近當官的人會有尊榮地位，靠近廚房的人會有食物。

| 參考資料 |

涂春景《形象化客話俗語 1200 句》頁 117「近官得貴，近廚得食」，解釋為「親近做官的，能得到升官的資訊，所以較易得到富貴；親近廚房的伙夫，比較容易得到吃喝。近官、近廚都得地利之便。」

黃永達《臺灣客家俚諺語語典：祖先的智慧》頁 214「近官得貴，近廚得食」，解釋為「[經驗談] 和做官人行較近，較容易得到富貴；和廚師接近，較容易得到好食的東西。」

近官得貴近廚得食, *k. kwon tet kwùi, k. chhû tet shit*, near the mandarins there is honour near the kitchen there is food.

200. 弓絚箭正絚

306-3 弓□□□□

| 校訂 | 弓絚箭正絚

| 辭典客語拼音 | kiung hen5 tsien3 chang3 hen5

| 辭典英文釋義 | people need to be urged to be diligent.

｜中文翻譯｜人需要激勵才會努力。

｜說明｜「弓緪箭正緪」即「弓要拉得緊，箭才會有力道」。

k. hên tsièn chìng hên, people need to be urged to be diligent.

201. 弓毋緪箭毋行

306-4 弓□□□□□

｜校訂｜弓毋緪箭毋行

｜辭典客語拼音｜ kiung m hen5 tsien3 m hang5

｜辭典英文釋義｜ if the bow be not taut the arrow won't fly.

｜中文翻譯｜假如弓沒有繃緊，箭飛不出去。

k. m hên tsièn m hâng, if the bow be not taut the arrow won't fly.

202. 供大老鼠囓布袋

307-1 供大老鼠嚙布袋

｜校訂｜供大老鼠囓布袋

｜辭典客語拼音｜ kiung3 thai3 lau2 chhu2 ngat pu3 thoi3

｜辭典英文釋義｜ nourish a rat it gnaws your bags.

｜中文翻譯｜你把老鼠養大後咬你的布袋。

｜說明｜「供」是河婆腔及海陸腔「養」的意思，四縣用「畜」。與「養蛇食雞」同義。

｜參考資料｜

姜義鎮《客家諺語》頁 18「畜老鼠咬布袋」，解釋為「吃裏扒外。」

徐運德《客家諺語》頁 58「畜老鼠咬布袋」，解釋為「是說自己人破壞自己的事。」

涂春景《形象化客話俗語 1200 句》頁 159「畜老鼠咬布袋」，解釋為「畜老鼠，養老鼠，指家裡有不肖的分子；布袋，裝穀的麻袋。這句話責罵吃裡扒外的人。」

黃永達《臺灣客家俚諺語語典：祖先的智慧》頁 386 收錄類似諺語「蓄老鼠，咬布袋」，解釋為「[俚俗語] 老鼠無情無意，蓄佢顛倒會食米又咬壞布袋，喻人忘恩負義，也喻團體內的成員反轉來破壞團體。」

羅肇錦《苗栗縣客語、諺謠集（四）》頁 23「畜老鼠咬布袋」，解釋為「養老鼠咬自己的布袋。比喻被自己人挖牆腳。」

羅肇錦《苗栗縣客語諺語、謎語集（二）》頁 82「畜老鼠咬布袋」，解釋為「養了老鼠，反而咬了自己的布袋。比喻吃裡扒外。」

供大老鼠嚙布袋, *k. thài láu chhú ngat pù thòi*, nourish a rat it gnaws your bags.

203. 窮人好布施，破廟好燒香

308-1 窮人好布施破廟好燒香

｜校訂｜窮人好布施，破廟好燒香

｜辭典客語拼音｜ khiung5 nyin5 hau2 pu3 shi, pho3 miau3 hau2 shau hiong

｜辭典英文釋義｜ a poor man is very grateful for charity, the man who burns incense in a broken down temple will receive merit.

｜中文翻譯｜窮人對樂善好施的善行極為感激，在沒落的廟中燒香的人會有功德。

｜說明｜「好」的發音「hau」是河婆腔，四縣腔發音為「ho」。

｜參考資料｜

涂春景《形象化客話俗語 1200 句》頁 224 收錄類似諺語「窮人可救濟，爛廟可燒香」，解釋為「有錢應該拿來救濟窮人，就像應該多到破廟去燒香一般。勸人多做雪中送炭的事。」

涂春景《聽算無窮漢——有韻的客話俚諺 1500 則》頁 149 收錄類似諺語「窮人好救濟，爛廟好燒香」，解釋為「一個人要有同情心，要多照顧關心弱者。因此說，窮人值得救濟，破廟應該常去燒香。」

黃永達《臺灣客家俚諺語語典：祖先的智慧》頁 397 收錄類似諺語「窮人好救濟，爛廟好燒香」，解釋為「[教示諺] 救濟窮苦人家與到香火毋旺的廟寺燒香，功德較大，勸人『雪中送炭』之意。」

窮人好布施破廟好燒香, *k. nyîn háu pù shì phò miàu háu shau hiong*, a poor man is very grateful for charity, the man who burns incense in a broken down temple will receive merit.

204. 窮人無窮山

308-2 窮人無窮山

｜辭典客語拼音｜ khiung5 nyin5 mau5 khiung5 san

｜辭典英文釋義｜ there are poor people but not destitute hills.
｜中文翻譯｜有窮苦的人，但沒有匱乏的山林。

｜參考資料｜
涂春景《形象化客話俗語 1200 句》頁 224「窮人無窮山」，解釋為「人到窮困的境地，一定會發奮圖強，把山林整理出來，好事生產。」
黃永達《臺灣客家俚諺語語典：祖先的智慧》頁 397「窮人無窮山」，解釋為「[教示諺] 山有山的資源，窮人入山若懂利用，共樣做得生活，開創自家天地，勸話人毋好因為窮苦就失去志，只要肯做，定著會有成就。」

窮人無窮山, *k. nyîn-mâu khiûng san*, there are poor people but not destitute hills.

205. 窮人食貴物

308-3 窮人食貴物

｜辭典客語拼音｜ khiung5 nyin5 shit8 kwui3 vut8

｜辭典英文釋義｜ the poor man must eat according to the day's price.
｜中文翻譯｜窮人吃東西必須考慮當天的物價精打細算。

｜說明｜ 依照英文釋義，意指窮人吃飯精打細算；但就中文字面來說，此句可以解釋為嘲諷人沒錢卻吃貴的東西。臺灣有「窮人食貴米」之說，意思是窮人比較會吃，米是被窮人吃貴的。

窮人食貴物, *k. nyîn shit kwùi vùt*, the poor man must eat according to the day's price.

206. 窮人毋使多，斗米能（會）唱歌

308-4 窮人唔使多斗米能（voi3）唱歌

｜校訂｜窮人毋使多，斗米能（會）唱歌

｜辭典客語拼音｜ khiung5 nyin5 m sii2 to, teu2 mi2 voi3 chhong3 ko

｜辭典英文釋義｜ the wants of the poor are few, a measure of rice will give him a merry voice.

｜中文翻譯｜窮人慾望很少，些許的米就讓他有快樂的歌聲。

｜參考資料｜

徐運德《客家諺語》頁 320 收錄類似諺語「窮人毋使多，兩升白米會唱歌」，解釋為「窮人容易滿足。」

涂春景《聽算無窮漢——有韻的客話俚諺 1500 則》頁 149 收錄類似諺語「窮人毋使多，有兩斗米就會唱歌」，解釋為「窮人較無野心、容易滿足。所以說，窮人不必多，得到兩斗米就歡喜得唱起歌來。」

黃永達《臺灣客家俚諺語語典：祖先的智慧》頁 397 收錄類似諺語「窮人毋使多，兩斗白米就會唱歌」，解釋為「[經驗談] 窮人顛倒較容易得到滿足，自然會比富人較快樂。」

黃盛村《臺灣客家諺語（下冊）》頁 52 收錄類似諺語「窮人毋使多，兩斗米會唱歌」，解釋為「為求溫飽，窮苦人假如能多得兩斗米，一定會高興得手舞足蹈；雖然兩斗米的價值不是很多錢，但對窮苦人而言，相當於『救命仙丹』；至少可以避免斷炊生活，也暫時解決了民生所需的最重要物資。」

楊兆禎《客家老古人言》頁 123 收錄類似諺語「窮人唔使多，兩升白米會唱歌——窮人容易滿足」。

楊兆禎《客家諺語拾穗》頁 128 收錄類似諺語「窮人毋使多，兩斗米會唱歌——好打發」。

劉兆蘭《一日一句客家話：客家老古人言》頁 40 收錄類似諺語「窮人毋使多，（有）兩斗米（就）會唱歌」，解釋為「這句話是比喻樂天知命者，不忮不求，不作非份之想。」

劉守松《客家人諺語（一）》頁 27「窮人毋使多，一斗米會唱歌」，解釋為「大意是昔時生活水準較差者，一斗米雖然不多，可以糊口數日。」

鄧榮坤《客家話的智慧》頁 186 收錄類似諺語「窮人唔使多，兩斤白米會唱歌」，解釋為「窮人容易滿足。」

窮人唔使多斗米能(*vòi*)**唱歌.** *khiûng nyîn m sṳ́ to téu mí vòi chhòng ko*, the wants of the poor are few, a measure of rice will give him a merry voice.

207. 窮人多明年

308-5 窮人多明年

｜辭典客語拼音｜ khiung5 nyin5 to min5 nyen5

｜辭典英文釋義｜ the poor man has many ‘next years’ (he hopes for the next year, better fortune).

｜中文翻譯｜窮人有很多「明年」（他希望明年會有更好的運氣）。

｜參考資料｜

姜義鎮《客家諺語》頁 11「窮人多明年」，解釋為「窮困人家把希望寄託在明年。」

徐運德《客家諺語》頁 321「窮人多明年」，解釋為「窮人多盼望明年。」

涂春景《形象化客話俗語 1200 句》頁 224 收錄類似諺語「窮人多明天」，解釋為「意味窮人有太多的期待。勸人要把握當下，及時努力。」

涂春景《聽算無窮漢——有韻的客話俚諺 1500 則》頁 149 收錄類似諺語「窮人多明年，懶人多明天」，解釋為「窮人都希望明年會更好，懶人常把事情推拖到明天再作。」

黃永達《臺灣客家俚諺語語典：祖先的智慧》頁 397「窮人多明年，解釋為「[經驗談]諷窮人多毋及時努力，總係指望明年，故所『多明年』。」

楊兆禎《客家諺語拾穗》頁 145 收錄類似諺語「懶人多稍早，窮人多明年」，解釋為「『還有明天』、『還有明年』是懶人與窮人的藉口。」

羅肇錦《苗栗縣客語、諺謠集（四）》頁 25「窮人多明年」，解釋為「人之所以會窮，大都是不能及時努力，所以窮人常常把希望寄託在明年，每年都說明年會更好，今年卻不能加緊努力，於是明年復明年，明年何其多。」

窮人多明年, *k. nyin to mîn nyên*, the poor man has many ‘next years’ (he hopes for the next year, better fortune).

208. 窮人無麼个好，三餐早

308-6 窮人無乜個好三餐早

｜校訂｜窮人無麼个好，三餐早

｜辭典客語拼音｜ khiung5 nyin5 mo5 mak kai3 hau2, sam tshon tso2 (tsau2)

｜辭典英文釋義｜ the poor man’s cooking is quickly over.

｜中文翻譯｜窮人的烹飪很快結束。

｜說明｜ 意指窮人吃的東西很簡單，沒什麼菜好煮，所以三餐吃得早。

｜參考資料｜

涂春景《聽算無窮漢——有韻的客話俚諺 1500 則》頁 150「窮人無麼介好，三餐早」，解釋為「窮苦人家沒什麼好，為了生活，三餐都吃得早。」

窮人無乜個好三餐早, *k. nyîn mô mak* **k***ài háu, sam tshon tsó* (*tsáu*), the poor man's cooking is quickly over.

209. 窮人養嬌子

308-7 窮人養嬌子

｜辭典客語拼音｜ khiung5 nyin5 yong kiau tsii2

｜辭典英文釋義｜ the poor man rears a pampered child.

｜中文翻譯｜窮人養出驕生慣養的小孩。

｜參考資料｜

涂春景《形象化客話俗語 1200 句》頁 224 收錄類似諺語「窮人養驕子」，解釋為「貧窮人家，對子弟的要求比較嚴格，期待比較高，相對的提供子女的資源也比較豐富。有句話說：子弟如果肯上進，賣田地也在所不惜。」

涂春景《聽算無窮漢——有韻的客話俚諺 1500 則》頁 150 收錄類似諺語「窮人養嬌子，富人畜畫眉」，解釋為「窮苦人家自嘆：養的子女都嬌滴滴的；像有錢人家養畫眉鳥一般。」

窮人養嬌子, *k. nyîn yong kiau tsṳ̀*, the poor man rears a pampered child.

210. 窮人無口齒

309-1 窮人無口齒

｜辭典客語拼音｜ khiung5 nyin5 mau5 kheu2 chhi2

｜辭典英文釋義｜ the poor man has no teeth — he cannot promise with certainty of fulfilment.

｜中文翻譯｜窮人沒有牙齒——他無法承諾一定做到。

｜說明｜「無口齒」，意指無法斷然決定一件事。

窮人無口齒, *k. nyîn mâu khéu chhi,* the poor man has no teeth—he cannot promise with certainty of fulfilment.

211. 窮人多親，瘦狗多蠅

309-2 窮人多親瘦狗多蠅

｜校訂｜窮人多親，瘦狗多蠅

｜辭典客語拼音｜ khiung5 nyin5 to tshin, seu3 keu2 to yin5

｜辭典英文釋義｜ the poor man has many relations, the lean dog (is pestered) with many flies.

｜中文翻譯｜窮人多親戚，瘦狗則為蒼蠅群繞而煩。

｜說明｜ 窮人喜歡攀親帶故，瘦狗身上長瘡而有很多蒼蠅圍繞。

｜參考資料｜

涂春景《聽算無窮漢——有韻的客話俚諺1500則》頁149「窮人多親，瘦狗多蠅」，解釋為「人多喜歡攀親帶故，窮苦人家尤甚。所以說，窮人家多親戚，正像狗瘦的話，有很多蒼蠅圍繞一般。」

窮人多親瘦狗多蠅, *k. nyîn to tshin sèu kéu to yîn,* the poor man has many relations, the lean dog (is pestered) with many flies.

212. 窮人無個富親戚

309-3 窮人無個富親戚

｜辭典客語拼音｜ khiung5 nyin5 mau5 kai3 fu3 tshin tshit

｜辭典英文釋義｜ the poor man has no rich connections.

｜中文翻譯｜窮人沒有富親戚。

｜參考資料｜

黃盛村《臺灣客家諺語（上冊）》頁20收錄類似諺語「窮苦人冇好額親戚」，解釋為「富裕的人，集財富、身分、地位於一身，所交往的對象，自然是同等級的富商巨賈，或達官顯要之類。窮苦人則必須日夜打拚，為三餐生活而忙碌。」

窮人無個富親戚, *k. nyîn mâu kaì fù tshin tshit*, the poor man has no rich connections.

213. 窮苦命，無個痛腸人

309-4 窮苦命無個痛腸人

｜校訂｜窮苦命，無個痛腸人

｜辭典客語拼音｜ khiung5 khu2 miang3, mau5 kai3 thung3 chhong5 nyin5

｜辭典英文釋義｜ the sorrow laden hath no one to pity him.

｜中文翻譯｜苦命人無人憐惜。

｜說明｜ 「痛腸人」，意指傷心難過的人。

窮苦命無個痛腸人, *k. khú miàng mâu kài thùng chhông nyîn*, the sorrow laden hath no one to pity him.

214. 共床癩哥，隔壁瘡

309-5 共牀癩疴隔壁瘡

｜校訂｜共床癩哥，隔壁瘡

｜辭典客語拼音｜ khiung3 tshong5 lai3 ko, kak piak tshong

｜辭典英文釋義｜ to share a bed with a leper will cause infection, infection from itch is contracted from proximity even to another bed.

｜中文翻譯｜與痲瘋病人共床會受到感染，而疥瘡會隔床傳染。

｜說明｜ 以前人認為痲瘋病是無法治癒的傳染疾病，痲瘋病要長期接觸才會感染，疥瘡只要短暫接觸就會傳染。

共牀癩疴隔壁瘡, *k. tshông lài ko, kak piak tshong*, to share a bed with a leper will cause infection, infection from itch is contracted from·proximity even to another bed.

215. 開便井分人食水

316-1 開便井分人食水

｜辭典客語拼音｜ khoi phien3 tsiang2 pun nyin5 shit8 shui2

｜辭典英文釋義｜ digging a well for others to drink.

｜中文翻譯｜鑿好井給人喝水。

｜說明｜ 意同「前人栽樹，後人乘涼」，比喻前人為後人造福。亦可比喻自己辛苦的成果讓別人享受。

｜參考資料｜

涂春景《形象化客話俗語 1200 句》頁 68 收錄類似諺語「打便井分人食水」，解釋為「打便井，鑿好井；分人，給別人；食水，喝水、用水。有開好路，給別人行走的意思。」

黃永達《臺灣客家俚諺語語典：祖先的智慧》頁 397 收錄類似諺語「打便井分人食水」，解釋為「[比喻詞] 做公益的事情，同『開好路分人來行』之句。」

開便井分人食水, *k. phièn tsiáng pun nyîn shit shúi*, digging a well for others to drink.

216. 各家食飯各火煙

318-1 各家食飯各火烟

｜校訂｜各家食飯各火煙

｜辭典客語拼音｜ kok ka shit8 fan3 kok fo2 yen

｜辭典英文釋義｜ each one his own rice each one his own smoke. (met. not holding any communication with).

｜中文翻譯｜每個人都有自己的飯，每個人都有自己的煙（意指不相互往來）。

｜說明｜ 「火煙」是指烹煮食物時，爐中或煙囪所冒出的煙。以前人分家之後也會講這句話。

｜參考資料｜

涂春景《形象化客話俗語 1200 句》頁 85「各家食飯各火煙」，解釋為「食飯，吃飯；火煙，炊煙。形容各自獨立，誰也不依賴誰。」

黃永達《臺灣客家俚諺語語典：祖先的智慧》頁 133「各家食飯各火煙」，解釋為「[俚俗語] 家家戶戶各自獨立生活，無人會倚靠別人。」

各家食飯各火烟, *k. ka shit fàn kok fó yen*, each one his own rice each one his own smoke. (met. not holding any communication with).

217. 各人洗面各人光

319-1 各人洗面各人光

｜辭典客語拼音｜ kok nyin5 se2 mien3 kok nyin5 kwong

｜辭典英文釋義｜ it is for each one to wash his face and be clean. (certain things are for oneself to decide).

｜中文翻譯｜各人的臉要自己洗，才會乾淨（某些事要靠自己決定）。

｜參考資料｜

涂春景《形象化客話俗語 1200 句》頁 85「各人洗面各人光」，解釋為「面，臉。自己洗臉，自己臉上光彩。寓有自己愛惜羽毛，自己獲得好處的意思。」

黃永達《臺灣客家俚諺語語典：祖先的智慧》頁 133「各人洗面各人光」，解釋為「[俚俗語] 自家打扮自家，還係自家得到好處，喻各人要為自家打算，有成就係自家得到光彩。」

各人洗面各人光, *k. nyîn sé mièn kok nyîn kwong*, it is for each one to wash his face and be clean. (certain things are for oneself to decide).

218. 各人有個伯勞壇

319-2 各人有個伯勞壇

｜辭典客語拼音｜ kok nyin5 yu kai3 pak lo5 (lau5) than5

｜辭典英文釋義｜ each man like the shrike has his own fixed abode.

｜中文翻譯｜每個人都像伯勞鳥一樣，有自己的地盤。

｜說明｜ 伯勞鳥是一種很兇惡的候鳥，肉食性猛禽，吃老鼠、青蛙，常在枯枝上觀察獵物，有自己地盤，不願其他鳥類侵入。此句意指每個人有自己的地盤，不要隨便逾越他人界線。與 1110-4「一個山頭，一隻鷂鴣」（805）意思相同。

各人有個伯勞壇, *k. nyîn yu kài pak lô (lâu) thân*, **each man like the shrike has his own fixed abode.**

219. 趕狗入窮巷，不得不齧

323-1 趕狗入窮巷不得不嚙

｜校訂｜趕狗入窮巷，不得不囓

｜辭典客語拼音｜ kon2 keu2 nyip8 khiung5 hong3, put tet put ngat

｜辭典英文釋義｜ pursue a dog into a cul-de-sac, it will certainly bite.

｜中文翻譯｜把狗追到死巷，他必定會咬人。

｜參考資料｜

徐運德《客家諺語》頁 96 收錄類似諺語「趕狗入窮巷，窮巷狗咬人」，解釋為「比喻一個人，不可藉勢凌人，更不可逼人太甚，如果逼急了，將會遭到對方的反感，而惹來禍患。」頁 306 收錄類似諺語「趕狗入窮巷」，解釋為「凡事不可逼人太甚，逼急了，反會招致嚴重的後果之謂。以故與人為善，忍讓為懷，才是待人接物的守則。」頁 325 收錄類似諺語「窮巷趜狗反咬一口」，解釋為「此語意指對人，要存寬厚，不可藉勢威迫過甚。」

涂春景《形象化客話俗語 1200 句》頁 222 收錄類似諺語「趕狗入窮巷，窮巷狗咬人」，解釋為「以驅狗為喻，告訴吾人不可盛氣凌人、逼人太甚，人被逼急了，對方使命的反擊，一定會闖出亂子來。」

黃永達《臺灣客家俚諺語語典：祖先的智慧》頁 388 收錄類似諺語「趕狗入窮巷，窮巷狗咬人」，解釋為「[教示諺] 毋好藉勢欺人，逼人忒過份，和人逼到無路，就會受到對方的反撲。」頁 388 收錄類似諺語「趕狗落窮巷」，解釋為「[師傅話] 逼人太甚之意。」「窮巷追狗」，解釋為「[比喻詞] 指逼人忒過份咧。」「窮巷莫追狗」，解釋為「[教示諺] 勸人毋好逼人逼到絕路，要防人反咬一口。」「窮巷驅狗，反咬一口」，解釋為「[教示諺] 勸話人要心肝寬厚，毋好藉勢威迫過甚，否則會分對方倒打轉來。」

楊兆禎《客家老古人言》頁 123 收錄類似諺語「窮巷追狗——反咬一口」，解釋為「1. 喻不可逼人太甚。2.『追』可讀『Tui』。」

楊兆禎《客家諺語拾穗》頁 128 收錄類似諺語「窮巷追狗——反咬一口」，解釋為

「毋好欺人太甚。」頁 206 收錄類似諺語「窮巷追狗——返咬一口」，解釋為「喻不可逼人太甚。」

趕狗入窮巷不得不囓, *k. kéu nyip khiûng hòng put tet put ngat*, pursue a dog into a cul-de-sac, it will certainly bite.

220. 稈掃頭會打筋斗

323-2 稈□□□□□□

| 校訂 | 稈掃頭會打筋斗

| 辭典客語拼音 | kon2 sau3 theu5 voi3 ta2 kwun3 teu2

| 辭典英文釋義 | a broom stick turning somersaults — a formerly well behaved man going all wrong.

| 中文翻譯 | 掃帚柄翻筋斗——一個素行良好的人卻一再犯錯。

| 說明 | 1926 年版《客英》頁 323「稈掃」"a besom made of straw."（稻稈做的掃把）。從英文引申義看來，有令人不可置信的意思。

k. sàu thêu vòi tá kwùn teú, a broom stick turning somersaults —a formerly well behaved man going all wrong.

221. 稈索會變蛇

323-3 稈索噲變蛇

| 校訂 | 稈索會變蛇

| 辭典客語拼音 | kon2 sok voi3 pien3 sha5

| 辭典英文釋義 | a straw changed into a snake. (met. a ragged person in pretty garb).

| 中文翻譯 | 一根稻草變成一條蛇（意指衣衫襤褸的人穿著漂亮的外衣）。

| 說明 | 客語「稈索」即是「草繩」。

稈索噲變蛇, *k. sok vòi pièn shâ*, a straw changed into a snake. (met. a ragged person in pretty garb).

222. 看新莫看舊，看舊家家有

324-1 看新莫看舊看舊家家有

| 校訂 | 看新莫看舊，看舊家家有

| 辭典客語拼音 | khon3 sin mok8 khon3 khiu3, khon3 khiu3 ka ka yu

| 辭典英文釋義 | Let us see the new bride the old is stale!

| 中文翻譯 | 讓我們看看新娘，「老娘」沒看頭了！

| 參考資料 |

涂春景《聽算無窮漢——有韻的客話俚諺 1500 則》頁 143「看新莫看舊，看舊家家有」，解釋為「人都喜新厭舊。所以說，要看新的不看舊的，要看舊的家家都有。」

看新莫看舊看舊家家有, *k. sin mók k. khiù k. khiù ka ka yu*, **Let us see the new bride the old is stale!**

223. 看花容易繡花難

325-1 看花容易繡花難

| 辭典客語拼音 | khon3 fa yung5 yi3, siu3 fa nan5

| 辭典英文釋義 | tapestry looks easy, to weave it is difficult.

| 中文翻譯 | 繡帷看起來容易，編織起來很困難。

| 說明 | 引申為批評別人容易，自己動手做就知道事情不容易做。

| 參考資料 |

姜義鎮《客家諺語》頁 21「看花容易繡花難」，解釋為「說起來容易，做起來卻困難。」頁 24「看花容易繡花難」，解釋為「言易、行難。」

涂春景《形象化客話俗語 1200 句》頁 140「看花容易，繡花難」，解釋為「人人都眼高手低，鑑賞、批評人家的作品容易，要自己動手做比較困難。客話也說：『刻佛毋會，相佛盡會』。寓有不要一味批評人家，自己動手時才知做成此事的不易。」

黃永達《臺灣客家俚諺語語典：祖先的智慧》頁 243「看花容易，繡花難」，解釋為「[教示諺] 要批評人的作品儘簡單，自家來動手做就知無簡單，勸話人毋好隨便批評別人做事。」

看花容易繡花難, k: fa yùng yì, siù fa nân, tapestry looks easy, to weave it is difficult.

224. 看人放椒料

325-2 看人放椒料

| 辭典客語拼音 | khon3 nyin5 fong3 (piong3) tsiau liau3

| 辭典英文釋義 | used in the sense of taking a man's measure, if he is stronger than you leave him alone.
| 中文翻譯 | 使用於衡量一個人的份量，如果對方比較強，就不惹他。

| 說明 | 指會審度時事，懂得變通。

| 參考資料 |

姜義鎮《客家諺語》頁 41 收錄類似諺語「看人客打被鋪」，解釋為「看人下菜碟兒。對不同身份的人給予不同的對待。人客：客人。被鋪：被子、褥子。」

徐運德《客家諺語》頁 99 收錄類似諺語「看人客打被舖」，解釋為「是指某人，帶 [待] 客有厚薄，不能一視同仁，完全是勢利小人的型態之謂。即對有錢者，恭而敬之，貧困者，則加予白眼的意思。」

涂春景《形象化客話俗語 1200 句》頁 139 收錄類似諺語「看人客出菜」，解釋為「人客，客人。話說一個待客不能一視同仁的人，得先看客人的身分地位如何，再做出如何招待的決定。有看輕別人，瞧不起人家的意思。」

黃永達《臺灣客家俚諺語語典：祖先的智慧》頁 242 收錄類似諺語「看人客打被骨」，解釋為「[比喻詞] 表示勢利眼，看高毋看低。」頁 401 收錄類似諺語「賣麵看人放油」，解釋為「[俚俗語] 喻對人無公平，勢利眼之意。同華諺『看人放小菜兒』之句。」

羅肇錦《苗栗縣客語諺語、謎語集（二）》頁 73 收錄類似諺語「看人客出菜」，解釋為「1. 待人處事有大小眼之分，把人分等級來對待。2. 要懂得變通，處理事情的方式，視情況而定。」

看人放椒料, k. nyin fòng (piòng) tsiau liàu, used in the sense of taking a man's measure; if he is stronger than you leave him alone.

225. 看儕毋好看，做儕一身汗

325-3 看儕唔好看做儕一身汗

｜校訂｜看儕毋好看，做儕一身汗

｜辭典客語拼音｜ khon3 sa5 m5 hau2 khon3, tso3 sa5 yit shin hon3

｜辭典英文釋義｜ the onlooker despises what the other gives his whole strength to accomplish.

｜中文翻譯｜做事的人盡全力完成的事，旁觀者卻藐視之。

｜參考資料｜

涂春景《聽算無窮漢——有韻的客話俚諺 1500 則》頁 144「看儕毋好看，做儕一身汗」，解釋為「看儕，旁觀的人；毋，不；做儕，表演的人。事非經過不知難，看人家表演，你覺得表演不好，但是表演的人卻很賣力，留得滿身是汗。」

黃永達《臺灣客家俚諺語語典：祖先的智慧》頁 243「看儕毋好看，做儕一身汗」，解釋為「[俚俗語] 看戲的人嫌毋好看，做戲的人做到一身汗，指做事的人做到會死，旁觀者就知嫌東嫌西。」頁 329 收錄類似諺語「棚頂做到出汗，棚下還嫌毋好看」，解釋為「[俚俗語] 喻做事的人做到會死，旁觀的人還毋滿足，嫌東嫌西。」

看儕唔好看做儕一身汗, *k. sâm háu khọ̀n tsò sâ yit shin hòn*, the onlooker despises what the other gives his whole strength to accomplish.

226. 江山為主人為客

326-1 江山為主人為客

｜辭典客語拼音｜ kong san vui5 chu2 nyin5 vui5 khak

｜辭典英文釋義｜ men pass away the hills remain.

｜中文翻譯｜人亡青山在。

｜說明｜ 另外一句客諺是「地係主人，人係客」。

｜參考資料｜

黃永達《臺灣客家俚諺語語典：祖先的智慧》頁 72 收錄類似諺語「天道為主，人為客」，解釋為「[經驗談]人的生計和希望全倚靠天道，人不過係人客定定。」

江山爲主人爲客, *k.san vûi chú nyîn vûi khak,* men pass away the hills remain.

227. 扛轎儕唉啊，坐轎儕也唉啊

326-2 扛□□□□，□□□□□□

| 校訂 | 扛轎儕唉啊，坐轎儕也唉啊

| 辭典客語拼音 | kong khiau3 sa5 ai ya, tsho khiau3 sa2 ya ai ya

| 辭典英文釋義 | both those who carry as well as those who sit in a chair complain (say,“ai ya”).

| 中文翻譯 | 無論是扛轎還是坐在轎子上的人都在抱怨（說「唉啊」）。

| 說明 | “ai ya”是抱怨時發出的擬聲詞，以前迎親，新娘坐轎子，山路崎嶇彎曲，抬轎者苦不堪言，坐轎者亦是。

| 參考資料 |

姜義鎮《客家諺語》頁37收錄類似諺語「扛轎喊艱苦，坐轎也喊艱苦」，解釋為「彼此同樣，各有苦處。」

黃永達《臺灣客家俚諺語語典：祖先的智慧》頁142收錄類似諺語「扛轎人苦，坐轎人也苦」，解釋為「[經驗談]扛轎人出力辛苦，坐轎人憂心也艱苦，喻世間人總係艱苦的。」「扛轎的喊艱苦，坐轎的也喊艱苦」，解釋為「[俚俗語]喻各人有各人的苦處，看起來好的，並無定著就係好的。」頁177「坐轎的嫌艱苦，扛轎的也嫌艱苦」，解釋為「[比喻詞]喻各有各的困難、辛苦的所在。」

劉守松《客家人諺語（一）》頁140收錄類似諺語「扛轎者苦，坐轎者亦苦」，解釋為「大意是扛轎者付出勞力辛苦，坐轎者心內苦，憂慮者亦不少。」

k. khiaù sâ ai ya, tsho khiaù sâ ya ai ya, both those who carry as well as those who sit in a chair complain (say, “ai ya”).

228. 講他毋講自家

328-1 講他唔講自家

｜校訂｜講他毋講自家

｜辭典客語拼音｜ kong2 tha m kong2 tshii3 ka

｜辭典英文釋義｜ speak of others not of self, to blame others and excuse oneself.

｜中文翻譯｜談論他人而不論自己，責怪他人而原諒自己。

｜參考資料｜

姜義鎮《客家諺語》頁 32 收錄類似諺語「有嘴講別人，無嘴講自家」，解釋為「只會說人家的壞話，不會自己反省，自己缺點都不說。」

涂春景《聽算無窮漢——有韻的客話俚諺 1500 則》頁 28 收錄類似諺語「伯勞兒，嘴哇哇；有嘴講別人，無嘴講自家」，解釋為「伯勞兒，伯勞鳥；嘴哇哇，張口欲食的樣子，這裡指話多的樣子；講，這裡有批評的意思。話說，有些人像勞伯鳥一樣多嘴，常常批評別人，卻不懂檢討自己。」

黃永達《臺灣客家俚諺語語典：祖先的智慧》頁 150 收錄類似諺語「有嘴講別人，無嘴講自家」，解釋為「[習用語] 只知別人的缺點，卻看不到自家的短處，毋曉得反省。」

講他唔講自家, *k. tha m kóng tshụ̀ ka*, speak of others not of self, to blame others and excuse oneself.

229. 姑舅姊妹骨頭親，兩姨姊妹路中人

333-1 姑舅姊妹骨頭親，兩姨姊妹路中人

｜辭典客語拼音｜ ku khiu tsi2 moi3 kwut-theu5 tshin, liong2 yi5 tsi2 moi3 lu3 chung nyin5

｜辭典英文釋義｜ a brother and sister's children are blood relatives, sisters' children are to each other like people who meet on the road.

｜中文翻譯｜兄弟姊妹的孩子是血親，姊妹們的孩子就像路上相逢的人。

｜說明｜ 以前對姑表親與姨表親的看法。姑表血緣是近親不能結婚，姨表血緣則屬遠親，可以結婚。

｜參考資料｜

涂春景《聽算無窮漢——有韻的客話俚諺 1500 則》頁 66 收錄類似諺語「姑表姊妹骨肉親，姨表姊妹路邊人」，解釋為「姑表姊妹，己身和姑媽的兒女間稱姑表姊妹；姨表姊妹，己身和姨媽的兒女間稱姨表姊妹。這話說，傳統親屬關係，有一種親疏的觀念，姑表姊妹屬骨肉至親，姨表姊妹像路邊生人。」

辭典截圖

姑舅姊妹骨頭親，兩姨姊妹路中人, *k. khiu tsí mòi kwut-thêu tshin, lióng yî tsí mòi lù chung nyîn,* a brother and sister's children are blood relatives, sisters' children are to each other like people who meet on the road.

230. 鼓愛扛緊來打

334-1 鼓愛扛緊來打

｜辭典客語拼音｜ ku2 oi3 kong kin2 loi5 ta2

｜辭典英文釋義｜ all join in the beating of the drum (all unite in the cause).

｜中文翻譯｜打鼓的時候要大家一起來打（團結一致）。

｜說明｜「扛緊」是河婆腔，四縣腔是「扛等」，意為同心協力，如「扛等來做」。

｜參考資料｜

涂春景《形象化客話俗語 1200 句》頁 218 收錄類似諺語「鼓愛扛等來打較響」，解釋為「扛等來，兩人抬起來，有彼此同心協力的意思。鼓抬起來打，聲音才能擴散、才響亮。此話當人家庭失和，勸人應該彼此合作、同心協力。」

辭典截圖

鼓愛扛緊來打, *k. oì kong kín lôi tá,* all join in the beating of the drum (all unite in the cause).

231. 公婆齊全，外家死絕

338-1 公婆齊全外家死絕

｜校訂｜公婆齊全，外家死絕

| 辭典客語拼音 | kung pho5 tshe5 tshien5, ngwai3 (ngoi3) ka si2 tshiet8

| 辭典英文釋義 | if we ourselves are well what matters it about others.
| 中文翻譯 | 我們自己好就好，管他人死活。

| 說明 | 英文為意譯，本義指夫妻健康和好就好，不管娘家是否絕子嗣。

| 參考資料 |
涂春景《形象化客話俗語 1200 句》頁 62 收錄類似諺語「公婆齊全，毋驚外家死絕」，解釋為「公婆，指夫妻；毋驚，不怕；外家，娘家。夫妻合好健在，管他娘家絕了子嗣。有人都只顧自己好的寓意。」
黃永達《臺灣客家俚諺語語典：祖先的智慧》頁 66 收錄類似諺語「公婆齊全，毋驚外家死絕」，解釋為「[俚俗語] 兩公婆健康和好就好，毋管外家頭係毋係無子孫承香火，諷人只為自家好，毋管別人。」「公婆齊全，外家死絕」，解釋為「[俚俗語] 只顧自家人健康長壽，毋管別人的死活。」

公婆齊全外家死絕, *k. phô tshê tshiên, ngwài (ngoì) ka sí tshiet*, if we ourselves are well what matters it about others.

232. 戇心雷毋過午時水

340-1 戇心雷唔過午時水

| 校訂 | 戇心雷毋過午時水
| 辭典客語拼音 | kung3 (ngong3) sim lui5 m kwo3 ng2 shi5 shui2

| 辭典英文釋義 | if thunder peals before breakfast there will be rain ere mid-day.
| 中文翻譯 | 如果在早餐前發出雷聲，那麼中午以前就會有雨。

| 說明 | 「戇」白讀為 [ngong3]。

| 參考資料 |
涂春景《聽算無窮漢——有韻的客話俚諺 1500 則》頁 148 收錄類似諺語「空心雷，毋過午時水」，解釋為「空心雷，吃早飯前所打的雷；毋過，不過。如果吃早飯前聽到雷聲，中午以前一定會下雨。」
黃永達《臺灣客家俚諺語語典：祖先的智慧》頁 212 收錄類似諺語「空心雷毋過午

時水」，解釋為「[經驗談] 朝晨早早響雷公，當晝前定著會落水，過晝就無水。」

饑心雷唔過午時水, *k. sim lûi m kwò ng shî shúi,* if thunder peals before breakfast there will be rain ere mid-day.

233. 空手女，無空手心臼

340-2 空手女無空手心舅

| 校訂 | 空手女，無空手心臼

| 辭典客語拼音 | khung shiu2 ng2, mau5 khung shiu2 sim khiu

| 辭典英文釋義 | a girl may visit her mother empty handed, she must bear gifts on return to her mother-in-law.

| 中文翻譯 | 女兒可能會空手去探望母親，但回去時一定要帶禮物給婆婆。

| 說明 | 出嫁的女兒回娘家可能沒帶禮物，但回婆家時一定會帶手信回去，因此俗語有「妹仔賊」的說法，目的是要討好婆家。

空手女無空手心舅, *k. shiú ńg, mâu k. shiú sim khiu,* a girl may visit her mother empty handed, she must bear gifts on return to her mother-in-law

234. 瓜吊緊大，細子噭緊大

342-1 瓜□□□，□□□□□

| 校訂 | 瓜吊緊大，細子噭緊大

| 辭典客語拼音 | kwa tiau3 kin2 thai3, se3 tsii2 kiau3 kin2 thai3

| 辭典英文釋義 | the richer the hanging melon grows the louder the child cries; the greater a man's fame the more pointed the enemy's arrows.

| 中文翻譯 | 懸掛的瓜愈長愈香甜，孩子的哭聲愈哭愈大聲；人的名聲愈大，愈容易成為敵人的箭靶。

｜說明｜英文解釋的引申義是否和瓜越吊越大而香甜，小孩哭聲越大越容易引起注意有關，待研究。而本句英文翻譯前後因果關係不明。

｜參考資料｜

涂春景《聽算無窮漢——有韻的客話俚諺 1500 則》頁 154 收錄類似諺語「細人兒跌到大，瓠兒吊到大」，解釋為「瓠兒，瓠瓜。小孩子，經常跌倒摔跤。所以說，小孩子跌到大；就如瓠瓜也在棚架上從小吊到大一般。一說：『細人兒叫到大，瓠兒吊到大。』」

k. tiàu kin thaì, sè tsṳ́ kiàu kin thaì, the richer the hanging melon grows the louder the child cries; the greater a man's fame the more pointed the enemy's arrows.

235. 快刺無好紗，快嫁無好家

345-2 快績無好紗快嫁好無家

｜校訂｜快刺無好紗，快嫁無好家

｜辭典客語拼音｜ khwai3 tsiak mau5 hau2 sa, khwai3 ka3 mau5 hau2 ka

｜辭典英文釋義｜ thread too hastily twined is not good thread; too hastily married is not well wed.

｜中文翻譯｜織得太倉促的紗不會是好紗，倉促結婚不會有好婚姻。

｜參考資料｜

涂春景《聽算無窮漢——有韻的客話俚諺 1500 則》頁 81「快績無好紗，快嫁無好家」，解釋為「凡事不可急躁；譬如績麻，如果搶快，反而手忙腳亂，績不了好紗；譬如嫁女兒，如不好好選擇對象，隨便的找個對象嫁了，必定嫁不得好人家。」

黃永達《臺灣客家俚諺語語典：祖先的智慧》頁 179 收錄類似諺語「快織無好紗，快嫁無好家」，解釋為「[教示諺] 勸人凡事三思而後行，千萬毋好急就章。」

快績無好紗快嫁好無家, *k. tsiak máu háu sa, khwài kà máu háu ka*, thread too hastily twined is not good thread; too hastily married is not well wed.

236. 慣騎馬慣跌跤

348-1 慣騎馬慣跌跤

｜辭典客語拼音｜ kwan3 khi5 ma kwan3 tiet kau

｜辭典英文釋義｜ the man accustomed to mount the horse is the man accustomed to fall: the rider has many a fall.

｜中文翻譯｜習於騎馬的人也習於跌倒：騎手常跌倒。

｜參考資料｜

黃永達《臺灣客家俚諺語語典：祖先的智慧》頁 383「慣騎馬，慣跌倒」，解釋為「[教示諺] 警示人毋好恃才而驕，因為驕傲必失，就像愈會騎馬的人愈會跌倒共樣。」

慣騎馬慣跌跤, *k. khî ma kwàn tiet kau*, **the man accustomed to mount the horse is the man accustomed to fall : the rider has many a fall.**

237. 過橋挷板

353-1 過□□□

｜校訂｜過橋挷板

｜辭典客語拼音｜ kwo3 khiau5 pang pan2

｜辭典英文釋義｜ cross the bridge remove the plank.

｜中文翻譯｜過河拆橋。

｜參考資料｜

姜義鎮《客家諺語》頁 53 收錄類似諺語「過橋丟板：無恩無義。」

徐運德《客家諺語》頁 33 收錄類似諺語「過橋丟板」，解釋為「過河拆橋。」

陳澤平、彭怡玢《長汀客家方言熟語歌謠》頁 95 收錄類似諺語「過橋抽板」，解釋為「猶言『過河拆橋』。」

黃永達《臺灣客家俚諺語語典：祖先的智慧》頁 375 收錄類似諺語「過橋丟杖」，解釋為「[比喻詞] 過了橋，就和拐杖丟忒，喻人忘恩負義。」「過橋丟板」，解釋為「[師傅話] 過河拆橋，忘恩負義之意。」

楊兆禎《客家老古人言》頁 113 收錄類似諺語「過橋丟板——忘恩負義」，解釋為

「『丟』者『Tiu』。」

楊兆禎《客家諺語拾穗》頁 113 收錄類似諺語「過橋丟板——忘恩負義」頁 202 收錄類似諺語「過橋丟板」，解釋為「過河拆橋、忘恩負義、恩將仇報。」

鄧榮坤《客家話的智慧》頁 177 收錄類似諺語「過橋丟板」，解釋為「過河拆橋之意；指忘恩負義之人。」

k. khiâu pang pan, cross the bridge remove the plank.

238. 過坑腳愛濕

355-1 過坑脚愛濕

| 校訂 | 過坑腳愛濕

| 辭典客語拼音 | kwo3 khang kiok oi3 ship

| 辭典英文釋義 | you cannot cross the river without wetting your feet.

| 中文翻譯 | 過河一定會弄濕腳。

| 說明 | 意同「怕熱就不要下廚房」。

過坑脚愛濕, *k. khang kiok ǒi ship*, you cannot cross the river without wetting your feet.

239. 官官相會，販販相惱

356-1 官官相會販販相怒

| 校訂 | 官官相會，販販相惱

| 辭典客語拼音 | kwon kwon siong fui3, fan3 fan3 siong nau

| 辭典英文釋義 | the magistrate likes to visit his fellow magistrate, the merchant hates his fellow merchant.

| 中文翻譯 | 官員喜歡拜訪其他官員，商人則討厭其他商人。

｜說明｜ 官員拜訪官員可官官相護，商人討厭商人是因彼此的競爭關係。

官官相會販販相怒, *k. k. siong fùi, fàn fàn siong nau,* **the magistrate likes to visit his fellow magistrate, the merchant hates his fellow merchant.**

240. 官身薄如紙

356-2 官身薄如紙

｜辭典客語拼音｜ kwon shin phok8 yi5 chi2

｜辭典英文釋義｜ a mandarin's body is as thin as paper － his position is very insecure.
｜中文翻譯｜一個當官的身體就像紙一般薄——他的官位是不穩的。

｜說明｜ 當官的要有派令才能上任，只要一張免職令便會解除職務。

官身薄如紙, *k. shin phók yî chí,* a mandarin's body is as thin as paper—his position is very insecure.

241. 官司好打，狗屎好食

356-3 官司好打狗屎好食

｜校訂｜官司好打，狗屎好食
｜辭典客語拼音｜ kwon sii hau2 ta2, keu2 shi2 hau2 shit8

｜辭典英文釋義｜ carrying on a lawsuit is like eating dog's filth.
｜中文翻譯｜打官司就像吃狗屎。

｜參考資料｜

姜義鎮《客家諺語》頁 26「官司好打，狗屎好食」，解釋為「好訟賠錢，會落得很慘。」

徐運德《客家諺語》頁 98「官司好打，狗屎好食」，解釋為「勸人不要打官司，以免傷了和氣又傷了財。」

涂春景《形象化客話俗語 1200 句》頁 119 收錄類似諺語「官司可打，狗屎可吃」，解釋為「打官司費力、勞神、傷財，因此，官司可打，連狗大便也可以吃。此話極言官司不能打，和氣生財，有衝突還是私下和解為上策。」

黃永達《臺灣客家俚諺語語典：祖先的智慧》頁 199「官司好打，狗屎好食」，解釋為「[教示諺] 勸人毋好隨便興訟，與華諺『衙門八字開，有理無錢莫進來』意同。」「官司係打得，屎也食得」，解釋為「[教示諺] 喻同人打官司，了時間又了精神，相當毋值。」

黃盛村《臺灣客家諺語（下冊）》頁 142 收錄類似諺語「官司哪打得，狗屎都好吃」。

楊兆禎《客家老古人言》頁 82「官司好打，狗屎好食」，解釋為「勸人以和為貴。」

劉兆蘭《一日一句客家話：客家老古人言》頁 87「官司好打，狗屎好食」，解釋為「這句話的意思是官司打不得，假使打得，狗屎也能吃。因為打官司費時、費錢、又費神，非常不值得，所以勸人莫打官司，以免既傷和氣又傷財。」

羅肇錦《苗栗縣客語、諺謠集（四）》頁 15「官司好打，狗屎好食」，解釋為「官司如果可打，狗屎就可以吃了。勸人不要動輒興訟。」

官司好打狗屎好食, *k. sz háu tá kéu shí háu shit*, carrying on a lawsuit is like eating dog's filth.

242. 觀音菩薩，年年十八

357-1 觀音菩薩年年十八

｜校訂｜觀音菩薩，年年十八

｜辭典客語拼音｜ kwon yim phu5-sat, nyen5 nyen5 ship8 pat

｜辭典英文釋義｜ like the goddess of mercy, always at the age of eighteen.

｜中文翻譯｜像觀音菩薩一樣，永遠保持十八歲的樣貌。

｜參考資料｜

涂春景《聽算無窮漢——有韻的客話俚諺 1500 則》頁 173「觀音菩薩，年年十八」，解釋為「稱羨一個女子窈窕美貌，青春永駐。說：真像觀音菩薩，年年都十八歲般，那麼年輕貌美。」

黃永達《臺灣客家俚諺語語典：祖先的智慧》頁 470「觀音菩薩，年年十八」，解釋為「[俚俗語] 觀音像一直無變，永久看起來恁後生，喻人一直保持後生的樣像。」

觀音菩薩年年十八, *k. yim phú-sat, nyên nyên shìp pat*, like the goddess of mercy, always at the age of eighteen.

243. 鬼過挷三條毛

364-1 鬼□□□□□

｜校訂｜鬼過挷三條毛

｜辭典客語拼音｜ kwui kwo3 pang sam thiau5 mau

｜辭典英文釋義｜ when a demon passes he pulls three hairs. (from those he meets) － said of one who sticks to some of any money, etc., entrusted to him.

｜中文翻譯｜和鬼擦身過也要拔他三根毛——指一個人染指託他管的錢財。

｜說明｜ 指一個人非常喜歡佔他人便宜，不會放過任何的機會。

辭典截圖

k. kwò pang sam thiâu mau, when a demon passes he pulls three hairs (from those he meets)— said of one who sticks to some of any money, etc., entrusted to him.

244. 鬼生鬚，人鬥个

364-2 鬼生鬚人鬥個

｜校訂｜鬼生鬚，人鬥个

｜辭典客語拼音｜ kwui2 sang si, nyin5 teu3 kai3

｜辭典英文釋義｜ the beard of the idol has been stuck in by men － could do it if you learned.

｜中文翻譯｜神明或鬼的像的鬍子是人去黏出來的——學會就會做。

｜說明｜ 英文解釋是傳教士撰寫，基督教信仰認為當地人拜的神像都是「idol」。本句諺語除了「肯學就會」的引申義之外，也有「穿鑿附會」的意思。

｜參考資料｜

姜義鎮《客家諺語》頁 18 收錄類似諺語「鬼生鬚人鬥的」，解釋為「事在人為。」

涂春景《形象化客話俗語 1200 句》頁 157 收錄類似諺語「鬼生鬚人鬥介」，解釋為「生鬚，生鬍子；人鬥介，人安上的。此話有事在人為的寓意；任何事只要吾心信其可成，努力為之，定有功成之日；就像長鬍子，是人為他插戴上去的一般。」

黃永達，2005，《臺灣客家俚諺語語典：祖先的智慧》頁 289 收錄類似諺語「鬼生鬚——人兜的」，解釋為「[師傅話]麼个奇奇怪怪的事情，都係人做出來的。」

鄧榮坤《生趣客家話》頁 70「鬼生鬚人鬥個」，解釋為「假的。[注解] 一、鬥個：拼湊的。二、野臺戲中的鬼，雖然長髫鬚，卻是現代人為扮演鬼而裝上去的。三、人世間的亂象，有許多悲歡是人為的，並非自己衍生而來。[比喻] 很多引人爭議的事物，都是人為因素造成。」

鄧榮坤《客家話的智慧》頁 172 收錄類似諺語「鬼生鬚人鬥的」，解釋為「指天下無稀奇古怪的事。」

羅肇錦《苗栗縣客語諺語、謎語集（二）》頁 103 收錄類似諺語「鬼生鬚人鬥介」，解釋為「任何事情都是人做的，只要肯學，最後還是學得會。」

鬼生鬚人鬥個, *k. sang si nyîn tèu kài*, the beard of the idol has been stuck in by men—could do it if you learned.

245. 屈尾牛好拂

371-1 □□□□□

| 校訂 | 屈尾牛好拂

| 辭典客語拼音 | khwut mui nyu5 hau3 fit

| 辭典英文釋義 | the cow likes to flourish its short tail — of people who like dress.

| 中文翻譯 | 牛喜歡揮擺他的短尾巴——意指喜歡裝扮的人。

| 說明 | 英文與原諺意有出入。一般尾巴正常的牛揮擺尾巴是要趕蚊蟲蒼蠅，此諺「屈尾牛」指天生尾巴就短截的牛，也有揮擺尾巴的習慣，常用來指自曝其短之意。英譯意指喜歡裝扮的人，應有調侃的意味 。

k. mui nyû haù fit, the cow likes to flourish its short tail—of people who like dress.

246. 屈尾竹好做廁缸杈

371-2 □□□□□□□□□

| 校訂 | 屈尾竹好做廁缸杈

| 辭典客語拼音 | khwut mui chuk hau2 tso3 tshii-kong tsha

| 辭典英文釋義 | useless bamboos may be used for cess-pools — something may be made even of useless men.

｜中文翻譯｜無利用價值的竹子可以做糞坑——即使是無用的人也可以讓他做某些事情。

｜說明｜「屈尾竹」是長不好的竹子，無利用價值。好的竹子可以用來做竹籬笆或是竹製用品，最沒有利用價值的也可以拿來做糞坑。引申為物盡其用，人盡其才。

k.-mui chuk háu tsò tshụ-kong tsha
useless bamboos may be used for cess-pools—something may be made even of useless men.

247. 蝲蛴形（樣）——無事不行

373-1 □□□（□）□□，□□

｜校訂｜蝲蛴形（樣）——無事不行

｜辭典客語拼音｜ la5 khia5 hin5 (yong3) mau5 sii3, put hang5

｜辭典英文釋義｜ like a spider, there is nothing that he dares not do.

｜中文翻譯｜像蜘蛛一樣，沒有什麼是他不敢做的。

｜說明｜本句為師傅話，原斷句有誤。蜘蛛沿著絲走，「事」是「絲」的諧音，引申為什麼事都敢做。

l. khiâ hîn (yòng) mâu sụ̈, put hâng
like a spider, there is nothing that he dares not do.

248. 賴佛偷食醢

374-1 □□□□□

｜校訂｜賴佛偷食醢

｜辭典客語拼音｜ lai3 fut8 theu shit8 koi5

｜辭典英文釋義｜ to involve a vegetarian in stealing shrimps in order to eat them! impossible!

｜中文翻譯｜賴吃素的人偷拿蝦來吃！不可能！

｜說明｜「佛」應是「佛祖」。「醢」不是「蝦」。「醢」，1926 年版《客英》頁 314「koi5」（薹），解釋為“a preparation of small fishes, shrimps, etc. salted and pounded with a little water and eaten raw with strong condiments.”（小魚，蝦等的製品，用少量水醃製並搗碎，佐以濃烈的調味料生食）。

l. fut theu shit kôi, to involve a vegetarian in stealing shrimps in order to eat them! impossible!

249. 賴人偷掇井

374-2 賴人偷掇井

｜辭典客語拼音｜ lai3 nyin2 theu tot tsiang2

｜辭典英文釋義｜ (charge me) with stealing a well! (said by one who is charged with theft).

｜中文翻譯｜（告我）偷井（一個人被指責有偷竊的行為時說的）。

賴人偷掇井, *l. nyin theu tot tsiáng*, (charge me) with stealing a well! (said by one who is charged with theft).

250. 懶人多屎尿

376-1 懶人多屎尿

｜辭典客語拼音｜ lan nyin5 to shi2 nyau3

｜辭典英文釋義｜ of a youth full of excuses.

｜中文翻譯｜指一個老是找藉口的年輕人。

｜說明｜ 英文是意譯。

｜參考資料｜

姜義鎮《客家諺語》頁 13「懶人多屎尿」，解釋為「懶惰的人，藉口特別多，工作太差。」

徐運德《客家諺語》頁 57 收錄類似諺語「懶人多屎尿，毋屙無好料」，解釋為「喻懶惰的人，常藉口偷懶。」

涂春景《形象化客話俗語 1200 句》頁 253「懶人多屎尿」，解釋為「這裡說懶惰的人，為了偷閒休息，常常佯稱要上廁所。」

涂春景《聽算無窮漢——有韻的客話俚諺 1500 則》頁 85 收錄類似諺語「懶人多屎尿，毋屙無好料」，解釋為「屙，指屙屎、屙尿，大、小便；料，借音字，休憩的意思。懶惰的人，工作時屎尿特別多，因為不去大小便，得不到暫時的休息。」

黃永達《臺灣客家俚諺語語典：祖先的智慧》頁 446 收錄類似諺語「懶人多屎尿，毋屙無好聊」，解釋為「[俚俗語] 譏懶人毋坐事，藉口特別多，用屙屎屙尿來閃避工作。」

羅肇錦《苗栗縣客語諺語、謎語集（二）》頁 97「懶人多屎尿」，解釋為「大夥兒一起工作，有人一會上大號，一會兒要尿尿，偷懶的行為，稱懶人多屎尿。比喻做事存心偷懶。」

懶人多屎尿 *l. nyîn to shí nyàu*, of a youth full of excuses.

251. 懶人多韶早

376-2 懶人多韶早

｜辭典客語拼音｜ lan nyin5 to shau-tsau2 (sheu tso2)

｜辭典英文釋義｜ the lazy man has many to-morrows — is always procrastinating.

｜中文翻譯｜懶人多明天——總是在拖延。

｜說明｜「韶早」就是「天光日」，即「明天」。

｜參考資料｜

涂春景《聽算無窮漢——有韻的客話俚諺 1500 則》頁 149 收錄類似諺語「窮人多明年，懶人多明天」，解釋為「窮人都希望明年會更好，懶人常把事情推拖到明天再作。」

陳澤平、彭怡玢《長汀客家方言熟語歌謠》頁 77 收錄類似諺語「懶牛屎尿多，懶人明朝多」，解釋為「懶人做事一天推一天，總是用『明朝』來搪塞。明日復明日，明日何其多。」

楊兆禎《客家諺語拾穗》頁 145 收錄類似諺語「懶人多稍早，窮人多明年」，解釋為「『還有明天』、『還有明年』是懶人與窮人的藉口。」

l. nyîn to shau-tsáu (sheu tsó), the lazy man has many to-morrows —is always procrastinating.

252. 爛泥糊毋上壁

378-1 爛泥糊唔上壁

｜校訂｜爛泥糊毋上壁

｜辭典客語拼音｜ lan3 nai5 (ne5) fu5 m shong piak

｜辭典英文釋義｜ watery mud won't plaster a wall － said of a useless man.

｜中文翻譯｜含水的泥漿抹不上牆——意指一個無用的人。

｜參考資料｜

陳澤平、彭怡玢《長汀客家方言熟語歌謠》頁 89 收錄類似諺語「爛泥糊唔上壁，稗草碓唔出糠。」

黃永達《臺灣客家俚諺語語典：祖先的智慧》頁 456 收錄類似諺語「爛泥糊毋上壁」，解釋為「[師傅話] 喻毋係材料，無辦法造就，同華諺『扶毋起的阿斗』。」

爛泥糊唔上壁, *l. nâi (nê) fû m shong piak,* watery mud won't plaster a wall—said of a useless man.

253. 爛畚箕打湖鰍——走个走，溜个溜

378-2 爛□□□□□，□□□，□□□

｜校訂｜爛畚箕打湖鰍——走个走，溜个溜

｜辭典客語拼音｜ lan3 pun3 ki ta2 fu tshiu, tseu2 kai3 tseu2, liu kai3 liu

｜辭典英文釋義｜ fishing with a rent basket the fry will escape here and there.

｜中文翻譯｜使用裂開的籃子抓泥鰍，泥鰍會到處逃竄。

｜說明｜「爛畚箕打湖鰍——走个走，溜个溜」是師傅話。「打湖鰍」是指「捕泥鰍」。

｜參考資料｜

徐運德《客家諺語》頁 303 收錄類似諺語「爛管裝湖鰍——走的走溜的溜」，解釋為「此語喻指人情澆薄勢利。雖是昔日良朋好友，失意落魄，便紛紛走避，不見面之謂。」

涂春景《聽算無窮漢——有韻的客話俚諺 1500 則》頁 130 收錄類似諺語「爛 gang^3 打鰗鰍，走介走溜介溜」，解釋為「爛 gang^3（音徑，疑經字），手提的捕魚網具，網緣有竹、木柄，可供雙手緊握，狀似畚箕，可以任意開合；打鰗鰍，

捉泥鰍；介，的。形容人群一哄而散，便說破網捉泥鰍，（泥鰍）跑的跑溜的溜。」

楊兆禎《客家老古人言》頁 140 收錄類似諺語「爛缸裝鰗鰍——走的走、溜的溜、走淨淨」，解釋為「喻『留不住』。」

楊兆禎《客家諺語拾穗》頁 148 收錄類似諺語「爛水缸裝鰗鰍——走淨淨、——走个走，溜个溜」，解釋為「形容『都跑光了』。」

l. pùn ki tà ˏju tshiu, tséu kài tséu, ku kài liu, fishing with a rent basket the fry will escape here and there.

254. 冷粢冷粄好食，冷言冷語難聽

379-1 冷□□□□□，□□□□□□

| 校訂 | 冷粢冷粄好食，冷言冷語難聽

| 辭典客語拼音 | lang tshi5 lang pan2 hau2 shit8, lang nyen5 lang nyi nan5 thang (then)

| 辭典英文釋義 | cold bread one can eat but cold words are unbearable.

| 中文翻譯 | 冷麵包可以吃，冷言冷語則無法忍受。

| 說明 | 英文解釋使用「bread」指「粢」和「粄」。

| 參考資料 |

黃永達《臺灣客家俚諺語語典：祖先的智慧》頁 174 收錄類似諺語「冷酒冷肉食得，冷言冷語難當」，解釋為「[教示諺] 冷飯還吃得，冷言冷語就使人難過。」頁 443 收錄類似諺語「餿飯餿粥容易食，冷言冷語難落」，解釋為「[經驗談] 冷言冷語一等傷人，讓人難過，比臭餿飯還較難落肚。」

劉兆蘭《一日一句客家話：客家老古人言》頁 76 收錄類似諺語「餿飯餿粥容易食，冷言冷語難落肚」，解釋為「這句話是說什麼苦都可以忍耐，只有別人說的冷言冷語最傷人。」

l. tshî l. pán háu shit, l. nyên l. nyi nân thàng (then), cold bread one can eat but cold words are unbearable.

255. 冷天少張被，熱天少頂帳

379-2 冷天少張被熱天少頂帳

| 校訂 | 冷天少張被，熱天少頂帳

| 辭典客語拼音 | lang thien shau2 chong phi, nyet8 thien shau2 tang2 chong3

| 辭典英文釋義 | in cold weather short of a blanket, in warm weather short of a mosquito net — the poorest of the poor — (said in jest).

| 中文翻譯 | 寒冷的天氣缺少一張被子，溫暖的天氣缺少一頂蚊帳——窮中之窮（開玩笑時說的話）。

| 說明 | 冷天的被子，熱天的蚊帳是基本配備，兩樣俱無，是窮中之窮。

冷天少張被熱天少頂帳, *l. thien sháu chong phi, nyèt thien sháu táng chòng,* in cold weather short of a blanket, in warm weather short of a mosquito net—the poorest of the poor—(said in jest).

256. 冷莫動，窮莫走

379-3 冷莫動窮莫走

| 校訂 | 冷莫動，窮莫走

| 辭典客語拼音 | lang mok8 thung khiung5 mok8 tseu2

| 辭典英文釋義 | cold — do not stir; poor — do not gad about.

| 中文翻譯 | 冷——不要動；窮——不要遊蕩。

| 說明 | 天冷的時候不要亂動，愈動愈冷；窮的時候不要亂遊蕩，愈遊蕩愈窮。

冷莫動窮莫走, *l. mók thung khiûng mók tséu,* cold—do not stir; poor—do not gad about.

257. 冷水煮牛皮

379-4 冷水煮牛皮

｜辭典客語拼音｜ lang shui2 chu2 (sap8) ngeu5 phi5

｜辭典英文釋義｜ (like) softening cowhide with cold water! (comp).
｜中文翻譯｜像用冷水來泡軟牛皮！（comp）.

｜說明｜ 「冷水煮牛皮」應是師傅話，意指「無相無干」。

冷水煮牛皮, *l. shúi chú* (*sáp*) *ngêu phî*, **(like) softening cow-hide with cold water! (comp).**

258. 冷水煮蟹

379-5 冷水煮蟹

｜辭典客語拼音｜ lang shui2 chu2 hai2

｜辭典英文釋義｜ like trying to cook crabs with cold water!
｜中文翻譯｜像試著用冷水烹煮螃蟹！

｜說明｜ 應是師傅話，冷水煮蟹——毋知死。

冷水煮蟹, *l. shúi chú hái*, **like trying to cook crabs with cold water!**

259. 零星怕總算

379-6 零星怕總算

｜辭典客語拼音｜ lang5 sen pha3 tsung2 son3

｜辭典英文釋義｜ buy in small quantities, you fear to add the sum.
｜中文翻譯｜零零星星的買，你怕的是加總後金額。

｜參考資料｜

涂春景《形象化客話俗語 1200 句》頁 214「零星怕總算」，解釋為「此話意思是，積少可以成多，聚沙可以成塔。傳說：從前有一個富有的家庭，請女傭料理家務，有次女傭買辦回來，找回的零星錢交給老闆娘，老闆娘便隨手丟棄，女傭撿拾回來。突被女兒瞥見，問其所以？老闆娘說：零星幾塊錢有什麼用？女兒說：可別小看一塊錢一塊錢的，你看女傭脖子上掛的項鍊，不就是一塊錢一塊錢打造成的？」「零星檢就 doi²」，解釋為「就 doi²，成就（可觀的）總數。一點一滴的積聚，便可成大數目。這也是說別小看零星小數，累積多了就可觀。」

零星怕總算, *l. sen phà tsúng sòn*, buy in small quantities, you fear to add the sum.

260. 落著癩哥靴

381-1 □□□□□

｜校訂｜落著癩哥靴

｜辭典客語拼音｜ lap tau2 lai3 ko hio

｜辭典英文釋義｜ to get into a leper's boots － enter on a dangerous course of action.

｜中文翻譯｜套入痲瘋病人的靴子——步入險途。

｜說明｜ 痲瘋病被認為會經過接觸同樣的器具而傳染。

l. táu lài ko hio, to get into a leper's boots—enter on a dangerous course of action.

261. 老虎也有一覺睡

384-1 老虎亦有一覺睡

｜校訂｜老虎也有一覺睡

｜辭典客語拼音｜ lau2 fu2 ya yu yit kau3 shoi3

｜辭典英文釋義｜ the tiger even sleeps at times. (Even Homer sometimes nods).

｜中文翻譯｜即便老虎有時候也會睡覺（即使荷馬也會打盹）。

｜說明｜ 英文解釋中的括號諺語，是「老虎也有一覺睡」的英文對譯諺語。

｜參考資料｜

姜義鎮《客家諺語》頁 70 收錄類似諺語「老虎也會啄目睡：難免」。

徐運德《客家諺語》頁 302 收錄類似諺語「老虎也會啄目睡」，解釋為「此語意指一個人，再如何精明幹練，有時也會計劃不周，而致失算的時候。所謂『智者千慮必有一失』即此意也。」

黃永達《臺灣客家俚諺語語典：祖先的智慧》頁 162 收錄類似諺語「老虎也會啄目睡」，解釋為「[比喻詞] 指人再如何精明幹練，有成時也會有計劃毋周或失算的時節，也喻再強壯的人也有變弱的時節。」

楊兆禎《客家老古人言》頁 63 收錄類似諺語「老虎也會啄目睡——難免、智者亦有一失」，解釋為「1. 與『老戲跌落棚』、『神仙打鼓有時錯』、『猴仔有時亦會從樹上跌下來』等類似。2.『啄目睡』音『Tuk Muk Shòi』，意『打瞌睡』。」

羅肇錦《苗栗縣客語諺語、謎語集（二）》頁 105 收錄類似諺語「老虎也會啄目睡：難免」，解釋為「老虎是猛獸也會打瞌睡。比喻：能力再強的人，也有失誤的時候。」

老虎亦有一覺睡, *l. fú ya yu yit kàu shòi*, the tiger even sleeps at times. (Even Homer sometimes nods).

262. 老虎專食打銅鑼儕

384-2 老虎專食打銅鑼儕

｜辭典客語拼音｜ lau2 fu2 chon shit8 ta2 thung5 lo5 sa5

｜辭典英文釋義｜ the tiger usually eats the man who beats the drum — (said of the leader).

｜中文翻譯｜老虎專吃負責打鼓的人——（指領導者）。

｜說明｜ 意指擒賊先擒王。原諺語的「銅鑼」，英文解釋用「鼓」，可能是因為「打銅鑼儕」是指發號司令的人，而英文「beats the drum」有相同的意思。

老虎專食打銅鑼儕, *l. fú chon shit tá thúng lò sá*, the tiger usually eats the man who beats the drum—(said of the leader).

263. 老鼠毋打孔邊草

384-3 老鼠唔打孔邊草

| 校訂 | 老鼠毋打孔邊草

| 辭典客語拼音 | lau2 chhu2 m ta2 khung pien tshau2

| 辭典英文釋義 | the rat does not destroy the grass near its own nest — the thief does not worry his near neighbour.

| 中文翻譯 | 老鼠不會把自己巢穴邊的草給弄壞——小偷不會驚擾自己的鄰居。

老鼠唔打孔邊草, *l. chhú m tá khung pien tsháu*, the rat does not destroy the grass near its own nest—the thief does not worry his near neighbour.

264. 老山豬毋怕人吹角

384-4 老山猪唔怕人吹角

| 校訂 | 老山豬毋怕人吹角

| 辭典客語拼音 | lau2 san chu m pha3 nyin5 chhoi kok

| 辭典英文釋義 | the wild boar fears not the blowing horn.

| 中文翻譯 | 野豬不怕吹號角的聲音。

| 說明 | 「老山豬毋怕人吹角」用「老山豬」意指經驗老道的山豬，英文解釋僅用「野豬」。

| 參考資料 |

黃永達《臺灣客家俚諺語語典：祖先的智慧》頁 159 收錄類似諺語「老山豬毋會驚人吹角」，解釋為「[俚俗語] 打獵人用吹牛角來聯絡，老山豬聽多就毋會驚，喻經驗老到就毋會驚。」

老山猪唔怕人吹角, *l. san chu m phà nyîn chhoi kok*, the wild boar fears not the blowing horn.

265. 老虎毋食孤寒肉

384-5 老虎唔食孤寒肉

| 校訂 | 老虎毋食孤寒肉

| 辭典客語拼音 | lau2 fu2 m shit8 ku hon5 nyuk

| 辭典英文釋義 | tigers don't eat the flesh of the poor and lonely.

| 中文翻譯 | 老虎不吃孤苦可憐者的肉。

| 參考資料 |

何石松《客諺第二百首》頁 58 收錄類似諺語「狐狸毋食野雉雞 老虎毋食孤寒肉」，解釋為「是指聰明狡黠的狐狸，不吃健步如飛又骨瘦如柴的野雞；義行可風的老虎，不吃孤苦伶仃又貧寒無依的弱者，充分表現了動物也有牠善良正直、值得學習的一面。」

涂春景《形象化客話俗語 1200 句》頁 84 收錄類似諺語「老虎毋食孤寒肉」，解釋為「孤寒，本指人身世寒微，這裡指弱小的動物。勸人不應欺負弱小，說老虎也不吃孤寒肉。」

黃永達《臺灣客家俚諺語語典：祖先的智慧》頁 162 收錄類似諺語「老虎毋食孤寒肉」，解釋為「[經驗談] 壞人也成時會有同情心之意。孤寒，身世寒微之意。」

老虎唔食孤寒肉, *l. fú m shit ku hón nyuk*, tigers don't eat the flesh of the poor and lonely.

266. 老雞嫲較好踏

385-1 老鷄姆較好踏

| 校訂 | 老雞嫲較好踏

| 辭典客語拼音 | lau2 ke ma5 kau3 hau2 thap8

| 辭典英文釋義 | the old hen fears less the rooster, the old are easier to consult with.

| 中文翻譯 | 老母雞比較不怕公雞，年長者比較好商量。

| 說明 | 「老雞嫲」是「老母雞」。「踏」是指禽類動物交配時，雄的踩在雌的上頭。原諺意思是「老的母雞比較配合交配行為」。通常小母雞看到公雞追過來，

會嚇得到處跑，而老母雞就會蹲下來配合，而有此諺。

老鷄姆較好踏, *l. ke mâ kàu háu thåp*, the old hen fears less the rooster, the old are easier to consult with.

267. 老鴉毋留隔夜卵

385-2 老鴉唔留隔夜卵

｜校訂｜老鴉毋留隔夜卵

｜辭典客語拼音｜ lau2 a m liu5 kak ya3 lon2

｜辭典英文釋義｜ the crow's egg is hatched in a night; said of one who does not consider tomorrow.

｜中文翻譯｜烏鴉的蛋在一夜之間孵化；意指一個人做事不考慮明天。

｜說明｜ 英文釋義前一句與原諺有差異。

｜參考資料｜

姜義鎮《客家諺語》頁 17 收錄類似諺語「烏鴉無隔夜卵」，解釋為「即時花用，不知儲蓄。」頁 64 收錄類似諺語「烏鴉無隔夜卵：性急。（不留糧）」。

徐運德《客家諺語》頁 32 收錄類似諺語「老鴉無留隔夜卵」，解釋為「此語是說烏鴉，只能覓一天的食物，不知道積蓄到明天。人要知道積穀防飢，以『量入為出』的原則來生活。若不知節約，任意浪費，到了窮困的時候，向人告貸，那將遭人白眼。故節儉譽為美德也。」

涂春景《形象化客話俗語 1200 句》頁 85 收錄類似諺語「老鴉兒無隔夜卵」，解釋為「老鴉兒，烏鴉。聽說烏鴉只覓一天的食糧，沒有積蓄的存糧。昔日以此話責備小孩有留不住吃的東西，有好吃的東西立即便要吃光。」

黃永達《臺灣客家俚諺語語典：祖先的智慧》頁 276 收錄類似諺語「烏鴉毋留隔夜卵」，解釋為「[俚俗語] 烏鴉孵卵毋孵到第二日，諷急性的人。」「烏鴉無隔夜卵——性急」，解釋為「[師傅話] 烏鴉孵卵毋過夜，表示性急。」

楊兆禎《客家老古人言》頁 97 收錄類似諺語「烏鴉無隔夜卵——馬上用完、不留糧」。

楊兆禎《客家諺語拾穗》頁 85 收錄類似諺語「烏鴉冇隔夜卵——不留量」。

羅肇錦《苗栗縣客語、諺謠集（四）》頁 29 收錄類似諺語「羅鴉仔無隔夜卵」，解釋為「羅鴉仔，就是烏鴉。烏鴉找到食物會隨即吃完，不會存放到隔天。本句是指性急的人，做任何事都要馬上到手或馬上見效。」

老鴉唔留隔夜卵, *l. a m liû kak yà lôn*, the crow's egg is hatched in a night; said of one who does not consider to-morrow.

268. 老實係無用个別名

385-3 老實係無用個別名

｜校訂｜老實係無用个別名

｜辭典客語拼音｜ lau2 shit8 he3 mau5 yung3 kai3 phiet8 miang5

｜辭典英文釋義｜ to be named "honest" is a useless title!

｜中文翻譯｜被人說「老實」只是個沒有用的頭銜。

｜說明｜「老實係無用个別名」意指老實的人沒有本事，沒有什麼用。

老實係無用個別名, *l. shit hè mâu yùng kài phiet miâng*, to be named "honest" is a useless title !

269. 老人三件歪

385-4 老人三件歪

｜辭典客語拼音｜ lau2 nyin5 sam khien3 vai

｜辭典英文釋義｜ the three frailties of old age.

｜中文翻譯｜老年人的三個弱點。

｜說明｜「老人三件歪」沒有明講是哪三個弱點，但是臺灣流傳的諺語有明指。

｜參考資料｜

徐運德《客家諺語》頁 299 收錄類似諺語「老人三件歪，行路頭擸擸、打屁打出屎、屙尿淋濕鞋」，解釋為「此老人家衰老的情形。」

黃永達《臺灣客家俚諺語語典：祖先的智慧》頁 8 收錄類似諺語「一老三件歪：行路頭低低，打屁打出屎，屙尿淋濕鞋」，解釋為「[經驗談]年老體衰，行路較無精神，打屁時連屎就會打出來；屙尿無力，尿會淋到自家的腳、鞋。」頁

159 收錄類似諺語「老人三件歪：行路頭𢯭𢯭、打屁打出屎、屙尿淋濕鞋」，解釋為「[經驗談] 形容老人家年老力衰的樣相。」

楊兆禎《客家老古人言》頁 31 收錄類似諺語「一老三件歪：行路頭低低，屙尿淋濕鞋、打屁打出屎」，解釋為「『屎』此地用 Sai 音較有趣。」

羅肇錦《苗栗縣客語諺語、謎語集（二）》頁 108 收錄類似諺語「人老三件歪，行路頭那低，打屁打出屎，屙尿淋濕鞋」，解釋為「人年紀大了，器具功能退化，有許多生活常事不聽使喚。比喻年老的悲哀。」

老人三件歪, *l. nyîn sam khièn vai,* the three frailties of old age.

270. 老鼠恁大都係總成貓

386-1 老鼠恁大都係總成貓

｜辭典客語拼音｜ lau2 chhu2 kan3 thai3 tu he3 tsung2 shin5 miau3

｜辭典英文釋義｜ the rat although so big is food for the cat.

｜中文翻譯｜雖然老鼠那麼大，也是貓的食物。

l. chhú kàn thài tu hè tsúng shîn miàu, the rat although so big is food for the cat.

271. 理光毋理暗

390-1 理光唔理暗

｜校訂｜理光毋理暗

｜辭典客語拼音｜ li kwong m li am3

｜辭典英文釋義｜ can manage above-board affairs but not underhand matters.

｜中文翻譯｜可以處理檯面上的事，但處理不了檯面下的。

｜參考資料｜

黃永達《臺灣客家俚諺語語典：祖先的智慧》頁 307 收錄類似諺語「理光毋理暗」，解釋為「[俚俗語] 做事正大光明，毋行暗路，毋做暗事。」

黃雪貞《梅縣方言詞典》頁 13 收錄相同諺語「理光唔理暗」，解釋為「比喻做事只注意在表面上下工夫：這個人做事～，信唔得。」

理光唔理暗, *l. kwong m li àm*, can manage above-board affairs but not underhand matters.

272. 呂宋加拉巴恁遠

391-1 呂宋加拉巴唻遠

｜校訂｜呂宋加拉巴恁遠

｜辭典客語拼音｜ li sung3 Ka-la-pa kan3 yen2

｜辭典英文釋義｜ as far as Li sung or Calabar.

｜中文翻譯｜跟呂宋或加拉巴一樣遠。

｜說明｜ 呂宋、加拉巴都在南洋。

｜參考資料｜

徐運德《客家諺語》頁 160 收錄類似諺語「呂宋加拉巴」，解釋為「形容遙遠。本句係菲律賓呂宋島離本地很遠。」

涂春景《形象化客話俗語 1200 句》頁 107 收錄類似諺語「呂宋都無恁遠」，解釋為「呂宋，屬菲律賓群島之一；恁遠，這麼遠。昔日空運、海運都不發達，菲律賓呂宋島，在人們心中是很遠的地方。因此，形容一個地方十分遙遠，說『呂宋都無恁遠』。」

黃永達《臺灣客家俚諺語語典：祖先的智慧》頁 176 收錄類似諺語「呂宋加拉巴」，解釋為「[俚俗語] 像呂宋島、拉巴島恁遠，喻儘遠的所在。」

呂宋加拉巴唻遠, *L. sùng Ka-la-pa kàn yén*, as far as Li sung or Calabar !

273. 離鄉不離腔

391-2 離鄉不離腔

｜辭典客語拼音｜ li5 hiong put li5 khiong

｜辭典英文釋義｜ leave the village but not its accent.

｜中文翻譯｜離開家鄉，但沒脫離家鄉的口音。

｜參考資料｜

姜義鎮《客家諺語》頁 10「離鄉不離腔」，解釋為「雖遠離故鄉，卻沒忘故鄉的音腔。」

涂春景《聽算無窮漢——有韻的客話俚諺 1500 則》頁 190 收錄類似諺語「離鄉，不離腔」，解釋為「腔，這指祖先傳下的語言。有話說：寧賣祖宗田，莫忘祖宗言；寧賣祖宗坑，莫忘祖宗聲。所以祖先告誡子孫，雖然離鄉背井，也不該不說祖先傳下的語言。」

黃永達《臺灣客家俚諺語語典：祖先的智慧》頁 443「離鄉不離腔」，解釋為「[習用語] 離開家鄉再久，也毋會講話走腔忒去。」「離鄉不離腔，較久也原樣」，解釋為「[教示諺] 雖然離開故鄉，毋會忘忒自家的語言，共樣講祖宗言，恁樣永久還係保持自家的傳統和自信。」

楊兆禎《客家老古人言》頁 137 收錄類似諺語「離鄉不離腔——再久也還有原樣。」

楊兆禎《客家諺語拾穗》頁 146「離鄉不離腔」，解釋為「1. 意指『再久也還存有原樣』。2. 有一首詩，與本句有關：少小離家老大回，鄉音無改鬢毛催。兒童相見不相識，笑問客從何處來。」

羅肇錦《苗栗縣客語、諺謠集（四）》頁 29「離鄉不離腔」，解釋為「離開家鄉，不可忘了自己的鄉音。」

離鄉不離腔, *l. hiong put lî khiong*, leave the village but not its accent.

274. 獵狗好个毋長命

397-1 獵狗好個唔長命

｜校訂｜獵狗好个毋長命

｜辭典客語拼音｜ liap8 keu2 hau2 kai3 m chhong5 miang3

｜辭典英文釋義｜ a good hunting dog has a short life.

｜中文翻譯｜好的獵狗命都不長。

｜參考資料｜

涂春景《形象化客話俗語 1200 句》頁 94 收錄類似諺語「好獵狗命毋長」，解釋為「毋長，不長。好獵狗不長命，相同於『好使牛使到死』的道理。」

黃永達《臺灣客家俚諺語語典：祖先的智慧》頁 140 收錄類似諺語「好獵狗命毋長」，

解釋為「[經驗談] 會打獵的狗多操勞，主人會儘量使喚，故所命毋會長，喻人過度追求名利，身體毋顧，就毋會長命。」

獵狗好個唔長命, *l. kéu háu kài m chhông miàng*, a good hunting dog has a short life.

275. 臨老正來受苦

404-1 臨老正來受苦

｜辭典客語拼音｜ lim5 lau2 chang3 loi5 shiu3 khu2

｜辭典英文釋義｜ old age brings sorrow.

｜中文翻譯｜年老帶來困苦。

｜說明｜ 原諺指年輕時生活順遂，無困苦，老了才受苦。

臨老正來受苦, *l. láu chàng lôi shiù khú*, old age brings sorrow.

276. 臨死食三碗麵

404-2 臨死食三碗麵

｜辭典客語拼音｜ lim5 si2 shit8 sam van2 mien3

｜辭典英文釋義｜ can eat three bowls of rice at the point of death (met. for boasting of victory when all hope is past).

｜中文翻譯｜臨死之際還能吃下三碗飯（意指明知無望，還吹噓得勝）。

｜參考資料｜

徐運德《客家諺語》頁 303 收錄類似諺語「臨死還食三碗麵」，解釋為「此語是諷刺某人，逞強嘴硬，做了壞事，要受到懲罰時，態度依然倔強執拗，死不服氣的意思。」

涂春景《形象化客話俗語 1200 句》頁 247 收錄類似諺語「臨死還食三碗麵」，解釋為「死刑犯，臨行刑前，獄方為其準備最後一頓飯，還吃了三碗麵。此話諷刺一個做了壞事，面對懲處時還嘴硬，倔強執拗，死不認錯的人。」

黃永達《臺灣客家俚諺語語典：祖先的智慧》頁430收錄類似諺語「臨死還食三碗」，解釋為「[師傅話]逞強嘴硬，做壞事受到懲罰時，態度共樣恁硬殼；另有『毋知死活』之意，也諷人好食。」

臨死食三碗麵, *l. si shit sam vân miên*, can eat three bowls of rice at the point of death (met. for boasting of victory when all hope is past).

277. 良心天理，鑊中無米

409-1 良心天理鑊中無米

| 校訂 | 良心天理，鑊中無米

| 辭典客語拼音 | liong5 sim thien li, vok8 chung mau5 mi2

| 辭典英文釋義 | he who acts according to a good conscience will have no rice for his pot.

| 中文翻譯 | 遵照良心行事的人鍋子裡會沒有米。

| 參考資料 |

涂春景《聽算無窮漢——有韻的客話俚諺1500則》頁161收錄類似諺語「良心天理，鑊肚無米」，解釋為「鑊肚，鍋裡。嘲弄現實社會沒良心天理的人，所在多有。如果事事都講良心天理，家裡還有米下鍋？」

良心天理鑊中無米, *l. sim thien li vȯk chung mâu mi*, he who acts according to a good conscience will have no rice for his pot.

278. 兩子爺做乞食——有好無壞

410-1 兩子爺做乞食有好無壞

| 校訂 | 兩子爺做乞食——有好無壞

| 辭典客語拼音 | liong2 tsii2 ya5 tso3 khet shit8, yu hau2 mau2 fai3

| 辭典英文釋義 | if father and son are beggars there is hope of regaining a happier condition.

| 中文翻譯 | 父子倆都做乞丐的話，會有希望重新獲得較好的生活。

｜說明｜「兩子爺做乞食——有好無壞」是師傅話，意為再壞也不過如此。

兩子爺做乞食有好無壞, *l. tsú yâ tsò khet shit yu hau mâu fài,* if father and son are beggars there is hope of regaining a happier condition.

279. 兩刀相斫，必有一傷

410-2 兩刀相斫必有一傷

｜校訂｜兩刀相斫，必有一傷

｜辭典客語拼音｜ liong2 tau siong chok, pit yu yit shong

｜辭典英文釋義｜ if two fight with swords one is certain to be wounded.

｜中文翻譯｜如果兩個人用劍互相砍殺，其中一個必定會被砍傷。

｜說明｜「兩刀相斫，必有一傷」是指兩把刀相互砍，其中一把會受傷之意，而英文解釋則是指兩人比劍，其中一人必會受傷。

兩刀相斫必有一傷, *l. tau siong chok pit yu yit shong,* if two fight with swords one is certain to be wounded.

280. 兩顴高，殺夫刀

410-3 兩顴高殺夫刀

｜校訂｜兩顴高，殺夫刀

｜辭典客語拼音｜ liong2 khien5 kau, sat fu tau

｜辭典英文釋義｜ a wife with high cheek bones is a husband killing kind.

｜中文翻譯｜臉部顴骨較高的老婆是殺夫類型的人。

｜參考資料｜

涂春景《聽算無窮漢——有韻的客話俚諺 1500 則》頁 35 收錄類似諺語「兩顴高，煞夫刀」，解釋為「顴，顴骨，在眼睛下方，臉頰上方；煞夫刀，剋夫的相貌。

如果女子臉頰上的兩塊顴骨凸起，是剋夫之相。這是相士的說法，應不足信。」

兩顴高殺夫刀, *l. khièn kau sat fu tau*, a wife with high cheek bones is a husband killing kind.

281. 琉璃面毋使使漆

414-1 琉璃面唔使使漆

| 校訂 | 琉璃面毋使使漆

| 辭典客語拼音 | liu5 li5 mien3 m sii2 sii2 tshit

| 辭典英文釋義 | you need not varnish glass (met. you can't cheat him).

| 中文翻譯 | 你不需要去漆玻璃（意指你無法欺騙他）。

琉璃面唔使使漆. *l. li mièn m sṳ́ sṳ́ tshit*, you need not varnish glass (met. you can't cheat him).

282. 六月六日，貓鼻出汗

417-1 六月六日貓鼻出汗

| 校訂 | 六月六日，貓鼻出汗

| 辭典客語拼音 | liuk nyet8 liuk nyit, miau3 phi3 chhut hon3

| 辭典英文釋義 | on the 6th month 6th day the cat's nose perspires (very warm).

| 中文翻譯 | 農曆六月六日，貓鼻子會出汗（指天氣很熱）。

六月六日貓鼻出汗, *l. nyét liuk nyit miau phì chhut hòn*, on the 6th month 6th day the cat's nose perspires, (very warm).

283. 龍身係好，愛在狗肚裏

419-1 龍□□□□□□□□

| 校訂 | 龍身係好，愛在狗肚裏

| 辭典客語拼音 | liung5 shin he3 hau2, oi3 tshai3 keu2 tu2 kwo2

｜辭典英文釋義｜ In your prosperity remember your forebears.

｜中文翻譯｜發達之後要記住你的祖先。

｜說明｜ 1905年版《客英詞典》頁468收錄「kan3 hau2 liung5 shin oi3 tshai3 ki5 kai3 keu2 tu2 kwo2」（恁好龍身愛在佢个狗肚裹），英文釋義為“do not be unmindful of your origin.”（莫忘你的出身）。瑤族及畬族的盤瓠信仰及祖先傳說應與此諺有關。

｜參考資料｜

何石松《客諺第二百首》頁 259 收錄類似諺語「恁好介龍身也係狗肚過」，解釋為「其實，母狗生的，母狗養的，原來是指一條忠義之狗，真的為主人生了一個孩子，一個不嫌主人貧窮而願為人妻，為主人生子，卻為他犧牲生命的故事，就是所謂：『恁好介龍身 也係狗肚過』，意指不論我們多有成就，不當忘了出身，子不嫌母醜，狗不嫌家貧，雖是母狗所生又何妨？」

李筱文《盤王歌》頁 5 提到：「盤王歌，即是讚揚盤王的歌，歌頌盤王的唱本。那麼盤王是誰？盤王，在瑤族中稱『盤瓠或盤王』，在畲族中稱『盤護或高皇』。傳說盤王或高皇分別是瑤、畲民族帶有圖騰色彩的創世英雄、民族祖先。在瑤、畲民族民間，流傳著幾乎相同的一個故事，那就是盤瓠龍犬（盤護龍麒）創世的故事——《盤王（盤瓠）的傳說》。這是一個悲壯、深沉而具有歷史意義的民間故事，這是一個具有傳奇色彩的民族起源傳說，是在瑤、畲民族民間流傳時間最長、流傳地域最廣的始祖神話。不僅通過口頭傳誦，而且運用諸種書面形式來保存這一傳說故事。」

l. shin hè háu òi tshài kéu tú kwó,
In your prosperity remember your forebears.

284. 鑼盲聲，鼓先聲

419-2 鑼ㄇ聲鼓先聲

｜校訂｜鑼盲聲，鼓先聲

｜辭典客語拼音｜ lo5 mang5 shang, ku2 sien shang

｜辭典英文釋義｜ to beat the drum, before the gong has sounded — the reverse of the proper order (e. g, wife speaking before husband).

｜中文翻譯｜在鑼聲響之前就敲鼓——先後次序顛倒（就像妻子搶在丈夫之前說話）。

| 說明 | 民間有樂班演奏時，需先開鑼再打鼓。

鑼□聲鼓先聲, *l. mâng shang, kú sien shang*, to beat the drum, before the gong **has** sounded—the reverse of the proper order (*e. g*, **wife speaking before husband**).

285. 來有日，去有時

421-1 來有日去有時

| 校訂 | 來有日，去有時

| 辭典客語拼音 | loi5 yu nyit, hi3 yu shi5

| 辭典英文釋義 | going and coming have their fixed days.

| 中文翻譯 | 去或來都已有固定的日子。

| 參考資料 |

涂春景《形象化客話俗語 1200 句》頁 124 收錄類似諺語「來有時，去有日」，解釋為「通常安慰一個事業失敗、破財潦倒的人，說失敗是一時的，你會東山再起，便稱：『來有時，去有日』。」

黃永達《臺灣客家俚諺語語典：祖先的智慧》頁 192「來有日，去有時」，解釋為「[教示諺] 人的一生做得取用幾多、食幾多時日，都係注定的，毋使強求。」

來有日去有時, *l. yu nyit hì yu shí*, **going and coming have their fixed days.**

286. 落種盡人事，發生愛天時

423-1 落種盡人事發生愛天時

| 校訂 | 落種盡人事，發生愛天時

| 辭典客語拼音 | lok8 chung2 tshin3 nyin5 sii3, fat sang oi3 thien shi5

| 辭典英文釋義 | let man sow the seeds it is Heaven that will cause it to grow.

| 中文翻譯 | 由人來播種，如何使種子成長由上天決定。

｜參考資料｜

涂春景《聽算無窮漢——有韻的客話俚諺 1500 則》頁 166「落種盡人事，發生愛天時」，解釋為「落種，播種；發生，指植物的成長。農業社會，多賴風調雨順，靠天吃飯。因此說，播種要靠人的辛勤努力，作物的成長茁壯，要靠天候。」

黃永達《臺灣客家俚諺語語典：祖先的智慧》頁 369 收錄類似諺語「落種盡人事，發芽看天時」，解釋為「[教示諺] 人要照時序種東西，係毋係順利發芽成長就要看天時，也有有種才有食之意。」

落種盡人事發生愛天時, *l. chúng tshìn nyîn sṳ̀ fat sang òi thien shî,* let man sow the seeds it is Heaven that will cause it to grow.

287. 落窿也死，出窿也死

423-2 落竉亦死出竉亦死

｜校訂｜落窿也死，出窿也死

｜辭典客語拼音｜ lok8 lung ya si2, chhut lung ya si2

｜辭典英文釋義｜ in or out of the hole it is death.

｜中文翻譯｜出不出洞穴都是死。

｜說明｜ 不管做什麼決定，都是死路一條。

落竉亦死出竉亦死, *l. lung ya si chhut lung ya si,* in or out of the hole it is death.

288. 落了衙門是官物

423-3 落哩衙門是官物

｜校訂｜落了衙門是官物犽

｜辭典客語拼音｜ lok8 li nga5 mun5 shi3 kwan vut8

｜辭典英文釋義｜ whatever enters the Yamen is the magistrate's affair.

｜中文翻譯｜只要進到衙門就是知縣的事了。

｜說明｜「落了衙門是官物」指進了官府就不能私了，或者任由官方發落。

落哩衙門是官物, *l. li ngâ mûn shì kwan vùt,* whatever enters the Yamen is the magistrate's affair.

289. 落船毋講價，上船來昂犽

423-4 落□□□□□□□□□□□

｜校訂｜落船毋講價，上船來昂犽

｜辭典客語拼音｜ lok8 shon5 m kong2 ka3, shong shon5 loi5 ngong nga3

｜辭典英文釋義｜ if you do not fix the fare ere getting into the boat there will be gnashing of teeth when getting out of it. (Fix your prices before hand).

｜中文翻譯｜如果你不在上船前談定船價，那你就等著咬牙切齒地下船（意指在事前就要談好價格）。

｜參考資料｜

姜義鎮《客家諺語》頁 37 收錄類似諺語「上床唔講價，下床咿呀呀」，解釋為「凡事先講明，以免事後起爭執。」

徐運德《客家諺語》頁 107 收錄類似諺語「上船毋講價，下船牙牙綻」，解釋為「此語意指大凡交易買賣，當場要先講好價錢，雙方同意才行交易。託人辦事，也要事先談妥條件，事成以後，酬勞多少代價。兩相情願才好進行，如若事先沒有談妥，日後便會發生爭執吵鬧，而傷和氣。」

涂春景《聽算無窮漢——有韻的客話俚諺 1500 則》頁 14 收錄類似諺語「上船毋講價，下船 ngong5 ngong5 呀」，解釋為「上船，指交易之初；毋，不；下船，指完成交易；ngong5 ngong5 呀，口角爭執的樣子。與人買賣的時候，要先講好價錢，否則，完成交易的時候會為事先沒談好價錢而爭執不休。有先小人後君子的寓意。」

黃永達《臺灣客家俚諺語語典：祖先的智慧》頁 48 收錄類似諺語「上船毋講價，下船才嘵嘵」，解釋為「[教示諺] 勸人凡有交易必先言明價事，以免事後講毋平。嘵嘵，相吵貌。」「上船毋講價，下船牙牙綻」，解釋為「[教示諺] 要坐擺渡就要先講好價事，莫等到下船正來爭到牙綻，有『先小人後君子』之意。」

鄧榮坤《生趣客家話》頁111收錄類似諺語「上船毋講價，下船牙牙綻」，解釋為「凡事先議價。[注解]一、上船、下船：由於跨河橋樑的興建並未完整，船是古代的交通工具之一。二、毋講價：不講價錢。三、牙牙綻：因爭執而露出一口牙齒。四、不二價的銀貨兩訖交易市場，常常因為許多生意人的貪婪或心存不良，刻意不標示價錢，等客戶出價，而牽扯出許多沒有必要的糾紛。[比喻]先君子後小人。」

l. shôn m kóng kà shong shôn lôi ngong ngà, if you do not fix the fare ere getting into the boat there will be gnashing of teeth when getting out of it. (Fix your prices before hand).

290. 鸕鶿毋食鸕鶿肉

428-1 鸕鶿唔食鸕鶿肉

| 校訂 | 鸕鶿毋食鸕鶿肉

| 辭典客語拼音 | lu5 tshii5 m shit8 lu5 tshii5 nyuk

| 辭典英文釋義 | a cormorant will not eat another cormorant's flesh. Men do not injure those of their own class.

| 中文翻譯 | 鸕鶿不會吃另外一隻鸕鶿的肉。人不會傷害自己的同類。

鸕鶿唔食鸕鶿肉, *l. tshṳ̂ m shit l. tshṳ̂ nyuk,* a cormorant will not eat another cormorant's flesh. Men do not injure those of their own class.

291. 鸕鶿毋得鴨嫲毛，鴨嫲毋得鸕鶿觜

429-1 鸕鶿唔得鴨痲毛鴨痲唔得鸕鶿嘴

| 校訂 | 鸕鶿毋得鴨嫲毛，鴨嫲毋得鸕鶿觜

| 辭典客語拼音 | lu5 tshii5 m tet ap ma5 mau, ap ma5 m tet lu5 tsii5 tsui2

| 辭典英文釋義 | the cormorant hasn't got the coat of the duck, the duck hasn't got the bill of the cormorant (met. one has not got all the talents).

| 中文翻譯 | 鸕鶿沒有鴨子的絨毛，鴨子沒有鸕鶿的嘴喙（意指沒有人會有所有的長處）。

| 說明 | 鴨子的毛防水性高，潛水後全身不會沾溼，鸕鶿的毛沒有這個特性；鸕鶿

的嘴長而尖端下有勾，適於捕魚，但潛水後羽毛會溼透。與 1126-2「有鸕鶿喙，無鴨嫲毛」（845）相近。

鸕鷀唔得鴨麻毛鴨麻唔得鸕鷀嘴, *l. tshî m tet ap mâ mau ap mâ m tet lû tshû tsúi*, the cormorant hasn't got the coat of the duck, the duck hasn't got the bill of the cormorant (met. one has not got all the talents).

292. 露打大冬，水涿早

430-1 露打大冬水涿早

| 校訂 | 露打大冬，水涿早

| 辭典客語拼音 | lu3 ta2 thai3 tung, shui2 tuk tsau2

| 辭典英文釋義 | dew dropping on the Summer grain rain on the Summer dry rice (no danger from these).

| 中文翻譯 | 露珠滴在夏天的穀物，雨下在夏天的乾稻禾（這些都沒有危險）。

| 說明 | 「大冬」，1926 年版《客英》頁 805 解釋為“the winter rice crop.”（冬季水稻作物）；「早」應是「早禾」之意，1926 年版《客英》頁 918 解釋為“early rice.”（早稻）。原諺指在冬禾收割前露水足，即預兆早禾雨水會足，穀物豐收，無缺糧之虞。

l. tá thài tung shúi tuk tsáu, dew dropping on the Summer grain rain on the Summer dry rice (no danger from these).

293. 鹿盲曾打著先脫角

433-1 鹿□□□□，□□□

| 校訂 | 鹿盲曾打著先脫角

| 辭典客語拼音 | luk8 mang5 tshien5 ta2 tau2, sien thot kok

｜辭典英文釋義｜ take off the horns before the deer is caught — too "previous."
｜中文翻譯｜在鹿被抓到之前就先把鹿角取下——太「早」行動。

｜說明｜ 師傅話。鹿盲曾打著先脫角——還早。

｜參考資料｜
涂春景《形象化客話俗語 1200 句》頁 74 收錄類似諺語「未打鹿兒，先分鹿肉」，解釋為「鹿兒，鹿。還沒有上山打獵，在家先分鹿肉；有不切實際的意思。」
黃永達《臺灣客家俚諺語語典：祖先的智慧》頁 114 收錄類似諺語「未打著鹿仔，先講好分肉」，解釋為「[比喻詞] 喻事情都還未辦好，就想後步咧，『還早』的意思。」「未打著鹿仔先分鹿肉——還早」，解釋為「[師傅話] 喻未開始做事，就先分好利益，還毋知事情做得成無喔？」

辭典截圖
l. mâng tshiên tá táu, sien thot kok, take off the horns before the deer is caught—too "previous."

294. 聾糠挾出油

436-1 聾糠挾出油

｜辭典客語拼音｜ lung5 khong khiap8 chhut yu5

｜辭典英文釋義｜ to squeeze oil out of chaff. (met. however poor money must be paid to the mandarin.)
｜中文翻譯｜從粗糠中擠出油（意指不論有多窮都得繳稅給官府）。

｜說明｜ 「粗糠」是「穀殼」，毫無油份。米糠有少許油份，可擠油。

辭典截圖
聾糠挾出油, *l. khong khiap chhut yû,* to squeeze oil out of chaff. (met. however poor money must be paid to the mandarin.)

295. 毋係若狗，毋聽你嘍

440-1 唔□□□唔□□□

｜校訂｜毋係若狗，毋聽你嘍
｜辭典客語拼音｜ m he3 nya keu2, m then nyi5 leu3

| 辭典英文釋義 | another's dog will not come at your call.

| 中文翻譯 | 別人家的狗不會聽你的使喚而來。

m. hè nya kéu m then nyî lèu, another's dog will not come at your call.

296. 毋係泉水，緊會泉緊來

440-2 唔係泉水竟噲泉緊來

| 校訂 | 毋係泉水，緊會泉緊來

| 辭典客語拼音 | m he3 tshan5 shui2 kin2 voi3 tshan5-kin2 loi5

| 辭典英文釋義 | my income is not like a spring of water always coming.

| 中文翻譯 | 我的收入不像泉水一樣總是會源源不絕。

唔係泉水竟噲泉緊來, *m. hè tshân shúi kín vòi tshân-kín lôi*, my income is not like a spring of water always coming.

297. 毋曉做官，也曉猜情

440-3 唔曉做官也曉猜情

| 校訂 | 毋曉做官，也曉猜情

| 辭典客語拼音 | m hiau2 tso3 kwon (kwan), ya hiau2 tshai tshin5

| 辭典英文釋義 | one need not be a mandarin to know a little about human affairs.

| 中文翻譯 | 不用當官也能知道一些人間事。

| 說明 | 當官的人，不懂人間事時，常會不合情理的判案。

| 參考資料 |

涂春景《形象化客話俗語 1200 句》頁 56「毋曉做官，也曉猜情」，解釋為「毋曉，不知道、不懂；猜情，這裡有推理的意思。對一個事件，有人明知道事件的始末，確 [卻] 有意隱瞞，旁觀者便說：我雖不懂得做官，然而我卻會推理，因此你別隱瞞了。」

黃永達《臺灣客家俚諺語語典：祖先的智慧》頁 84 收錄類似諺語「毋曉做官，也曉推算」，解釋為「[習用語] 毋曉做官、毋會斷案，最少也曉得推斷。」

唔曉做官也曉猜情, *m. hiáu tsò kwon (kwan) ya hiáu tshai tshín*, one need not be a mandarin to know a little about human affairs.

298. 毋看羅浮看佛面

441-1 唔看羅浮看佛面

| 校訂 | 毋看羅浮看佛面

| 辭典客語拼音 | m khon3 lo5 feu5 khon3 fut8 mien3

| 辭典英文釋義 | if you respect not Lo-feu respect Buddha’s face.

| 中文翻譯 | 就算不看羅浮的情面，至少也要看佛的情面。

| 說明 | 「羅浮」根據《教育部重編國語辭典修訂本》，本義為「山名。位於廣東省惠州市博羅縣和廣州市增城區的交界。瑰奇靈秀，為粵中名山。相傳東晉葛洪得仙術於此，故名蓬萊山。山有二峰，一峰羅生，一峰浮山，二山合體，稱為『羅浮』。見《太平御覽．卷四一．地部．羅浮山》。」此處應借指修道者或僧人。

| 參考資料 |

涂春景《形象化客話俗語 1200 句》頁 54 收錄類似諺語「毋看僧面，看佛面」，解釋為「毋看，不看。話說不看僧面看佛面，意謂看我的面子、給我一點人情吧。」

涂春景《聽算無窮漢——有韻的客話俚諺 1500 則》頁 116 收錄類似諺語「無看僧面，看佛面；無看魚情，看水情」，解釋為「常聽勸人不要那麼絕情，不給別人情面，也給我情面；說，不看僧的情面也看佛的情面，不看魚的情面也看水的情面。」

唔看羅浮看佛面, *m. khòn lô feu khòn fut mièn*, if you respect not Lo-feu respect Buddha’s face.

299. 毋關豬嫲關老虎

441-2 唔關猪㛘關老虎

| 校訂 | 毋關豬嫲關老虎

| 辭典客語拼音 | m kwan chu ma5 kwan lau2-fu2

| 辭典英文釋義 | you do not guard your pig, you watch the tiger. (used in blame).

| 中文翻譯 | 你不看管你的豬，你卻只看顧老虎（用於責難）。

唔關猪㛘關老虎, *m. kwan chu mâ kwan láu-fú,* you do not guard your pig, you watch the tiger. (used in blame).

300. 毋怕你死，只怕你臭

442-1 唔怕汝死只怕汝臭

| 校訂 | 毋怕你死，只怕你臭

| 辭典客語拼音 | m pha3 nyi5 si2, chi2 pha3 nyi5 chhiu3

| 辭典英文釋義 | he is not concerned about your death, he fears most the dead odour. (cruel disposition).

| 中文翻譯 | 他不關切你死亡這件事，只怕你的屍臭味（殘忍的性格）。

唔怕汝死只怕汝臭, *m. phà nyî sí chí phà nyî chhiù,* he is not concerned about your death, he fears most the dead odour. (cruel disposition).

301. 毋怕鬥，只怕湊

442-2 唔怕鬥只怕凑

| 校訂 | 毋怕鬥，只怕湊

| 辭典客語拼音 | m pha3 teu3, chi2 pha3 tsheu3

| 辭典英文釋義 | I do not fear a duel in words, but to bring about a quarrel is to be feared.

| 中文翻譯 | 我不怕跟人口頭爭辯，怕的是引起爭吵。

唔怕鬥只怕湊, *m. phà teù, chí phà tsheù*, I do not fear a duel in words, but to bring about a quarrel is to be feared.

302. 毋上高山，毋知平地好

442-3 唔上高山唔知平地好

| 校訂 | 毋上高山，毋知平地好

| 辭典客語拼音 | m shong kau (ko) san, m ti phiang5 thi3 hau2 (ho2)

| 辭典英文釋義 | you do not value the plain until you climb the hill. (met.) you do not value comfort until you experience hardship.

| 中文翻譯 | 爬上高山，才會知道平地的好。意指沒經歷過困境，不會珍惜舒適的生活。

唔上高山唔知平地好, *m. shong kau (ko) san, m. ti phiâng thì háu (hó)*, you do not value the plain until you climb the hill. (met.) you do not value comfort until you experience hardship.

303. 毋到夏至毋暖，毋到冬至毋寒

443-1 唔到夏至唔暖唔到冬至唔寒

| 校訂 | 毋到夏至毋暖，毋到冬至毋寒

| 辭典客語拼音 | m tau3 ha3 chi3 m non, m tau3 tung chi3 m hon5

| 辭典英文釋義 | before the summer solstice it is not warm, before the winter solstice it is not cold.

| 中文翻譯 | 還沒到夏至不會暖和，沒到冬至不會冷。

| 參考資料 |

姜義鎮《客家諺語》頁 45 收錄類似諺語「夏至不過不熱，冬至不過不冷」，解釋為「夏至開始是一年中最熱的一段日子，冬至過後才是一年中最冷的日子。」

徐運德《客家諺語》頁 222 收錄類似諺語「夏至毋過毋暖，冬至毋過毋寒」，解釋為「過了夏至，天氣就漸漸熱。過了冬至就漸漸的冷了。」

涂春景《聽算無窮漢——有韻的客話俚諺 1500 則》頁 57 收錄類似諺語「夏至毋過毋暖，冬至毋過毋寒」，解釋為「毋，不。夏至不過天氣不和暖；冬至不過天氣不致寒冷難當。」頁 116「毋到夏至毋暖，毋到冬至毋寒」，解釋為「這是氣象的諺語。天候不到夏至不暖和，不到冬至還有可能有暖天氣。」

黃永達《臺灣客家俚諺語語典：祖先的智慧》頁 264 收錄類似諺語「夏至毋過毋暖，冬節毋過毋寒」，解釋為「[經驗談] 夏至一過，天氣才會正經變熱；過了冬至，才會正經變冷。」

唔到夏至唔暖唔到冬至唔寒, *m. tàu hà chì m non, m tàu tung chì m. hôn,* before the summer solstice it is not warm, before the winter solstice it is not cold.

304. 毋知錢銀係藤打个，係樹打个

444-1 唔知錢銀係藤打個係樹打個

| 校訂 | 毋知錢銀係藤打个，係樹打个

| 辭典客語拼音 | m ti tshien5 nyun5 he3 then5 ta2 kai3, he3 shu3 ta2 kai3

| 辭典英文釋義 | he knows not whether money is made of rattan or from a tree － indifferent as to its value and use.

| 中文翻譯 | 不知道錢是用藤做的還是樹做的——對其價值和用途漠不關心。

| 參考資料 |

涂春景《形象化客話俗語 1200 句》頁 53 收錄類似諺語「毋知藤打介也樹打介」，解釋為「藤打介，藤結的實；樹打介，樹結的實。指一個不知天高地闊的子弟，不明白錢是如何掙來的，有些錢賺來容易，如白領階級或企業家；有些錢要花血汗、辛苦才能掙得。」

黃永達《臺灣客家俚諺語語典：祖先的智慧》頁 81 收錄類似諺語「毋知係藤打的也係樹打的」，解釋為「[俚俗語] 諷人毋知事理，或毋知錢係仰般賺的。打，結果實也。」

唔知錢銀係藤打個係樹打個, *m. ti tshiên nyûn hè thên tá kài, hè shù tá kài,* he knows not whether money is made of rattan or from a tree —indifferent as to its value and use.

305. 毋知和尚做幾久，修理庵堂

444-2 唔知和尚做幾久修理菴堂

| 校訂 | 毋知和尚做幾久，修理庵堂

| 辭典客語拼音 | m ti vo5-shong3 tso3 ki2 kiu2 siu li am-thong5

| 辭典英文釋義 | the bonze has no definite period of life why worry about the repairs of the monastery? — life is uncertain.

| 中文翻譯 | 不知道和尚能做多久，為什麼要擔心寺院的修理這件事？——人生無常。

唔知和尙做幾久修理菴堂, *m. ti vô-shòng tsò kí kiú siu li am-thông,* the bonze has no definite period of life why worry about the repairs of the monastery ?—life is uncertain.

306. 毋會撐船嫌溪曲

445-1 唔噲撐船嫌溪曲

| 校訂 | 毋會撐船嫌溪曲

| 辭典客語拼音 | m voi3 tshang3 shon5 hiam5 khe (hai) khiuk

| 辭典英文釋義 | the unskillful boatman blames the course of the river.

| 中文翻譯 | 技術不好的船夫，怪罪河道。

| 參考資料 |

姜義鎮《客家諺語》頁 24 收錄類似諺語「唔曉駛船嫌溪彎」，解釋為「不具本領，怪罪別的事情。」

涂春景《形象化客話俗語 1200 句》頁 55「毋會撐船嫌溪曲」，解釋為「毋會撐船，不懂得划船的技巧。人都有不懂檢討自己缺失，還怨天尤人的缺點；因此，不會划船怪罪溪流曲折。」

楊兆禎《客家老古人言》頁 99 收錄類似諺語「唔曉撐船嫌坑彎」，解釋為「1.『坑』即『溪』音『Hang』。2. 喻技術未到家。」

楊兆禎《客家諺語拾穗》頁 94 收錄類似諺語「唔曉撐船，嫌坑彎」，解釋為「喻工夫未到家。」

羅肇錦《苗栗縣客語、諺謠集（四）》頁 32 收錄類似諺語「毋曉撐船嫌坑彎」，解釋為「不會划船說水道太彎曲。喻自己沒有能力，嫌外在條件不佳。」

唔噲撐船嫌溪曲, *m. vòi tshàng shôn hiâm khe (hai) khiuk*, the unskilful boatman blames the course of the river.

307. 麻裡算出豆

447-1 麻裏算出豆

｜校訂｜麻裡算出豆

｜辭典客語拼音｜ ma li2 son3 chhut theu3

｜辭典英文釋義｜ outstrips every one in reckoning.

｜中文翻譯｜計算東西的時候比任何人都會算。

｜說明｜ 英文釋義是引申義。

麻裏算出豆, *m. li sòn chhut thèu*, outstrips every one in reckoning.

308. 罵三年無點烏青

448-1 罵三年無點烏青

｜辭典客語拼音｜ ma3 sam nyen5 mau5 tiam2 vu tshiang

｜辭典英文釋義｜ to abuse for years affects naught.

｜中文翻譯｜謾罵多年毫無影響。

｜參考資料｜

涂春景《形象化客話俗語 1200 句》頁 173 收錄類似諺語「做三年，都無一點烏青」，解釋為「烏青，本來是指瘀血，這裡指事情的成效。責備一個花了很多時間，卻沒有一點工作績效的人。」

黃永達《臺灣客家俚諺語語典：祖先的智慧》頁 293 收錄類似諺語「做三年就無一點烏青」，解釋為「[俚俗語] 做恁久無麼个成果，也無麼个損失。」頁 398 收錄類似諺語「罵三年無半點烏青」，解釋為「[俚俗語] 罵到鑾皮咧，過罵也無一滴效果；也指責罵多年，都無影響事情。」

罵三年無點烏青, *m. sam nyên mâu tiám vu tshiang*, to abuse for years affects naught.

309. 買馬無恁多，置鞍較多

448-2 買馬無啑多置鞍較多

｜校訂｜買馬無恁多，置鞍較多

｜辭典客語拼音｜ mai ma mau5 kan3 (an3) to, chi3 on kau3 to

｜辭典英文釋義｜ the saddle is dearer than the horse, (the gilt costs more than the article gilded).

｜中文翻譯｜馬鞍比馬還貴（鍍金的成本高於被鍍金的物品）。

｜參考資料｜

徐運德《客家諺語》頁 179 收錄類似諺語「買馬無恁貴，製鞍還卡貴」，解釋為「附屬品往往要比主品還要貴之意。」

涂春景《形象化客話俗語 1200 句》頁 195 收錄類似諺語「買馬無恁多，置鞍較多」，解釋為「無恁多，指花費沒這麼多。買馬花錢少，買馬鞍花的錢多。用此話來比喻花在主機的費用少，花在週邊設備的錢多。」

黃永達《臺灣客家俚諺語語典：祖先的智慧》頁 347 收錄類似諺語「買馬無恁貴，製鞍較貴」，解釋為「[俚俗語] 諷主體比毋過配備，喧賓奪主。」

買馬無啑多置鞍較多, *m. ma mâu kàn (àn) to chì on kàu to*, the saddle is dearer than the horse, (the gilt costs more than the article gilded).

310. 買賣算分，相請無論

448-3 買賣算分相請無論

｜校訂｜買賣算分，相請無論

｜辭典客語拼音｜ mai mai3 son3 fun, siong tshiang2 mau5 (mo5) lun3

｜辭典英文釋義｜ in trade a fraction is considered, inviting friends is not discussed.

｜中文翻譯｜買賣時連小數點都要算，招待朋友時就不要議論。

｜參考資料｜

姜義鎮《客家諺語》頁 26「買賣算分，相請無論」，解釋為「請客歸請客，買賣歸買賣。」

徐運德《客家諺語》頁 179「買賣算分，相請無論」，解釋為「既是買賣就要劃分清楚一分一毫，但是，如果是贈予或請客又另當別論了。」

涂春景《形象化客話俗語 1200 句》頁 145 收錄類似諺語「相請無論，買賣算分」，解釋為「相請，請客；算分，計算到微細處。商場上的買賣，要計算到一分一釐；朋友間的交誼請客，卻沒計較。比喻行事公私分明。」

涂春景《聽算無窮漢——有韻的客話俚諺 1500 則》頁 145 收錄類似諺語「相請無論，買賣算分」，解釋為「相請，請客。如果是請客，花費再多也無所謂；但是買賣時的金錢來往，就要算得一清二楚。」

黃永達《臺灣客家俚諺語語典：祖先的智慧》頁 347 收錄類似諺語「買賣算分」，解釋為「[習用語] 做生理就係做生理，分角要算清楚。」「買賣算分，相請就無議論」，解釋為「[教示諺] 做生理就一分一厘算清楚，請人客就無論錢銀的。」「買賣算分，相請無論」，解釋為「[教示諺] 買賣做生理算清楚，毋過係贈送或請客就毋使論多論少咧。」

楊兆禎《客家老古人言》頁 111「買賣算分，相請無論——該算的要算清楚」。

楊兆禎《客家諺語拾穗》頁 109「買賣算分，相請無論」，解釋為「1. 親兄弟明算帳。2. 該算的還是一五一十算清楚。請客當然另當別論。」

羅肇錦《苗栗縣客語諺語、謎語集（二）》頁 91「買賣算分，相請無論」，解釋為「作買賣時，一分一厘都得算清，但互相請客卻又是另外一回事。比喻兩件不同的事要分清楚，不能相提並論。」

買賣算分相請無論, *m. mai sòn fun, siong tshiáng mou (mô) lùn*, in trade a fraction is considered, inviting friends is not discussed.

311. 麼个都做過，不過蚊核毋識闇

451-1 乜□□□□，□□□□□□□

｜校訂｜麼个都做過，不過蚊核毋識闇

｜辭典客語拼音｜ mak kai3 tu tso3 kwo3, put kwo3 mun hak8 m shit yam

｜辭典英文釋義｜ he has done everything essential to do; expert.

｜中文翻譯｜他做了一切必要做的事情；行家。

｜說明｜「蚊核毋識閹」意思是沒有閹割過蚊子的睪丸。英文解釋是引申義。

m. kai tu tsò kwò, put kwò mun hak m shit yam, he has done everything essential to do; expert.

312. 慢裝擔，快行路

452-1 緩裝擔快行路

｜校訂｜慢裝擔，快行路

｜辭典客語拼音｜ man3 tsong tam, khwai3 hang5 lu3

｜辭典英文釋義｜ take time to put your baggage together, so travel quickly.

｜中文翻譯｜花時間整理好行李，上路時才能走得快。

｜參考資料｜

涂春景《形象化客話俗語 1200 句》頁 221 收錄類似諺語「慢打擔，遽行路」，解釋為「打擔，整理擔子；遽，快；行路，走路。形容『打擔』的重要，因為擔子沒弄好，挑行到半途鬆脫，再重新整理，將費時費力，反而耽誤許多時間。比喻事前準備的功夫，比較重要。」

黃永達《臺灣客家俚諺語語典：祖先的智慧》頁 383 收錄類似諺語「慢裝擔，遽行路」，解釋為「[教示諺] 裝擔裝好勢，孩擔行路就好行，喻準備工作要穩當，自然事情做起來就又順又遽。」

羅肇錦《苗栗縣客語、諺謠集（四）》頁 32 收錄類似諺語「慢裝擔，遽行路」，解釋為「有兩義：一說裝擔的速度較慢，走路走快些，還是與人同快。是說用另一方面的努力來彌補這方面的缺失。另一說是裝擔時慢一點，擔子綑綁紮實，挑起走路才不致鬆脫，可以走得快。乃在勸人做事要穩當之意。遽，快速。」

緩裝擔快行路, m. tsong tam khwài hâng lù, take time to put your baggage together, so travel quickly.

313. 慢落船，先上岸

452-2 緩落船先上岸

| 校訂 | 慢落船，先上岸

| 辭典客語拼音 | man3 lok8 shon5, sien shong ngan3

| 辭典英文釋義 | last to go aboard first to land on shore: (the first shall be last).

| 中文翻譯 | 最後上船，最早上岸（先就是後）。

| 說明 | 與 636-2「背後落船先上岸」（489）近似。

| 參考資料 |

黃永達《臺灣客家俚諺語語典：祖先的智慧》頁 245 收錄類似諺語「背後上船，打先上岸」，解釋為「[比喻詞] 最背尾上船的人顛倒先上岸。」

緩落船先上岸, *m. lòk shôn sien shong ngàn*, last to go aboard first to land on shore: (the first shall be last).

314. 盲曾食過辣薑

453-1 □□□□□□

| 校訂 | 盲曾食過辣薑

| 辭典客語拼音 | mang5 tshien5 shit8 kwo3 lat8 kiong

| 辭典英文釋義 | has not yet eaten hot ginger. (He has not yet been severely punished).

| 中文翻譯 | 沒吃過辣薑（還沒被嚴厲懲罰過）。

m. tshiên shit kwò làt kiong, has not yet eaten hot ginger. (He has not yet been severely punished).

315. 盲出象，先出奴

453-2 □□□□□□

| 校訂 | 盲出象，先出奴

| 辭典客語拼音 | mang5 chhut siong3, sien chhut nu5

｜辭典英文釋義｜ the sais is procured before the elephant is born, (the man is being prepared for his task).

｜中文翻譯｜大象還沒出生就先買照顧象的人（指一個人被準備好他要做的差事）。

｜說明｜ 有未雨綢繆之意。

m. chhut siòng sien chhut nú, the sais is procured before the elephant is born, (the man is being prepared for his task).

316. 吂註生，先註死

454-1 □□□□□□□

｜校訂｜吂註生，先註死

｜辭典客語拼音｜ mang5 chu3 sang, sien chu3 si2

｜辭典英文釋義｜ before you record the hour of birth record the hour of death, (the hour of death is fixed) etc. and cannot be averted.

｜中文翻譯｜登錄出生時間之前，先登錄死亡時刻。（死亡時間已確定）等等，並且無法避免。

｜參考資料｜

徐運德《客家諺語》頁 37「吂註生，先註死」，解釋為「人在生前運命已定，所以此生不必過於計較。」

涂春景《形象化客話俗語 1200 句》頁 75 收錄類似諺語「未註生先註死」，解釋為「昔日客家人普遍有宿命的人生觀，認為每個生命，還沒註定生辰，已先註定死日。」

黃永達《臺灣客家俚諺語語典：祖先的智慧》頁 116 收錄類似諺語「未註生，先註死」，解釋為「[教示諺] 人在生前運命就定著咧，故所這生毋使計較。」

羅肇錦《苗栗縣客語諺語、謎語集（二）》頁 98「吂註生先註死」，解釋為「未安排生辰先知死亡時間。比喻任何事皆由命定，半點不由人。」

m. chù sang sien chù sí, **before you record the hour of birth record the hour of death, (the hour of death is fixed) etc, and cannot be averted.**

317. 盲量贏，先量輸

454-2 □□□□□□□

| 校訂 | 盲量贏，先量輸

| 辭典客語拼音 | mang5 liong3 yang5, sien liong3 shu

| 辭典英文釋義 | first consider how to act in the case of failure before considering success.

| 中文翻譯 | 思考成功之前，先思考失敗時要如何行動。

m. liòng yâng sien liòng shu, first consider how to act in the case of failure before considering success.

318. 盲有來，先有路

454-3 □□□□□□□

| 校訂 | 盲有來，先有路

| 辭典客語拼音 | mang5 yu loi5, sien yu lu3

| 辭典英文釋義 | ere the money came I found a way out.

| 中文翻譯 | 在這筆錢進來之前，我已經找到出路。

| 說明 | 原意是用來規勸世人要量入為出，就像買彩券還沒中獎，已經想好中了之後怎麼花費。

m. yu lôi sien yu lù, ere the money came I found a way out.

319. 盲食五月節粽，襖婆毋好落籠

454-4 □□□□□□□，□□□□□□□

| 校訂 | 盲食五月節粽，襖婆毋好落籠

| 辭典客語拼音 | mang5 shit8 ng2 nyet8 tsiet tsung3, au2 pho5 m hau2 lok8 lung2

｜辭典英文釋義｜ before you eat the cakes of the 5th moon festival do not put away your cloak, (wadded jacket).

｜中文翻譯｜還沒吃五月節的餅，不要把大衣（棉襖）收起來。

｜說明｜ 英文的「cakes」指中文的餅、粄等米製食物。

｜參考資料｜

姜義鎮《客家諺語》頁 44 收錄類似諺語「未食五月粽節，背骨唔收上棟」，解釋為「端午節前天氣冷熱無常，所以還沒吃過端午節的粽子前，棉被、棉襖等禦寒衣服不可東之高閣。」

徐運德《客家諺語》頁 240 收錄類似諺語「盲吃五月粽，襖袍毋入甕」，解釋為「在未吃過端午節粽子以前，天氣還會冷的，所以棉襖棉袍，還不能收入箱籠。要等端午節過後，天氣才算熱定，這時襖袍，才能放心收入箱籠的意思。古人經驗之談，不能不信。」

涂春景《聽算無窮漢——有韻的客話俚諺 1500 則》頁 111 收錄類似諺語「未食五月節介粽，襖袍未好入甕」，解釋為「五月節，端午；襖袍，大衣，〈廣韻〉：『袍，長襦也，薄褒切。』；甕，這裡指衣櫃。端節前，還可能有冷鋒過境。所以說，未吃端午節的粽子，大衣還不可以收藏起來。」

黃永達《臺灣客家俚諺語語典：祖先的智慧》頁 115 收錄類似諺語「未食五月粽，襖袍毋入甕」，解釋為「[經驗談] 未過端午節以前，天氣有可能還會冷，棉襖棉袍還做毋得收入箱籠。」

黃盛村《臺灣客家諺語（下冊）》頁 136 收錄類似諺語「淓食五月粽，襖婆莫入甕；食了五月粽，被骨正入棟」，解釋為「亞熱帶的臺灣，每年的『春分』節氣到端午節前的這段時間，氣候仍陰晴冷暖不定。」

m. shi̍t ńg nye̍t tsiet tsùng, áu phò m háu lo̍k lúng, before you eat the cakes of the 5th moon festival do not put away your cloak, (wadded jacket).

320. 盲死驚臭

454-5 □□□□

｜校訂｜盲死驚臭

｜辭典客語拼音｜ mang5 si2 kiang chhiu3!

| 辭典英文釋義 | fearing corruption before you die, what are you afraid of, go to it!

| 中文翻譯 | 死亡前就害怕身體腐爛，有什麼好怕的，去做吧！

| 說明 | 「臭」指腐爛之後的臭味。意指無須畏首畏尾，勇敢去做。

| 參考資料 |

姜義鎮《客家諺語》頁 14 收錄類似諺語「未死先驚臭」，解釋為「擔心的事太多。」

m. si kiang chhiù ! **fearing corruption before you die, what are you afraid of, go to it!**

321. 盲到六十六，盲好笑人腳生目

454-6 □□□□□，□□□□□□□□

| 校訂 | 盲到六十六，盲好笑人腳生目

| 辭典客語拼音 | mang5 tau3 liuk ship8 liuk, mang5 hau2 siau3 nyin5 kiok sang muk

| 辭典英文釋義 | If you have not attained to the age of sixty-six years do not criticize the protruding ankle bones of others. (met. let youth not despise age).

| 中文翻譯 | 如果你還沒有六十六歲，不要批評別人的腳踝骨長得突出（意指年輕人不要鄙視年紀大的人）。

| 參考資料 |

涂春景《聽算無窮漢——有韻的客話俚諺 1500 則》頁 110 收錄類似諺語「未到六十六，毋好笑人大腳目」，解釋為「六十六，指過了花甲之年；毋好，不可以；腳目，腳踝。話說，一個人不到花甲之年，不可笑人家身體長相的缺陷。等到過了花甲，人生閱歷已多，將不至於笑人家的長相了。」

黃永達《臺灣客家俚諺語語典：祖先的智慧》頁 115 收錄類似諺語「未到六十六，毋好笑人大腳目」，解釋為「[教示諺] 人到老都會較落肉，腳目會現出來；自家未老就毋好笑人老，自家無幾多年共樣也會老。」「未到六十六，毋好笑人腳下目」，解釋為「[教示諺] 勸話人毋好笑人有缺點，無定著下二回會輪到自家。」頁 133 收錄類似諺語「盲到六十六，毋好笑人大腳目」，解釋為「[教示諺] 人到老，會較落肉，腳目就會現出來，故所毋使笑人大腳目，也勸人毋好笑人身體有毛病。」

楊兆禎《客家諺語拾穗》頁 40 收錄類似諺語「未過六十六，唔好笑人腳下目」，

解釋為「笑人腳不好，說不定屆時自己也如此。」

m. tàu liuk ship liuk, m. háu siau nyîn kiok sang muk; If you have not attained to the age of sixty-six years do not criticize the protruding ankle bones of others, (met. let youth not despise age).

322. 盲窮先討窮妻，盲富先出富兒

454-7 □□□□□□，□□□□□□

| 校訂 | 盲窮先討窮妻，盲富先出富兒

| 辭典客語拼音 | mang5 khiung5 sien thau2 (tho2) khiung5 tshi, mang5 fu3 sien chhut fu3 yi5

| 辭典英文釋義 | poverty is coming for I married a woman of the poor sort, riches are coming for a rich son has been born (scolding words).

| 中文翻譯 | 因為我娶了窮女人所以要窮了，因為生了有錢的兒子所以要富有了（譴責語）。

| 說明 | 怨嘆娶到貧窮的妻子，生了性好揮霍的兒子。

m. khiûng sien tháu (thó) khiûng tshi, m. fù sien chhut fù yî, poverty is coming for I married a woman of the poor sort, riches are coming for a rich son has been born (scolding words).

323. 盲做爺毋知爺辛苦

454-8 □□□□□□□□□

| 校訂 | 盲做爺毋知爺辛苦

| 辭典客語拼音 | mang5 tso3 ya5 m ti ya5 sin khu2

| 辭典英文釋義 | before fatherhood one does not know a father's troubles.
| 中文翻譯 | 當父親之前不知道當父親的煩勞。

| 說明 | 與 454-9「盲做哀毋知哀艱難」（324）是上下句。

| 參考資料 |
黃盛村《臺灣客家諺語（下冊）》頁 166 收錄類似諺語「蓄子正知爺娘恩」，解釋為「蓄子：本文作養育子女。正知：方知，才知道。生育兒女，看似困難，其實簡單。教育子女，看似容易，其實困難。」

m. tsò yâ m ti yâ sin khú, before fatherhood one does not know a father s troubles.

324. 盲做哀毋知哀艱難

454-9 □□□□□□□□

| 校訂 | 盲做哀毋知哀艱難
| 辭典客語拼音 | mang5 tso3 oi m ti oi kien (kan) nan5

| 辭典英文釋義 | before motherhood the difficulties of the mother are not known.
| 中文翻譯 | 當母親之前不知道身為母親的艱難。

| 說明 | 與 454-8「盲做爺毋知爺辛苦」（323）是上下句。

m. tsò oi m ti oi kien (*kan*) *nân;* before motherhood the difficulties of the mother are not known.

325. 盲留親，淨先留同行

454-10 □□□□□□□□□

| 校訂 | 盲留親，淨先留同行
| 辭典客語拼音 | mang5 liu5 tshin, tshiang3 sien liu5 thung5 hang5

| 辭典英文釋義 | before you invite the relative ask the fellow traveller to stay.

｜中文翻譯｜你在邀請親戚之前，先請同行的旅人留駐。

｜說明｜「淨」是「僅」的意思，整句有不分親疏、不分輕重之意。

m. liú tshin tshiâng sien liû thûng hâng, before you invite the relative ask the fellow traveller to stay.

326. 盲到驚蟄雷先聲，烏陰烏啞到清明

454-11 □□□□□□□□□□□□□□□□

｜校訂｜盲到驚蟄雷先聲，烏陰烏啞到清明

｜辭典客語拼音｜ mang tau3 kiang chhit8 lui5 sien shang, vu yim vu a2 tau3 tshin min5

｜辭典英文釋義｜ if it thunders before (Kiang Chhit) March the weather will be dull till the Tshing Ming festival.

｜中文翻譯｜如果（驚蟄）三月前打雷，那到清明節以前天氣都會很陰沉。

｜參考資料｜

姜義鎮《客家諺語》頁 43 收錄類似諺語「未到驚蟄雷先響，四十九月暗天門」，解釋為「未到驚蟄雷聲先響，必定連綿下雨，甚至四十九天看不到太陽。」

徐運德《客家諺語》頁 249 收錄類似諺語「驚蟄盲過雷先鳴，陰陰啞啞到清明」頁 265 收錄類似諺語「驚蟄盲過先響雷，四十五日暗推推」，解釋為「這是一句農家諺語。意思是說『驚蟄』還沒到，就先響起雷聲來，此後一個半月中，便會不停的下著綿綿的霪雨。這是農家經驗之談，很為應驗。」

涂春景《聽算無窮漢——有韻的客話俚諺 1500 則》頁 112 收錄類似諺語「未驚蟄先響雷，四十九日烏頹頹」，解釋為「烏頹頹，天氣陰霾昏暗。驚蟄前就傳雷聲，預示未來一個多月將陰霾難開。」頁 191 收錄類似諺語「雷打驚蟄前，四十八日雨綿綿」，解釋為「驚蟄，二十四節氣之一；約在國曆三月六日。這話與『未驚蟄先響雷，四十九日烏頹頹』同義。驚蟄還沒到就打雷，接著一個半月會陰雨連天。或說：雷打驚蟄前，四十九日烏陰天。」頁 199 收錄類似諺語「驚蟄未過雷先鳴，陰陰啞啞到清明」，解釋為「陰陰啞啞，陰雨天。驚蟄還沒過就打雷，這一個多月將陰雨連綿，直到清明。」

陳澤平、彭怡玢《長汀客家方言熟語歌謠》頁 12 收錄類似諺語「雷打驚蟄前，四十九日陰暗天」，解釋為「驚蟄前就打雷，預示春季將是持續的陰雨天氣。」

黃永達《臺灣客家俚諺語語典：祖先的智慧》頁 465 收錄類似諺語「驚蟄未過先響雷，四十五日暗推推」，解釋為「[經驗談] 驚蟄還未到就先響雷公，以後的

一個半月中，會烏陰天，毋會好天。」「蟄未過雷先鳴，陰陰啞啞到清明」，解釋為「[經驗談] 驚蟄未到就響雷公，該年就會烏陰落水一直到清明。」

m. tàu kiang chhit lûi sien shang vu yim vu á tàu tshin mîn, if it thunders before (Kiang Chhit) March the weather will be dull till the Tshing Ming festival.

327. 無婦人毋成家

457-1 無婦人唔成家

| 校訂 | 無婦人毋成家

| 辭典客語拼音 | mau5 fu3 nyin5 m shang5 ka

| 辭典英文釋義 | it is not a home where there is no woman.

| 中文翻譯 | 沒有女人的家不是一個家。

| 參考資料 |

黃永達《臺灣客家俚諺語語典：祖先的智慧》頁 336 收錄類似諺語「無婦人家的屋仔——毋成家」，解釋為「[師傅話] 有主婦正像一個家。」

無婦人唔成家, *mâu fù nyîn m shâng ka*, it is not a home where there is no woman.

328. 無該爺，叫該姐

458-1 無□□□□□

| 校訂 | 無該爺，叫該姐

| 辭典客語拼音 | mau5 (mo5) kai3 ya5, kiau3 kai3 tsia2

| 辭典英文釋義 | of one who desires that which he has no means of getting.

| 中文翻譯 | 一個渴望擁有卻無法得到的人或物。

| 說明 | 英文釋義為意譯。「無該爺，叫該姐」即「連父親都沒有，還要叫人母親」。

客語「姐」有母親之意，也有「妻子」之意。1926年版《客英》頁936「姐」，英文釋義為“variously used for mother, and elder sister, wife; concubine.”，即用於不同處，稱母親，姐姐，妻子，妾。

m. kài yâ kiàu kài tsiá, **of one who desires that which he has no means of getting.**

329. 無該手段，毋好打該飛鉈

458-2 無□□□，□□□□□□

｜校訂｜無該手段，毋好打該飛鉈

｜辭典客語拼音｜ mau5 (mo5) kai3 shiu2 thon3, m hau2 ta2 kai3 fui tho5

｜辭典英文釋義｜ without a skillful hand do not dare to throw the ball. (Dare not to do the work you are not fitted for).

｜中文翻譯｜沒有靈巧的手不敢丟球（不要做你不適合的工作）。

｜說明｜ 英文是意譯。「飛鉈」是一種非常難練的中國武術兵器，民間傳說是黃飛鴻的獨門功夫。鉈，是頭大尾尖的小鐵團仔子，綁在一條小繩子上，用單手使，功夫到家者，要收要放，要打哪裡，隨他高興，功夫如果不到家，收回來的時候很容易傷到自己，因此學這個武術的人不多。

｜參考資料｜

徐運德《客家諺語》頁356收錄類似諺語「無个本事，莫飛鉈」，解釋為「此語是指走江湖賣藥演藝的人的技能而言。因為走江湖賣藥的人，常在空曠場地上，耍把戲賣藥。由於圍觀的人，群集圍攏，使得他無法展開買賣，於是他取出長繩繫著的飛鉈，往周圍拋出，意在迫使圍觀的人，不得不畏縮退後，讓出空間。但耍飛鉈的藝人，必須要有絕大的本領，揮出去的飛鉈，才不會打傷人。故以此語，實含有本事高超，技能過人之意。」

涂春景《形象化客話俗語1200句》頁188收錄類似諺語「無該本事，莫飛鉈」，解釋為「該，那；飛鉈，昔日以繩繫鐵鉈，將鉈繞身環飛的一種技藝。從前跑江湖賣藝的人，到人口聚集的村莊店裡，打拳頭賣膏藥。圍觀的群眾越聚越多，這時賣藝者表演飛鉈，觀眾為了怕被鉈打中，會退離些。然不精於打飛鉈的人，有飛鉈纏頸的危險。因此勸人，無該本事，莫飛鉈。喻沒有本事則別做出自己能力範圍以外的事，以免惹禍上身。」

黃永達《臺灣客家俚諺語語典：祖先的智慧》頁335收錄類似諺語「無個本事，莫飛鉈」，解釋為「[俚俗語] 要飛鉈總要高超技術，喻無該才調，就毋好做該事。」頁 338 收錄類似諺語「無該本事莫飛鉈」，解釋為「[教示諺] 勸話人毋好逞高強，無該專長就莫做該事。」

m.-kài shiú thòn, m háu tá kài fui thô, without a skilful hand do not dare to throw the ball. (Dare not to do the work you are not fitted for).

330. 無個狗蝨點

458-3 無□□□□

| 校訂 | 無個狗蝨點

| 辭典客語拼音 | mau5 (mo5) kai3 keu2 sit (set) tiam2

| 辭典英文釋義 | not even marked by a defect the size of a flea. (of a person or thing which is perfect).

| 中文翻譯 | 連跳蚤大小的缺陷都看不到（指一個完美的人或事物）。

m. kài kéu sit (set) tiám, not even marked by a defect the size of a flea. (of a person or thing which is perfect).

331. 無恁大肩頭磕

458-4 無□□□□□

| 校訂 | 無恁大肩頭磕

| 辭典客語拼音 | mau5 (mo5) kan3 thai3 kien theu5 ngap

| 辭典英文釋義 | I cannot shoulder it.

| 中文翻譯 | 我無法承擔。

| 說明 | 「肩頭磕」意指挑擔時擔竿所放的肩膀位置。

m.-kàn thài kien thêu ngap, I cannot shoulder it.

332. 無貓毋食鮮魚

459-1 無貓唔食鮮魚

| 校訂 | 無貓毋食鮮魚

| 辭典客語拼音 | mau5 (mo5) miau3 m shit8 sien ng5

| 辭典英文釋義 | there is no cat that will not eat fresh fish.

| 中文翻譯 | 沒有不吃鮮魚的貓。

| 參考資料 |

《教育部重編國語辭典修訂本》「貓兒見了魚鮮飯」詞條的解釋：「比喻人的貪色，就像貓好吃魚腥。《金瓶梅》第五七回：『見了經濟，就是個貓兒見了魚鮮飯，一心心要啖他下去。』」

無貓唔食鮮魚, *m. miàu m̀ shit sien n̂g*, there is no cat that will not eat fresh fish.

333. 無你个紅蘿蔔，無愛做飢齋儸

459-2 無□□□□□□□□□□□□

| 校訂 | 無你个紅蘿蔔，無愛做飢齋儸

| 辭典客語拼音 | mau5 (mo5) nyi5 kai3 fung5 lo5 phet8, mau5 oi3 tso3 ki tsai lo

| 辭典英文釋義 | without your red turnip I shall act the vegetarian. (of one who will do so and so whether you are willing or not).

| 中文翻譯 | 沒有你的紅蘿蔔，我還是要吃素（說某個人無論你願意與否，他都會這樣做）。

| 說明 | 1905 年版《客英詞典》頁 943 收錄「mau5 nyi5 kai3 fung5 lo5 phet8 (tsoi3 theu5), m oi tso3 ki tsai」，解釋為 “that article is not indispensable – though it were well to have it.” 意為「那東西不是一定要的——雖然有的話很好」。

m. nyî kài fûng lô p'hèt. m òi tsò ki tsai lo, without your red turnip I shall act the vegetarian. (of one who will do so and so whether you are willing or not).

334. 無事天下闊，有事天下狹

460-1 無□□□□，□□□□□

｜校訂｜無事天下闊，有事天下狹

｜辭典客語拼音｜ mau5 (mo5) sii3 thien ha3 fat, yu sii3 thien ha3 khiap8

｜辭典英文釋義｜ the earth is wide in times of peace, limited in times of stress.

｜中文翻譯｜和平時天地是遼闊的，局勢緊張時天地是狹窄的。

m. sṳ̀ thien hà fat, yu sṳ̀ thien hà khiàp, the earth is wide in times of peace, limited in times of stress.

335. 無錢打不得花喇鼓

461-1 無□□□□□□□

｜校訂｜無錢打不得花喇鼓

｜辭典客語拼音｜ mau5 (mo5) tshien5 ta2 put tet fa la ku2

｜辭典英文釋義｜ without money you cannot beat your pretty drum. (money makes the mare to go).

｜中文翻譯｜沒有錢，你沒辦法打你漂亮的鼓（有錢能使鬼推磨）。

m. tshiên tá put tet fa la kú, without money you cannot beat your pretty drum. (money makes the mare to go).

336. 無油脫毋得鑊

462-1 無油脫唔得鍋

｜校訂｜無油脫毋得鑊

｜辭典客語拼音｜ mau5 (mo5) yu5 thot m tet vok8

｜辭典英文釋義｜ without lard you cannot remove the food from the pan. (Fig. “no money” the case cannot be settled).

｜中文翻譯｜沒有豬油，你沒辦法讓食物起鍋（意指「沒有錢」這件事無法解決）。

| 參考資料 |

徐運德《客家諺語》頁 355 收錄類似諺語「無油難脫鑊」，解釋為「此語是說，某人存心訛詐你，明知他有借無還，可是他是個爛崽無賴，如果不滿足他的需索，後果將不堪設想的。在此情況下，只好以『退財折災』的心情，忍痛滿足他的慾望的意思。」

黃永達《臺灣客家俚諺語語典：祖先的智慧》頁 334 收錄類似諺語「無油難脫鑊」，解釋為「[比喻詞] 無加油，食物會黏鑊，脫鑊毋得，喻若毋分甜頭，滿足佢的需要，就儘難解決問題；亦即若毋花錢，就難消災的意思。」

無油脫唔得鑊, *m. yû thot m tet vok,* without lard you cannot remove the food from the pan. (Fig. "no money" the case cannot be settled).

337. 無用婦人隔夜煮便飯

462-2 無用婦人隔夜煑便飯

| 校訂 | 無用婦人隔夜煮便飯

| 辭典客語拼音 | mau5 (mo5) yung3 fu3-nyin5 kak ya3 chu2 phien3 fan3

| 辭典英文釋義 | a useless woman has to cook to-morrow's food to-night. (Fig. doing things not at the proper time).

| 中文翻譯 | 沒用的女人必需在晚上先煮好明天的飯（意指沒有在適當的時間做事）。

無用婦人隔夜煑便飯, *m. yùng fù-nyîn kak yà chú phièn fàn,* a useless woman has to cook to-morrow's food to-night. (Fig. doing things not at the proper time).

338. 貌人家財係蝕本

463-1 冒人家財係蝕本

| 校訂 | 貌人家財係蝕本

| 辭典客語拼音 | mau3 nyin5 ka tshoi5 he3 shet8 pun2

｜辭典英文釋義｜ to assume that you know a man's wealth is to suffer loss. (venturesome).

｜中文翻譯｜臆測說你知道一個人的財富，一定會遭受損失（冒險的）。

｜說明｜ 客語「貌」當動詞，是憑眼見印象估價買下之意。全句意指單憑人家家產的外表去預估價值，很有可能會蝕本。

冒人家財係蝕本, *m. nyin ka tshôi hè shet pún*, to assume that you know a man's wealth is to suffer loss. (venturesome).

339. 命中無一百，何勞求一千

473-1 命中無一百何勞求一千

｜校訂｜命中無一百，何勞求一千

｜辭典客語拼音｜ miang3 chung mo5 yit pak, ho5 lo5 khiu5 yit tshien

｜辭典英文釋義｜ I am not worth one hundred why labour for one thousand!

｜中文翻譯｜我不值一百，何苦求一千。

｜參考資料｜

黃永達《臺灣客家俚諺語語典：祖先的智慧》頁 196 收錄類似諺語「命中無一百，奈何求一千」，解釋為「[教示諺] 生死有命，富貴在天，毋使強求。」

命中無一百何勞求一千, *m. chung mô yit pak hô lô khiû yit tshien*, I am not worth one hundred why labour for one thousand !

340. 命裡毋合人，做出花都閒情

473-2 命裡唔合人做出花都閒情

｜校訂｜命裡毋合人，做出花都閒情

｜辭典客語拼音｜ miang3 li2 m hap8 nyin5, tso3 chhut fa tu han5 tshin5

｜辭典英文釋義｜ my fate is to be despised by man, no matter how beautiful my work, it is worthless! (despair).

｜中文翻譯｜我命定受人鄙視，無論我工作多完美，也是枉然（絕望）。

｜說明｜ 表示不受其他人喜愛的話，再認真工作也無法得到認同。

命裡唔合人做出花都閒情, *m. lí m hàp nyîn tsò chhut fa tu hân tshîn,* my fate is to be despised by man, no matter how beautiful my work, it is worthless ! (despair).

341. 命裡無時莫苦求

473-3 命裡無時莫苦求

｜辭典客語拼音｜ miang3 li2 mau5 shi5 mok8 khu2 khiu5

｜辭典英文釋義｜ what fate decrees accept.

｜中文翻譯｜命運如何安排就接受。

｜參考資料｜

涂春景《形象化客話俗語 1200 句》頁 125 收錄類似諺語「命裡無時莫強求」，解釋為「這是一種宿命的言論，凡事都命中註定，命中註定沒有，便不該強求。」

命裡無時莫苦求, *m. lí mâu shî mòk khú khiû,* what fate decrees accept.

342. 貓抯粢粑

474-1 貓□□□

｜校訂｜貓抯粢粑

｜辭典客語拼音｜ miau3 ya2 tshi5 pa

｜辭典英文釋義｜ the cat claws the rice cake, sticks to it and can’t get away. (met. of one who interferes with any matter from which he can’t rid himself).

｜中文翻譯｜貓抓住粢粑，卻被黏住而逃不了（意指一個人介入一件事情卻無法脫身）。

｜說明｜ 本句為師傅話，「貓抯粢粑——難脫爪」。

｜參考資料｜

何石松《客諺第二百首》頁 41 收錄類似諺語「貓扡粢粑毋得敨爪」，解釋為「粢粑本是粘性極強的食物，筷子一沾，就黏得緊緊，極難清除。而貓之本意在捉老鼠，但腳爪誤觸粢粑，如陷羅網，再怎麼使力，也除不淨。意思是：一旦處於瓜田李下，真是跳到黃河也洗不清。」

徐運德《客家諺語》頁 106 收錄類似諺語「貓扡粢粑——難脫爪」，解釋為「此語喻指某人工於心計，手段厲害，如果和他沾上某種利害關係時，想要擺脫他的糾纏，就難乎其難了。」

黃永達《臺灣客家俚諺語語典：祖先的智慧》頁 416 收錄類似諺語「貓仔扡粢粑——難脫爪」，解釋為「[師傅話] 遇到麻煩，難以脫身之意。」

楊兆禎《客家老古人言》頁 126 收錄類似諺語「貓扡糍粑——難脫爪」，解釋為「1.『扡』唸『Jía』意『抓』也。2. 糍粑，糯米做的很黏而最富客家風味的糕。3. 形容一件事很難脫離關係。」

羅肇錦《苗栗縣客語諺語、謎語集（二）》頁40收錄類似諺語「貓扡糍」，解釋為「貓抓了糍粑，粘在爪上，無法自脫。比喻做事不乾淨俐落，反而陷入麻煩。」

m. yá tshî pa, the cat claws the rice cake, sticks to it and can't get away. (met. of one who interferes with any matter from which he can't rid himself).

343. 貓打捨飯甑總成狗

475-1 貓□□□□□□□

｜校訂｜貓打捨飯甑總成狗

｜辭典客語拼音｜ miau3 ta2 sha2 fan3 tsen3 tsung2 shin5 keu2

｜辭典英文釋義｜ when the cat upsets the rice bucket, the dog is in luck.

｜中文翻譯｜貓把裝飯的桶子打翻時，走運的是狗。

｜參考資料｜

徐運德《客家諺語》頁 67 收錄類似諺語「貓抄飯甑總成狗」，解釋為「意指造次孟浪者，自己未蒙其利，徒然好了別人的意思。蓋指貓兒打翻飲簍，自己沒偷吃飯，反而被餓狗跑來，而給狗兒嚇跑，飯便被狗吃掉了，貓兒卻沾不到便宜，亦即有功無勞之意也。」

涂春景《形象化客話俗語 1200 句》頁 233 收錄類似諺語「貓抄飯甑總成狗」，解釋為「抄，本有翻攪之意，這裡指打翻了；飯甑，飯桶；總成狗，讓狗撿便宜的意思。話說貓打翻了飯桶，沒偷吃到東西，卻讓狗撿便宜，狗吃得一肚飽。比喻魯莽的人之行為，自己沒得到好處，旁人卻不勞而獲，撿了個便宜。」

黃永達《臺灣客家俚諺語語典：祖先的智慧》頁 416 收錄類似諺語「貓抄飯甑——終成狗」，解釋為「[師傅話] 貓仔翻飯桶，自家又毋食米飯，最尾還係成全了狗仔，喻成全、便宜別人。」「貓抄飯甑總成狗」，解釋為「[俚俗語] 貓仔攪飯甑，總係狗仔得到好處，意謂想作弄別儕或爭小利，結果自家無得到利益，總係分別人撿到好處。」

楊兆禎《客家老古人言》頁 125 收錄類似諺語「貓公抄飯甑——總成狗」，解釋為「1.『飯甑』即『飯桶』。2.『甑』唸『Tsèn』。3.『抄』在這裡是『打翻』意。4.『總成狗』結果是『狗得利』。」「貓打捨——總成狗」，解釋為「1. 與『貓抄飯甑』意思相同。2. 別人揀現成。」

楊兆禎《客家諺語拾穗》頁 130 收錄類似諺語「貓公抄飯甑——縱成狗」，解釋為「與『兩蚌相爭，漁翁得利』相似。『抄飯甑』，『弄翻飯桶』之意。」「貓打捨——縱成狗」，解釋為「與『兩蚌相爭，漁翁得利』相似。『打捨』，『打翻』之意。」頁 222 收錄類似諺語「貓打捨——總成狗」，解釋為「意指別人揀現成。『打捨』為『弄翻』意。」

羅肇錦《苗栗縣客語、諺謠集（四）》頁 33 收錄類似諺語「貓抄飯甑總成狗」，解釋為「貓打翻飯桶，狗兒在底下吃個飽。猶如漁翁得利的意思。飯甑，裝飯的木桶。」

羅肇錦《苗栗縣客語諺語、謎語集（二）》頁 101 收錄類似諺語「貓躁飯甑，總成狗」，解釋為「苦心經營，用心謀略，成果卻讓別人奪得。」

m. tá shá fàn tsèn tsúng shìn kéu, **when the cat upsets the rice bucket, the dog is in luck.**

344. 網破綱毋破

479-1 網破綱唔破

｜校訂｜網破綱毋破

｜辭典客語拼音｜ miong2 pho3 kong m pho3

｜辭典英文釋義｜ though the net be broken, the rope is whole — (fig. though many of the clan (family) have died, leading members are still left).

｜中文翻譯｜網子破了，粗繩還是完整的，比喻即便氏族（家庭）的成員很多已亡故，領導的成員還健在。

｜說明｜「綱」是維繫網的粗繩。

網破綱唔破, *m. phò kong m phò,* though the net be broken, the rope is whole—(Fig. though many of the clan (family) have died, leading members are still left).

345. 媒人三個肚

482-1 媒人三個肚

｜辭典客語拼音｜ moi5 nyin5 sam kai3 tu2

｜辭典英文釋義｜ a go-between has three stomachs — one for meat, one for wine and one for receiving the reviling of both parties to the marriage.

｜中文翻譯｜媒人有三個胃——一個用來裝肉，一個用來裝酒，另一個用來接受婚姻雙方的惡言。

｜說明｜ 英文說明是哪三個胃，反映此諺的背景。

｜參考資料｜

涂春景《形象化客話俗語 1200 句》頁 183 收錄類似諺語「媒人愛有三只袋」，解釋為「愛有，要有；三只袋，指氣袋、肉袋、紅包袋三個袋。從前的媒人，為了撮合一對男女，要兩家奔波，異常辛勞。結婚當天，要忍受大小事情，不管該與不該都找媒人，因此要有氣袋（要忍氣吞聲）；大喜之日，功在媒人，喜宴時大家都夾菜以謝媒人，所以要有肉袋（要能吃喝）；婚禮完成，男女雙方的主婚人都送上厚厚的謝媒禮，因此要有紅包袋。」

媒人三個肚, *m. nyîn sam kài tú,* a go-between has three stomachs—one for meat, one for wine and one for receiving the reviling of both parties to the marriage.

346. 芒果多禾少

484-1 梱菓多禾少

｜校訂｜芒果多禾少

| 辭典客語拼音 | mong kwo2 to vo5 shau2

| 辭典英文釋義 | when mangoes are many, rice is scarce.
| 中文翻譯 | 芒果產量多時，稻米收成會少。

檬 菓 多 禾 少, *m. kwó to vô sháu*, when mangoes are many, rice is scarce.

347. 芒種夏至，有食懶去

485-1 芒種夏至有食懶去

| 校訂 | 芒種夏至，有食懶去
| 辭典客語拼音 | mong5 chung3 ha3 chi3, yu shit8 lan hi3

| 辭典英文釋義 | about the time of the summer solstice men have no energy.
| 中文翻譯 | 夏至前後，人會沒有氣力。

| 說明 | 「芒種夏至，有食懶去」是指芒種夏至這段時間，有得吃也懶得去。

| 參考資料 |

何石松《客諺第二百首》頁 116 收錄類似諺語「芒種夏至，有好食也懶去」，解釋為「這是一首節氣諺語。旨在說明仲夏（國曆六月，農曆五月左右）以後火傘高張，天氣極度炎熱的情況，即使是有豐盛筵席可以享受，但由於火焰噴人，燠熱難當，也懶得前去。」

徐運德《客家諺語》頁 221 收錄類似諺語「春分清明，有食懶行；芒種夏至，有食懶去」，解釋為「此二語是說春分、清明、芒種、夏至這幾個節氣裡，都在暮春初夏時期。這時候由於各種植物正在抽芽長葉，空氣中氧氣少，碳氣多，因此大家都感到渾身疲倦、懶洋洋的不想走動，即使有好的餐食都懶得去享受。」

涂春景《聽算無窮漢——有韻的客話俚諺 1500 則》頁 96 收錄類似諺語「春分清明，有食懶行；芒種夏至，有食懶去」，解釋為「春分、清明、芒種、夏至，都是二十四節氣之一。分別約當國曆三月二十一、四月六日，六月六日、二十一日前後；有食，有人請客。春分清明，時當仲春，芒種夏至，時屬初夏，都是農忙時節，人人疲憊，吃不下且不想動，所以有人請客也懶得去。」頁 162「芒種夏至，有食懶去」，解釋為「芒種，約當國曆六月上旬，半個月後就是夏至，時屬春末夏初。天氣漸熱，適值農忙，人皆疲倦慵懶，所以有人請客也懶得去。」

黃永達《臺灣客家俚諺語語典：祖先的智慧》頁 236 收錄類似諺語「春分清明，有食懶行；芒種夏至，有食懶去」，解釋為「[經驗談] 在春分、清明、芒種及夏至等節氣中，各種植物抽芽長葉，空氣的氧氣變少，碳氣變多，大家都會變到疲倦、懶懶毋想行動，就係有好的餐食都懶去享受。」

羅肇錦《苗栗縣客語諺語、謎語集（二）》頁 108「芒種夏至，有食懶去」，解釋為「每到芒種夏至期間，有得吃都懶得去，比喻天氣非常炎熱。」

芒種夏至有食懶去, *m. chùng hà chì yu shit lan hì*, about the time of the summer solstice men have no energy.

348. 目睡自知眠

490-1 目睡自知眠

｜辭典客語拼音｜ muk shoi3 tshii3 ti min5

｜辭典英文釋義｜ when the eyelids close I know it is bed time, (I know when to act).

｜中文翻譯｜眼皮漸垂我就知道該睡覺了（我知道何時該行動）。

｜說明｜ 客語「目睡」是指「想睡覺」。

目睡自知眠 *m. shòi tshṳ̀ ti mîn*, when the eyelids close I know it is bed time, (I know when to act).

349. 目眉毛都會話事

490-2 目眉毛都會話事

｜辭典客語拼音｜ muk mi5 mau (mo) tu voi3 va3 sii3

｜辭典英文釋義｜ he can speak with his eyebrows: (ingenious).

｜中文翻譯｜連眉毛都會說話（慧黠）。

目眉毛都會話事, *m. mî mau (mo) tu vòi và sṳ̀*, he can speak with his eyebrows: (ingenious).

350. 目毋見，肚毋悶

490-3 目唔見肚唔悶

| 校訂 | 目毋見，肚毋悶
| 辭典客語拼音 | muk m kien3, tu2 m mun3

| 辭典英文釋義 | what the eye sees not does not turn the stomach.
| 中文翻譯 | 眼睛沒看到就不會想翻胃。

| 說明 | 即「眼不見為淨」之意。

目 唔 見 肚 唔 悶, *m. m kièn tú m mún*, what the eye sees not does not turn the stomach.

351. 目珠無烏水

491-1 目珠無烏水

| 辭典客語拼音 | muk chu mau5 vu shui2

| 辭典英文釋義 | he cannot differentiate the good from bad.
| 中文翻譯 | 無法區分好壞。

| 說明 | 「目珠無烏水」表面意思為眼睛沒有「烏水」，「烏水」何指，待考。

目 珠 無 烏 水, *m. chu mâu vu shúi*, he cannot differentiate the good from bad.

352. 目珠缶燒个

491-2 目珠缶燒個

| 校訂 | 目珠缶燒个
| 辭典客語拼音 | muk chu fui5 shau kai3

| 辭典英文釋義 | your eyes are made of earthernware — useless.
| 中文翻譯 | 你的眼睛是用陶器做的——無用的。

｜參考資料｜

涂春景《形象化客話俗語 1200 句》頁 77 收錄類似諺語「目珠又毋細缶燒介」，解釋為「目珠，眼睛；毋係，不是；缶，陶瓷；燒介，燒製的。責備或者怪怨一個人看不清事物、或看不穿事理，說他眼睛又不是陶瓷製品。」頁 79 收錄類似諺語「目珠像缶燒介」，解釋為「缶燒介，陶瓷製品。稱一個對很明顯的事物都看不到或看不清的人，說眼睛像那陶瓷製品。」

黃永達《臺灣客家俚諺語語典：祖先的智慧》頁 124 收錄類似諺語「目珠瓷仔燒的」，解釋為「[比喻詞] 譏人有眼無珠，也罵人無用心看清楚。」「目珠像瓷仔燒的」，解釋為「[比喻詞] 瓷仔燒的就係無目珠仁，係假的目珠，諷人看毋清事理。」

目珠缶燒個, *m. chu fŭi shau kăi*, your eyes are made of earthernware—useless.

353. 泥蛇一畚箕都閒情

497-1 泥蛇一畚箕都閒情

｜辭典客語拼音｜ nai5 sha5 yit pun3-ki tu han5 tshin5

｜辭典英文釋義｜ like a basket full of mud snakes － no good! (met. sons who are no use).

｜中文翻譯｜就像是一個裝滿泥蛇的籃子——沒用（意指一堆沒用的兒子）。

｜參考資料｜

姜義鎮《客家諺語》頁 39 收錄類似諺語「一糞箕的泥蛇仔，唔當一尾傘仔節」，解釋為「再多庸俗之輩，也不如一位傑出的人。」

徐運德《客家諺語》頁 290 收錄類似諺語「泥蛇一糞箕，毋當一條草花蛇」，解釋為「泥蛇生小蛇一大堆，都是無毒，不會咬傷人的。草花蛇一胎只生一條，但卻奇毒無比，如被咬了，輕則受傷，重則致死。故人們以此語，比喻某人，儘管生子一群，但都庸拙無能，不及某人，只一獨子，卻有出息而出人頭地之謂。」

涂春景《聽算無窮漢——有韻的客話俚諺 1500 則》頁 121 收錄類似諺語「泥蛇一糞箕，毋當飯匙銃一尾」，解釋為「糞箕，畚箕；毋當，不如；飯匙銃，眼鏡蛇，也說膨胲蛇；一尾，一條。慨嘆子弟多而無用，成不了大事，還不如人家一個能力強會做事的子弟。便說：泥蛇多得一畚箕，倒不如一條眼鏡毒蛇。」

黃永達《臺灣客家俚諺語語典：祖先的智慧》頁 205 收錄類似諺語「泥蛇一畚箕，毋當一條草花蛇」，解釋為「[比喻詞] 泥蛇生一大堆小蛇，都係無毒；草花蛇一條，卻奇毒無比，喻『子孫無須多，但求賢與肖』。」「泥蛇一畚箕，毋當花傘柄一條」，解釋為「[教示諺]無用的人一大堆，比毋上一個有才能的人。花傘柄，即雨傘節也，有劇毒。」

楊兆禎《客家老古人言》頁 30 收錄類似諺語「一糞箕泥蛇仔，唔當一尾『傘仔節』」，解釋為「1.『唔當』即『不如』。2.『傘仔節』即『雨傘蛇』。」

楊兆禎《客家諺語拾穗》頁 4 收錄類似諺語「一糞箕泥蛇仔，唔當一尾傘仔節」，解釋為「1. 不在多，愛厲害。2.『唔當』即『不如』。3.『傘仔節』即『雨傘節』，最毒者。」

鄧榮坤《客家話的智慧》頁 196 收錄類似諺語「泥蛇一畚箕，唔當一條草花蛇」，解釋為「有用的東西不必太多。」

羅肇錦《苗栗縣客語、諺謠集（四）》頁 35 收錄類似諺語「泥蛇一畚箕，毋當一尾青竹絲」，解釋為「一大畚箕無毒的泥蛇，比不上一尾有毒的青竹絲。比喻一大群笨拙的人，比不上一個機伶的。」

泥蛇一畚箕都閒情, *n. shâ yit pùn-ki tu hân tshîn*, like a basket full of mud snakes—no good! (met. sons who are no use).

354. 泥多佛大

497-2 泥多佛大

｜辭典客語拼音｜ nai5 to fut8 thai3

｜辭典英文釋義｜ plentiful clay makes a large Buddha. used also in the sense of “union is strength”.

｜中文翻譯｜陶土多就能造出大的佛像。也可用來表示「團結力量大」。

泥多佛大, *n. to fùt thài*, plentiful clay makes a large Buddha. used also in the sense of “ union is strength ”

355. 男人嘴闊食四方

499-1 男人嘴闊食四方

｜辭典客語拼音｜ nam5 nyin5 choi3 khwat (fat) shit8 si3 fong

｜辭典英文釋義｜ the broad mouthed man can thrive anywhere.

｜中文翻譯｜嘴闊的男人在任何地方都吃得開。

｜說明｜ 與 509-1「女子嘴闊食爺娘」（366）為上下句。

｜參考資料｜

徐運德《客家諺語》頁 411 收錄類似諺語「男人嘴闊食四方，女人嘴闊食虧郎」，解釋為「此語乃是命相之士所言之辭，意思是指男人嘴巴大的人較有吃福，女人嘴巴大的就會把自己的丈夫吃垮之意。」

涂春景《聽算無窮漢——有韻的客話俚諺 1500 則》頁 137 收錄類似諺語「男人嘴大食四方，女人嘴大食爺娘」，解釋為「這是昔時相士的說法，有歧視女性的消極意義。男人嘴巴大交遊廣闊，四處都有人請客吃飯；女性嘴巴大，則在家吃垮爺娘。或說『女人嘴大食虧郎（kui¹ long⁵）』。意指吃垮丈夫。」

黃永達《臺灣客家俚諺語語典：祖先的智慧》頁 183 收錄類似諺語「男人嘴闊食四方，女人嘴闊食嫁杜」，解釋為「[經驗談] 面相語也，指男人嘴大，去奈位就有食祿；婦人家嘴大，會從外家拿走儘多的嫁粧。」「男人嘴闊食四方，女人嘴闊食虧郎」，解釋為「[經驗談] 意指男人嘴大有食祿，婦人家嘴大會和自家的老公食倒，命相之言也。」

羅肇錦《苗栗縣客語諺語、謎語集（二）》頁 42 收錄類似諺語「男人嘴大食四方，女人嘴大食劊郎」，解釋為「男人嘴大吃四方，女人嘴大吃空丈夫的財產。」

男人嘴闊食四方, *n. nyîn chòi khwat (fat) shit sì fong,* the broad mouthed man can thrive anywhere.

356. 男人口出將軍令（箭）

499-2 男人口出將軍令

｜校訂｜男人口出將軍令（箭）

｜辭典客語拼音｜ nam5 nyin5 kheu2 chhut tsiong kiun lin3 (tshien3)

｜辭典英文釋義｜ the man speaks as direct as an officer issuing orders.

｜中文翻譯｜男人說話就像軍官下達指令一樣直白。

男人口出將軍令, *n. nyîn khéu chhut tsiong kiun lìn (tshièn),* the man speaks as direct as an officer issuing orders.

357. 男怕穿靴，女怕戴帽

499-3 男怕穿靴女怕戴帽

| 校訂 | 男怕穿靴，女怕戴帽

| 辭典客語拼音 | nam5 pha3 chhon hio, nyi2 pha3 tai3 mau3

| 辭典英文釋義 | man fears swollen feet the woman fears a swollen head. (they pressage death).

| 中文翻譯 | 男人怕腳腫，女人怕頭腫（這些現象預兆死亡）。

| 參考資料 |

羅肇錦《苗栗縣客語諺語、謎語集（二）》頁 110 收錄類似諺語「女人驚戴帽，男人驚著鞋」，解釋為「女人過世之前，臉會腫脹，因此都怕戴帽；男人過世之前，腳會腫脹，因此怕穿鞋，男女都怕死。」

男怕穿靴女怕戴帽, *n. phâ chhon hio nyì phà tài màu*, man fears swollen fect the woman fears a swollen head. (they pressage death).

358. 男兒無志，鈍鐵無鋼

499-4 男兒無志鈍鐵無鋼

| 校訂 | 男兒無志，鈍鐵無鋼

| 辭典客語拼音 | nam5 yi5 vu5 chi3, thun3 thiet vu5 kong3

| 辭典英文釋義 | a man without decision (will power) is like untempered iron.

| 中文翻譯 | 沒有志向（意志力）的男人就像未鍛煉的鐵一樣。

男兒無志鈍鐵無鋼, *n. yî vû chì, thùn thiet vû kòng*, a man without decision (will power) is like untempered iron.

359. 男有男行，女有女行

499-5 男有男行，女有女行

| 辭典客語拼音 | nam5 yu nan5 hong5, nyi2 yu nyi2 hong5

｜辭典英文釋義｜ men and women have each their respective duties.

｜中文翻譯｜男性和女性各有各自的職責。

男有男行，女有女行, *n. yu n. hông, nyì yu nyí hông*, men and women have each their respective duties.

360. 男人百藝好隨身

499-6 男人百藝好隨身

｜辭典客語拼音｜ nam5 nyin5 pak nyi3 hau2 sui5 shin

｜辭典英文釋義｜ a man should have many strings to his bow.

｜中文翻譯｜男人的弓應該有很多條的弦。

｜說明｜ 英文釋義應是原諺英文對應。一弓應有數弦以備不時之需。

｜參考資料｜

徐運德《客家諺語》頁 280「男人百藝好隨身」，解釋為「男人必須要有一技在身，則不愁沒有工作，技藝愈多愈容易謀生。」

涂春景《形象化客話俗語 1200 句》頁 105「男人百藝好隨身」，解釋為「百藝，泛指各種技藝。有云：良田千畝，不如一技在身。所以，男子漢各種技藝都好，練就一身技藝，一可謀生、二則服務社會人群……總是好事。」

黃永達《臺灣客家俚諺語語典：祖先的智慧》頁 183「男人百藝好隨身」，解釋為「[教示諺] 男人要有技術手藝在身，就毋愁無頭路，技藝愈多愈有發展。」

男人百藝好隨身, *n. nyîn pak nyì háu súi shin*, a man should have many strings to his bow.

361. 南閃（矚）三日，北矚對時

499-7 南閃三日北閃對時

｜校訂｜南閃（矚）三日，北矚對時

｜辭典客語拼音｜ nam5 sham2 (yam) sam nyit, pet yam tui3 shi5

| 辭典英文釋義 | lightning in the south rain in three days, lightning in the north rain immediately.
| 中文翻譯 | 閃電在南方，三天後會下雨，閃電在北方，二十四小時後下雨。

| 說明 | 對時即「二十四小時」。

| 參考資料 |
《教育部臺灣客家語常用辭典試用版》收錄「對時」，解釋為「即二十四小時」。
徐運德《客家諺語》頁 272 收錄類似諺語「東矐西矐，湖洋晒必，南矐三日，北矐對時」，解釋為「所謂『東矐西矐』，是指東方西方，閃著電光而言。如果東西兩方，雷電閃閃，即為天旱無雨的預兆，如遇這種跡象出現，即使泥濕的『湖洋田』，也會因天旱，被晒得龜裂的意思。至於南方閃電，則為三日後必有雨。北方閃電，則廿四小時後，有下雨之謂。」
涂春景《形象化客話俗語 1200 句》頁 153 收錄類似諺語「南爁三日，北爁對時」，解釋為「爁，閃電客話稱『爁亮』；對時，兩個小時為一對時。這是農業社會農人在農耕生活中的體驗，閃電是下雨之前的徵兆；如果天空的南方閃電，三天內會下雨，北邊閃電，一兩小時之內便有雨下。」
涂春景《聽算無窮漢——有韻的客話俚諺 1500 則》頁 112 收錄類似諺語「東攝風，西攝雨；南攝三日，北攝對時」，解釋為「攝，閃電；對時，兩小時。農諺說，東邊閃電將刮風，西邊閃電將下雨；南邊閃電三天內有雨，北邊閃電，兩小時內將會下雨。」
黃永達《臺灣客家俚諺語語典：祖先的智慧》頁 203 收錄類似諺語「東矐西矐，湖洋矖勞；南矐三日，北矐對時」，解釋為「[經驗談] 東西邊閃電，就係天旱無水的預兆，泥濕的湖洋，會矖到龜裂；南方閃電，三日後必有雨；北方閃電，要廿四小時後，就會落水。矐，睞眼（閃電）也。」

南閃三日北閃對時, *n. shám (yam) sam nyit pet yam tui shi*, lightning in the south rain in three days, lightning in the north rain immediately.

362. 南北閃，水如注

499-8 南北閃水如注

| 校訂 | 南北閃，水如注
| 辭典客語拼音 | nam5 pet sham2 (yam), shui2 yi5 chu3

| 辭典英文釋義 | lightning in the north and south pressages rain in torrents.
| 中文翻譯 | 南北都閃電預兆雨將傾盆而下。

｜參考資料｜

陳澤平、彭怡玢《長汀客家方言熟語歌謠》頁 5 收錄類似諺語「東閃西閃，毛滴雨現；南閃北閃，大雨滔天。」

南北閃水如注, *n. pet shám (yam) shúi yî chù,* **lightning in the north and south pressages rain in torrents.**

363. 寧可與窮人補破衣，不可與富人當妾妻

504-2 寧可與窮人補破衣，不可與富人當妾妻

｜校訂｜寧可與窮人補破衣，不可與富人當妾妻

｜辭典客語拼音｜ nen5 kho2 yi5 khiung5 nyin5 pu2 pho3 yi, put kho2 yi5 fu3 nyin5 tong tshiap tshi

｜辭典英文釋義｜ better be with a poor man and mend his clothes than be the concubine of a rich man.

｜中文翻譯｜寧可跟一個窮人一起，並幫他補衣服，也不願意當有錢人的妾。

｜參考資料｜

涂春景《聽算無窮漢——有韻的客話俚諺 1500 則》頁 72 收錄類似諺語「寧可同窮人補破衣，不可做富人介妾妻」，解釋為「同，和；介，的。寧可嫁給窮人替他補破衣，因為窮人需要你，你有存在的地位和尊嚴；相反的，不可當有錢人家的妻妾，因為有錢人或許瞧不起你。」

寧可與窮人補破衣,不可與富人當妾妻, *n. khó yî khiûng nyîn pú phò yi, put khó yî fù-nyîn tong tshiap tshi,* better be with a poor man and mend his clothes than be the concubine of a rich man.

364. 魚爛不可復全

506-1 魚爛不可復全

｜辭典客語拼音｜ ng5 lan3 put kho2 fuk8 tshien5

｜辭典英文釋義｜ a fish that is rotten and broken cannot be made whole.

｜中文翻譯｜腐爛的魚不可能再恢復完整。

｜說明｜ 意指情勢已經壞到不可挽回的地步。

魚爛不可復全 *n. làn put hhó fúk tshîen*, a fish that is rotten and broken cannot be made whole.

365. 魚在杈下，財在嗇家

507-1 魚□□□，□□□□

｜校訂｜魚在杈下，財在嗇家

｜辭典客語拼音｜ ng5 tshai3 tsha2 ha, tshoi5 tshai3 sep ka

｜辭典英文釋義｜ fish congregate in the water beneath the branches, riches are to be found in the miser's house.

｜中文翻譯｜魚兒集中在水中的樹枝底下，財富在吝嗇者的家中才找得到。

｜參考資料｜

徐運德《客家諺語》頁 385 收錄類似諺語「魚在杈下・錢在澀家」，解釋為「魚常在草木樹下，錢在吝嗇人家。意指如果不節儉錢就不易儲存。」

涂春景《聽算無窮漢——有韻的客話俚諺 1500 則》頁 186 收錄類似諺語「錢在嗇家，魚在杈下」，解釋為「嗇家，本指不當省而省，這裡是節省的意思；杈，竹木細枝。自古有『儉以致富』的名訓。所以說，錢藏在節儉的人家裡，就像魚躲在竹、樹杈下一般。」

黃永達《臺灣客家俚諺語語典：祖先的智慧》頁 316 收錄類似諺語「魚在杈下，錢在嗇家」，解釋為「[經驗談] 水流中的樹杈下才有魚蝦，吝嗇的家庭才會累積財富。」頁 418 收錄類似諺語「錢銀邸嗇家，魚仔邸石下」，解釋為「[俚俗語] 省儉人家會留錢銀，就像石牯底下會留魚仔共樣。」

n. tshài tshá ha, tshôi tshài sep ka, fish congregate in the water beneath the branches, riches are to be found in the miser's house.

366. 女子嘴闊食爺娘

509-1 女子嘴闊食爺娘

｜辭典客語拼音｜ ng2 tsii2 choi3 khwat shit8 ya5 nyong5

｜辭典英文釋義｜ the big mouthed girl preys on her parents.

｜中文翻譯｜嘴巴大的女生吃定了父母親。

｜說明｜ 與 499-1「男人嘴闊食四方」（355）為上下句。

辭典截圖

女子嘴闊食爺娘, n. tsṳ̂ chòi khwat shit yâ nyòng, the big mouthed girl preys on her parents.

367. 牙緊刺緊空，耳緊取緊聾

510-1 牙竟刺竟空，耳竟取竟聾

｜校訂｜牙緊刺緊空，耳緊取緊聾

｜辭典客語拼音｜ nga5 kin2 tshiuk kin2 khung, nyi2 kin2 tshi2 kin2 lung

｜辭典英文釋義｜ the more you pick your teeth the bigger the cavity will be, the more you clean your ear the deafer you become.

｜中文翻譯｜你越剔牙齒，齒縫越大；你越愛清耳朵，耳朵越聾。

｜參考資料｜

涂春景《聽算無窮漢——有韻的客話俚諺 1500 則》頁 131 收錄類似諺語「牙緊挖緊空，耳緊挖緊聾」，解釋為「緊，越來越；空，洞。勸人不要剔牙，不要隨意掏耳垢。因為，牙齒越挖牙縫越大，耳朵越掏，耳越背、越聽不見。」

辭典截圖

牙竟刺竟空, 耳竟取竟聾, n. kìn tshiuh kìn khung, nyì kìn tshì kìn lung, the more you pick your teeth the bigger the cavity will be, the more you clean your ear the deafer you become.

368. 衙門錢，一陣煙

511-1 衙門錢一陣烟

｜校訂｜衙門錢，一陣煙

｜辭典客語拼音｜ nga5 mun5 tshien5, yit chhin3 yen

| 辭典英文釋義 | money earned in yamens5 is like a puff of smoke.

| 中文翻譯 | 在衙門裡賺的錢就像一陣煙。

| 參考資料 |

涂春景《聽算無窮漢——有韻的客話俚諺 1500 則》頁 31 收錄類似諺語「做官錢，一陣煙；耕種錢，萬萬年」，解釋為「一陣煙，形容過眼雲煙，很快就消失；萬萬年，指好好珍惜到永遠。得來輕易，不知珍惜，反之，得之不易，必定會好好珍惜。所以說，做官得到的錢，像一陣煙霧般；種田得來的辛苦錢，才會好好珍惜。」

衙門錢一陣烟, *n. mûn tshiên yit chhìn yen,* money earned in yamêns is like a puff of smoke.

369. 衙門八字開，有理無錢莫進來

511-2 衙門八字開有理無錢莫進來

| 校訂 | 衙門八字開，有理無錢莫進來

| 辭典客語拼音 | nga5 mun5 pat tshii3 khoi2, yu li vu5 tshien5 mok8 tsin3 loi5

| 辭典英文釋義 | the open Yamen with right on your side do not enter without money.

| 中文翻譯 | 就算你是對的，沒帶錢就別進開著的衙門。

| 說明 | 1926 年版《客英》頁 511「Nga5 mun5」（衙門），英文釋義為“the official residence of a mandarin.”、“Yamen”即「官員的官邸」。

| 參考資料 |

徐運德《客家諺語》頁 386 收錄類似諺語「衙門八字開，有禮無錢莫進來」，解釋為「凡事就要錢，有錢就好做事。」

涂春景《聽算無窮漢——有韻的客話俚諺 1500 則》頁 170「衙門八字開，有理無錢莫進來」，解釋為「自古以來，廉節的好官少，貪官汙吏多。所以說，衙門像八字般打開，縱使你有理，如果沒錢也別進來。極盡諷刺吃錢官吏的可惡。」

黃永達《臺灣客家俚諺語語典：祖先的智慧》頁 371「衙門八字開，有理無錢莫進來」，解釋為「[經驗談] 勸人莫隨便興訟。八字開，役差以八字形立於判堂前之形也。」

鄧榮坤《生趣客家話》頁 132 收錄類似諺語「衙門八字開，有理冇錢莫進來」，解釋為「打官司要花錢。[注解] 一、衙門：法院。二、八字開：法院的門像『八』的數字一般向兩邊打開。三、冇錢：沒有錢。四、莫進來：不要進來。[比喻]

勸人不要孜孜不倦於興訟。」

鄧榮坤《客家話的智慧》頁 202「衙門八字開，有理無錢莫進來」，解釋為「大事化小，不要惹是生非。」

衙門八字開有理無錢莫進來, *n. mûn pat tshṳ̀ khoi yu li vû tshiên mók tsin lôi,* the open Yamên with right on your side do not enter without money.

370. 𠊎摎（和）佢屙屎隔嶺崗

512-1 我□（□）□□□□□□

| 校訂 | 𠊎摎（和）佢屙屎隔嶺崗

| 辭典客語拼音 | ngai5 lau (vo) ki5 o shi2 kak liang kong

| 辭典英文釋義 | I can have nothing with him in common.

| 中文翻譯 | 我跟他沒有任何共同之處。

| 說明 | 「𠊎摎佢屙屎隔嶺崗」即「我和他隔個山上大便」，與 570-1「屙屎摎佢隔嶺崗」（456）近似。

n. lau (vo) kì o shì kak liang kong, I can have nothing with him in common.

371. 𠊎戽燥水分你捉魚

512-2 我戽燥水分爾捉魚

| 校訂 | 𠊎戽燥水分你捉魚

| 辭典客語拼音 | ngai5 fu3 tsau shui2 pun nyi5 tsok ng5

| 辭典英文釋義 | I have baled out the water, you catch the fish. (it isn't fair!).

| 中文翻譯 | 我把水淘乾，卻讓你抓魚（這不公平）。

| 說明 | 「戽燥水」的意思是「將斷流的河水用手或容器往上、往外潑出」。

｜參考資料｜

涂春景《形象化客話俗語 1200 句》頁 109 收錄類似諺語「我㞎燥水，分汝捉魚」，解釋為「㞎燥水，把水潑乾；分汝，給你。我把水潑乾讓你方便捉魚，說我辛苦、你享福；寓有對方專撿現成、撿便宜的意思。」

黃永達《臺灣客家俚諺語語典：祖先的智慧》頁 371 收錄類似諺語「我 [𠊎] 㞎水汝捉魚」，解釋為「[俚俗語] 我出力，汝得好處之意。」「我 [𠊎] 㞎燥水，分人捉魚」，解釋為「[比喻詞] 我做好勢來，分別人享受，有諷人撿便宜之意，另也有我先打好基礎分汝來領功之意。」

羅肇錦《苗栗縣客語、諺謠集（四）》頁 42 收錄類似諺語「𠊎㞎水你捉魚」，解釋為「我弄乾河水，你來抓魚。謂自己辛苦工作，卻讓別人坐享其成。」

我㞎燥水分爾捉魚, *n. fù tsau shúi pun nyî tsok ñg*, I have baled out the water, you catch the fish. (it isn't fair !).

372. 𠊎毋嫌若米碎，你莫嫌吾籮粗

512-3 我□□□□□，□□□□□□

｜校訂｜𠊎毋嫌若米碎，你莫嫌吾籮粗

｜辭典客語拼音｜ ngai5 m hiam5 nya mi2 sui3, nyi5 mok8 hiam5 nga lo5 tshii

｜辭典英文釋義｜ I do not find fault with your broken rice, you must not blame my wide meshed basket.

｜中文翻譯｜我沒嫌你的米碎碎的，你就別怪我的籃子孔很大。

｜參考資料｜

黃永達《臺灣客家俚諺語語典：祖先的智慧》頁 156 收錄類似諺語「汝莫笑我 [𠊎] 㫘疏，我 [𠊎] 也莫笑汝米碎」，解釋為「[俚俗語] 大家就差毋多，共樣恁差，毋使笑人。㫘疏，無麼个才能之意；米碎，喻無用的東西。」

楊兆禎《客家諺語拾穗》頁 59 收錄類似諺語「你莫笑𠊎篩疏，𠊎也毋笑你米碎——你𠊎差不多」，解釋為「與『半斤八兩』、『五十步笑百步』、『狐狸莫笑貓』、『鱉笑龜冇尾』、『同窯貨』……等相類似。」

n. m hiâm nya mi sùi, nyî mók hiâm nga lô tshụ, I do not find fault with your broken rice, you must not blame my wide meshed basket.

373. 倨毋燒該柴，毋炙該火

513-1 我燒唔箇柴唔炙箇火

｜校訂｜倨毋燒該柴，毋炙該火

｜辭典客語拼音｜ ngai5 m shau kai3 tshai5 m chak kai3 fo2

｜辭典英文釋義｜ I'll neither burn that wood nor be warmed by it. (Fig. I'll not touch a certain matter).

｜中文翻譯｜我不燒那個木材也不靠它取暖（意指我絕不去碰某些事情）。

我燒唔箇柴唔炙箇火, *n. m-shau kái tshâi m chak kài fó,* I'll neither burn that wood nor be warmed by it. (Fig. I'll not touch a certain matter).

374. 倨个肚臍窟，無佢个恁深

513-2 我個肚臍窟無佢個㖼深

｜校訂｜倨个肚臍窟，無佢个恁深

｜辭典客語拼音｜ ngai5 kai3 tu2-tshi khwut, mau5 ki5 kai3 kan3 chhim

｜辭典英文釋義｜ (I am not so rich as he), my navel is not so deep as his.

｜中文翻譯｜（我不像他那麼有錢），我的肚臍沒他那麼深。

｜說明｜ 民間相傳肚臍眼深的人比較有錢。

我個肚臍窟無佢個㖼深, *n. kài tú-tshî khwut, mâu kî kài kàn chhim* (I am not so rich as he), my navel is not so deep as his.

375. 眼屎像秤砣大

515-1 眼屎像秤砣大

｜辭典客語拼音｜ ngan2 shi2 tshiong3 chhin3 tho5 thai3

｜辭典英文釋義｜ the dirt in your eye is as big as a balance weight — you can see nothing!

| 中文翻譯 | 你的眼屎像秤砣一樣大——你什麼都看不到。

眼屎像秤砣大, *n. shì tshiòng chhìn thô thài*, the dirt in your eye is as big as a balance weight—you can see nothing!

376. 眼中看飽肚中饑

515-2 眼中看飽肚中饑

| 辭典客語拼音 | ngan2 chung khon3 pau2 tu2 chung ki

| 辭典英文釋義 | a satiated eye does not fill a hungry stomach.

| 中文翻譯 | 飽足了的眼睛填不飽饑餓的肚子。

眼中看飽肚中饑, *n. chung khòn páu tú chung ki*, a satiated eye does not fill a hungry stomach.

377. 硬話不如直說

516-1 硬話不如直說

| 辭典客語拼音 | ngang3 va3 put yi5 chhit8 shot

| 辭典英文釋義 | a straight answer is preferable to hard words that give offence.

| 中文翻譯 | 直接回答比具攻擊性的強硬話更可取。

硬話不如直說, *n. và put yî chhit shot*, a straight answer is preferable to hard words that give offence.

378. 咬薑啜醋

518-1 咬薑啜醋

| 辭典客語拼音 | ngau kiong chhot tshii3

| 辭典英文釋義 | to chew ginger and sip vinegar. (very frugal).

| 中文翻譯 | 嚼薑跟啜醋（非常節儉）。

| 參考資料 |

姜義鎮《客家諺語》頁 8「咬薑啜醋」，解釋為「比喻生活困苦。」

徐運德《客家諺語》頁 389 收錄類似諺語「咬薑啜醋」，解釋為「非常貧窮，非常節省的生活。」

涂春景《聽算無窮漢——有韻的客話俚諺 1500 則》頁 3 收錄類似諺語「一代富，咬薑啜醋；二代富，著綢毋著布；三代富，不識世務」，解釋為「咬薑啜醋，極言省吃儉用；著綢毋著布，穿著很講究，非常奢華。這句話有富不過三代的意思。」

黃永達《臺灣客家俚諺語語典：祖先的智慧》頁 5 收錄類似諺語「一代富，咬薑啜醋；二代富，綢衫綢褲；三代富，毋知人情世故」，解釋為「[經驗談] 指富有人家第一代勤儉成家立業，第二代食好著好衫，到第三代連一般人情世事就毋曉得了。」頁 229「咬薑啜醋」，解釋為「[習用語] 形容生活又辣又酸，儘艱辛的樣仔，食飯無菜好（食旁），用薑嫲酸醋。」

楊兆禎《客家老古人言》頁 91「咬薑啜醋 ——省食節用」，解釋為「『啜』唸『Tsot』，嘗、喝的意思。」

楊兆禎《客家諺語拾穗》頁 5 收錄類似諺語「一代富，咬薑啜醋；二代富，綢衫綢褲；三代富，不識人間事故」。頁 83「咬薑啜醋——省食儉用」，解釋為「1.『含辛茹苦』、『省吃儉用』。2.『啜』『Tsot』、『喝』。」

咬薑啜醋; *n. kiong chhot tshụ*, to chew ginger and sip vinegar. (very frugal).

379. 咬鹽噍薑

518-2 咬□□□

| 校訂 | 咬鹽噍薑

| 辭典客語拼音 | ngau yam5 tsit kiong

| 辭典英文釋義 | to chew salt and munch ginger, (very thrifty and economical).

| 中文翻譯 | 嚼鹽咬薑（非常節約與儉樸）。

| 說明 | 「噍」，《說文解字》大徐本：嚌也。从口，集聲。讀若集（子入切）。有「齧、嚼」之意。

｜參考資料｜

楊兆禎《客家諺語拾穗》頁 179 收錄類似諺語「咬鹽啜醋（咬薑啜醋）」，解釋為「1. 含辛茹苦、很節儉。2.『啜』、音『Chot』、『喝』意。」

n. yâm tsit kiong, to chew salt and munch ginger, (very thrifty and economical).

380. 勢心臼毋怕惡家娘

518-3 □□□□□□□□

｜校訂｜勢心臼毋怕惡家娘

｜辭典客語拼音｜ ngau5 sim khiu m pha3 ok ka nyong5

｜辭典英文釋義｜ a clever daughter-in-law fears not a violent mother-in-law.

｜中文翻譯｜機靈的媳婦不怕惡婆婆。

｜說明｜「ngau5」暫借用「勢」指代。臺灣閩南語發音為「gâu」，意為能幹、有本事。

n. sim khiu m phà ok ka nyông, a clever daughter-in-law fears not a violent mother-in-law.

381. 鵝叫風，鴨叫雨

519-1 鵝呌風，鴨呌雨

｜校訂｜鵝叫風，鴨叫雨

｜辭典客語拼音｜ ngo5 kiau3 fung, ap kiau3 yi2

｜辭典英文釋義｜ the goose cry presages wind, the ducks cry presages rain.

｜中文翻譯｜鵝叫預示會刮風；鴨叫預示會下雨。

｜參考資料｜

徐運德《客家諺語》頁 258 收錄類似諺語「鵝叫風，鴨叫雨」，解釋為「聽到鵝叫，將會有風；聽到鴨叫，將會下雨。」

黃永達《臺灣客家俚諺語語典：祖先的智慧》頁 444 收錄類似諺語「鵝叫風，鴨叫水」，解釋為「[經驗談] 鵝仔叫，就會起風；鴨仔叫，就會落水。」「鵝喊風，鴨喊雨」，解釋為「[經驗談] 鵝仔叫主有風；鴨仔叫主有雨。」

辭典截圖

鵝 吽 風, *n. kiàu fung*, the goose cry presages wind, **鴨 吽 雨**, *ap. kiàu yi*, the ducks cry presages rain.

382. 餓死不如造死

520-1 餓死不如造死

｜辭典客語拼音｜ ngo3 si2 put yi5 tshau3 si2

｜辭典英文釋義｜ better be punished for being a rebel than to starve.

｜中文翻譯｜寧願因反叛受到懲罰而不願餓死。

辭典截圖

餓 死 不 如 造 死, *n. si put yì tshàu si*, better be punished for being a rebel than to starve.

383. 餓死無膽人

520-2 餓死無胆人

｜校訂｜餓死無膽人

｜辭典客語拼音｜ ngo3 si2 mau5 tam2 nyin5

｜辭典英文釋義｜ to die from lack of courage.

｜中文翻譯｜死於缺乏勇氣。

｜說明｜「餓死無膽人」意思是缺乏勇氣而餓死，即餓死沒膽量的人。

辭典截圖

餓 死 無 胆 人, *n. si mâu tám nyîn*, to die from lack of courage.

384. 臥到鳥有飛來蟲

520-3 □□□□□□□

｜校訂｜臥到鳥有飛來蟲

｜辭典客語拼音｜ ngo3 to3 tiau yu pui loi5 chhung5

｜辭典英文釋義｜ an insect sometimes flies in the mouth of stupid birds. (met. fools sometimes have luck).

｜中文翻譯｜蟲子偶爾會飛進笨鳥的嘴裡（意指傻子有時也有好運）。

｜參考資料｜

何石松《客諺第二百首》頁 32 收錄類似諺語「目睡鳥自有飛來蟲 青盲貓自有死老鼠」，解釋為「這是一首對懶惰成性者的反諷諺語。意指樹林之中，一隻打瞌睡的小鳥，正在呵欠連連之際，竟有一隻小蟲，隨著清風飛入口中；一隻雙眼瞇著的貓公，在徘徊無聊、誤打誤撞之際，竟然遇上一隻死老鼠。真是鴻運當頭，機緣湊巧；運來鐵成金，感覺最溫馨；是特殊意外的驚喜，不可視作正常的期望；可期待於一時，卻不可求之於永久。有不可守株待兔，緣木求魚的涵義在內。」

徐運德《客家諺語》頁 29 收錄類似諺語「目睡鳥自有飛來蟲（死老鼠有盲貓公來拖）」，解釋為「是指懶惰人自圓其說的話頭。懶惰人自以為不治生產，也不致餓死，自有人會救濟他。就像瞌睡的鳥兒，自有飛蟲到牠嘴邊，讓牠張口裹腹一樣的幸運。但這一意念是心存僥倖。天下哪有不勞而獲的事情，必須勤儉努力，才是治生之道也。」

涂春景《形象化客話俗語 1200 句》頁 79 收錄類似諺語「目睡鳥有該飛來蟲」，解釋為「目睡鳥，本為愛睡覺的鳥，這裡稱愛睡的人；該，那；飛來蟲，形容不勞而獲的事。這話稱一個不知勤奮、偷懶貪睡的人，寧有不勞而獲的事。有『不勞而獲是偶爾不常有的事、不可依恃』的寓意。」

黃永達《臺灣客家俚諺語語典：祖先的智慧》頁 125 收錄類似諺語「目睡鳥自有飛來蟲」，解釋為「[俚俗語] 懶惰人不事生產，也*毋*會餓死，自然有人會救濟佢，懶尸人自圓其說的之語。」頁 223 收錄類似諺語「青盲鳥食著飛來蟲」，解釋為「[俚俗語] 譏人無能力，只有運氣好。」頁 404 收錄類似諺語「餓鳥的飛來蟲」，解釋為「[比喻詞] 鳥仔肚枵，就自然有蟲飛進來，形容運氣特別好之意。」

楊兆禎《客家諺語拾穗》頁 35 收錄類似諺語「目睡鳥，自有飛來蟲——飛來好運」頁 135 收錄類似諺語「餓倒鳥，飛來蟲——憨人有憨福」。

劉兆蘭《一日一句客家話：客家老古人言》頁14收錄類似諺語「目睡鵰自有飛來蟲，青瞑貓自有死老鼠」，解釋為「這句話是對懶惰成性者的反諷諺語，譏人乃一時僥倖；有勸人不可守株待兔的涵義在內。」

n. *tò tiau yu pui lôi chhûng*, an insect sometimes flies in the mouth of stupid birds. (met. fools sometimes have luck).

385. 臥狗相羊核

520-4 □□□□□

| 校訂 | 臥狗相羊核

| 辭典客語拼音 | ngo3 keu2 siong3 yong5 hak8

| 辭典英文釋義 | the foolish dog expects to pick up the scrotum of the goat — said of what seems within one's reach, but is really unattainable.

| 中文翻譯 | 笨狗希望能摘取羊的陰囊——意指看來是伸手可取的東西，實際上無法取得。

| 說明 | 客語「相」意思是「端詳」。

n. *kéu siòng yông hàk*, the foolish dog expects to pick up the scrotum of the goat—said of what seems within one's reach, but is really unattainable.

386. 臥姐婆惜外孫

520-5 □□□□□□

| 校訂 | 臥姐婆惜外孫

| 辭典客語拼音 | ngo3 tsia2 pho5 siak ngwai3 sun

| 辭典英文釋義 | a foolish grandmother loves her daughter's children.

| 中文翻譯 | 傻祖母愛她女兒的孩子。

| 說明 | 「姐婆」是外婆。

｜參考資料｜

何石松《客諺第二百首》頁 251 收錄類似諺語「戇雞嫲孵鴨春　戇姐婆度外孫」，解釋為「意指傻傻的母雞，在幫忙非我族類孵鴨蛋；傻傻的外婆，幫忙帶著外孫，都是指無私的奉獻，不求回報之意。尤其是度外孫的度，具有深層的文化意義。帶小孩，客語稱之為度子。度子，不只是帶小孩而已，更要導引、點化、度化、引渡，度過災厄困難，引至光明前程，實在需要智者的遠見，仁者的胸襟，廣大的愛心，堅強的耐心，一片溫柔敦厚，惻隱之心，方能克服困難，終底於成。」

姜義鎮《客家諺語》頁 19 收錄類似諺語「戇外婆惜外孫」，解釋為「白做，徒勞無功。」

涂春景《聽算無窮漢——有韻的客話俚諺 1500 則》頁 85 收錄類似諺語「戇姐婆惜外孫，戇鴨母孵雞春」，解釋為「戇，傻；姐婆，外婆；惜，疼愛；鴨母，母鴨；雞春，雞蛋。過去人認為：外孫是人家的子嗣，很少會回報外公外婆的，因此說，傻外婆疼外孫，就像傻母鴨孵雞蛋一般。」

黃永達《臺灣客家俚諺語語典：祖先的智慧》頁 474 收錄類似諺語「戇姐婆惜外孫，惜來揹墓墩」，解釋為「[俚俗語] 外孫係外姓人，惜也白惜，最後只不過換來指一下墓墩『這係我姐婆的墓』而已，無任何其他回報。」「戇姐婆惜外孫，戇鴨嫲孵雞」，解釋為「[俚俗語] 笑指姐婆惜外孫，就像鴨母孵雞卵共樣，係無採工、日後無回報的。」

羅肇錦《苗栗縣客語、諺謠集（四）》頁 17 收錄類似諺語「雞嫲孵鴨卵，祖婆惜外孫」，解釋為「鴨子不會孵蛋，養鴨人家就用母雞來代勞；做母親疼愛女兒的小孩，就跟母雞一樣，都是外人的孩子。意指白忙一場。只是，有些外孫可能比內孫還孝順奶奶，那就另當別論了。」

n. *tsia phô siak ngwài sun*, a foolish grandmother loves her daughter's children.

387. 呆進不呆出

520-6 呆進不呆出

｜辭典客語拼音｜ ngoi5 tsin3 put ngoi5 chhut

｜辭典英文釋義｜ pretends to be a fool for his own profit — a fool in the matter of receipts, not of payments.

｜中文翻譯｜對自己有利時裝傻——有收入時裝傻，要支出時不傻。

｜參考資料｜

涂春景《形象化客話俗語1200句》頁273收錄類似諺語「戇入無戇出」，解釋為「戇入，對自己有利的事；戇出，對人家比較有利的傻事。此話說一個不是真傻的行為。」

黃永達《臺灣客家俚諺語語典：祖先的智慧》頁474收錄類似諺語「戇入無戇出」，解釋為「[習用語]形容人儘精明，對自家有利的事情詐毋知，對自家不利的又儘清楚。」

呆 進 不 呆 出, *n. tsìn put n. chhut*, pretends to be a fool for his own profit—a fool in the matter of receipts, not of payments.

388. 昂天婦人仆地漢

522-1 昂□□□□□□

｜校訂｜昂天婦人仆地漢

｜辭典客語拼音｜ ngong thien fu3 nyin5 phuk thi3 hon3

｜辭典英文釋義｜ the woman with lofty look the man stooping low (are intriguers).

｜中文翻譯｜看起來高傲的女人，低頭的男人（都是意圖不軌者）。

｜說明｜ 客語說人高傲不理人用「頭昂昂（臥臥）仔」，即頭抬高高的不理人。

n. thien fù nyîn phuk thì hòn, the woman with lofty look the man stooping low (are intriguers).

389. 挼泥毋使洗手

527-1 挼坭唔使洗手

｜校訂｜挼泥毋使洗手

｜辭典客語拼音｜ no5 nai5 (ne5) m sii2 se2 shiu2

｜辭典英文釋義｜ no need for any ceremony as between close friends.

｜中文翻譯｜好友間不必拘禮。

｜參考資料｜

徐運德《客家諺語》頁62收錄類似諺語「挼泥毋洗手」，解釋為「是形容甲乙兩人，感情深厚，彼此形同一體，喜樂與共，患難不移，其投緣不渝的交誼，就像小孩玩泥巴般，雖雙手汙染，依然攀頭攬頸，歡樂無比的意思。」

涂春景《形象化客話俗語1200句》頁154收錄類似諺語「挼泥毋洗手」，解釋為「挼泥，搓揉泥巴；毋洗手，不洗手。挼泥毋洗手，指孩提時一起玩耍、一起長大，滿身、滿手泥巴，還是攀肩搭背，非常親熱。因此，形容兩個人感情特別好，便說『挼泥毋洗手』。」

黃永達《臺灣客家俚諺語語典：祖先的智慧》頁272收錄類似諺語「挪泥團毋洗手」，解釋為「[俚俗語]搞泥沙毋洗手，共樣攀頭攬頸恁好，形容兩人患難與共，感情儘好。」「挼泥毋洗手」，解釋為「[俚俗語]形容感情儘好，連污手也做得牽，也喻毋潔身自愛之意。」

挼坭唔使洗手, *n. nâi (nê) m sṳ́ sé shiú*, no need for any ceremony as between close friends.

390. 挼圓踏扁佢都會

527-2 挼□□□□□□

｜校訂｜挼圓踏扁佢都會

｜辭典客語拼音｜ no5 yen5 tap8 pien2 ki5 tu voi3

｜辭典英文釋義｜ he can make it round or flat — he professes to be able to manage matters however difficult.

｜中文翻譯｜他可以把它變成圓或扁——他自稱不管多難的事情都可以應付。

｜說明｜「挼圓踏扁」來自製作米食糕點的過程，大陸童謠常見的「踏粄」一詞就是臺灣客語的「打粄」。

n. yên táp pién kî tu voì, he can make it round or flat—he professes to be able to manage matters however difficult.

391. 嫩草盲曾當過霜

530-1 嫩草未曾當過霜

｜校訂｜嫩草盲曾當過霜

｜辭典客語拼音｜ nun3 tshau2 (tsho2) mang5 tshien5 tong kwo3 song

｜辭典英文釋義｜ tender grass has not yet suffered from frost. (met. of one tender in years who has not yet experienced hardship).
｜中文翻譯｜嫩草尚未遭受霜凍（意指當未嘗過苦頭的年輕人）。

辭典截圖

嫩草未曾當過霜, *n. tsháu (tshó) mâng tshiên tong kwò song*, tender grass has not yet suffered from frost. (met. of one tender in years who has not yet experienced hardship).

392. 攝紙錢嘍鬼

537-1 攝□□□□

｜校訂｜攝紙錢嘍鬼
｜辭典客語拼音｜ nyap chi2 tshien5 leu3 kwui2

｜辭典英文釋義｜ to have paper money is to attract evil spirits. (Fig. to act so as to bring trouble about).
｜中文翻譯｜擁有紙錢就是吸引惡靈來（意指行動招致麻煩）。

｜說明｜「攝紙錢」指把紙錢偷藏起來。

辭典截圖

n. chí tshiên lèu kwúi, to have paper money is to attract evil spirits. (Fig. to act so as to bring trouble about).

393. 年三十晡供豬毋大了

540-1 年三十晡供猪唔大了

｜校訂｜年三十晡供豬毋大了
｜辭典客語拼音｜ nyen5 sam ship8 pu kiung3 chu m thai3 liau2

｜辭典英文釋義｜ you cannot rear a pig in 30 days — your time is too limited.
｜中文翻譯｜你沒辦法在 30 天內養大一隻豬——你已經沒有太多時間了。

｜說明｜「年三十晡」是除夕晚上。「供豬」：餵食豬。整句意指除夕晚餵豬，吃再多也大不到可宰殺來祭祀及過年食用。

｜參考資料｜

姜義鎮《客家諺語》頁 76 收錄類似諺語「三十晚晡餵年豬：來不及了」，翻譯為「三十晚，這是這一年的最後一天；年豬，平時養來準備過年時吃的豬；此時，這一年的時間已剩下不多，餵年豬顯然太晚。比喻時間緊迫，趕不上或來不及了。」

年三十晡供豬唔大了, *n. sam ship pu kiung chu m thài liáu*, you cannot rear a pig in 30 days---your time is too limited.

394. 年怕中秋月怕半

540-2 年怕中秋月怕半

｜辭典客語拼音｜ nyen5 pha3 chung tshiu nyet8 pha3 pan3

｜辭典英文釋義｜ the year fears mid-autumn, the month fears the 15th day (they soon speed away).

｜中文翻譯｜一年怕中秋，一個月怕第十五天（歲月飛逝）。

｜參考資料｜

姜義鎮《客家諺語》頁 41「年怕中秋月怕半」，翻譯為「謂一個月過了一半，另一半很快結束，中秋節過後，一年即將過去。批露了世人嘆時，惜時的心態。」

涂春景《形象化客話俗語 1200 句》頁 99「年怕中秋，月怕半」，解釋為「年到了中秋、月到了月半，感覺上時間會溜逝得更快，轉眼就過年、換月了。」

黃永達《臺灣客家俚諺語語典：祖先的智慧》頁 142「年怕中秋月怕半」，解釋為「[經驗談] 過了中秋，過無久就要過了一年咧；一個月過了月半，這個月就差毋多過忒去咧。」

年怕中秋月怕半, *n. phà chung tshiu nyét phà pàn*, the year fears mid-autumn, the month fears the 15th day (they soon speed away).

395. 源清流清

541-1 源清流清

｜辭典客語拼音｜ nyen5 tshin liu5 tshin

｜辭典英文釋義｜ a clear fountain has a clear flow.

｜中文翻譯｜有清澈的源泉才有清澈的水流。

源清流清, *n. tshin liú tshin*, a clear fountain has a clear flow.

396. 撚雞毋知雞屎出

542-1 撚雞唔知雞屎出

｜校訂｜撚雞毋知雞屎出

｜辭典客語拼音｜ nyen2 ke m ti ke shi2 chhut

｜辭典英文釋義｜ to dandle or play with overmuch, so as to result in unpleasant consequences.

｜中文翻譯｜逗弄或玩過頭，導致不愉快。

｜說明｜ 英文是意譯。「撚雞毋知雞屎出」是指捉住雞脖子將雞提起，用力過度，使得雞奮力掙扎而排出糞便都不知。

｜參考資料｜

涂春景《形象化客話俗語 1200 句》頁 229 收錄類似諺語「撚雞毋知屎出」，解釋為「燃雞，用手指把雞緊捏；毋知，不知道。稱一個人拿捏不住事情的輕重，做得太過火，則說：『撚雞毋知屎出』。例如：戲弄一個小孩子，把孩子弄哭了，便是。」

黃永達《臺灣客家俚諺語語典：祖先的智慧》頁 272 收錄類似諺語「捏雞毋知屎出——毋知重輕」，解釋為「[師傅話] 將雞捏得太重，會讓雞屎都捏出來，就係毋知用力忒重，轉意成毋知事情的輕重緩急。」頁 394 收錄類似諺語「撚雞毋知屎出」，解釋為「[俚俗語] 譏人貪得無厭，毋知節制，也指人顧頭毋顧尾。」頁 428 收錄類似諺語「擰雞毋知屎出」，解釋為「[俚俗語] 喻顧頭毋顧尾，顧好無顧壞。」

黃盛村《臺灣客家諺語（下冊）》頁 122 收錄類似諺語「搵雞毋知屎出」，解釋為「警示著人們開玩笑應該適可而止，千萬不能開得太過火；否則不但傷感情，也容易生出意外情節。」

楊兆禎《客家老古人言》頁 103 收錄類似諺語「捻雞唔知屎出——不知輕重」，解釋為「1. 喻輕重、得失…要拿捏。2.『捻』音『Ngién』，意『握』。」

楊兆禎《客家諺語拾穗》頁 101 收錄類似諺語「撚雞毋知屎出——不知輕重」，解釋為「1. 喻『輕重、得失要拿捏得恰到好處』。2.『燃』音『Ngién』，『握』之意。」

羅肇錦《苗栗縣客語、諺謠集（四）》頁 41 收錄類似諺語「撚雞毋知屎出」，解釋為「抓雞抓到雞屎都出來了。謂欺負弱小，沒有分寸。」

撚雞唔知雞屎出, *n. ke m ti ke shí chhut*, to dandle or play with overmuch, so as to result in unpleasant consequences.

397. 月毋光倚恃星

544-1 月唔光倚恃星

｜校訂｜月毋光倚恃星

｜辭典客語拼音｜ nyet8 m kwong yi2 shi3 sin (sen)

｜辭典英文釋義｜ when moonlight fails we trust the stars.

｜中文翻譯｜月光不亮後，我們就依賴星光。

｜說明｜ 意指不必只依賴某一特定人事物。

月唔光倚恃星, *n. m kwong yí shì sin (sen)*, when moonlight fails we trust the stars.

398. 你有回心，佢有轉意

547-1 爾有回心佢有轉意

｜校訂｜你有回心，佢有轉意

｜辭典客語拼音｜ nyi5 yu fui5 sim, ki5 yu chon2 yi3

｜辭典英文釋義｜ you change your mind, he changes his opinion. (peace will ensue).

｜中文翻譯｜你改變你的心意，他改變他的意見（和平將隨之而來）。

爾有回心佢有轉意, *n. yu fûi sim kî yu chón yì*, you change your mind, he changes his opinion. (peace will ensue).

399. 你做初一，偓做初二

547-2 爾做初一我做初二

｜校訂｜你做初一，偓做初二

｜辭典客語拼音｜ nyi5 tso3 tsho yit, ngai5 tso3 tsho nyi3

｜辭典英文釋義｜ as you do to me, I shall do to you (in anger).

｜中文翻譯｜你怎麼對待我，我便怎麼對待你（氣話）。

｜說明｜「你做初一，偓做初二」即「你在每個月的第一天請客，我會在第二天請客，別以為只有你行」。

爾做初一我做初二, *n. tsò tsho yit, ngâi tsò tsho nyì,* as you do to me, I shall do to you (in anger).

400. 你愛做赤魚頭咩

547-3 爾愛做赤魚頭咩

｜校訂｜你愛做赤魚頭咩

｜辭典客語拼音｜ nyi5 oi3 tso3 chhak ng5 theu5 me2 ?

｜辭典英文釋義｜ of one who interferes where he has no right.

｜中文翻譯｜一個人去干預他無權干預的事。

｜說明｜「你愛做赤魚頭咩」即「你要做『赤魚頭』嗎？」。「赤魚頭」意思待考。

爾愛做赤魚頭咩, *n. òi tsò chhak n̆g thêu mé?* of one who interferes where he has no right.

401. 你有上天梯，偓有落地索

548-1 爾有上天梯我有落地索

｜校訂｜你有上天梯，偓有落地索

｜辭典客語拼音｜ nyi5 yu shong thien thoi, ngai5 yu lok8 thi3-sok

｜辭典英文釋義｜ (met.) I shall be even with you: I can foil you (as in a lawsuit).
｜中文翻譯｜意指我會把你擺平：我會讓你無法得逞（如訴訟案）。

｜參考資料｜
涂春景《形象化客話俗語1200句》頁96收錄類似諺語「汝有上天梯，我有落地索」，解釋為「上天梯，上天的工具，這裡指上天的方法；落地索，下地的辦法。你有你的能耐，我也有我應付的法子；有我絕不會輸給你的意思。」
黃永達《臺灣客家俚諺語語典：祖先的智慧》頁155收錄類似諺語「汝有上天吊，我[倨]有落地索」，解釋為「[俚俗語]汝有麼个無合理的要求，我就有方法對付；汝有汝的本事，我也有我的本事。」「汝有上天梯，我[倨]有落地索」，解釋為「[俚俗語]汝有一套本事，我也有一套本事，毋好看我毋起，喻各有通天下地的本事。」
楊兆禎《客家老古人言》頁74收錄類似諺語「你有上天梯，我有落地索——我也有一套」，解釋為「1.比喻我也有一套，各憑本事。2.『也』這裏唸『Mè』。」
楊兆禎《客家諺語拾穗》頁59收錄類似諺語「你有上天梯，倨有落地索——倨也有一套」，解釋為「1.你有辦法，我也有一套。2.『也』音『Mè』。」
羅肇錦《苗栗縣客語、諺謠集（四）》頁35收錄類似諺語「你有上天梯，倨有落地索」，解釋為「你有你登天的梯子，我也有我下地的繩索。意謂各人有各人的對策。」

爾有上天梯我有落地索, *n.* *yu shong thien thoi, ngâi yu lòk thì-sok,* (met.) I shall be even with you: I can foil you (as in a lawsuit).

402. 任人不如任天

553-1 任人不如任天

｜辭典客語拼音｜ nyim3 nyin5 put yi5 nyim3 thien

｜辭典英文釋義｜ better trust in God than in man.
｜中文翻譯｜信賴人不如信賴上帝。

｜說明｜「任人不如任天」即「任人擺佈不如任上蒼擺佈」。

任人不如任天, *n. nyîn put yî n thien,* better trust in God than in man.

403. 人著布，布著漿

553-2 人著布布著漿

| 校訂 | 人著布，布著漿

| 辭典客語拼音 | nyin5 chok pu3, pu3 chok tsiong

| 辭典英文釋義 | man needs clothes, clothes need starch.

| 中文翻譯 | 人需要衣服，衣服需要上漿。

| 參考資料 |

涂春景《形象化客話俗語 1200 句》頁 20「人著布，布著漿」，解釋為「布，衣服，引申為穿著。衣服有三種功能，禦寒、舒適、美觀，人因為穿著，所以顯出有體面；從前的衣服，多棉、痲織品，為求穿著起來體面，必須漿燙。因此說：人著布，布著漿。」

黃永達《臺灣客家俚諺語語典：祖先的智慧》頁 25「人著布，布著漿」，解釋為「[經驗談] 人要著好才有面子，布要漿燙才會好看。」

人著布布著漿, *n. chok pù pù chok tsiong*, man needs clothes, clothes need starch.

404. 人係屋撐

553-3 人係屋撐

| 校訂 | 人係屋撐

| 辭典客語拼音 | nyin5 he3 vuk tshang3

| 辭典英文釋義 | the inmates prop up the house.

| 中文翻譯 | 屋裡的人撐起屋子。

| 說明 | 英譯與原諺的意思相反。

| 參考資料 |

涂春景《形象化客話俗語 1200 句》頁 142 收錄類似諺語「係人撐屋，毋係屋撐人」，解釋為「係，是；撐屋，使房屋美輪美奐；毋係，不是；撐人，使人高貴。要房子的主人花金錢、心思，才能使住家典雅、舒適；但是美屋華廈並不能提升主人的身分、地位。」

黃永達《臺灣客家俚諺語語典：祖先的智慧》頁 226 收錄類似諺語「係人撐屋，毋係屋撐人」，解釋為「[經驗談] 屋仔要靠人邸才會高貴，毋係屋仔排場就會使人高貴，人還係最根本的因素。」

人係屋撐, *n. hè vuk tshàng,* the inmates prop up the house.

405. 人嫐笑，貓嫐叫

553-4 人□□，□□□

| 校訂 | 人嫐笑，貓嫐叫

| 辭典客語拼音 | nyin5 hiau5 siau3, miau3 hiau5 kiau3

| 辭典英文釋義 | humans laugh, cats cry (in love making).

| 中文翻譯 | 人笑，貓叫（在做愛時）。

| 參考資料 |

涂春景《聽算無窮漢——有韻的客話俚諺 1500 則》頁 28 收錄類似諺語「人嬈笑，貓嬈叫；鴨母嬈，打孔翹；豬母嬈，溚溚嚼」，解釋為「嬈，本來形容嬌美的樣子，這指搔首弄姿，痴媚的樣子。鴨母，母鴨；打孔翹，搖頭擺尾的模樣；豬母，母豬；溚溚嚼，嘴裡嚼食的樣子，溚溚，狀聲詞。話說，人痴媚便笑，貓痴媚便叫；母鴨痴媚便搖頭擺尾，母豬痴媚便嘴裡一直嚼食的樣子。」

n. hiâu siàu, miàu hiâu kiàu, humans laugh, cat's cry (in love making).

406. 人害人肥卒卒，天害人一把骨

553-5 人□□□□□，□□□□□□

| 校訂 | 人害人肥卒卒，天害人一把骨

| 辭典客語拼音 | nyin5 hoi3 nyin5 phui5 tsut tsut, thien hoi3 nyin5 yit pa2 kwut

| 辭典英文釋義 | man injured by man he is still well-favoured — if injured by Heaven he becomes a bundle of bones.

| 中文翻譯 | 一個人被人加害，仍然容貌好看，要是他被上天所害會變成一堆骨頭。

| 說明 | 客語「肥卒卒」意思是「肥滋滋的」，英文譯成“well-favoured”（容貌好看）。

｜參考資料｜

涂春景《聽算無窮漢——有韻的客話俚諺 1500 則》頁 23 收錄類似諺語「人害人肥 zud⁴ zud⁴，天害人一把骨」，解釋為「肥 zud⁴ zud⁴（音卒），本意肥胖，這裡指沒被害著，反而更飛黃騰達；一把骨，比喻被害得好慘。人存心害人，被害者毫髮無傷，反而更好；如果蒼天要捉弄人，卻可讓人十分悽慘難堪。意思說，人害不了人，天害人才可悲。」

黃永達《臺灣客家俚諺語語典：祖先的智慧》頁 23 收錄類似諺語「人害人，肉積積；天害人，一把骨」，解釋為「[教示諺] 想要去害人，顛倒使佢更好，但係天若要捉弄佢，會使佢瘦到一把骨。」

羅肇錦《苗栗縣客語諺語、謎語集（二）》頁 53 收錄類似諺語「人害人肥腏腏，天害人一把骨」，解釋為「人要害人，不一定害得到人，天要收拾一個人，他便剩一把骨。」

n. hòi nyîn phûi tsut tsut, thien hòi nyîn yit pá kwut, man injured by man he is still well-favoured—if injured by Heaven he becomes a bundle of bones.

407. 人腳狗嘴，毋燒毋睡

554-1 人脚狗嘴唔燒唔睡

｜校訂｜人腳狗嘴，毋燒毋睡

｜辭典客語拼音｜ nyin5 kiok keu2 choi3, m shau m shoi3

｜辭典英文釋義｜ man's feet and the dog's nose must be warm ere they can sleep.

｜中文翻譯｜人的腳還有狗的鼻子在入睡前要先暖和。

｜參考資料｜

徐運德《客家諺語》頁 217 收錄類似諺語「人腳狗嘴，一燒就睡」，解釋為「人類的腳和狗的嘴，溫暖以後便有睡意。凡人上床睡覺，腳部必需先暖後才會入睡。」

涂春景《聽算無窮漢——有韻的客話俚諺 1500 則》頁 27 收錄類似諺語「人腳狗嘴，毋燒毋睡」，解釋為「毋燒，不暖；毋睡，不睡。人的腳、狗的嘴，不溫暖就睡不著。」

黃永達《臺灣客家俚諺語語典：祖先的智慧》頁 25 收錄類似諺語「人腳狗嘴，一燒就睡」，解釋為「[經驗談] 人的腳、狗的嘴，燒暖了後就會想睡目，指人上眠床睡目，腳尾定著要先暖才會入覺。」「人腳狗嘴，毋燒毋睡」，解釋為「[經驗談] 人的腳、狗的嘴，係講冰冷就無法度睡入覺。」

人脚狗嘴唔燒唔睡, *n. kiok kéu chdi m shau m shdi,* man's feet and the dog's nose must be warm ere they can sleep.

408. 人窮毋怕羞

554-2 人窮唔怕羞

| 校訂 | 人窮毋怕羞

| 辭典客語拼音 | nyin5 khiung5 m pha3 siu

| 辭典英文釋義 | the poor man fears not shame.

| 中文翻譯 | 窮人不怕羞恥。

| 說明 | 窮人任何恥辱都需要接受，必須低聲下氣。

人窮唔怕羞, *n. khiûng m phà siu,* the poor man fears not shame.

409. 人窮力出，山崩石突

554-3 人窮力出山崩石脫

| 校訂 | 人窮力出，山崩石突

| 辭典客語拼音 | nyin5 khiung5 lit8 chhut, san pen shak8 thut (ut)

| 辭典英文釋義 | a poor man gives out in strength as the stones emerge with the land slip.

| 中文翻譯 | 窮的人會出盡全力，就像石頭在地滑動時會現出。

| 參考資料 |

涂春景《聽算無窮漢——有韻的客話俚諺 1500 則》頁 27 收錄類似諺語「人窮力出，山崩石 lud[4]」，解釋為「石 lud[4]，石頭脫落。人處在窮困的境地，必拼盡全力奮發向上，就好比山崖崩頹，石頭必會崩脫一樣。」

黃永達《臺灣客家俚諺語語典：祖先的智慧》頁 26 收錄類似諺語「人窮力出，山崩石敨」，解釋為「[教示諺] 人處逆境就會激發無窮潛力，就像山崩下來，石牯就會暴出來共樣。」「人窮力出，水窮石出」，解釋為「[教示諺] 人窮才會打拼，力量才會出來，就像水無咧，石牯才會現出來。」

人窮力出山崩石脫, *n. khiûng lit chhut san pen shàk thut (ut)*, a poor man gives out in strength as the stones emerge with the land slip.

410. 人窮貨弱

554-4 人□□□

| 校訂 | 人窮貨弱

| 辭典客語拼音 | nyin5 khiung5 fo2 nyok8

| 辭典英文釋義 | the poor man has poor goods.

| 中文翻譯 | 窮人只有不好的貨品。

| 說明 | 「人窮貨弱」意指窮人賣的貨品品質不佳，歧視意味濃厚。

n. khiûng fó nyòk, the poor man has poor goods.

411. 人窮計短

554-5 人窮計短

| 辭典客語拼音 | nyin5 khiung5 ke3 ton2

| 辭典英文釋義 | a poor man's schemes are purposeless.

| 中文翻譯 | 窮人的計畫沒有什麼作用。

| 說明 | 「人窮計短」意指窮人有再好的規劃，也無太大的意義。

人窮計短, *n. khiûng kè tón*, a poor man's schemes are purposeless.

412. 人老心腸惡，牛老生長角

554-6 人老心腸惡牛老生長角

｜校訂｜人老心腸惡，牛老生長角

｜辭典客語拼音｜ nyin5 lau2 sim chhong5 ok, nyu5 lau2 sang chhong5 kok

｜辭典英文釋義｜ villany grows with years like the horns of a cow.

｜中文翻譯｜人老了心腸變壞，就像牛老了犄角變長。

｜說明｜ 年紀大了，生老病死看得多，比較理智，看起來心腸比較硬，就像牛老了，牛角會比較長比較硬。

｜參考資料｜

涂春景《聽算無窮漢——有韻的客話俚諺 1500 則》頁 21「人老心腸惡，牛老生長角。」，解釋為「嘲諷心腸不好的老年人，說：人老了還心腸那麼壞，好像牛老了長了長長的角一般。」

黃永達《臺灣客家俚諺語語典：祖先的智慧》頁 21「人老心腸惡，牛老生長角」，解釋為「[教示諺] 警示人年歲大會變到較無同情心，就像牛仔老了就會生又硬又長的牛角共樣。」

人老心腸惡牛老生長角, *n.* *láu sim chhông ok nyû láu sang chhông kok,* villany grows with years like the horns of a cow.

413. 人名無白水

555-1 人名無白水

｜辭典客語拼音｜ nyin5 miang5 mau5 phak8 shui2

｜辭典英文釋義｜ if the character has the desired sound it will do!

｜中文翻譯｜如果「字」能夠依其音義達到目的，那就好了！

｜說明｜ 「人名」是指一個人的名字。此諺英譯的「character」譯為漢字的「字」，此處是指「名字」。

｜參考資料｜

涂春景《形象化客話俗語 1200 句》頁 16「人名無白水」，解釋為「白水，淡而無味，引申有沒意義的意思。話說人的名字，沒有沒意義的；換句話說，人的名字不能從字面上解釋。」

黃永達《臺灣客家俚諺語語典：祖先的智慧》頁 20「人名無白水」，解釋為「[經驗談] 意謂人的各姓做字面上的解釋無意義，但係名仔就各有安名的意義了。」

人名無白水, *n. miáng mâu phàk shúi*, if the character has the desired sound it will do!

414. 人命出天曹

555-2 人命出天曹

｜辭典客語拼音｜ nyin5 miang3 chhut thien tshau5

｜辭典英文釋義｜ man's life is decreed of Heaven.

｜中文翻譯｜人的命運是由上天註定的。

人命出天曹, *n. miàng chhut thien tshâu*, man's life is decreed of Heaven.

415. 人望高樓水望低

555-3 人望高樓水望低

｜辭典客語拼音｜ nyin5 mong3 kau leu5 shui2 mong3 tai

｜辭典英文釋義｜ man aspires, water seeks the lowest levels.

｜中文翻譯｜人胸懷大志，水往低處流。

｜參考資料｜

涂春景《形象化客話俗語 1200 句》頁 19「人望高樓，水望低」，解釋為「語云：人往高處爬，水往低處流。所以說，人盼望住高樓華屋美廈，水卻只往低窪處流去。」

人望高樓水望低, *n. mòng kau lêu shúi mòng taï*, man aspires, water seeks the lowest levels.

416. 人饒天不饒

555-4 人饒天不饒

| 辭典客語拼音 | nyin5 nyau5 thien put nyau5

| 辭典英文釋義 | man may forgive, heaven will not forgive.

| 中文翻譯 | 人或許會饒恕，上天絕不饒恕。

人饒天不饒, *n.* *nyâu thien put nyâu*, man may forgive, heaven will not forgive.

417. 人愛長交，數愛短結

555-5 人愛長交數愛短結

| 校訂 | 人愛長交，數愛短結

| 辭典客語拼音 | nyin5 oi3 chhong5 kau, sii3 oi3 ton2 kiet

| 辭典英文釋義 | those who would have long friendships let them have short time accounts.

| 中文翻譯 | 要有長久友誼的人，要讓他們短時間之內結一次帳。

| 說明 | 英譯只說明一件事，原諺是兩件事。

| 參考資料 |

涂春景《形象化客話俗語 1200 句》頁 20「人愛長交，數愛短結」，解釋為「愛，要；數，欠人家的錢財。人與人之間的交往，貴在長久，因為，長交才能知己知彼；欠了人家的錢財，要短期、短期的跟債主結算，如此才能使賬清目明，不致引發爭端。」

黃永達《臺灣客家俚諺語語典：祖先的智慧》頁 23 收錄類似諺語「人要長交，數要短結」，解釋為「[教示諺] 交朋友要慢慢長久交往，錢銀來往的結算就要速算速結，指『或速或慢』要看事物來定。」

楊兆禎《客家諺語拾穗》頁 11「人愛長交，數愛短結」，解釋為「『數』即『帳』。」

劉兆蘭《一日一句客家話：客家老古人言》頁 59 收錄類似諺語「人愛長交，事愛短結」，解釋為「這句話是指人在生活中，定要人情交往求長久，財物往來要清楚。似『買賣算分，相請（送）無論』。」

羅肇錦《苗栗縣客語、諺謠集（四）》頁 39「人愛長交，數愛短結」，解釋為「人情交往貴在持久，而賬目往來要隨時清理，才不致傷情。」

人愛長交數愛短結, *n. ǹi chhông kau sù ǹi tón kiet*, those who would have long friendships let them have short time accounts.

418. 人怕三見面，樹怕彈墨線

555-6 人怕三見面樹怕彈墨線

｜校訂｜人怕三見面，樹怕彈墨線

｜辭典客語拼音｜ nyin5 pha3 sam kien3 mien3, shu3 pha3 than5 met8 sien3

｜辭典英文釋義｜ man fears to meet three (true) witnesses, wood fears the carpenter's line.

｜中文翻譯｜人怕三個（可信的）見證人，木材怕木匠的墨線。

｜說明｜「人怕三見面」意思是要有雙方當事人和見證人來對質。

｜參考資料｜

涂春景《聽算無窮漢——有韻的客話俚諺 1500 則》頁 22「人怕三見面，樹怕彈墨線」，解釋為「三見面，正反雙方、證人三方對質。彈墨線，昔日木匠為量取木材的曲直，運用墨斗彈墨線來定奪。此話說，人如果三方面對質，無理則不得狡賴；木材一經彈墨線，曲直便清楚呈現面前。」

黃永達《臺灣客家俚諺語語典：祖先的智慧》頁 22「人怕三見面，樹怕彈墨線」，解釋為「[經驗談] 陌生人連續來尋汝三擺，定著有麼个事情要來謀汝；像大樹樣仔，突然有人來彈墨線，定著有人準備要來斬樹仔咧。另一種解釋是，雙方當事人和見證人共下對質，事情就明白咧，就像樹料仔，一彈墨線就知佢直彎。」

人怕三見面樹怕彈墨線, *n. phà sam kièn mièn shù phà thàn mèt sièn*, man fears to meet three (true) witnesses, wood fears the carpenter's line.

419. 人怕粗，鬼怕攎

555-7 人怕粗鬼怕攎

｜校訂｜人怕粗，鬼怕攎

｜辭典客語拼音｜ nyin5 pha3 tshu, kwui2 pha3 lu5

｜辭典英文釋義｜ man dreads to be beaten, demons dread exorcism.

｜中文翻譯｜人怕被打，魔鬼怕被驅魔。

｜說明｜ 1926 年版《客英》頁 429「攎鬼」，解釋為“to exorcise demons.”。

｜參考資料｜

涂春景《形象化客話俗語 1200 句》頁 17 收錄類似諺語「人怕粗魯，鬼怕法」，解釋為「人怕粗魯不講理的人，鬼怕巫覡作法。當有平時不太講理的人，屈服於更粗魯、更不講理的人時，便說：『人怕粗魯鬼怕法。』」

黃永達《臺灣客家俚諺語語典：祖先的智慧》頁 22 收錄類似諺語「人怕魯夫，鬼怕法」，解釋為「[經驗談] 人驚堵到粗魯毋講理的人，就像鬼驚會法術的覡公共樣。」

辭典截圖

人怕粗鬼怕攎, *n. phà tshṳ, kwúi phà lû,* man dreads to be beaten, demons dread exorcism.

420. 人憑神力，官憑印

555-8 人憑神力官憑印

｜校訂｜人憑神力，官憑印

｜辭典客語拼音｜ nyin5 phin5 (phung5) shin5 lit8 kwon (kwan) phin5 yin3

｜辭典英文釋義｜ man relies on the spirit’s power, the magistrate on his seal.

｜中文翻譯｜人依賴神的力量，為官者憑藉他的印章。

｜說明｜ 官印代表官府，具權威及公權力。

辭典截圖

人憑神力官憑印, *n. phîn (phûng) shîn lit kwon (kwan) phîn yìn,* man relies on the spirit's power, the magistrate on his seal.

421. 人晡賊，賊晡人

555-9 人捕賊賊捕人

｜校訂｜人晡賊，賊晡人

｜辭典客語拼音｜ nyin5 phu3 tshet8, tshet8 phu3 nyin5

｜辭典英文釋義｜ men wait in hiding to catch the thief, the thief waits in hiding to seize men.

｜中文翻譯｜人躲著等要抓賊，賊也躲著等要搶人。

｜說明｜「晡」指暗中躲藏起來監視，視情況而行動。「人晡賊，賊晡人」指雙方都在暗中監視，伺機行動。

人捕賊賊捕人, *n. phù tshe̍t tshe̍t phù nyîn,* **men wait in hiding to catch the thief, the thief waits in hiding to seize men.**

422. 人死如虎，虎死如龍

556-1 人死如虎虎死如龍

｜校訂｜人死如虎，虎死如龍

｜辭典客語拼音｜ nyin5 si2 yi5 fu2, fu2 si2 yi5 liung5

｜辭典英文釋義｜ when a man dies he is feared as a tiger is feared; men are curious to see a dead tiger as to see a dragon.

｜中文翻譯｜一個人死了之後可怕的程度就像老虎一樣；人好奇地想看死掉的老虎就像想去看一條龍一樣。

人死如虎虎死如龍, *n. sí-yî fú fú sí yì liûng,* when a man dies he is feared as a tiger is feared; men are curious to see a dead tiger as to see a dragon.

423. 人心不同，各如其面

556-2 人心不同各如其面

| 校訂 | 人心不同，各如其面

| 辭典客語拼音 | nyin5 sim put thung5, kok yi5 khi5 mien3

| 辭典英文釋義 | men's minds differ as their faces differ.

| 中文翻譯 | 人心各有不同，就像他們的面貌各自不同。

| 參考資料 |

黃永達《臺灣客家俚諺語語典：祖先的智慧》頁 19「人心不同，各如其面」，解釋為「[經驗談] 各人心肚思量的事物、角度無共樣，就像各人的面向無共樣。」

人心不同各如其面, *n. sim put thúng kok yî khî mièn* men's minds differ as their faces differ.

424. 人心似鐵，官法如爐

556-3 人心似鐵官法如爐

| 校訂 | 人心似鐵，官法如爐

| 辭典客語拼音 | nyin5 sim sii3 thiet, kwon fap yi5 lu5

| 辭典英文釋義 | the heart may be hard as iron, but the law is like a (hot) oven (to melt it).

| 中文翻譯 | 人心或許會如鐵一般堅硬，但律法像（熱）爐（去熔化它）。

| 參考資料 |

黃永達《臺灣客家俚諺語語典：祖先的智慧》頁 19「人心似鐵，官法如爐」，解釋為「[經驗談] 鐵係贏毋過風爐的，人的意志仰般堅定也敵毋過官法，有『法律如山』之意。」

人心似鐵官法如爐, *n, sim sṳ̀ thiet kwon fap yî lû*, the heart may be hard as iron, but the law is like a (hot) oven (to melt it).

425. 人心節節高，想了皇帝想神仙

556-4 人心節節高想哩皇帝想神仙

｜校訂｜人心節節高，想了皇帝想神仙

｜辭典客語拼音｜ nyin5 sim tset tset kau, siong2 li2 fong5 ti3 siong2 shin5 sien

｜辭典英文釋義｜ man's heart is ambitious, aims at kingship therafter at being a fairy.

｜中文翻譯｜人野心很大，想當皇帝，之後又想當神仙。

｜參考資料｜

姜義鎮《客家諺語》頁 33 收錄類似諺語「天高不是高，人心節節高」，解釋為「人的慾望無限。」

涂春景《聽算無窮漢——有韻的客話俚諺 1500 則》頁 19 收錄類似諺語「人心節節高，有酒嫌無糟」，解釋為「節節高，形容人心多不知足，好還要更好。話說，人心不知滿足，有酒了還嫌沒酒糟可餵豬。」

黃永達《臺灣客家俚諺語語典：祖先的智慧》頁 19 收錄類似諺語「人心節節高」，解釋為「[經驗談] 形容人心不足，慾望無限。」「人心節節高，有酒嫌無糟」，解釋為「[經驗談] 人的慾望愈來愈大，有酒食還嫌無糟肉好（食旁）酒。」頁 71 收錄類似諺語「天高毋係高，人心節節高」，解釋為「[俚俗語] 人心慾望無窮，比天較高。」

楊兆禎《客家老古人言》頁 35 收錄類似諺語「人心節節高，料字寫成科」。

人心節節高想哩皇帝想神仙, *n. sim tset tset kau siong li fông tì sióng shîn sien*, man's heart is ambitious, aims at kingship therafter at being a fairy.

426. 人心肝，牛肚屎

556-5 人心肝牛肚屎

｜校訂｜人心肝，牛肚屎

｜辭典客語拼音｜ nyin5 sim kon, nyu5 tu2 shi2

｜辭典英文釋義｜ the mind is like a cow's belly never satisfied.

｜中文翻譯｜人心就像牛的肚子一樣永遠不會滿足。

｜說明｜ 牛是反芻動物，永遠不知飽。

人心肝牛肚屎, *n. sim kon nyû tú shí,* the mind is like a cow's belly never satisfied.

427. 人性多過藥性

556-6 人性多過藥性

｜辭典客語拼音｜ nyin5 sin3 to kwo3 yok8 sin3

｜辭典英文釋義｜ there are more temperaments than there are medicines.
｜中文翻譯｜人的脾氣比藥還多。

人性多過藥性, *n. sìn to kwò yók sìn,* there are more temperaments than there are medicines.

428. 人相打，莫行前

556-7 人相打莫行前

｜校訂｜人相打，莫行前
｜辭典客語拼音｜ nyin5 siong ta2, mok8 hang5 tshien5

｜辭典英文釋義｜ do not approach men when fighting.
｜中文翻譯｜不要靠近正在打鬥的人。

｜說明｜ 與 556-8「人相罵，莫幫言」（429）為上下句。

｜參考資料｜
羅肇錦《苗栗縣客語諺語、謎語集（二）》頁 83 收錄類似諺語「相打莫行前，人相罵莫增言」，解釋為「有人打架了不要去湊熱鬧，以免被波及，有人吵架了，莫要火上加油，多說會增加誤會或仇恨的話。勸人莫管閒事，非關己身莫近身。」

人相打莫行前, *n. siong tá mok hâng tshiên,* do no approach men when fighting.

429. 人相罵，莫幫言

556-8 人相罵莫帮言

| 校訂 | 人相罵，莫幫言

| 辭典客語拼音 | nyin5 siong ma3, mok8 pong nyen5

| 辭典英文釋義 | do not join with those who slander each other.

| 中文翻譯 | 不要參與正在互罵的人。

| 說明 | 與 556-7「人相打，莫行前」（428）為上下句。

| 參考資料 |

涂春景《聽算無窮漢——有韻的客話俚諺 1500 則》頁 144 收錄類似諺語「相罵莫幫言，相打莫幫拳」，解釋為「有人爭吵，應當當和事佬，千萬別加入戰局。所以說，人家吵架不可幫言，人家打架不可幫拳。」

劉兆蘭《一日一句客家話：客家老古人言》頁 67 收錄類似諺語「相罵莫幫言，相打莫幫拳」，解釋為「這句話的意思是別人爭吵打架的時候，不要火上加油，不然的話，可能遭池魚之殃，反而使事態擴大。」

羅肇錦《苗栗縣客語諺語、謎語集（二）》頁 83 收錄類似諺語「相打莫行前，人相罵莫增言」，解釋為「有人打架了不要去湊熱鬧，以免被波及，有人吵架了，莫要火上加油，多說會增加誤會或仇恨的話。勸人莫管閒事，非關己身莫近身。」

人相罵莫帮言, *n. siong mà mòk pong nyên*, do not join with those who slander each other.

430. 人身尸，狗骨頭

556-9 人身尸狗骨頭

| 校訂 | 人身尸，狗骨頭

| 辭典客語拼音 | nyin5 shin shi, keu2 kwut theu5

| 辭典英文釋義 | like a dead body and dog’s bones (of no consequence).

｜中文翻譯｜像人的屍體及狗的骨頭（毫不重要）。

人身尸狗骨頭, *n. shin shi kéu kwut thêu,* like a dead body and dogs' bones (of no consequence).

431. 人多強房，狗多扛羊

557-1 人多强房狗多扛羊

｜校訂｜人多強房，狗多扛羊

｜辭典客語拼音｜ nyin5 to khiong5 fong5, keu2 to kong yong5

｜辭典英文釋義｜ where men are numerous there are strong factions; when dogs are many they carry the goats.

｜中文翻譯｜人多宗室就強大，狗多就拖走羊。

｜參考資料｜

涂春景《聽算無窮漢——有韻的客話俚諺 1500 則》頁 26「人多強房，狗多扛羊」，解釋為「房，又稱房份，父親傳下三子，即分三房；扛羊，指吃羊。話說，同一房份的子孫多，房份就壯大；狗一多就合夥吃羊。」

人多强房狗多扛羊, *n. to khióng fóng keu to kong yông,* where men are numerous there are strong factions; when dogs are many they carry the goats.

432. 人情好，食水甜

557-2 人情好食水甜

｜校訂｜人情好，食水甜

｜辭典客語拼音｜ nyin5 tshin5 hau2, shit8 shui2 thiam5

｜辭典英文釋義｜ a cup of water is sweet when given in kindness.

｜中文翻譯｜善意施予的一杯水是甜的。

｜參考資料｜

涂春景《形象化客話俗語 1200 句》頁 18「人情好，食水甜」，解釋為「食水，喝水。如果人情好，縱然喝水也感到清甜。這裡強調人情和好的重要。」

黃永達《臺灣客家俚諺語語典：祖先的智慧》頁 24「人情好，食水甜」，解釋為「[經驗談] 感情好，相處快樂，自然連食水也會甜。」

人情好食水甜, *n. tshîn háu shit shúi thiâm,* a cup of water is sweet when given in kindness.

433. 人無生活計，食盡家裡斗量金

557-3 人無生活計食盡家裡斗量金

｜校訂｜人無生活計，食盡家裡斗量金

｜辭典客語拼音｜ nyin5 vu5 sang fat8 ke3, shit8 tshin3 ka li teu2 liong5 kim

｜辭典英文釋義｜ a man who does not calculate clearly will devour the fortunes of his household.

｜中文翻譯｜人如果沒有清楚的計算，會吃光家裡的財富。

｜參考資料｜

黃永達《臺灣客家俚諺語語典：祖先的智慧》頁 25 收錄類似諺語「人無生活計，毋怕斗量金」，解釋為「[教示諺] 過生活無打算，金山銀山也會食空。」「人無活計，坐食山崩」，解釋為「[教示諺] 人若無持續收入、無算計過日時，像山恁大的財產也會食忒去。」

人無生活計食盡家裡斗量金, *n. vû sang fǎt kè shit tshìn ka li téu liông kim,* a man who does notcalculate clearly will devour the fortunes of his household.

434. 人意毋同天意

558-1 人意唔同天意

｜校訂｜人意毋同天意

｜辭典客語拼音｜ nyin5 yi3 m thung thien yi3

｜辭典英文釋義｜ man's thoughts and heaven's are not the same.
｜中文翻譯｜人意跟天意不同。

人意唔同天意, *n. yì m thung thien yì,* man's thoughts and heaven's are not the same.

435. 人有錯言，馬有錯跡

558-2 人有錯言馬有錯跡

｜校訂｜人有錯言，馬有錯跡
｜辭典客語拼音｜ nyin5 yu tsho3 nyen5, ma yu tsho3 tsiak

｜辭典英文釋義｜ man makes mistakes in speech, as the horse makes false steps.
｜中文翻譯｜人會說錯話正如馬會踩錯步。

｜參考資料｜

黃永達《臺灣客家俚諺語語典：祖先的智慧》頁 21 收錄類似諺語「人有失神，馬有亂蹄」，解釋為「[經驗談] 做人做事難免成時會失誤，就像馬仔走起來也有亂忒步腳的時節。」

人有錯言馬有錯跡, *n. yu tshô nyên ma yu tshò tsiak,* man makes mistakes in speech, as the horse makes false steps.

436. 入門看見人故事

559-1 入門看見人故事

｜辭典客語拼音｜ nyip8 mun5 khon3 kien3 nyin5 ku3 sii3

｜辭典英文釋義｜ as you enter a door you look for signs of welcome.
｜中文翻譯｜當你進門時，要找有無歡迎跡象。

｜說明｜「入門看見人故事」意為到人家家裡作客，進門後就要觀察主人家的氣氛。

｜參考資料｜

姜義鎮《客家諺語》頁 12 收錄類似諺語「入門看人意」，解釋為「一進門，先看主人的表情。」

徐運德《客家諺語》頁 80 收錄類似諺語「出門看天色，入門看臉色」，解釋為「此二語，前者是說，將出門時，要先看看天色，看它是晴還是陰。若是陰天，須備帶雨傘，以防雨淋。後一語是說到人家中，進門時，須看主人的面色。他是喜是憂。故古有：『入門休問榮吉事，觀看容顏便得知』，以垂示後人。」

涂春景《聽算無窮漢——有韻的客話俚諺 1500 則》頁 34 收錄類似諺語「入門看人意，入山看山勢」，解釋為「入門，到了人家裡。進門要察主人言觀主人色，如果主人具誠意、善意，則可久留，否則，宜趕快離開；進入山區，要察看山勢，免得迷路。」「入門愛看，出門愛穿」，解釋為「入門，拜訪人家；愛，要；出門，離開家門。拜訪人家，進入人家的大門要察主人的言觀主人的色；離家外出要穿著體面些，君不聞『出門如見大賓』？」頁 43 收錄類似諺語「出門看天色，入門看面色」，解釋為「出門前看看天色，看陰晴冷暖，作為穿著、帶傘與否的參考；到人家中拜訪，要先察看主人的臉色，看他歡迎與否，作為自己停留久暫定奪的依據。」

黃永達《臺灣客家俚諺語語典：祖先的智慧》頁 27 收錄類似諺語「入門看人意，上山看山勢」，解釋為「[教示諺] 到人的屋下要看主人的意思，到山就要看山肚的地勢，勸話人到任何所在就要注意環境。」「入門要看，出門要著」，解釋為「[教示諺] 出門拜訪人家要注意著衫，入門要看主人的面色，要走要留，正有準則，指不同的場所注意的重點也不同。」頁 100 收錄類似諺語「出門看天色，入門看面色」，解釋為「[教示諺] 喻人生世間生活行動，要隨時注意環境和人群的變化。」

羅肇錦《苗栗縣客語諺語、謎語集（二）》頁 93 收錄類似諺語「出門看天色，入門看主人的面色」，解釋為「出門在外要能觀天色，以知冷暖陰晴，到別人家中做客要能知主人的喜惡，以免成為不速之客。比喻與人接觸要先察言觀色，切勿莽撞。」

入門看見人故事, *n. mûn khòn kièn nyîn kù sṳ̀*, as you enter a door you look for signs of welcome.

437. 入了門樓入廳下

559-2 入了門樓入聽下

| 校訂 | 入了門樓入廳下

| 辭典客語拼音 | nyip8 liau2 mun5 leu5 nyip8 thang (then) ha

| 辭典英文釋義 | enter the door enter the court. (met. bit by bit).

| 中文翻譯 | 進了門後再進廳堂（意指逐步地）。

｜說明｜ 意指凡事要按部就班。

入了門樓入聽下, *n. liáu mûn lêu nyip thang (then) há,* enter the door enter the court. (met. bit by bit).

438. 入村問地主

559-3 入村問地主

｜辭典客語拼音｜ nyip8 tshun mun3 thi3 chu2

｜辭典英文釋義｜ when you go to a village pay your respects to the head man.

｜中文翻譯｜你去到一個村莊要去拜訪當地的領頭人。

入村問地主, *n. tshun mùn thì chú,* when you go to a village pay your respects to the head man.

439. 入山莫問出山人

559-4 入山莫問出山人

｜辭典客語拼音｜ nyip8 san mok8 mun3 chhut san nyin5

｜辭典英文釋義｜ do not ask of him who comes from the hill if you want to go up the hill.

｜中文翻譯｜如果你要上山不要向從山裡出來的人問路。

｜說明｜ 1905 年版《客英詞典》頁 720「入山莫問出山人」的釋義為“let not one entering the mountains ask (advice) of one coming out – do not be guided (in entering office) by one who has been dismissed.”（不要讓要入山區的人問要出山區的人的意見——入府當官不要受剛被革職的人導引。）與 721-1「上山莫問下山人」（570）近似。

｜參考資料｜

涂春景《形象化客話俗語 1200 句》頁 15「入山莫問出山人」，解釋為「入山，上山；出山，下山。上山時別問下山的人，因為，山上的一切：上山路的遠近、山中的景緻……，都得自己去親身經歷，才會真切。」

入山奠問出山人, n. san mók mùn chhut san nyîn, do not ask of him who comes from the hill if you want to go up the hill.

440. 日頭送崗天會晴

560-1 日頭送崗天噲情

| 校訂 | 日頭送崗天會晴

| 辭典客語拼音 | nyit theu5 sung3 kong thien voi3 tshiang5

| 辭典英文釋義 | if the evening sun breaks on the hill the morrow will be fair.

| 中文翻譯 | 如果夕陽照在山崗上，次日會是晴天。

| 說明 | 此諺是時諺。從夕陽預測隔天的天氣。

日頭送崗天噲情, n. thèu sùng kong thien vòi tshiâng, if the evening sun breaks on the hill the morrow will be fair.

441. 日毋好講人，夜毋好講神

560-2 日唔好講人夜唔好講神

| 校訂 | 日毋好講人，夜毋好講神

| 辭典客語拼音 | nyit m hau2 kong2 nyin5, ya3 m hau2 kong2 shin5

| 辭典英文釋義 | speak not of a certain man in the day time, in the night speak not of a spirit.

| 中文翻譯 | 白天不要談論某一個人，晚上不要談論鬼。

| 參考資料 |

姜義鎮《客家諺語》頁 38 收錄類似諺語「日時不可講人，晚時不可講鬼」，解釋為「勸人不可說別人壞話。」

涂春景《聽算無窮漢——有韻的客話俚諺 1500 則》頁 93 收錄類似諺語「日毋好講人，夜毋好講神」，解釋為「毋好，不可；神，指神鬼之事。話說，白天不可品評人的是非，晚上不要談論神鬼的事。」

黃永達《臺灣客家俚諺語語典：祖先的智慧》頁 77 收錄類似諺語「日毋講人，暗毋講鬼」，解釋為「[教示諺] 勸話人日時毋好講人長短，暗晡時毋好講鬼怪事。」頁 78 收錄類似諺語「日時頭毋好講人，暗晡時毋好講鬼」，解釋為「[教示諺] 勸話人毋好亂批評別人，也毋好講鬼怪事。」

黃盛村《臺灣客家諺語（下冊）》頁 42 收錄類似諺語「日時頭毋講人；暗晡頭毋講鬼」，解釋為「白天時最好不要說人短處，因為隔牆有耳，很容易被別人聽到；夜間雖寂然人靜，但卻是鬼魂四處遊蕩的時刻，所以也千萬別在晚上時講鬼怪之事，萬一不幸被鬼聽到而招來災禍，絕對不利於己。」

楊兆禎《客家老古人言》頁 51 收錄類似諺語「日時唔好講人，暗時唔好講鬼」，解釋為「不談人短。」

楊兆禎《客家諺語拾穗》頁 31 收錄類似諺語「日時頭唔好講人，暗晡時唔好講鬼」，解釋為「不談人短。」

鄧榮坤《生趣客家話》頁 148 收錄類似諺語「日時毋好講人，暗時毋好講鬼」，解釋為「不談人是非。[注解] 一、日時：白天。二、毋好：不要。三、暗時：夜晚。四、喜歡說人是非，道人長短的人，是不受歡迎的。[比喻] 謹言慎行。」

羅肇錦《苗栗縣客語、諺謠集（四）》頁 37 收錄類似諺語「日時頭毋好講人，暗晡時毋好講鬼」，解釋為「白天不可談論活人，夜晚不可談論鬼魅。誡人不可背後議人長短。」

日唔好講人夜唔好講神, *n.* *m háu kóng nyìn, yà m háu kóng shìn*, speak not of a certain man in the day time, in the night speak not of a spirit.

442. 日枷晴，夜枷雨

560-3 日枷晴夜枷雨

｜校訂｜日枷晴，夜枷雨

｜辭典客語拼音｜ ngit ka tshiang5 ya ka yi2

｜辭典英文釋義｜ a halo round the sun presages fair weather, a halo round the moon rain.

｜中文翻譯｜出現日暈預示著晴天，出現月暈預示著雨天。

｜參考資料｜

徐運德《客家諺語》頁 234 收錄類似諺語「日枷晴，夜枷雨，大枷三日，細枷對時」，解釋為「此『枷』乃月暈、日暈之意。」

涂春景《聽算無窮漢——有韻的客話俚諺 1500 則》頁 93 收錄類似諺語「日枷晴，

夜枷雨；大枷三日，細枷對時」，解釋為「日枷，日暈；夜枷，夜暈。這句農諺說：白天出現日暈將天晴，晚上出現月暈將下雨；月暈大，三天後下雨，月暈小，兩小時內必將下雨。」

黃永達《臺灣客家俚諺語語典：祖先的智慧》頁 78 收錄類似諺語「日枷晴，夜枷水；大枷三日，細枷對時」，解釋為「[經驗談]『枷』係帶月暈、日暈之意，日頭擎枷會做旱，月光擎枷會落水；大枷三日內會落水，細枷對時就會落水。」

日 枷 晴 夜 枷 雨, *n. ka tshiâng ya ka yi*, a halo round the sun presages fair weather, a halo round the moon rain.

443. 日子像貓毛恁多

561-1 日子像貓毛㖡多

｜校訂｜日子像貓毛恁多

｜辭典客語拼音｜ nyit tsii2 tshiong3 miau3 mau kan3 to

｜辭典英文釋義｜ as many days as there are hairs in a cat's fur — to youth the days seem endless.

｜中文翻譯｜日子像貓毛一樣多——對年輕人來說日子像是無止境的。

｜參考資料｜

黃永達《臺灣客家俚諺語語典：祖先的智慧》頁 77 收錄類似諺語「日仔像貓毛恁多」，解釋為「[俚俗語] 喻空閒的時間非常多。」

日 子 像 貓 毛 㖡 多, *n. tsṳ̀ tshiòng miàu mau kàn to*, as many days as there are hairs in a cat's fur—to youth the days seem endless.

444. 日頭曬老个

561-2 日頭哂老個

｜校訂｜日頭曬老个

｜辭典客語拼音｜ nyit theu5 sai3 lau2 kai3

｜辭典英文釋義｜ a sun struck man — old before his time; useless.

｜中文翻譯｜指太陽曬老的人——未老而老，無用之人。

｜參考資料｜

涂春景《形象化客話俗語 1200 句》頁 58 收錄類似諺語「日頭曬老介」，解釋為「老人經驗多，充滿人生的智慧，值得人人尊敬。這句話說：這老人是被太陽曬老的，不是真正值得尊敬的老人。」

黃永達《臺灣客家俚諺語語典：祖先的智慧》頁 78 收錄類似諺語「日頭曬老的」，解釋為「[俚俗語] 人未老分日頭曬老，諷無德行的老人家。」

羅肇錦《苗栗縣客語諺語、謎語集（二）》頁 66 收錄類似諺語「日頭晒老介」，解釋為「老人不自重，無事生非，於是被批評，白活了一大把年紀。」

日頭晒老個, *n. thêu sài láu kài*, a sun struck man—old before his time; useless.

445. 日大千斤，夜大八百

561-3 衵大千斤夜大八百

｜校訂｜日大千斤，夜大八百

｜辭典客語拼音｜ nyit thai3 tshien kin, ya3 thai3 pat pak

｜辭典英文釋義｜ every day adds a thousand, every night eight hundred catties.

｜中文翻譯｜每天長一千斤，每晚長八百斤。

｜說明｜ 傳統習俗抓豬仔放入豬圈時要講的諺語，全諺為「順順序序，日大千斤，夜大八百。」也有人說「夜大千斤，日大八百。」其目的是希望豬仔能平平安安長大。

衵大千斤夜大八百, *n. thài tshien kin yà thài pat pak*, every day adds a thousand, every night eight hundred catties.

446. 牛噭辭欄，虎噭辭山

564-1 牛噭辭欄虎噭辭山

｜校訂｜牛噭辭欄，虎噭辭山

｜辭典客語拼音｜ nyu5 kiau3 tshii5 lan5, fu2 kiau3 tshii5 san

｜辭典英文釋義｜ the cow lows when leaving its stall; the tiger cries when leaving the hills (lair).
｜中文翻譯｜牛離開牛欄時會悲鳴，虎離開山（穴）時會哭叫。

｜參考資料｜
涂春景《聽算無窮漢——有韻的客話俚諺 1500 則》頁 132 收錄類似諺語「牛叫辭欄，虎叫辭山」，解釋為「叫，獸類啼鳴；辭，離。話說，牛要牽離牛欄，將要擔負農事，所以啼鳴；虎落平陽被犬欺，所以要牠離開山上棲息之所，不免悲鳴。」

辭典截圖

牛噭辭欄虎噭辭山, *n. kiàu tshṳ̂ lân fú kiàu tshṳ̂ san*, the cow lows when leaving its stall; the tiger cries when leaving the hills (lair).

447. 牛牽到江西都係牛

564-2 牛牽到江西都係牛

｜辭典客語拼音｜ nyu5 khien tau3 Kong-si tu he3 nyu5

｜辭典英文釋義｜ if you lead an ox to Kiang-si it is still an ox.
｜中文翻譯｜如果你牽一隻牛到江西牠還是一隻牛。

｜參考資料｜
姜義鎮《客家諺語》頁 26 收錄類似諺語「牛牽到江西還係牛」，解釋為「說明本性難移。」
徐運德《客家諺語》頁 327 收錄類似諺語「係牛、牽到廣西還係牛」，解釋為「不管如何勸導都不改變的壞性質。」
涂春景《形象化客話俗語 1200 句》頁 143 收錄類似諺語「係牛，牽到江西也係牛」，解釋為「係，是。有云：江山易改，本性難移。稱一個人頑強固執，不知變通，便說：牛牽到江西還是牛。」
涂春景《聽算無窮漢——有韻的客話俚諺 1500 則》頁 29 收錄類似諺語「係牛，牽到江西也係牛」，解釋為「係，是。俗謂：江山易改，本性難移。所以說，如果是牛，廣東牽到江西也是牛。」
黃永達《臺灣客家俚諺語語典：祖先的智慧》頁 93 收錄類似諺語「牛牽到奈位還係牛」，解釋為「[比喻詞] 喻本性（性格）難改變。」頁 226 收錄類似諺語「係牛，牽到廣西還係牛」，解釋為「[俚俗語] 仰般勸話都毋會改變的壞性體。」
楊兆禎《客家老古人言》頁 48 收錄類似諺語「牛牽到江西還係牛——本性難改」、

「牛牽到廣東還係牛——本性難改」。頁 91 收錄類似諺語「係牛牽到江西還係牛——本性難改」、「係牛牽到廣東還係牛——本性難改」。

楊兆禎《客家諺語拾穗》頁 26 收錄類似諺語「牛牽到廣東還係牛——本性難改」。頁 83 收錄類似諺語「係牛，牽到江西還係牛——本性難移」、「係牛，牽到廣東還係牛——本性難移」。

劉兆蘭《一日一句客家話：客家老古人言》頁 104 收錄類似諺語「牛牽到北京也係牛」，解釋為「這句話是說人本性難移，像牛一樣，不管牽到哪兒，還是牛。」

牛牽到江西都係牛, *n. khien tàu Kong-si tu hè n*, if you lead an ox to Kiang-si it is still an ox.

448. 牛筋牛背取

564-3 牛筋牛背取

|辭典客語拼音| nyu5 kin nyu5 poi3 tshi2

|辭典英文釋義| select muscle from the back of the ox.

|中文翻譯|牛筋要從牛背取。

|參考資料|

涂春景《形象化客話俗語 1200 句》頁 50 收錄類似諺語「牛筋牛背囊扯」，解釋為「牛背囊，牛背，指牛身上。牛筋要在牛身上抽；有羊毛出在羊身上的意思。」

黃永達《臺灣客家俚諺語語典：祖先的智慧》頁 93 收錄類似諺語「牛筋牛背抽」，解釋為「[比喻詞] 有所得必定係由所失而來的，和華諺『羊毛出在羊身上』共樣意思。」「牛筋牛背囊扯」，解釋為「[俚俗語] 牛筋還係從牛身項抽出來的，同華諺『羊毛出在羊身上』。」

羅肇錦《苗栗縣客語、諺謠集（四）》頁 40 收錄類似諺語「牛筋牛背囊抽」，解釋為「牛的筋骨要從牛背上抽，就是羊毛出在羊身上之意。」

牛筋牛背取, *n. kin nyû pòi tshì*, select muscle from the back of the ox.

449. 牛角毋尖毋出村

564-4 牛角唔尖唔出村

| 校訂 | 牛角毋尖毋出村

| 辭典客語拼音 | nyu5 kok m tsiam m chhut tshun

| 辭典英文釋義 | if a cow's horns are not sharp it does not leave the village. It is only the gifted who are called out.

| 中文翻譯 | 如果牛的犄角不尖銳，牠就不會離開村莊。只有有才華的人才會被徵召出來。

| 說明 | 「出村」意指代表村裡出去和他村的牛較量。

| 參考資料 |

徐運德《客家諺語》頁 327 收錄類似諺語「牛角毋尖毋過村」，解釋為「沒有一點本領能力，是不敢外出和人競爭長短之意。」

涂春景《形象化客話俗語 1200 句》頁 50 收錄類似諺語「牛角毋尖毋過嶺」，解釋為「牛角毋尖，毋，不；牛角尖，指一個人有本事。沒有本事，不敢與人較量、爭短長。所以說：『牛角毋尖毋過嶺』。」

黃永達《臺灣客家俚諺語語典：祖先的智慧》頁 92 收錄類似諺語「牛角毋尖毋過村」，解釋為「[教示諺] 無本事就毋好出去和人爭長短。」

鄧榮坤《生趣客家話》頁 112 收錄類似諺語「牛角毋尖毋過村」，解釋為「知道自己的斤兩。[注解] 一、牛角毋尖：牛挑釁時，經常以頭上的尖角互相抵碰。毋尖：不夠尖銳。二、毋過村：毋，不要。過村，越過別的村莊。三、斤兩：重量的計算單位，一斤等於十六兩。[比喻] 沒有一點本領，不要出外與人爭常短。」

羅肇錦《苗栗縣客語、諺謠集（四）》頁 41 收錄類似諺語「牛角毋尖毋過村」，解釋為「牛的角不夠銳，不敢越過別村的地盤。比喻沒有真本事不敢到外面闖蕩。猶言『沒有三兩三，不敢上梁山』。」

牛角唔尖唔出村, *n. kok m tsiam m chhut tshun,* if a cow's horns are not sharp it does not leave the village. It is only the gifted who are called out.

450. 牛欄肚鬥牛嫲

564-5 牛欄肚鬪牛㛂

| 校訂 | 牛欄肚鬥牛嫲

| 辭典客語拼音 | nyu5 lan5 tu2 teu3 nyu5 ma5

| 辭典英文釋義 | a cow will fight in her own byre; (bold at home, a coward abroad).

| 中文翻譯 | 一隻母牛在自己的牛欄裡爭鬥（在家膽大，在外則是一個懦夫）。

| 說明 | 「牛欄肚鬥牛嫲」是指牛隻會在牛欄裡用角頂撞母牛。

| 參考資料 |

何石松《客諺第二百首》頁 29 收錄類似諺語「牛欄肚鬥牛嫲，自家打自家」，解釋為「只會在牛欄裡鬥來鬥去，結果，傷害或干擾了自己人，如果真的期盼他有何作為的話，又如緣木求魚，難成氣候。」

姜義鎮《客家諺語》頁 17 收錄類似諺語「牛欄肚鬥牛嫲」，解釋為「怕強欺弱。」頁 67 收錄類似諺語「牛欄肚鬥牛嫲」，解釋為「自家打自家，唔係好漢」。

涂春景《形象化客話俗語 1200 句》頁 51 收錄類似諺語「牛欄肚鬥牛母」，解釋為「牛欄肚，牛圈裡；牛母，母牛。一個團體裡，有人怯於公戰、勇於私鬥，便說這種人善於『牛欄肚鬥牛母』。」

黃永達《臺灣客家俚諺語語典：祖先的智慧》頁 94 收錄類似諺語「牛欄肚鬥牛嫲」，解釋為「[比喻詞] 只敢在欄肚鬥牛嫲，毋敢行出去鬥其他的牛牯，意謂專門會欺侮自家人，毋敢行出去。」

黃盛村《臺灣客家諺語（上冊）》頁 172 收錄類似諺語「牛欄肚，鬥牛母」，解釋為「強調有些人，在同一團隊裡，為了自己吃了一點虧，或受了一點委屈，就嚥不下這口氣，而意氣用事的要『討回公道』。」

楊兆禎《客家諺語拾穗》頁 26 收錄類似諺語「牛欄肚鬥牛嫲——強欺弱、唔係好漢、自家打自家」，解釋為「『牛欄肚』即牛欄裏。」頁 27 收錄類似諺語「牛欄肚鬥牛嫲」，解釋為「1. 只會對內，不敢對外。2. 肚：意思為『內』為『裏』。3. 牛嫲：即母牛。」

鄧榮坤《生趣客家話》頁 95 收錄類似諺語「牛欄肚鬥牛嬤」，解釋為「不是好漢。[注解] 一、牛欄肚：牛欄，關牛的房舍。肚：裡面。二、鬥：攻擊。三、牛嬤：母牛。四、公牛為了逞強，挑選與自己關在一起的母牛攻擊，而不敢在外與其他的牛隻較勁。[比喻] 專門欺負自己人的無賴。」

鄧榮坤《客家話的智慧》頁 136 收錄類似諺語「牛欄肚鬥牛嬤」，解釋為「怕強欺弱，欺負自家人。」

羅肇錦《苗栗縣客語、諺謠集（四）》頁 40 收錄類似諺語「牛欄肚鬥牛嫲」，解釋為「只會在牛圈裡欺負母牛。比喻只會欺侮自家人。」

羅肇錦《苗栗縣客語諺語、謎語集（二）》頁 67 收錄類似諺語「牛欄肚，鬥牛嫲」，解釋為「在隔好的牛柵欄內，鬥弄其他的母牛。比喻自家人起內鬨。」

牛欄肚鬪牛嫲, *n. lân tú tèu nyû mâ*, a cow will fight in her own byre; (bold at home, a coward abroad).

451. 牛嫲過嶺，牛子出頭

565-1 牛□□□牛□□□

| 校訂 | 牛嫲過嶺，牛子出頭

| 辭典客語拼音 | nyu5 ma5 kwo3 liang, nyu5 tsii2 chhut theu5

| 辭典英文釋義 | when the mother cow is over the hill the calf grows bold.

| 中文翻譯 | 母牛過了山丘，小牛就會變大膽。

| 說明 | 母牛過了山丘之後，小牛就會學著母牛也爬過山丘，膽子自然就大。意指小牛會變得比較獨立。

n. mâ kwò liang nyû tsṳ́ chhut thêu, when the mother cow is over the hill the calf grows bold.

452. 牛肉乾毋好做枕頭

565-2 牛肉乾唔好做枕頭

| 校訂 | 牛肉乾毋好做枕頭

| 辭典客語拼音 | nyu5 nyuk kon m hau2 tso3 chim2 theu5

| 辭典英文釋義 | do not use dried beef for a pillow.

| 中文翻譯 | 不要拿牛肉乾當枕頭。

| 說明 | 此句諺語有兩解：1. 暴殄天物；2. 牛肉乾這麼珍貴又這麼薄的東西拿來做

枕頭，而且是吃的東西拿來當枕頭，不適合。引申東西在不適合、不恰當的場合或情況下使用。

牛肉乾唔好做枕頭, n. nyuk kon m háu tsò chím thêu, do not use dried beef for a pillow.

453. 肉分人食，骨毋成分人喫

567-1 肉□□□，□□□□□□

｜校訂｜肉分人食，骨毋成分人喫

｜辭典客語拼音｜ nyuk pun nyin5 shit8, kwut m shang5 pun nyin5 khe3

｜辭典英文釋義｜ I'll endure my flesh to be eaten but I won't have my bones nibbled. (I'll bear a little but I won't bear much).

｜中文翻譯｜我可以忍受我的肉被吃，但我不會讓我的骨頭被啃食（我可以忍受一點，但我不會忍受太多）。

｜參考資料｜

黃永達《臺灣客家俚諺語語典：祖先的智慧》頁 166 收錄類似諺語「肉分人食，骨無分人啃」，解釋為「[俚俗語] 喻忍耐有一定的限度，做毋得分人欺負過頭；也指原則、基礎係改變毋得的。」

n. pun nyîn shit, kwut m shâng pun nyîn khè, I'll endure my flesh to be eaten but I won't have my bones nibbled. (I'll bear a little but I won't bear mnch).

454. 肉眼不識賢人

567-2 肉眼不識賢人

｜辭典客語拼音｜ nyuk ngan2 put shit hien5 nyin5

｜辭典英文釋義｜ your eyes are of flesh! you can't recognize a man of distinction when you see him.

｜中文翻譯｜你的眼睛是肉做的！你遇到一個優秀的人，你卻無法辨識出來。

肉眼不識賢人, *n. ngán put shit hiên nyîn*, your eyes are of flesh! you can't recognize a man of distinction when you see him.

455. 銀水煠死人

569-1 銀□□□□

｜校訂｜銀水煠死人

｜辭典客語拼音｜ nyun5 shui2 sap8 si2 nyin5

｜辭典英文釋義｜ money smothers people. (Fig. avoid lawsuits with the rich).

｜中文翻譯｜金錢會悶殺人（意指跟有錢人訴訟）。

｜說明｜ 訴訟費時費錢，還常要賄賂，有錢人佔優勢。

n. shúi sáp si nyîn, money smothers people. (Fig. avoid lawsuits with the rich).

456. 屙屎摎佢隔嶺崗

570-1 屙□□□□□□

｜校訂｜屙屎摎佢隔嶺崗

｜辭典客語拼音｜ o shi2 lau ki5 kak liang kong

｜辭典英文釋義｜ I am parted from urine (filth) by a hill.

｜中文翻譯｜我和尿（汙物）隔山那麼遠。

｜說明｜ 「屙屎摎佢隔嶺崗」即「我和他兩個人隔著山崗野屎」，意指兩人做的事情毫無關係。與 512-1「偓摎（和）佢屙屎隔嶺崗」（370）近似。

o. shi lau ki kak liang kong, I am parted from urine (filth) by a hill.

457. 愛食無碗

572-1 愛食無碗

| 辭典客語拼音 | oi3 shit8 mau5 von2 (van2)

| 辭典英文釋義 | I wish to join in the feast but I have no part of it (no bowl). (met. I would act but I have not got the tools).

| 中文翻譯 | 我希望參加宴席，但沒我的分（沒有碗）（意指我會行動但我還沒有工具）。

| 說明 | 想做一件事情，但卻缺人、缺錢、缺物。

愛食無碗, *o. shit mâu von* (*văn*), I wish to join in the feast but I have no part of it (no bowl). (met. I would act but I have not got the tools).

458. 愛食緊過銃

572-2 愛食緊過銃

| 辭典客語拼音 | oi3 shit8 kin2 kwo3 chhung3

| 辭典英文釋義 | faster to eat than the shot of a gun!

| 中文翻譯 | 搶著要吃比槍射出的子彈還快。

| 說明 | 形容深怕吃不到。另外也可能指吃比保命用的槍更重要。

愛食緊過銃, *o. shit kin kwò chhùng*, faster to eat than the shot of a gun!

459. 愛食又畏燒

572-3 愛食又畏燒

| 辭典客語拼音 | oi3 shit8 yu3 vui3 shau (sheu)

| 辭典英文釋義 | I would eat but I fear it is hot. (I would like it but it is too dear).

｜中文翻譯｜我要吃但怕它會燙（我想要它但它太貴了）。

愛食又畏燒, *o shit yù vùi shau* (*sheu*), I would eat but I fear it is hot. (I would like it but it is too dear).

460. 愛噭毋得嘴扁

572-4 愛哭唔得口扁

｜校訂｜愛噭毋得嘴扁

｜辭典客語拼音｜ oi3 kiau3 m tet choi3 pien2

｜辭典英文釋義｜ he would cry but it does not get beyond his lips.

｜中文翻譯｜他想哭但是沒到開口哭的地步。

｜參考資料｜

涂春景《形象化客話俗語 1200 句》頁 208 收錄類似諺語「愛叫毋得嘴扁」，解釋為「愛叫，要哭；毋得，不得、找不到機會；嘴扁，哭的表情。本指一個人難過已極或情緒低落，你可別挑弄他，否則他因情緒崩潰而哭出來，你將不知如何是好。今勸人凡一件器物將壞未壞，你得小心使用，否則器物壞了，將無可用。」

黃永達《臺灣客家俚諺語語典：祖先的智慧》頁 249 收錄類似諺語「要噭毋得嘴扁」，解釋為「[俚俗語] 細孺仔想噭又尋毋到藉口，想假噭，但係嘴先就扁毋起來，引喻為想要做麼个，但係一直條件毋夠之意。」

楊兆禎《客家諺語拾穗》頁 118 收錄類似諺語「愛叫毋得嘴扁」。

愛哭唔得口扁, *o. kiàu m tet chòi pién*, he would cry but it does not get beyond his lips.

461. 愛你上天，腳下毋生雲

572-5 愛爾上天腳下唔生雲

｜校訂｜愛你上天，腳下毋生雲

｜辭典客語拼音｜ oi3 nyi5 shong thien, kiok ha m sang yun5

｜辭典英文釋義｜ I would that you aspired to heaven but feet won't produce clouds (steps). (of one who wishes his son to get the best education but lacks means).

｜中文翻譯｜我希望你一步登天，但是腳下卻生不出白雲（階梯）（說一個人希望他的兒子得到最好教育但缺乏財力）。

｜說明｜ 傳說神話人物要會騰雲駕霧才能飛上天。

愛爾上天脚下唔生雲, o. nyi shong thien kiok ha m sang yûn, I would that you aspired to heaven but feet won't produce clouds (steps). (of one who wishes his son to get the best education but lacks means).

462. 愛死金缸弇毋核

572-6 愛□□□□□□

｜校訂｜愛死金缸弇毋核

｜辭典客語拼音｜ oi3 si2 kim kong khiem5 m het8

｜辭典英文釋義｜ golden buckets even won't prevent death. (money cannot save from death).

｜中文翻譯｜金桶也不能阻止死亡（金錢也無法阻止死亡）。

o. si kim kong khiêm m hêt, golden buckets even won't prevent death. (money cannot save from death).

463. 惡人無千日

573-1 惡人無千日

｜辭典客語拼音｜ ok nyin5 mau5 tshien nyit

｜辭典英文釋義｜ wicked men do not last long (a thousand days).

｜中文翻譯｜惡人不會存在很久（一千天）。

惡人無千日, o. nyîn mâu tshien nyit, wicked men do not last long (a thousand days).

464. 安樂毋知日子過

574-1 安樂唔知日子過

| 校訂 | 安樂毋知日子過
| 辭典客語拼音 | on lok8 m ti nyit tsii2 kwo3

| 辭典英文釋義 | contented as not to know that the days pass.
| 中文翻譯 | 滿足到不知日子的流逝。

| 參考資料 |
黃永達《臺灣客家俚諺語語典：祖先的智慧》頁 179 收錄類似諺語「快樂毋知日仔過」，解釋為「[經驗談] 快樂的時間過特別遽，不知不覺一日過一日。」

安樂唔知日子過, *o. lo̍k m ti nyit tsṳ́ kwò*, contented as not to know that the days pass.

465. 把戲撮打鑼人毋著

577-1 把戲撮打鑼人唔倒

| 校訂 | 把戲撮打鑼人毋著
| 辭典客語拼音 | pa2 hi tshot ta2 lo5 nyin5 m tau2

| 辭典英文釋義 | the play actor cannot cheat the drummer.
| 中文翻譯 | 演員騙不過打鼓的人。

| 說明 | 「把戲」是指「撮把戲」，1926 年版《客英》頁 997 有本詞條，指雜耍。「打鑼人」英譯為「打鼓人」。「撮」意為詐騙、作假。原諺意為撮把戲的人騙不過同台演出的打鑼人。意即騙不了內行人。

把戲撮打鑼人唔倒, *p. hì tshot tá lô nyîn m tàu*, the play actor cannot cheat the drummer.

466. 百般生理百般難

583-1 百般生理百般難

｜辭典客語拼音｜ pak pan sen li pak pan nan5

｜辭典英文釋義｜ every business has its own burden.

｜中文翻譯｜每項生意都有他自己的困難。

｜參考資料｜

涂春景《形象化客話俗語 1200 句》頁 101「百般生理百般難」，解釋為「百般，各式各樣；生理，生意。說『百般生理百般難』，乃形容各種生意都難做。」

黃永達《臺灣客家俚諺語語典：祖先的智慧》頁 305 收錄類似諺語「條條馬膦臭汗臊，百般頭路百般難」，解釋為「[經驗談] 喻各行各業全各有佢的困難處，無一樣頭路做得一下仔就成功。」

劉守松《客家人諺語（一）》頁 88 收錄類似諺語「百般事業百般難，事在人為」，解釋為「大意係經營事業當然不簡單，謀事成功失敗都是人的智慧及自己打拼創造出來的。」

百般生理百般難, *p. pan sen li pak pan nân*, every business has its own burden.

467. 伯公毋頷頭，老虎毋敢打狗

584-1 伯公唔頷頭老虎唔敢打狗

｜校訂｜伯公毋頷頭，老虎毋敢打狗

｜辭典客語拼音｜ pak kung m ngam2 theu5, lau2 fu2 m kam2 ta2 keu2

｜辭典英文釋義｜ if the idols do not consent (bow the head) the tigers won't kill the dogs. (met. the hot bloods won't attack without their elders consent).

｜中文翻譯｜如果神沒有同意（點頭），老虎也不敢捕殺狗（沒有長者的同意，激進者也不敢攻擊）。

｜說明｜ 客語「打」常指「捕殺」之意，如「貓打老鼠」意指貓捕殺老鼠。

｜參考資料｜

涂春景《聽算無窮漢——有韻的客話俚諺 1500 則》頁 28 收錄類似諺「伯公無開口，

老虎毋敢打狗」，解釋為「伯公，土地公；毋敢，不敢。伯公在客家人的心目中，是最最親近有威嚴的土地神，因此，祂不開口，連老虎都不敢打狗。」

黃永達《臺灣客家俚諺語語典：祖先的智慧》頁 172 收錄類似諺語「伯公毋開口，老虎毋敢打狗」，解釋為「[俚俗語] 表示大自家全部儘尊敬土地伯公。」

伯公唔頷頭老虎唔敢打狗, *p. kung m ngám thêu, láu fú m kám tá kêu,* if the idols do not consent (bow the head) the tigers won't kill the dogs. (met. the hot bloods won't attack without their elders consent).

468. 伯姆手裡無歪紗

584-2 伯姆手裏無歪紗

| 校訂 | 伯姆手裡無歪紗

| 辭典客語拼音 | pak me shiu2 li mau5 vai sa

| 辭典英文釋義 | the old lady has no bad thread in her hand (all she does is good work).

| 中文翻譯 | 年長的女性手裡沒有不好的紗（所有她做的都是好作品）。

| 說明 | 「伯姆」是親屬稱謂，但客語也常用來泛指年長及有經驗的女性。

伯姆手裏無歪紗, *p. me shiú li mâu vai sa,* the old lady has no bad thread in her hand (all she does is good work).

469. 擘柑毋開想愛擘柚

585-1 擘柑唔開想愛擘柚

| 校訂 | 擘柑毋開想愛擘柚

| 辭典客語拼音 | pak kam m khoi siong2 oi3 pak yu3

| 辭典英文釋義 | if you can't rend an orange why try to rend a pumelo? (Fig.) if you can't do this, why attempt a still harder thing?

| 中文翻譯 | 如果你剝不開橘子為什麼要去剝柚子？（意指）如果你不會做這個，為什麼要去做更難的事情呢？

｜說明｜ 意同「言學行先學走」。

擘柑唔開想愛擘柚, *p. kam m khoi siŏng ɔi pak yù*, if you can't rend an orange why try to rend a pumelo? (Fig.) if you can't do this, why attempt a still harder thing?

470. 白露水，寒露風

586-1 白露水寒露風

｜校訂｜白露水，寒露風

｜辭典客語拼音｜ phak8 lu3 shui2, hon5 lu3 fung

｜辭典英文釋義｜ if white dew produces rain cold dew will produce wind (feared of the farmers).

｜中文翻譯｜如果白露有雨，寒露就會有風（農人所害怕的）。

｜參考資料｜

徐運德《客家諺語》頁 246 收錄類似諺語「白露有雨，寒露有風」，解釋為「農曆八月（白露）下雨，則九月（寒露）定起風。」

黃永達《臺灣客家俚諺語語典：祖先的智慧》頁 123 收錄類似諺語「白露有雨，寒露有風」，解釋為「[經驗談] 八月（白露）落水，九月（寒露）一定會起風。」

白露水寒露風, *p. lù shúi hôn lù fung*, if white dew produces rain cold dew will produce wind (feared of the farmers).

471. 白露秋分，日夜平分

586-2 白露秋分日夜平分

｜校訂｜白露秋分，日夜平分

｜辭典客語拼音｜ phak8 lu3 tshiu fun, nyit ya3 phiang5 pun

｜辭典英文釋義｜ at the time of white dew nights and days are equal.

｜中文翻譯｜白露時節，白天和黑夜會一樣長。

｜說明｜「秋分」的英文是“autumn equinox”。

｜參考資料｜

涂春景《聽算無窮漢——有韻的客話俚諺 1500 則》頁 140「白露秋分，日夜平分」，解釋為「白露、秋分，二十四節氣之一，約當國曆九月上、下旬。話說，白露、秋分，晝夜都差不多一樣長。」

白露秋分日夜平分, *p. lù tshiu fun nyit yà phiàng pun*, at the time of white dew nights and days are equal.

472. 白目看戲，有聲無影

586-3 白目看戲有聲無影

｜校訂｜白目看戲，有聲無影

｜辭典客語拼音｜ phak8 muk khon3 hi3, yu shang vu5 yang2

｜辭典英文釋義｜ like a blind man going to see a play; he hears a voice but sees no shadow.

｜中文翻譯｜像一個盲人去看戲，只聽得到聲音看不到影像。

｜說明｜ 師傅話，流傳於閩西。「白目」應是白內障。

｜參考資料｜

徐運德《客家諺語》頁 69 收錄類似諺語「盲目仔看戲——聽聲不見影」，解釋為「此語喻指，只聞其聲，不見其人，或只聽樓梯響，不見人下樓之謂。」頁 333 收錄類似諺語「盲目仔看戲——『聽聲不見面』」，解釋為「此語喻指只憑道聽塗說，沒有確切證實的情事而言。」

黃永達《臺灣客家俚諺語語典：祖先的智慧》頁 222 收錄類似諺語「青盲仔看戲——無影」，解釋為「[師傅話] 看毋到影，聽聲定定。」「青盲仔看戲——聽聲」，解釋為「[師傅話] 諷人道聽塗說，也指只聽聲音。」頁 396 收錄類似諺語「瞎目仔看戲——無影」，解釋為「[師傅話] 看毋到影像，就係無影。」「瞎目仔看戲——聽到聲定定」，解釋為「[師傅話] 聽人講，無正經看到；也指只聽到聲，無看到人。」「瞎目仔看戲——聽聲不見影」，解釋為「[師傅話] 指只聞有聲響，卻不見有人。」

楊兆禎《客家老古人言》頁 80 收錄類似諺語「睛盲仔看戲——聽聲不見面」，解釋為「1. 比喻道聽塗說。2.『睛盲仔』即『瞎子』。」頁 115 收錄類似諺語「睛盲仔看戲——聽聲不見影、人笑你也笑」。

楊兆禎《客家諺語拾穗》頁 114 收錄類似諺語「睛盲仔看戲——聽聲」，解釋為「1. 比喻『道聽塗說』。2.『睛盲仔』、『瞎子』。」「睛盲个看戲——聽聲」，解釋為「『睛盲个』即『瞎子』。」

白目看戲有聲無影, *p. muk khòn hì yu shang vû yáng,* like a blind man going to see a play: he hears a voice but sees no shadow.

473. 白目醫成田螺疔

586-4 白目醫成田螺釘

｜校訂｜白目醫成田螺疔

｜辭典客語拼音｜ phak8 muk yi shang5 thien5 lo5 ten

｜辭典英文釋義｜ to cause the eye to protrude by treatment (to make a thing worse by meddling).

｜中文翻譯｜治療導致眼睛突出（插手反而使事情變糟）。

｜說明｜「田螺疔」指眼睛長出像田螺殼錐形尖突物。

｜參考資料｜

楊政男等《客語字音詞典》頁 424「疔」，音 taŋ ✓，皮膚惡瘡，如發疔仔。

白目醫成田螺釘, *p. muk yi shâng thiên lô ten,* to cause the eye to protrude by treatment (to make a thing worse by meddling).

474. 半世琵琶半世箏

590-1 半世琵琶半世箏

｜辭典客語拼音｜ pan3 she3 phi5 pha5 pan3 she3 tsen

｜辭典英文釋義｜ it takes half a life time to learn to play the guitar and half a year to learn the harpsichord.

｜中文翻譯｜學彈吉他要半生的時間，學彈古箏要半年的時間。

｜說明｜「琵琶」英譯為「吉他」。英譯學彈古箏要半年的時間，「半年」應是「半生」。此諺指要學會彈琵琶和古箏需花費半生時間。意同「台上三分鐘，台下十年功」。

半世琵琶半世箏, *p. shè phî phâ pàn shè tsen,* **it takes half a life time to learn to play the guitar and half a year to learn the harpsichord.**

475. 捹東籬，補西壁

593-1 搖東籬補西壁

｜校訂｜捹東籬，補西壁

｜辭典客語拼音｜ pang tung li5 pu2 si piak

｜辭典英文釋義｜ rend the east fence to mend the west; a make shift (indicating poverty).

｜中文翻譯｜拿東邊的柵欄去補西邊的，指權宜之計（表示貧困）。

｜參考資料｜

徐運德《客家諺語》頁 144 收錄類似諺語「捹東籬補四壁」，解釋為「運轉金錢，拿彼款補此款。」

涂春景《形象化客話俗語 1200 句》頁 246 收錄類似諺語「綳東籬補西壁」，解釋為「綳，拔、扯。扯東邊的牆，補西邊的壁。有捉襟見肘或徒勞無功兩種含意。」

黃永達《臺灣客家俚諺語語典：祖先的智慧》頁 202 收錄類似諺語「拆東籬補西籬」，解釋為「[俚俗語] 形容人收入毋好，借東還西還係借。」頁 272 收錄類似諺語「 東籬補西壁」，解釋為「[比喻詞] 運轉金錢，拿該錢補這款。」

羅肇錦《苗栗縣客語、諺謠集（四）》頁 4 收錄類似諺語「綳東籬補西壁」，解釋為「把東邊的籬笆拆了補西邊的牆壁。喻雖然做了，問題依然存在。」

搖東籬補西壁, *p. tung lî pú si piak,* **rend the east fence to mend the west; a make shift (indicating poverty).**

476. 八十公公毋知鹽米價

595-1 八十公公唔知鹽米價

｜校訂｜八十公公毋知鹽米價

｜辭典客語拼音｜ pat ship8 kung kung m ti yam5 mi2 ka3

｜辭典英文釋義｜ an old man of eighty years, experience cannot state the price of next season's rice and salt.

｜中文翻譯｜八十歲的老人依經驗也說不出下一季米和鹽的價格。

｜說明｜ 米和鹽物價的波動劇烈，雖有經驗的老人亦無法預測。

八十公公唔知鹽米價, *p. ship kung kung m tì yâm mí kà,* **an old man of eighty years, experience cannot state the price of next season's rice and salt.**

477. 八十歲學吹笛，學得會來氣也絕

596-1 八十歲學吹笛學得噲來氣也絕

｜校訂｜八十歲學吹笛，學得會來氣也絕

｜辭典客語拼音｜ pat ship8 sui3 (se3) hok8 chhoi thet8, hok8 tet voi3 loi5 khi3 ya tshiet8

｜辭典英文釋義｜ even if you do learn to play the flute at the age of eighty your breath wont hold out. (Put not off till too late).

｜中文翻譯｜即使你八十歲學會吹笛，氣也無法維持太久（不要拖延到太晚）。

｜說明｜ 英文譯「笛」為“flute”，客語的「笛」實際上是指「嗩吶」而非一般的笛子。

｜參考資料｜

姜義鎮《客家諺語》頁 65 收錄類似諺語「八十歲學吹笛：發神經」。

徐運德《客家諺語》頁 49 收錄類似諺語「老仔學吹笛，吹仔會來鬚就白」，解釋為「此語是指一個人，要學功夫手藝，必須趁著年輕力壯時，若年紀大才學習，不單學不精，而且也十分吃力。故此語，實含有『少壯不努力，老大徒傷悲』的意思。」

涂春景《聽算無窮漢——有韻的客話俚諺 1500 則》頁 156 收錄類似諺語「老了正來學吹笛，學得會來鬚就白」，解釋為「正來，才來；笛，客家人稱嗩吶；鬚，鬍子。老了才學吹嗩吶，等到學會，鬍子都白了。學習要趁年少，臨老學習，勤苦而難成。」

黃永達《臺灣客家俚諺語語典：祖先的智慧》頁 159 收錄類似諺語「老了正來學吹笛，學得會來鬚就白」，解釋為「[教示諺] 勸話人要及時勤於學習，等到老正要學就忒慢咧。」頁 162 收錄類似諺語「老咧才來學吹笛，吹咧會來鬚又

白」，解釋為「[教示諺] 要學手藝須趁後生時，年紀大才來學習，毋單淨學毋精，也十分吃力，同華諺之『少壯不努力，老大徒傷悲』。」

鄧榮坤《生趣客家話》頁 109 收錄類似諺語「老仔學吹笛，吹仔會來鬚就白」，解釋為「任何決定要趁早。[注解] 一、老仔：上了年紀的老人。二、笛：樂器的一種，用竹子或銅製成，有六個孔，可以橫吹。三、吹仔會來：學會了吹笛之後。四、鬚：鬍子。[比喻] 少壯不努力，老大徒傷悲。」

羅肇錦《苗栗縣客語、諺謠集（四）》頁 28 收錄類似諺語「老來學吹笛，學得會來鬚就白」，解釋為「年老才來學吹嗩吶，等到學成已是白髮皤皤。喻少年不努力，老來想學已太晚。」

羅肇錦《苗栗縣客語諺語、謎語集（二）》頁 61 收錄類似諺語「老來學吹笛，學會了鬚就白」，解釋為「年老了才學吹嗩吶，學會了鬍鬚已白。比喻為時已晚，提醒人要趁年輕多奮鬥，勿待老年徒傷悲。」

八十歲學吹笛學得噲來氣也絕, *p. ship sùi (sè) hòk chhoi thèt, hòk tet vòi lôi khì ya tshièt*, even if you do learn to play the flute at the age of eighty your breath won't hold out. (Put not off till too late).

478. 八月牛綱起

596-2 八月牛綱起

| 辭典客語拼音 | pat nyet8 nyu5 kong hi2

| 辭典英文釋義 | during the 8th month droves of cattle appear.

| 中文翻譯 | 牛群在農曆八月時出現。

| 說明 | 1926 年版《客英》頁 564「牛綱」英譯為 “a cattle market.”，即「牛市」。而「綱」也指一窩、一群。

八月牛綱起, *p. nyèt nyû kong hí*, during the 8th month droves of cattle appear.

479. 包麻露痘

597-1 包痲露痘

｜校訂｜包麻露痘

｜辭典客語拼音｜ pau ma5 lu3 theu3

｜辭典英文釋義｜ patients with measles should be warmly clad, smallpox patients need not be so careful of exposure.

｜中文翻譯｜麻疹患者應該穿著溫暖，天花患者不必介意暴露。

｜說明｜「痘」應是水痘。

｜參考資料｜

陳澤平、彭怡玢《長汀客家方言熟語歌謠》頁 45 收錄類似諺語「包麻露痘，齋麻葷痘」，解釋為「長汀人相信，小孩出麻時要避風，忌葷腥；而出水痘時不怕風，要多吃葷食增加營養。」

楊兆禎《客家諺語拾穗》頁 165 收錄類似諺語「包麻露痘」，解釋為「對不同的痛，看護方法當然不同。」

包 痲 露 痘, *p. mâ lù thèu*, patients with measles should be warmly clad, smallpox patients need not be so careful of exposure.

480. 報應有靈，世間無惡人

600-1 報應有靈世間無惡人

｜校訂｜報應有靈，世間無惡人

｜辭典客語拼音｜ pau3 yin3 yu lin5, she3 kien mau5 ok nyin5

｜辭典英文釋義｜ were retribution certain, there would be no wicked men in the world.

｜中文翻譯｜如果真有報應，世上不會有這麼多惡人。

｜參考資料｜

涂春景《聽算無窮漢——有韻的客話俚諺 1500 則》頁 56 收錄類似諺語「報應係有靈，世間無惡人」，解釋為「報應，善惡的果報；係，如果。常聞，善惡到頭終有報，只是來早與來遲。然而，如果報應有靈驗，世界上就沒有壞人了。」

黃永達《臺灣客家俚諺語語典：祖先的智慧》頁 322 收錄類似諺語「報應係有靈，世間無惡人」，解釋為「[經驗談] 世間往往看毋到壞人得到麼个報應，也常看到『天道不仁，以百姓為芻狗』的事情，因為恁樣，世間正繼續有惡人存在。」

報應有靈世間無惡人, *p. yìn yu lîn shè kien mâu ok nyîn,* were retribution certain, there would be no wicked men in the world.

481. 冰山毋好倚靠

603-1 冰山唔好倚靠

| 校訂 | 冰山毋好倚靠

| 辭典客語拼音 | pen san m hau2 yi2 khau3

| 辭典英文釋義 | an ice mountain is not to be trusted.

| 中文翻譯 | 冰山不可依賴。

| 說明 | 意同「冰山難靠」、「冰山易倒」。冰山遇到太陽就會溶化、倒塌，比喻無法長久依賴的靠山。

| 參考資料 |

「漢語網」收錄成語「冰山難靠」，解釋為「比喻不能長久的權勢，難于依靠。」出處：宋．司馬光《資治通鑒 ‧ 唐玄宗天寶十一年》：「君輩倚楊右相如泰山，吾以為冰山耳！若皎日既出，君輩得無失所恃乎？」（網址：http://www.chinesewords.org/idiom/show-2625.html，查詢日期：2019 年 7 月 10 日）另收錄類似成語「冰山易倒」，解釋是「冰山遇到太陽就消溶，容易倒塌。比喻不能長久依賴的靠山。」出處：《蝴蝶媒》第十三回：「那越公雖待我不薄，奈他年壽無多，冰山易倒，未可久留。」（網址：http://www.chinesewords.org/idiom/show-28895.html，查詢日期：2019 年 7 月 10 日）

冰山唔好倚靠, *p. san m háu yí khàu,* an ice mountain is not to be trusted.

482. 鼻空向上天

612-1 鼻孔向上天

| 校訂 | 鼻空向上天

｜辭典客語拼音｜ phi khung hiong3 shong thien

｜辭典英文釋義｜ the nose turned heaven ward － dead.

｜中文翻譯｜鼻孔朝天——死了。

｜說明｜ 師傅話。

鼻孔向上天, *p. khung hiòng shong thien*, the nose turned heaven ward—dead.

483. 鼻流毋知擤

612-2 鼻流唔知擤

｜校訂｜鼻流毋知擤

｜辭典客語拼音｜ phi lau2 m ti2 sen3

｜辭典英文釋義｜ you know not yet how to wipe your nose, (scolding words).

｜中文翻譯｜你還不知道怎麼擦鼻子（譴責語）。

｜參考資料｜

徐運德《客家諺語》頁 419 收錄「鼻流無知擤」，解釋為「此語是指，流了鼻涕，還不知道要擦，或比喻為無知或不知恥的人。」

涂春景《形象化客話俗語 1200 句》頁 221 收錄「鼻流毋知擤」，解釋為「明知自己的缺點，卻不知改進。」

黃永達《臺灣客家俚諺語語典：祖先的智慧》頁 390 收錄「鼻流毋知好擤」，解釋為「[俚俗語] 形容人無知、幼稚，毋知自家的缺點。」頁 390 收錄「鼻流毋知擤」，解釋為「[比喻詞] 形容人無知、癡呆的樣仔。」

楊兆禎《客家老古人言》頁 119 收錄「鼻流唔知擤——無知、幼稚、不知恥」，解釋為「與『乳臭未乾』、『屙屎唔知風向』、『頭那毛還臭雞酒』等類同。」

鼻流唔知擤, *p. lâu m ti sèn*, you know not yet how to wipe your nose, (scolding words).

484. 擗腫面，裝肥様

613-1 □□□□□□

| 校訂 | 擗腫面，裝肥様

| 辭典客語拼音 | piak8 chung2 mien3, tsong phui5 yong3

| 辭典英文釋義 | to slap one's cheek to appear fat. (met. vanity at one's own expense).

| 中文翻譯 | 拍打臉頰以便看起來肥胖（意指損傷自己換得虛榮）。

| 說明 | 即「打腫臉充胖子」。

p. chúng mièn tsong phûi yòng, to slap one's cheek to appear fat. (met. vanity at one's own expense).

485. 病人有病糧

615-1 病人有病糧

| 辭典客語拼音 | phiang3 nyin5 yu phiang3 liong5

| 辭典英文釋義 | the sick man has the sick man's nourishment.

| 中文翻譯 | 病人有病人的營養食物。

| 參考資料 |

涂春景《形象化客話俗語 1200 句》頁 155 收錄「病人有病糧」，解釋為「病人要養病，無法做工賺錢，但他還是有人照料、衣食無缺。所以當患病的人說要急著抱病工作，賺碗飯吃時，旁人勸他安心養病為是。」

病人有病糧, p. nyîn yu phiàng liông, the sick man has the sick man's nourishment.

486. 變猴上樹毋得

619-1 變猴上樹唔得

| 校訂 | 變猴上樹毋得

| 辭典客語拼音 | pien3 heu5 shong shu3 m tet

｜辭典英文釋義｜ changing into a monkey you could not climb the tree.
｜中文翻譯｜變成一隻猴子，你仍無法爬上樹。

｜說明｜ 只變外形，本質沒變，仍無濟於事。

變猴上樹唔得, *p. hêu shong shù m tet*, changing into a monkey you could not climb the tree.

487. 別人草粄別人糖

622-1 別人草粄別人糖

｜辭典客語拼音｜ phiet8 nyin5 tshau2 pan2 phiet8 nyin5 thong5

｜辭典英文釋義｜ another's jelly another's sugar (not so scrimp with other's goods.)
｜中文翻譯｜別人的果凍別人的糖（對別人的物品不像對自己的那麼斤斤計較）。

｜說明｜ 「草粄」是仙草粄，通常加糖吃。「別人草粄別人糖」意指都是別人的東西，吃用起來就不手軟，有慷他人之慨之意。

別人草粄別人糖, *p. nyîn tsháu pán p. nyîn thông*, another's jelly another's sugar (not so scrimp with other's goods.)

488. 背後添鹽毋入味

636-1 背後添鹽唔入味

｜校訂｜背後添鹽毋入味
｜辭典客語拼音｜ poi3 heu thiam yam5 m nyip8 mui

｜辭典英文釋義｜ salt out of season is no use.
｜中文翻譯｜不及時用的鹽沒有用。

｜參考資料｜
涂春景《聽算無窮漢——有韻的客話俚諺 1500 則》頁 123 收錄類似諺語「添鹽毋入味，添言毋入耳」，解釋為「菜做好了再加鹽，不入味；話說出口了，覺得不妥再加文飾圓話，人家是聽不進去的。因此，話未出口前要三思而後言。」

黃永達《臺灣客家俚諺語語典：祖先的智慧》頁 192 收錄「事後添鹽毋入味」，解釋為「[經驗談] 菜煮好再加鹽，味道毋會出來，喻話講出去，就收毋轉咧，想改變講法就難上加難。」頁 246 收錄「背後添鹽——毋合味」，解釋為「[師傅話] 菜煮好才放鹽，味道毋好。」

背後添鹽唔入味, *p. heu thiam yâm m nyip mùi*, salt out of season is no use.

489. 背後落船先上岸

636-2 背後落船先上岸

| 辭典客語拼音 | poi3 heu lok8 shon5 sien shong ngan3

| 辭典英文釋義 | the last to enter the boat is first to get out.

| 中文翻譯 | 最後上船，最先下船。

| 說明 | 與 452-2「慢落船，先上岸」（313）近似。

| 參考資料 |

涂春景《形象化客話俗語 1200 句》頁 151 收錄「背後上船先起岸」，解釋為「稱一個做事有效率的人，雖然比人晚上船，但卻先到達目的地。」

黃永達《臺灣客家俚諺語語典：祖先的智慧》頁 245 收錄「背後上船，打先上岸」，解釋為「[比喻詞] 最背尾上船的人顛倒先上岸。」

背後落船先上岸, *p. heu lòk shôn sien shong ngàn*, the last to enter the boat is first to get out.

490. 斧頭自家削毋得自家柄

643-1 斧頭自家削唔得自家柄

| 校訂 | 斧頭自家削毋得自家柄

| 辭典客語拼音 | pu2 theu5 tshii3 ka siok m tet tshii3 ka piang3

| 辭典英文釋義 | an axe cannot prepare its own handle — a doctor does not treat himself.

| 中文翻譯 | 斧頭不能打造自己的柄——醫生無法治療自己。

｜參考資料｜

涂春景《形象化客話俗語 1200 句》頁 100 收錄「自家介斧頭，削自家介柄毋到」，解釋為「有云旁觀者清，當局者迷。自己往往比較難察覺自己的缺點，就像斧頭，削不了自己的柄一般。」

黃永達《臺灣客家俚諺語語典：祖先的智慧》頁 167 收錄「自家的斧頭，削自家的柄毋著」，解釋為「[比喻詞] 喻要看到自家的缺點儘難，就像斧頭削毋到柄共樣，『當局者迷』之意也。」頁 167 收錄「自家的斧頭削毋著柄」，解釋為「[比喻詞] 斧頭係削木來作器物的，引喻為批判別人容易，檢討自家儘難，也喻人看毋到自家的缺點。」

楊兆禎《客家老古人言》頁 82 收錄「斧頭削自家柄唔到——需要別人的協助」，解釋為「斧頭雖利可削柄，但本身的柄卻削不到，很多事也如此，本身很行，但有些事還是需要別人。」

楊兆禎《客家諺語拾穗》頁 68 收錄「斧頭削自家柄毋到」，解釋為「斧頭雖利，但削不到自己柄；很多事自己雖行，但有些事，還是需要別人協助。」

羅肇錦《苗栗縣客語、諺謠集（四）》頁 2 收錄類似諺語「斧頭削自家介柄毋著」，解釋為「斧頭不能削自己的柄。比喻自己很難教自己的小孩。」

斧頭自家削唔得自家柄, *pú thêu tshṳ̀ ka siok m tet tshṳ̀ ka piàng*, an axe cannot prepare its own handle—a doctor does not treat himself.

491. 斧頭打鑿，鑿打樹

643-2 斧頭打鑿鑿打樹

｜校訂｜斧頭打鑿，鑿打樹

｜辭典客語拼音｜ pu2 theu5 ta2 tshok8 tshok8 ta2 shu3

｜辭典英文釋義｜ the axe makes the chisel, and the chisel cuts the tree － (Fig). trace a matter to its source.

｜中文翻譯｜斧頭使得鑿子發揮功能，鑿子削樹——意指追溯事物到源頭。

｜參考資料｜

涂春景《形象化客話俗語 1200 句》頁 130 收錄「斧頭打鑿，鑿打木」，解釋為「雕刻師父或木匠，拿斧頭敲鑿子，鑿子又打在素材、木頭上。此話有世界上的東西，環環相扣，或謂一物剋一物。」

黃永達《臺灣客家俚諺語語典：祖先的智慧》頁 202 收錄「斧頭打鑿，鑿打木」，解釋為「[比喻詞] 木匠拿斧頭敲鑿仔，鑿仔又打木料項，喻世間事物一物牽一物、一物刻一物。」

斧頭打鑿鑿打樹, *p. thêu tá tshȯk tshȯk tá shù,* the axe makes the chisel, and the chisel cuts the tree—(Fig). trace a matter to its source.

492. 肥田禾，瘦田穀

650-1 肥田禾，瘦田穀

| 辭典客語拼音 | phui5 thien5 vo5, seu3 thien5 kwuk

| 辭典英文釋義 | rich land yields straw, poor land yields rice.

| 中文翻譯 | 肥沃的地產稻草，貧瘠的地產稻穀。

| 參考資料 |

涂春景《形象化客話俗語 1200 句》頁 119 收錄「肥田禾，瘦田穀」，解釋為「依農家的經驗，農田太過肥沃，稻苗會非常肥壯；相反的，瘦田苗不壯，然而穀粒精實。」

涂春景《聽算無窮漢——有韻的客話俚諺 1500 則》頁 158 收錄「肥田禾靚，瘦田穀靚」，解釋為「農夫的經驗，水田肥沃，稻苗就長得秀美，水田如果貧瘠，穀子則精實。」

黃永達《臺灣客家俚諺語語典：祖先的智慧》頁 121 收錄「肥田禾，瘦田穀」，解釋為「[比喻詞] 原指肥的田，禾苗靚；瘦的田，穀仔飽米，喻好環境出外表好看的人，壞環境顛倒出內在有才能的人。」

肥田禾, 瘦田穀, *p. thiên vò, sèu thiên kwuk,* rich land yields straw, poor land yields rice.

493. 肥水毋會出外溪

650-2 肥水唔會出外溪

| 校訂 | 肥水毋會出外溪

| 辭典客語拼音 | phui5 shui2 m voi3 chhut ngoi3 hai (ngwai3 khe)

｜辭典英文釋義｜ fat water won't flow into outer rivers. (used up.)

｜中文翻譯｜肥水不會流入外河（全部利用完）。

｜說明｜ 「外溪」指非灌溉自己田的溝水。原諺指自己的田都用完肥水了，哪有剩餘的肥水供別人用。

｜參考資料｜

徐運德《客家諺語》頁 165 收錄類似諺語「肥水莫流他人田」，解釋為「此語喻指自己的權利，要好好維護它，不能等閒疏忽，而致失落到外人手中的意思。就像傾入自己田裡的水肥，必須防堵得宜，才不會流入到別人的田裡去一樣。」

涂春景《形象化客話俗語 1200 句》頁 119 收錄類似諺語「肥水毋落外人田」，解釋為「有好處要留給自家人。」

涂春景《聽算無窮漢——有韻的客話俚諺 1500 則》頁 153 收錄「糞缸在田邊，肥水毋落外人田」，解釋為「人多自私，好處絕不輕易給外人，因此，糞缸常設在自己田邊，肥水不流入外人的田裡。」

黃永達《臺灣客家俚諺語語典：祖先的智慧》頁 212 收錄類似諺語「肥水莫落他人田」，解釋為「[師傅話] 喻自己的權利，要好好保護，做毋得落到外人手頭之意。」頁 212 收錄類似諺語「肥水無流過圻」，解釋為「[俚俗語] 有利的，毋分佢外流，亦即華諺之『肥水不落外人田』。」

肥水唔會出外溪, *p. shúi m vòi chhut ngòi hai (ngwài khe)*, fat water won't flow into outer rivers. (used up.)

494. 分碓踏過，看著礱勾都著驚

653-1 □□□□□□□□□□□□

｜校訂｜分碓踏過，看著礱勾都著驚

｜辭典客語拼音｜ pun toi3 thap8 kwo3 khon3-tau2 (to2) lung5 keu tu chhok8 kiang

｜辭典英文釋義｜ If one should be struck by a pestle he will fear when he sees the grinding mill.

｜中文翻譯｜如果一個人被碓杵擊打過，他會在看到磨礱時感到害怕。

｜說明｜ 1926 年版《客英》頁 436「礱勾」解釋為"the bent stick that forces round the mill."（推動礱的彎曲木棍）。「碓」是用來舂米去米皮之容具，人踩踏碓將糙米舂白，「礱」是用來把稻穀去外殼成米的容具。「碓」與「礱勾」

形似。本諺有「一朝被蛇咬，十年怕草繩」之意。

p. tòi thàp kwò khòn-táu (tó) lúng keu tu chhok kiang. If one should be struck by a pestle he will fear when he sees the grinding mill.

495. 本村鳥隔村打

654-1 本村鳥隔村打

| 辭典客語拼音 | pun2 tshun tiau kak tshun ta2

| 辭典英文釋義 | birds are sent to another village to fight. (met. a man is despised in his own village).
| 中文翻譯 | 鳥被送往另一個村莊去打鬥（意指一個人在本村被鄙視）。

| 說明 | 「本村鳥隔村打」意思是本地的鳥不受本地人看重，到了隔村卻戰鬥力十足。有「近廟欺神」的意思。

本村鳥隔村打. p. tshun tiau kak tshun tá, birds are sent to another village to fight. (met. a man is despised in his own village).

496. 本地樟毋好刻老爺

654-2 本地樟唔好刻老爺

| 校訂 | 本地樟毋好刻老爺
| 辭典客語拼音 | pun2 thi3 chong m ho2 khet lau2-ya5

| 辭典英文釋義 | don't carve your idol from a local tree (a prophet has no honour in his own country).
| 中文翻譯 | 不要用本地的樹木雕刻你的神偶（先知在自己的家鄉不受尊重）。

| 說明 | 英譯「樟」未譯出。樟木香味濃，不易裂，適合製作神像。

本地樟唔好刻老爺, p. thì chong m hó khet láu-yâ, don't carve your idol from a local tree (a prophet has no honour in his own country).

497. 賁處毋崩，薄處崩

654-3 □□□□□□□

｜校訂｜賁處毋崩，薄處崩

｜辭典客語拼音｜ phun chhu3 m pen phok2 chhu3 pen

｜辭典英文釋義｜ the thick bank will stand, the thin will give way. (Fig.) the big family will survive, the small will vanish.

｜中文翻譯｜厚的堤防會撐住，薄的堤防會撐不住。（意指）大家庭會存活下去，小家庭將消失。

p. chhù m pen phók chhù pen, the thick bank will stand, the thin will give way. (Fig.) the big family will survive, the small will vanish.

498. 墳墓占江山

654-4 盆墓佔江山

｜校訂｜墳墓占江山

｜辭典客語拼音｜ phun mu3 cham3 kong san

｜辭典英文釋義｜ the grave claims the hill.

｜中文翻譯｜墳墓占了整個山丘。

盆墓佔江山, *p. mù chàm kong san,* the grave claims the hill.

499. 不（無）好家神透外鬼

657-1 不好家神透外鬼

｜校訂｜不（無）好家神透外鬼

｜辭典客語拼音｜ put (mau5) hau2 ka shin5 theu3 ngoi3 kwui2

｜辭典英文釋義｜ evil home spirits lead in outside demons.

｜中文翻譯｜邪惡的家神引入外面的惡魔。

｜參考資料｜

姜義鎮《客家諺語》頁 9 收錄「家神通外賊」，解釋為「家裡的神，串通外面的鬼做壞事。」

徐運德《客家諺語》頁 121 收錄「家神透外鬼」，解釋為「此語是指不肖的子弟，引導外人，竊取家人財物之謂。也就是所謂『吃裡扒外』『引狼入室』，危害家庭的意思。」

涂春景《形象化客話俗語 1200 句》頁 162 收錄「家神透外鬼」，解釋為「形容竊案的裡應外合；責備不肖子弟的吃裡扒外，引導外人，竊取家裡財物，危害家庭的意思。」

黃永達《臺灣客家俚諺語語典：祖先的智慧》頁 266 收錄類似諺語「家臣召外鬼——食裏扒外」，解釋為「[師傅話] 指不肖子弟家臣，勾結外人偷盜屋肚的財物。」頁 266 收錄「家神透外鬼」，解釋為「[俚俗語] 底背肚的人去私通外背的人，即食裏扒外之意。」

楊兆禎《客家老古人言》頁 97 收錄「家神透外鬼——吃裡扒外」，解釋為「與『飼老鼠咬布袋』相類似。」

楊兆禎《客家諺語拾穗》頁 86 收錄「家神透外鬼」，解釋為「與『飼老鼠，咬布袋』『吃裡扒外』……等相似。」

羅肇錦《苗栗縣客語諺語、謎語集（二）》頁 32 收錄「家神透外鬼」，解釋為「家中的成員與外面的人勾結。比喻吃裡扒外。」

不好家神透外鬼, *p.* (*mâu*) *háu ka shîn thèu ngòi kwúi*, evil home spirits lead in outside demons.

500. 不高不矮好人才

657-2 不高不矮好人才

｜辭典客語拼音｜ put kau (ko) put ai2 hau2 (ho2) nyin5 tshoi5

｜辭典英文釋義｜ the woman of medium height has good features.

｜中文翻譯｜中等身材的女人面貌好。

｜說明｜「不高不矮好人才」出自山歌歌詞，意指不高不矮的女人就好看。

不高不矮好人才, *p. kau* (*ko*) *p. ái háu* (*hó*) *nyîn tshôi*, the woman of medium height has good features.

501. 三朝麻，七日痘

664-1 三朝痲七日頭

| 校訂 | 三朝麻，七日痘

| 辭典客語拼音 | sam chau (cheu) ma5, tshit nyit theu3

| 辭典英文釋義 | measles show in three days, smallpox in seven.

| 中文翻譯 | 麻疹在三天後顯示，天花則是七天後。

| 說明 | 「頭（theu5）」應是「痘（theu3）」。1905 年版《客英詞典》頁 882「三朝麻七日痘」，英譯是 “measle, take three days, samall-pox seven, to come out.”，即「麻疹三天，天花七天顯現。」此處「痘」是水痘，英文是“chicken pox”，“small-pox”是「天花」，兩者相差極大。

| 參考資料 |

涂春景《形象化客話俗語 1200 句》頁 33 收錄類似諺語「三朝痲 [麻]，四朝痘」，解釋為「打痲 [麻] 疹預防針預防痲 [麻] 疹，三天會有反應；種牛痘預防天花，四天會紅腫起來。」

黃永達《臺灣客家俚諺語語典：祖先的智慧》頁 44 收錄類似諺語「三朝麻，四朝痘」，解釋為「[經驗談] 打麻疹預防注射，三日會有反應；種痘仔預防天花，要四日才有反應。」

三朝痲七日頭, *s. chau (cheu) mâ, tshit nyit thêu,* measles show in three days, smallpox in seven.

502. 三分親贏別人

664-2 三分親贏別人

| 辭典客語拼音 | sam fun tshin yang5 phiet8 nyin5

| 辭典英文釋義 | a distant kinsman is better than one who is not.

| 中文翻譯 | 有遠房親戚比沒有的人更好。

| 參考資料 |

涂春景《形象化客話俗語 1200 句》頁 29 收錄「三分親贏過別人」，解釋為「國人凡事常攀親帶故，也很重視親戚關係。所以縱然是遠親，有什麼利益的時候，

也會先想到有親屬關係的自家人。」

黃永達《臺灣客家俚諺語語典：祖先的智慧》頁 38 收錄類似諺語「三分親，贏過人」，解釋為「[經驗談] 有親戚關係就比無親戚關係較贏。」頁 144 收錄類似諺語「有三分親就贏過人」，解釋為「[經驗談] 有親友關係就比無半點關係要有用、要佔便宜。」

羅肇錦《苗栗縣客語諺語、謎語集（二）》頁 52 收錄「三分親贏別人」，解釋為「有點親戚關係，總是勝過非親非故者。人喜歡攀親攀戚，因此說：朝廷無人莫做官，廚房無人莫亂鑽，凡事有人撐腰容易得逞。」

三分親贏別人, *s. fun tshin yâng phiet nyin*, a distant kinsman is better than one who is not.

503. 三家絡食毋相同

664-3 三□□□□□□

| 校訂 | 三家絡食毋相同

| 辭典客語拼音 | sam ka lok shit8 m siong3 thung5

| 辭典英文釋義 | each family has its own eating arrangements.

| 中文翻譯 | 每個家庭都有自己的飲食安排。

| 說明 | 1926 年版《客英》頁 425「lok shit8 m siong3 thung5」，英譯為“cooking is not alike.”，意為烹飪方式不同。

s. ka lok shit m siong thùng, each family has its own eating arrangements.

504. 三年逢一閏，四季逢一春

665-1 三年逢一閏四季逢一春

| 校訂 | 三年逢一閏，四季逢一春

| 辭典客語拼音 | sam nyen5 fung5 yit yun3, si3 kwui3 fung5 yit chhun

| 辭典英文釋義 | an intercalary month occurs in three years-one spring in four seasons (Rare).

| 中文翻譯 | 三年會發生一個閏月——四季會有一個春季（罕見）。

| 參考資料 |

姜義鎮《客家諺語》頁 26 收錄類似諺語「三年一閏，好壞照輪」，解釋為「風水輪流轉。」

涂春景《聽算無窮漢——有韻的客話俚諺 1500 則》頁 9 收錄類似諺語「三年一閏，好壞照輪」，解釋為「農曆閏月，有說三年一閏，或五年兩閏，都舉其成數。話說曆法都有三年一閏的循環，人的運氣也是好壞交替。」頁 10 收錄「三年逢一閏，四季逢一春」，解釋為「三年之中，只有一年多一個閏月；一年四季中，只有一個鳥語花香的春天，我們應好好把握才好。也寓有天地間晝夜、四時循環的道理。」

黃永達《臺灣客家俚諺語語典：祖先的智慧》頁 41 收錄類似諺語「三年一閏，好壞照輪」，解釋為「[經驗談]三年就有一閏月的循環，人的運勢也係好壞輪流；好的時節毋使驕縱，壞的時節也毋使失志。」「三年逢一閏，四季逢一春」，解釋為「[經驗談]三年才有一個閏月，一年四季之中才有一個春天，要及時把握努力才好，另有天地運轉循環不息之意。」

三年逢一閏四季逢一春, *s. nyên fûng yit yùn sì kwùi fûng yit chhun*, an intercalary month occurs in three years—one spring in four seasons (Rare).

505. 三人證，龜成鱉

665-2 三人證龜成鼈

| 校訂 | 三人證，龜成鱉

| 辭典客語拼音 | sam nyin5 chin3, kwui shang5 piet

| 辭典英文釋義 | three declare that the tortoise is a turtle.

| 中文翻譯 | 三人斷言說烏龜是鱉。

| 說明 | 「三人證，龜成鱉」意即「明明是龜，但三個人說是鱉，就被認定是鱉了」。

| 參考資料 |

黃永達《臺灣客家俚諺語語典：祖先的智慧》頁 36「三人證，龜變鱉」，解釋為「[經

驗談] 講的人一多，本成假的就會變成正經的。」

三人證龜成鼈，*s. nyîn chin kwui shâng piet*, three declare that the tortoise is a turtle.

506. 三十年前水流東

666-1 三十年前水流東

｜辭典客語拼音｜ sam ship8 nyen5 tshien5 shui2 liu5 tung

｜辭典英文釋義｜ the face of nature is changeable.

｜中文翻譯｜大自然的面貌變化莫測。

｜參考資料｜

姜義鎮《客家諺語》頁 32 收錄「三年水流東，三年水流西」，解釋為「盛衰無常，貧富易變。」

涂春景《形象化客話俗語 1200 句》頁 27 收錄「三十年前水流東」，解釋為「人間世事無常，不消多久，滄海可以成桑田；須臾之間，浮雲會變蒼狗。感嘆時移勢易，富貴榮華不復。」

黃永達《臺灣客家俚諺語語典：祖先的智慧》頁 32 收錄類似諺語「十年水流東，十年水流西」，解釋為「[俚俗語] 命運輪流轉，好運時毋使忒歡喜，壞運時也毋使忒灰心。」頁 36 收錄「三十年前水流東」，解釋為「[教示諺] 多年前的水向東流，多年後就無一定了，故又可接『三十年後水流西』，意謂世事變化無常，無麼个好驕人的，也無麼个好怨嘆的。」頁 41 收錄類似諺語「三年水流東，三年水流西」，解釋為「[經驗談] 形容形勢變化儘遽，幾年之間就儘可能完全相反的局面。」頁 87 收錄類似諺語「水，三年流東，三年流西」，解釋為「[經驗談] 指世事難料，好壞照輪。」

楊兆禎《客家老古人言》頁 39 收錄類似諺語「三年水流東，三年水流西——人事不定、蒼 [滄] 海桑田、命運輪流轉、不必太得意，也不必太灰心」。

楊兆禎《客家諺語拾穗》頁 18 收錄「三年水流東，三年水流西——風水輪流轉、滄海桑田、人事不定」。

羅肇錦《苗栗縣客語、諺謠集（四）》頁 69 收錄類似諺語「三年水流東，三年水流西」，解釋為「比喻滄海桑田，人事不定。」

三十年前水流東，*s. ship nyén tshiên shui liú tung*, the face of nature is changeable.

507. 三筒欺負一升

667-1 三筒欺負一升

｜辭典客語拼音｜ sam thung5 khi fu3 yit shin

｜辭典英文釋義｜ the larger measure despises the smaller.

｜中文翻譯｜較大的量器鄙視較小的。

｜說明｜「筒」與「升」都是量穀物的容器。「筒」小於「升」。英譯與原諺意思有異。

｜參考資料｜

涂春景《形象化客話俗語 1200 句》頁 34 收錄「三筒欺一升」，解釋為「此話說勢小的君子，常常受到人多勢眾的小人欺壓。」

黃永達《臺灣客家俚諺語語典：祖先的智慧》頁 44 收錄類似諺語「三筒欺一斗」，解釋為「[俚俗語]『筒』比『升』較細，筒指小人，升指君子，喻人多的小人欺侮人少的君子。」

三筒欺負一升, *s. thûng khi fù yit shin*, the larger measure despises the smaller.

508. 山豬學食糠

667-2 山猪學食糠

｜校訂｜山豬學食糠

｜辭典客語拼音｜ san chu hok8 shit8 hong (khong)

｜辭典英文釋義｜ a wild pig learning to eat chaff (Fig. a young person smoking opium).

｜中文翻譯｜野豬學習吃糠（意指一個年輕人吸食鴉片）。

｜參考資料｜

姜義鎮《客家諺語》頁 57 收錄「山豬學食糠——唔知香臭」。

黃永達《臺灣客家俚諺語語典：祖先的智慧》頁 61 收錄「山豬學食糠」，解釋為「[師傅話]山豬係在山肚尋食野生東西的畜牲，毋識食米糠，引喻鄉野人食精緻食物。」頁 61 收錄「山豬學食糠——毋知臭香」，解釋為「[師傅話]山豬食野菜，未識食過糠，毋知糠仔香，喻人毋知好壞。」

楊兆禎《客家諺語拾穗》頁 21 收錄「山豬學食糠——唔知香臭」。

山豬學食糠, *s. chu hòk shit hong* (*khong*), a wild pig learning to eat chaff (Fig. a young person smoking opium).

509. 山中無老虎，猴哥做大王

667-3 山中無老虎猴哥為王

｜校訂｜山中無老虎，猴哥做大王

｜辭典客語拼音｜ san chung mau5 lau3-fu2 heu-ko tso3 thai3 vong5

｜辭典英文釋義｜ where no tiger is the monkey is ruler.

｜中文翻譯｜在沒有老虎的地方，猴子是統治者。

｜參考資料｜

徐運德《客家諺語》頁 26 收錄「山中無老虎，猴哥當大王」，解釋為「喻沒有人才，連下三爛者也作領導者。」頁 364 收錄「山中無老虎，猴哥稱大王」，解釋為「指人才缺乏的地方，平庸的人，也就成為出類拔萃的人物之謂。和此語相同意義的有『蜀中無能將，廖化作先鋒』。也是指沒有人才時，低能人也大出鋒頭呢！」

涂春景《形象化客話俗語 1200 句》頁 37 收錄「山中無老虎，猴哥做大王」，解釋為「山裡沒有老虎，猴子便稱起森林之王來。有『蜀中無大將，廖化作先鋒』的寓意。」

黃永達《臺灣客家俚諺語語典：祖先的智慧》頁 60 收錄「山中無老虎，猴哥升大王」，解釋為「[比喻詞] 一團體中無能人，連一般庸人也做得做領導人了。」

楊兆禎《客家老古人言》頁 43 收錄「山中無老虎，猴哥做大王」，解釋為「與『蜀中無大將，廖化做先鋒』類似。」

楊兆禎《客家諺語拾穗》頁 22 收錄「山中冇老虎——猴哥做大王」，解釋為「與『蜀中無大將，廖化做先鋒』、『冇狗 貓食屎』……等類似。」

羅肇錦《苗栗縣客語、諺謠集（四）》頁 50 收錄「山中無老虎，猴哥稱大王」，解釋為「山裡的老虎走了，猴子就稱起大王來了。喻小人得志。」

山中無老虎猴哥爲王, *s. chung mâu làu-fú heu-ko tsò thài vông*, where no tiger is the monkey is ruler.

510. 山裡鷓鴣香，海裡馬鮫鯧

668-1 山裡鷓鴣香海裡馬鮫鰻

| 校訂 | 山裡鷓鴣香，海裡馬鮫鯧

| 辭典客語拼音 | san li cha3-ku hiong hoi2 li ma kau tshiong

| 辭典英文釋義 | of wild birds the partridge flesh is the best, of fishes the mackerel and tshiong.

| 中文翻譯 | 野生鳥類中鷓鴣肉是最好的，魚類則是鯖魚和鯧魚最好。

| 說明 | 1905 年版《客英詞典》頁 9 第二句是「海裡馬鮫鯧」，全句英文釋義為 “of birds the partridge has the best flesh; of fishes the best are the ma-kau and tshiong.”，即「鳥類，鷓鴣肉是最好的，魚類中 ma-kau 和鯧魚最好。ma-kau 魚是高麗鰆魚，潮州話是「ma kau」，鯖魚則是平價魚，魚腥味重。

| 參考資料 |

涂春景《聽算無窮漢——有韻的客話俚諺 1500 則》頁 75 收錄「山上鷓鴣羌，海肚馬鮫鯧」，解釋為「人們以為鷓鴣、羌是山產中的美味；馬鮫、鯧魚則為最美味的海鮮。」

黃永達《臺灣客家俚諺語語典：祖先的智慧》頁 60 收錄「山頂鷓鴣羌，海底馬加鯧」，解釋為「[經驗談] 山產最頂級的係鷓鴣羌仔，海產最頂級的係馬加鯧魚。」

山裡鷓鴣香海裡馬鮫鰻, *s. li chà-ku hiong hói li ma kau tshiong*, of wild birds the partridge flesh is the best, of fishes the mackerel and *tshiong.*

511. 山食（去）都會崩

669-1 山食都會崩

| 校訂 | 山食（去）都會崩

| 辭典客語拼音 | san shit8 (hi3) tu voi3 pen

| 辭典英文釋義 | food the size of a mountain would be consumed by these.

| 中文翻譯 | 一座山那麼多的食物都會被這些吃掉。

｜參考資料｜

姜義鎮《客家諺語》頁 8 收錄類似諺語「坐食山崩」，解釋為「坐食山空。」頁 16 收錄類似諺語「坐著食山會崩」，解釋為「坐食山空。」

涂春景《形象化客話俗語 1200 句》頁 37 收錄類似諺語「山就會食崩」，解釋為「俗話坐吃山空，這話批評好吃懶做的人，不務生產、只顧吃喝，山都會被吃得崩塌掉。」

黃永達《臺灣客家俚諺語語典：祖先的智慧》頁 25 收錄類似諺語「人無活計，坐食山崩」，解釋為「[教示諺] 人若無持續收入、無算計過日時，像山恁大的財產也會食忒去。」頁 60 收錄類似諺語「山就會食崩」，解釋為「[俚俗語] 諷好食懶做的人，就係有金山銀山也會食淨淨。」

山食都會崩, *s. shit* (*hì*) *tu vòi pen*, food the size of a mountain would be consumed by these.

512. 山有人，水有人

669-2 山有人水有人

｜校訂｜山有人，水有人

｜辭典客語拼音｜ san yu nyin5 shui2 yu nyin5

｜辭典英文釋義｜ the hills possess men so do the waters.

｜中文翻譯｜群山擁有人，眾水也擁有人。

｜參考資料｜

黃永達《臺灣客家俚諺語語典：祖先的智慧》頁 143 收錄類似諺語「有人上山撿柴，有人落河捉蝦」，解釋為「[經驗談] 喻各人有各人求生之道，各人也有各人的志趣。」

山有人水有人, *s. yu nyîn shúi yu nyîn*, the hills possess men so do the waters.

513. 生處好賺錢，熟處好過年

670-1 生處好賰錢熟處好過年

｜校訂｜生處好賺錢，熟處好過年

｜辭典客語拼音｜ sang chhu3 hau2 (ho2) tshon3 tshien5, shuk8 chhu3 hau2 (ho2) kwo3 nyen5

| 辭典英文釋義 | earn money abroad but spent new-year festivities at home.

| 中文翻譯 | 在外地賺錢，但在家鄉歡慶新年。

| 參考資料 |

姜義鎮《客家諺語》頁 35 收錄「生處好賺錢，熟處好過年」，解釋為「在客地生意好做，居家鄉年節好過。」

涂春景《聽算無窮漢——有韻的客話俚諺 1500 則》頁 135 收錄「生處好賺錢，熟處好過年」，解釋為「做生意賺錢，要找一個生疏的地方，免得人家賒欠；過年，要回自己的家鄉，大家熟稔易於共同歡樂。」

生處好賺錢熟處好過年, *s. chhù háu (hó) tshòn tshiên, shùk chhù háu (hó) kwò nyên,* earn money abroad but spend new-year festivities at home.

514. 生子過學堂，生女過家娘

673-1 生子過學堂生女過家娘

| 校訂 | 生子過學堂，生女過家娘

| 辭典客語拼音 | sang tsii2 kwo3 hok8 thong5 sang ng2 kwo3 ka-nyong2

| 辭典英文釋義 | the son receives instruction at school, a daughter is sent to her mother-in-law.

| 中文翻譯 | 兒子在學校接受教育，女兒要被送交她婆婆。

| 說明 | 「生子過學堂，生女過家娘」意思是生兒子要經過上學接受教育的考驗，生女兒要經過婆婆的考驗。本諺後半句與 1120-3「養女過家娘」（829）相似。

| 參考資料 |

黃永達《臺灣客家俚諺語語典：祖先的智慧》頁 249 收錄「降子過學堂，降女過家娘」，解釋為「[教示諺] 以早人重男輕女，生蘱仔就送去讀書，生妹仔長大就係別人的家娘，毋使花功夫培養。」

生子過學堂生女過家娘. *s. tsṳ́ kwò hòk thông s. ńg kwò ka-nyông,* the son receives instruction at school, a daughter is sent to her mother-in-law.

515. 艄公多，打爛船

675-1 艄公多打爛船

| 校訂 | 艄公多，打爛船

| 辭典客語拼音 | sau kung to ta2 lan3 shon5

| 辭典英文釋義 | too many captains wreck the boat.

| 中文翻譯 | 太多掌舵者會毀了船。

| 參考資料 |

徐運德《客家諺語》頁 87 收錄類似諺語「心舅多，懶洗碗，艄工多，打爛船」，解釋為「媳婦多，會因相退而不洗碗，偵巡兵卒多，因讓退而爭吵。」

黃永達《臺灣客家俚諺語語典：祖先的智慧》頁 75 收錄類似諺語「心舅多，懶洗碗；艄工多，打爛船」，解釋為「[經驗談] 媳婦多，顛倒無人洗碗；撐船人多，顛倒無人要撐船，還會相打。」

艄 公 多 打 爛 船, s. kung to tá làn shôn, too many captains wreck the boat.

516. 洗碗有相磕

676-1 洗碗有相磕

| 辭典客語拼音 | se2 von2 (van2) yu siong khap8

| 辭典英文釋義 | in washing cups there are breakages (Fig. in big families there are quarrels).

| 中文翻譯 | 清洗碗總會有破損（意指大家庭裡總會有爭吵）。

| 參考資料 |

徐運德《客家諺語》頁 109 收錄類似諺語「洗碗也有相合時」，解釋為「語意是說人與人相處，難危 [免] 有衝突之事。在勸人，要互相忍讓，莫因小事，積怨成仇兩不相容的意思。就像洗碗，也有相碰的時候呢。」

涂春景《形象化客話俗語 1200 句》頁 149 收錄「洗碗有相磕」，解釋為「以洗碗一定會相碰撞，來比喻一個團體中，彼此意見相左或時有小爭執，勢所難免。勉勵人在團體中要彼此忍讓，不要因為小事，鬧到互不相容的地步。」

黃永達《臺灣客家俚諺語語典：祖先的智慧》頁 239 收錄類似諺語「洗碗也有相撞時」，解釋為「[比喻詞] 人和人相處難免會有衝突的時節，就像洗碗也會相撞，勸話人毋好在意別人不同的意見。」頁 240 收錄「洗碗有相磕」，解釋為「[比

喻詞] 喻人相處共下，有成時也會衝突，意見無相同的時節。」

洗碗有相磕, *s. von (ván) yu siong.khàp*, in washing cups there are breakages. (Fig. in big families there are quarrels).

517. 洗面礙著鼻

677-1 洗面碍倒鼻

| 校訂 | 洗面礙著鼻

| 辭典客語拼音 | se2 mien3 ngoi3 tau2 phi3

| 辭典英文釋義 | to cleanse the face offends the nose (proverb).

| 中文翻譯 | 洗臉礙到鼻子（諺語）。

| 參考資料 |

涂春景《形象化客話俗語 1200 句》頁 148 收錄類似諺語「洗面毋可礙到鼻」，解釋為「俗話說：『話有三頭六角，角角傷人。』因此，此話勸人宜三思而後言，不要隨便亂講話，免得要勸說對方，無意中卻刺傷了第三者。」

洗面碍倒鼻, *s. mièn ngòi táu phì*, to cleanse the face offends the nose (proverb).

518. 細時偷針，大了偷金

677-2 細時偷針大了偷金

| 校訂 | 細時偷針，大了偷金

| 辭典客語拼音 | se3 shi5 theu chim, thai3 liau2 theu kim

| 辭典英文釋義 | he who in youth will steal a needle will when grown up steal gold.

| 中文翻譯 | 年輕時會偷針的人，長大的時候就會偷走金子。

| 參考資料 |

涂春景《聽算無窮漢——有韻的客話俚諺 1500 則》頁 73 收錄「小時偷針，大了偷金」，解釋為「姑息足以養奸；小時候偷針，以為惡小不勸阻，長大了就偷人家金銀財貨。」

陳澤平、彭怡玢《長汀客家方言熟語歌謠》頁 54 收錄類似諺語「還細偷針，大哩偷金」。

黃永達《臺灣客家俚諺語語典：祖先的智慧》頁 310 收錄「細時偷人針，大來偷人金」，解釋為「[教示諺] 細人細惡，到大會變大惡，勸話人要注重子女的管教。」頁 310 收錄「細時偷針，大來偷金」，解釋為「[教示諺] 細人時節做細項壞事，就要遽遽和佢改正過來，係無，到大來時節就會做大項壞事。」

劉守松《客家人諺語（二）》頁 71 收錄「細細偷針，大來偷金」，解釋為「對於教育子女特別重要，若有發現自己的小孩偷竊行為，一定要教訓他，絕不可縱子，縱子是害子也。細細時節偷針是小事，養成習慣將來變成大竊盜。」

細時偷針大了偷金, *s. shî theu chim, thài liáu theu kim*, he who in youth will steal a needle will when grown up steal gold.

519. 細時毋搵，大來搵毋轉

677-3 細□□□，□□□□□

| 校訂 | 細時毋搵，大來搵毋轉

| 辭典客語拼音 | se3 shi5 m vut, thai3 loi5 vut m chon2

| 辭典英文釋義 | if it bends not when young it never will when grown up. (met. of habits).

| 中文翻譯 | 如果在小時候沒有折直，長大後就更不可能折直（意指習慣）。

| 說明 | 1926 年版《客英》頁 1069「vut」，有「vut chuk」，英譯為 “to straighten a bamboo by heating.”（藉燒熱把竹子折直）。「細時毋搵，大來搵毋轉」意思是小時候沒導正，長大後導正不了。

s. shî m vut, thài lôi vut m chón, if it bends not when young it never will when grown up. (met. of habits).

520. 生理好做，夥計難合（插）

679-1 生理好做夥計難合

| 校訂 | 生理好做，夥計難合（插）

| 辭典客語拼音 | sen li hau2 tso3, fo2 ki3 nan5 kap (tshap)

| 辭典英文釋義 | the business is good but to form a partnership is difficult to agree about.

｜中文翻譯｜生意很好，但很難建立雙方合意的夥伴關係。

｜說明｜ 1905 年版《客英詞典》的英譯是 “it is difficult in business to take in a partner.”（生意上要找一個合夥人很難）。說明合夥做生意不容易。

生理好做夥計難合, *s. li háu tsò, fó kì nân kap* (*tshap*), the business is good but to form a partnership is difficult to agree about.

521. 塞緊屎朏來詏

680-1 塞緊屎窟來拗

｜校訂｜塞緊屎朏來詏

｜辭典客語拼音｜ set kin2 shi3 fut loi5 au3

｜辭典英文釋義｜ Fig. for one who argues to the very limit.

｜中文翻譯｜意指一個爭論到底的人。

｜說明｜「塞緊屎朏來詏」意思是塞住肛門來爭辯，以免洩氣。

塞緊屎窟來拗, *s. kín shì fut lôi aù*, Fig. for one who argues to the very limit.

522. 虱多毋知癢

681-1 虱多唔知癢

｜校訂｜虱多*毋*知癢

｜辭典客語拼音｜ set to m ti yong

｜辭典英文釋義｜ when fleas are many one does not feel itchiness.

｜中文翻譯｜當跳蚤很多時，人感覺不到癢。

｜說明｜ 意指多到已經無感。與 899-1「債多*毋*知愁」（694）為上下句。

｜參考資料｜

黃永達《臺灣客家俚諺語語典：祖先的智慧》頁 354 收錄類似諺語「債多人不愁，

蚤多皮不癢」，解釋為「[經驗談] 欠債欠慣咧，欠多債又毋會愁無能力償還，就像跳蚤多，咬慣咧顛倒毋會癢。」

虱多唔知癢, *s. to m ti yong,* when fleas are many one does not feel itchiness.

523. 瘦狗想食醹飲

682-1 瘦□□□□□

| 校訂 | 瘦狗想食醹飲

| 辭典客語拼音 | seu3 keu2 siong2 shit8 neu5 yim2

| 辭典英文釋義 | the lean dog would like to eat the thick gruel from rice. Fig. a man who tries to get what is beyond him.

| 中文翻譯 | 瘦狗想吃濃米粥。意指一個人企圖獲得非能力所及的東西。

| 說明 | 1926年版《客英》頁1100「Yim2」，英文釋義為"the water in which rice has been boiled C. for fan3 thong."（飯剛煮沸時的水，潮州腔是「飯湯」），頁482「Moi5 yim2（糜飲）」，英文釋義為"a thick juice from rice."所以「飲」不是「粥」，早期養豬人家會把它拿來餵豬，使豬長得快。

s. kéu sióng shit nêu yím, the lean dog would like to eat the thick gruel from rice. Fig. a man who tries to get what is beyond him.

524. 瘦豬嫲跌落肥汁缸

682-2 瘦猪㜷跌落肥汁鋼

| 校訂 | 瘦豬嫲跌落肥汁缸

| 辭典客語拼音 | seu3 chu ma5 tiet lok8 phui5 chip kong

| 辭典英文釋義 | feed the lean sow on rich 'suds' and she will fatten. Fig. feed the poor and they will thrive.

| 中文翻譯 | 用肥「泡沫」的食物餵瘦母豬，她會肥起來。意指給窮人吃，他們會長得壯。

｜說明｜本諺為師傅話，意為穩當了。「汁缸」是餿水缸，裝廚餘養豬，因發酵關係，上層會起泡泡，英譯為“suds”應是此故。

瘦猪牳跌落肥汁缸 *s. chu mâ tiet lòk phûi chip kong*, feed the lean sow on rich 'suds' and she will fatten. Fig. feed the poor and they will thrive.

525. 瘦牛嫲大角板

682-3 瘦牛牳大角版

｜校訂｜瘦牛嫲大角板

｜辭典客語拼音｜ seu3 nyu5 ma5 thai3 kok pan2

｜辭典英文釋義｜ a lean cow has long horns. Fig. the rich man become poor still retains his dignity.

｜中文翻譯｜瘦母牛有長的角。意指富人變窮仍然保持著自己的尊嚴。

｜參考資料｜

姜義鎮《客家諺語》頁 19 收錄「瘦牛嫲大角板」，解釋為「老大不中用。」

涂春景《形象化客話俗語 1200 句》頁 219 收錄「瘦牛母大角板」，解釋為「牛瘦了顯得角板特別大，用來形容家庭不是很富有，但辦起喜事卻大張旗鼓、極盡鋪張。」

黃永達《臺灣客家俚諺語語典：祖先的智慧》頁 395 收錄「瘦牛嫲大腳圈」，解釋為「[俚俗語] 瘦弱的牛嫲，牛角卻儘大，喻屋家貧窮，出外卻出手大方，儘慷慨的樣仔。」頁 395 收錄「瘦牛嫲大腳板」，解釋為「[俚俗語] 諷人好充面子，實在又無該才調。」

楊兆禎《客家老古人言》頁 122 收錄「瘦牛嬤大角板——愛面子」，解釋為「與『打腫臉充胖子』相類似。」

楊兆禎《客家諺語拾穗》頁 128 收錄「瘦牛嫲，大腳板——趨風神」，解釋為「愛體面，與『打腫臉充胖子』類似。」

羅肇錦《苗栗縣客語諺語、謎語集（二）》頁 32 收錄「瘦牛嫲大角板」，解釋為「瘦瘦的母牛，牛角卻很大。比喻家中貧窮，出外卻出手大方，很海派的作風。」

瘦牛牳大角版 *s. nyû mâ thài kok pán*, a lean cow has long horns. Fig. the rich man become poor still retains his dignity.

526. 蛇有蛇路，鱉有鱉路

683-1 蛇有蛇路鼈有鼈路

｜校訂｜蛇有蛇路，鱉有鱉路

｜辭典客語拼音｜ sha5 yu sha5 lu3, piet yu piet lu3

｜辭典英文釋義｜ the snake has its way the turtle has its way. (Fig. the means of livelihood vary.)

｜中文翻譯｜蛇有蛇的辦法，鱉有鱉的方式（意指生計手段各不相同）。

｜參考資料｜

姜義鎮《客家諺語》頁 28 收錄「蛇有蛇路，鱉有鱉路」，解釋為「各有不同的生活方式。」

涂春景《聽算無窮漢——有韻的客話俚諺 1500 則》頁 167 收錄「蛇有蛇路，鱉有鱉路」，解釋為「天地之大，有人就當有出路。所以說，蛇有蛇走的路，鱉也有鱉的過道。」

黃永達《臺灣客家俚諺語語典：祖先的智慧》頁 313 收錄「蛇有蛇路，鱉有鱉路」，解釋為「[教示諺] 喻各有各的謀生之道，各有各的出路之意。」

蛇有蛇路鼈有鼈路, *s. yu shâ lù piet yu piet lù*, the snake has its way: the turtle has its way. (Fig. the means of livelihood vary.)

527. 蛇山怕老虎，老虎怕蛇山

683-2 蛇山（射生）怕老虎老虎怕蛇山

｜校訂｜蛇山怕老虎，老虎怕蛇山

｜辭典客語拼音｜ sha5 san pha3 lau2 fu2 lau2 fu2 pha3 sha5 san

｜辭典英文釋義｜ the snake hill fears the tiger, the tiger fears the snake hill.

｜中文翻譯｜蛇山害怕老虎，老虎害怕蛇山。

｜說明｜ 多蛇的山怕老虎來驚擾，老虎也怕踩入蛇山。相互敬而遠之。

蛇山(射生)怕老虎老虎怕蛇山, *s. san phà láu fú láu fú phà shâ san*, the snake hill fears the tiger, the tiger fears the snake hill.

528. 蛇窿透蛶窟

683-3 蛇竉透蛭窟

｜校訂｜蛇窿透蛶窟

｜辭典客語拼音｜ sha5 lung theu3 kwai2 khwut (fut)

｜辭典英文釋義｜ the holes of serpents and frogs intercommunicate (Fig. thieves and police in collusion).

｜中文翻譯｜蛇和青蛙的洞互通（意指小偷和警察相互勾結）。

｜參考資料｜

涂春景《形象化客話俗語 1200 句》頁 172 收錄「蛇窿透蛶窟」，解釋為「蛇窿，蛇洞；蛶窟，青蛙窟。蛇以蛙為捕食對象，因此本來蛇洞便連通青蛙窟；此話猶言隔牆有耳，說話要小心，萬一說人壞話，聽話的人很可能是對方的朋友，他將會傳達你的惡意。」

黃永達《臺灣客家俚諺語語典：祖先的智慧》頁 313 收錄「蛇窿透蛶窟」，解釋為「[比喻詞] 蛇窩連通到蛶窩，喻與別人串通。」

> 辭典截圖
>
> **蛇竉透蛭窟,** *s. lung thèu kwái khwut (fut)*, **the holes of serpents and frogs intercommunicate (Fig. thieves and police in collusion).**

529. 蛇過了正來打棍

683-4 蛇過哩正來打棍

｜校訂｜蛇過了正來打棍

｜辭典客語拼音｜ sha5 kwo3 li chang3 loi5 ta2 kwun3

｜辭典英文釋義｜ to beat after the snake has gone — too late.

｜中文翻譯｜在蛇離開後擊打——太遲了。

｜參考資料｜

姜義鎮《客家諺語》頁 11 收錄「蛇過正打棍」，解釋為「事情過去才大費周章。」頁 30 收錄類似諺語「蛇過尋棍，賊過閂門」，解釋為「指失去時效，失去機會。」

徐運德《客家諺語》頁 203 收錄類似諺語「蛇過尋棍，賊過閂門」，解釋為「此語是指失去時效，或失去機會的意思。譬如發現了蛇，才去找木棍，蛇已溜走了。東西給小偷偷走了，才把門關上，那不是太遲了嗎？所以說，凡事務須防患於

未然，才是安全的措施。」

黃永達《臺灣客家俚諺語語典：祖先的智慧》頁 221 收錄類似諺語「雨過送遮，蛇過擎棍」，解釋為「[比喻詞] 喻忒慢咧（太遲了），已經無效。」頁 313 收錄類似諺語「蛇過尋棍，賊過閂門」，解釋為「[比喻詞] 喻失去時效性，或失去機會的意思。」

楊兆禎《客家老古人言》頁 102 收錄類似諺語「蛇過尋棍，賊走閂門——太慢了」，解釋為「與『雨後送蓑衣』相類似。」

楊兆禎《客家諺語拾穗》頁 97 收錄類似諺語「蛇過尋棍，賊走閂門——太慢了」，解釋為「與『雨後送遮』、『亡羊補牢』、『禾黃水落、飯熟火著』、『官司打完，計正出』、『出窯个磚仔』、『過後媒人』、『秋後扇』……等類似。」頁 188 收錄「蛇過尋棍」。

羅肇錦《苗栗縣客語、諺謠集（四）》頁 5 收錄類似諺語「賊走閂門，蛇過尋棍」，解釋為「小偷走了才閂門，毒蛇跑了才找棍子。比喻事情過了才拿出解決辦法，已經來不及了。」

蛇過哩正來打棍, *s. kwò li chàng lôi tá kwùn*, to beat after the snake has gone—too late.

530. 蛇入竹筒，曲性難改

683-5 蛇入竹筒曲性難改

| 校訂 | 蛇入竹筒，曲性難改

| 辭典客語拼音 | sha5 nyip8 chuk thung5, khiuk sin3 nan5 koi2

| 辭典英文釋義 | reformation is difficult － like a (crooked) serpent in a (straight) bamboo tube.

| 中文翻譯 | 改變很難——就像（直）竹筒中的（彎曲的）蛇。

| 說明 | 指只有改變外貌，本性沒改。

| 參考資料 |

姜義鎮《客家諺語》頁 28 收錄類似諺語「蛇入竹筒，唔改其曲」，解釋為「頑石難點頭。」

蛇入竹筒曲性難改, *s. nyip chuk thûng khiuk sìn nân kói*, reformation is difficult—like a (crooked) serpent in a (straight) bamboo tube.

531. 蛇走蜗伸腰

683-6 蛇□□□□

｜校訂｜蛇走蜗伸腰

｜辭典客語拼音｜ sha5 tseu2 kwai2 chhun-yau

｜辭典英文釋義｜ the serpent gone the frog stretches itself.

｜中文翻譯｜蛇走了，青蛙就伸懶腰了。

｜說明｜「蛇走蜗伸腰」的引申義是具威脅性的東西不在了，就囂張起來。

s. tséu kwái chhun-yau, the serpent gone the frog stretches itself.

532. 捨不得嬌妻，做不得好漢

684-1 舍不得嬌妻做不得好漢

｜校訂｜捨不得嬌妻，做不得好漢

｜辭典客語拼音｜ sha2 put tet kiau tshi, tso3 put tet hau2 hon3

｜辭典英文釋義｜ too fond of his fair wife to do heroic deeds.

｜中文翻譯｜太喜歡他美麗的妻子以致於無法有英勇的行為。

舍不得嬌妻做不得好漢, *s. put tet kiau tshi, tsò put tet háu hòn,* too fond of his fair wife to do heroic deeds.

533. 覡公精，鬼也精

688-1 覡公精鬼也精

｜校訂｜覡公精，鬼也精

｜辭典客語拼音｜ shang3 kung tsin, kwui2 ya tsin

｜辭典英文釋義｜ the wizard wide awake the devil is also.

｜中文翻譯｜巫師極警覺，鬼也是。

｜說明｜「覡公」是驅鬼的男道士。「精」是機靈、聰明之意。

覡 公 精 鬼 也 精, *s. kung tsin kwúi ya tsin*, the wizard wide awake the devil is also.

534. 少食多知味

690-1 少食多知味

｜辭典客語拼音｜ shau2 shit8 to ti mui3

｜辭典英文釋義｜ to eat little is to know its flavour better.

｜中文翻譯｜少吃是為了更能品嘗出它的味道。

｜說明｜ 與 875-1「多食無味緒」（680）為上下句。

｜參考資料｜

徐運德《客家諺語》頁 153 收錄類似諺語「少食多香味，多食無味緒」，解釋為「即吃的少，覺得味道特別好，吃太多，再精緻的食物也食之無味。」

涂春景《聽算無窮漢——有韻的客話俚諺 1500 則》頁 74 收錄類似諺語「少食多香味，多食無味緒」，解釋為「少量的食物，細細嚼嚥，食物的味道才會品嚐出來；大量的狼吞虎嚥，則吃不出其味了。所以說，少吃多香味，多吃沒味道。」「少食多香氣，多食傷腸胃」，解釋為「有謂：餐餐七分飽，快樂活到老。因此，客話俗語也說：少吃多香氣，吃多了反而傷腸胃。」

黃永達《臺灣客家俚諺語語典：祖先的智慧》頁 73 收錄類似諺語「少食多香味，多食無味緒」，解釋為「[經驗談] 吃少，會感覺味道特別好；吃忒多，較好的食物也無味。」

羅肇錦《苗栗縣客語、諺謠集（四）》頁 51 收錄類似諺語「少食多香氣，多食無味緒」，解釋為「好吃的食物，淺嚐則齒頰留香，吃多反而沒有味道了。意謂物稀為貴，多了就不值錢了。」

羅肇錦《苗栗縣客語諺語、謎語集（二）》頁 46 收錄類似諺語「少食多香氣，多食無味緒」，解釋為「美味的食物，嚐一些，覺得香氣四溢，倍加可口，吃太多反而沒味道。猶如好話講多了，也會使人討厭，要注意說話的藝術。」

少 食 多 知 味, *s. shit to ti múi*, to eat little is to know its flavour better.

535. 少年針黹老年醫

690-2 少年針黹老年醫

｜辭典客語拼音｜ shau3 nyen5 chim-chi lau2 nyen5 yi

｜辭典英文釋義｜ use youth for your tailor － ripe years for your doctor.

｜中文翻譯｜把青年時期用在裁縫師身上——把老年歲月花在醫師身上。

｜參考資料｜

涂春景《形象化客話俗語 1200 句》頁 57 收錄「少年針黹，老年醫」，解釋為「裁縫之事，眼力要好、手腳要靈巧；當醫生經驗要豐富、老到。」

少年針黹老年醫, s. nyên chim-chí láu nyên yi, use youth for your tailor—ripe years for your doctor.

536. 扇風難起千層浪

692-1 扇風難起千層浪

｜辭典客語拼音｜ shen3 fung nan5 khi2-tshien tshen5 long3

｜辭典英文釋義｜ the puff of a fan won't cause a succession of waves! (Fig. work is according to strength).

｜中文翻譯｜風扇吹的風不會引起一連串的波浪（意指成果是依實力而定）。

｜參考資料｜

涂春景《形象化客話俗語 1200 句》頁 215 收錄「搧風難起千層浪」，解釋為「指搧風起千層浪是根本不可能的事，告訴人家別再徒勞。」

扇風難起千層浪, s. fung nân khi-tshien tshên lòng, the puff of a fan won't cause a succession of waves! (Fig. work is according to strength).

537. 蝕本財主，無蝕本腳夫

694-1 蝕本財主無蝕本脚夫

| 校訂 | 蝕本財主，無蝕本腳夫

| 辭典客語拼音 | shet8 pun2 tshoi5 chu2, mau5 shet8 pun2 kiok fu

| 辭典英文釋義 | the loss falls on the merchant and not on the carrier, (as of goods not arriving in time).

| 中文翻譯 | 損失落在商家而不是運送者身上（貨物沒有及時到達用語）。

| 參考資料 |

涂春景《聽算無窮漢——有韻的客話俚諺 1500 則》頁 106 收錄「有蝕本財主，無蝕本腳佚」，解釋為「東西的貴賤，因市場的供需而定，所以做生意的，有時賺有時賠，是很正常的；但是替人搬運，用勞力換取工資，工資一定照算。因而說，有了錢的財主，沒有賠錢的腳佚。」

蝕本財主無蝕本脚夫. *s. pún tshôi chú mâu s. pún kiok fu,* the loss falls on the merchant and not on the carrier, (as of goods not arriving in time).

538. 屎朏無蟲拈蟮鑽

696-1 屎□□□□□□

| 校訂 | 屎朏無蟲拈蟮鑽

| 辭典客語拼音 | shi3 vut mau5 chhung5 nyam hien2 tson3

| 辭典英文釋義 | said of a man who when at peace seeks trouble for himself.

| 中文翻譯 | 意指一個沒事自找麻煩的人。

| 說明 | 「屎朏無蟲拈蟮鑽」意思是肛門沒有蟲，卻去捉蚯蚓來鑽。

| 參考資料 |

涂春景《形象化客話俗語 1200 句》頁 217 收錄「勢窟無蟲拈蟮鑽」，解釋為「拈，用兩個手指掐拾物品；蟮，蚯蚓，有稱『蟮公』、『蟲蟮』的。屁股沒蟲，卻要拈蚯蚓，來鑽屁股。譏刺人家沒事找事做，有『自找麻煩』的意思。」

黃永達《臺灣客家俚諺語語典：祖先的智慧》頁 231 收錄「屘朏無蟲拈蟲蟮鑽」，解釋為「[俚俗語] 明明屘朏無蟲，還要拈蟲蟮鑽自家的屘朏，形容無事情還尋事情來麻煩自家的意思。」

羅肇錦《苗栗縣客語、諺謠集（四）》頁 48 收錄「尸朏無蟲拈蟪鑽」，解釋為「屁股裡沒有蟲，自己去抓一條蚯蚓來鑽。喻沒事找事，自尋煩惱。」

s. vut mâu chhûng nyam hién tsìn, said of a man who when at peace seeks trouble for himself.

539. 屎朏坐（理）著屎

696-2 屎窟坐倒屎

｜校訂｜屎朏坐（理）著屎

｜辭典客語拼音｜ shi3 vut tsho (li) tau2 shi2

｜辭典英文釋義｜ he sits on filth (Fig. of touching what he should not meddle with), unfit for company.

｜中文翻譯｜他坐在穢物上（意指碰觸他不應該干涉的東西），不適合做伴。

屎 窟 坐 倒 屎, *s. vut tsho (li) táu shi,* he sits on filth (Fig. of touching what he should not meddle with), unfit for company.

540. 神靈廟祝肥

702-1 神靈廟祝肥

｜辭典客語拼音｜ shin5 lin5 miau3 chuk phui5

｜辭典英文釋義｜ a popular idol makes a fat temple keeper.

｜中文翻譯｜一尊香火盛的神，造就肥胖的廟公。

｜參考資料｜

黃永達《臺灣客家俚諺語語典：祖先的智慧》頁 199 收錄類似諺語「官清書記瘦，神靈廟公肥」，解釋為「[經驗談] 清官的部下也會清，因為清苦就會較瘦；神明靈驗，香火就盛，守廟的廟公就會變較肥。」頁 280 收錄「神靈廟祝肥——打幫」，解釋為「[師傅話] 神明係講會靈驗，香火就會旺，香油錢就會多，廟祝打幫神靈就好過日咧。」

神 靈 廟 祝 肥, *s. lin miàu chuk phûi,* a popular idol makes a fat temple keeper.

541. 十賒不如九顯

706-1 十賒不如九現

｜校訂｜十賒不如九顯

｜辭典客語拼音｜ ship8 chha put yi5 kiu2 hien2

｜辭典英文釋義｜ nine (cash) ready money is better than ten on credit.

｜中文翻譯｜九筆現款，優於十筆賒帳。

｜參考資料｜

姜義鎮《客家諺語》頁 30 收錄類似諺語「一千賒無當八百現」，解釋為「高額賒帳不如小額現金較好。」

徐運德《客家諺語》頁 183 收錄類似諺語「一千賒毋當八百現」，解釋為「高價的賒帳不如現金買賣較好。」

涂春景《形象化客話俗語 1200 句》頁 1 收錄類似諺語「一千賒毋當八百現」，解釋為「同一貨品，賣給賒帳的人一千塊，不如賣給付現金的八百塊。這裡指出人人皆著眼現實。」

黃永達《臺灣客家俚諺語語典：祖先的智慧》頁 3 收錄類似諺語「一千賒毋當八百現」，解釋為「[教示諺] 高價賒帳買賣，毋當低價現金交易。」頁 53 收錄類似諺語「千賒毋當八百現，八百毋當六百手來擐」，解釋為「[經驗談] 現金比賒事實在，手頭拿到又比現金實在。」

鄧榮坤《生趣客家話》頁 64 收錄類似諺語「一千賒不當八百現」，解釋為「穩紮穩打。」

鄧榮坤《客家話的智慧》頁 132 收錄類似諺語「一千賒不當八百現」，解釋為「高價的買賣，不如現金交易。」

羅肇錦《苗栗縣客語、諺謠集（四）》頁 46 收錄類似諺語「千賒毋當八百現」，解釋為「來一千的賒帳，不如八百的現金。做生意時，賒帳雖然數額較大，卻有呆帳的風險，不如拿少一點的現金。這也是處世的經驗，利益較優而風險高，不如利潤較低而穩當者。」

十 賒 不 如 九 現, *s. chha put yi kiú hién,* nine (cash) ready money is better than ten on credit.

542. 十八後生三歲馬

707-1 十八後生三歲馬

｜辭典客語拼音｜ ship8 pat heu3-sang sam se3 ma

｜辭典英文釋義｜ youth at 18 like horses at three years of age.

｜中文翻譯｜十八歲的青少年就像三歲的馬。

｜說明｜「十八後生三歲馬」引申義是十七、八歲的青少年處於狂飆時期，精力旺盛。

十八後生三歲馬, *s. pat hèu-sang sam sè ma*, youth at 18 like horses at three years of age.

543. 十足銀買無十足貨

707-2 十足銀買無十足貨

｜辭典客語拼音｜ ship8 tsiuk nyun5 mai mau5 ship8 tsiuk fo3

｜辭典英文釋義｜ pure silver cannot buy perfect goods.

｜中文翻譯｜純銀子買不到完美的貨物。

｜說明｜「十足」意思是「充分足夠的」，「銀」是「錢銀」。

｜參考資料｜

羅肇錦《苗栗縣客語諺語、謎語集（二）》頁 44 收錄「十足錢買無十足貨」，解釋為「縱然有足夠的錢，也買不到十全十美的貨。比喻凡事很難圓滿，勿做過分的奢求。」

十足銀買無十足貨, *s. tsiuk nyûn* **mai** *mâu s. tsiuk fò*, pure silver cannot buy perfect goods.

544. 食番薯講米價

708-1 食番薯講米價

｜辭典客語拼音｜ shit8 fan shu5 kong2 mi2 ka3

｜辭典英文釋義｜ if you eat sweet potatoes why ask the price of rice? (Fig. why look at what is beyond your reach?)

｜中文翻譯｜如果你吃甘薯為什麼要問米飯的價格？（意指為什麼相中超出你能力範圍的東西？）

｜參考資料｜

涂春景《形象化客話俗語 1200 句》頁 137 收錄「食番薯，講米價」，解釋為「話說，一個人沒米飯可吃，吃著番薯，卻與人談論米價。諷刺不知著眼現實，好高鶩遠之輩。」

陳澤平、彭怡玢《長汀客家方言熟語歌謠》頁 86 收錄類似諺語「食番薯唔曉得米價」，解釋為「輕蔑地表示對方沒有資格說話。」

黃永達《臺灣客家俚諺語語典：祖先的智慧》頁 259 收錄「食蕃 [番] 薯，講米價」，解釋為「[俚俗語] 一個人苦到無米飯好食，還和人講米價，諷人毋腳踏實地，虛榮心重。」

食番薯講米價, *s. fan shû kòng mì kà*, if you eat sweet potatoes why ask the price of rice ? (Fig., why look at what is beyond your reach ?)

545. 食係人膽，著係人威

708-2 食係人胆著係人威

｜校訂｜食係人膽，著係人威

｜辭典客語拼音｜ shit8 he3 nyin5 tam2 chok he3 nyin5 vui

｜辭典英文釋義｜ food gives courage, clothes give dignity.

｜中文翻譯｜食物給人勇氣，衣服給人尊嚴。

食係人胆著係人威, *s. hè nyîn tám chok hè nyîn vui*, food gives courage, clothes give dignity.

546. 食這家飯，念這家經

709-1 食裏家飯念裏家經

｜校訂｜食這家飯，念這家經

｜辭典客語拼音｜ shit8 li2 ka fan3, nyam3 li2 ka kin

｜辭典英文釋義｜ if you eat this family's rice chant its liturgy — do its work.

｜中文翻譯｜如果你吃這家的飯，要誦這家的經——做這家的工作。

｜參考資料｜

徐運德《客家諺語》頁 174 收錄「食個家飯念個家經」，解釋為「意指隨從主人之意，做主人交代之事。」

涂春景《形象化客話俗語 1200 句》頁 135 收錄「食奈家飯，唸奈家經」，解釋為「此話意思是，勸人從事哪一種行業，就得忠於那種行業，要不斷努力精進；千萬不可心猿意馬，好高騖遠。」

黃永達《臺灣客家俚諺語語典：祖先的智慧》頁 255 收錄「食那家飯，唸那家經」，解釋為「[教示諺] 拿人的俸祿為人做事，自然要為佢設想，也教示人做麼个要像麼个。」「食奈家飯，唸奈家經」，解釋為「[教示諺] 在奈一家食飯就要唸該一家的經，勸話人工作要盡忠職守。」頁 258 收錄「食該家飯，唸該家經」，解釋為「[師傅話] 拿主人的俸祿，就要隨從主人的意思，做主人交代的事情。」

食裡家飯念裡家經, *s. lí ka fàn nyàm lí ka kin*, if you eat this family's rice chant its liturgy—do its work.

547. 食兩隻黃豆就愛變仙

709-2 食兩隻黃荳就愛變仙

｜校訂｜食兩隻黃豆就愛變仙

｜辭典客語拼音｜ shit8 liong2 chak vong5 theu3 tshiu3 oi3 pien3 sien

｜辭典英文釋義｜ by the eating of two peas you become a fairy.

｜中文翻譯｜憑著吃兩粒豌豆，你就要成為一個仙人。

｜參考資料｜

徐運德《客家諺語》頁 372 收錄類似諺語「食兩粒黃豆仔，就想愛學人上西天」，解釋為「不考慮自己的學識，學了一點就誇大妄想。」

涂春景《形象化客話俗語 1200 句》頁 135 收錄類似諺語「食兩粒黃豆兒，就愛上西天」，解釋為「昔日民間有吃齋茹素、不殺生，可得道升天的信仰。此話譏嘲學得一點功夫、一招半式，便想闖蕩江湖；學到了一丁點知識、技能，便以為自己很厲害、很了不得；就像吃了兩粒黃豆，就想得道升天。」

黃永達《臺灣客家俚諺語語典：祖先的智慧》頁 253 收錄類似諺語「食三粒黃豆就想上西天，唸三日經就想成神仙」，解釋為「[俚俗語] 譏人淺薄，做幾日功課就想成就事功咧，還早啦。」頁 255 收錄類似諺語「食兩粒黃豆仔，就想要上西天」，解釋為「[俚俗語] 吃幾餐齋就以為修練成佛，諷人學到一點點，就以為做得成專家，還早咧。」

黃盛村《臺灣客家諺語（下冊）》頁 36 收錄類似諺語「食三粒黃豆仔，就要學人上西天」，解釋為「用以警示人們不可異想天開的期望不勞而獲，須知『收穫必先耕耘，成功須靠努力』！」

楊兆禎《客家諺語拾穗》頁 77 收錄類似諺語「食毋三粒黃豆仔，就想愛上西天——道行還差得遠」，解釋為「形容道行不高，修養不夠。」

食兩隻黃荳就愛變仙, *s. lióng chak vông thèu tshiù òi pièn sien*, by the eating of two peas you become a fairy.

548. 食毋窮，使毋窮，打算毋著一世窮

709-3 食唔窮使唔窮打算唔着一世窮

｜校訂｜食毋窮，使毋窮，打算毋著一世窮

｜辭典客語拼音｜ shit8 m khiung5, sii2 m khiung5, ta2 son3 m chhok8 yit she3 khiung5

｜辭典英文釋義｜ necessary food and necessary expenses do not make a man poor, but wrong reckoning impoverishes a man for ever.

｜中文翻譯｜必要的食物和必要的開支不會使一個人變窮，但錯誤的估算使一個人永遠貧窮。

｜參考資料｜

姜義鎮《客家諺語》頁 38 收錄「食唔窮著唔窮，打算錯一世窮」，解釋為「比喻謀事錯誤，一輩子不會有成就。」

徐運德《客家諺語》頁 159 收錄「食毋窮，著毋窮，打算毋著一世窮」，解釋為「吃、穿都不會窮，就怕沒有好好為自己前途計畫，方會使人窮一輩子。」

涂春景《聽算無窮漢——有韻的客話俚諺 1500 則》頁 195 收錄「食毋窮，著毋窮，毋會打算一世窮」，解釋為「一家之主，應該善於謀劃。因此說，吃穿不致令人窮困，不會謀劃發展事業，才會令人一輩子窮困。」

陳澤平、彭怡玢《長汀客家方言熟語歌謠》頁 80 收錄「食唔窮，著唔窮，毛划毛算一世窮」。

黃永達《臺灣客家俚諺語語典：祖先的智慧》頁 253 收錄「食毋窮，著毋窮，打算毋著一世窮」，解釋為「[教示諺] 吃、穿都毋會使人窮，就驚無好好為自家前途打算，會使人窮一生人。」

楊兆禎《客家老古人言》頁 90 收錄「食唔窮著唔窮，打算唔著一世窮——計劃第一重要」。

楊兆禎《客家諺語拾穗》頁 78 收錄「食毋窮、著毋窮，打算毋著一世窮」，解釋為「食、衣不會窮，但規劃錯誤，則可能窮一輩子。」

劉守松《客家人諺語（一）》頁 1 收錄「食毋窮著毋窮，打算毋著一世窮」，解釋為「食、著二字屬於小事，最重要無論何種事業，要有計畫，要經營正當事業，謀事要腳踏實地，一步一步來，假似無好好設計是不可能發展。」

鄧榮坤《生趣客家話》頁 164 收錄「食毋窮著毋窮，打算毋錯一世窮」，解釋為「謹慎選擇。比喻男人入錯行，女人嫁錯郎。」

鄧榮坤《客家話的智慧》頁 211 收錄「食毋窮著毋窮，打算毋錯一世窮」，解釋為「錯誤的人生規劃，一輩子潦倒。」

羅肇錦《苗栗縣客語、諺謠集（四）》頁 53 收錄「食毋窮，著毋窮，打算毋著一世窮」，解釋為「光吃飯吃不窮，光穿衣也穿不窮，籌劃錯誤可要窮一輩子。告訴人們籌劃人生是很重要的，走錯路想回頭是很困難的。」

食唔窮使唔窮打算唔着一世窮, *s. m khiûng sṳ̈ m khiûng tá sòn m chhòk yit shè khiûng,* necessary food and necessary expenses do not make a man poor, but wrong reckoning impoverishes a man for ever.

549. 食魚肥，食肉瘦

709-4 食魚肥食肉腴

｜校訂｜食魚肥，食肉瘦

｜辭典客語拼音｜ shit8 ng5 phui5 shit8 nyuk seu3

｜辭典英文釋義｜ eat fat fish but lean meat.

｜中文翻譯｜吃肥的魚，但吃瘦的肉。

｜說明｜ 吃魚要揀肥美的，吃肉要挑瘦的。

食魚肥食肉腴, *s. n̂g phûi s. nyuk sèu,* eat fat fish but lean meat.

550. 食飽不如睡飽

709-5 食飽不如睡飽

｜辭典客語拼音｜ shit8 pau2 put yi5 shoi3 pau2

｜辭典英文釋義｜ to sleep enough is better than to eat enough.

｜中文翻譯｜充足的睡眠好過吃得很飽。

食飽不如睡飽, *s. páu put yt shòi páu*, to sleep enough is better than to eat enough.

551. 食上食下食自家

709-6 食上食下食自家

｜辭典客語拼音｜ shit8 shong shit8 ha shit8 tshii3 (tshi5) ka

｜辭典英文釋義｜ though invited to eat here and there you eat your own food — you invite those who invited you.

｜中文翻譯｜雖然受邀到處吃，事實上你吃自己的食物——你要請那些請過你的人。

｜參考資料｜

涂春景《聽算無窮漢——有韻的客話俚諺 1500 則》頁 195 收錄「食上食下，食自家」，解釋為「常受人招待，也該回請人家；所以說，到處吃吃喝喝，終究是吃自己。」

陳澤平、彭怡玢《長汀客家方言熟語歌謠》頁 99 收錄類似諺語「挪眯食尾巴——食來食轉食自家」。

鄧榮坤《生趣客家話》頁 120 收錄「食上食下食自家」，解釋為「沒有佔到便宜。沒有必要的應酬，應該盡量避免。」

食上食下食自家, *s. shong shit ha shit tshṳ̀ (tshì) ka*, though invited to eat here and there you eat your own food—you invite those who invited you.

552. 食水念水源頭

710-1 食水念水源頭

｜辭典客語拼音｜ shit8 shui2 nyam3 shui2 nyen5 theu5

｜辭典英文釋義｜ when you drink water you think of the sources whence it comes.

｜中文翻譯｜當你喝水時，你便要想到它源自哪裡。

| 參考資料 |

姜義鎮《客家諺語》頁 21 收錄「食水愛念水源頭」，解釋為「飲水思源。」

徐運德《客家諺語》頁 103 收錄「食水都愛念著水源頭」，解釋為「不可忘了別人給你的恩惠，需『飲水思源』之意。」

涂春景《形象化客話俗語 1200 句》頁 134 收錄「食水念著水源頭」，解釋為「人不可忘本，要飲水思源。」

黃永達《臺灣客家俚諺語語典：祖先的智慧》頁 253 收錄「食水要念到水源頭」，解釋為「[教示諺] 食水才做得生養生命，要感恩水源頭；另有感恩圖報之意，提醒人要飲水思源，毋好忘恩負義。」頁 253 收錄「食水想到水源頭」，解釋為「[教示諺] 勸話人要飲水思源之意，閩諺也有『食果子，拜樹頭』之句。」

楊兆禎《客家老古人言》頁 89 收錄「食水愛念水源頭——飲水思源」。

楊兆禎《客家諺語拾穗》頁 77 收錄「食水愛念水源頭」，解釋為「與『飲水思源』、『食果子拜樹頭』、『食人一口，還人一斗』等相似。勸人凡事要心存感念。」

食水念水源頭, *s. shúi nyàm shúi nyên thêu,* when you drink water you think of the sources whence it comes.

553. 食水都歕冷

710-2 食水都噴冷

| 校訂 | 食水都歕冷

| 辭典客語拼音 | shit8 shui2 tu phun3 lang (len)

| 辭典英文釋義 | he blows over the water ere he drinks it (Fig. over scrupulous or particular).

| 中文翻譯 | 他在喝水前給水吹氣（意指過分謹慎或考究）。

食水都噴冷, *s. shúi tu phún lang (len),* he blows over the water ere he drinks it. (Fig. over scrupulous or particular).

554. 食到老，學到老

710-3 食到老學到老

| 校訂 | 食到老，學到老

| 辭典客語拼音 | shit8 tau3 (to3) lau2 hok8 tau3 (to3) lau2 (lo2)

| 辭典英文釋義 | one eats and learns till old age.
| 中文翻譯 | 人直到晚年都要吃要學習。

| 參考資料 |
陳澤平、彭怡玢《長汀客家方言熟語歌謠》頁 40 收錄類似諺語「做到老，學到老」。
黃永達《臺灣客家俚諺語語典：祖先的智慧》頁 255 收錄「食到老，學到老」，解釋為「[教示諺] 人要一生人學習，學無止境。」
劉守松《客家人諺語（一）》頁 228 收錄「食到老、學到老」，解釋為「食到一百歲，學到一百歲的意思，人生七十才開始，六十讀書還未遲，有錢多買書，有閑多讀書，有狀元學生、無狀元先生，書要讀字要寫，書中自有黃金屋。」

食到老學到老, *s. tàu (tò) láu hòk tàu (tò) láu (ló)*, one eats and learns till old age.

555. 食大麥糜，講皇帝話

710-4 食大麥粥講皇帝話

| 校訂 | 食大麥糜，講皇帝話
| 辭典客語拼音 | shit8 thai3-mak8 moi5, kong2 vong5-ti3 va3

| 辭典英文釋義 | you eat the poor man’s food and talk the king’s words.
| 中文翻譯 | 你吃窮人的食物，而用皇帝口吻說話。

食大麥粥講皇帝話, *s. thài-màk môi, kóng vông-tì và*, you eat the poor man’s food and talk the king’s words.

556. 食得肥，走得瘦

710-5 食得肥走得瘦

| 校訂 | 食得肥，走得瘦
| 辭典客語拼音 | shit8 tet phui5, tseu2 tet seu3

| 辭典英文釋義 | eating makes fat but long journeying makes lean.
| 中文翻譯 | 吃東西會變胖，但長途奔波讓人變瘦。

｜說明｜「食得肥，走得瘦」意思是跋涉長途赴宴，吃很多，但來回奔波，人反而變瘦。臺灣四縣腔客語常說：「食得肥來傍得瘦」。

｜參考資料｜

黃永達《臺灣客家俚諺語語典：祖先的智慧》頁 256 收錄「食得肥，行得瘦」，解釋為「[習用語] 坐等食會肥，多行路自然會瘦下去。」頁 257 收錄「食得肥來，走得瘦」，解釋為「[經驗談] 食多就會生肉肥起來，行多就會瘦下來，勸話人要多運動之意。」

食得肥走得瘦, *s. tet phûi tséu tet sèu,* eating makes fat but long journeying makes lean.

557. 食田刀，屙鐵鍤

710-6 食田刀屙鐵鍤

｜校訂｜食田刀，屙鐵鍤

｜辭典客語拼音｜ shit8 thien5 tau (to) o thiet tsap

｜辭典英文釋義｜ to swallow the ploughshare and bring forth a harrow.

｜中文翻譯｜吞下犁刀且帶出鐵耙。

｜說明｜ 1926 年版《客英》頁 868「鐵鍤」，英文釋義為“an iron rake.”（鐵耙）。

食田刀屙鐵鍤, *s. thiên tau (to) o thiet tsap,* to swallow the ploughshare and bring forth a harrow.

558. 食爺飯，著爺衣

710-7 食爺飯著爺衣

｜校訂｜食爺飯，著爺衣

｜辭典客語拼音｜ shit8 ya5 fan3 chok ya5 yi

｜辭典英文釋義｜ eats his father’s food and clads himself in his father’s clothes.

｜中文翻譯｜吃父親的食物，穿上父親的衣服。

｜說明｜即現今所謂的「靠爸族」。

食爺飯著爺衣, s. yâ fàn chok yâ yi, eats his father's food and clads himself in his father's clothes.

559. 食煙人，行多路

711-1 食煙人行多路

｜校訂｜食煙人，行多路

｜辭典客語拼音｜ shit8 yen nyin5 hang5 to lu3

｜辭典英文釋義｜ the smoker walks much (looking for his pipe and matches).

｜中文翻譯｜吸煙者多走路（尋找他的煙管和火柴）。

食煙人行多路, s. yen nyîn hâng to lù, the smoker walks much (looking for his pipe and matches).

560. 手指有長短

715-1 手指有長短

｜辭典客語拼音｜ shiu2 chi2 yu chhong5 ton2

｜辭典英文釋義｜ fingers are of different lengths (Fig. no uniformity).

｜中文翻譯｜手指長度不同（意指不整齊劃一）。

｜參考資料｜

涂春景《形象化客話俗語 1200 句》頁 47 收錄「手指伸出有長短」，解釋為「天地萬物都有個別差異，能力、才情不可能完全相等；就像每個人伸出手來，手指有長、有短一般。」

黃永達《臺灣客家俚諺語語典：祖先的智慧》頁 65 收錄類似諺語「五隻手指伸出來無平長」，解釋為「[俚俗語] 喻子女精戇、性格無共樣。」頁 76 收錄「手指伸出有長短」，解釋為「[比喻詞] 手指一伸出就見有長有短，世事儘難完全公平，無可能有十全十美的事；又指子女賢與不肖，儘難會共樣。」頁 76 收錄類似諺語「手指伸出有長短，深山樹仔有高低」，解釋為「[比喻詞] 做任何事情很難圓滿，就像手指有長短，樹有高矮；指做事要衡情論理。」

黃盛村《臺灣客家諺語（上冊）》頁 144 收錄類似諺語「手指伸出，冇平長。」

楊兆禎《客家諺語拾穗》頁 28 收錄「手指伸出有長短」，解釋為「很難公平。」
羅肇錦《苗栗縣客語、諺謠集（四）》頁 49 收錄「手指伸出有長短」，解釋為「每個人的天份不同，境遇也不同，不能一概而論，就像五隻手指頭伸出來不會一樣長。」
羅肇錦《苗栗縣客語諺語、謎語集（二）》頁 33 收錄類似諺語「手指伸出有長短，深山樹仔有高低」，解釋為「處理事情，有時很難圓滿，好比手指有長短，山中的樹有高低。比喻做事要衡情論理。」

手指有長短, *s. chí yu chhông tôn,* fingers are of different lengths (Fig. no uniformity).

561. 手指竟係拗往入

715-2 手指竟係拗綱入

｜校訂｜手指竟係拗往入

｜辭典客語拼音｜ shiu2 chi2 kin2 he3 au2 kong nyip8

｜辭典英文釋義｜ his fingers always bend into his palm. (Fig. selfish).

｜中文翻譯｜他的手指總是彎向他的掌心（意指自私）。

｜說明｜ 1926 年版《客英》頁 285「竟係」的英文解釋為“the sum of the matter is; finally.”（一言以蔽之；最終）。

｜參考資料｜

涂春景《形象化客話俗語 1200 句》頁 47 收錄類似諺語「手指拗入無拗出」，解釋為「自私之心人皆有之；所以就像手都向內彎，沒有向外彎的道理一樣。」頁 48 收錄類似諺語「手指拗往入」，解釋為「以每個人的手指都往內彎，來譬喻人都為自己好的道理。」
黃永達《臺灣客家俚諺語語典：祖先的智慧》頁 76 收錄類似諺語「手指拗入無拗出」，解釋為「[經驗談] 指一般人大都只照顧自家人。」

手指竟係拗綱入, *s. chí kín hè aú kong nyip,* his fingers always bend into his palm. (Fig. selfish).

562. 手巴掌遮天毋過

716-1 手巴掌遮天唔過

｜校訂｜手巴掌遮天毋過

｜辭典客語拼音｜ shiu2 pa chong2 cha3 thien m kwo3

｜辭典英文釋義｜ the hand cannot conceal the expanse of heaven. (Fig. deeds will out).

｜中文翻譯｜手不能掩蓋天（意指行為將露出真相）。

｜參考資料｜

涂春景《形象化客話俗語 1200 句》頁 47 收錄「手巴掌遮天毋過」，解釋為「事實絕不可能遮掩、隱藏。瞞騙得一時，也瞞騙不了永遠；矇騙了一人，也絕不可能矇騙大眾。」

黃永達《臺灣客家俚諺語語典：祖先的智慧》頁 75 收錄「手巴掌遮天毋過」，解釋為「[比喻詞] 喻無可能用人力來永久遮掩事實。」

辭典截圖

手巴掌遮天唔過, *s. pa chóng chà thien m kwò,* the hand cannot conceal the expanse of heaven. (Fig. deeds will out).

563. 手盤係肉，手背係肉

716-2 手盤係肉手背係肉

｜校訂｜手盤係肉，手背係肉

｜辭典客語拼音｜ shiu2 phan5 he3 nyuk, shiu2 poi3 he3 nyuk

｜辭典英文釋義｜ the palm of the hand is flesh and the back of the hand is flesh: (Fig. esteem all alike).

｜中文翻譯｜手掌是肉，手背是肉（意指同等尊重所有人）。

｜參考資料｜

涂春景《形象化客話俗語 1200 句》頁 49 收錄「手盤手背都係肉」，解釋為「此話比喻雙方都不可得罪、兩者都不能虧欠的意思。」

涂春景《聽算無窮漢——有韻的客話俚諺 1500 則》頁 86 收錄「手盤係肉，手背咩肉」，解釋為「手心是肉，手背也是肉。話說，面對的都是自己人。」

黃永達《臺灣客家俚諺語語典：祖先的智慧》頁 76 收錄「手掌係肉，手背也係肉」，解釋為「[俚俗語] 子女對爺哀全係骨肉，無分大細男女。」頁 76 收錄「手盤手背都係肉」，解釋為「[比喻詞] 指都係親骨肉之意，也有無論好壞，親人就係親人之意。手盤，手心也。」頁 77 收錄「手盤手背都係身上肉」，解釋為「[比喻詞] 喻細𤘅仔無論好壞全都係自家的骨肉，千萬毋好偏心。」

手盤係肉手背係肉, s. phán hè nyuk, shiú pòi hè nyuk, the palm of the hand is flesh and the back of the hand is flesh : (Fig. esteem all alike).

564. 手上無刀，殺人毋得

716-3 手上無刀殺人唔得

| 校訂 | 手上無刀，殺人毋得

| 辭典客語拼音 | shiu2 shong3 mau5 (mo5) to, sat nyin5 m tet

| 辭典英文釋義 | who carrieth not his sword slayeth not his man.

| 中文翻譯 | 沒帶劍的人無法殺人。

| 參考資料 |

涂春景《聽算無窮漢——有韻的客話俚諺 1500 則》頁 86 收錄「手上無刀，治人毋到」，解釋為「要做一件事，必先有工具。所以說，手不持刀，殺人不到。」

手上無刀殺人唔得, s. shòng mâu (mô) to sat nyîn m tet, who carrieth not his sword slayeth not his man.

565. 手睜分佢打軟了

717-1 手睜分佢打軟哩

| 校訂 | 手睜分佢打軟了

| 辭典客語拼音 | shiu2 tsang pun ki5 ta2 nyon li5

| 辭典英文釋義 | touched his elbow joint (Fig.offered him bribes).

| 中文翻譯 | 觸摸到他的肘關節（意指賄賂了他）。

| 說明 | 客語賄賂是「貼手睜」。

手睜分佢打軟哩, s. tsang pun kî tá nyon lî, touched his elbow joint (Fig. offered him bribes).

566. 睡目鳥有飛來蟲

718-1 睡目鳥有飛來蟲

| 辭典客語拼音 | shoi3 muk tiau3 yu pui loi5 chhung5

| 辭典英文釋義 | flies come to the sleeping birds. (Fig. comforting to the sluggard.)

| 中文翻譯 | 飛蟲來到睡著的鳥兒這（意指對懶散的人安慰的話）。

| 參考資料 |

何石松《客諺第二百首》頁 32 收錄類似諺語「目睡鳥自有飛來蟲，青盲貓自有死老鼠」，解釋為「對懶惰成性者的反諷諺語。短暫的驚喜，是無可預料的突然，而非事理必至的常態。」

徐運德《客家諺語》頁 29 收錄「目睡鳥自有飛來蟲（死老鼠有盲貓公來拖）」，解釋為「是指懶惰人自圓其說的話頭。懶惰人自以為不治生產，也不致餓死，自有人會救濟他，就像瞌睡的鳥兒，自有飛蟲到牠嘴邊，讓牠張口裹腹一樣的幸運。但這一意念是心存僥倖。天下哪有不勞而獲的事情，必須勤儉努力，才是治生之道也。」

涂春景《形象化客話俗語 1200 句》頁 79 收錄「目睡鳥有該飛來蟲」，解釋為「這話稱一個不知勤奮、偷懶貪睡的人，寧有不勞而獲的事。有『不勞而獲是偶爾不常有的事、不可依恃』的寓意。」

黃永達《臺灣客家俚諺語語典：祖先的智慧》頁 125 收錄「目睡鳥自有飛來蟲」，解釋為「[俚俗語] 懶惰人不事生產，也毋會餓死，自然有人會救濟佢，懶尸人自圓其說之語。」

楊兆禎《客家諺語拾穗》頁 35 收錄類似諺語「目睡鳥，自有飛來蟲——飛來好運」。

劉兆蘭《一日一句客家話：客家老古人言》頁 14 收錄類似諺語「目睡鵰自有飛來蟲，青瞑貓自有死老鼠」，解釋為「這句話是對懶惰成性者的反諷諺語，譏人乃一時僥倖；有勸人不可守株待兔的涵義在內。」

睡目鳥有飛來蟲, *s. muk tiàu yu pui lôi chhùng*, flies come to the sleeping birds. (Fig. comforting to the sluggard.)

567. 船沉有海當

719-1 船沉有海當

| 辭典客語拼音 | shon5 chhim5 yu hoi2 tong

| 辭典英文釋義 | the sea holds the sunken boat.

| 中文翻譯 | 大海撐住沉船。

| 說明 | 意同「天塌下來有人撐」。

船沉有海當, *s. chhîm yu hòi tong,* the sea holds the sunken boat.

568. 船到灘頭水路開

720-1 船到灘頭水路開

| 辭典客語拼音 | shon5 tau3 (to3) than theu5 shui2 lu3 khoi2

| 辭典英文釋義 | when the boat arrives at the rapid the way will open. Fig.

| 中文翻譯 | 當船到達水灘時，路會開。比喻。

| 參考資料 |

徐運德《客家諺語》頁 51 收錄「船到灘頭水路開」，解釋為「此語是勉勵人，不必憂慮害怕目前的拂逆與困境，必須堅強振作，腳踏實地向前邁步，衝破一切難關，便會露出曙光。語同『船到橋頭自然直』。」

涂春景《形象化客話俗語 1200 句》頁 178 收錄「船到灘頭水路開」，解釋為「與『船到橋頭自然直』同義，勸人不必過分對眼前的困境、橫逆擔憂，只要堅定意志、腳踏實地，必可衝破難關，迎向未來。」

黃永達《臺灣客家俚諺語語典：祖先的智慧》頁 312 收錄「船到灘頭水路開」，解釋為「[比喻詞] 到時就有辦法，這下毋使愁恁多，和華諺『船到橋頭自然直』共樣意思。」

楊兆禎《客家老古人言》頁 105 收錄「船到灘頭水路開——到時自有辦法」，解釋為「喻『屆時自有辦法，不必愁』。」

楊兆禎《客家諺語拾穗》頁 103 收錄「船到灘頭，水路開——到時自有辦法」，解釋為「喻『毋使愁（不必愁）』，到時自有辦法。也說『船到灘頭自然直』。與『到那個時，擎那個旗』、『時到時當，無米煮蕃薯湯』類似。」

羅肇錦《苗栗縣客語、諺謠集（四）》頁 51 收錄「船到灘頭水路開」，解釋為「船到橋頭自然直。喻順勢而為，不宜強求。」

船到灘頭水路開, *s. tàu (tò) than thêu shúi lù khoi,* when the boat arrives at the rapid the way will open. Fig.

569. 船大自然浮

720-2 船大自然浮

｜辭典客語拼音｜ shon5 thai3 tshii3 yen5 feu5 (pho5)

｜辭典英文釋義｜ a big boat floats high. (Fig. a man of distinction is seen).

｜中文翻譯｜大船浮得高（意指卓越的人會被看到）。

船大自然浮, *s. thài tshṳ̀ yên fêu (phô)*, a big boat floats high. (Fig. a man of distinction is seen).

570. 上（入）山莫問下山人

721-1 上山莫問下山人

｜校訂｜上（入）山莫問下山人

｜辭典客語拼音｜ shong (nyip8) san mok mun3 ha3 san nyin5

｜辭典英文釋義｜ those who enter the hilly lands enquire not of those whom you meet.

｜中文翻譯｜入山區的人不會需要詢問你相逢的人。

｜說明｜ 與 559-4「入山莫問出山人」（439）近似。

｜參考資料｜

涂春景《形象化客話俗語 1200 句》頁 35 收錄「上山莫問下山人」，解釋為「因為親身體驗是可貴的，所以上山時，不必問下山的人。對每件事，每個人都會有不同的感受，是故水的冷暖，應由自己慢慢品嚐得知。」

黃永達《臺灣客家俚諺語語典：祖先的智慧》頁 46 收錄「上山莫問下山人」，解釋為「[教示諺] 山肚事物要親身去體驗，喻各人有各人的感受，凡事都要自家體驗。」

上山莫問下山人, *s. (nyip) san mok mùn hà san nyîn*, those who enter the hilly lands enquire not of those whom you meet.

571. 上得高，望得遠

721-2 上得高望得遠

｜校訂｜上得高，望得遠

｜辭典客語拼音｜ shong tet kau (ko) mong3 tet yen2

｜辭典英文釋義｜ the higher you climb the farther you can see.

｜中文翻譯｜爬得越高，看得越遠。

｜參考資料｜

涂春景《形象化客話俗語 1200 句》頁 36 收錄「上得高來望得遠」，解釋為「人閱歷愈豐，眼界就愈開，就像登高足以望遠一般。」頁 101 收錄「企得高來望得遠」，解釋為「登高可以望遠，客話說站得高來望得遠。勉人欲窮千里目，更上一層樓。」

黃永達《臺灣客家俚諺語語典：祖先的智慧》頁 48 收錄「上得高來，望得遠」，解釋為「[教示諺] 人的經歷愈豐富，看的想的就愈遠愈闊。」頁 372 收錄「得高望得遠」，解釋為「[教示諺] 高看遠係一定的道理，引喻為人要有高明的知識和思考，才做得看到儘遠、想到儘闊。」

上得高望得遠, *s. tet kau (ko) mòng tet yén*, the higher you climb the farther you can see.

572. 上床夫妻，下床尊卑

721-3 上牀夫妻下牀尊卑

｜校訂｜上床夫妻，下床尊卑

｜辭典客語拼音｜ shong tshong5 fu tshi, ha3 tshong5 tsun pi

｜辭典英文釋義｜ abed it is husband and wife afoot it is master and slave.

｜中文翻譯｜床上是丈夫和妻子，床下是主人和奴隸。

｜參考資料｜

徐運德《客家諺語》頁 133 收錄類似諺語「上床夫妻，下床君子」，解釋為「此語是說，夫妻乃五倫之一。夫妻同床共寢，乃是納於禮的倫常大道，也是天經地義的事。至於出了閨房，離開床笫以後，須謹守禮法，不能隨意打情罵俏、嬉戲不端，形成輕薄，而貽笑大方。因而古人，有此二語，以垂訓後人也。」

涂春景《聽算無窮漢——有韻的客話俚諺1500則》頁12收錄類似諺語「上牀夫妻，下牀君子」，解釋為「夫婦的關係，在臥室裡可以有夫妻的恩愛，一旦出了臥室，就要像君子般，彬彬有禮。」頁12收錄「上牀夫妻，下牀尊卑」，解釋為「上牀是夫妻，下牀要講尊卑。」

黃永達《臺灣客家俚諺語語典：祖先的智慧》頁46收錄類似諺語「上床夫妻，下床君子」，解釋為「[教示諺]夫妻房內同床共寢，出了閨房要像君子般守規矩。」

上牀夫妻下牀尊卑, *s. tshông fu tshi hà tshông tsun pi*, abed it is husband and wife afoot it is master and slave.

573. 上不欠錢糧，下不少私債

725-1 上不欠錢糧下不少私債

| 校訂 | 上不欠錢糧，下不少私債

| 辭典客語拼音 | shong3 put khiam3 tshien5 liong5, ha3 put sheu2 (shau2) sii tsai3

| 辭典英文釋義 | I owe no taxes to the officials nor debts to the people.

| 中文翻譯 | 我不欠官員稅，也不欠平民債。

上不欠錢糧下不少私債, *s. put khiàm tshiên liông, hà put shéu (sháu) sṳ tsài*, I owe no taxes to the officials nor debts to the people.

574. 上不過眉，下不過膝

725-2 上不過眉下不過膝

| 校訂 | 上不過眉，下不過膝

| 辭典客語拼音 | shong3 put kwo3 mi5, ha3 put kwo3 tshit

| 辭典英文釋義 | let ambition aspire no higher than the eyebrows nor lower than the knees.

| 中文翻譯 | 讓志向不高於眉毛，也不低於膝蓋。

| 參考資料 |

黃永達《臺灣客家俚諺語語典：祖先的智慧》頁 46 收錄「上毋過眉，下毋過膝」，解釋為「[教示諺] 識高毋成、低毋就的半調仔，也與『中庸之道』相同的意思；也識其毋求精緻、毋求甚解之意。」

上不過眉下不過膝, *s. put kwò mî hà put kwò tshit,* let ambition aspire no higher than the eyebrows nor lower than the knees.

575. 上屋徙下屋，毋見一籮穀

726-1 上屋徙下屋唔見一籮谷

| 校訂 | 上屋徙下屋，毋見一籮穀

| 辭典客語拼音 | shong3 vuk sai2 ha3 vuk, m kien3 yit lo5 kwuk

| 辭典英文釋義 | shifting from one house to another the loss is considerable.

| 中文翻譯 | 從一個房子搬到另一個房子，損失相當大。

| 參考資料 |

徐運德《客家諺語》頁 135 收錄類似諺語「上屋搬下屋，毋見一籮穀」，解釋為「此語是說，人們應當『安土重遷』，不可輕易移徙居所，不然的話，即使上屋搬到下屋那麼近，多少也會有些無謂的損失。」

涂春景《聽算無窮漢——有韻的客話俚諺 1500 則》頁 13 收錄「上屋搬下屋，毋見一籮穀」，解釋為「由此話可見客家人安土重遷，從上家搬到下家，就要損失一籮筐的穀子啊。」

黃永達《臺灣客家俚諺語語典：祖先的智慧》頁 47 收錄「上屋徙下屋，失忒一籮穀」，解釋為「[教示諺] 搬屋一定會有損失，此句勸人最好莫徙屋。」頁 47 收錄「上屋搬下屋，毋見一籮穀」，解釋為「[教示諺] 毋好亂徙屋，一徙屋就一定有損失，教示人要安土重遷之意。閩諺也有『搬三擺厝，火燒厝一擺』之句。」

上屋徙下屋唔見一籮谷, *s. vuk sái hà vuk m kièn yit lô kwuk,* shifting from one house to another the loss is considerable.

576. 說著錢便無緣

726-2 說着錢便無緣

｜校訂｜說著錢便無緣

｜辭典客語拼音｜ shot chhok8 tshien5 phien3 mau5 yen5

｜辭典英文釋義｜ with regard to money there is no affinity between us.

｜中文翻譯｜談到錢的問題，我們之間沒有緣份。

｜參考資料｜

涂春景《聽算無窮漢——有韻的客話俚諺1500則》頁175收錄「講到錢，就無緣」，解釋為「無緣，沒緣分，這裡是說傷感情。親戚朋友之間，談錢的事情，往往會傷感情。」

黃永達《臺灣客家俚諺語語典：祖先的智慧》頁432收錄「講到錢，就無緣」，解釋為「[經驗談] 男女相許投緣，無應當帶有錢財的條件；若係講錢，就無所謂情緣。」

說着錢便無緣, *s. chhŏk tshiên phièn mâu yên*, with regard to money there is no affinity between us.

577. 書頭戲尾

727-1 書頭戲尾

｜辭典客語拼音｜ shu theu5 hi3 mui

｜辭典英文釋義｜ the beginning of the session sees the busy student, the end of the play gets the big crowd.

｜中文翻譯｜學期開始時有忙碌的學生，戲將結束時引來大量觀眾。

｜說明｜「書頭」指書的開頭通常都精彩以吸引人閱讀，戲的結尾處是高潮，看的人多。

書頭戲尾, *s. thêu hì mui*, the beginning of the session sees the busy student, the end of the play gets the big crowd.

578. 樹身企得正，毋怕風來搖

729-1 樹身企得正唔怕風來搖

| 校訂 | 樹身企得正，毋怕風來搖

| 辭典客語拼音 | shu3 shin khi tet chang3 m pha3 fung loi5 yau5 (yeu5)

| 辭典英文釋義 | if the tree stands upright it need not fear the wind.

| 中文翻譯 | 如果樹挺立就不怕風吹。

| 參考資料 |

劉兆蘭《一日一句客家話：客家老古人言》頁 62 收錄類似諺語「樹身企得正，毋驚樹影斜」，解釋為「這句話是說只要我們行得正，就不怕別人在背後搞鬼了。」

樹身企得正唔怕風來搖, *s. shin khi tet chàng m phà fung lôi yâu* (*yêu*) if the tree stands upright it need not fear the wind.

579. 樹大好遮蔭

730-1 樹大好遮蔭

| 辭典客語拼音 | shu3 thai3 hau2 (ho2) cha yim

| 辭典英文釋義 | a big tree gives good shade (Fig. a rich relative supports his clan).

| 中文翻譯 | 大樹好遮涼（意指一個富有的親戚扶養他的家族）。

| 參考資料 |

徐運德《客家諺語》頁 382 收錄「樹大好遮蔭」，解釋為「此語是指有權力財勢的親房誼戚，從中大力的照顧支持，可以獲得生活上的安全無慮的意思。」

黃永達《臺灣客家俚諺語語典：祖先的智慧》頁 408 收錄「樹大好遮陰」，解釋為「[比喻詞] 喻有權有錢就做得庇佑子弟親友。」

樹大好遮蔭, *s. thài háu* (*hó*) *cha yim,* a big tree gives good shade (Fig. a rich relative supports his clan).

580. 樹大愛開椏，人多愛發家

730-2 樹大愛開椏人多愛發家

｜校訂｜樹大愛開椏，人多愛發家

｜辭典客語拼音｜ shu3 thai3 oi3 khoi a, nyin5 to oi3 fat ka

｜辭典英文釋義｜ the large tree shoots forth many branches, when families increase they divide.

｜中文翻譯｜樹大長出許多分枝，當家庭成員增加必然分家。

｜參考資料｜

涂春景《聽算無窮漢——有韻的客話俚諺1500則》頁113收錄類似諺語「樹大叉椏，子大分家」，解釋為「自然界，樹木大了會長出枝椏；人世間，子女長大了自然要分家獨立。」頁113收錄類似諺語「樹大會開椏，人多愛分家」，解釋為「與前句同義。樹大將分枝，家庭人口多了，自然要分居。」

陳澤平、彭怡玢《長汀客家方言熟語歌謠》頁46收錄類似諺語「樹大開叉，子大分家」，解釋為「孩子大了，自己成家立業，大家庭就分衍出幾個分支，就像樹幹分杈一樣自然。」

黃永達《臺灣客家俚諺語語典：祖先的智慧》頁408收錄類似諺語「樹大分杈，人大分家」，解釋為「[經驗談]樹到大咧，就會分杈；人大咧，就要分出去另外成家。」頁408收錄類似諺語「樹大分枝，人大分屋」，解釋為「[經驗談]樹一大就會杈椏，人大各自成家。」

劉兆蘭《一日一句客家話：客家老古人言》頁124收錄類似諺語「樹大開枒，子大分家」，解釋為「這句話是說孩子大了，就會各自獨立、分頭打拚，就像樹長大會分很多枝枒一樣。」

樹大愛開椏人多愛發家, *s.* *thài ði khoi a, nyîn to ði fat ka*, the large tree shoots forth many branches, when families increase they divide.

581. 水來有人抵，風來有人當

732-1 水來有人抵風來有人當

｜校訂｜水來有人抵，風來有人當

｜辭典客語拼音｜ shui2 loi5 yu nyin5 ti2 (te2), fung loi5 yu nyin5 tong

｜辭典英文釋義｜ when rain falls he is covered, when wind blows he is shielded — of one who is well cared for.

｜中文翻譯｜下雨他有人遮，刮風他有人擋——一個倍受照顧的人。

水來有人抵風來有人當, s. *lôi yu nyîn tí (tê), fung lôi yu nyîn tong*, when rain falls he is covered, when wind blows he is shielded—of one who is well cared for.

582. 水攏總倒，在偃馱來

732-2 水□□□□□□□

｜校訂｜水攏總倒，在偃馱來

｜辭典客語拼音｜ shui2 lung2-tsung2 tau2, tshai3 ngai5 tho5 loi5

｜辭典英文釋義｜ (Fig. I shall have to pay all the consequences).

｜中文翻譯｜意指我必須承擔所有後果。

｜說明｜「水攏總倒，在偃馱來」即「水全部倒下，全由我背負」。1905 年版《客英詞典》頁 488「lung tsung2」注釋提到，Lung[luŋ^{1}][luŋ^{3}] 全部。本字當為「攏」。[l. tsúng] 即「攏揔」，所有，全部。《集韻·上聲·董韻》：「總，《說文》：聚束也；一曰皆也。或從手，古作揔。」1926 年版《客英》頁 877「馱（tho5）」，英譯為“to carry on. the back; to bear.”。

s. *lúng-tsúng táu, tshài ngâi thô lôi*, (Fig. I shall have to pay all the consequences).

583. 水底打屁有泡起

733-1 水底打庇有泡起

｜校訂｜水底打屁有泡起

｜辭典客語拼音｜ shui2 tai2 ta2 phi3 yu phau hi2

｜辭典英文釋義｜ wind expelled beneath the water comes to the surface. Fig. hidden things emerge.

｜中文翻譯｜水底下放的屁浮到水面。意指隱藏的事物浮現。

水底打屁有泡起, *s. tái tá phì yu phau hi*, wind expelled beneath the water comes to the surface. Fig. hidden things emerge.

584. 熟人賣破鑊

734-1 熟人賣破鑊

｜辭典客語拼音｜ shuk8 nyin5 mai3 pho3 vok8

｜辭典英文釋義｜ to sell a broken pan to a friend. (Fig cheating your friend)

｜中文翻譯｜把破鍋賣給朋友（指欺騙你的朋友）。

熟人賣破鑊, *s. nyìn mài phò vòk*, to sell a broken pan to a friend. (Fig cheating your friend)

585. 順妻逆母該斬

736-1 順妻逆母該斬

｜辭典客語拼音｜ shun3 tshi nyak mu koi tsam2

｜辭典英文釋義｜ he who to please his wife disobeys his mother deserves beheading.

｜中文翻譯｜為取悅妻子而忤逆母親的人應該斬首。

順妻逆母該斬, *s. tshi nyak mu koi tsam*, he who to please his wife disobeys his mother deserves beheading.

586. 死老鼠盡貓拖

739-1 死老鼠盡貓拖

｜辭典客語拼音｜ si2 lau2 chhu2 tshin3 miau3 tho

｜辭典英文釋義｜ a dead rat any cat can take.

｜中文翻譯｜死老鼠任何貓都可以捉著。

｜說明｜「盡貓拖」的意思是「隨貓任意捉著」。

｜參考資料｜

涂春景《形象化客話俗語 1200 句》頁 82 收錄「死老鼠盡貓拖」，解釋為「死老鼠，這裡指毫無主見的人。話說，一個毫無主見的人，任人宰割、擺佈。就像死老鼠般，任憑貓拖來拖去。」

黃永達《臺灣客家俚諺語語典：祖先的智慧》頁 154 收錄「死老鼠盡貓拖」，解釋為「[俚俗語] 指無主見的人隨人擺佈。」

辭典截圖 **死老鼠盡貓拖**, *s. láu chhú tshìn miàu tho*, **a dead rat any cat can take.**

587. 四十四，目生刺

740-1 四十四目生莿

｜校訂｜四十四，目生刺

｜辭典客語拼音｜ si3 ship8 si3 muk sang tshi3

｜辭典英文釋義｜ at forty eyesight begins to fail.

｜中文翻譯｜四十歲開始視力衰退。

｜參考資料｜

涂春景《聽算無窮漢——有韻的客話俚諺 1500 則》頁 54 收錄類似諺語「四十四，目生刺」，解釋為「生刺，長眼翳、或白內障；此說視力變差變老花。俗說，『年屆四十過目關』，意指年到四十，眼力差，變老花眼了；所以說，四十四，眼生刺。」

四十四目生莿, *s. ship sì muk sang tshì*, **at forty eyesight begins to fail.**

588. 惜骨莫惜皮

743-1 惜骨莫惜皮

｜辭典客語拼音｜ siak (sit) kwut mok8 siak (sit) phi5

｜辭典英文釋義｜ do not spare the exterior (skin) in caring for the mind (bones).

｜中文翻譯｜關心內在（骨頭）之時，不要在乎傷及外表（皮）。

｜參考資料｜

涂春景《形象化客話俗語 1200 句》頁 176 收錄「惜骨莫惜皮」，解釋為「惜骨，永久愛他或愛他的內在，包括關心他的為人處世之道、他的前途……惜皮，對他表面的、一時的憐愛。此話告誡吾人，對於子女的真愛，乃該懲罰時懲罰、該鼓勵時鼓勵，不可一味的討好、溺愛。」

羅肇錦《苗栗縣客語諺語、謎語集（二）》頁 70 收錄類似諺語「惜骨莫惜皮，愛教招」，解釋為「勿過於溺愛孩子，要給予適當的教育，必要時適度的體罰，這樣才是真正的愛孩子。」

惜骨莫惜皮, *s. kwut mòk s. phî*, do not spare the exterior (skin) in caring for the mind (bones).

589. 惜子就係惜娘

743-2 惜子就係惜娘

｜辭典客語拼音｜ siak (sit) tsii2 tshiu3 he3 siak (sit) nyong5

｜辭典英文釋義｜ to be kind to a child pleases its mother.

｜中文翻譯｜善待孩子，他的母親就歡心。

｜參考資料｜

涂春景《形象化客話俗語 1200 句》頁 176 收錄「惜子就係惜娘」，解釋為「就係，就是。兒子是母親的心頭肉，所以當父親的憐愛兒子，就等於憐惜孩子的娘。」

惜子就係惜娘, *s. tsṳ́ tshiù hè s. nyông*, to be kind to a child pleases its mother.

590. 小鬼弄大神

747-1 小鬼弄大神

｜辭典客語拼音｜ siau2 kwui2 lung2 thai3 shin5

｜辭典英文釋義｜ a small devil making fun of a big spirit.
｜中文翻譯｜小鬼作弄大神。

小鬼弄大神, *s. kwúi lúng thài shîn*, a small devil making fun of a big spirit.

591. 小人享不得君子福

748-1 小人享不得君子福

｜辭典客語拼音｜ siau2 nyin5 hiong2 put tet kiun-tsu2 fuk

｜辭典英文釋義｜ the mean man does not attain to the gentleman's happiness.
｜中文翻譯｜小人達不到君子的幸福。

小人享不得君子福, *s. nyin hióng put tet kiun-tsú fuk*, the mean man does not attain to the gentleman's happiness.

592. 笑人不知禮

749-1 笑人不知禮

｜辭典客語拼音｜ siau3 nyin5 put ti li

｜辭典英文釋義｜ to ridicule is bad taste.
｜中文翻譯｜嘲笑是不好的品味。

｜說明｜ 與 749-2「知禮不笑人」（593）為上下句。

笑人不知禮, *s. nyin put ti li*, to ridicnle is bad taste.

593. 知禮不笑人

749-2 知禮不笑人

｜辭典客語拼音｜ ti li put siau3 nyin5

｜辭典英文釋義｜ the mannerly do not indulge in ridicule.

｜中文翻譯｜有禮貌的人不會以嘲笑為樂。

｜說明｜ 與 749-1「笑人不知禮」（592）為上下句。

知禮不笑人, *ti li put s. nyîn*, the mannerly do not indulge in ridicule.

594. 仙丹都愛三服

750-1 仙丹都愛三服

｜辭典客語拼音｜ sien tan tu oi3 sam fuk8

｜辭典英文釋義｜ a serious illness needs the virtue of three medicines.

｜中文翻譯｜重病需要三服藥的效力。

｜參考資料｜

涂春景《形象化客話俗語 1200 句》頁 66 收錄類似諺語「仙丹就愛三服」，解釋為「仙丹，妙藥，這裡指特效藥；愛，要。話說仙丹妙藥，都必須三帖；何況這並不是什麼仙丹妙藥？此話說明成效要慢慢彰顯，天下少有立竿見影之事，勸人凡事不用心急。」

黃永達《臺灣客家俚諺語語典：祖先的智慧》頁 96 收錄類似諺語「仙丹也要三服」，解釋為「[俚俗語] 仙丹也要照規矩食三帖才有效，指世間無一下仔就有效果之事，勸人毋使急。」

仙丹都愛三服, *s. tan tu ôi sam fuk*, a serious illness needs the virtue of three medicines.

595. 心直倒求人

754-1 心直倒求人

｜辭典客語拼音｜ sim chhit8 tau3 (to3) khiu5 nyin5

｜辭典英文釋義｜ the honest, upright man has to beg of others.

｜中文翻譯｜誠實、正直的人必須乞求他人。

｜說明｜「倒求人」是反而要乞求人。

心直倒求人, s. *chhit tàu* (*tò*) *khiû nyîn*, the honest, upright-man has to beg of others.

596. 心直做無食

754-2 心直做無食

｜辭典客語拼音｜ sim chhit8 tso3 mau5 shit8

｜辭典英文釋義｜ the honest man cannot provide food for himself.
｜中文翻譯｜誠實的人無法為自己提供食物。

｜參考資料｜
涂春景《聽算無窮漢——有韻的客話俚諺1500則》頁80收錄「心直，做無食」，解釋為「這裡反諷心懷狡計的人。心地直爽，賺錢不足吃穿。」

心直做無食, s. *chhit tsò mâu shit*, the honest man cannot provide food for himself.

597. 心肝挖出分你話狗肺

755-1 心肝挖出分爾話狗肺

｜校訂｜心肝挖出分你話狗肺
｜辭典客語拼音｜ sim kon vet chhut pun nyi5 va3 keu2 phui3

｜辭典英文釋義｜ I tear out my vitals to give you, you call it dog's liver, (you despise everything I do).
｜中文翻譯｜我扯出我的重要器官給你，你卻視之為狗肝（你鄙視我所做的一切）。

｜參考資料｜
黃永達《臺灣客家俚諺語語典：祖先的智慧》頁74收錄類似諺語「心肝挖分人食，還嫌臭臊」，解釋為「[俚俗語]喻分人嫌到全無好處，也指一個人心肝儘壞。」頁74收錄類似諺語「心肝剖開來分人食，佢還嫌臭臊」，解釋為「[俚俗語]喻誠實對人、好意待人，佢還毋接受、毋相信。」頁278收錄類似諺語「破心肝分人食，還分人嫌臭臊」，解釋為「[俚俗語]喻為人盡心盡力，還分人嫌毋好，諷人恩將仇報。」

心肝挖出分爾話狗肺, *s. kon vet chhut pun nyî và kèu phùi*, I tear out my vitals to give you, you call it dog's liver, (you despise everything I do).

598. 新薑辣過老薑

757-1 新薑辣過老薑

| 辭典客語拼音 | sin kiong lat8 kwo3 lau2 kiong

| 辭典英文釋義 | fresh ginger is more pungent than old. (Fig. young men are more rash than old).

| 中文翻譯 | 新鮮的薑比老的更刺鼻（意指年輕人比老年人莽撞）。

新薑辣過老薑, *s. kiong làt kwò láu kiong*, fresh ginger is more pungent than old. (Fig. young men are more rash than old).

599. 新來心臼月裡蝦（孩）

757-2 新來心舅月裏蝦（孩）

| 校訂 | 新來心臼月裡蝦（孩）

| 辭典客語拼音 | sin loi5 sim khiu3 nyat li ha5

| 辭典英文釋義 | do not be too caressing towards the new bride and the young infant.

| 中文翻譯 | 不要太呵護新娘和小嬰兒。

| 說明 | 「新來心臼」是新娶的媳婦，「月裡蝦」是未滿月的嬰兒。

| 參考資料 |

涂春景《形象化客話俗語 1200 句》頁 210 收錄類似諺語「新來心舅，月裡孩」，解釋為「月裡孩，指出生未滿月的小孩。指新娶的媳婦、月子裡的嬰兒，受到特別的照顧與關愛。」

新來心舅月裏蝦(孩), *s. lôi sim khiù nyat lî há*, do not be too caressing towards the new bride and the young infant.

600. 新貧難改舊家風

757-3 新貧難改舊家風

| 辭典客語拼音 | sin phin5 nan5 koi2 khiu3 ka fung

| 辭典英文釋義 | the newly poor find it difficult to keep up the old family customs.
| 中文翻譯 | 新近變窮的人要維持舊的家庭習俗很難。

| 說明 | 「新貧」是「家道中落的家庭」。與 194-1「家貧難改舊家風」（136）相近。英譯與原諺意思有異。

| 參考資料 |
涂春景《形象化客話俗語 1200 句》頁 163 收錄類似諺語「家貧難改舊家風」，解釋為「舊家風，家庭的傳統。就算家庭貧困，也不放棄家族的例規、改變家族的傳統。」

新貧難改舊家風, *s. phîn nân kói khiù ka fung,* the newly poor find it difficult to keep up the old family customs.

601. 信邪邪入屋，信鬼鬼入心

759-1 信邪邪入屋信鬼鬼入心

| 校訂 | 信邪邪入屋，信鬼鬼入心
| 辭典客語拼音 | sin3 sia5 sia5 nyip8 vuk, sin3 kwui2 kwui2 nyip8 sim

| 辭典英文釋義 | believe the false it will enter your house, believe the devil he will enter your heart.
| 中文翻譯 | 相信邪道，邪道就會進入你的房子，相信魔鬼，魔鬼就會進入你內心。

| 參考資料 |
黃永達《臺灣客家俚諺語語典：祖先的智慧》頁 227 收錄「信邪邪入屋，信鬼鬼入心」，解釋為「[教示諺] 心中疑神疑鬼，邪鬼就會落來。」

信邪邪入屋信鬼鬼入心, *s. siâ siâ nyip vuk, s. kwúi kwúi nyip sim,* believe the false it will enter your house, believe the devil he will enter your heart.

602. 相見好，久住難

760-1 相見好久住難

｜校訂｜相見好，久住難

｜辭典客語拼音｜ siong kien3 hau2 kiu2 chhu3 nan5

｜辭典英文釋義｜ at first a welcome, ere long differences arise.

｜中文翻譯｜一開始歡迎，不久歧見出現。

｜說明｜「相見好，久住難」意為「相見容易，長住很難。」

相見好久住難, *s. kièn hàu kiú chhù nâ̤n*, at first a welcome, ere loug differences arise.

603. 相打無好手

761-1 相打無好手

｜辭典客語拼音｜ siong ta2 mau5 (mo5) hau2 (ho2) shiu2

｜辭典英文釋義｜ the hands of fighters are not guiltless.

｜中文翻譯｜打架人的手不是無辜的。

｜說明｜「相無好手」即「打架時手下不留情」。

｜參考資料｜

姜義鎮《客家諺語》頁 34 收錄類似諺語「相打不讓手，相罵不讓嘴」，解釋為「打架、相罵到底不相讓。」

徐運德《客家諺語》頁 93 收錄類似諺語「相吵無好言，相打無好拳」；頁 341 收錄類似諺語「相打沒好拳，相罵沒讓言」，解釋為「此二語是說，兩人打起來，每每各出毒手，以致往往會打到對方的要害之謂。至於彼此爭吵相罵時，多是口不擇言，什麼惡毒下流的話，都會信口說出的。以故古人常勸人戒之在鬥，也勿逞口舌之爭，致傷和氣。」

涂春景《形象化客話俗語 1200 句》頁 145 收錄類似諺語「相打無讓手，相罵無讓嘴」，解釋為「相罵，吵架。打架、吵嘴的雙方都失去理性，誰也不讓誰，因此，手不擇拳、口不擇言。」

涂春景《聽算無窮漢——有韻的客話俚諺 1500 則》頁 144 收錄類似諺語「相罵無

好言，相打無好拳」，解釋為「相罵，吵架；好言，好話；相打，打架；好拳，不任意出手打人。話說吵架打罵都會失去理智，絕對沒有好話、一定是亂拳傷人。」

黃永達《臺灣客家俚諺語語典：祖先的智慧》頁 241 收錄類似諺語「相打沒讓拳，相罵沒好言」，解釋為「[教示諺] 吵架時，都在氣頭頂，毋會有讓拳或好言，此語勸話人毋鬥打毋鬥嘴。」「相打無讓手，相罵無讓嘴」，解釋為「[經驗談] 讓手就打不起來，讓嘴就罵不起來，故有此言。」「相吵無好言，相打無好拳」，解釋為「[教示諺] 本來相吵就無可能好嘴，相打定著就無麼个保留的。」

楊兆禎《客家諺語拾穗》頁 81 收錄類似諺語「相吵冇好言，相打冇好拳」，解釋為「相爭之下，沒有好言行，要特別小心。」

羅肇錦《苗栗縣客語諺語、謎語集（二）》頁 83 收錄類似諺語「相打無讓手，相罵無讓嘴」，解釋為「人若打了起來，總想把對方制伏，不會手下留情；人若吵了起來，總想讓對方屈服，也往往會說出狠話。勸人要互相尊重，儘量不起爭執，以免傷了和氣。」

相打無好手, *s. tá mâu (mô) háu (hó) shiú*, the hands of fighters are not guiltless.

604. 牆有空，壁有耳

763-1 牆有空壁有耳

| 校訂 | 牆有空，壁有耳

| 辭典客語拼音 | siong5 yu khung (lung) piak yu nyi2

| 辭典英文釋義 | walls have eyes and ears.

| 中文翻譯 | 牆壁有眼睛和耳朵。

| 參考資料 |

涂春景《形象化客話俗語 1200 句》頁 247 收錄類似諺語「牆有縫，壁有耳」，解釋為「俗云：隔牆有耳的意思。勸人說話要小心，可能遭人家竊聽。」

牆有空壁有耳, *s. yu khung (lu̇ng) piak yu nyí*, walls have eyes and ears.

605. 修書不如面請

767-1 修書不如面請

| 辭典客語拼音 | siu shu put yi5 mien3 tshiang2

| 辭典英文釋義 | to invite in person is preferable to a written invitation.

| 中文翻譯 | 親自邀請比書面邀請更可取。

| 參考資料 |

涂春景《形象化客話俗語 1200 句》頁 163 收錄類似諺語「修書毋當面請」，解釋為「修書，寫信；毋當，不如。有事請人幫忙，為了表示誠意，託人帶信倒不如親自前往當面拜託。」

黃永達《臺灣客家俚諺語語典：祖先的智慧》頁 262 收錄「修書不如面請」，解釋為「[教示諺] 用書信邀請毋當當面邀請較有誠意，也較會成功。」

修書不如面請, *s. shu put yì mièn tshiáng*, **to invite in person is preferable to a written invitation.**

606. 修心補積惡

767-2 修心補積惡

| 辭典客語拼音 | siu sim pu2 tsit ok

| 辭典英文釋義 | to do right to cover the wrong.

| 中文翻譯 | 做好事來掩蓋過錯。

| 說明 | 原諺的意思是涵養心性來彌補過去所做的壞事。

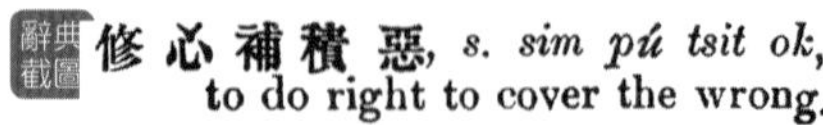

修心補積惡, *s. sim pú tsit ok*, to do right to cover the wrong.

607. 修心贏食齋

767-3 修心贏食齋

｜辭典客語拼音｜ siu sim yang5 shit8 tsai

｜辭典英文釋義｜ to cultivate the mind is better than to be a vegetarian.

｜中文翻譯｜涵養心性勝過吃素。

｜參考資料｜

涂春景《形象化客話俗語 1200 句》頁 91 收錄類似諺語「好心贏食齋」，解釋為「勸人要心存善念。因為心存善念，比吃齋茹素……等等修行還有意義。」

黃永達《臺灣客家俚諺語語典：祖先的智慧》頁 262 收錄類似諺語「修心較好食齋」，解釋為「[教示諺] 真心誠心向佛，無一定要食齋。」頁 262 收錄類似諺語「修心齋贏過食齋」，解釋為「[教示諺] 要修行，實質的修心比表面食齋較重要。」

修心贏食齋, *s. sim yâng shit tsai,* to cultivate the mind is better than to be a vegetarian.

608. 衰鳥遇著湯銃

771-1 衰鳥遇倒湯銃

｜校訂｜衰鳥遇著湯銃

｜辭典客語拼音｜ soi tiau nyi3-tau2 thong chhung3

｜辭典英文釋義｜ the unfortunate bird met the shot which was fired to cleanse the gun. (met. mischance: accidental).

｜中文翻譯｜運氣不好的鳥遭因清槍走火的槍射中（意指倒霉：意外的）。

｜參考資料｜

徐運德《客家諺語》頁 70 收錄類似諺語「衰鳥遇著狂銃」，解釋為「運氣不好的鳥被無意打鳥的槍彈打中，就是壞運氣之意。」

涂春景《形象化客話俗語 1200 句》頁 164 收錄類似諺語「衰鳥遇到狂銃」，解釋為「衰鳥，指運氣不好的人；狂銃，亂槍。形容一個時運不濟的人，就像被亂槍射死的鳥一般倒霉。」

黃永達《臺灣客家俚諺語語典：祖先的智慧》頁 284 收錄類似諺語「衰鳥堵到狂銃」，解釋為「[比喻詞] 運氣毋好，分亂銃射著。」

楊兆禎《客家諺語拾穗》頁 95 收錄類似諺語「衰鳥遇到長銃——運氣毋好」。

羅肇錦《苗栗縣客語、諺謠集（四）》頁 50 收錄類似諺語「衰鳥遇著狂銃」，解釋為「倒楣的鳥遇上了胡亂掃射的槍彈。比喻本來已經是夠倒楣了，偏偏又遇上不該遇上的倒楣事。即是『禍不單行』。」

衰鳥遇倒湯銃, *s. tiau nyi-táu thong chhùng*, the unfortunate bird met the shot which was fired to cleanse the gun. (met. mischance : accidental).

609. 算命先生半路亡

774-1 算命先生半路亡

| 辭典客語拼音 | son3 miang3 sien-sen pan3 lu3 mong5

| 辭典英文釋義 | the age reckoner dies himself by the way!

| 中文翻譯 | 算命的人自己卻於中途死亡。

| 說明 | 與 845-1「地理先生無屋場，算命先生半路亡」（655）下句相同。

| 參考資料 |

涂春景《聽算無窮漢——有韻的客話俚諺 1500 則》頁 121 收錄類似諺語「泥水師傅無浴堂，木匠師傅無眠床；地理先生無屋場，算命先生半路亡」，解釋為「浴堂，浴室；眠床，床鋪；屋場，造屋的吉地。自古為人之道，嚴以律己、寬以待人；薄以厚己也是客家人的處世準則。因此，泥水師傅急著為別人張羅住居，自己卻連一個簡單的浴堂也付諸闕如；木匠師傅夜晚沒有床鋪可安眠；為人看屋場相風水的地理先生，自己所住卻不是什麼吉地，為人相命的相士並沒好好相自己的命，所以死在半路上。」

陳澤平、彭怡玢《長汀客家方言熟語歌謠》頁 70 收錄類似諺語「風水先生毛屋場，算命先生半路亡」，解釋為「只要不犯糊塗，誰都可以看出算命看風水的虛妄。」

黃永達《臺灣客家俚諺語語典：祖先的智慧》頁 385 收錄類似諺語「算命先生半路亡，木匠師父無眠床」，解釋為「[經驗談] 為別人做事者，常透會忽略自家；用技藝服務別人的人，儘少關心著自家。」

黃盛村《臺灣客家諺語（上冊）》頁 54 收錄類似諺語「木匠師傅冇眠床，地理先生冇屋場，裁縫師傅冇衣裳，算命先生半路死」，解釋為「比喻現今社會的各種專業人士，往往懷才不遇或被大材小用。也隱喻著一個精於智術的人，天天為人服務，卻忘了自身，拙於謀己。」

楊兆禎《客家諺語拾穗》頁 122 收錄類似諺語「算命先生半路亡，木匠先生無眠床」，解釋為「比喻為人作嫁，卻忽略自己。」
鄧榮坤《客家話的智慧》頁 187 收錄類似諺語「算命先生半路亡，木相先生冇眠床」，解釋為「為人作嫁者，常忽略了自己。」
羅肇錦《苗栗縣客語諺語、謎語集（二）》頁 104 收錄類似諺語「賣盎儕食缺碗，泥水師父無浴堂，算命先生半路亡」，解釋為「賣盎的人，好的賣給人，自己隨便用；泥水師傅忙著建別人的房子，自己連浴室都隨便不講究；算命先生自己的命也沒算準。比喻只顧賺錢營生，忘了自身的生活享受。」

算命先生半路亡, *s. miàng sien-sen pàn lù mông*, the age reckoner dies himself by the way!

610. 雙斧伐枯樹

780-1 雙斧伐枯樹

｜辭典客語拼音｜ sung pu2 fat8 kwu shu3

｜辭典英文釋義｜ two hatchets cleaving the old tree (Fig. a man addicted to wine and vice).
｜中文翻譯｜劈開老樹的兩隻斧頭（意指一個人沉迷於酒和邪惡之事）。

雙斧伐枯樹, *s. pú fát kwu shù*, two hatchets cleaving the old tree (Fig. a man addicted to wine and vice).

611. 斯文毋爭在食

785-1 斯文唔爭在食

｜校訂｜斯文毋爭在食
｜辭典客語拼音｜ sii vun5 m tsang tshai3 shit8

｜辭典英文釋義｜ to be humble in disposition does not consist in striving to eat little or much.
｜中文翻譯｜性格謙虛不在於爭著要吃多或吃少。

斯文唔爭在食, *s. vûn m tsang tshài shit*, to be humble in disposition does not consist in striving to eat little or much.

612. 蘇木準柴燒

785-2 櫯木准柴燒

| 校訂 | 蘇木準柴燒

| 辭典客語拼音 | sii muk chun2 tshiau5 shau

| 辭典英文釋義 | to burn sapan wood for fuel － use valuable material for inferior purposes.

| 中文翻譯 | 將蘇木當燃料燒——把有價值的材料賤用。

| 參考資料 |

《教育部重編國語辭典修訂本》「蘇木」條：「蘇木，植物名。豆科蘇木屬，灌木或小喬木。全株有刺，二回羽狀複葉，羽片十至十二對，小葉十至二十對。頂生圓錐花序，花黃色，花瓣五片。莢果厚革質，長橢圓形，先端截形，具偏向一側之尖尾。心材赤色而有光澤，其浸液可為紅色染料。原產東印度至爪哇、泰國、緬甸、馬來群島及廣東、海南島等地。也稱為『蘇坊』。」

姜義鎮《客家諺語》頁 66 收錄類似諺語「檀香木當柴燒」，解釋為「唔識貨。」頁 70 收錄類似諺語「百年松樹做柴燒」，解釋為「大材小用。」頁 72 收錄類似諺語「紫檀木當柴燒：不識貨」，解釋為「紫檀木，一種貴重木材，可做高級傢俱或美術品；把紫檀木當作柴來燒，是不識貨。比喻不能鑑別東西的好壞。」

黃永達《臺灣客家俚諺語語典：祖先的智慧》頁 244 收錄類似諺語「紅木做柴燒——毋識貨」，解釋為「[師傅話] 紅木係貴重的料仔，做傢俱相當好，拿來做柴燒，實在忒無眼光咧。」頁 428 收錄類似諺語「檀木做柴燒——毋識貨」，解釋為「[師傅話] 檀香木料拿來做樵燒，就係好料做賤料用，譏人毋識好東西。」頁 428 收錄類似諺語「檀木準樵燒——毋識好貨」，解釋為「[師傅話] 檀香仔係貴木，拿來準樵燒，比喻無知識的作為。」

楊兆禎《客家諺語拾穗》頁 79 收錄類似諺語「紅木當柴燒——毋識貨」，解釋為「『紅木』是珍貴木材，將之當柴燒，當然是不識貨才為之。與『真珠當泥丸』、『檀香當柴燒』、『指著麒麟講係馬』……等類似。」頁 141 收錄類似諺語「檀香準柴燒——毋識貨、大材小用」，解釋為「與『紅木當柴燒』、『真珠當鐵丸』……相似。」

鄧榮坤《生趣客家話》頁 57 收錄類似諺語「檀柴準柴燒」，解釋為「昂貴的東西當成廉價品拋售。」

櫯木准柴燒, *s. muk chún tshiâu shau*, to burn sapan wood for fuel—use valuable material for inferior purposes.

613. 使口不如自走

786-1 使口不如自走

｜辭典客語拼音｜ sii2 kheu2 put yi5 tshii3 tseu2

｜辭典英文釋義｜ a verbal message is less effective than to go oneself.

｜中文翻譯｜口頭傳話不如自己親自跑一趟有效。

｜參考資料｜

徐運德《客家諺語》頁 71 收錄類似諺語「求人不如求己，使口不如自走」，解釋為「凡事自己去做，比求人快——求人不難不如自做。」頁 374 收錄「使口不如自走」，解釋為「此語是說，大凡什麼事情，與其使喚別人去辦，倒不如自己親自走動去料理，省得擔人情，而又比較實在之謂。」

涂春景《聽算無窮漢——有韻的客話俚諺 1500 則》頁 29 收錄類似諺語「使口，不如自走」，解釋為「使口，使喚人家做事。常言道：求人不如求己；所以說，指使人家做事，不如自己親自動手。」

黃永達《臺灣客家俚諺語語典：祖先的智慧》頁 181 收錄類似諺語「求人不如求己，使口不如自走」，解釋為「[教示諺] 自家做比求人較遽，求人難之意。」頁 192 收錄「使口不如自走」，解釋為「[教示諺] 喊人去做，毋當自家親身去做較贏。」

楊兆禎《客家老古人言》頁 82 收錄類似諺語「使口不如自走——求人唔當求自家」，解釋為「求人不如求己，說不定還快些。」

使口不如自走, *s. khéu put yì tshṳ̀ tséu*, a verbal message is less effective than to go oneself.

614. 使卵相磕

786-2 使卵相磕

｜辭典客語拼音｜ sii2 lon2 siong khap8

｜辭典英文釋義｜ to strike two eggs against each other (Fig. a man who seeks to create strife).

｜中文翻譯｜把兩個雞蛋相互碰撞（意指一個人試圖製造衝突）。

使卵相磕, *s. lón siong khȁp*, to strike two eggs against each other (Fig. a man who seeks to create strife).

615. 使錢像使水

787-1 使錢象使水

｜校訂｜使錢像使水

｜辭典客語拼音｜ sii2 tshien5 tshiong3 (siong3) sii2 shui2

｜辭典英文釋義｜ money flows like water.

｜中文翻譯｜錢像水一樣流逝。

｜說明｜「使錢」是花錢。

｜參考資料｜

涂春景《形象化客話俗語1200句》頁131收錄類似諺語「使錢像使水」，解釋為「使錢，花錢；使水，用水。形容人花錢像用水般，對於錢財不知珍惜，用錢不知儉省，隨意浪費。」頁249收錄類似諺語「賺錢像針頭挑竻，使錢像大水沖沙」，解釋為「挑竻，挑刺。形容賺錢的不容易，用錢卻很容易；說賺錢像用針挑刺，用錢卻像一股洪水不消一會兒功夫，便把沙堆沖散了一般。」

黃永達《臺灣客家俚諺語語典：祖先的智慧》頁192收錄「使錢像流水」，解釋為「[習用語]使錢無準則，像用水樣仔浪費。」頁434收錄類似諺語「賺錢像針頭挑刺，使錢像大水沖沙」，解釋為「[經驗談]賺錢無簡單，用錢像水沖沙儘簡單，勸話人要樽節開支之意。」頁434收錄類似諺語「賺錢龜蹶壁，使錢水推沙」，解釋為「[比喻詞]賺錢養家又慢又難，使錢敗家又遽又簡單，提醒人要節儉。」

楊兆禎《客家諺語拾穗》頁142收錄類似諺語「賺錢就像針挑竻，使錢就像水推沙」，解釋為「用錢容易，賺錢難。」

羅肇錦《苗栗縣客語諺語、謎語集（二）》頁6收錄類似諺語「賺錢可比針挑 ，使錢可比水推沙」，解釋為「花錢容易，賺錢難。」

使錢象使水, s. *tshièn tshiòng (siòng) sṳ́ shúi*, money flows like water.

616. 字體像人形

788-1 字體象人形

｜校訂｜字體像人形

｜辭典客語拼音｜ sii3 thi2 tshiong3 nyin5 hin5

| 辭典英文釋義 | the writing betrays the writer.
| 中文翻譯 | 寫出來的字透露出寫字的人。

字體象人形, *s. thí tshĭong nyîn hîn*, the writing betrays the writer.

617. 打狐狸躁著老虎

791-1 打狐狸槽倒老虎

| 校訂 | 打狐狸躁著老虎
| 辭典客語拼音 | ta2 fu5 li5 tshau3 tau2 (to2) lo3 (lau3) fu2

| 辭典英文釋義 | hunting a fox you startled a tiger.
| 中文翻譯 | 要獵狐狸你卻嚇到一隻老虎。

| 說明 | 有為小事惹了大麻煩之意。

打狐狸槽倒老虎, *t. fû lî tshàu táu (tó) lò (làu) fú*, hunting a fox you startled a tiger.

618. 打狐狸作老虎裝

791-2 打狐狸作老虎裝

| 辭典客語拼音 | ta2 fu5 li5 tsok lau2 fu2 tsong

| 辭典英文釋義 | hunt the fox prepare weapons for the tiger.
| 中文翻譯 | 為了獵狐狸準備了獵老虎的獵器。

| 說明 | 有「殺雞用牛刀」之意。

打狐狸作老虎裝, *t. fû lî tsok láu fú tsong*, hunt the fox prepare weapons for the tiger.

619. 打拳唱曲，無面無目

792-1 打拳唱曲無面無目

｜校訂｜打拳唱曲，無面無目

｜辭典客語拼音｜ ta2 khien5 chhong3 khiuk mau5 mien3 mau5 muk

｜辭典英文釋義｜ to box and to play the flute are not meet for a gentleman.

｜中文翻譯｜打拳和吹笛子不適合君子。

｜參考資料｜

涂春景《聽算無窮漢——有韻的客話俚諺 1500 則》頁 87 收錄「打拳唱曲，無面無目」，解釋為「唱曲，指歌唱、演戲……等表演；無面無目，忘卻身分、地位，不怕見笑。打拳、唱曲，要渾然忘我，不怕觀眾的取笑，才有好的、成功的演出。」

打拳唱曲無面無目, *t. khiên chhòng khiuk mâu mièn mâu muk*, to box and to play the flute are not meet for a gentleman.

620. 打乞食毋係好漢

792-2 打乞食唔係好漢

｜校訂｜打乞食毋係好漢

｜辭典客語拼音｜ ta2 khiet shit8 m he3 hau2 hon3

｜辭典英文釋義｜ it is not heroic to beat a beggar.

｜中文翻譯｜打乞丐並非英雄。

｜參考資料｜

姜義鎮《客家諺語》頁 67 收錄類似諺語「關起門打乞食」，解釋為「唔係好漢。」

涂春景《形象化客話俗語 1200 句》頁 66 收錄類似諺語「打乞食毋係好漢」，解釋為「乞食，乞丐，這裡借指弱者；毋係，不是。欺負弱者絕對不是好漢；勸人不可欺負弱勢族群。」

黃永達《臺灣客家俚諺語語典：祖先的智慧》頁 109 收錄類似諺語「打乞食仔毋係好漢」，解釋為「[教示諺] 做人千萬毋好去打落難的人。」頁 449 收錄類似諺語「關門打乞食——毋係好漢」，解釋為「[師傅話] 對付弱者，毋係好漢。」

頁 449 收錄類似諺語「關起門來打乞食——毋係好漢」，解釋為「[師傅話] 打一個弱者，又驚人看到，正經毋係好漢。」
楊兆禎《客家諺語拾穗》頁 145 收錄類似諺語「關起門來打乞食——毋係好漢」。
鄧榮坤《生趣客家話》頁 50 收錄類似諺語「打乞丐不是好漢」，解釋為「在贏者為王，敗者為寇的社會，一些樂於落井下石的人。」

打乞食唔係好漢, *t. khiet shit m hè háu hòn*, it is not heroic to beat a beggar.

621. 打魚食魚屎

793-1 打魚食魚屎

｜辭典客語拼音｜ ta2 ng5 shit8 ng5 shi2

｜辭典英文釋義｜ the fisherman gets but the entrails of the fish.
｜中文翻譯｜打魚的只得到了魚的內臟。

｜參考資料｜
姜義鎮《客家諺語》頁 16 收錄類似諺語「賣魚人食魚屎」，解釋為「魚販把大魚賣出，自己吃小魚。」
涂春景《形象化客話俗語 1200 句》頁 69 收錄類似諺語「打魚儕食魚屎」，解釋為「打魚儕，捕魚的人。魚屎，本指魚的大便，這裡指賣相不好、價錢便宜的漁獲。漁家為了生計，把值錢的漁獲都拿去賣了，剩下來的賣不出去，才拿來自己食用。這話可以看出，過去農業社會勞動階層薄以待己的一斑。」
黃永達《臺灣客家俚諺語語典：祖先的智慧》頁 112 收錄「打魚仔食魚屎」，解釋為「[習用語] 捉魚的人自家無魚食，食別人食存下來的，指專業人士專為他人著想，無想著自家。」
劉守松《客家人諺語（一）》頁 45 收錄類似諺語「耕田人食糙米，捉魚人食魚屎」，解釋為「意思是耕田、捉魚都是辛苦的事業，耕田者勤勞節儉成家，收穫農產品、稻穀等較好的都要賣，因價格較好，海上捉魚者亦是同樣，大魚或好魚都是要販賣，自己食食小魚。」

打魚食魚屎, *t. n̂g shit n̂g-shi*, the fisherman gets but the entrails of the fish.

622. 打魚贏打獵，無一盤有一碟

793-2 打魚贏打獵無一盤有一碟

｜校訂｜打魚贏打獵，無一盤有一碟

｜辭典客語拼音｜ ta2 ng5 yang5 ta liap8, mau yit phan5 yu yit thiap8

｜辭典英文釋義｜ fishing is better than hunting, if you don't get a basinful you will get a plateful.

｜中文翻譯｜釣魚比打獵好，你釣不到一盆你也會有一盤。

｜參考資料｜

涂春景《聽算無窮漢——有韻的客話俚諺 1500 則》頁 89 收錄類似諺語「捉魚當過打獵，無一盤也有一碟」，解釋為「當過，勝過；一碟，一小盤。農家留下的經驗，到河邊捉魚，勝過打獵；打獵運氣不好全無收穫，捉魚收穫不好，沒一盤也有一碟子。」

黃永達《臺灣客家俚諺語語典：祖先的智慧》頁 271 收錄類似諺語「捉魚當過打獵，無一盤也有一碟」，解釋為「[比喻詞] 溪水魚蝦體小，山肚獵物體大，但打獵可遇不可求，魚蝦隨處都有好捉，勸人把握眼前可得的，毋好貪圖難得的大東西。」

打魚贏打獵無一盤有一碟. *t. ñg yâng tà liàp, màu yit phân yu yit thìap,* fishing is better than hunting, if you don't get a basinful you will get a plateful.

623. 打幫人做山，莫打幫人做官

794-1 打帮人做山莫打帮人做官

｜校訂｜打幫人做山，莫打幫人做官

｜辭典客語拼音｜ ta2 pong nyin5 tso3 san mok ta2 pong nyin5 tso3 kwon (kwan)

｜辭典英文釋義｜ it is worth while clearing a hill it does not pay to assist a man to be a magistrate.

｜中文翻譯｜清理一座小山是值得的，助人當官則不值得。

｜說明｜ 1926 年版《客英》頁 794「打邦（幫）」，英文解釋為"to give thanks; please to help me!"（道謝；請幫我）。

｜參考資料｜

涂春景《聽算無窮漢——有韻的客話俚諺 1500 則》頁 88 收錄類似諺語「打幫人做山，莫打幫人做官」，解釋為「打幫人，受人好處、求助於人；做山，農耕之事。人生萬事，可以請求人幫忙做做農事，絕不要請求人家關說找官做。」

打帮人做山莫打帮人做官, *t. pong nyîn tsò san mok tá pong nyîn tsò kwon (kwan)*, it is worth while clearing a hill it does not pay to assist a man to be a magistrate.

624. 打死田螺落簍

795-1 打死田螺落簋

｜校訂｜打死田螺落簍

｜辭典客語拼音｜ ta2 si2 thien5 lo5 lok8 lui3

｜辭典英文釋義｜ to kill a snail ere putting into the fish trap.

｜中文翻譯｜把螺放入魚簍內之前殺死。

｜說明｜ 喻多此一舉，過份小心。「簍」是放捕捉到魚的容器，連魚都無法逃脫，何況是田螺。

打死田螺落簋, *t. sí thiên lô lòk lùi*, to kill a snail ere putting into the fish trap.

625. 打得更來夜又長

796-1 打得更來夜又長

｜辭典客語拼音｜ ta2 tet kang loi5 ya3 yu3 chhong5

｜辭典英文釋義｜ to beat the whole watch makes a long night. (Fig. to see the affair through will be a tedious business.)

｜中文翻譯｜整晚要打更使得夜晚顯得漫長（意指把整件事做完感到冗長單調）。

｜參考資料｜

涂春景《形象化客話俗語 1200 句》頁 69 收錄「打得更來夜又長」，解釋為「稱跟人家議論、辯駁，或欲為自己洗清嫌疑，一時很難說清楚；便說『打得更來夜又長』。有一言難盡的意思；或有秀才遇到兵，有理說不清、懶得再與對方理論的意思。」

黃永達《臺灣客家俚諺語語典：祖先的智慧》頁 112 收錄「打得更來夜又長」，解釋為「[俚俗語] 更打忒，夜還儘長；也指事理難講清楚。」

打得更來夜又長, *t. tet kang lôi yà yù chhông*, to beat the whole watch makes a long night. (Fig. to see the affair through will be a tedious business.)

626. 打得雷大，落得雨少

796-2 打得雷大落得雨少

| 校訂 | 打得雷大，落得雨少

| 辭典客語拼音 | ta2 tet lui5 thai3 lok8 tet yi2 shau2 (sheu2)

| 辭典英文釋義 | great thunder with little rain, Fig, much talk but little doing.

| 中文翻譯 | 雷聲大，雨點小。意指說的多，做的少。

打得雷大落得雨少, *t. tet lûi thài lòk tet yí sháu* (*shéu*), great thunder with little rain, Fig., much talk but little doing.

627. 打鐵毋會，損炭又會

796-3 打鐵唔會損炭又會

| 校訂 | 打鐵毋會，損炭又會

| 辭典客語拼音 | ta2 thiet m voi3 sun2 than3 yu3 voi3

| 辭典英文釋義 | If you do not know how to beat iron you use up much charcoal. (Fig, much fuss little effected).

| 中文翻譯 | 如果你不會打鐵，你就是消耗很多木炭（意指瞎忙而成果有限）。

｜參考資料｜

涂春景《形象化客話俗語 1200 句》頁 71 收錄類似諺語「打鐵毋會，損炭盡會」，解釋為「毋會，不會、不行；損炭，耗損燃料；盡會，最會、最行。說一個人做正事不行，幫倒忙最行。」

涂春景《聽算無窮漢——有韻的客話俚諺 1500 則》頁 88 收錄類似諺語「打鐵毋會，損碳盡會」，解釋為「毋會，不行；損炭，消耗木炭，這裡指耗材；盡，最。師傅責備徒弟生手，工作做不完善、技藝不精良，只會消耗材料。說，不會打鐵，消耗木炭倒挺行的。」

黃永達《臺灣客家俚諺語語典：祖先的智慧》頁 114 收錄類似諺語「打鐵毋會，損炭儘會」，解釋為「[俚俗語] 燒炭火熔鐵才做得打鐵，毋會打鐵，火炭又儘燒，諷人正經事毋會，損害東西就會。」

打鐵唔會損炭又會, *t. thiet m vòi sún thàn yù vòi*, If you do not know how to beat iron you use up much charcoal. (Fig., much fuss little effected).

628. 大秤入，細秤出

800-1 大秤入細秤出

｜校訂｜大秤入，細秤出

｜辭典客語拼音｜ thai3 chhhin3 nyip8 se3 chhin3 chhut

｜辭典英文釋義｜ he receives big measure he gives out small measure.

｜中文翻譯｜他收到的是大量器份量，卻以小量器份量分出。

｜說明｜ 與 804-1「大斗量入，小斗量出」（633）意思相同。

｜參考資料｜

徐運德《客家諺語》頁 182 收錄「大秤入，細秤出」，解釋為「此語是指奸商做生意，買人家的貨物，用大秤買進，但出售給別人時，卻用小秤賣出，以剝削消費者，從中取利之意。」

涂春景《形象化客話俗語 1200 句》頁 39 收錄「大秤入，細秤出」，解釋為「入，買入；出，賣出。低價大量買進，高價少量的賣出，例如漢藥店，買入藥材用大秤子秤，經加工成丹、膏、丸、散……後，用小秤子賣出去。」

黃永達《臺灣客家俚諺語語典：祖先的智慧》頁 56 收錄「大秤入，細秤出」，解釋為「[俚俗語] 指商人買貨物時節用大秤買進，賣出時又用小秤，兩頭剝削人。」

大秤入細秤出, *t. chhìn nyip sè chhìn chhut,* he receives big measure he gives out small measure.

629. 大富由天，小富由勤

801-1 大富由天小富由勤

| 校訂 | 大富由天，小富由勤

| 辭典客語拼音 | thai3 fu3 yu5 thien siau2 fu3 yu5 khiun5

| 辭典英文釋義 | great riches are bestowed by heaven small riches by one's own diligence.

| 中文翻譯 | 巨大的財富由上天賜予，小的財富則靠自己勤奮。

| 參考資料 |

黃永達《臺灣客家俚諺語語典：祖先的智慧》頁 57 收錄類似諺語「大富由天，細富由儉」，解釋為「[教示諺] 致大富係由天命安排，致小富可由勤儉做事得到。」

大富由天小富由勤, *t. fù yû thien siáu fù yû khiûn,* great riches are bestowed by heaven small riches by one's own diligence.

630. 大喊鳥，剛無肉

801-2 大喊鳥剛無肉

| 校訂 | 大喊鳥，剛無肉

| 辭典客語拼音 | thai3 ham3 tiau chhi5 mau5 nyuk

| 辭典英文釋義 | a noisy bird has little flesh.

| 中文翻譯 | 會吵的鳥沒什麼肉。

｜說明｜ 有「虛張聲勢卻無真材」之意。

大喊鳥剮無肉, *t. hàm tiau chhî mâu nyuk*, a noisy bird has little flesh.

631. 大雞拑，細雞啄

801-3 大鷄拑細鷄啄

｜校訂｜大雞拑，細雞啄

｜辭典客語拼音｜ thai3 kai (ke) khiam5 se3 kai (ke) tuk

｜辭典英文釋義｜ Fig., of one who is disliked by high and low.

｜中文翻譯｜意指到處受欺負的人。

｜參考資料｜

涂春景《形象化客話俗語 1200 句》頁 41 收錄「大雞拑，細雞啄」，解釋為「拑，本有以勢制人的模樣，這裡指以勢制人、欺凌的意思。啄，禽鳥用尖喙吃東西，引申有欺負的意思。大雞欺凌，小雞也來欺負。用大雞、小雞比喻強者、弱者，話說一個弱勢的對象，受盡欺凌；強者、弱者都來欺負。」

黃永達《臺灣客家俚諺語語典：祖先的智慧》頁 58 收錄「大雞拑，細雞啄」，解釋為「[俚俗語] 大雞要欺負，細雞又要啄佢，正經有才過（可憐也）。」

大鷄拑細鷄啄, *t. kai* (*ke*) *khiâm sè kai* (*ke*) *tuk*, Fig., of one who is disliked by high and low.

632. 大魚骨贏過細魚肉

803-1 大魚骨贏過細魚肉

｜辭典客語拼音｜ thai3 ng5 kwut yang5 kwo3 se3 ng5 nyuk

｜辭典英文釋義｜ the bones of big fish are preferable to the flesh of small fish.

｜中文翻譯｜大魚的骨頭勝過小魚的肉。

大魚骨贏過細魚肉, *t. ǹg kwut yâng kwò sè ǹg nyuk*, the bones of big fish are preferable to the flesh of small fish.

633. 大斗量入，小斗量出

804-1 大斗量入小斗量出

｜校訂｜大斗量入，小斗量出

｜辭典客語拼音｜ thai3 teu2 liong5 nyip8 siau2 teu2 liong5 chhut

｜辭典英文釋義｜ he buys with a small and sells with a large measure.

｜中文翻譯｜以小的量器買入，大的量器賣出。

｜說明｜「大斗量入，小斗量出」即「以大的量器買入，以小的量器賣出」。喻生意人賺錢有術。與 800-1「大秤入，細秤出」（628）意思相同。

大斗量入小斗量出, *t. téu liông nyip siáu téu liông chhut*, he buys with a small and sells with a large measure.

634. 大撮分細撮撮著

805-1 大撮分細撮撮倒

｜校訂｜大撮分細撮撮著

｜辭典客語拼音｜ thai3 tshot pun se3 tshot tshot tau2

｜辭典英文釋義｜ a clever cheat cheated by one less clever.

｜中文翻譯｜一個聰明的騙子被一個沒他那麼聰明的騙子騙了。

｜參考資料｜

涂春景《形象化客話俗語 1200 句》頁 41 收錄類似諺語「大撮兒，分細撮兒撮到」，解釋為「撮兒，很會誘騙人的人；分，被；撮到，被誘騙到。」

黃永達《臺灣客家俚諺語語典：祖先的智慧》頁 58 收錄類似諺語「大撮仔分細撮仔撮著」，解釋為「[俚俗語] 大騙仔也有可能分細騙仔騙著，同華諺之『陰溝裏翻船』。撮仔，騙仔也。」

大撮分細撮撮倒, *t. tshot pun sè tshot tshot táu*, a clever cheat cheated by one less clever.

635. 大鑊慢滾，細鑊先滾

805-2 大鑊緩滾細鑊先滾

｜校訂｜大鑊慢滾，細鑊先滾

｜辭典客語拼音｜ thai3 vok8 man3 kwun2 se3 vok8 sien kwun2

｜辭典英文釋義｜ the small boiler boils quicker than the large boiler.

｜中文翻譯｜小鍋比大鍋先沸騰。

｜參考資料｜

姜義鎮《客家諺語》頁 32 收錄類似諺語「大鑊未滾，小鑊泡泡滾」，解釋為「大智若愚，一知半解好說話。」

涂春景《形象化客話俗語 1200 句》頁 42 收錄類似諺語「大鑊未滾，細鑊跑跑滾」，解釋為「鑊，鍋子；未滾，還沒開；跑跑滾，水開的狀態。大鍋的水還沒開，小鍋子的水在鍋裡翻騰。寓有『有真才實學的人，不隨便發表意見；沒有學養的人，卻發言盈庭』的意思。」

涂春景《聽算無窮漢——有韻的客話俚諺 1500 則》頁 60 收錄類似諺語「大鑊未滾，細鑊跑跑滾」，解釋為「鑊，鍋子；跑跑滾，水沸騰的樣子。大鍋還沒沸騰，小鍋子卻沸騰得滾動不止；這話用來說有內涵的人不急著表示意見，反而那些見識淺薄的人，滔滔不絕的聒噪不已。」

劉兆蘭《一日一句客家話：客家老古人言》頁 122 收錄類似諺語「大鑊盲滾，細鑊強強滾」，解釋為「這句話是說真正厲害的人不喜歡自誇，不大會的人，反而講話很大聲。」

羅肇錦《苗栗縣客語、諺謠集（四）》頁 56 收錄類似諺語「大鑊盲滾，細鑊抛抛滾」，解釋為「大鍋裡的水還沒滾，小鍋的水滾滔滔，比喻行家未開口，後輩在聒噪不已。」

大鑊緩滾細鑊先滾, *t. vȯk màn kwún sè vȯk siẹn kwún,* the small boiler boı̄ls quicker than the large boiler.

636. 太平年，賊殺賊

806-1 太平年賊殺賊

｜校訂｜太平年，賊殺賊

｜辭典客語拼音｜ thai3 phin5 nyen5 tshet8 sat tshet8

| 辭典英文釋義 | in peace time the robber kills the robber.

| 中文翻譯 | 在太平時期，盜賊殺死了盜賊。

太平年賊殺賊, *t. phîn nyên tshe̍t sat tshe̍t,* **in peace time the robber kills the robber.**

637. 替人死，莫替人生

807-1 替人死莫替人生

| 校訂 | 替人死，莫替人生

| 辭典客語拼音 | thai3 (thi3/the3) nyin5 si2 mok8 thai3 (thi3/the3) nyin5 sang

| 辭典英文釋義 | die for man 'yes' but borrow money for a man no.

| 中文翻譯 | 可以為人而死，但不要幫人家借錢。

| 說明 | 英文後半句應是引申義。

| 參考資料 |

黃永達《臺灣客家俚諺語語典：祖先的智慧》頁 118 收錄類似諺語「甘願借人死，毋願借人生」，解釋為「[經驗談] 迷信語，房屋借人辦喪事，可以留下往生者的福氣；房屋供人生細孲仔，細孲仔會帶走福氣。」頁 262 收錄類似諺語「借人死，無借人生」，解釋為「[經驗談] 自家的地方做得借人死，福份會留下來；地方借分人供細孲仔，福份會分細孲仔帶走，故所毋好借人生，客家民俗也。」

替人死莫替人生, *t. nyîn sí mo̍k thài nyîn sang,* **die for man 'yes' but borrow money for a man no.**

638. 擔竿無齧──兩頭溜

809-1 擔□□□□□□

| 校訂 | 擔竿無齧──兩頭溜

| 辭典客語拼音 | tam3 kon mau5 (mo5) ngat liong2 theu5 phiu3 (thiu3 and liu3)

| 辭典英文釋義 | without notches the burden will slip off the pole.

| 中文翻譯 | 沒有凹槽，負載物就會從擔子上滑下來。

｜說明｜ 師傅話。「擔竿」是「扁擔」，兩端有凹槽，缺它的話，挑的東西就兩頭掉，無法兼顧。

｜參考資料｜

徐運德《客家諺語》頁 441 收錄類似諺語「擔竿無鬱顧兩頭毋著」，解釋為「凡事難以面面俱到，設 [無] 法十全十美也。」

黃永達《臺灣客家俚諺語語典：祖先的智慧》頁 407 收錄類似諺語「擔竿無齾顧兩頭毋到」，解釋為「[師傅話] 擔竿無齾（凹齒），故所兩邊擔東西會滑，喻難以顧到兩邊。」

t. kon mâu (*mô*) *ngat lióng thêu phìu* (*thìu* and *lìu*), without notches the burden will slip off the pole.

639. 貪字頭，貧字腳

810-1 貪字頭貧字腳

｜校訂｜貪字頭，貧字腳

｜辭典客語拼音｜ tham sii3 (tshii3) theu5 phin5 sii3 kiok

｜辭典英文釋義｜ covetousness produces poverty.

｜中文翻譯｜貪婪導致貧窮。

｜說明｜ 「貪字頭，貧字腳」意為有貪念到頭來會貧窮。

｜參考資料｜

劉守松《客家人諺語（一）》頁 51 收錄「貪字頭，貧字腳」，解釋為「勸世間人不可賭博，勿簽六合彩，大家樂等，貪者輕則損失財產，重者妻離子散，勸人莫貪心，貪心者總有一日會受到教訓，變貧窮，一無所有。」

貪字頭貧字腳, *t. sụ̀* (*tshụ̀*) *thêu phîn sụ̀ kiok*, covetousness produces poverty.

640. 貪財不得財，不貪財自來

810-2 貪財不得財不貪財自來

｜校訂｜貪財不得財，不貪財自來

｜辭典客語拼音｜ tham tshoi5 put tet tshoi5, put tham tshoi5 tshii3 loi5

｜辭典英文釋義｜ the covetous man does not obtain riches, to the uncovetous money comes of its own accord.

｜中文翻譯｜貪婪的人沒有獲得財富，不貪的人錢自動來。

｜參考資料｜

涂春景《聽算無窮漢——有韻的客話俚諺 1500 則》頁 178 收錄類似諺語「貪財不得財，毋貪財自來」，解釋為「貪財，心想得到非分之財；毋貪，不貪。話說，一直想非分不義之財，不可能得到；反而不貪財，默默努力的人，錢財自來。」

貪財不得財不貪財自來, *t. tshôi put tet tshôi, put tham tshôi tshi̤ lôi,* the covetous man does not obtain riches, to the uncovetous money comes of its own accord.

641. 丹膏丸散，神仙難識

813-1 丹膏丸散神仙難識

｜校訂｜丹膏丸散，神仙難識

｜辭典客語拼音｜ tan kau yen5 san2 shin5 sien nan5 shit

｜辭典英文釋義｜ powder medicines the wisest cannot discern! — (distrust).

｜中文翻譯｜再聰明的人也無法辨識散劑！（不信任）。

｜說明｜「丹膏丸散」是「中藥丸；中藥散」。

｜參考資料｜

黃永達《臺灣客家俚諺語語典：祖先的智慧》頁 64 收錄類似諺語「丹膏一散，神仙都難識透」，解釋為「[俚俗語] 形容各種藥品多都算毋出、識毋透。」「丹膏一散，神仙難識」，解釋為「[經驗談] 丹藥的味道一散，就算神仙也無法度辨識烏疏疏（極黑）的丹丸，引喻為『人在人情在』之意，嘆人情世事之淡薄也。」

丹膏丸散神仙難識, *t. kau yên sán shîn sien nân shit,* powder medicines the wisest cannot discern!—(distrust).

642. 彈琴不入牛耳

815-1 彈琴不入牛耳

｜辭典客語拼音｜ than5 khim5 put nyip8 ngeu5 (nyu5) nyi2

｜辭典英文釋義｜ music does not appeal to a cow.

｜中文翻譯｜音樂不會吸引牛。

｜參考資料｜

楊兆禎《客家老古人言》頁 120 收錄類似諺語「對牛彈琴——無用、聽唔識」。

楊兆禎《客家諺語拾穗》頁 123 收錄類似諺語「對牛彈琴——無用、聽毋識」，解釋為「與『鴨子聽雷』類似。」

彈琴不入牛耳, *t. khîm put nyîp (nyû) ngêu nyi*, music does not appeal to a cow.

643. 搭人眠毋敢亂掹被

819-1 搭□□□□□□□

｜校訂｜搭人眠毋敢亂掹被

｜辭典客語拼音｜ tap nyin5 min5 m kam2 lon3 pang phi

｜辭典英文釋義｜ when you share a bed with another you must not intentionally pull off the quilt.

｜中文翻譯｜當你與他人分享一張床，你不能故意拉掉棉被。

｜說明｜「搭人眠」是「去人家借宿」，「掹被」是「把棉被往自己身上拉」。

t. nyîn mîn m kám lòn pang phi, when you share a bed with another you must not intentionally pull off the quilt.

644. 刀頭自家捉，刀尾自家抓

823-1 刀頭自家捉刀尾自家揸

｜校訂｜刀頭自家捉，刀尾自家抓

｜辭典客語拼音｜ tau (to) theu tshii3 ka tsuk tau mui tshii3-ka tsa

| 辭典英文釋義 | he holds the knife at both ends.
| 中文翻譯 | 他握著刀的頭尾兩端。

| 說明 | 1926 年版《客英》頁 893「抓（tsa）」，英文釋義為“to seize; to grasp; to hold fast; a handful.”。

刀頭自家捉刀尾自家揸, *t. theu tshṳ ka tsuk tau mui tshṳ-ka tsa*, he holds the knife at both ends.

645. 倒了桃樹倒李樹

823-2 倒哩桃樹李樹

| 校訂 | 倒了桃樹倒李樹
| 辭典客語拼音 | tau2 li thau5 shu3 tau2 li2 shu3

| 辭典英文釋義 | first fell the peach than the pear tree.
| 中文翻譯 | 先伐桃樹再伐梨樹。

| 說明 | 與 45-1「斫了桃樹斫李樹」（32）相近。

倒哩桃樹李樹, *táu li thâu shṳ̀ t. li shṳ̀*, first fell the peach than the pear tree.

646. 到該時擎該旗

824-1 到箇時擎箇旗

| 校訂 | 到該時擎該旗
| 辭典客語拼音 | tau3 (to3) kai3 shi5 khia kai3 khi5

| 辭典英文釋義 | will serve under that banner when the time arrives.
| 中文翻譯 | 時候到了，會在那個旗幟下服務。

| 參考資料 |
徐運德《客家諺語》頁 167 收錄類似諺語「到個時擎個旗」，解釋為「到了那個時候自然就有其辦法，不必操之過急之意。」
涂春景《形象化客話俗語 1200 句》頁 130 收錄類似諺語「到該時擎該旗」，解釋

為「該時，那時候；該旗，那種旗幟。有句話說：時到時當，無米煮番薯湯。有凡事不用操之過急，到時再隨機應變一定可以想出辦法的意思。」

涂春景《聽算無窮漢——有韻的客話俚諺 1500 則》頁 45 收錄類似諺語「到該時，擎該旗」，解釋為「該時，那時候；擎，舉；該旗，那面旗。有云：兵來將擋，水來土掩。所以說，人應臨機應變，遇到哪個時候？就舉哪面旗。」

黃永達《臺灣客家俚諺語語典：祖先的智慧》頁 195 收錄類似諺語「到該時擎該旗」，解釋為「[比喻詞] 喻到該時節自然就有辦法，毋使擔心，到該時節，才來看機會行事。」

楊兆禎《客家諺語拾穗》頁 69 收錄類似諺語「到那個時，擎那個旗——到時自有辦法、到時再說」。

羅肇錦《苗栗縣客語諺語、謎語集（二）》頁 100 收錄類似諺語「到該時，擎該旗」，解釋為「船到橋頭自然直的意思。」

到個時擎個旗, *t. kài shî khia kài khî*, will serve under that banner when the time arrives.

647. 燈芯孩成鐵

829-1 燈芯擔成鐵

｜校訂｜燈芯孩成鐵

｜辭典客語拼音｜ ten sim khai shang5 thiet

｜辭典英文釋義｜ the lamp wick carried far turns into iron. (grows heavy).

｜中文翻譯｜燈芯挑遠變成鐵（變得沉重）。

｜說明｜ 比喻輕的擔子挑久了也會變沉重。

燈芯擔成鐵, *t. sim khai shâng thiet*, the lamp wick carried far turns into iron. (grows heavy).

648. 等飯難熟

829-2 等飯難熟

｜辭典客語拼音｜ ten2 fan3 nan5 shuk8

｜辭典英文釋義｜ waiting for rice makes the cooking tedious.

｜中文翻譯｜等待飯熟，使人覺得煮飯一事單調冗長。

｜說明｜ 意思與「等水難滾」相同。

等飯難熟, *t. fàn nân shŭk,* waiting for rice makes the cooking tedious

649. 等得醋酸茅蕒老

830-1 等得醋酸茅蕒老

｜辭典客語拼音｜ ten2 tet tshu3 son mau5-mak lau2

｜辭典英文釋義｜ wait till the vinegar is sour the vegetable is old, wait till the moon is up the sun is down.

｜中文翻譯｜等到醋變酸，蔬菜早就變老了；等到月亮升起，太陽已經落山了。

｜說明｜ 英譯將 830-2「等得月出日落西」（650）一併譯出。「茅蕒」是「苦蕒」，也稱「苦麻菜」，苦麻菜沾醬可生吃。「等得醋酸茅蕒老」意思是「等到醋釀好，苦麻菜已經老掉了。」與 830-2「等得月出日落西」（650）為上下句。

等得醋酸茅蕒老, *t. tet tshù son mâu-mak láu,* wait till the vinegar is sour the vegetable is old, wait till the moon is up the sun is down.

650. 等得月出日落西

830-2 等得月出日落西

｜辭典客語拼音｜ ten2 tet nyet8 chhut nyit lok8 si

｜辭典英文釋義｜ Fig. of a man who marries late in life he dies ere his son is grown up.

｜中文翻譯｜意指晚年結婚的人等在兒子長大前自己已經往生。

｜說明｜ 與 830-1「等得醋酸茅蕒老」（649）為上下句。

｜參考資料｜

涂春景《形象化客話俗語 1200 句》頁 191 收錄「等得月出，日落西」，解釋為「人生難有兩全其美的事；左等右盼，月亮出來了，好興奮；然而太陽西沈了。」

等得月出日落西, *t. tet nyėt chhut nyit lȯk sî,* Fig. of a man who marries late in life he dies ere his son is grown up.

651. 得寸則寸，得尺則尺

833-1 得寸則寸得尺則尺

｜校訂｜得寸則寸，得尺則尺

｜辭典客語拼音｜ tet tshun3 tset tshun3 tet chhak tset chhak

｜辭典英文釋義｜ inch by inch and foot by foot.

｜中文翻譯｜一寸一寸的，一尺一尺的。

｜說明｜ 即按部就班之意。

得寸則寸得尺則尺, *t. tshùn tset tshùn tet chhak tset chhak,* inch by inch and foot by foot.

652. 兜尾秤搣砣

834-1 撓□□□□

｜校訂｜兜尾秤搣砣

｜辭典客語拼音｜ teu mui chhin3 fak tho5

｜辭典英文釋義｜ at the very end you get better weight.

｜中文翻譯｜在最後你會得到比較重的量。

｜說明｜ 1926 年版《客英》頁 834「兜尾」英譯為“at the end.”（最後）。「兜尾秤」是秤砣移往秤桿的最後一個刻度。頁 83「fak ha5 hi3（搣下去）」英譯為“to move quickly to.”（快速地移動到）。「搣砣」是「秤砣快速往秤紐方向掉」，表示秤的東西比要買的重許多。

辭典截圖 *t. mui chhìn fak thô*, at the very end you get better weight.

653. 頭庵堂，二書房

836-1 頭庵堂二書房

｜校訂｜頭庵堂，二書房

｜辭典客語拼音｜ theu5 am thong5 nyi3 shu fong5

｜辭典英文釋義｜ first (in bad conduct) is the Buddhist temple then a school.

｜中文翻譯｜有不良行為首先是在佛寺，然後是在學校。

｜說明｜ 按英譯的說法是「不良行為場所第一是佛寺，然後是學堂」。1926 年版《客英》頁 4「庵堂」英文解釋為"monastery"（僧侶住的地方）。

｜參考資料｜

涂春景《聽算無窮漢——有韻的客話俚諺 1500 則》頁 193 收錄「頭庵堂，二書房」，解釋為「一個人要靈修，最好出家到庵堂去，其次是到書房去苦讀。」

辭典截圖 **頭庵堂二書房**, *t. am thông nyì shu fông*, first (in bad conduct) is the Buddhist temple then a school.

654. 投生無投死

838-1 投生無投死

｜辭典客語拼音｜ theu5 sang mau5 theu5 si2

｜辭典英文釋義｜ (you may) enter to save life but not to destroy-said to those who come to seize a refugee.

｜中文翻譯｜（你可以）進去拯救生命而不是摧毀——說給來抓難民的人聽的。

辭典截圖 **投生無投死**, *t. sang mâu t. sí*, (you may) enter to save life but not to destroy—said to those who come to seize a refugee.

655. 地理先生無屋場，算命先生半路亡

845-1 地理先生無屋場算命先生半路亡

| 校訂 | 地理先生無屋場，算命先生半路亡

| 辭典客語拼音 | thi3 li sien sen mau5 vuk chhong5, son3 miang3 sien sen pan3 lu3 mong5

| 辭典英文釋義 | the geomancer himself has not secured a lucky house: the fortune teller dies on the road on which he travels.

| 中文翻譯 | 風水師本人沒有得到好風水的房子，算命先生在他旅途中死亡。

| 說明 | 本諺下句與 774-1「算命先生半路亡」（609）相同。

地理先生無屋場算命先生半路亡, *t. li sien sen mâu vuk chhông, sòn miàng sien sen pàn lù mông*, the geomancer himself has not secured a lucky house: the fortune teller dies on the road on which he travels.

656. 點久正知大蠟燭

848-1 點久正知大蠟燭

| 辭典客語拼音 | tiam2 kiu2 chang3 ti thai3 lap8 chuk

| 辭典英文釋義 | the long lit candle proves its quality. Fig. Time reveals character.

| 中文翻譯 | 點得久的蠟燭證明了它的品質。意指日久顯出特性。

| 參考資料 |

涂春景《形象化客話俗語 1200 句》頁 246 收錄「點久正知大蠟燭」，解釋為「正知，才知道。蠟燭要點得久，才算是大蠟燭。意謂：路遙知馬力，日久見人心。」

點久正知大蠟燭, *t. kiú chàng ti thài làp chuk*, the long lit candle proves its quality. Fig. Time reveals character.

657. 添一斗莫添一口

849-1 添一斗莫添一口

| 辭典客語拼音 | thiam yit teu2 mok8 thiam yit kheu2

| 辭典英文釋義 | to provide one peck more can be done — to add one mouth more is difficult.
| 中文翻譯 | 多提供一斗可以，增加一張嘴很難。

| 說明 | 「添一斗莫添一口」意思是「多給你一斗米救急可以，但不能供你長期吃」。

添一斗莫添一口, *t. yit téu, mòk thiam yit khéu,* to provide one peck more can be done—to add one mouth more is difficult.

658. 添箸無添盤

849-2 添箸無添盤

| 辭典客語拼音 | thiam chhu3 mau5 thiam phan5

| 辭典英文釋義 | additional chop sticks but not additional food.
| 中文翻譯 | 添加筷子而沒添加食物。

| 說明 | 「盤」是指其中裝的食物。意指只要添加筷子，就吃現有的東西。留客人吃飯用語。

添箸無添盤, *t. chhù mâu thiam phân,* additional chop sticks but not additional food.

659. 甜酒該酸

850-1 甜□□□

| 校訂 | 甜酒該酸
| 辭典客語拼音 | thiam5 tsiu2 koi son

| 辭典英文釋義 | sweet wine sours easily, (Fig., quick friendships are easily dissolved).
| 中文翻譯 | 甜酒很容易酸（意指發展快速的友誼很容易分離）。

t. tsiú koi son, sweet wine sours easily, (Fig., quick friendships are easily dissolved).

660. 鳥子好相打，竟係無毛

852-1 鳥□□□□□□□□

| 校訂 | 鳥子好相打，竟係無毛
| 辭典客語拼音 | tiau tsu2 hau3 siong ta2 kin2 he3 mau5 mau

| 辭典英文釋義 | birds given to fighting, have no feathers.
| 中文翻譯 | 好鬥的鳥，沒有羽毛。

| 說明 | 1926 年版《客英》頁 285「竟係」的英文解釋為 “the sum of the matter is; finally.”（一言以蔽之；最終）。

t. tsụ́ hàu siong tá kin hè mâu mau, birds given to fighting, have no feathers.

661. 吊頸尋大樹

853-1 弔頸尋大樹

| 校訂 | 吊頸尋大樹
| 辭典客語拼音 | tiau3 kiang2 tshim thai3 shu3

| 辭典英文釋義 | if you want to hang yourself look for a big tree.
| 中文翻譯 | 如果你想上吊，尋找一棵大樹。

| 說明 | 「吊頸尋大樹」有兩意：一、要上吊，去找大棵樹，否則樹枝不耐你的體重而斷了；二、要上吊還要找特別大棵的樹，意指太挑剔了。

弔頸尋大樹, *t. kiáng tshim thài shù*, if you want to hang yourself look for a big tree.

662. 吊頸你話打韆鞦

854-1 吊頸爾話打千秋

| 校訂 | 吊頸你話打韆鞦

| 辭典客語拼音 | tiau3 kiang2 nyi5 va3 ta2 tshin[tshien] tshiu

| 辭典英文釋義 | you say that I am all right while really I am in great straits.

| 中文翻譯 | 你說我沒事，事實上我遇到巨大困境。

| 說明 | 「吊頸你話打韆鞦」意指他人上吊，你還以為他在盪鞦韆，引申為把嚴重的事看成小事。1926 年版《客英》頁 797「打千秋（ta2 tshien tshiu）」英文解釋為 “to swing.”（盪鞦韆）。

吊頸爾話打千秋, *t. kiáng nyî và tá tshin tshiu*, you say that I am all right while really I am in great straits.

663. 釣魚乞食

854-2 釣魚乞食

| 辭典客語拼音 | tiau3 ng5 khet shit8

| 辭典英文釋義 | the fisherman begs the fish to eat.

| 中文翻譯 | 釣魚的人求魚吃。

| 參考資料 |

何石松《客諺第二百首》頁 60 收錄類似諺語「戽魚愛力，釣魚乞食」，解釋為「勸人要務實踐履，不可好逸惡勞。」

涂春景《聽算無窮漢——有韻的客話俚諺 1500 則》頁 86 收錄類似諺語「戽魚愛力，釣魚乞食」，解釋為「戽魚，戽水捉魚；愛，需要；乞食，討吃。話說，戽水捉魚，要費很大力氣；釣魚雖輕閒不用力，但像乞丐乞食一般。」

釣魚乞食, *t. n̂g khet shit*, the fisherman begs the fish to eat.

664. 挑死蛇嚇死蛶

855-1 挑死蛇嚇死蛵

| 校訂 | 挑死蛇嚇死蛶

| 辭典客語拼音 | thiau si2 sha5 hak si2 kwai2

| 辭典英文釋義 | a dead snake carried on a stick frightens a frog to death! (Fig. taking advantage of one's ignorance).

| 中文翻譯 | 拿棍子上的一條死蛇嚇死一隻青蛙！（意指利用他人的無知）。

| 說明 | 「挑」是用棍子尾端挑起東西。

| 參考資料 |

涂春景《形象化客話俗語 1200 句》頁 148 收錄類似諺語「挑死蛇，嚇死蛶」，解釋為「死蛶，死青蛙。蛇是青蛙的剋星，但青蛙豈有害怕死蛇之理，縱使活的青蛙不察而受驚恐，然死青蛙又豈會受其驚嚇？此話顯然有裝模作樣、虛張聲勢的意思。」

黃永達《臺灣客家俚諺語語典：祖先的智慧》頁235收錄類似諺語「孩死蛇嚇死蛶」，解釋為「[俚俗語] 蛶仔驚蛇，用死蛇去嚇死蛶，就係假造聲勢之意，喻假聲假勢係嚇毋到人的。」

挑死蛇嚇死蛵, *t, sí shâ hak sí kwái*, a dead snake carried on a stick frightens a frog to death! (Fig. taking advantage of one's ignorance).

665. 癲入無癲出

858-1 癲入無癲出

| 辭典客語拼音 | tien nyip8 mau5 tien chhut

| 辭典英文釋義 | for self gain plays the mad-man, for the gain of others doesn't.

| 中文翻譯 | 對自己有利時就裝瘋，對別人有利時就不瘋。

| 參考資料 |

黃永達《臺灣客家俚諺語語典：祖先的智慧》頁 468 收錄「癲入毋癲出」，解釋為「[俚俗語] 為賺自家利益，假做癲人；要分人賺時，就算到當精工，譏人雖

然癲狂，毋過對自家利益還係頭腦清楚，只會為自家利益，毋會想有利他人。」

癲入無癲出, *t. nyip mâu t. chhut,* for self gain plays the mad-man, for the gain of others doesn't.

666. 天下餓死無膽人

859-1 天下餓死無胆人

| 校訂 | 天下餓死無膽人

| 辭典客語拼音 | thien ha3 ngo3 si2 mau5 (mo5) tam2 yin5[ngin5]

| 辭典英文釋義 | in all the earth they die of hunger who have no courage.

| 中文翻譯 | 在世上，餓死沒有勇氣的人。

天下餓死無胆人, *t. hà ngò sí mâu (mô) túm yîn,* in all the earth they die of hunger who have no courage.

667. 天光好睡目，人老毋好享福

860-1 天光好睡目人老唔好享福

| 校訂 | 天光好睡目，人老毋好享福

| 辭典客語拼音 | thien kwong hau2 shoi3 muk nyin5 lau2 m hau2 hiong2 fuk

| 辭典英文釋義 | he who sleeps in the day time does not prepare for the comforts of old age.

| 中文翻譯 | 白天睡覺的人沒做安享晚年的準備。

| 參考資料 |

黃永達《臺灣客家俚諺語語典：祖先的智慧》頁 71 收錄類似諺語「天光還睡目，老來無好享福」，解釋為「[教示諺] 朝晨頭做事最有用，係講懶尸到天光還睡目，到老就知死咧，享福？奈有福好享咧。」

天光好睡目人老唔好享福, *t. kwong háu shòi muk nyîn láu m háu hióng fuk,* he who sleeps in the day time does not prepare for the comforts of old age.

668. 天無脣，海無底

860-2 天無漘海無底

｜校訂｜天無脣，海無底

｜辭典客語拼音｜ thien mau5 (mo5) shun5 hoi2 mau5 (mo5) tai2 (te2)

｜辭典英文釋義｜ the sky has no shore, the sea hath no bottom.

｜中文翻譯｜天空沒有邊際，海沒有底。

｜參考資料｜

姜義鎮《客家諺語》頁 19 收錄類似諺語「天無邊海無底」，解釋為「天外有天，人外有人。」

天無漘海無底, *t. mâu (mô) shún hói mâu (mô) tái (té)*, **the sky has no shore, the sea hath no bottom.**

669. 天怕秋來旱，人怕老來寒

861-1 天怕秋來旱人怕老來寒

｜校訂｜天怕秋來旱，人怕老來寒

｜辭典客語拼音｜ thien pha3 tshiu loi5 hon nyin5 pha3 lau2 (lo2) loi5 hon5

｜辭典英文釋義｜ man fears the cold of spring as old age fears famine.

｜中文翻譯｜人害怕春寒，年老擔心飢餓貧困。

｜說明｜ 英譯將「秋來旱」譯為「春來寒」，「老來寒」英譯為引申義。

｜參考資料｜

涂春景《聽算無窮漢——有韻的客話俚諺 1500 則》頁 62 收錄「天怕秋來旱，人怕老來寒」，解釋為「寒，貧困。北臺灣的稻作，到了秋天，正需要灌溉；所以說，農家最怕秋天鬧乾旱。人到老年貧困最為難堪，因此說，人最怕年老還一事無成。」

天怕秋來旱人怕老來寒, *t. phà tshiu lôi hón nyîn phà láu (ló) lôi hôn*, **man fears the cold of spring as old age fears famine.**

670. 天上雷公，地下舅公

861-2 天上雷公地下舅公

｜校訂｜天上雷公，地下舅公

｜辭典客語拼音｜ thien shong3 lui2 kung thi3 ha2 khiu2 kung

｜辭典英文釋義｜ above the God of thunder is feared beneath it is grandmother's brother.

｜中文翻譯｜在天上敬畏雷神，在地上則敬畏祖母的兄弟。

｜參考資料｜

徐運德《客家諺語》頁 137 收錄類似諺語「天頂個雷公，地下個舅公」，解釋為「天庭上雷公頗具權威，人間則以母舅公最具權威。也有人說『除了娘舅無大客』。」

涂春景《聽算無窮漢——有韻的客話俚諺 1500 則》頁 61 收錄「天上雷公，地下舅公」，解釋為「雷公、舅公，雷、母舅，客話各加一詞尾公字。過去人認為雷很嚇人，母舅最具權威；所以說，天上雷公，地下母舅。」

陳澤平、彭怡玢《長汀客家方言熟語歌謠》頁 49 收錄「天上雷公，地下舅公」，解釋為「舅公是祖母的娘家兄弟，往往是家庭內部糾紛的權威仲裁人。」

黃永達《臺灣客家俚諺語語典：祖先的智慧》頁 72 收錄類似諺語「天頂有天公，地下有母舅公」，解釋為「[習用語] 天頂係天公一等大，地下係母舅一等大。」頁 72 收錄類似諺語「天頂的雷公，地下的母舅公」，解釋為「[習用語] 天庭頂雷神最有權威，人間以母舅公最大，有稱『除了娘舅無大客』。」

黃盛村《臺灣客家諺語（上冊）》頁 126 收錄類似諺語「天頂有大雷公，地上有母舅公」，解釋為「『雷公』在傳說中，係職司凡民善惡，作惡多端的壞人常被詛咒會遭受天打雷劈；而母舅公是所有親戚中輩份最高的人。」

天上雷公地下舅公, *t. shòng lûi kung thì hà khiû kung*, above the God of thunder is feared beneath it is grand-mother's brother.

671. 天做事，天擔當

863-1 天做事天擔當

｜校訂｜天做事，天擔當

｜辭典客語拼音｜ thien tso3 sii3 thien tam tong

｜辭典英文釋義｜ Heaven is responsible for its actions.

｜中文翻譯｜天會對其行為負責。

天做事天擔當, *t. tsò sṳ̀ t. tam tong*, Heaven is responsible for its actions.

672. 天意毋同人意

863-2 天意唔同人意

｜校訂｜天意毋同人意

｜辭典客語拼音｜ thien yi3 m thung5 nyin5 yi3

｜辭典英文釋義｜ heaven's will and man's will are not the same.

｜中文翻譯｜上天的意志和人的意志不相同。

｜參考資料｜

黃永達《臺灣客家俚諺語語典：祖先的智慧》頁 293 收錄類似諺語「做天也無中眾人意」，解釋為「[經驗談] 連天公就無法度分大自家滿意，莫講係凡人。」頁 293 收錄類似諺語「做天就無法度合眾人意」，解釋為「[習用語] 喻人處世無法度處處合人意，也指人無可能事事如意。」

天意唔同人意, *t. yì m thúng nyîn yì*, heaven s will and man's will are not the same.

673. 田螺毋好同石子篩

864-1 田螺唔好同石子篩

｜校訂｜田螺毋好同石子篩

｜辭典客語拼音｜ thien5 lo5 m hau2 thung5 shak8 tsii2 tshe (si)

｜辭典英文釋義｜ put not snails and stones together. (Fig. put like with like).

｜中文翻譯｜不要把螺和石頭放在一起（意指將同樣的東西放在一起）。

｜說明｜「田螺毋好同石子篩」指不同的東西不能用同一標準評量。

田螺唔好同石子篩, *t. lô m háu thûng shák tsṳ́ tshe*, put not snails and stones together. (Fig. put like with like).

674. 田螺毋知篤裡縐

864-2 田螺唔知启哩縐

｜校訂｜田螺毋知篤裡縐

｜辭典客語拼音｜ thien5 lo5 m5 ti tuk li tsiu3

｜辭典英文釋義｜ the snail knows not its spiral shell.

｜中文翻譯｜田螺不知道它的殼是螺旋狀的。

｜說明｜ 辭典頁 1025「启（篤）」英文解釋為 “the extremity; the bottom.”（末端；底部）。「田螺篤」即田螺尾端。原諺引申義是不知道自己缺點。同「狐狸毋知尾下臭」。

｜參考資料｜

徐運德《客家諺語》頁 34 收錄類似的諺語「狐狸毋知尾下臭，田螺毋知屇朏皺」，解釋為「喻人只知批評他人缺點，而不知自己的缺失。」

涂春景《聽算無窮漢——有韻的客話俚 1500 則》頁 134「狐狸毋知尾下臭，田螺毋知勢窟皺」條，解釋為「毋知，不知道；田螺，螺螄；勢窟，屁股。人都只會批評別人，不知檢討自己。所以說：狐狸不知道自己尾巴臭臭的，田螺也不知道自己屁股皺皺的。」

黃永達《臺灣客家俚諺語語典：祖先的智慧》頁 206 收錄類似諺語「狐狸毋知尾下臭，田螺毋知屇朏皺」，解釋為「[比喻詞] 喻人只知講別人的缺點，無知自家的缺點。」

羅肇錦《苗栗縣客語、諺謠集（四）》頁 12「狐狸毋知尾下臭，田螺毋知尸朏皺」條，解釋為「狐狸不知道自己會有臭味，田螺也不知道自己屁股是螺皺的。喻人沒有自知之明。尸朏：屁股。」

田螺唔知启哩縐, *t. lôm ti tuk li tsiù*, the snail knows not its spiral shell.

675. 跌落男女坑

866-1 跌落男女坑

｜辭典客語拼音｜ tiet lok8 nam5 ng2 hang (khang)

｜辭典英文釋義｜ he has met with the sorrows that come in the train of a large family.

｜中文翻譯｜他遭遇到發生在大家庭行列中的各種哀傷。

跌落男女坑, *t. lòk nâm ńg hang (khang)*, he has met with the sorrows that come in the train of a large family.

676. 鐵秤鉤都愛掚直

867-1 鐵秤鉤都愛搖直

｜校訂｜鐵秤鉤都愛掚直

｜辭典客語拼音｜ thiet chhin3 keu tu oi3 pang chhit8

｜辭典英文釋義｜ a man who will straighten out, even the balance hook.

｜中文翻譯｜凡事都要講理的人，甚至連秤鉤都想拉直。

｜說明｜「掚直」意思是把彎曲的東西拉直，或是把歪曲的說法導正過來。

鐵秤鈎都愛搖直, *t. chhìn keu tu òi pang chhit*, a man who will straighten out, even the balance hook.

677. 鐵嘴豆腐腳

867-2 鐵口豆腐腳

｜校訂｜鐵嘴豆腐腳

｜辭典客語拼音｜ thiet choi3 theu3 fu3 kiok

｜辭典英文釋義｜ a mouth of iron, feet of bean curd (Fig. promises but does not perform).

｜中文翻譯｜鐵嘴豆腐腳（意指承諾但不履行）。

鐵口豆腐脚, *t. chòi thèu fù kiok*, a mouth of iron, feet of bean curd (Fig. promises but does not perform).

678. 忒精生□□

868-1 □□□□□

| 校訂 | 忒精生□□

| 辭典客語拼音 | thiet tsin shang5 chhung3 kau2

| 辭典英文釋義 | the over clever one becomes the others' bore.

| 中文翻譯 | 太聰明的人變成了別人的煩惱。

| 說明 | 1926 年版《客英》頁 868「Thiet（忒）」，解釋為 “too, too much, etc.”（太、太多等等）。「chhung3 kau2」何意待考。

t. tsin shâng chhùng káu, the over clever one becomes the others' bore.

679. 頂過霜雪

868-2 □□□□

| 校訂 | 頂過霜雪

| 辭典客語拼音 | tin2 kwo3 song siet

| 辭典英文釋義 | of one who has suffered much, like a tree that has suffered from frost and snow.

| 中文翻譯 | 受多苦難的人，就像遭受霜凍和雪害的樹木。

t. kwò song siet, of one who has suffered much, like a tree that has suffered from frost and snow.

680. 多食無味緒

875-1 多食無味啐

| 校訂 | 多食無味緒

| 辭典客語拼音 | to shit8 mau5 mui3 sui3

| 辭典英文釋義 | what one eats often loses its flavour.

| 中文翻譯 | 人們常吃的東西會失去食物的風味。

｜說明｜與 690-1「少食多知味」（534）為上下句。

｜參考資料｜

徐運德《客家諺語》頁 153 收錄類似諺語「少食多香味，多食毋味緒」，解釋為「即吃的少，覺得味道特別好，吃太多，再精緻的食物也食之無味。」

涂春景《聽算無窮漢——有韻的客話俚諺 1500 則》頁 74 收錄類似諺語「少食多香味，多食無味緒」，解釋為「味緒，味道，緒，借音字。少量的食物，細細嚼嚥，食物的味道才會品嚐出來；大量的狼吞虎嚥，則吃不出其味了。所以說，少吃多香味，多吃沒味道。」

黃永達《臺灣客家俚諺語語典：祖先的智慧》頁 73 收錄類似諺語「少食多香味，多食無味緒」，解釋為「[經驗談] 吃少，會感覺味道特別好；吃忒多，較好的食物也無味。」頁 136 收錄類似諺語「多食無滋味，多話毋值錢」，解釋為「[教示諺] 勸話人要少食、少言，多食、多話都毋好。」

羅肇錦《苗栗縣客語、諺謠集（四）》頁 51 收錄類似諺語「少食多香氣，多食無味緒」，解釋為「好吃的食物，淺嘗則齒頰留香，吃多反而沒有味道了。意謂物稀為貴，多了就不值錢了。」

羅肇錦《苗栗縣客語諺語、謎語集（二）》頁 46 收錄類似諺語「少食多香氣，多食無味緒」，解釋為「美味的食物，嚐一些，覺得香氣四溢，倍加可口，吃太多反而沒味道。猶如好話講多了，也會使人討厭，要注意說話的藝術。」

多食無味啐, *t. shit māu mūi sūi*, what one eats often loses its flavour.

681. 多子多冤愆

875-2 多子多寃愆

｜校訂｜多子多冤愆

｜辭典客語拼音｜ to tsii2 to yen-khien

｜辭典英文釋義｜ many sons many troubles.

｜中文翻譯｜多子多麻煩。

｜參考資料｜

涂春景《聽算無窮漢——有韻的客話俚諺 1500 則》頁 57 收錄類似諺語「多子多女多冤家，少子少女成蓮花」，解釋為「成蓮花，形容和氣美好的樣子。子女多常爭吵不休，子女少，家庭一團和氣。」頁 57 收錄類似諺語「多子多冤牽，少子像神仙」，解釋為「冤牽，冤家羅債，說兄弟姊妹不能和氣相處，引起紛爭。子女多而不和睦，為人父母便感嘆，多子多紛爭，子女少沒有煩惱才是神仙。」

黃永達《臺灣客家俚諺語語典：祖先的智慧》頁 135 收錄類似諺語「多子多女多冤家，無子無女多清閒」，解釋為「[俚俗語] 子女多，難和睦相處，讓人煩心，毋當無子女較清閒，毋使煩心。」頁 135 收錄類似諺語「多子多冤牽」，解釋為「[經驗談] 子女多，相爭多，牽掛也多。」頁 135 收錄類似諺語「多子多冤譴，少子變神仙」，解釋為「[經驗談] 大細多煩惱就多，大細少自然煩惱少。」

羅肇錦《苗栗縣客語、諺謠集（四）》頁 11 收錄類似諺語「多子多冤牽」，解釋為「兒子多，嫌隙就多。」

多子多寃愆, *t. tsṳ to yen-khien,* many sons many troubles.

682. 多衣多寒，寡衣自暖

875-3 多衣多寒寡衣自煖

| 校訂 | 多衣多寒，寡衣自暖

| 辭典客語拼音 | to yi to hon5 kwa2 yi tshii3 non

| 辭典英文釋義 | many clothes much cold, sparely clad self generates heat.

| 中文翻譯 | 愈多衣服愈冷，穿得少自身會生熱。

| 參考資料 |

涂春景《聽算無窮漢——有韻的客話俚諺 1500 則》頁 58 收錄類似諺語「多衣多寒，少衣自暖」，解釋為「冷暖不在穿衣的多寡，而在內心的感覺。如果心中感覺冷，穿再多的衣服，還是冷颼颼的；如果內心感覺不冷，穿著少也自然感到和暖。」

黃永達《臺灣客家俚諺語語典：祖先的智慧》頁 136 收錄類似諺語「多衣多寒，無衣自暖」，解釋為「[教示諺] 著愈多衫愈感覺冷，著少衫顛倒自家就會稍暖起來，教示人要自力更生，自助天助之意。」

黃盛村《臺灣客家諺語（上冊）》頁 162 收錄類似諺語「多衣多寒，少衫自暖」，解釋為「在寒冷的冬天，雖然穿了很多衣服保暖，但是如果沒有適當的活動身體，一定會感到寒氣仍然逼人，甚至發哆嗦。反觀穿著較少的人，由於寒冷，便不斷的加強活動身體，血液跟著加速循環，便自然暖和身體，驅除寒氣。」

多衣多寒寡衣自燒, *t. yi to hôn kwá yi tshù non*, many clothes much cold, sparely clad self generates heat.

683. 駝肚牛自有駝肚客

877-1 駝肚牛自有駝肚客

| 辭典客語拼音 | tho5 tu2 ngeu5 tshu3 yu tho5 tu2 khak

| 辭典英文釋義 | a camel bellied cow can secure a purchaser, (there is a purchaser for every kind of merchandise).

| 中文翻譯 | 肚子如駱駝肚子那麼大的牛可以找到購買者（每一種商品都會有購買者）。

| 說明 | 「駝肚牛」即肚子下垂的牛，比較不適合耕田馱物。「駝肚客」即肚子肥大的客人。

駝肚牛自有駝肚客, *t. tú ngêu tshù yu thô tú khak*, a camel bellied cow can secure a purchaser, (there is a purchaser for everykind of merchandise).

684. 胎前一把火，胎後一盆霜

879-1 胎前一把火胎後一盆霜

| 校訂 | 胎前一把火，胎後一盆霜

| 辭典客語拼音 | thoi tshien5 yit pa5 fo2, thoi heu3 yit phun5 song

| 辭典英文釋義 | while pregnant fear heat producing foods; after giving birth avoid cooling foods.

| 中文翻譯 | 懷孕時怕上火的食物，而生完孩子避免生冷的食物。

胎前一把火胎後一盆霜, *t. tshiên yit pà fó, t. hèu yit phûn song*, while pregnant fear heat producing foods; after giving birth avoid cooling foods.

685. 短命湊三煞

884-1 短命湊三煞

| 校訂 | 短命湊三煞

| 辭典客語拼音 | ton2 miang3 tsheu3 sam sat

| 辭典英文釋義 | the short life has met with the three bad influences.

| 中文翻譯 | 短命的人遇到了攸關命運的三個凶惡天象力量。

| 說明 | 三煞即劫煞、災煞、歲煞，民間信仰風水用語。

| 參考資料 |

姜義鎮《客家諺語》頁 67 收錄類似諺語「短命鬼鬥三煞」，解釋為「該死。」

黃永達《臺灣客家俚諺語語典：祖先的智慧》頁 343 收錄類似諺語「短命鬼湊三煞——該死」，解釋為「[師傅話] 短命鬼去尋三煞（兇殺）鬼，一定穩死的。」

楊兆禎《客家諺語拾穗》頁 110 收錄類似諺語「短命鬼，鬥三煞——該死」，解釋為「壞運的遇到凶神惡煞，當然該死了。」

短命湊三煞, *t. miâng tshèu sam sat,* the short life has met with the three bad influences.

686. 當局者迷，旁觀者醒

886-1 當局者迷旁觀者醒

| 校訂 | 當局者迷，旁觀者醒

| 辭典客語拼音 | tong khiuk8 cha2 mi5 phong5 kwon (kwan) cha2 siang2

| 辭典英文釋義 | those responsible are deluded the on-lookers are awake.

| 中文翻譯 | 要負責的人感到困惑而圍觀者清醒。

當局者迷旁觀者醒, *t. khiùk chá mî phông kwon (kwan) chá siáng,* those responsible are deluded the on-lookers are awake.

687. 當日有錢錢當沙，今日無錢苦自家

887-1 當日有錢錢當沙，今日無錢苦自家

｜辭典客語拼音｜ tong nyit yu tshien5 tshien5 tong3 sa, kim nyit mau5 tshien5 khu2 tshii3 ka

｜辭典英文釋義｜ formerly when I had money I regarded it as sand now when I have none I worry myself.

｜中文翻譯｜以前當我有錢時，我把錢當作沙，而當我沒有錢時，我憂心自己。

｜參考資料｜

涂春景《聽算無窮漢——有韻的客話俚諺 1500 則》頁 33 收錄類似諺語「先日有錢錢當沙，今日無錢苦自家」，解釋為「先日，從前，指有錢時候；自家，自己。有日當思無日苦，否則，有錢時把錢當沙花用，等到沒錢時候會苦自己。」

黃永達《臺灣客家俚諺語語典：祖先的智慧》頁 364 收錄類似諺語「當日有錢錢作砂，今日無錢苦自家」，解釋為「[俚俗語] 諷人有錢時毋曉省用，到無錢時才知苦。」

當日有錢錢當沙，今日無錢苦自家, *t. uyit yu tshièn tshièn tòng sa, kim nyit mâu tshiên khú tshü ka*, formerly when I had money I regarded it as sand now when I have none I worry myself.

688. 當兵毋怕死，耕田毋怕屎

887-2 當兵唔怕死耕田唔怕屎

｜校訂｜當兵毋怕死，耕田毋怕屎

｜辭典客語拼音｜ tong pin m pha3 si2 kang thien5 m pha3 shi2

｜辭典英文釋義｜ the soldier does not fear death, the worker in the soil fears not filth.

｜中文翻譯｜士兵不怕死亡，在糞土堆中工作的人不怕骯髒。

｜參考資料｜

涂春景《聽算無窮漢——有韻的客話俚諺 1500 則》頁 157 收錄類似諺語「耕田毋驚屎，做兵毋驚死」，解釋為「種田的人，要靠肥糞滋養稻苗，所以不怕屎；當兵的要勇敢，所以不怕死。勸種田的人，要辛勤不怕髒、臭。」

黃永達《臺灣客家俚諺語語典：祖先的智慧》頁 281 收錄類似諺語「耕田毋驚屎，

做兵毋驚死」，解釋為「[教示諺] 耕田做農事就要擔肥踏屎，做軍人就要敢死衛國，鼓勵人做麼个要像麼个。」

黃盛村《臺灣客家諺語（下冊）》頁 188 收錄類似諺語「耕田毋驚屎，當兵毋怕死」，解釋為「耕田的人毋驚屎尿的臭味，農作物的收成必定大增。阿兵哥有著不怕死、不畏難的革命精神，當然是偉大情操的模範軍人。由此可知，權利和義務實是一體兩面的。」

當兵唔怕死耕田唔怕屎, *t. pin m phà si kang thièn m phà shi*, the soldier does not fear death, the worker in the soil fears not filth.

689. 塘裡無水養魚毋得

889-1 塘裡無水養魚唔得

| 校訂 | 塘裡無水養魚毋得

| 辭典客語拼音 | thong5 li mau5 shui2 yong2 ng5 m tet

| 辭典英文釋義 | a waterless pond won't grow fish, (the husband dead the widow must marry).

| 中文翻譯 | 無水的池塘無法養魚（丈夫死了，寡婦必須結婚）。

| 參考資料 |

涂春景《聽算無窮漢——有韻的客話俚諺 1500 則》頁 128 收錄類似諺語「燈盞無油火難光，陂塘無水魚難養」，解釋為「陂塘，池塘。油燈如果沒有油，點不著；池塘如果沒有水，怎能養魚？」

黃永達《臺灣客家俚諺語語典：祖先的智慧》頁 221 收錄類似諺語「陂塘無水蓄無魚」，解釋為「[比喻詞] 喻毋係該種環境，培養毋出該種人，也喻麼个環境出麼个人。」

塘裡無水養魚唔得, *t. li mâu shúi yóng n̂g m tet*, **a waterless pond won't grow fish, (the husband dead the widow must marry).**

690. 詐死捉海鵝

894-1 詐死捉海鵝

| 辭典客語拼音 | tsa3 si2 tsok hoi2 ngo5

｜辭典英文釋義｜ to feign death in order to seize the goose. (deceit).

｜中文翻譯｜為了逮住野鵝裝死（欺騙）。

｜說明｜ 1926年版《客英》頁186「海鵝」，釋義為“albatross, gonnet, solan goose.”（信天翁，野鵝類）。

詐死捉海鵝, *t. sí tsok hói ṅgô*, to feign death in order to seize the goose. (deceit).

691. 詐癲食馬屎

894-2 詐癲食馬屎

｜辭典客語拼音｜ tsa3 tien shit8 ma shi2

｜辭典英文釋義｜ to eat horse manure pretending to be mad.

｜中文翻譯｜吃馬糞裝瘋。

｜參考資料｜

涂春景《形象化客話俗語 1200 句》頁 198 收錄類似諺語「詐痲食馬屎」，解釋為「詐癲，裝瘋賣傻。以裝瘋吃馬糞，比喻一個人故意逃避，不正面面對問題的行動。」

黃永達《臺灣客家俚諺語語典：祖先的智慧》頁 346 收錄類似諺語「詐痲食狗屎」，解釋為「[俚俗語] 譏人裝痳賣戇，去食狗屎好啦。」「詐癲食狗屎」，解釋為「[俚俗語] 諷人挑工食狗屎來假裝癲忒，也罵人假癲、詐毋知，就去食狗屎。」

楊兆禎《客家老古人言》頁 111 收錄類似諺語「詐顛食狗屎——裝瘋賣傻」。

詐癲食馬屎, *t. tien shit ma shí*, to eat horse manure pretending to be mad.

692. 茶淡人意重

896-1 茶淡人意重

｜辭典客語拼音｜ tsha5 tham nyin5 yi3 chhung5

｜辭典英文釋義｜ the tea is weak but the man’s intention is good.

| 中文翻譯 | 茶是淡的，而供茶的人是好意的。

| 說明 | 與「人情好，食水甜」（432）相似。

| 參考資料 |

徐運德《客家諺語》頁 78 收錄類似諺語「蝦公腳，人意重」，解釋為「喻禮輕情意重。」

涂春景《形象化客話俗語 1200 句》頁 226 收錄類似諺語「蝦公腳，人意重」，解釋為「蝦公，蝦子。有訪客來，家裡沒什麼好菜饗客，把前頓吃剩最好的蝦腳，拿出來請客；雖然東西是那麼微薄，但主人的盛情可感。與『千里送鵝毛禮輕情意重』同義。」

黃永達《臺灣客家俚諺語語典：祖先的智慧》頁 206 收錄類似諺語「物件薄薄，人意重重」，解釋為「[習用語] 即『禮輕情意重』之意。」頁 286 收錄類似諺語「送蕃薯皮，也係人意」，解釋為「[教示諺] 禮輕並毋代表情意輕，有『等路』就有人情，無定著要貴重的禮物，也勸話人千萬毋好看輕人的好意。」頁 399 收錄類似諺語「蝦公腳，人意重」，解釋為「[俚俗語] 即禮輕情意重之意。」頁 399 收錄類似諺語「蝦公腳敬人意」，解釋為「[俚俗語] 謙稱自家帶來的等路係禮輕情義重。」

楊兆禎《客家老古人言》頁 123 收錄類似諺語「蝦公腳敬人意——禮輕情重」。

楊兆禎《客家諺語拾穗》頁 127 收錄類似諺語「蝦公角敬人意——禮輕意重」，解釋為「與『千里送鵝毛』類似。」

茶淡人意重, *t. tham nyin yì chhûng.* the tea is weak but the man's intention is good.

693. 齋公買茄——愛大毋愛細

898-1 齋□□□□□□□□□

| 校訂 | 齋公買茄——愛大毋愛細

| 辭典客語拼音 | tsai kwung mai khio5 oi3 thai3 m oi3 se3

| 辭典英文釋義 | the vegetarian buys a large not a small egg plant.

| 中文翻譯 | 素食者買大的茄子，不買小的。

| 說明 | 師傅話。1926 年版《客英》頁 898「齋公」，釋義為“a vegetarian, also ho-shang.”（吃素者，亦稱和尚）。

｜參考資料｜

徐運德《客家諺語》頁 351 收錄類似諺語「齋公買茄『貪大』」，解釋為「齋公即和尚，他買菜茄，只選大而不考慮硬、軟、品質，比喻為不明理的人。」

涂春景《形象化客話俗語 1200 句》頁 246 收錄類似諺語「齋公買茄貪大」，解釋為「齋公，和尚。話說和尚買茄子，只選擇大的，不顧慮茄子軟硬、老嫩的品質。寓有譏諷只重外表，不重實質的人。」

黃永達《臺灣客家俚諺語語典：祖先的智慧》頁 436 收錄類似諺語「齋公買茄——貪大」，解釋為「[師傅話] 齋公出廟門去買菜，青菜要青、茄仔也要大，故稱貪大，但係大無定著好。」

楊兆禎《客家諺語拾穗》頁 141 收錄類似諺語「齋公買茄——貪大」，解釋為「大不一定最好，但是，大家恐是貪大。」

t. kwung mai khiò ∂i thài m ∂i sè,
the vegetarian buys a large not a small egg plant.

694. 債多毋知愁

899-1 債多唔知愁

｜校訂｜債多*毋*知愁

｜辭典客語拼音｜ tsai3 to m ti seu5

｜辭典英文釋義｜ heavy debts dissipate regrets.

｜中文翻譯｜沉重的債務驅散了憂愁。

｜說明｜與 681-1「虱多*毋*知癢」（522）為上下句。

｜參考資料｜

黃永達《臺灣客家俚諺語語典：祖先的智慧》頁 354 收錄類似諺語「債多人不愁，蚤多皮不癢」，解釋為「[經驗談] 欠債欠慣咧，欠多債又*毋*會愁無能力償還，就像跳蚤多，咬慣咧顛倒*毋*會癢。」

債多唔知愁, *t. to m ti sêu,*
heavy debts dissipate regrets.

695. 在家間房，出門籠箱

902-1 在家間房，出門籠箱

| 辭典客語拼音 | tshai3 ka kien-fong5 chhut mun5 lung2 siong

| 辭典英文釋義 | at home guard the house, abroad your luggage.

| 中文翻譯 | 在家守衛房子，在外守衛行李。

辭典截圖

在家間房，出門籠箱， *t. ka kien-fông chhut mùn lúng siong,* at home guard the house, abroad your luggage.

696. 拆蚊帳來做荷包

904-1 拆蚊帳來做荷包

| 辭典客語拼音 | tshak mun chong3 loi5 tso3 ho5 pau

| 辭典英文釋義 | the mosquito net was taken down to make into a purse.

| 中文翻譯 | 蚊帳被拆製成錢包。

辭典截圖

拆蚊帳來做荷包， *t. mun chòng lôi tsò hô pau,* the mosquito net was taken down to make into a purse.

697. 拆人一間屋，分無一塊瓦

904-2 拆人一間屋分無一塊瓦

| 校訂 | 拆人一間屋，分無一塊瓦

| 辭典客語拼音 | tshak nyin5 yit kan vuk, pun mau5 yit khwai3 nga2

| 辭典英文釋義 | though you pulled down his house (plundered him) there would not be one tile for each of you.

| 中文翻譯 | 雖然你拆了他的房子（掠奪了他），但你們每一個人都分不到一片瓦。

| 參考資料 |

黃永達《臺灣客家俚諺語語典：祖先的智慧》頁 201 收錄「拆人一間屋，分無一塊

瓦」，解釋為「[俚俗語] 損害到別人較大，自家並無得到麼个好處。」

拆人一間屋分無一塊瓦，t. ngìn yit kan vuk, pun mâu yit khwài ngá, though you pulled down his house (plundered him) there would not be one tile for each of you.

698. 賺私伽，食眾家

910-1 賰□□□□□

｜校訂｜賺私伽，食眾家
｜辭典客語拼音｜ tshan3 sii khia shit8 chung3 ka

｜辭典英文釋義｜ his earnings are his own. He eats the family rice.
｜中文翻譯｜他的收入是他自己的。他吃大家庭提供的飯。

｜說明｜「私伽」是私下藏的錢。以前的大家庭，由各房分攤家用，各房若有餘錢，需交由主事者統籌運用，不能藏私。

｜參考資料｜
黃永達《臺灣客家俚諺語語典：祖先的智慧》頁 253 收錄「食公家，做自家；食阿爸，做私傢」，解釋為「[俚俗語] 食的用的所費係公家、長輩的（別人的），賺的錢自家落袋毋拿出來用。」頁 256 收錄「食就食阿爸，做就做自家」，解釋為「[俚俗語] 指毋知反哺的不肖子，食、睡在阿爸屋下，賺到錢銀薪水就自家開、自家存。」頁 256 收錄「食就食阿爸，賺錢做私蓄」，解釋為「[教示諺] 吃就吃父親的，賺錢就自己藏作私房錢，諷自私的不肖子。」
楊兆禎《客家諺語拾穗》頁 78 收錄類似諺語「食就食阿爸，賺錢做私蓄——不肖子」，解釋為「1. 標準的不肖子。2.『私蓄』音『sii khia』，『私房錢』之意。」
鄧榮坤《客家話的智慧》頁 180 收錄類似諺語「食就食阿爸，賺錢做私蓄」，解釋為「[語意] 自私自利的不肖子。[說明] 在大家庭的生活圈裡，兄弟均居住在同一個屋簷下，而未分居者仍然很多，由於利益的糾葛，有人不願為這個家付出太多的心力，用盡許多藉口盤算利益，以免吃虧。[例句] 難怪你會那麼有錢，原來你是『食就食阿爸，賺錢做私蓄』。[註釋] 食：吃。私蓄：私房錢。」

t. sụ khia shit chùng ka, his earnings are his own. He eats the family rice.

699. 早起三朝當一工

918-1 早起三朝當一工

｜辭典客語拼音｜ tsau2 hi2 sam chau tong3 yit kung

｜辭典英文釋義｜ getting up early on three mornings is equal to a day's work.

｜中文翻譯｜在三個早晨早起等於一天的工作。

｜參考資料｜

姜義鎮《客家諺語》頁 21 收錄類似諺語「早起三朝當一工」，解釋為「早起三天等於多做一工。」

徐運德《客家諺語》頁 176 收錄類似諺語「早跖三朝當一工，早跖三年當一冬」，解釋為「意指早睡早起，早上早點起床，可以先做好很多的事情。告訴世人要愛惜光陰及充分利用時間的好處。」

涂春景《聽算無窮漢——有韻的客話俚諺 1500 則》頁 94 收錄類似諺語「早亢三朝當一工，早亢三年當一冬」，解釋為「亢，起床；〈集韻〉口浪切，去聲（案：擬音 kong^3、hong^3）；〈釋文〉：『亢，舉也。』或作沆（足部），〈廣韻〉胡朗切，上聲；『伸脛也。』音義皆乖，恐非是。一工，一天；一冬，一年。早起有很多好處，明顯的是給人多一點時間，延長生命。所以說，早起三天，足足多了一天的時光；早起三年，足夠抵一年的時間。」

黃永達《臺灣客家俚諺語語典：祖先的智慧》頁 143 收錄類似諺語「早起，三朝當一工，三年當一冬」，解釋為「[教示諺] 早起三日就等於多出一日，早起三年就等於多出一年。」頁 143 收錄類似諺語「早跖三朝當一工，早跖三年當一冬」，解釋為「[教示諺] 勸話人要早起，早起可做儘多的事情，等於尋轉寶貴的時間。」

楊兆禎《客家諺語拾穗》頁 51 收錄類似諺語「早蚢三朝當一工，早蚢三年當一冬」，解釋為「勸人早起，與『早起的鳥兒有蟲吃』類似。」

劉守松《客家人諺語（一）》頁 21 收錄「早三朝，當一工」，解釋為「昔時天還未亮開始工作，記得早飯都點燈盞火（油盞），農忙期連續三天早，當得一天的代價。」

鄧榮坤《客家話的智慧》頁 179 收錄類似諺語「早起，三朝當一工，三年當一冬」，解釋為「勤能補拙。」

羅肇錦《苗栗縣客語、諺謠集（四）》頁 61 收錄類似諺語「早跖三朝當一工，早跖三年當一冬」，解釋為「早起三天的工作量可抵半天，早起三年的工作量就可抵一年。此謂早起的好處。」

早起三朝當一工, *t. hí sam chau tǒng yit kung*, getting up early on three mornings is equal to a day's work.

700. 早死爺娘無教招

918-2 早死爺娘無教招

｜辭典客語拼音｜ tsau2 si2 ya5 nyong5 mau5 kau3 chau

｜辭典英文釋義｜ you are an orphan and so have no manners.

｜中文翻譯｜你是一個孤兒，所以沒有禮貌。

｜參考資料｜

涂春景《形象化客話俗語 1200 句》頁 98 收錄類似諺語「早死爺娘無人教□（音 zeu¹）」，解釋為「教□（音 zeu¹），教養、教導。從前教育不發達，一個人人格的養成、教導全賴家庭，全靠父母，因此，責罵孩子沒有教養，說早死爺娘。」

早死爺娘無教招, *t. sí yâ nyông mâu kàu chau,* you are an orphan and so have no manners.

701. 賊偷三次（擺）毋當火燒一擺

928-1 賊偷三次唔當火燒一次

｜校訂｜賊偷三次（擺）毋當火燒一擺

｜辭典客語拼音｜ tshet8 theu sam tshu3 (pai2) m tong3 fo2 shau yit pai2

｜辭典英文釋義｜ one fire is more destructive than three robberies.

｜中文翻譯｜一場大火比三起偷竊更具破壞性。

｜參考資料｜

黃永達《臺灣客家俚諺語語典：祖先的智慧》頁 372 收錄類似諺語「賊偷三擺毋當火燒屋一擺」，解釋為「[經驗談] 賊仔來偷三擺，也不比火燒屋的損失較大，形容火燒屋的傷害力儘大。」

賊偷三次唔當火燒一次, *t. theu sam tshù (pái) m tòng fó shau yit pái.* one fire is more destructive than three robberies.

702. 賊目分外真

928-2 賊目分外真

| 辭典客語拼音 | tshet8 muk fun3 ngoi3 chin

| 辭典英文釋義 | thieves' eyes are extra sharp.

| 中文翻譯 | 小偷的眼睛分外銳利。

賊目分外眞, *t. muk fùn ngòi chin*, thieves' eyes are extra sharp.

703. 賊係大膽人做

928-3 賊係大膽人做

| 辭典客語拼音 | tshet8 he3 thai3 tam2 nyin5 tso3

| 辭典英文釋義 | to be a thief needs great courage.

| 中文翻譯 | 做小偷需要極大的勇氣。

賊係大膽人做, *t. hè thài tàm nyîn tsò*, to be a thief needs great courage.

704. 賊無透，半路走

928-4 賊無透半路走

| 校訂 | 賊無透，半路走

| 辭典客語拼音 | tshet8 mo5 theu3 pan3 lu3 tseu2

| 辭典英文釋義 | if the thief has no accomplice he will give up his design.

| 中文翻譯 | 如果小偷沒有同夥，他將放棄他的計畫。

| 參考資料 |

涂春景《聽算無窮漢——有韻的客話俚諺1500則》頁179收錄「賊無透，半路走」，解釋為「透，指通風報信。做賊，要有人通風報信，才容易得手。所以說，小

偷如果沒有人通風報信，就只好中途作罷。」

賊無透半路走, *t. mô thèu pàn lù tsèu*, if the thief has no accomplice he will give up his design.

705. 賊是小人，智過君子

928-5 賊是小人智過君子

｜校訂｜賊是小人，智過君子

｜辭典客語拼音｜ tshet8 shi3 siau2 nyin5 chi3 kwo3 kiun tsii2

｜辭典英文釋義｜ the thief is a mean creature but wiser than the wise.

｜中文翻譯｜小偷是一個卑賤的人，但比聰明的人聰明。

賊是小人智過君子, *t. shì siáu nyîn chì kwò kiun tsṳ́*, the thief is a mean creature but wiser than the wise.

706. 賊無種，相共籠

928-6 賊無種相共籠

｜校訂｜賊無種，相共籠

｜辭典客語拼音｜ tshet8 mau5 chung2 siong khiung3 lung2

｜辭典英文釋義｜ thieving is not necessarily hereditary － it comes from bad companions.

｜中文翻譯｜偷竊一事不是祖傳的，它來自壞的同夥。

｜參考資料｜

涂春景《聽算無窮漢——有韻的客話俚諺 1500 則》頁 179 收錄類似諺語「賊無種，鬥共籠」，解釋為「鬥共籠，這裡是說相聚一處。說將相無種，那麼賊寇也無種，只不過物以類聚而已。所以說，賊寇無種，只是同好、同業相聚罷了。」

賊無種相共籠, *t. mâu chúng siong khiùng lúng*, thieving is not necessarily hereditary—it comes from bad companions.

707. 賊偷衰家財

928-7 賊偷衰家財

｜辭典客語拼音｜ tshet8 theu sui (soi) ka tshoi5

｜辭典英文釋義｜ the thief has easier access to the weak household.

｜中文翻譯｜小偷更容易進入勢衰的家庭。

｜參考資料｜

涂春景《形象化客話俗語 1200 句》頁 213 收錄「賊偷衰家財」，解釋為「衰家，走霉運的家庭。因為家運不好，所以遭小偷光顧。」

黃永達《臺灣客家俚諺語語典：祖先的智慧》頁 372 收錄「賊偷衰家財」，解釋為「[經驗談] 家運愈毋好，愈會遭賊仔來偷。」

羅肇錦《苗栗縣客語、諺謠集（四）》頁 7 收錄「賊偷衰家財」，解釋為「小偷專偷時運不濟的人家。一個家庭如果不和諧，常生事端，甚至弄得雞犬不寧，很容易破財。反之，全家上下和樂融融，對家事人人關心，時時警誡，自然少惹災禍。」

賊偷衰家財, *t. theu sui (soi) ka tshôi*, the thief has easier access to the weak household.

708. 走鬼走入城隍廟

929-1 走鬼走入城隍廟

｜辭典客語拼音｜ tseu2 kwui2 tseu2 nyip8 shang5 fong5 miau3

｜辭典英文釋義｜ running from a demon into the demon’s temple! from the frying pan into the fire.

｜中文翻譯｜從魔鬼跑到魔鬼的寺廟！跳出油鍋進入火坑。

｜說明｜「城隍」是地方管理鬼的神。

｜參考資料｜

涂春景《形象化客話俗語 1200 句》頁 108 收錄類似諺語「走鬼走入廟」，解釋為「走鬼，逃避鬼。說為了避鬼，卻逃進廟裡；有自投羅網之意。因為廟屬陰地，鬼神聚集。」

黃永達《臺灣客家俚諺語語典：祖先的智慧》頁 189 收錄類似諺語「走鬼走到有應廟」，解釋為「[俚俗語] 要避開鬼，顛倒走到鬼堆去咧，喻愈想閃避某人、某事，顛倒愈陷落去。」頁 287 收錄類似諺語「閃鬼走入廟——還較慘」，解釋為「[師傅話] 形容為了閃避危險，結果行入更險惡的所在。」

走鬼走入城隍廟. *t. kwúi tséu nyip shâng jông miàu*, running from a demon into the demon's temple! from the frying pan into the fire.

709. 劖鍬就愛成井

941-1 劖鏨就愛成井

| 校訂 | 劖鍬就愛成井

| 辭典客語拼音 | tshiam tshiau tshiu3 oi3 shang5 tsiang2

| 辭典英文釋義 | you ply your pick the well is finished. (You act too fast).

| 中文翻譯 | 你鋤下鶴嘴鋤，就挖好井了（您行動太快）。

| 說明 | 1926 年版《客英》頁 948「鍬」解釋為“a shovel; a spade; to dig out.”（鍬；鋤頭；挖掘）。與 1109-3「一下劖鍬就愛成井」（799）相同。

| 參考資料 |

陳澤平、彭怡玢《長汀客家方言熟語歌謠》頁 88 收錄「一頭挖唔成一口井」，注「挖唔成：挖不成。」

劖鏨就愛成井, *t. tshiau tshiù òi shâng tsiáng*, you ply your pick the well is finished. (You act too fast).

710. 井水毋打無湓欗

942-1 井水唔打無湓欗

| 校訂 | 井水毋打無湓欗

| 辭典客語拼音 | tsiang2 shui2 m ta2 mau5 phun5 lan5

| 辭典英文釋義 | the well does not overflow if you draw no water.

| 中文翻譯 | 如果不打水，水井不會溢出。

｜說明｜「溢」有水滿溢出之意。

井水唔打無溢欄, *t. shui m tá mâu phûn lân*, the well does not overflow if you draw no water.

711. 千斤力毋當四兩命

951-1 千斤力唔當四兩命

｜校訂｜千斤力毋當四兩命

｜辭典客語拼音｜ tshien kin lit8 m tong3 si3 liong miang3

｜辭典英文釋義｜ a little good luck is better than much strength.

｜中文翻譯｜一點點好運氣強於力量很大。

｜參考資料｜

涂春景《形象化客話俗語 1200 句》頁 25 收錄類似諺語「千斤力，毋當四兩命」，解釋為「千斤力，能擔起千斤的力氣；毋當，不如；四兩命，傳統有算命不求人的方法，以人的生辰八字，即出生的年月日時，對應幾兩幾錢，加總以後最少二兩一，最多七兩二，以評斷一個人一生的貧富貴賤，兩數越多命越好，反之命運較差。四兩命者，『富貴近益生匯鼎盛機關之命』，屬好命。話說縱有千斤的力氣，也不如生來便具好命的人。案：這是從前人的想法。我人只有努力向前，並不能靠命運的。」

黃永達《臺灣客家俚諺語語典：祖先的智慧》頁 3 收錄類似諺語「一千銀毋當四兩命」，解釋為「[經驗談] 一千兩銀錢的價值毋當人四兩命的好處；命好毋驚無錢，命歪有錢也會無忒。」頁 51 收錄類似諺語「千斤力，毋當四兩命」，解釋為「[經驗談] 宿命論語，有大力氣，仰般打拼，也不如有好命運。」頁 106 收錄類似諺語「四兩命」，解釋為「[俚俗語] 命相學謂四兩以上的命，毋使打拼就有福好享。」

千斤力唔當四兩命, *t. kin li' m tòng si liong miàng*, a little good luck is better than much strength.

712. 千年親戚，萬年子叔

951-2 千年親戚萬年子叔

| 校訂 | 千年親戚，萬年子叔

| 辭典客語拼音 | tshien nyen5 tshin tshit van3 nyen5 tsii2 shuk

| 辭典英文釋義 | marriage relations are of short duration, clan relations endure.

| 中文翻譯 | 姻親關係持續的時間短，宗親關係持續的時間久。

| 參考資料 |

涂春景《形象化客話俗語 1200 句》頁 184 收錄類似諺語「無千年親戚，有萬年子叔」，解釋為「千年、萬年，時間久遠，有永久的意思。用『沒有永遠的親戚，有的是永久的子叔』，來形容血濃於水、久久長長的情誼。」

黃永達《臺灣客家俚諺語語典：祖先的智慧》頁 52 收錄「千年親戚，萬年子叔」，解釋為「[俚俗語] 共姓無共阿公婆（開台祖），當遠的遠親，也作『幾隻擔竿打毋到的親戚』。」

千年親戚萬年子叔, t. nyên ʻshin tshit vàn nyên tsṳ̀ shuk, marriage relations are of short duration, clan relations endure.

713. 千人識和尚，和尚毋識千人

951-3 千人識和尚和尚唔識千人

| 校訂 | 千人識和尚，和尚毋識千人

| 辭典客語拼音 | tshien nyin5 shit vo5 shong3 vo5-shong3 m shit tshien nyin5

| 辭典英文釋義 | the bonze is known to the thousand the thousand is not known to the bonze.

| 中文翻譯 | 和尚千人認識，和尚則不識千人。

| 參考資料 |

涂春景《形象化客話俗語 1200 句》頁 25 收錄類似諺語「千人識和尚，和尚毋識千人」，解釋為「廟裡的和尚，來往燒香膜拜的信眾，都認得；可是，廟中的和尚、住持，接觸許許多多施主，不可能每位見過面的施主都記得。好比，桃李滿天下的老師，學生都認得；但是，老師可不能每位學生都唱得出名來。」

黃永達《臺灣客家俚諺語語典：祖先的智慧》頁 51 收錄類似諺語「千人識和尚，

和尚毋識百人」，解釋為「[經驗談] 喻很多人認識領導人（或老師），領導人（或老師）就難識超過百人。」

千人識和尚和尚唔識千人, *t. nyîn shit vô shòng vô-shòng m shit tshiên nyîn*, the bonze is known to the thousand the thousand is not known to the bonze.

714. 千人千樣苦，無人苦相同

951-4 千人千樣苦無人苦相同

| 校訂 | 千人千樣苦，無人苦相同

| 辭典客語拼音 | tshien nyin5 tshien yong3 khu2, mau5 nyin5 khu2 siong2 thung5

| 辭典英文釋義 | a thousand men a thousand troubles and no one trouble alike.

| 中文翻譯 | 一千個人一千個煩惱，沒有一個煩惱是相同的。

| 參考資料 |

涂春景《形象化客話俗語 1200 句》頁 25 收錄「千人千般苦，無人苦相同」，解釋為「千人，眾人；指芸芸眾生。話說人人都有苦處，只是苦難不同罷了。意近：『家家有本難念的經』。」

黃永達《臺灣客家俚諺語語典：祖先的智慧》頁 51 收錄「千人千般苦，無人苦相同」，解釋為「[經驗談] 世間人各有各的苦處和困難，都係無共樣的。」

劉兆蘭《一日一句客家話：客家老古人言》頁 53 收錄類似諺語「千人千般苦，無人苦相同」，解釋為「這句話的意思是說世間人各有各的情，每個人的感受不相同。」

千人千樣苦無人苦相同, *t. nyîn tshien yòng khú, mâu nyîn khú sióng thúng*, a thousand men a thousand troubles and no one trouble alike.

715. 千日琴，百日簫

951-5 千日琴百日簫

| 校訂 | 千日琴，百日簫

| 辭典客語拼音 | tshien nyit khim5 pak nyit siau

｜辭典英文釋義｜ to play the lute a thousand — the flute one hundred days.

｜中文翻譯｜演奏琵琶一千天，演奏簫一百天。

｜參考資料｜

涂春景《形象化客話俗語 1200 句》頁 26 收錄「千日琴，百日簫」，解釋為「千日、百日，都說時間的長久。學彈琴、學吹簫，都要持之以恆，不斷的苦練，才有學成之日。」

千日琴百日簫, *t. nyit khîm pak nyit siau*, to play the lute a thousand—the flute one hundred days.

716. 千擔水洗都毋淨

952-1 千擔水洗都唔淨

｜校訂｜千擔水洗都毋淨

｜辭典客語拼音｜ tshien tam shui2 se2 tu m tshiang3

｜辭典英文釋義｜ floods will not wash it clean.

｜中文翻譯｜大水不會將其清洗乾淨。

｜參考資料｜

涂春景《形象化客話俗語 1200 句》頁 32 收錄類似諺語「三條坑水洗毋淨」，解釋為「坑，客家人稱山間的小溪；洗毋淨，洗不乾淨。形容一個人的罪孽深重、或犯過的嫌疑很深，說他『三條坑水洗毋淨』。」

黃永達《臺灣客家俚諺語語典：祖先的智慧》頁 33 收錄類似諺語「十條沆水洗毋淨」，解釋為「[俚俗語] 強調罪惡重大，洗毋會淨之意。」頁 44 收錄類似諺語「三條沆水洗毋淨」，解釋為「[習用語] 汙名忒重，用三條的河壩水也洗毋會淨，同『跳落淡水河也洗毋淨』之意。」

楊兆禎《客家諺語拾穗》頁 17 收錄類似諺語「三條坑水洗唔淨——嫌疑重」。

千擔水洗都唔淨, *t. tam shùi sé tu m tshiàng*, floods will not wash it clean.

717. 千擇萬擇，擇著爛瓠杓

952-2 千擇萬擇擇倒爛瓠杓

｜校訂｜千擇萬擇，擇著爛瓠杓

｜辭典客語拼音｜ tshien thok8 van3 thok8 thok8 tau2 lan3 phu5 shok8

｜辭典英文釋義｜ selecting out of hundreds or thousands you finally finish up by selecting a cracked ladle. (Fig., of one who is too particular in selecting a son-in-law).

｜中文翻譯｜從成百上千的杓子中選擇，最後選擇破裂的杓子（意指選擇女婿太過挑剔的人）。

｜參考資料｜

姜義鎮《客家諺語》頁 32 收錄類似諺語「揀揀擇擇，擇到爛瓠杓」，解釋為「選來選去，卻選到最差的。」

徐運德《客家諺語》頁 18 收錄類似諺語「簡簡擇擇，擇著爛瓠杓（千揀萬揀，揀隻爛燈盞；千擇萬擇，擇隻爛飯杓）」，解釋為「凡事不可太過挑剔或計較，否則機會就錯過了。」頁 190 收錄類似諺語「千擇萬擇，擇著爛葫杓」，解釋為「此語是指人，想相親結婚，但在找對象時，總是嫌肥忌瘦，過份挑剔。結果，揀來揀去，終於揀到最差的人兒之謂。」

涂春景《聽算無窮漢——有韻的客話俚諺 1500 則》頁 50 收錄類似諺語「千擇萬擇，擇到爛瓠勺」，解釋為「爛瓠勺，破的不堪用的水瓢，這裡泛指不好的人、物；昔日用成熟的瓠瓜，製成取水的瓢，叫瓠勺。話說，一個挑剔的人千挑萬選，卻選到爛瓠勺。」頁 91 收錄類似諺語「揀揀擇擇，擇到爛瓠勺」，解釋為「瓠勺，昔時熟的瓠瓜剖半，製成舀水的器具。一個人不必太過挑剔計較，不然往往會錯失大好時機。所以說：挑三揀四，最後得到的是破了的瓠勺。」

黃永達《臺灣客家俚諺語語典：祖先的智慧》頁 235 收錄類似諺語「挑來挑去，挑到一個爛瓠杓」，解釋為「[教示諺] 勸人毋好恁會挑，挑到尾顛倒會挑到最差的，勸話人要知足之意。」頁 325 收錄類似諺語「揀揀挑挑，挑到爛瓠杓」，解釋為「[教示諺] 勸話人毋好忒過精挑細選，因為機會儘遽就錯過了。」頁 407 收錄類似諺語「擇啊擇，擇著一隻爛瓠杓」，解釋為「[俚俗語] 喻擇東擇西，最尾還係擇到毋好的東西（或對象）。」「撿撿擇擇，擇著爛瓠杓」，解釋為「[教示諺] 揀來揀去，最尾顛倒揀到較差的東西或較差的人。」

黃盛村《臺灣客家諺語（上冊）》頁 182 收錄類似諺語「揀揀挑挑，挑到爛瓠杓」，解釋為「『有便宜貨，沒有便宜錢。』這句話啟示人們，凡事太過斤斤計較或吹毛求疵的結果，往往得不償失，吃虧的仍是自己。」

楊兆禎《客家諺語拾穗》頁 19 收錄類似諺語「三擇四擇，擇隻爛瓠杓」，解釋為「不必精挑細選；結果還是選錯了。」頁 111 收錄類似諺語「撿撿擇擇，擇隻爛瓠杓」，解釋為「喻不必太挑剔，有時也會看走眼。」

劉兆蘭《一日一句客家話：客家老古人言》頁 103 收錄類似諺語「三擇四擇，擇隻爛瓠杓」，解釋為「這句話是勸人凡事不要過分挑剔，也有人用『撿撿擇擇，擇個爛瓠杓』。」

千擇萬擇擇倒爛瓠杓, *t. thók vàn thók thók tàu làn phù shók*; selecting out of hundreds or thousands you finally finish up by selecting a cracked ladle. (Fig., of one who is too particular in selecting a son-in-law).

718. 前人種竹，後人遮蔭

954-1 前人種竹後人遮蔭

｜校訂｜前人種竹，後人遮蔭

｜辭典客語拼音｜ tshien5 nyin5 chung3 chuk heu3 nyin5 cha yim

｜辭典英文釋義｜ one generation plants the bamboo the next generation gets its shade.

｜中文翻譯｜上一代種植竹子，下一代遮蔭。

｜參考資料｜

姜義鎮《客家諺語》頁 28 收錄類似諺語「前人種樹，後人聊涼」，解釋為「後人應緬懷先人的艱辛。」

徐運德《客家諺語》頁 91 收錄類似諺語「前人種竹後人搖」，解釋為「與前人種樹後人涼意同。」

涂春景《形象化客話俗語 1200 句》頁 141 收錄類似諺語「前人種竹後人園」，解釋為「有云：前人種樹，後人乘涼；意即前人努力流汗，後人享受其成果。」頁 141 收錄類似諺語「前人種竹後人遮陰」，解釋為「遮陰，即乘涼的意思。此句與前句同義。」

涂春景《聽算無窮漢——有韻的客話俚諺 1500 則》頁 46 收錄類似諺語「前人種竹後人園，後人接手笑連連」，解釋為「有道是：前人種樹後人乘涼。因此說，前人種竹變成後人的竹園，接手的人，接了手滿面笑容。」頁 46 收錄類似諺語「前人種樹後人涼，前人種花後人香」，解釋為「前人種樹後人乘涼，前人種花後人聞香。與前句話意思相同。」

黃永達《臺灣客家俚諺語語典：祖先的智慧》頁 227 收錄類似諺語「前人種竹，後人遮蔭」，解釋為「[經驗談] 上輩人打拼，下輩人享受。」頁 227 收錄類似諺語「前人種竹後人園」，解釋為「[教示諺] 前人種竹仔，後人就有竹仔園好聊、好利用。」頁 227 收錄類似諺語「前人種竹後人園，後人接手笑連連」，解釋為「[教示諺] 前輩人種的竹仔、樹仔變成後輩人的竹園、樹園，接管使用的人滿心歡喜。」頁 227 收錄類似諺語「前人種竹後人搖」，解釋為「[教示諺] 前人種竹，後人做得斬來做扇撥涼。」頁 227 收錄類似諺語「前人種樹後人涼」，解釋為「[教示諺] 前人種樹，樹大了，後人來到樹下，就有大樹來遮日頭。」

楊兆禎《客家諺語拾穗》頁 83 收錄類似諺語「前人種竹，後人涼」，解釋為「與『前人種樹，後人涼』類似。」

前人種竹後人遮陰, *t. nyîn chùng chuk hèn nyîn cha yim,* one generation plants the bamboo the next generation gets its shade.

719. 錢正識貨

954-2 錢正識貨

｜辭典客語拼音｜ tshien5 chang3 shit fo3

｜辭典英文釋義｜ good articles cost money.

｜中文翻譯｜好的貨品很花錢。

｜參考資料｜

黃永達《臺灣客家俚諺語語典：祖先的智慧》頁 417 收錄「錢正識貨」，解釋為「[經驗談] 便宜無好貨，有錢才做得買到好貨，也指用價錢高低來看物品的好壞。」

錢正識貨, *t. chàng shit fò,* good articles cost money.

720. 錢銀米穀正會做人

954-3 錢銀米穀正會做人

｜辭典客語拼音｜ tshien5 nyun5 mi2 kwuk chang3 voi3 tso3 nyin5

｜辭典英文釋義｜ money and grain make the man.

｜中文翻譯｜錢銀和米糧造就人。

｜參考資料｜

姜義鎮《客家諺語》頁 7 收錄類似諺語「錢做人」，解釋為「金錢第一。」

涂春景《形象化客話俗語 1200 句》頁 237 收錄類似諺語「錢銀正會做人」，解釋為「正會，才會；做人，這裡指有人看得起。俗謂：貧居鬧市無人問，富在深山有遠親。人類社會是現實的，有錢人方才有地位，才有人敬重，才有人瞧得起。」

黃永達《臺灣客家俚諺語語典：祖先的智慧》頁 96 收錄類似諺語「世間係錢做人」，解釋為「[經驗談] 指金錢第一的社會，人的地位係由錢財堆起來的。」頁 364 收錄類似諺語「當今錢做人」，解釋為「[俚俗語] 嘆現今一切向錢看的功利社會。」

錢銀米穀正會做人, *t. nyûn mi kwuk chàng vòi tsò nyîn,* money anl grain make thc man.

721. 錢銀有拔山之力

955-1 錢銀有拔山之力

｜辭典客語拼音｜ tshien5 nyun5 yu phat8 san tsii lit8

｜辭典英文釋義｜ money can remove mountains.

｜中文翻譯｜錢可以移山。

錢銀有拔山之力, *t. nyûn yu phát san tsụ lit,* money can remove mountains.

722. 錢使鬼挨礱

955-2 錢使鬼挨籠

｜校訂｜錢使鬼挨礱

｜辭典客語拼音｜ tshien5 sii2 kwui2 ai lung5

｜辭典英文釋義｜ money causes the spirits to grind corn.

｜中文翻譯｜金錢促使鬼魂磨穀類。

｜參考資料｜

姜義鎮《客家諺語》頁 9 收錄類似諺語「有錢會使鬼」，解釋為「有錢就有辦法做事。」頁 18 收錄類似諺語「錢會通神使鬼」，解釋為「比喻金錢萬能。」頁 20 收錄類似諺語「財會通神使鬼」，解釋為「金錢萬能。」頁 24 收錄類似諺語「有錢使鬼會挨磨」，解釋為「有錢好辦事。」
徐運德《客家諺語》頁 415 收錄類似諺語「有錢能使鬼推磨」，解釋為「此語說有了錢，便神通廣大。」
黃永達《臺灣客家俚諺語語典：祖先的智慧》頁 151 收錄類似諺語「有錢會使鬼」，解釋為「[習用語] 喻有錢就有辦法」頁 418 收錄類似諺語「錢使鬼挨礱」，解釋為「[經驗談] 表示金錢的力量，同華諺『有錢能使鬼推磨』。」

錢使鬼挨礱, *t. sụ́ kwúi ai lúng*, money causes the spirits to grind corn.

723. 尋了鴨嬤愛尋春

960-1 尋裡鴨㹥愛尋春

｜校訂｜尋了鴨嬤愛尋春

｜辭典客語拼音｜ tshim5 li2 ap ma5 oi3 tshim5 chhun

｜辭典英文釋義｜ having found the duck he will claim the eggs.

｜中文翻譯｜找到了鴨子，他將會取得鴨蛋。

｜說明｜「鴨嬤」是母鴨。「春」是蛋。

尋裡鴨㹥愛尋春, *t. li ap mâ ði tshîm chhun*, having found the duck he will claim the eggs.

724. 清官難理家內事

963-1 清官難理家內事

｜校訂｜清官難理家內事

｜辭典客語拼音｜ tshin kwon (kwan) nan5 li ka nui3 sii3

｜辭典英文釋義｜ the good official finds it hard to control his own household.

｜中文翻譯｜好官員覺得要管好自己的家很難。

｜參考資料｜

徐運德《客家諺語》頁 128 收錄類似諺語「清官難斷家務事」，解釋為「此語是說，為官的人，縱然精明練達，也無法辦理人家家務的瑣雜糾紛的事務的意思。」

涂春景《形象化客話俗語 1200 句》頁 178 收錄類似諺語「清官難斷家務事」，解釋為「形容家務事非常繁瑣、別人的家庭紛爭難以釐斷。所以說就連精明練達的父母官，也無法釐清。有勸人家別牽扯在人家家務的糾紛上頭。」

黃永達《臺灣客家俚諺語語典：祖先的智慧》頁 305 收錄類似諺語「清官難斷家務事」，解釋為「[經驗談] 精明練達的判官，也無辦法論斷人家家內的事務。」

楊兆禎《客家諺語拾穗》頁 104 收錄類似諺語「清官難斷家務事」，解釋為「家家有難念的經。」

清官難理家內事, *t. kwon* (*kwan*) *nân li ka nùi sṳ̀*, the good official finds it hard to control his own household.

725. 親生兒毋當荷包錢

964-1 親□□□□□□□

｜校訂｜親生兒毋當荷包錢

｜辭典客語拼音｜ tshin sang yi5 m tong3 ho5 pau tsi5（tshien5）

｜辭典英文釋義｜ better have money in your own pocket than have a son to ask it from.

｜中文翻譯｜最好自己的口袋裡有錢，而不是有一個兒子可以要錢。

｜說明｜「tsi5」是「錢」，潮汕話發音。

t. sang yî m tòng hô pau tsî (*t. hiên*), better have money in your own pocket than have a son to ask it from.

726. 盡身家釘座礱

965-1 盡身家釘座礱

｜辭典客語拼音｜ tshin3 shin ka tang tso2 lung5

｜辭典英文釋義｜ used all the money to accomplish this.

｜中文翻譯｜用盡所有的錢完成這個。

｜參考資料｜

涂春景《形象化客話俗語 1200 句》頁 221 收錄類似諺語「盡身家釘一座礱」，解釋為「盡身家，所有家產；礱，昔日磨穀去殼的器具。本意是說，花費所有家產請人製造一座礱。藉此譬喻，冬天寒流來襲，衣服穿得非常多，幾乎把所有家裡的厚薄衣服都穿上了。」

盡身家釘座礱, *t. shin ka tang tshò lûng,* used all the money to accomplish this.

727. 將佢个拳頭磨佢个嘴角

967-1 將□□□□□□□□□

| 校訂 | 將佢个拳頭磨佢个嘴角

| 辭典客語拼音 | tsiong ki5-kai3 khien5 theu5 mo3 ki5-kai3 choi3 kok

| 辭典英文釋義 | to use his (enemy's) fist to smite his check － use his own weapons to fight with him.

| 中文翻譯 | 用他的（敵人的）拳頭打他的臉頰——用他自己的武器和他作戰。

t. kî-kài khien thêu mò kî-kài chòi kok, to use his (enemy's) fist to smite his cheek—use his own weapons to fight with him

728. 膝頭都會出目汁

973-1 膝頭都噲出目汁

| 校訂 | 膝頭都會出目汁

| 辭典客語拼音 | tshit theu5 tu voi3 chhut muk chip

| 辭典英文釋義 | even the knees can weep.

| 中文翻譯 | 甚至膝蓋都會哭泣。

| 參考資料 |

涂春景《形象化客話俗語 1200 句》頁 228 收錄類似諺語「膝頭都會出目汁」，解釋為「出目汁，流眼淚。誇飾一個人令人同情、非常可憐的處境，連膝蓋都會流眼淚。」

黃永達《臺灣客家俚諺語語典：祖先的智慧》頁 368 收錄類似諺語「腳膝頭（會）出目汁」，解釋為「[俚俗語] 毋單止目珠，連膝頭也會出目汁，形容生活環境非常差，也指心肝儘艱苦的樣仔。」

羅肇錦《苗栗縣客語、諺謠集（四）》頁 48 收錄類似諺語「膝頭就會出目汁」，解釋為「連膝蓋都會流眼淚。形容非常悽慘、可憐。目汁，眼淚。」

膝頭都噲出目汁, *t. thêu tu vòi chhut muk chip*, even **the** knees can weep.

729. 膝頭毋生肉，貼也毋生肉

974-1 膝頭唔生肉搭也唔生肉

| 校訂 | 膝頭*毋*生肉，貼也*毋*生肉

| 辭典客語拼音 | tshit theu5 m sang nyuk, tap ya m sang nyuk

| 辭典英文釋義 | though you stick flesh on the knee, it will not grow; — though you help poor people, they will continue poor.

| 中文翻譯 | 儘管您將肉黏在膝蓋上，但它不會增長；儘管您可以幫助窮人，但他們仍將繼續貧窮。

| 參考資料 |

徐運德《客家諺語》頁 338 收錄類似諺語「膝頭無肉，貼也無肉」，解釋為「此語是比喻一個人，命中註定貧窮一生的，儘管勾心鬥角去追求，也是徒然的意思。就像膝頭一樣，本來是無肉的，再怎麼樣去貼，也貼不出肉來的。其真正意思，是告訴人凡事要守本分，不可強求的意思。」

涂春景《形象化客話俗語 1200 句》頁 228 收錄類似諺語「膝頭*毋*生肉，貼咩*毋*生肉」，解釋為「膝頭，膝蓋；*毋*生肉，不長肉；咩，也，借音詞。形容人處窮困的境地，要努力打拼，才會出人頭地；想用偷、去搶絕不會出頭。」

涂春景《聽算無窮漢——有韻的客話俚諺 1500 則》頁 159 收錄類似諺語「膝頭*毋*生肉，貼咩*毋*生肉」，解釋為「膝頭，膝蓋；咩，也，借音字。自己不做虧心事，心安理得。因此說，膝蓋不長肉，用貼的也長不起來；沒做壞事，人家誣賴不來。」

黃永達《臺灣客家俚諺語語典：祖先的智慧》頁 399 收錄類似諺語「膝頭無肉，貼也無肉」，解釋為「[比喻詞] 比喻一個人無本事、才能，儘管仰般勾心鬥角去追求，也是徒然；就像膝頭共樣，本成係無肉的，再怎麼貼也貼不出肉來的，勸話人凡事要守本份，不可強求。」

羅肇錦《苗栗縣客語諺語、謎語集（二）》頁 79 收錄類似諺語「膝頭無生肉，任貼也*毋*會生肉」，解釋為「不屬於自己的，用盡手段去貪得，終究不會長久；

唯有自己努力的成果，才會牢牢實實的存在。勸人凡事不能夠太勉強。」

膝頭唔生肉搭也唔生肉, t. thèu m sang nyuk, tap ya m sang nyuk, though you stick flesh on the knee, it will not grow ;—though you help poor people, they will continue poor.

730. 秋前三日，秋後三日

975-1 秋前三日秋後三日

| 校訂 | 秋前三日，秋後三日

| 辭典客語拼音 | tshiu tshien5 sam nyit tshiu heu3 sam nyit

| 辭典英文釋義 | rice is planted 3 days before and three days after beginning of harvest.

| 中文翻譯 | 水稻在收穫開始前三天和收穫後三天種植。

| 說明 | 「秋」應是「立秋」。英文與原諺有異。

秋前三日秋後三日, t. tshièn sam nyit t. hèu sam nyit, rice is planted 3 days before and three days after beginning of harvest.

731. 秋霖夜雨

976-1 秋霖夜雨

| 辭典客語拼音 | tshiu lim5 ya3 yi2

| 辭典英文釋義 | rain that falls on autumn nights (greatly prized).

| 中文翻譯 | 秋夜的雨（非常珍貴）。

| 參考資料 |

徐運德《客家諺語》頁 274 收錄類似諺語「秋霖夜雨藏缸糞」，解釋為「秋天夜晚，如有雨水，氣候轉涼，禾苗發育旺盛，勝過施肥，家裡準備的糞肥就可省下了。」

涂春景《形象化客話俗語 1200 句》頁 153 收錄類似諺語「秋霖夜雨當過糞」，解釋為「秋霖，秋天連續兩三天以上，下不停的雨；當過，勝過；糞，指有機肥。

臺灣中北部，秋天的雨量少，這時如遇連天下雨，尤其夜間的降雨，對農作物的成長，有比施肥更大的功效。」

黃永達《臺灣客家俚諺語語典：祖先的智慧》頁 244 收錄類似諺語「秋淋夜雨」，解釋為「[習用語] 秋季暗晡頭落的水，也喻及時的助力之意。」頁 244 收錄類似諺語「秋淋夜雨，肥過屎」，解釋為「[經驗談] 秋夜落的水，比大肥過較肥，對植物的生長幫助儘大。」頁 244 收錄類似諺語「秋淋夜雨藏糞缸」，解釋為「[經驗談] 秋夜落水當過肥，糞肥就省下了。」

楊兆禎《客家諺語拾穗》頁 81 收錄類似諺語「秋霖夜雨，肥過屎」，解釋為「這是一則農諺，意思是：秋天夜晚下的雨，比肥料還好。」

羅肇錦《苗栗縣客語、諺謠集（四）》頁 47 收錄類似諺語「秋霖夜雨當過肥」，解釋為「秋天的夜裡下的雨，有益禾苗生長，比施肥還有用。」

羅肇錦《苗栗縣客語諺語、謎語集（二）》頁 106 收錄類似諺語「秋霖夜雨當過糞」，解釋為「秋季夜裡所下的雨，正是農作物所需，視為甘霖稱秋霖，其對農作物的作用比施肥更好。比喻來得好，不如來得巧。」

秋霖夜雨, *t. lîm yà yi*, rain that falls on autumn nights (greatly prized).

732. 秋水惡過鬼

976-2 秋水惡過鬼

｜辭典客語拼音｜ tshiu shui2 ok kwo3 kwui2

｜辭典英文釋義｜ autumn waters more dangerous than demons.

｜中文翻譯｜秋天的水比鬼更危險。

｜參考資料｜

涂春景《形象化客話俗語 1200 句》頁 144 收錄「秋水惡過鬼」，解釋為「秋水，秋天的露水；惡過鬼，比鬼還凶惡，這裡指狠毒。昔日農耕時代，如果手腳有外傷，秋天早上沾碰露水，將發炎難癒。」

黃永達《臺灣客家俚諺語語典：祖先的智慧》頁 244 收錄類似諺語「秋天水，惡過鬼」，解釋為「[經驗談] 秋天的露水儘毒，打著人的皮膚，會發紅斑難好。」

秋水惡過鬼, *t. shúi ok kwò kwúi*, autumn waters more dangerous than demons.

733. 從師三年就出師

979-1 從司三年就出司

| 校訂 | 從師三年就出師

| 辭典客語拼音 | tshiung5 sii sam nyen5 tshiu3 chhut sii

| 辭典英文釋義 | after three years apprentice work one is proficient.

| 中文翻譯 | 經過三年的學徒工作，一個人就精通手藝。

| 說明 | 早期的各類學徒，從師至少要三年四個月才出師。

從司三年就出司, *t. sụ sam nyên tshiù chhut sụ*, after three years apprentice work o·e is proficient.

734. 左做左著，右做右著

980-1 左做左着右做右着

| 校訂 | 左做左著，右做右著

| 辭典客語拼音 | tso2 tso3 tso2 chhok8 yu3 tso3 yu3 chhok8

| 辭典英文釋義 | he succeeds in whatever he tries.

| 中文翻譯 | 他試做什麼都成功。

| 說明 | 意指運氣好。

左做左着右做右着, *t. tsò tsò chhȯk yù tsò yù chhȯk*, he succeeds in whatever he tries.

735. 做了賊正來當練總

982-1 做裏賊正來當練總

| 校訂 | 做了賊正來當練總

| 辭典客語拼音 | tso3 li5 tshet8 chang3 loi5 tong lien3 tsung2

| 辭典英文釋義 | set a thief to catch a thief.

｜中文翻譯｜以賊捉賊。

｜說明｜「做了賊正來當練總」即「做了小偷才能當賊首」。「練總」，1926年版《客英》頁 402 解釋為“a headman among thieves.”（小偷中的頭目）。

做裏賊正來當練總, t. li tshèt chàng lôi tong lièn tsúng, set a thief to catch a thief

736. 做了媒人丟後手

982-2 做了媒人丟後手

｜辭典客語拼音｜ tso3 liau moi5 nyin5 tiu heu3 shiu2

｜辭典英文釋義｜ when the go-between has done his work he is no more wanted.

｜中文翻譯｜當媒人完成他的工作時，他不需要了。

｜說明｜「後手」，1926 年版《客英》頁 100 解釋為“the proof deed which the buyer retains as evidence if and when he wants to redeem.”（證明文件，買方留存當想贖回時之證據）。

做了媒人丟後手, t. liau môi nyîn tiu hèu shiú, when the go-between has done his work he is no more wanted.

737. 做媒人打出女

982-3 做媒人打出女

｜辭典客語拼音｜ tso3 moi5 nyin5 ta2 chhut ng2

｜辭典英文釋義｜ to give one's own daughter in lieu of the girl contracted for having refused.

｜中文翻譯｜將自己的女兒交出以替代訂了婚約而拒婚的女子。

｜參考資料｜

涂春景《形象化客話俗語 1200 句》頁 175 收錄類似諺語「做媒人打出本」，解釋為「打出本，賠本、貼錢。媒合一樁婚事，所需的一切費用，通常都由男方負擔，還可得到男、女雙方的大紅包才對。此話說做媒卻貼錢、賠本；形容為人服務，不但沒得到報償，還要自掏腰包；有不賺反賠之意。」

黃永達《臺灣客家俚諺語語典:祖先的智慧》頁295收錄類似諺語「做媒人打出本」，解釋為「[比喻詞]比喻無賺反賠之意。」

做媒人打出女, *t. môi nyîn tá chhut ńg*, to give one's own daughter in lieu of the girl contracted for having refused.

738. 做媒人無包你降倈

982-4 做媒人無包汝供䊀

｜校訂｜做媒人無包你降倈

｜辭典客語拼音｜ tso3 moi5 nyin5 mau5 pau nyi5 kiung3 lai3

｜辭典英文釋義｜ the go between cannot promise you a son.

｜中文翻譯｜媒人不能保證你會生兒子。

｜參考資料｜

涂春景《形象化客話俗語1200句》頁175收錄類似諺語「做媒人無包降賴兒」，解釋為「無包降賴兒，沒包生男孩。昔日有重男輕女的觀念，認為生男孩是件喜事、好事。話說自己僅站在推薦、介紹的立場，對事情的結果如何，不可預測、不敢打包票，便稱：『做媒人無包降賴兒』。」

黃永達《臺灣客家俚諺語語典：祖先的智慧》頁295收錄類似諺語「做媒人，包入門，無包供䊀仔」，解釋為「[俚俗語]喻做好事，幫助人做起頭就好，無可能做到徹底。」

做媒人無包汝供䊀, *t. môi nyîn mâu pau nyî kiung lài*, the go between cannot promise you a son.

739. 做牛毋愁無犁（軛）拖

982-5 做牛唔愁無軛拖

｜校訂｜做牛毋愁無犁（軛）拖

｜辭典客語拼音｜ tso3 (ngeu5) nyu5 m seu5 mo5 le5 (ak2) tho5

｜辭典英文釋義｜ the ox does not sorrow that there is no plough to drag. (Fig. Man always gets his burden).

｜中文翻譯｜牛不用愁沒有犁可拖（意指人總是有負擔）。

｜參考資料｜

姜義鎮《客家諺語》頁 30 收錄類似諺語「有心做牛，驚無犁拖」，解釋為「想做事，不怕沒有事做。」頁 35 收錄類似諺語「甘願做牛，不驚無犁可拖」，解釋為「只要肯吃苦，不怕無事可做。」

涂春景《形象化客話俗語 1200 句》頁 209 收錄類似諺語「愛做牛，毋愁無軛拖」，解釋為「愛做牛，想當牛；軛，驅牛時扼牛頸再以拖藤連結犁、耙的曲木。話說想當牛，不用擔心沒軛可拖。意即欲成低等的人、想做粗重的工作很簡單。閩南語也說：『愛做牛，毋愁無犁拖』。」

黃永達《臺灣客家俚諺語語典：祖先的智慧》頁 213 收錄類似諺語「肯做牛，毋愁無犁拖」，解釋為「[習用語] 意指只要肯做，定著會有儘多事情好做。」頁 326 收錄類似諺語「敢做牛，毋驚無犁好拖」，解釋為「[俚俗語] 喻肯做事，毋使驚無事好做。」

做牛唔愁無軛拖, *t.* (*ngêu*) *nyú m sêu mô lê* (*ák*) *thô*, the ox does not sorrow that there is no plough to drag. (Fig. Man always gets his burden).

740. 做奴正知奴辛苦

982-6 做奴正知奴辛苦

｜辭典客語拼音｜ tso3 nu5 chang3 ti nu5 sin-khu2

｜辭典英文釋義｜ the slave alone knows the slave's hardship.

｜中文翻譯｜只有奴隸知道奴隸的艱辛。

做奴正知奴辛苦, *t. nû chàng ti nû sin-khú*, the slave alone knows the slave's hardship.

741. 做三年饑荒餓不死火頭娘

983-1 做三年饑荒餓不死火頭娘

｜辭典客語拼音｜ tso3 sam nyen5 ki-fong ngo3 put si2 fo2 theu5 nyong5

｜辭典英文釋義｜ a famine lasting for three years won't cause the cook's wife to die of starvation.

| 中文翻譯 | 持續三年飢荒不會使廚師的妻子餓死。

| 說明 | 1926 年版《客英》頁 96「火頭娘」英文釋義為"a female cook."（女廚師），並非"the cook's wife."（廚師的妻子）。火頭即火頭軍，為軍中專司炊煮烹調食物之人。火頭娘是火頭的妻子。

做三年饑荒餓不死火頭娘, *t. sam nyên ki-fong ngò put si fô thèu nyông,* a famine lasting for three years won't cause the cook's wife to die of starvation.

742. 做死鹿分人射

983-2 做死鹿分人射

| 辭典客語拼音 | tso3 si2 luk8 pun nyin5 sha3

| 辭典英文釋義 | to shoot a dead stag. (Fig. to petition against one who will not reply).

| 中文翻譯 | 射擊死鹿（意指陳情反對一個不會回覆你的人）。

做死鹿分人射, *t. si lùk pun nyîn shà,* to shoot a dead stag. (Fig., to petition against one who will not reply).

743. 做托盤搭扛

983-3 做托槃搭扛

| 校訂 | 做托盤搭扛

| 辭典客語拼音 | tso3 thok phan5 tap kong

| 辭典英文釋義 | to make a tray and bear it. (Fig. over-taxing oneself).

| 中文翻譯 | 做一個托盤，並要端它（意指過度勞累自己）。

| 說明 | 「托盤」是用以端菜的木製槃，「搭」是「連同要」之意。

做托槃搭扛, *t. thok phân tap kong,* to make a tray and bear it. (Fig., over-taxing oneself).

744. 做賊毋話，嘴生杈

983-4 做□□□□□□

| 校訂 | 做賊毋話，嘴生杈

| 辭典客語拼音 | tso3 tshet8 m va3 choi3 sang tsha3

| 辭典英文釋義 | the thief tells of his deeds to his intimates.

| 中文翻譯 | 小偷向親戚講述自己的行為。

| 說明 | 做賊的人會忍不住將自己的得意事蹟說出，不然會不舒服。

t. tshèt m vá chòi sang tshá, the thief tells of his deeds to his intimates.

745. 做鹽毋鹹，做醋毋酸

984-1 做鹽唔鹹做醋唔酸

| 校訂 | 做鹽毋鹹，做醋毋酸

| 辭典客語拼音 | tso3 yam5 m ham5 tso3 tshu3 m son

| 辭典英文釋義 | his salt is not salt, his vinegar is not sour. (Fig. he does naught well).

| 中文翻譯 | 他的鹽不是鹽，醋不是酸的（意指他凡事做不好）。

| 參考資料 |

涂春景《形象化客話俗語 1200 句》頁 176 收錄類似諺語「做鹽毋鹹，做醋毋酸」，解釋為「做，當；毋，不。形容一個人沒啥用處、沒什麼能力，做這不像，做那也不像。」

做鹽唔鹹做醋唔酸, *t. yâm m hâm Ysò tshù m son*, his salt is not salt, his vinegar is not sour. (Fig., he does naught well).

746. 坐船望船走

984-2 坐船望船走

| 辭典客語拼音 | tso shon5 mong3 shon5 tseu2

｜辭典英文釋義｜ when you go aboard a boat you wish it to go.

｜中文翻譯｜當你坐上船時，你希望船航行。

｜參考資料｜

姜義鎮《客家諺語》頁 11 收錄「坐船望船走」，解釋為「彼此利用，都有好處。」

徐運德《客家諺語》頁 106 收錄類似諺語「坐船望船走」，解釋為「既同坐在一條船上，大家都希望這條船能順利的航行，即同舟須共濟，不可有異心，否則大家都要沉溺在江中。」

涂春景《形象化客話俗語 1200 句》頁 106 收錄「坐船望船走」，解釋為「走，跑。用『坐船望船走』，來比擬一個團體中的每一份子，都有榮譽心，都希望自己的團體能成長、進步。」

黃永達《臺灣客家俚諺語語典：祖先的智慧》頁 177 收錄類似諺語「坐船望船走」，解釋為「[比喻詞] 共條船的人，共心望船順航，『同舟共濟』之意；也喻人的自私，自家有好處就好，毋管別人。」

坐船望船走, *t. shôn mòng shôn tséu,* when you go aboard a boat you wish it to go.

747. 財帛世界衣帽年

987-1 財帛世界衣帽年

｜辭典客語拼音｜ tshoi5 phet she3 kai3 yi mau3 nyen5

｜辭典英文釋義｜ a time when riches, power, expensive clothes, head gear are highly esteemed.

｜中文翻譯｜一個人們高度重視財富、權力、昂貴的衣服、帽子的時代。

財帛世界衣帽年, *t. phet shè kài yi màu nyên,* a time when riches, power, expensive clothes, head gear are highly esteemed.

748. 財帛兒女有定分

987-2 財帛兒女有定分

｜辭典客語拼音｜ tshoi5 phet yi5 nyi2 yu thin3 fun3

| 辭典英文釋義 | one's wealth sons and daughters are by heaven's decree.

| 中文翻譯 | 一個人的財富、兒女是根據上天的旨意。

財帛兒女有定分, *t. phet yt nyt yu thìn fùn*, one's wealth sons and daughters are by heaven's decree.

749. 捉賊毋得到縣

990-1 捉賊唔得到縣

| 校訂 | 捉賊毋得到縣

| 辭典客語拼音 | tsok tshet8 m tet tau3 yen3

| 辭典英文釋義 | seize a thief hurry him to the authorities.

| 中文翻譯 | 抓住一個小偷，趕緊押去當局。

| 參考資料 |

涂春景《形象化客話俗語 1200 句》頁 156 收錄類似諺語「捉賊毋得到院」，解釋為「毋得，不得，這裡有等不及的意思；院，官府衙門。例如：客人帶禮物來訪，客人剛走，小孩便打開禮物，查看有啥吃的。這種迫不及待的模樣。便是『捉賊毋得到院』。」

捉賊唔得到縣, *t. tshèt m tet tàu yèn*, seize a thief hurry him to the authorities.

750. 閂緊門打跛腳雞

992-1 閂緊門打破腳鷄

| 校訂 | 閂緊門打跛腳雞

| 辭典客語拼音 | tshon kin2 mun5 ta2 pai kiok kai

| 辭典英文釋義 | Fig. the vendor taking a mean advantage.

| 中文翻譯 | 意指不當得利的販售商。

| 說明 | 英文為引申義。原諺意為「閂著門打跛腳雞」即任意欺凌。

｜參考資料｜

涂春景《形象化客話俗語 1200 句》頁 151 收錄類似諺語「鬥等鬥來，打跛腳雞」，解釋為「鬥等，鬥著；跛腳雞，肢體殘障的雞隻，這裡指沒有反抗能力的人。形容一個人沒有真本事、只會欺負弱小的人。鄙視這種人並非什麼好漢。」

黃永達《臺灣客家俚諺語語典：祖先的智慧》頁 113 收錄類似諺語「打跛腳雞」，解釋為「[俚俗語] 人已經儘慘咧，還要去打落人，有打落水狗之意，另也指欺侮人殘障、弱身。」

鬥緊鬥打破脚鷄, *t. kín mûn ta pâi kiok kai*, Fig., the vendor taking a mean advantage.

751. 裝衣不寒，裝糧不餓

993-1 裝衣不寒裝糧不餓

｜校訂｜裝衣不寒，裝糧不餓

｜辭典客語拼音｜ tsong yi put hon5 tsong liong5 put ngo3

｜辭典英文釋義｜ get clothes to prevent cold, store food to prevent hunger.

｜中文翻譯｜拿衣服防止寒冷，存食物防止飢餓。

裝衣不寒裝糧不餓, *t. yi put hôn t. liông put ngò*, get clothes to prevent cold, store food to prevent hunger.

752. 狀毋横，使毋行

996-1 狀唔橫使唔行

｜校訂｜狀毋橫，使毋行

｜辭典客語拼音｜ tshong3 m vang5 sii2 m hang5

｜辭典英文釋義｜ if the accusation is not over-drawn it will not be effective.

｜中文翻譯｜如果指控沒有被誇大，它不會有效。

｜說明｜「狀」是訴狀，「横」是蠻横之意。

狀唔橫使唔行, t. m vâng sṳ́ m hâng, if the accusation is not over-drawn it will not be effective.

753. 初學剃頭遇著鬍鬚

1011-1 初學剃頭遇到鬍鬚

｜校訂｜初學剃頭遇著鬍鬚

｜辭典客語拼音｜ tshu hok8 thai3 (the3) theu5 nyi3 tau2 fu5-si

｜辭典英文釋義｜ the barber on beginning to learn his trade meets a bearded man. (Fig. on assuming office for the first time one meets with difficulties).

｜中文翻譯｜理髮師一開頭學習他的行業就遇到一個大鬍子男人（意指第一次上任就遇到困難）。

｜參考資料｜

姜義鎮《客家諺語》頁 25 收錄類似諺語「盲曉剃頭遇到鬍鬚」，解釋為「生手遇到難題。」

陳澤平、彭怡玢《長汀客家方言熟語歌謠》頁 40 收錄「唔會剃頭，撞到鬍鬚兜」，解釋為「比喻手藝不好，偏偏遇上難活兒。」

初學剃頭遇到鬍鬚, t. hok thài (thè) thêu nyì táu fû-si, the barber on beginning to learn his trade meets a bearded man. (Fig., on assuming office for the first time one meets with difficulties).

754. 自家坐屎自家知

1014-1 自家坐屎自家知

｜辭典客語拼音｜ tshii3 ka tsho shi2 tshii3 ka ti

｜辭典英文釋義｜ one knows one’s own doings.

｜中文翻譯｜一個人知道自己的所作所為。

自家坐屎自家知, *t. ka tsho shî tshù ka tî*, one knows one's own doings.

755. 賭博狼心，買賣撮

1018-1 賭博狼心買賣撮

｜校訂｜賭博狼心，買賣撮

｜辭典客語拼音｜ tu2 pok long5 sim mai mai3 tshot

｜辭典英文釋義｜ the gambler has the wolf's greed, he cheats.

｜中文翻譯｜賭徒有狼的貪婪，他欺騙。

｜說明｜ 1926年版《客英》頁997「撮人」的英文釋義為"how he can cheat people!"（他真會騙人！）。「賭博狼心，買賣撮」意指賭博要像狼一樣貪婪，做生意要會騙人。

賭博狼心買賣撮, *t. pok lông sim mai mài tshot*, the gambler has the wolf's greed, he cheats.

756. 讀書愛講，食酒愛傍

1026-1 讀□□□，□□□□

｜校訂｜讀書愛講，食酒愛傍

｜辭典客語拼音｜ thuk8 shu oi3 kong2, shit8 tsiu2 oi3 pong2

｜辭典英文釋義｜ reading requires comments, liquor needs things to be taken along with it.

｜中文翻譯｜閱讀需要解讀，酒需要有可配的東西一起吃。

｜說明｜ 「讀書愛講」意思是「讀書要消化後轉述給旁人聽」。

t. shu òi kòng, shìt tsiú òi pòng, reading requires comments, liquor needs things to be taken along with it.

757. 鈍刀在利手

1029-1 鈍刀在利手

｜辭典客語拼音｜ thun3 to tshai3 li3 shiu2

｜辭典英文釋義｜ a blunt knife in a keen hand.

｜中文翻譯｜鈍刀在靈敏的手中。

｜參考資料｜

姜義鎮《客家諺語》頁 10 收錄類似諺語「鈍刀使利手」，解釋為「手藝好，不怕工具差。」

徐運德《客家諺語》頁 285 收錄類似諺語「鈍刀使利手」，解釋為「意指善用工具的人，……工具不佳仍能做出事來。」

涂春景《形象化客話俗語 1200 句》頁 183 收錄類似諺語「鈍刀使利手」，解釋為「鈍刀，這指不好的工具；利手，指做事講求方法、效率的人。一個工作效率高的人，縱使工具不良，照樣可把事情做得快又好。」

黃永達《臺灣客家俚諺語語典：祖先的智慧》頁 348 收錄類似諺語「鈍刀出利手」，解釋為「[經驗談] 刀仔鈍，才知奈儕會使刀，奈儕係高手，意謂難局識英雄；也喻工具毋好，使久咧共樣做得用，和事情做好來。」

羅肇錦《苗栗縣客語、諺謠集（四）》頁 55 收錄類似諺語「鈍刀使利手」，解釋為「鈍與利是相對的，鈍的刀具拿在巧人的手上仍然能揮灑得很好。只要功夫了得，不在乎工具好壞。喻有能力的人做事，條件差一點，同樣做得好。」

鈍 刀 在 利 手, *t. to tshài lì shiú*, a blunt knife in a keen hand.

758. 東風一包蟲

1029-2 東風一包蟲

｜辭典客語拼音｜ tung fung yit pau chhung5

｜辭典英文釋義｜ the east wind brings flies and grubs.

｜中文翻譯｜東風帶來了害蟲及幼蟲。

｜參考資料｜

徐運德《客家諺語》頁 274 收錄類似諺語「東風一包蟲，西風一包藥」，解釋為「東風起春天來了，萬物甦生，昆蟲也生意盎然。西風吹秋霜落，肅殺氣盛，病氣滋生而需要湯藥就多。」

黃永達《臺灣客家俚諺語語典：祖先的智慧》頁 203 收錄類似諺語「東風一包蟲，西風一包藥」，解釋為「[經驗談]東風起，春天來，萬物回生；西風起，秋霜落，病疫滋生而需要很多湯藥。」

東風一包蟲, *t. jung yit pau chhúng*, the east wind brings flies and grubs.

759. 東閃（矚）日頭西閃露

1030-1 東閃日頭西閃露

｜校訂｜東閃（矚）日頭西閃露

｜辭典客語拼音｜ tung sham2 (yam nyap) nyit theu5 si sham2 lu3

｜辭典英文釋義｜ lightning in the east the sun is hot － in the west the dews are heavy.

｜中文翻譯｜東方閃電太陽很熱，西方閃電露水很重。

｜說明｜「東閃日頭」是「東方閃電，會出太陽」之意。

｜參考資料｜

姜義鎮《客家諺語》頁 44 收錄類似諺語「東閃無半滴，西閃來不及」，解釋為「夏天午後雷雨，閃電出現東方則不會下雨，如果閃電在西方，很快就會下雨。」

東閃日頭西閃露, *t. shám (yam ny·ıp) nyit thèu si shám lù*, lightning in the east the sun is hot—in the west the dews are heavy.

760. 東去遇財，西去遇寶

1030-2 東去遇財西去遇寶

｜校訂｜東去遇財，西去遇寶

｜辭典客語拼音｜ tung hi3 nyi3 tshoi5 si hi3 nyi3 pau2

｜辭典英文釋義｜ going east to meet with money; going west to meet with treasure － (Fig. always fortunate).

｜中文翻譯｜往東遇到錢，西去遇到寶（意指總是很幸運）。

東去遇財西去遇寶, *t. hì nyì tshôi si hì nyì páu*, going east to meet with money; going west to meet with treasure—(Fig., always fortunate).

761. 冬頭人毋閒

1030-3 冬頭人唔閑

｜校訂｜冬頭人毋閒

｜辭典客語拼音｜ tung theu5 nyin5 m han5

｜辭典英文釋義｜ in harvest time people have no leisure.

｜中文翻譯｜在收穫的時候人們沒有閒暇時光。

｜說明｜「冬頭」是冬天收割時候。

冬頭人唔閑, *t. thêu nyìn m hân*, in harvest time people have no leisure.

762. 冬禾怕東風

1030-4 冬禾怕東風

｜辭典客語拼音｜ tung vo5 pha3 tung fung

｜辭典英文釋義｜ the winter rice fears wind.

｜中文翻譯｜冬季水稻害怕風。

｜說明｜ 英譯將「東風」簡譯成「風」。

冬禾怕東風, *t. vô phà tung fung*, the winter rice fears wind.

763. 棟樑不正下參差

1031-1 棟樑不正下參差

｜辭典客語拼音｜ tung3 liong5 put chin3 ha3 tsham tshai

｜辭典英文釋義｜ if the roof beam be awry the whole structure will be out of joint. If the leader be not true all goes wrong.

｜中文翻譯｜如果屋樑不正，則整個結構將脫節。如果領導者不正，一切都會出錯。

｜參考資料｜

徐運德《客家諺語》頁 206 收錄「棟樑不正下參差」，解釋為「長輩行為正當晚輩亦正當，有典範可學之意，如果要出人頭地必定行的正之意思。」

黃永達《臺灣客家俚諺語語典：祖先的智慧》頁 329 收錄「棟樑不正下參差」，解釋為「[教示諺] 長輩行為毋正當，晚輩也會學樣，行為會偏差，即『上樑不正下樑歪』之意。」

棟 樑 不 正 下 參 差, *t. liông put chìn hà tsham tshai,* if the roof beam be awry the whole structure will be out of joint. If the leader be not true all goes wrong.

764. 同雷公睡都毋怕

1033-1 同雷公睡都唔怕

｜校訂｜同雷公睡都毋怕

｜辭典客語拼音｜ thung5 lui5 kung shoi3 tu m pha3

｜辭典英文釋義｜ he would even dare to sleep with the god of thunder (Fig. His deeds are worthy).

｜中文翻譯｜他甚至敢和雷神睡覺（意指他的行為很好）。

｜說明｜ 全諺意指行為光明磊落，不怕雷打。

｜參考資料｜

黃永達《臺灣客家俚諺語語典：祖先的智慧》頁 197 收錄類似諺語「和雷公睡都毋驚——有天良」，解釋為「[師傅話] 有天良，就毋驚天打雷劈；行事正派，就做得橫打直過，自由自在。」

同雷公睡都唔怕, *t. lûi kung shòi tu m phà,* **he would even dare to sleep with the god of thunder (Fig. His deeds are worthy).**

765. 桐油盎裝桐油

1035-1 桐油罌張桐油

｜校訂｜桐油盎裝桐油

｜辭典客語拼音｜ thung5 yu5 ang chong thung5 yu5

｜辭典英文釋義｜ the varnish pot is used only for varnish — the poor are always poor.

｜中文翻譯｜油漆罐僅用於裝油漆——窮人總是窮。

｜說明｜ 以前的油漆是桐油做的。

｜參考資料｜

徐運德《客家諺語》頁 286 收錄類似諺語「桐油盎仔裝桐油」，解釋為「不會變。」

涂春景《形象化客話俗語 1200 句》頁 161 收錄類似諺語「桐油罌兒，裝桐油」，解釋為「罌兒，瓶子。桐油有一種不易消失的氣味，所以裝盛過桐油的瓶子，便不可能另作別用。孔子說：『君子不器。』言君子之德，不能如器物各守一用。因此，此話乃譏刺一個像器物般只有一種用途，而無君子之德的人。」

黃永達《臺灣客家俚諺語語典：祖先的智慧》頁 274 收錄類似諺語「桐油甕仔裝桐油」，解釋為「[比喻詞] 毋會變，另喻係麼个樣仔的人要做麼个樣的事。」頁 274 收錄類似諺語「桐油甕仔總係裝桐油——麼个人就有麼个子」，解釋為「[師傅話] 喻有仰般的父母，就有仰般的子女。」

楊兆禎《客家老古人言》頁 98 收錄類似諺語「桐油罌仔總係裝桐油——龍生龍，鳳生鳳」，解釋為「與『苦瓜藤打苦瓜子』等相似。」

楊兆禎《客家諺語拾穗》頁 95 收錄類似諺語「油桐罌仔總係裝桐油」，解釋為「與『龍生龍，鳳生鳳』、『苦瓜藤，打苦瓜』、『脈个爺哀，供脈个子女』……相似。」

劉守松《客家人諺語（二）》頁 325 收錄「桐油盎仔裝桐油」，解釋為「脈个容器要裝什麼東西。」

羅肇錦《苗栗縣客語、諺謠集（四）》頁 55 收錄類似諺語「桐油盎仔裝桐油」，解釋為「裝桐油的瓶子，只能裝桐油，不能再作他用。因為桐油附著力非常強，一旦沾上，則無法洗淨。比喻一個人的工作很固定，不易改行。也是自嘲只會做一件工作而不會變通的話。也可用來指責他人不會變通。」

桐油罌張桐油, *t. yû ang chong t. yû*, the varnish pot is used only for varnish—the poor are always poor.

766. 銅鑼藏毋得衫袖打

1035-2 銅鑼藏唔得衫袖打

｜校訂｜銅鑼藏毋得衫袖打

｜辭典客語拼音｜ thung5 lo5 tshong5 m tet sam tshiu3 ta2

｜辭典英文釋義｜ you can't hide a drum in your coat sleeve and strike it.

｜中文翻譯｜你不能將鼓隱藏在衣袖中並敲擊它。

｜說明｜「銅鑼」是"gong"，「鼓」是"drum"。全諺意指無法施展所長。

銅鑼藏唔得衫袖打, *t. lô tshông m tet sam tshiù tá*, you can't hide a drum in your coat sleeve and strike it.

767. 晚立秋熱死牛

1041-1 晚立秋熱死牛

｜辭典客語拼音｜ van lip8 tshiu nyet8 si2 nyu5 (ngeu5)

｜辭典英文釋義｜ when autumn is late in coming it is hot enough to kill an ox.

｜中文翻譯｜秋天晚來，天氣足以熱死牛。

｜參考資料｜

涂春景《聽算無窮漢——有韻的客話俚諺 1500 則》頁 84 收錄類似諺語「慢立秋，曬死牛」，解釋為「立秋，二十四節氣之一，時當國曆八月八日前後。這句農諺說，如果立秋在農曆比較晚的月份，預示秋季天氣炎熱。」

晚立秋熱死牛, *v. lip tshiu nyet sí nyû (ngêu)*, when autumn is late in coming it is hot enough to kill an ox.

768. 橫財毋富命窮人

1044-1 橫財不富命窮人

| 校訂 | 橫財毋富命窮人
| 辭典客語拼音 | vang5 tshoi5 m fu3 miang3 khiung5 nyin5

| 辭典英文釋義 | he is poor not rich, who makes money by methods not straight.
| 中文翻譯 | 他靠不當手段賺錢，仍貧窮而不富。

| 說明 | 「橫財毋富命窮人」意為「得了橫財還無法積存起來享用，註定窮人命。」

| 參考資料 |
涂春景《形象化客話俗語 1200 句》頁 239 收錄「橫財不富命窮人」，解釋為「橫財，僥倖得到的財富。俗云：人無橫財不富，馬無夜草不肥。話說一個人，得到橫財還不富有，可能是命中註定你要窮困一輩子。」
黃永達《臺灣客家俚諺語語典：祖先的智慧》頁 409 收錄「橫財不富命窮人」，解釋為「[經驗談] 指命中註定係窮人，分佢得到橫財也富毋起來。」

橫財不富命窮人, *v. tshôi m fù miàng khiûng nyîn*, he is poor not rich, who makes money by methods not straight.

769. 和尚絕，覡公窮

1048-1 禾尚絕覡公窮

| 校訂 | 和尚絕，覡公窮
| 辭典客語拼音 | vo5 shong3 tshiet8 shang3 kung khiung5

| 辭典英文釋義 | the Buddhist priest is childless the wizard is poor.
| 中文翻譯 | 僧人無子女，巫師很窮。

| 說明 | 「覡公」是驅鬼的道士，民間認為從事此業的人窮困一生。

禾尙絕覡公窮, *v. shòng tshièt shàng kung khiûng*, the Buddhist priest is childless the wizard is poor.

770. 會打官司也愛錢

1048-2 噲打官司也愛錢

| 校訂 | 會打官司也愛錢

| 辭典客語拼音 | voi3 ta2 kwan sii ya oi3 tshien5

| 辭典英文釋義 | he can manage a lawsuit and also demands a price.

| 中文翻譯 | 他會打官司，也最敢要價。

噲打官司也愛錢, *v. tá kwan sṳ ya òi tshièn*, he can manage a lawsuit and also demands a price.

771. 會睡毋怕你先眠

1048-3 噲睡唔怕爾先眠

| 校訂 | 會睡毋怕你先眠

| 辭典客語拼音 | voi3 shoi3 m pha3 nyi5 sien min5

| 辭典英文釋義 | I can sleep I fear not your going to sleep before me.

| 中文翻譯 | 我能睡，不怕你先睡。

| 參考資料 |

徐運德《客家諺語》頁 53 收錄類似諺語「會睡目毋怕你先眠」，解釋為「此語是說，儘管你先上床，我後上床，但當你還沒有入睡，而我卻比你先進入夢鄉。但此語的意義，是隱指一個人做事，不能按部就班，抑且懶散懈怠，致工作積延，沒有進度，而勤奮的人，卻不斷努力，結果他的工作，卻比懶散的人，先獲得完成的意思。」

涂春景《形象化客話俗語 1200 句》頁 55 收錄類似諺語「毋會睡目毋驚汝先眠」，解釋為「毋會睡目，不會睡覺，指上床後翻來覆去睡不著覺；毋驚，不怕；汝先眠，你先上床。凡事要講求方法，不知講求方法，花再多時間也沒用；拿睡覺為喻，上床睡不著覺，比人家先上床也沒用。」

涂春景《聽算無窮漢——有韻的客話俚諺 1500 則》頁 118 收錄類似諺語「毋會睡目，毋驚汝先眠；毋會降賴兒，毋驚汝先做大人」，解釋為「睡目，睡覺；汝，你；降賴兒，生兒子；做大人，結婚。話說，睡不好覺，不怕你先上床；生不了兒子，不怕你先結婚。」

黃永達《臺灣客家俚諺語語典：祖先的智慧》頁 361 收錄類似諺語「會睡目毋怕汝先眠，會降孻仔毋驚汝先結婚」，解釋為「[俚俗語] 喻有才幹、有能力，就毋會輸人，也就毋驚別人先進行。」頁 361 收錄類似諺語「會睡目毋驚汝先眠」，解釋為「[教示諺] 勤勉又會做事，定會超越先行的人。」

噲睡唔怕爾先眠, *v. shòi m phà nyî sien mîn*, I can sleep I fear not your going to sleep before me.

772. 會偷食毋會洗嘴

1049-1 噲□□□□□□

| 校訂 | 會偷食毋會洗嘴

| 辭典客語拼音 | voi3 theu shit8 m voi3 se2 choi3

| 辭典英文釋義 | he can steal; but cannot clean his lips — has not the sense to remove the proof of his ill doing.

| 中文翻譯 | 他會偷，但不會清嘴唇——不知除去做壞事的證據。

| 參考資料 |

姜義鎮《客家諺語》頁 16 收錄「偷食唔曉拭嘴」，解釋為「做事不會掩蓋，讓人一看就知道。」頁 27「會曉偷食，唔曉拭嘴」，解釋為「不懂善其後」。

徐運德《客家諺語》頁 292「曉得偷食，不曉洗嘴」，解釋為「做錯事又留下把柄。」頁 333「偷食毋捽嘴」，解釋為「偷吃東西，還不懂得擦嘴，意思是說，做了不該做的，還不知道要如何掩飾。與『囥頭無囥尾』同。」

涂春景《形象化客話俗語 1200 句》頁 178 收錄「偷食毋曉洗嘴」，解釋為「毋曉，不懂。罵做壞事卻留下把柄的笨人，說偷吃卻不知擦嘴巴。」

黃永達《臺灣客家俚諺語語典：祖先的智慧》頁 292「偷食毋知好拭嘴」，解釋為「[習用語] 諷人做壞事還毋知消滅證據。」頁 362「會（曉）偷食，毋曉擦嘴」，解釋為「[俚俗語] 喻會偷腥，但又忘記消滅證，也喻會做事情又毋會收尾。」頁 408「曉得偷食，毋曉擦嘴」，解釋為「[比喻語] 做壞事又留下證據。例：佢交細妹仔，分姉娘捉到，罵到矇線，佢曉得偷食，毋曉擦嘴，實在冤枉呀。」

楊兆禎《客家諺語拾穗》頁 101「偷食毋曉拭嘴」，解釋為「1.『毋曉』即『不會』。2. 形容『不會處理善後之工作』。3.『拭』音『Tshut2』，意『擦』。」頁 137「曉得偷食，毋曉拭嘴」，解釋為「1.『曉得』（Hiau2 Tet），『會』。2.『拭』（Tshut2）。3. 指『只會享受』，而不會掩飾。」

鄧榮坤《客家話的智慧》頁 185 收錄類似諺語「曉得偷食，唔曉得擦嘴」，解釋為「[語意] 莽撞，不懂得善後。[說明] 年幼的小孩常經不起糖果的誘惑，常利用家人不留意時偷家裡的糖果吃，被發現時，還振振有辭地辯解，始終不承認自己曾經吃糖，然而他嘴上還沾著糖果屑呢！這就像男人到了風月場所，回家在襯衣上被老婆發現了女人的唇印，還辯稱『沒這回事』一般⋯⋯。」

v. theu shit m v. sé chòi, he can steal; but cannot clean his lips—has not the sense to remove the proof of his ill doing.

773. 會做賊就會捉賊

1049-2 噲做賊就噲促賊

| 校訂 | 會做賊就會捉賊

| 辭典客語拼音 | voi3 tso3 tshet8 tshiu3 voi3 tsok tshet8

| 辭典英文釋義 | he who can steal can catch the thief.

| 中文翻譯 | 會偷的人也能抓小偷。

噲做賊就噲促賊, *v. tsò tshét tshiù vòi tsok tshé'*, he who can steal can catch the thief.

774. 會偷食會洗嘴

1049-3 噲□□□□□

| 校訂 | 會偷食會洗嘴

| 辭典客語拼音 | voi3 theu shit8 voi3 se2 choi3

| 辭典英文釋義 | he can both steal to eat and can clean his lips. (Fig., can conceal his evil deeds).

| 中文翻譯 | 他既能偷來吃，也會清嘴唇（意指會隱匿他的惡行）。

v. theu shit vòi sè chòi, he can both steal to eat and can clean his lips. (Fig., can conceal his evil deeds).

775. 王爺笛難吹

1051-1 王爺笛難吹

| 辭典客語拼音 | vong5 ya5 thak8 (thet8) nan5 chhui (chhoi)

｜辭典英文釋義｜ it is hard to play before the king － (Fig., of anything that is difficult to do).

｜中文翻譯｜在王爺面前很難吹奏（意指很難做的事）。

｜說明｜「笛」是嗩吶。「王爺」是有爵位封號的人，也可以是王爺神。

｜參考資料｜

黃永達《臺灣客家俚諺語語典：祖先的智慧》頁 94 收錄類似諺語「王爺的笛仔——難吹（炊）」，解釋為「[師傅話] 王爺自家吹的笛仔，一般人儘難吹得到，故為難吹，共音轉意成難炊（蒸也）。」

王爺笛難吹, *v. yâ thàk (thėt) nân chhui (chhoi)*, it is hard to play before the king—(Fig., of anything that is difficult to do).

776. 黃昏上雲半夜開，半夜上雲就來水（雨）

1052-1 黃昏黃雲半夜開，半夜上雲雨就來

｜校訂｜黃昏上雲半夜開，半夜上雲就來水（雨）

｜辭典客語拼音｜ Vong5 fun shong2 yun5 pan3 ya3 khoi, pan3 ya3 shong2 yun5 tshiu3 loi5 shui2 (yi2)

｜辭典英文釋義｜ clouds at dusk will lift at mid-night, mid-night clouds will drop rain.

｜中文翻譯｜黃昏時起烏雲會在午夜散去，午夜起烏雲會下雨。

｜參考資料｜

涂春景《聽算無窮漢——有韻的客話俚諺 1500 則》頁 201 收錄「黃昏上雲半夜開，半夜上雲雨就來」，解釋為「上雲，興雲。這句有關氣象的諺語說：傍晚時候雲層變厚，等到半夜雲就會消散，如果半夜興雲，雨馬上就會下來。」

黃昏黃雲半夜開，半夜上雲雨就來, *v. fun shóng yûn pàn yà khoi, pàn yà shóng yûn tshiù lôi shúi (yí)*, clouds at dusk will lift at mid-night, mid-night clouds will drop rain.

777. 黃金落地外人財

1052-2 黃金落地外人財

｜辭典客語拼音｜ vong5 kim lok8 thi3 ngwai3 (ngoi3) nyin5 tshoi5

｜辭典英文釋義｜ lost gold belongs to anyone.

｜中文翻譯｜遺失的黃金是屬於任何人的。

｜參考資料｜

涂春景《形象化客話俗語 1200 句》頁 193 收錄「黃金落地外人財」，解釋為「黃金落地絕不會沒人要，外人撿拾起來，豈不是變成外人的錢財。」

涂春景《聽算無窮漢——有韻的客話俚諺 1500 則》頁 201 收錄類似諺語「黃金落地外人財，人無愛，我拈起來」，解釋為「無愛，不要；拈，撿。撿到人家遺失的錢財時，說：黃金落地外人財，人家不要的，我將它撿起來。」

黃金落地外人財, *v. kim lo̍k thì ngwài (ngòi) nyîn tshôi,* lost gold belongs to anyone.

778. 黃蜂腰，鐵尺背

1053-1 黃蜂腰鐵尺背

｜校訂｜黃蜂腰，鐵尺背

｜辭典客語拼音｜ vong5 phung yau thiet chhak poi3

｜辭典英文釋義｜ the waist of a hornet the back of a steel rule. (Fig. slender and straight).

｜中文翻譯｜大黃蜂的腰，鋼尺的背（意指修長而筆直）。

｜說明｜「黃蜂腰」指細腰。

黃蜂腰鐵尺背, *v. phung yau thiet chhak pòi,* the waist of a hornet the back of a steel rule. (Fig. slender and straight).

779. 黃鱔斫節贏湖鰍

1053-2 黃鱔斵節贏湖鰍

｜校訂｜黃鱔斫節贏湖鰍

｜辭典客語拼音｜ vong5 shen tok tsiet yang5 fu5 tshiu

｜辭典英文釋義｜ a slice of eel is better than a whole loach.
｜中文翻譯｜一片鰻魚勝過一條泥鰍。

｜說明｜ 「黃鱔」是鰻魚的一種。

｜參考資料｜
徐運德《客家諺語》頁 391 收錄「黃鱔斬斷當湖鰍」，解釋為「此語以『鰍短鱔長』的情形，比喻富有人家，即使家道中落了，也強過貧窮人家的意思。」
涂春景《形象化客話俗語 1200 句》頁 193 收錄類似諺語「黃鱔斬節，較贏鰗鰍兒幾下尾」，解釋為「斬節，切成一段；較贏，勝過；鰗鰍兒，泥鰍；幾下尾，好幾條。此話說：黃鱔比泥鰍值錢；比喻好兒女不必多。」
黃永達《臺灣客家俚諺語語典：祖先的智慧》頁 352 收錄類似諺語「黃鱔斬斷當湖鰍」，解釋為「[俚俗語] 喻有錢人家即使家道中落，也還係贏過一般貧窮人家。」

黃鱔斬節贏湖鰍, *v. shen tok tsiet yâng fû tshiu*, a slice of eel is better than a whole loach.

780. 黃蚻愛人富，蝲蝽愛人窮

1053-3 黃□□□□，□□□□□

｜校訂｜黃蚻愛人富，蝲螓愛人窮
｜辭典客語拼音｜ vong5 tshat8 oi3 nyin5 fu3, la5 khia5 oi3 nyin5 khiung5

｜辭典英文釋義｜ the cockroach likes the rich the spider likes the poor.
｜中文翻譯｜蟑螂喜歡富人，蜘蛛喜歡窮人。

｜說明｜ 富人家有許多食物可吃，窮人家多昆蟲可捕食。

v. tshàt òi nyîn fù, lâ khîa òi nyîn khiûng, the cockroach likes the rich the sp'der likes the poor.

781. 烏鰡鯇搞死一塘魚

1055-1 烏□□□□□□

｜校訂｜烏鰡鯇搞死一塘魚

｜辭典客語拼音｜ vu liu5 van kau2 si2 yit thong5 ng5

｜辭典英文釋義｜ the dark grass fish disturbs all other fish in the pond (Fig. a vicious person disturbs a whole community).

｜中文翻譯｜黑草魚打擾了池塘裡的所有其他魚（意指惡人打擾整個社區）。

｜說明｜ 1926 年版《客英》頁 1041 “Van. a coarse fish (fresh-water), said to eat grass.”（鯇：一種吃草的淡水雜魚）。

辭典截圖

v. liû van káu si yit thông nĝ, the dark grass fish disturbs all other fish in the pond (Fig. a vicious person disturbs a whole community).

782. 汶水攎，清水企

1067-1 □□□，□□□

｜校訂｜汶水攎，清水企

｜辭典客語拼音｜ vun5 shui2 luk tsin shui2 khi

｜辭典英文釋義｜ after stirring up the muddy water he is found standing in clear water — very clever in removing suspicion from himself.

｜中文翻譯｜攪動渾水後，他被發現站在清澈的水中——精於替自己清除別人的猜疑。

｜說明｜ 客語「tsin」應是「tshin」之誤。

辭典截圖

v. shúi luk tsin shúi khi, after stirring up the muddy water he is found standing in clear water—very clever in removing suspicion from himself.

783. 爺娘想子長江水，子想爺娘一陣風

1070-1 爺娘想子長江水，子想爺娘一陣風

｜辭典客語拼音｜ ya5 nyong5 siong2 tsii2 chhong5 kong shui2 tsii2 siong2 ya5 nyong5 yit chhin3 fung

｜辭典英文釋義｜ parents think of their children without break like the river's flowing stream, children think of their parents occasionally like gusts of wind.

｜中文翻譯｜父母思念他們的孩子像河水一樣源源不斷，孩子們想他們的父母就像吹一陣風一樣。

｜參考資料｜

何石松《客諺第二百首》頁 184 收錄類似諺語「爺娘惜子長江水，子想爺娘擔竿長」，解釋為「意指父母之於子女的愛是綿綿不絕，無窮無盡，像滔滔東去的滾滾長江之水一樣，沒有止境的一天，而真能回想反哺父母恩情的不能說沒有，只是和長江比較起來，就像一根扁擔，或者一陣風一樣的微不足道了。」

徐運德《客家諺語》頁 139 收錄類似諺語「爺娘想子長江水，子想爺娘擔竿長」，解釋為「父母愛子想子像江水長流不盡，但兒子想父母卻如挑擔竿子長而已。」

黃永達《臺灣客家俚諺語語典：祖先的智慧》頁 364 收錄類似諺語「爺娘惜子如流水，子想爺娘樹尾風」，解釋為「[經驗談] 爺娘惜子像流水般連綿不斷，子女想念爺娘就像樹尾吹過的風恁短暫，感嘆人世間，爺娘惜子多，子女行孝少。」頁 364 收錄類似諺語「爺娘想子長江水，子想爺娘擔竿長」，解釋為「[經驗談] 父母惜子、想子像江水恁闊恁久，毋過兒子想父母就像擔竿樣仔恁短，感嘆世間人重視自己子女，較忽略上輩人。」

楊兆禎《客家老古人言》頁 111 收錄「爺娘想子長江水，子想爺娘擔竿長——要多想爺娘」。

楊兆禎《客家諺語拾穗》頁 111 收錄類似諺語「爺娘想子長江水，子想爺娘擔竿長」，解釋為「勸人多孝順父母。」

劉守松《客家人諺語（一）》頁 94 收錄類似諺語「爺娘想子長江水，子想爺娘擔竿長」，解釋為「大意是為人父母者，無論在何時何地，自細到大，甚至到老，只有一息尚存，心永遠懸在兒女身上。」

爺娘想子長江水，子想爺娘一陣風, *y. nyông sióng tsṳ́ chhông kong shúi, tsṳ́ sióng yâ nyông yit chhìn fung,* parents think of their children without break like the river's flowing stream, children think of their parents occasionally like gusts of wind.

784. 爺毋識耕田，子毋識穀種

1070-2 爺唔識耕田子唔識谷種

| 校訂 | 爺毋識耕田，子毋識穀種

| 辭典客語拼音 | ya5 m shit kang thien5 tsii2 m shit kwuk chung2

| 辭典英文釋義 | the father does not know farming, the son cannot distinguish seeds.

| 中文翻譯 | 父親不懂耕作，兒子不會分辨種子。

| 說明 | 「穀種」是稻的種子。

| 參考資料 |

涂春景《形象化客話俗語 1200 句》頁 206 收錄類似諺語「爺無耕田，子毋識穀種」，解釋為「爺，父親；毋識，不認得。說父親不種田，子女便不認得穀種。此乃對一個外行人的嘲諷；同時寓有環境教育的可貴之意。」

爺唔識耕田子唔識谷種, *y. m shit kang thîen, tsṳ́ m shit kwuk chúng*, the father does not know farming; the son cannot distinguish seeds.

785. 爺欠債，子還錢

1070-3 爺欠債子還錢

| 校訂 | 爺欠債，子還錢

| 辭典客語拼音 | ya5 khiam3 tsai3 tsii2 van5 tshien5

| 辭典英文釋義 | the son should pay the parents' debts.

| 中文翻譯 | 兒子應該償還父母的債務。

| 參考資料 |

涂春景《形象化客話俗語 1200 句》頁 206 收錄「爺欠債，子還錢」，解釋為「父債子還，因為冤有頭債有主。」

黃永達《臺灣客家俚諺語語典：祖先的智慧》頁 364 收錄類似諺語「爺欠債，子還錢」，解釋為「[比喻詞] 喻理所當然的事情。」

爺欠債子還錢, *y. khiàm tsài tsṳ́ vân tshiên*, the son should pay the parents' debts.

786. 夜想千條門路，天光又係磨豆腐

1072-1 夜想千條門路天光又係磨豆腐

| 校訂 | 夜想千條門路，天光又係磨豆腐

| 辭典客語拼音 | ya siong2 tshien thiau5 mun5 lu3 thien kwong yu3 he3 mo3 theu3-fu3

| 辭典英文釋義 | his mind plans a thousand devices in the night yet in the morning he jogs along in the same old track.

| 中文翻譯 | 晚上他腦中計畫了一千個計策，而在早晨，他又走老本行。

| 參考資料 |

徐運德《客家諺語》頁 171 收錄「上夜想個千條路，天光本本磨豆腐」，解釋為「此語原意為，兩夫妻本來的行業是磨豆腐賣，但是常常做白日夢。兩夫妻想了整個晚上，計劃要如何如何另開創事業，到最後天亮了，還是原原本本的在磨豆腐，在此引申為一個人除了有週詳的計劃外，還要有貫徹的決心及實行計劃的能力。」

涂春景《聽算無窮漢——有韻的客話俚諺 1500 則》頁 13 收錄類似諺語「上夜想該千條路，天光本本磨豆腐」，解釋為「該，那；本本，是的意思；磨豆腐，這裡有本來行業的意思。人都有計畫得多，實踐得少的毛病。所以說，上半夜計畫改天換個行業，可是天亮以後還是重操舊業。」；頁 50 收錄類似諺語「半夜想該千條路，天光本本磨豆腐」，解釋為「該，那；天光，天亮；本本，仍舊。用想的、說的都比較簡單，做、實踐起來就沒那麼容易了。所以說，半夜想改行，想出了千種路徑，等到天亮，仍然重操磨豆腐的舊業。」

黃永達《臺灣客家俚諺語語典：祖先的智慧》頁 47 收錄類似諺語「上夜想該千條路，天光本本磨豆腐」，解釋為「[教示諺] 做豆腐的人想歸個暗晡夜，計劃要仰般另創事業，到天亮咧，還是共樣磨豆腐，勸話人原來做麼个就認真做，毋好東想西想。天光，天亮也。」

黃盛村《臺灣客家諺語（上冊）》頁 88 收錄「上夜想出千條路，天光本本磨豆腐」，解釋為「思想若不去實行，與夢想何異。」

楊兆禎《客家諺語拾穗》頁 3 收錄類似諺語「一暗晡想千條頭路，天一光，本本賣豆腐」，解釋為「空想無用，愛去實行。」頁 37 收錄類似諺語「半夜想個千條路，天光本本賣豆腐」，解釋為「計劃必須付之實施，不可只有空想。」

鄧榮坤《客家話的智慧》頁 210 收錄類似諺語「上夜想介千條路，天光本本磨豆腐」，解釋為「異想天開，對實際之事無益。」

羅肇錦《苗栗縣客語、諺謠集（四）》頁 51 收錄類似諺語「上夜想介千條路，天光本本磨豆腐」，解釋為「上半夜苦思冥想，要從事千百種事業，可是到了天

亮仍然做著磨豆腐的本行。勸人安於本分，不要胡思亂想。」

夜想千條門路天光又係磨豆腐, *y. sióng tshien thiâu mûn lu, thien kwong yù hè mò thèu-fù*, his mind plans a thousand devices in the night yet in the morning he jogs along in the same old track.

787. 贏个糟糠，輸个米

1075-1 贏個糟糠輸個米

| 校訂 | 贏个糟糠，輸个米

| 辭典客語拼音 | yang5 kai3 tsau khong shu kai3 mi

| 辭典英文釋義 | (in gambling), what you win, is but draff; what you lose, is good rice.

| 中文翻譯 | （賭博）你贏的不過是糟粕，你輸的卻是好米。

| 參考資料 |

涂春景《聽算無窮漢——有韻的客話俚諺 1500 則》頁 182 收錄類似諺語「輸苟皆因贏苟起，贏介礱糠輸介米」，解釋為「苟，本意苟且，這引申為賭博；礱糠，穀殼。人皆有好逸惡勞的惰性；話說剛學賭博，因不諳牌理而贏錢，但是賭多了卻贏少輸多；輸錢是因為開始學賭時贏錢所激起好逸惡勞的歹念而來；然而，賭博贏來的錢，得來容易，揮霍便大方，一下子就花用光了。但輸掉的賭本，可能是家裡要用來買米的錢。」

黃永達《臺灣客家俚諺語語典：祖先的智慧》頁 452 收錄類似諺語「贏係礱糠，輸係米」，解釋為「[教示諺] 賭贏的錢像礱糠，毋會珍惜；賭輸出去的錢像米穀，才知痛，喻賭博定著毋會贏的意思，另也有『得不償失』之意。」頁 452 收錄類似諺語「贏著礱糠輸了米」，解釋為「[比喻詞] 贏的看起來儘多，毋過係無價值的；輸的看起來儘少，毋過係儘有價值的，即『得不償失』之意也。」頁 452 收錄類似諺語「贏礱糠，輸忒米」，解釋為「[比喻詞] 指貪到小利，失忒大利的意思。」

劉守松《客家人諺語（一）》頁 173 收錄類似諺語「輸繳因為贏繳起，贏係礱糠輸係米」，解釋為「大意是賭博者一般來說初期有贏，食到甜頭認為賺錢容易，使用金錢亂開支，你兄佴弟有的天天醉，過著奢侈的生活。但是賭博有贏，亦有輸的時候，虧空時都是血汗錢，要返本不易，因此越陷越深。」

羅肇錦《苗栗縣客語、諺謠集（四）》頁 24 收錄類似諺語「贏著礱糠輸了米」，解釋為「賭博時贏到的是穀殼，輸掉的卻是一粒粒的米。勸誡人不可沾上賭博惡習。」

羅肇錦《苗栗縣客語諺語、謎語集（二）》頁 104 收錄類似諺語「贏細礱糠，輸係米」，解釋為「賭博贏來的錢，很容易花完，輸的卻是辛苦賺來的錢，會心疼，等輸光了就會收手。」

贏個糟糠輸個米, *y. kài tsau khong shu kài mi*, (in gambling), what you win, is but draff; what you lose, is good rice.

788. 鷂婆多，雞子少

1079-1 鷂婆多鷄子少

｜校訂｜鷂婆多，雞子少

｜辭典客語拼音｜ yau3 pho5 to kai tsii2 shau2

｜辭典英文釋義｜ where the kites are many the chickens are few.

｜中文翻譯｜老鷹多的地方，小雞很少。

鷂婆多鷄子少, *y. phô to kai tsü sháu*, where the kites are many the chickens are few.

789. 遠賊必有近腳

1085-1 遠賊必有近脚

｜校訂｜遠賊必有近腳

｜辭典客語拼音｜ yen2 tshet8 pit yu khiun3 kiok

｜辭典英文釋義｜ the thief from afar has an accomplice near.

｜中文翻譯｜遠方的小偷附近有個同夥。

｜參考資料｜

涂春景《形象化客話俗語 1200 句》頁 222 收錄「遠賊有近腳」，解釋為「有近腳，指內裡有人接應。話說，遠方來的竊賊，合理的推理，必定有內賊接應。告訴吾人，團體裡遭小偷，應該提防是否有內賊。」

黃永達《臺灣客家俚諺語語典：祖先的智慧》頁 388 收錄「遠賊必有近腳」，解釋為「[經驗談] 遠來的賊仔定著有本地的賊黨兜共下謀事。」

遠賊必有近脚, *y. tshĕt pit yu khiùn kiok*, the thief from afar has an accomplice near.

790. 醫死人毋使償命

1089-1 醫死人唔使償命

| 校訂 | 醫死人毋使償命

| 辭典客語拼音 | yi si2 nyin5 m sii2 shong5 miang3

| 辭典英文釋義 | to die undertreatment does not involve the doctor's life.

| 中文翻譯 | 死於治療中並不會危及醫生的性命。

醫死人唔使償命, *y.si nyîn m sṳ̂ shŏng miàng*, to die under-treatment does not involve the doctor's life.

791. 一人難合千人意

1096-1 一人難合千人意

| 辭典客語拼音 | yit nyin5 nan5 hap8 tshien nyin5 yi3

| 辭典英文釋義 | one cannot please everybody.

| 中文翻譯 | 一個人無法取悅眾人。

| 參考資料 |

黃永達《臺灣客家俚諺語語典：祖先的智慧》頁 3 收錄「一人難合千人意」，解釋為「[經驗談] 指眾人或團體之事意見紛雜，一人所做，難為所有人全部接受，形容公眾之事難為。」

一人難合千人意, *yit nyîn nân háp tshien nyîn y*, one cannot please everybody.

792. 鷹飽不拿兔

1102-1 鷹飽不拿兎

| 校訂 | 鷹飽不拿兔

| 辭典客語拼音 | yin pau2 put na thu3

| 辭典英文釋義 | a satiated falcon will not catch hares.

| 中文翻譯 | 吃飽的獵鷹不捕抓兔子。

鷹 飽 不 拿 兎, *y. páu put na thù,* a satiated falcon will not catch hares.

793. 一尺子，三尺衣

1108-1 一尺子三尺衣

| 校訂 | 一尺子，三尺衣

| 辭典客語拼音 | yit chhak tsii2 sam chhak yi

| 辭典英文釋義 | a little child needs three changes of raiment.

| 中文翻譯 | 幼兒穿的衣服需要變更三次。

| 說明 | 英文是意譯。幼兒成長快，做衣服不能太合身，以免要經常換新衣。

一 尺 子 三 尺 衣, *y. chhak tsṳ́ sam chhak yi,* a little child needs three changes of raiment.

794. 一尺風，三尺浪

1108-2 一尺風三尺浪

| 校訂 | 一尺風，三尺浪

| 辭典客語拼音 | yit chhak fung sam chhak long3

| 辭典英文釋義 | a foot of wind will cause a wave of three feet. (Fig. exaggeration).

| 中文翻譯 | 一英尺的風會引起三英尺的波浪（意指誇大）。

| 參考資料 |

姜義鎮《客家諺語》頁 67 收錄「一尺風三尺浪」，解釋為「膨風。」

徐運德《客家諺語》頁 427 收錄「一尺風，三尺浪」，解釋為「此語是說某種事情，原本是很平常，而且很輕微的，但好誇大其詞的人，卻把事態說成十分嚴重的意思。」

涂春景《形象化客話俗語 1200 句》頁 2 收錄「一尺風三尺浪」，解釋為「一尺風小，三尺浪大。只有一尺風，不可能吹起三尺浪，卻誇大說有三尺浪高；這話是說人加油添醋的意思。」

黃永達《臺灣客家俚諺語語典：祖先的智慧》頁 4 收錄「一尺風，三尺浪」，解釋為「[俚俗語] 一尺風想要擊起三尺浪，係無可能的，故為吹牛、『膨風』。」頁 4 收錄「一尺風三尺浪——膨風」，解釋為「[師傅話] 吹牛、講花撩。」

黃盛村《臺灣客家諺語（下冊）》頁 190 收錄「一尺風，三尺浪」，解釋為「好事的人，喜歡把所發生的事物，加油添醋的加以渲染。」

楊兆禎《客家諺語拾穗》頁 1 收錄「一尺風，三尺浪」，解釋為「膨風；誇大其詞；與『一狗吠影，眾狗吠聲』、『人云亦云』、『以訛傳訛』……等類似。」

楊兆禎《客家老古人言》頁 27 收錄「一尺風，三尺浪——膨風（吹牛）」，解釋為「與『一狗吠影，眾狗吠聲』、『人云亦云，以訛傳訛』類似。」

鄧榮坤《生趣客家話》頁 84 收錄「一尺風，三尺浪」，解釋為「人云亦云。比喻捕風捉影的人。」

鄧榮坤《客家話的智慧》頁 20 收錄「一尺風，三尺浪」，解釋為「吹牛。即客家話的『膨風』。」

一尺風三尺浪, *y. chhak fung sam chhak lòng*, a foot of wind will cause a wave of three feet. (Fig. exaggeration).

795. 一朝食得三片薑，餓死街頭賣藥方

1108-3 一朝食得三片薑餓死街頭賣藥方

| 校訂 | 一朝食得三片薑，餓死街頭賣藥方

| 辭典客語拼音 | yit chau shit8 tet sam phien2 kiong, ngo3 si2 kai (ke) theu2 mai3 yok8 fong

| 辭典英文釋義 | If people should eat three pieces of ginger daily, the medicine seller at the street corner would die of starvation.

| 中文翻譯 | 如果人們每天吃三片生薑，那麼街角的藥販就要餓死了。

｜參考資料｜

徐運德《客家諺語》頁 216 收錄類似諺語「朝食三片薑，餓死街頭賣藥坊」，解釋為「每天早晨吃三片薑，不但助消化亦可保健。那麼街頭藥店就沒生意了。」

涂春景《聽算無窮漢——有韻的客話俚諺 1500 則》頁 109 收錄類似諺語「朝朝三錢薑，餓死街頭老藥坊」，解釋為「老藥坊，本指老藥鋪，這裡借代為賣藥的人。話說，每天吃三錢薑，可以卻病延年，餓死街坊賣藥的老闆。」頁 109 收錄類似諺語「朝朝亢起三錢薑，毋使街頭催藥方」，解釋為「亢起，起床；毋使，不必；催藥方，指買藥。每天早上起來，吃少許的生薑，將常保健康，不必上街買藥。」

黃永達《臺灣客家俚諺語語典：祖先的智慧》頁 327 收錄類似諺語「朝食三片薑，餓死街頭賣藥坊」，解釋為「[經驗談] 每日朝晨吃三片嫩薑，助消化又暖胃，身體好，街頭藥店就無生理了。」頁 327 收錄類似諺語「朝朝三錢薑，餓死街頭老藥坊」，解釋為「[教示諺] 喻薑做得暖胃、養身，特別在朝晨食薑最好；而長年恁樣食薑，自然就無病痛，毋使食藥仔。」頁 327 收錄類似諺語「朝朝三錢薑，餓死街頭賣藥郎」，解釋為「[教示諺] 每朝晨係食兜仔薑嫲，胃肚會燒暖，身體就會好，身體健康就毋使吃藥仔咧。」頁 328 收錄類似諺語「朝朝早䟘四塊薑，毋使街頭尋藥方」，解釋為「[經驗談] 朝晨食薑暖胃去風寒，較毋會發病，養身之道也。」

一朝食得三片薑餓死街頭賣藥方, *y. chau shit tet sam phién kiong, ugò si kai (kè) thêu mài yók jong.* If people should eat three pieces of ginger daily, the medicine seller at the street corner would die of starvation.

796. 一重麻布抵重風

1108-4 一重麻布抵重風

｜辭典客語拼音｜ yit chhung5 ma5 pu3 ti2 (te2) chhung3 fung

｜辭典英文釋義｜ one fold of hemp cloth protects one from heavy wind.

｜中文翻譯｜一折麻布可以保護一個人免吹烈風。

一重麻布抵重風, *y. chhûng mâ pù ti (té) chhùng fung*, one fold of hemp cloth protects one from heavy wind.

797. 一正去百（壓千）邪

1108-5 一正去百邪

| 校訂 | 一正去百（壓千）邪
| 辭典客語拼音 | yit chin3 khi3 pak (ap tshien) sia5

| 辭典英文釋義 | one thing true will cancel a hundred false.
| 中文翻譯 | 一件事為真會消除一百個假。

辭典截圖
一正去百邪, *y. chìn khì pak (ap tshien) siâ,* one thing true will cancel a hundred false.

798. 一夫捨死，百夫難當

1109-2 一□□□□□□□

| 校訂 | 一夫捨死，百夫難當
| 辭典客語拼音 | yit fu sha3 si2 pak fu nan5 tong

| 辭典英文釋義 | one who dares to die will unnerve one hundred (of the enemy).
| 中文翻譯 | 一個敢死的人會使一百個人（敵人）不安。

辭典截圖
y. fu shà sì pak fu nân tong, one who dares to die will unnerve one hundred (of the enemy).

799. 一下剷鍬就愛成井

1109-3 一下剷鍫就愛成井

| 校訂 | 一下剷鍬就愛成井
| 辭典客語拼音 | yit ha3 tshiam tshiau tshiu3 oi3 shang5 tsiang2

| 辭典英文釋義 | is the well dug when the first turf is turned? (Fig. is it as easy as all that?)
| 中文翻譯 | 翻動第一塊土時就挖好了井？（意指有這麼簡單嗎？）

| 說明 | 與 941-1「剷鍬就愛成井」（709）相同。

｜參考資料｜

陳澤平、彭怡玢《長汀客家方言熟語歌謠》頁 88 收錄「一 頭挖唔成一口井」，注「挖唔成：挖不成。」

一下劉鏨就愛成井, *y. hà tshiam tshiau tshiù òi shâng tsiáng*, is the well dug when the first turf is turned? (Fig. is it as easy as all that?)

800. 一好無兩好，兩好毋到老

1109-4 一好無兩好兩好唔到老

｜校訂｜一好無兩好，兩好毋到老

｜辭典客語拼音｜ yit hau2 vu5 liong2 hau2 liong2 hau2 m tau2 lau2

｜辭典英文釋義｜ one may be good not both, if good they won't remain so till old age (husband and wife).

｜中文翻譯｜一個可能是好的，不會兩個同時都好，如果都好，也不會好到晚年（夫妻）。

｜參考資料｜

姜義鎮《客家諺語》頁 15 收錄類似諺語「有一好無二好」，解釋為「福無雙至，有利也有弊。」

涂春景《聽算無窮漢——有韻的客話俚諺 1500 則》頁 3 收錄類似諺語「一好無兩好，兩好毋到老」，解釋為「無，沒有；兩好，兩全其美；到老，直到永遠。是說人生沒有十全十美的事，縱使有也不可能永永遠遠。」

黃永達《臺灣客家俚諺語語典：祖先的智慧》頁 6 收錄「一好無兩好，兩好毋到老」，解釋為「[經驗談] 指人世間福無兩全，就係有，也無可能長久。」頁 143 收錄類似諺語「有一好，無兩好」，解釋為「[習用語] 天下事常透無兩全其美，有好就有壞，即福毋雙至，毋會同時有兩樣好事情，另也有『魚與熊掌不可兼得』之意。閩諺也有相同之句。」

一好無兩好兩好唔到老. *y. háu vú lióng háu lióng háu m táu láu*, one may be good not both, if good they won't remain so till old age (husband and wife).

801. 一家燈火難照兩家光

1109-5 一家燈火難照兩家光

｜辭典客語拼音｜ yit ka ten fo2 nan5 chau3 liong2 ka kwong

｜辭典英文釋義｜ one lamp cannot light two houses.
｜中文翻譯｜一盞燈不能照亮兩棟房子。

｜說明｜ 意指無法兼顧。

一家燈火難照兩家光, *y. ka ten fó nân chàu lióng ka kwong*, one lamp cannot light two houses.

802. 一個米，一點汗

1110-1 一個米一點汗

｜校訂｜一個米，一點汗
｜辭典客語拼音｜ yit kai3 mi yit tiam2 hon3

｜辭典英文釋義｜ a grain of rice costs a drop of sweat.
｜中文翻譯｜一粒米耗費一滴汗水。

｜參考資料｜

姜義鎮《客家諺語》頁 19 收錄類似諺語「一粒米百點汗」，解釋為「糧食難得。」

黃永達《臺灣客家俚諺語語典：祖先的智慧》頁 11 收錄類似諺語「一粒米，百粒米（汗）」，解釋為「[教示諺] 米飯得來不易，經過幾多人的辛苦工作，勸話人毋好浪費糧食之語。」頁 11 收錄類似諺語「一粒飯三點汗」，解釋為「[教示諺] 形容碗中飯得來不易，勸人要感恩、要惜福。」

一個米一點汗, *y. kài mi yit tiám hòn*, a grain of rice costs a drop of sweat.

803. 一個田螺煮石二水

1110-2 一個田螺煑石二水

| 校訂 | 一個田螺煮石二水

| 辭典客語拼音 | yit kai3 thien5-lo5 chu2 shak8 nyi3 shui2

| 辭典英文釋義 | using much water to cook a snail. (Fig., pretence)

| 中文翻譯 | 用大量的水煮螺（意指虛偽不實）。

| 說明 | 「石二水」即「十二斗的水」。

一個田螺煑石二水, *y. kài thien-lò chú shák nyì shúi,* using much water to cook a snail. (Fig., pretence).

804. 一個銅錢三點汗

1110-3 一□□□□□□

| 校訂 | 一個銅錢三點汗

| 辭典客語拼音 | yit kai3 thung5 tshien5 sam tiam3 hon3

| 辭典英文釋義 | three drops of sweat for each copper cash.

| 中文翻譯 | 三滴汗水換一個銅錢。

| 參考資料 |

涂春景《形象化客話俗語 1200 句》頁 11 收錄「一點錢銀三點汗」，解釋為「錢銀就是錢的意思。要流汗灑種，才能歡呼收割。此話比喻一個人賺錢非常辛苦、應當儉省。」

黃永達《臺灣客家俚諺語語典：祖先的智慧》頁 9「一個銅錢，三點汗」，解釋為「[教示諺] 喻賺錢不易，勸話人要節省開銷、勤儉持家之意。」頁 14「一點錢銀九點汗」，解釋為「[教示諺] 錢銀要用汗水換轉來，相當辛苦，故所要知好省儉。」

劉守松《客家人諺語（二）》頁 86「一個銅錢，三點汗」，解釋為「賺錢不易，可以說一分錢一點血，即是勸人勤儉齊家的意思。」

y. kài thûng tshiên sam tiàm hòn, three drops of sweat for each copper cash.

805. 一個山頭，一隻鷓鴣

1110-4 一個山頭一隻鷓鴣

｜校訂｜一個山頭，一隻鷓鴣

｜辭典客語拼音｜ yit kai3 san theu5 yit chak cha3 ku

｜辭典英文釋義｜ to every hill a partridge.

｜中文翻譯｜每一個山頭有一隻鷓鴣。

｜說明｜ 有「各據地盤」之意。與 319-2「各人有個伯勞壇」（218）意思相同。

一個山頭一隻鷓鴣, *y. kài san thêu yit chak chà ku,* to every hill a partridge.

806. 一個芋頭交個芋卵（蒂）

1110-5 一□□□□□□□（□）

｜校訂｜一個芋頭交個芋卵（蒂）

｜辭典客語拼音｜ yit kai3 vu3 theu5 kau3 kai3 vu3 lon3 (ni3)

｜辭典英文釋義｜ a small taro exchanged for a large one. (Fig., when a mother dies giving birth to a son).

｜中文翻譯｜小芋頭換成大芋頭（意指當母親去世生下一個兒子）。

｜說明｜ 1905 年版《客英詞典》頁 1130 收錄相同諺語，解釋為“a poor small taro substituted for a good large one — often said when a daughter is born after a son has died.”（一個品質差又小的芋頭代替一個又好又大的芋頭——常在一個兒子死後生了女兒時說）。1926 年版與 1905 年版的辭典說法不同。1905 年版《客英詞典》頁 575「ni3（蒂）」的英譯為“the little stem or stalk by which a fruit or flower is attached to the tree. a pedicle. the beginning.”

y. kài vù thêu kàu kài vù lòn (nì), a small taro exchanged for a large one. (Fig., when a mother dies giving birth to a son).

807. 一钁頭，一畚箕

1111-1 一脚頭一畚箕

｜校訂｜一钁頭，一畚箕

｜辭典客語拼音｜ yit kiok theu5 yit pun3 ki5

｜辭典英文釋義｜ one hoe full, fills the rubbish basket － acting too hurriedly.

｜中文翻譯｜一整鋤填滿一畚箕——行動太匆促。

｜說明｜ 鋤頭挖土，不能一鋤下去挖太多，不好使力，想一整鋤填滿一畚箕，太急。

｜參考資料｜

姜義鎮《客家諺語》頁 20 收錄類似諺語「三下脚頭兩畚箕」，解釋為「做事潦草。」

黃盛村《臺灣客家諺語（上冊）》頁 68 收錄類似諺語「三下脚頭，兩畚箕」，解釋為「稱讚工作的快速與俐落，同時也具有批判性與警惕性，倘若一個人做事不夠敬業或只求速成，所做的事必定是徒勞無功。」

一脚頭一畚箕, *y. kiok thêu yit pùn kî*, one hoe full, fills the rubbish basket—acting too hurriedly.

808. 一籃芋盡係頭

1111-2 一籃芋盡係頭

｜辭典客語拼音｜ yit lam5 vu3 tshin3 he3 theu5

｜辭典英文釋義｜ the basket of taro all are of one size. (Fig. for a village with no head.)

｜中文翻譯｜籃子裡的芋頭大小全部相同（意指一個沒有首領的村莊）。

｜說明｜「芋頭」是指大芋頭；「芋卵」是指小芋頭。1905 年版《客英詞典》頁 1130 有「一籃芋打淨頭」，英文釋義為"a basket with nothing but large taro － too many headmen."（盡是大芋頭的籃子——太多首領）。

一籃芋盡係頭, *y. lâm vù tshìn hè thêu*, the basket of taro all are of one size. (Fig., for a village with no head.)

809. 一人毋知一人事

1112-1 一人唔知一人事

| 校訂 | 一人毋知一人事

| 辭典客語拼音 | yit nyin5 m ti yit nyin5 sii3

| 辭典英文釋義 | this man does not know that man's affairs.

| 中文翻譯 | 這個人不知道那個人的事。

| 說明 | 意指家家有本難唸的經。

一人唔知一人事, y. nyin m ti yit nyin sü, this man does not know that man's affairs.

810. 一人有福會遮滿屋

1112-2 一人有福會遮滿屋

| 辭典客語拼音 | yit nyin5 yu fuk voi3 cha man vuk

| 辭典英文釋義 | the whole family shares in the fortune of one of its members.

| 中文翻譯 | 全家人分享其中一名成員的財富。

| 參考資料 |

姜義鎮《客家諺語》頁 31 收錄類似諺語「一人有福，託庇滿屋」，解釋為「一個人有福氣，大家跟著得益處。」

涂春景《聽算無窮漢——有韻的客話俚諺 1500 則》頁 1 收錄類似諺語「一人有福，牽帶滿屋。」，解釋為「一人，指一家之主；有福，說主事者能服眾，獲得大家的支持；滿屋，整個家庭。如果一家之主，治家有道，必能使整個家庭，一團和氣，家業蒸蒸日上。」

黃永達《臺灣客家俚諺語語典：祖先的智慧》頁 2 收錄類似諺語「一人有福，牽帶滿屋」，解釋為「[經驗談] 一儕人（指主人、領袖）有福氣，歸家人（團體）也共樣會有福氣；一儕人領導有方，大家就跈等團結和氣。」頁 2 收錄類似諺語「一人有福帶過一屋，一人無福牽過一屋」，解釋為「[經驗談] 一儕人有福氣，一屋大細就有福氣；一儕人無福，一屋大細也分佢連累受害。」頁 96 收錄類似諺語「主人有福，牽帶滿屋」，解釋為「[經驗談] 主人有好福，歸屋大細也會有福，指領導人的禍福會影響大自家的禍福。」

楊兆禎《客家諺語拾穗》頁 2 收錄類似諺語「一人做福，福蔭滿屋」，解釋為「勸人行善的話。」

一人有福會遮滿屋, *y. n in yu fuk vòi cha man vuk*, the whole family shares in the fortune of one of its members.

811. 一日愁來一日當

1112-3 一日愁來一日當

｜辭典客語拼音｜ yit nyit seu5 loi5 yit nyit tong

｜辭典英文釋義｜ each day bears its own sorrow.

｜中文翻譯｜每個日子要擔負每個日子的不幸。

一日愁來一日當, *y. nyit sèu lôi yit nyit tong*, each day bears its own sorrow.

812. 一肥遮百醜

1113-1 一肥遮百醜

｜辭典客語拼音｜ yit phui5 cha pak chhiu2

｜辭典英文釋義｜ fleshiness covers many defects.

｜中文翻譯｜豐腴遮蓋了許多缺陷。

一肥遮百醜, *y. phûi cha pak chhiú*, fleshiness covers many defects.

813. 一儕行弓，一儕行箭

1113-2 一齊行弓一齊行箭

｜校訂｜一儕行弓，一儕行箭

｜辭典客語拼音｜ yit sa5 hang5 kiung yit sa5 hang5 tsien3

｜辭典英文釋義｜ one walks circuitously another straight.

| 中文翻譯 | 一個迂迴行走，另一個筆直走。

| 說明 | 意指行事方法不同。

辭典截圖
一齊行弓一齊行箭, y. sâ hâng kiung yit sâ hâng tsièn, one walks circuitously another straight.

814. 一儕半斤，一儕八兩

1113-3 一儕半斤一齊八兩

| 校訂 | 一儕半斤，一儕八兩

| 辭典客語拼音 | yit sa5 pan3 kin yit sa5 pat liong

| 辭典英文釋義 | one is half a catty one is eight-ounces. (six and half a dozen).

| 中文翻譯 | 一個是半斤，一個是八盎司（六和半打）。

| 說明 | 「兩」和「盎司」不同，「兩」是中國人稱重的單位，「盎司」是西洋人稱重單位。

| 參考資料 |

姜義鎮《客家諺語》頁 10 收錄類似諺語「八兩笑半斤」，解釋為「不相上下。」頁 26 收錄「一個半斤，一個八兩」，解釋為「不相上下，同樣。」

徐運德《客家諺語》頁 347 收錄類似諺語「半斤八兩」，解釋為「此語是指某人與某人，兩者的言行性格，以及他倆，為人處世的方式，如出一轍，人們便譏他倆為『半斤八兩』。意即臭味相投之謂。」

涂春景《形象化客話俗語 1200 句》頁 7 收錄「一個半斤，一個八兩」，解釋為「半斤、八兩，一樣多。這裡說兩個人的程度相當、能力差不多，不必五十步笑百步的意思。」

黃永達《臺灣客家俚諺語語典：祖先的智慧》頁 9 收錄類似諺語「一個半斤，一個八兩」，解釋為「[俚俗語] 喻分毋出高低、多少之意，另指兩人的能力、品德共樣差。」頁 102 收錄類似諺語「半斤八兩」，解釋為「[比喻詞] 半斤就係八兩，比喻兩件事或兩個人差毋多。」頁 102 收錄類似諺語「半斤對八兩——共樣」，解釋為「[師傅話] 一斤十六兩，半斤八兩，全部共樣。」

楊兆禎《客家老古人言》頁 27 收錄「一個半斤，一個八兩——共樣貨色」，解釋為「與『一丘之貉』、『五十步笑一百步』類似。」頁 53 收錄「半斤對八兩——差不多、同窯貨、不分上下」。

楊兆禎《客家諺語拾穗》頁 1 收錄類似諺語「一個半斤，一個八兩」，解釋為「共樣貨色（同窯貨）；『一丘之貉』；『一百句、五十雙』；大家差不多。」頁37 收錄類似諺語「半斤對八兩——不分上下；差不多；同窯貨」；頁 38 收錄類似諺語「半斤笑八兩」，解釋為「與『龜笑鱉無尾』、『狐狸毋知自家尾下臭』、『自家個朘仔歪，嫌人尿桶漏』……等相似。」頁 96 收錄類似諺語「秤頭半斤，秤尾八兩——平重」，解釋為「與『一百句、五十雙』、『一丘之貉』、『同窯貨』……類似。」頁 165 收錄類似諺語「半斤八兩」，解釋為「共樣。」

鄧榮坤《生趣客家話》頁 133 收錄類似諺語「一個半斤，一個八兩」，解釋為「共樣貨色。比喻能力或品性相當的兩人。」

一儕半斤一齊八兩, *y. sá pàn kin yit sá pat liong*, òne is half a catty one is eight-ounces. (six and half a dozen).

815. 一世做官三世絕

1113-5 一世做官三世絕

｜辭典客語拼音｜ yit she3 tso3 kwon (kwan) sam she3 tshiet8

｜辭典英文釋義｜ so bad a ruler must certainly be cut off. (execration).

｜中文翻譯｜壞的統治者一定會被斷後（詛咒）。

｜參考資料｜

徐運德《客家諺語》頁 432 收錄類似諺語「一代做官三代絕」，解釋為「此語是說，官宦之家，多半不能克昌厥後的。即使自認公正廉潔，明察秋毫，有時也難免辦錯案件，令人含冤莫白。其中若是貪贓枉法，甚至誤人性命。無形中便種下虧心缺德的事，就會殃及子孫。故有絕三代的警戒語。」

涂春景《形象化客話俗語 1200 句》頁 4 收錄「一代做官三代絕」，解釋為「昔日做官的，青天大老爺少；多數作威作福、貪贓枉法、徇私舞弊、魚肉鄉民，甚至錯辦案件、誤殺人命、使人含冤莫辯，如此缺德必殃及子孫；所以說一代做官，三代將得不到好報應。」

黃永達《臺灣客家俚諺語語典：祖先的智慧》頁 5 收錄類似諺語「一代做官三代絕」，解釋為「[教示諺] 做官辦錯案件或貪贓枉法，會絕三代人。警誡人做官要謹慎自重。」

一世做官三世絕, *y. shè tsò kwon (kwan) sam shè tshiet*, so bad a ruler must certainly be cut off. (execration).

816. 一時圓，一時匾

1114-1 一時圓一時匾

｜校訂｜一時圓，一時扁

｜辭典客語拼音｜ yit shi yen5 yit shi5-pien2

｜辭典英文釋義｜ variable, changeable, inconstant.

｜中文翻譯｜可變的，改變的，不固定的。

｜參考資料｜

黃永達《臺灣客家俚諺語語典：祖先的智慧》頁 10 收錄類似諺語「一時圓，一時扁」，解釋為「[俚俗語] 形容無定見、毋定性的小人。」

涂春景《形象化客話俗語 1200 句》頁 6 收錄「一時圓，一時扁」，解釋為「一時，有時。此話形容一個胸無定見、反覆無常的小人。」

辭典截圖

一時圓一時匾, *y. shi yên yit shi-piên*, variable, changeable inconstant.

817. 一條竹篙打一船人

1115-1 一條竹篙打一船人

｜辭典客語拼音｜ yit thiau5 chuk kau ta2 yit shon5 nyin5

｜辭典英文釋義｜ one rod of bamboo can chastise the boat crew.

｜中文翻譯｜一桿竹子可以打一整船的船員。

｜參考資料｜

姜義鎮《客家諺語》頁26收錄「一枝竹篙打一船人」，解釋為「一句話，得罪大家。」頁 71 收錄「一枝竹篙打一船人」，解釋為「不分青紅皂白。」

徐運德《客家諺語》頁 110 收錄「一條竹篙打一船人」，解釋為「指一個人的不法行為，足以影響眾人的安全與利益之謂。例如渡船，載滿渡者，由於篙師疏忽失手，致船傾覆，使全船的人，都受到隨船沉沒的不幸。又此語，也可解釋為，一人一言之失當，致使一群人名譽受連累。」

涂春景《形象化客話俗語 1200 句》頁 5 收錄「一枝竹篙打一船人」，解釋為「竹篙，本指晾衣用的竹竿，這裡指撐船的竹竿。用一枝竹竿，打遍整船的人；這句話指說一句話傷害到所有的人，也就是說，人、事無分好壞，統統否定。」

黃永達《臺灣客家俚諺語語典：祖先的智慧》頁 4 收錄類似諺語「一支竹篙打一船人」，解釋為「[俚俗語] 只是個人主觀看法，而將所有其他人都變毋著咧。竹篙：竹竿。」頁 4 收錄類似諺語「一支竹篙押倒一船人」，解釋為「[俚俗語] 講一句壞話就講到全部的人，和全部的人牽連在內。」頁 7 收錄類似諺語「一竹篙打一船人」，解釋為「[師傅話] 要批評一儕人，將一大群人全部批評落去，無分清楚團體和個人，也有『毋分青紅皂白』的意思。」

黃盛村《臺灣客家諺語（下冊）》頁 162 收錄「一枝竹篙，打一船人」，解釋為「許多人以『先入為主』的觀點，以自己的看法及衡量事物為準則，無形中致使許多無辜人吃上暗虧，甚至同受『池魚之殃』。」

楊兆禎《客家老古人言》頁 27 收錄「一竹篙，打一船人——不分青紅皂白」。

劉兆蘭《一日一句客家話：客家老古人言》頁 115 收錄類似諺語「一竹篙壓一群人」，解釋為「和國語『一粒老鼠屎壞了一鑊糜』共樣。」

鄧榮坤《生趣客家話》頁 134 收錄類似諺語「一竹篙，打一船人」，解釋為「不分青紅皂白。比喻自以為是的人，常以自己的觀念來看世界。」

鄧榮坤《客家話的智慧》頁 182 收錄「一隻竹篙，打一船人」，解釋為「不分青紅皂白闖禍。」

一條竹篙打一船人, *y. thiâu chuk kau tá yit shôn nyîn,* one rod of bamboo can chastise the boat crew.

818. 一筒米舞死一隻猴

1115-2 一筒米舞死一隻狭

| 校訂 | 一筒米舞死一隻猴

| 辭典客語拼音 | yit thung5 mi2 mu3 si2 yit chak heu5

| 辭典英文釋義 | for one bowl of rice he dances the monkey to death. (Fig, for much work and little pay).

| 中文翻譯 | 為一碗米他把猴子耍跳到死（意指工作多，薪水少）。

| 說明 | 「筒」是米最小的衡量單位。

一筒米舞死一隻狭, *y. thúng mí mù sí yit chak hêu,* for one bowl of rice he dances the monkey to death. (Fig, for much work and little pay).

819. 一千賒毋當八百現

1116-1 一千賒唔當八百現

｜校訂｜一千賒毋當八百現
｜辭典客語拼音｜ yit tshien chha m tong3 pat pak hien3

｜辭典英文釋義｜ eight hundred cash ready money is better than a thousand on credit.
｜中文翻譯｜八百現金優於賒帳一千。

｜參考資料｜
姜義鎮《客家諺語》頁 30 收錄「一千賒無當八百現」，解釋為「高額賒帳不如小額現金較好。」
徐運德《客家諺語》頁 183 收錄「一千賒毋當八百現」，解釋為「高價的賒帳不如現金買賣較好。譬如說，賒帳一千元，倒不如八百元的現金較好。」
涂春景《形象化客話俗語 1200 句》頁 1 收錄「一千賒毋當八百現」，解釋為「賒，賒帳；現，付現。同一貨品，賣給賒賬的人一千塊，不如賣給付現金的八百塊。這裡指出人人皆著眼現實。」
黃永達《臺灣客家俚諺語語典：祖先的智慧》頁 3 收錄「一千賒毋當八百現」，解釋為「[教示諺] 高價賒帳買賣，毋當低價現金交易。」
鄧榮坤《生趣客家話》頁 64 收錄類似諺語「一千賒不當八百現」，解釋為「穩紮穩打。景氣低迷時，倒風猛吹，生意人寧可壓低售價換取現金，也不願意以收取支票或賒帳的方式，高價出售貨物。」
鄧榮坤《客家話的智慧》頁 132 收錄「一千賒不當八百現」，解釋為「高價的買賣，不如現金交易。」

辭典截圖

一千賒唔當八百現, *y. tshièn chha m tòng pat pak hièn,* eight hundred cash ready money is better than a thousand on credit.

820. 一寸眉擔萬種愁

1116-2 一寸眉擔萬種愁

｜辭典客語拼音｜ yit tshun3 mi5 tam van3 chung2 seu5

｜辭典英文釋義｜ good looks can bear the myriad seeds of sorrow.

｜中文翻譯｜美貌可以承受無數的悲傷的種子。

一寸眉擔萬種愁, y. tshùn mi tam vàn chúng sêu, good looks can bear the myriad seeds of sorrow.

821. 一樣米食千樣人

1117-1 一樣米食千樣人

｜辭典客語拼音｜ yit yong3 mi2 shit8 tshien5 yong3 nyin5

｜辭典英文釋義｜ one kind of eating rice, a thousand kinds of men.

｜中文翻譯｜一種吃的米，一千種的人。

｜參考資料｜

姜義鎮《客家諺語》頁 22 收錄「一樣米畜百樣人」，解釋為「雖吃同樣的米，但人卻各不同。」

涂春景《形象化客話俗語 1200 句》頁 10 收錄「一樣米供百樣人」，解釋為「供，養。是說人人都吃五穀雜糧長大的，卻有聰敏愚痴、忠奸、賢不肖的分別。」

黃永達《臺灣客家俚諺語語典：祖先的智慧》頁 13 收錄「一樣米蓄百樣人」，解釋為「[經驗談]共樣的米生養出來的人百百種，樣仔、性格、好壞全毋共樣。」

楊兆禎《客家諺語拾穗》頁 4 收錄類似諺語「一樣米，供百樣人」，解釋為「人各有志。」

劉兆蘭《一日一句客家話：客家老古人言》頁 100 收錄「一樣米供百樣人」，解釋為「意思是說世上人有千百種，各個不同，就像兄弟姊妹雖然生在同一個家庭，但是志向、成就都不一樣。」

劉守松《客家人諺語（二）》頁 68 收錄類似諺語「一樣米，供百樣人」，解釋為「大意是白米都是一樣供人食用，但是人類的個性不同，近朱者赤，近墨者黑也。生活上接受父母的家教與學校的教學不同，有好人與壞人，甚至養成有懶惰的人。」

羅肇錦《苗栗縣客語、諺謠集（四）》頁 68 收錄類似諺語「一樣米，供百樣人」，解釋為「比喻人各有志，或不同環境成就不同。」

一樣米食千樣人, y. yòng mi shit tshiên yòng nyîn, one kind of eating rice, a thousand kinds of men.

822. 一樣生，百樣死

1117-2 一樣生百樣死

| 校訂 | 一樣生，百樣死

| 辭典客語拼音 | yit yong3 sang (sen) pak yong3 si2

| 辭典英文釋義 | men are born in one way but death comes in many ways.

| 中文翻譯 | 人以一種方式出生，但是死亡以多種方式出現。

| 參考資料 |

黃永達《臺灣客家俚諺語語典：祖先的智慧》頁 13 收錄「一樣生，百樣死」，解釋為「[經驗談] 出生時，大家都大同小異；死亡時，大家死的情況都差別儘大。」

一樣生百樣死, *y. yòng sang (sen) pak yòng si*, men are born in one way but death comes in many ways.

823. 一樣齋公一樣教

1117-3 一樣齋公一樣教

| 校訂 | 一樣齋公一樣教

| 辭典客語拼音 | yit yong3 tsai kwung yit yong3 kau3

| 辭典英文釋義 | so many vegetarian (sects) so many kinds of teaching.

| 中文翻譯 | 如此眾多的吃齋者（教派）如此多樣的教義。

| 說明 | 「齋公」是和尚。

一樣齋公一樣教, *y. yòng tsai kwung yit yòng kàu*, so many vegetarian (sects) so many kinds of teaching.

824. 若要江湖走，磨利一把口

1118-1 若要江湖走磨利一把口

| 校訂 | 若要江湖走，磨利一把口

| 辭典客語拼音 | yok yau3 kong fu5 tseu2 mo5 li3 yit pa2 kheu2

｜辭典英文釋義｜ if you chose the life of the strolling player, etc. sharpen your wits — (mouth).

｜中文翻譯｜如果你選擇行走賣藝這一行的話，先磨利你的機智——（口才）。

｜參考資料｜

涂春景《聽算無窮漢——有韻的客話俚諺 1500 則》頁 164 收錄類似諺語「若愛江湖走，磨利一把口」，解釋為「若愛，如果要；磨利，練就。闖蕩江湖，要靠能說善道的好口才。所以說，如果要跑江湖，先練就好口才。」

若要江湖走磨利一把口, *y. yàu kong fû tséu mô lì yit pá khéu*, if you chose the life of the strolling player, etc. sharpen your wits—(mouth.).

825. 若要好，問三老

1118-2 若要好問三老

｜校訂｜若要好，問三老

｜辭典客語拼音｜ yok yau3 hau2 mun3 sam lau2

｜辭典英文釋義｜ if you want a thing well done, ask the older men.

｜中文翻譯｜如果您想把事情做好，請問年紀大的人。

｜參考資料｜

徐運德《客家諺語》頁 54 收錄類似諺語「若要學問好，必得問三老」，解釋為「一個人想學好，必須請教三老。所謂三老，即指老年人、老實人、經驗多的人。因為老年人，閱歷多，見識廣。老實人，宅心仁厚，誠懇篤實。老經驗的人，對事情的得失和正誤，有高度的理解力和體驗。所以請教了三老，取法了他們，那自然能學好。」

涂春景《聽算無窮漢——有韻的客話俚諺 1500 則》頁 164 收錄類似諺語「若愛好，問三老」，解釋為「愛，要。凡事如果要做得完美，要一問再問有此經驗的老前輩。」

黃永達《臺灣客家俚諺語語典：祖先的智慧》頁 247 收錄類似諺語「若要學問好，必得問三老」，解釋為「[教示諺] 三老，即指老人家、老實人、老經驗的；老人家見識闊，老實人仁厚誠懇，老經驗的人對事情有高度理解體驗，故所請教三老，向佢兜學習，自然學問好。」

劉兆蘭《一日一句客家話：客家老古人言》頁 5 收錄類似諺語「若愛學問好，必得問三老」，解釋為「所謂三老是指老年人、老實人以及有老經驗的人。這句話是說若常向這三種人請教，可增長見聞，學習待人處世之道。」

羅肇錦《苗栗縣客語諺語、謎語集（二）》頁 55 收錄類似諺語「凡事愛好問過三老」，解釋為「老人家的經驗很寶貴值得效法。勸人要虛心學習，多向長者請教。」

若要好問三老, y. yàu háu mùn sam láu, if you want a thing well done, ask the older men.

826. 藥書抄三擺毒死人

1118-3 藥□□□□□□□

| 校訂 | 藥書抄三擺毒死人

| 辭典客語拼音 | yok8 shu tshau sam pai2 theu3 si2 nyin5

| 辭典英文釋義 | medical books frequently copied become inaccurate and kill people.

| 中文翻譯 | 經常被抄寫的藥書變得不正確而會要人命。

| 參考資料 |

徐運德《客家諺語》頁 431 收錄類似諺語「藥方三抄毒死人」，解釋為「此語是比喻，大凡道聽途說的話，不可隨便輕信。因為傳聞的話未必真實。如果聽信了，就會釀成是是非非。就同不懂藥物的人，去抄藥方難免會抄錯藥名。這不僅服了沒有藥效，反而會害死人性命之謂。」

涂春景《形象化客話俗語 1200 句》頁 258 收錄「藥單三抄毒死人」，解釋為「藥單，藥方，指中藥的處方；三抄，抄了三遍。以前醫藥不發達，鄉曲人家，許多彼此相類似的症狀，常將中藥的處方傳抄給人。話說中藥的處方，抄了多遍以後，必定會有差誤，如果照此處方吃藥，可能被毒死。比喻傳言之不可信。」

黃永達《臺灣客家俚諺語語典：祖先的智慧》頁 447 收錄類似諺語「藥方三抄毒死人」，解釋為「[教示諺] 隨便輕信會造成是非，就像抄藥方經過三手會抄錯藥名，毋單無藥效，顛倒有害健康，甚至會害人性命。」

y. shu tshau sam pài thèu si nyin, medical books frequently copied become inaccurate and kill people.

827. 養妹子毋好算飯餐

1120-1 養妹子唔好算飯餐

| 校訂 | 養妹子毋好算飯餐

｜辭典客語拼音｜ yong moi3 tsii2 m hau2 son3 fan3 tson

｜辭典英文釋義｜ when betrothing a daughter do not reckon the food she consumed.
｜中文翻譯｜把女兒許配人時，不要計算她吃掉了的食物。

｜說明｜「養妹子」是養女兒。以前的人女兒訂婚時會要聘金。

｜參考資料｜
涂春景《形象化客話俗語1200句》頁159收錄類似諺語「畜妹兒，毋可算飯餐錢」，解釋為「畜妹兒，養女兒；毋可，不可以；飯餐錢，吃飯的錢，這裡指養兒育女的一切心血。話說父母養兒育女無悔的付出。一個人的長成，在食衣住行育樂各方面的有形無形的花費，無可數計。因此說養女兒不可算飯錢。」
黃永達《臺灣客家俚諺語語典：祖先的智慧》頁387收錄類似諺語「蓄𥚃仔毋好算飯餐錢」，解釋為「[教示諺]訓示人蓄子女係人生的義務，毋使計較費用，也毋好指望子女來養老。」

養妹子唔好算飯餐, y. mòi tsṳ́ m háu sòn fàn tsh , when betrothing a daughter do not reckon the food she consumed.

828. 養女方知謝娘恩

1120-2 養女方知謝娘恩

｜辭典客語拼音｜ yong ng2 fong ti tshia3 nyong5 en

｜辭典英文釋義｜ a daughter can only fully requite her mother, when she has children of her own.
｜中文翻譯｜只有女兒有自己的小孩時，才能完全報答母親。

｜參考資料｜
黃盛村《臺灣客家諺語（下冊）》頁166收錄類似諺語「蓄子正知爺娘恩」，解釋為「生育兒女，看似困難，其實簡單。教育子女，看似容易，其實困難。等到為人父母，方知生身父母，任勞任怨的把子女一一扶養長大，是多麼的偉大。」

養女方知謝娘恩. y. ńg fong ti tshià nyông en, a daughter can only fully requite her mother, when she has children of her own.

829. 養女過家娘

1120-3 養女過家娘

｜辭典客語拼音｜ yong ng2 kuo3 ka nyong5

｜辭典英文釋義｜ give a daughter to her mother-in-law to nourish.

｜中文翻譯｜把女兒交給她的婆婆養育。

｜說明｜「養女過家娘」意思是女孩子要婚後由婆婆教養，方知為人處事之道。與673-1「生子過學堂，生女過家娘」（514）的後半句相似。

｜參考資料｜

陳澤平、彭怡玢《長汀客家方言熟語歌謠》頁 54 收錄類似諺語「好子過學堂，好女過家娘」，解釋為「孩子經過老師的教育才能懂道理，姑娘要出嫁後經過婆婆的調教，才會變得勤勞賢慧。」

養女過家娘, *y. ńg kwò ka nyông,* give a daughter to her mother-in-law to nourish.

830. 養女不教如養豬

1120-4 養女不敎如養猪

｜校訂｜養女不教如養豬

｜辭典客語拼音｜ yong ng2 put kau yi5 yong chu

｜辭典英文釋義｜ the way to rear a daughter is not the same as to rear a pig.

｜中文翻譯｜養育女兒與養豬的方法不同。

｜說明｜與 1120-7「養子不教如養驢」（833）為上下句。

｜參考資料｜

黃永達《臺灣客家俚諺語語典：祖先的智慧》頁 386 收錄類似諺語「蓄子毋教毋當蓄狗，蓄女毋教毋當蓄豬」，解釋為「[教示諺] 係講養育子女，卻毋教育子女，毋當蓄畜牲較贏。」頁 403 收錄類似諺語「養子不教如養驢，養女不教如養豬」，解釋為「[教示諺] 育子要教，否則會像蓄驢仔樣無像人；育女也要教，否則會像蓄豬樣仔，蓄大就賣，無麼个用。」頁 403 收錄類似諺語「養子毋教毋當養驢，養女毋教毋當養豬」，解釋為「[教示諺] 養子女又毋教，還不如養畜生咧。」頁 403 收錄類似諺語「養子毋教如養虎，養女毋教如養豬」，解釋為「[教示諺] 養子女就要教育，否則就長成畜牲。」

養女不教如養豬, *y. ńg put kau yî yòng chu,* the way to rear a daughter is not the same as to rear a pig.

831. 養蛇食雞

1120-5 養蛇食鷄

｜校訂｜養蛇食雞

｜辭典客語拼音｜ yong sha5 shit8 ke

｜辭典英文釋義｜ nourish a snake to eat you chickens.

｜中文翻譯｜養蛇吃你的雞。

｜參考資料｜

黃永達《臺灣客家俚諺語語典：祖先的智慧》頁 387 收錄類似諺語「蓄蛇咬雞嫲」，解釋為「[俚俗語] 蓄蛇，蛇會食雞仔，喻人做戇事。」頁 387 收錄「蓄蛇食雞」，解釋為「[比喻詞] 供應佢衣食，顛倒恩將仇報，同華諺之『養虎貽患』。」頁 404 收錄「養蛇食雞」，解釋為「[比喻詞] 喻姑息養奸之意，也指自取其辱。」

楊兆禎《客家諺語拾穗》頁 203 收錄「養蛇食雞」，解釋為「與『飼老鼠咬布袋』類似。」

養蛇食鷄, *y. shâ shit ke,* nourish a snake to eat you chickens.

832. 養子身無養子心

1120-6 養子身無養子心

｜辭典客語拼音｜ yong tsii2 shin mau5 (mo5) yong tsii2 sim

｜辭典英文釋義｜ nourish your son's body but not his mind.

｜中文翻譯｜養育兒子的身體，但不是養育他的思想。

｜參考資料｜

姜義鎮《客家諺語》頁 20 收錄類似諺語「生子身難生子心」，解釋為「父母都無法了解孩子心事。」

徐運德《客家諺語》頁 120 收錄類似諺語「供子身，無供子心」，解釋為「父母生養子女的身體，卻不能支配子女的觀念、想法。」

涂春景《聽算無窮漢——有韻的客話俚諺 1500 則》頁 188 收錄類似諺語「降子身，無降子心」，解釋為「降，生。一個人的思想、行為受後天影響很深，不能全說為人父母的不好。所謂後天包括學校、社會的教育，同儕、朋友的影響。所以說，當父母無法掌控子女思維的時候，或說父母、子女間觀念不同時，便說：『生子女的身，沒生子女的心。』」

黃永達《臺灣客家俚諺語語典：祖先的智慧》頁 193 收錄類似諺語「供子身，無供子心」，解釋為「[教示諺] 爺娘生養子女的身體，並無生養佢的思想，子女的想法無一定會像爺娘。」

黃盛村《臺灣客家諺語（下冊）》頁 148 收錄類似諺語「有介躬子身，冇介躬子心」，解釋為「人類自出生後，即展開個 [各] 自的人生之旅。」

劉兆蘭《一日一句客家話：客家老古人言》頁 7 收錄類似諺語「降子身，無降子心」，解釋為「子女雖然係爺哀所降个，不過有佢自家个想法，只要佢行向正途就做得，毋好想完全愛照爺哀个理想。」

養子身無養子心, *y. tsṳ́ shin mâu (mo) yong tsṳ sim*, nourish your son's body but not his mind.

833. 養子不教如養驢

1120-7 養子不教如養驢

| 辭典客語拼音 | yong tsii2 put kau yi5 yong lu5

| 辭典英文釋義 | do not rear your son as you rear a mule.

| 中文翻譯 | 養兒子不要像養驢子。

| 說明 | 與 1120-4「養女不教如養豬」（830）為上下句。

| 參考資料 |

黃永達《臺灣客家俚諺語語典：祖先的智慧》頁 386 收錄類似諺語「蓄子毋教毋當蓄狗，蓄女毋教毋當蓄豬」，解釋為「[教示諺] 係講養育子女，卻毋教育子女，毋當蓄畜牲較贏。」頁 403 收錄類似諺語「養子不教如養驢，養女不教如養豬」，解釋為「[教示諺] 育子要教，否則會像蓄驢仔樣無像人；育女也要教，否則會像蓄豬樣仔，蓄大就賣，無麼个用。」頁 403 收錄類似諺語「養子毋教

毋當養驢，養女毋教毋當養豬」，解釋為「[教示諺] 養子女又毋教，還不如養畜生咧。」頁 403 收錄類似諺語「養子毋教如養虎，養女毋教如養豬」，解釋為「[教示諺] 養子女就要教育，否則就長成畜牲。」

養子不教如養驢, *y. tsṳ̍́ put kau yî yong lû*, do not rear your son as you rear a mule.

834. 羊撞籬笆——進退兩難

1122-1 羊撞籬笆進退兩難

| 校訂 | 羊撞籬笆——進退兩難

| 辭典客語拼音 | yong5 tshong3 li5 pa, tsin3 thui3 liong2 nan5

| 辭典英文釋義 | (like) a sheep stuck in a hedge; difficult to advance or retreat.

| 中文翻譯 | （像）一隻綿羊被困在樹籬中；難以前進或後退。

| 說明 | 師傅話。

羊撞籬笆進退兩難, *y. tshòng li pa, tsìn thùi lióng nân*, (like) a sheep stuck in a hedge; difficult to advance or retreat.

835. 陽筊也斬竹，陰筊也斬竹

1123-1 陽筊也斬竹陰筊也斬竹

| 校訂 | 陽筊也斬竹，陰筊也斬竹

| 辭典客語拼音 | yong5 kau3 ya tsam2 chuk yim3 kau3 ya tsam2 chuk

| 辭典英文釋義 | whatever be the answer of the oracle I am determined to go on.

| 中文翻譯 | 無論神諭是什麼，我都下定決心繼續做。

| 參考資料 |

涂春景《形象化客話俗語 1200 句》頁 180 收錄類似諺語「陰筊愛斬，陽筊也愛斬」，解釋為「陰筊，筊杯兩片都覆；愛，要；陽筊，筊杯兩片都仰，又稱『笑筊』；也愛，也要。擲筊杯客話說『跌聖筊』，『跌聖筊』時，不得聖筊，則有陰筊、

陽筊兩種情形。除了聖筊之外的陰、陽兩筊，猶如事情的兩面；此話好似說，這樣要斬頭，那樣也要斬頭；這也不是，那也不是，有動輒得咎的意思。」

陽筊乜斬竹陰筊乜斬竹, y. kàu ya tsám chuk yìm kàu y. tsám chuk, whatever be the answer of the oracle I am determined to go on.

836. 有斟酌毋怕耽擱

1125-1 有斟酌唔怕躭擱

| 校訂 | 有斟酌毋怕耽擱

| 辭典客語拼音 | yu chim chok m pha3 tam kok

| 辭典英文釋義 | consultation obviates delays.

| 中文翻譯 | 磋商免於延誤。

有斟酌唔怕躭擱, y. chim chok m phà tam kok, consultation obviates delays.

837. 有嘴話別人，無嘴話自家

1125-2 有口話別人無口話自家

| 校訂 | 有嘴話別人，無嘴話自家

| 辭典客語拼音 | yu choi3 va3 phet8 nyin5 mau5 choi3 va3 tshii3 ka

| 辭典英文釋義 | the mouth accuses others but does not accuse oneself.

| 中文翻譯 | 嘴巴指責別人卻不指責自己。

| 參考資料 |

姜義鎮《客家諺語》頁 32 收錄類似諺語「有嘴講別人，無嘴講自家」，解釋為「只會說人家的懷話，不會自己反省，自己缺點都不說。」

徐運德《客家諺語》頁 433 收錄類似諺語「有嘴說別人，無嘴講自己」，解釋為「此語和上句——『狐狸毋知尾下臭』的意思相同。也就是說，只管講人家的壞話，而不顧自己的缺點的意思。」

涂春景《聽算無窮漢——有韻的客話俚諺 1500 則》頁 28 收錄類似諺語「伯勞兒，

嘴哇哇；有嘴講別人，無嘴講自家」，解釋為「伯勞兒，伯勞鳥；嘴哇哇，張口欲食的樣子，這裡指話多的樣子；講，這裡有批評的意思。話說，有些人像伯勞鳥一樣多嘴，常常批評別人，卻不懂檢討自己。」

黃永達《臺灣客家俚諺語語典：祖先的智慧》頁 150 收錄類似諺語「有嘴講別人，無嘴講自家」，解釋為「[習用語] 只知別人的缺點，卻看不到自家的短處，毋曉得反省。」

辭典截圖

有口話別人無口話自家, *y. chòi và phèt nyîn mâu chòi và tshṳ ka,* the mouth accuses others but does not accuse oneself.

838. 有花當面插

1125-3 有花當面插

| 辭典客語拼音 | yu fa tong mien3 tshap

| 辭典英文釋義 | give your gift at the fitting time.

| 中文翻譯 | 在合適的時候給出你的禮物。

| 參考資料 |

涂春景《形象化客話俗語 1200 句》頁 87 收錄類似諺語「有花當面插」，解釋為「或說『有話當面講』，意指要當面誇讚人家。引申批評的話、說人不是也要當著人家的面。」

黃永達《臺灣客家俚諺語語典：祖先的智慧》頁 147 收錄類似諺語「有花當面插，有話當面講」，解釋為「[教示諺] 要講麼个事情就當面講清楚，毋好等到背後才來怨嘆。」

辭典截圖

有花當面插, *y. fa tong mièn tshap,* give your gift at the fitting time.

839. 有福不可盡享

1125-4 有福不可盡享

| 辭典客語拼音 | yu fuk put kho2 tshin3 hiong2

| 辭典英文釋義 | do not use up all your good things.

| 中文翻譯 | 不要耗盡所有美好的事物。

| 參考資料 |

黃永達《臺灣客家俚諺語語典：祖先的智慧》頁149收錄類似諺語「有福毋好享盡」，解釋為「[教示諺] 福氣毋好一下仔全部用盡，要留存下來。」

有福不可盡享, *y. fuk put khó thìn hióng*, do not use up all your good things.

840. 有假子無假孫

1125-5 有假子無假孫

| 辭典客語拼音 | yu ka2 tsii2 mau5 (mo5) ka2 sun

| 辭典英文釋義 | adoption shows in the son not in the grandson.

| 中文翻譯 | 領養一事在兒子身上顯示出來，在孫子身上則無。

| 說明 | 以前人領養兒子是要傳續香火，養父母對領養的兒子常有不公平的對待，但養子生了兒子後，養父母見香火後繼有人，會疼愛有加。

有假子無假孫, *y. ka tsṳ́ mâu (mô) ká sun*, adoption shows in the son not in the grandson.

841. 有該模，鑄該鑊

1125-6 有箇模鑄箇鍋

| 校訂 | 有該模，鑄該鑊

| 辭典客語拼音 | yu kai3 mu5 chu3 kai3 vok8

| 辭典英文釋義 | as is the mould so is the pan.

| 中文翻譯 | 模具那樣，鍋就那樣。

有箇模鑄箇鍋, *y. kài mû chù kài vok*, as is the mould so is the pan.

842. 有該秤合該砣

1125-7 有□□□□□

| 校訂 | 有該秤合該砣

| 辭典客語拼音 | yu kai3 chhin3 kak kai3 tho5

| 辭典英文釋義 | there is a weight that fits the balance.

| 中文翻譯 | 有一個秤砣來配秤桿。

| 說明 | 與 1125-8「有該公合該婆」（843）為上下句。

y. kài chhìn kak kài . thô, there is a weight that fits the balance:

843. 有該公合該婆

1125-8 有□□□□□

| 校訂 | 有該公合該婆

| 辭典客語拼音 | yu kai3 kwung kak kai2 pho5

| 辭典英文釋義 | there is a husband that suits the wife.

| 中文翻譯 | 有一個很配妻子的丈夫。

| 說明 | 與 1125-7「有該秤合該砣」（842）為上下句。

| 參考資料 |

楊兆禎《客家諺語拾穗》頁 83 收錄「係佢介公，合佢介婆——當搭對」，解釋為「與『係佢介秤，合佢介鉈』類似。」

y. kài kwung kak kài phô, there is a husband that suits the wife.

844. 有路莫登舟

1126-1 有路莫登舟

| 辭典客語拼音 | yu lu3 mok8 ten chiu

| 辭典英文釋義 | choose the road rather than the boat.

｜中文翻譯｜寧願選擇道路而不選船。

有路莫登舟, y. lù mòk ten chiu, choose the road rather than the boat.

845. 有鸕鶿喙，無鴨嫲毛

1126-2 有□□□□□□□

｜校訂｜有鸕鶿喙，無鴨嫲毛

｜辭典客語拼音｜ yu lu5 tshii5 tsui2 mau5 (mo5) ap ma5 mau

｜辭典英文釋義｜ has the cormorant's bill but not the ducks hair (he has advantages but not every requisite).

｜中文翻譯｜有鸕鶿的喙，但沒有鴨毛（他有優勢，但不是有每項必備的東西）。

｜說明｜ 鸕鶿喙長擅在水底捕魚，但羽毛防水性不佳。鴨的羽毛防水性佳，但喙不夠長，不善水底捕魚。與429-1「鸕鶿毋得鴨嫲毛，鴨嫲毋得鸕鶿背」（291）相近。

y. lû tshṳ̂ tsui mâu (mô) ap mâ mau, has the cormorant's bill but not the ducks hair (he has advantages but not every requisite).

846. 有人正有財

1127-1 有人正有財

｜辭典客語拼音｜ yu nyin5 chang3 yu tshoi5

｜辭典英文釋義｜ you must have men to have wealth.

｜中文翻譯｜你必須有眾人後才能有財富。

｜說明｜ 意指廣結人緣才會生財。

有人正有財, y. nyîn chàng yu tshôi, you must have men to have wealth.

847. 有勢不可盡行，有力不可盡撐

1127-2 有勢不可盡行有力不可盡撐

｜校訂｜有勢不可盡行，有力不可盡撐

｜辭典客語拼音｜ yu shi3 put kho2 tshin3 hang5 yu lit8 put kho2 tshin3 tshang3

｜辭典英文釋義｜ do not make display of all your influence.

｜中文翻譯｜不要炫耀你所有的影響力。

｜說明｜「有力不可盡撐」與 1127-3「有勢不可盡使」（848）相近。

｜參考資料｜

涂春景《聽算無窮漢——有韻的客話俚諺 1500 則》頁 105 收錄類似諺語「有勢*毋*好盡行，有力*毋*好盡撐」，解釋為「勢，勢力、靠山。*毋*好，不可；撐，使力。話說，有靠山不可完全依恃，有力氣不可完全使盡。」

黃永達《臺灣客家俚諺語語典：祖先的智慧》頁 144 收錄類似諺語「有力*毋*好盡使，有勢*毋*好盡靠」，解釋為「[教示諺] 在社會中處世，就係自家儘有力量，也*毋*好全部用到底；就係有勢力好靠，也*毋*好全部靠，勸話人總係要有所保留。」頁 149 收錄類似諺語「有勢*毋*好盡行，有力不可盡撐」，解釋為「[教示諺] 有勢有權*毋*好完全用出來，要有所保留。」

劉守松《客家人諺語（一）》頁 84 收錄類似諺語「有錢莫逞勢，有力莫盡使」，解釋為「大意是有錢有勢的人，往往用錢或用勢力來欺壓人，但是並不是每一個人都是這樣，做善事者亦很多，富有者最好貢獻地方，建設家鄉，為民為地方來造福。有勢力有地位者也愛正當的行為才會被地方人士尊敬。」

有勢不可盡行有力不可盡撐, y. shè put khó tshìn hâng y. lít put khó tshìn tshàng, do not make display of all your influence.

848. 有勢不可盡使

1127-3 有勢不可盡使

｜辭典客語拼音｜ yu she3 put kho2 tshin3 sii2

｜辭典英文釋義｜ do not put to the fore all your worldly influence.

｜中文翻譯｜不要將你所有世間的影響力放在首位。

｜說明｜ 英文釋義與原諺有異。與 1127-2「有勢不可盡行，有力不可盡撐」（847）相近。

有勢不可盡使, *y. shì put khó tshin sṳ́*, do not put to the fore all your worldly influence.

849. 有食三日肥，無食三日瘦

1127-4 有□□□□□□□□□□

｜校訂｜有食三日肥，無食三日瘦

｜辭典客語拼音｜ yu shit8 sam nyit phui5 mau5 (mo5) shit8 sam nyit seu3

｜辭典英文釋義｜ feeding shows result in three days, fasting produces leanness in three days.

｜中文翻譯｜進食三天後就有成果，禁食三天會瘦。

｜參考資料｜

涂春景《形象化客話俗語 1200 句》頁 87「有食三日肥，無食三日瘦」，解釋為「肥，胖。有東西吃，三天便胖起來；沒東西吃，三天便瘦下來。可見吃對人的身體胖瘦的影響之大。」

y. shit sam nyit phûi mâu (*mô*) *shit sam nyit sèu*, feeding shows result in three days, fasting produces leanness in three days.

850. 有錢高三輩

1128-1 有錢高三輩

｜辭典客語拼音｜ yu tshien5 kau sam pui3

｜辭典英文釋義｜ money uplifts one three generations.

｜中文翻譯｜金錢把輩份提升了三代。

｜參考資料｜

黃永達《臺灣客家俚諺語語典：祖先的智慧》頁 151 收錄「有錢高三輩」，解釋為

「[經驗談]有錢就會得到人的尊重，自然就高出兩三輩，有錢就係大爺之意。」

有錢高三輩, *y. tshiên kau sam pùi*, money uplifts one three generations.

851. 有錢難買親生子

1128-2 有錢難買親生子

｜辭典客語拼音｜ yu tshien5 nan5 mai tshin sen tsii2

｜辭典英文釋義｜ money cannot produce a son of your own begetting.

｜中文翻譯｜錢不能產生出你的親生子。

｜參考資料｜

姜義鎮《客家諺語》頁 27 收錄類似諺語「千兩銀難買親生子」，解釋為「雖富貴，卻不能用錢買到親生子。」頁 36 收錄類似諺語「千兩銀難買一個親生子」，解釋為「喻親生子的可貴，是無價之寶。」

有錢難買親生子, *y. tshiên nân mai tshin sen tsṳ̀*, money cannot produce a son of your own begetting.

852. 有錢買指邊（肉）

1128-3 有錢買指邊（肉）

｜校訂｜有錢買指邊（肉）

｜辭典客語拼音｜ yu tshien5 mai chi pien

｜辭典英文釋義｜ the rich buy pork and beef according to choice.

｜中文翻譯｜富人隨意購買豬肉和牛肉。

｜說明｜「有錢買指邊」意思是「有錢到可以買隨意所指的肉」。

有錢買指邊(肉), *y. tshiên mai chi pien*, the rich buy pork and beef according to choice.

853. 有錢難買子孫賢

1128-4 有錢難買子孫賢

｜辭典客語拼音｜ yu tshien5 nan5 mai tsii2 sun hien5

｜辭典英文釋義｜ money cannot buy filial children.

｜中文翻譯｜金錢買不到孝順的孩子。

｜參考資料｜

徐運德《客家諺語》頁 142 收錄「有錢難買子孫賢」，解釋為「子孫之孝順非常高貴，非金錢所能買到的。」

涂春景《形象化客話俗語 1200 句》頁 90 收錄「有錢難買子孫賢」，解釋為「人皆認為錢是萬能的，然而有錢卻買不到子孫的賢能、孝順。這裡有誇讚人家子孫賢能的可貴之意。」

黃永達《臺灣客家俚諺語語典：祖先的智慧》頁 152 收錄「有錢難買子孫賢」，解釋為「[教示諺] 子孫孝順非常難得，毋係金錢所能買得到的。」

有錢難買子孫賢, *y. tshiên nân mai tsṳ́ sun hiên*, money cannot buy filial children.

854. 有錢使得鬼挨磨

1128-5 有錢使得鬼挨磨

｜辭典客語拼音｜ yu tshien5 su2 tet kwui2 ai mo3

｜辭典英文釋義｜ money can secure the devil to hull (rice).

｜中文翻譯｜錢可以讓鬼來磨（米）。

｜參考資料｜

姜義鎮《客家諺語》頁 9 收錄類似諺語「有錢會使鬼」，解釋為「有錢就有辦法做事。」頁 24 收錄類似諺語「有錢使鬼會挨磨」，解釋為「有錢好辦事。」

徐運德《客家諺語》頁 415 收錄類似諺語「有錢能使鬼推磨」，解釋為「此語說有了錢，便神通廣大。」

涂春景《形象化客話俗語 1200 句》頁 89 收錄「有錢使得鬼挨磨」，解釋為「挨磨，推磨。有錢能使鬼推磨，這裡有錢是萬能的意思。」

涂春景《聽算無窮漢——有韻的客話俚諺 1500 則》頁 107 收錄類似諺語「有錢請得鬼挨磨，無錢同鬼做」，解釋為「挨磨，推磨；同鬼做，指跟惡財主幫傭。

世俗都謂錢有妙用。所以說，有錢可以請鬼推磨；沒錢的話，縱使斤斤計較的惡財主，不得不也要去幫傭。」

黃永達《臺灣客家俚諺語語典：祖先的智慧》頁 151 收錄類似諺語「有錢會使鬼」，解釋為「[習用語] 喻有錢就有辦法。」

羅肇錦《苗栗縣客語諺語、謎語集（二）》頁 15 收錄類似諺語「有錢請有鬼捱磨，無錢正同鬼做」，解釋為「金錢的花用沒有計畫也不知節制，終究孑然一身。」

辭典截圖

有錢使得鬼挨磨, y. tshièn sú tet kwúi ai mò, money can secure the devil to hull (rice).

855. 有橫過正有直落

1128-6 有橫過正有直落

｜辭典客語拼音｜ yu vang5 kwo3 chang3 yu chhit8 lok8

｜辭典英文釋義｜ the horizontal stroke preceeds the perpendicular.

｜中文翻譯｜水平筆劃先於垂直筆劃。

｜說明｜ 英文為直譯。指寫字順序，意指照規矩行事。

辭典截圖

有橫過正有直落, y. vàng kwò chàng yu chhìt lòk, the horizontal stroke preceeds the perpendicular.

856. 有緣千里來相見，無緣對面不相逢

1129-1 有□□□□□□□□□□□□□□

｜校訂｜有緣千里來相見，無緣對面不相逢

｜辭典客語拼音｜ yu yen5-tshien li loi5 siong kien3 vu5 yen5 tui3 mien3 put siong fung5

｜辭典英文釋義｜ affinity draws people together from afar without it you know not those who cross your path daily.

｜中文翻譯｜緣份能吸引來自遠處的人，沒有緣份每天和你相遇的人你也認不得。

｜參考資料｜

《教育部重編國語辭典修訂本》「有緣千里來相會，無緣對面不相逢」詞條的解釋：

「比喻人與人之間的機緣巧合，全憑緣分。《水滸傳》第三五回：「宋江聽了大喜，向前拖住道：『有緣千里來相會，無緣對面不相逢。只我便是黑三郎宋江。』」也作「有緣千里能相會，無緣對面不相逢」。

y. yen-tshien li lôi siong kièn vû yen tùi mièn put siong fûng, affinity draws people together from afar without it you know not those who cross your path daily.

857. 有藥難醫無命人

1129-2 有藥難醫無命人

｜辭典客語拼音｜ yu yok8 nan5 yi mau5 (mo5) miang3 nyin5

｜辭典英文釋義｜ no cure for a lifeless man.

｜中文翻譯｜無法治癒一個沒有生命的人。

｜參考資料｜

涂春景《形象化客話俗語 1200 句》頁 146 收錄類似諺語「神仙難救無命人」，解釋為「無命人，命中註定該死的人。過去客家人普遍有宿命的觀念，認為人未出生便註定何時當死。因此說，就是神仙也難救沒命之輩。寓有命該如此的意思。」

黃永達《臺灣客家俚諺語語典：祖先的智慧》頁 279 收錄類似諺語「神仙難救無命人」，解釋為「[習用語] 喻生死有命，無命時節連神仙就救毋到。」

羅肇錦《苗栗縣客語諺語、謎語集（二）》頁 69 收錄類似諺語「神仙難救無命人」，解釋為「壽年已盡的人，連神仙也救不了。正如閻王註定三更死，絕不留人到五更。」

有藥難醫無命人, *y. yók nân yi mâu (mô) miàng nyîn,* no cure for a lifeless man.

858. 雲過西，水打陂

1136-1 雲過西水打坡

｜校訂｜雲過西，水打陂

｜辭典客語拼音｜ yun5 kwo3 si shui2 ta2 pi

｜辭典英文釋義｜ when the clouds go west, there will be rain enough to burst the banks.

｜中文翻譯｜當雲層向西移動時，會有足夠的降雨導致潰堤。

雲過西水打坡, *y. kwò si shùi tá pi*, **when the clouds go west, there will be rain enough to burst the banks.**

859. 雲過東，無水又無風

1136-2 雲過東無水又無風

｜校訂｜雲過東，無水又無風

｜辭典客語拼音｜ yun5 kwo3 tung mau5 shui2 yu3 mau5 fung

｜辭典英文釋義｜ when the clouds pass eastwards, there will be neither rain nor wind.

｜中文翻譯｜當雲層向東移動時，不會下雨也不會颳風。

雲過東無水叉無風, *y. kwò tung mâu shúi, yù mâu fung*, **when the clouds pass eastwards, there will be neither rain nor wind.**

後記

《客英大辭典》是一本寶藏，從我的碩士論文開始，便經常查找相關客語辭條，也從該書獲得許多寶貴的知識。四年前有這個緣份與彭欽清教授共同整理辭典中所記錄的客家俗諺語，並且竟然能夠完成這項工作，至今仍感到不可思議。《百年客諺客英解讀》能夠出書，最主要是因為彭欽清教授對客家文化及英文的掌握能力足夠，有許多疑難的諺語不容易說明，彭老師總力求清楚解釋。此外，非常感謝本計畫執行過程中擔任諮詢委員的羅肇錦教授、范文芳教授、何石松教授及劉醇鑫教授對相關諺語所提供的寶貴見解。

本書初稿交由中大出版中心送交三位不具名的審查委員審查，審查意見均豐富有見解，雖然本書並未全部採納審查意見，仍極為感謝審查委員的細心指錯。感謝客家委員會及蕭新煌講座教授科技部沙克爾頓計畫——台灣客家研究之區域化與國際化輔導與發展策略（MOST 108-2638-H-008-002-MY2）的出版補助。本書能夠順利出版，還要感謝這四年來擔任助理的周鈺凱同學的細心協助，羅程詠、陳亭君、劉宛亭、池姵萱、李宛諭、徐維莉、林芊慧等同學的幫忙整理資料與協助相關行政工作。

最後還要感謝教務長兼中大出版中心主任王文俊教授、中大出版中心總編輯李瑞騰教授的大力支持，感謝中大出版中心王怡靜高級專員的耐心協助以及遠流出版公司專業團隊的美編與封面設計。

庚子年暮秋誌於中大玄武湖畔客家學院大樓 713 研究室

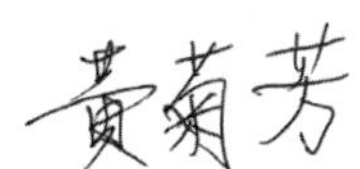

參考文獻

「漢語網」，網址：http://www.chinesewords.org，查詢日期：2019 年 7 月 10 日。

中央研究院「現代漢語平衡語料庫」，網址：http://rocling.iis.sinica.edu.tw/CKIP/20corpus.htm，查詢日期：2016 年 9 月 17 日。

中央研究院「閩客語典藏計畫」， 網址：http://minhakka.ling.sinica.edu.tw/bkg/index.php，查詢日期：2016 年 9 月 17 日。

中原週刊社客家文化學術研究會編，1992，《客家辭典》。苗栗縣：臺灣客家中原週刊社。

中原週刊社編輯群編輯、徐運德編，1995，《客家諺語》。苗栗縣：中原週刊社。

元智大學「臺灣民間文學館」，網址：http://cls.hs.yzu.edu.tw/TFL2010/，查詢日期：2016 年 9 月 17 日。

田志軍，2015，《近代晚期粵東客音研究》。北京市：中國社會科學出版社。

江敏華、黃彥菁、宋柏賢，2009，〈客語文獻分析與數位典藏——以客英、客法大辭典為例〉，《教育資料與研究》91：131-160。

何石松，2003，《客諺一百首》。臺北市：五南圖書公司。

何石松，2009，《客諺第 200 首：收錄最新一百首客諺》。臺北市：五南圖書公司。

呂嵩雁，2002，〈《客英大辭典》的客語音韻特點〉，《花蓮師院學報》14：143-161。

李月枝，2004，《臺灣地區客閩十二生肖動物諺語比較研究》，國立花蓮師範學院語文科教學碩士班碩士論文。

李盛發編著，1998，《客家話諺語、歇後語選集》。屏東縣：安可出版社。

李筱文，2006，《盤王歌》。廣州：廣東人民出版社。

林亞樺，2010，《客語味覺和食物隱喻與客家人對諺語的理解》，國立成功大學外國語文學系碩博士班碩士論文。

林美妤，2012，《臺灣客家諺語品德教育研究》，國立臺北教育大學社會與區域發展學系碩士班碩士論文。

邱琦琇，2012，《客家諺語中愛情婚姻的隱喻探究》，國立聯合大學客家語言與傳播研究所碩士論文。

胡萬川總編輯，2003，《新屋鄉客語歌謠謎諺》。桃園市：桃園縣文化局。

胡萬川總編輯，2005，《楊梅鎮客語諺語謎語》。桃園市：桃園縣文化局。

范姜秀媛，2013，《客家動物諺語之文化意涵研究》，國立中央大學客家研究碩士在職專班碩士論文。

徐子晴，1999，《客家諺語的取材和修辭研究》，國立新竹師範學院臺灣語言與語文教育研究所碩士論文。

徐瑞琴，2011，《客家親屬相關俗諺之研究》，國立中央大學客家研究碩士在職專班碩士論文。
徐運德，1995，《客家諺語》。苗栗縣：中原週刊社。
徐韶君，2014，《客家動物諺語的隱喻表現》，國立政治大學語言學研究所碩士論文。
涂春景，2002，《聽算無窮漢：有韻的客話俚諺 1500 則》。臺北市：涂春景。
涂春景，2003，《形象化客話俗語 1200 句》。臺北市：五南圖書公司。
張慧玲，2002，《臺灣客家謠諺與風教互動之研究》，國立花蓮師範學院民間文學研究所碩士論文。
陳怡安，2016，《客閩諺語中動植物的隱喻研究》，輔仁大學跨文化研究所語言學碩士班碩士論文。
陳珮君，2012，《臺灣客閩方言二十四節氣諺語之比較研究》，國立高雄師範大學臺灣歷史文化及語言研究所碩士論文。
陳湘敏，2017，《臺灣閩客諺語反映的生活態度研究：以徐福全、黃永達之諺語典為本》，國立中央大學客家語文暨社會科學學系客家研究碩士在職專班碩士論文。
陳澤平、彭怡玢編，2007，《長汀客家方言熟語歌謠》。福州市：福建人民出版社。
彭欽清，2005，〈《客英大辭典》海陸成分初探〉，《臺灣語言與語文教育》6：22-30。
彭欽清，2009，「從《客英大辭典》談海峽兩岸客家文化交流合作」。第三屆中華海峽兩岸客家高峰論壇專題演講。
彭欽清，2010，〈《客英大辭典》中的文化翻譯初探〉，《客語千秋：第八屆國際客方言學術研討會論文集》。中壢市：國立中央大學客家語文研究所；臺灣客家語文學會出版，頁 212-221。
彭欽清，2011，「《客英大辭典》1905 年版與 1926 年增訂版比較初探」，2011 族群、歷史與文化論壇。中壢市：國立中央大學客家學院。
彭欽清，2013a，「1905 年《客英大辭典》初版與客語演變」，第四屆客家文化傳承與發展研討會。桃園縣：新生醫專。
彭欽清，2013b，〈視若無睹？置若罔聞？——《客英大辭典》蒙塵百年〉，第三屆臺灣客家語文學術研討會。桃園縣龍潭鄉：客家文化館。
彭欽清，2013c，〈《客英大辭典》1905 年初版與 1926 年增訂版比較再探〉，第三屆臺灣客家語文學術研討會。桃園縣龍潭鄉：客家文化館。
彭曉貞，2010，《臺灣客語分類詞諺語：隱喻與轉喻之應用》，國立政治大學語言學研究所碩士論文。
黃永達，2005，《臺灣客家俚諺語語典：祖先的智慧》。臺北市：全威創意媒體。
黃昌宁、李涓子，2002，《語料庫語言學》。北京市：商務印書館。
黃庭芬，1994，《臺灣閩客諺語的比較研究——從飲食諺語談閩客族群的文化與思維及其在國小鄉土語言教學的應用》，國立高雄師範大學臺灣語言及教學研究所碩士論文。

黃珮瑜，2014，《臺灣客家十二生肖俗諺之研究》。國立中央大學客家語文研究所碩士論文。
黃盛村，2004，《臺灣客家諺語》上冊、下冊。臺北市：唐山出版社。
黃雪貞編纂，1995，《梅縣方言詞典》。南京市：江蘇教育出版社。
黃琮瑄，2013，《客家動、植物諺語中的語用功能、譬喻指涉與其文化現象》，國立成功大學外國語文學系碩士論文。
黃硯鋼，2008，《臺灣客家諺語之教化功能研究》，臺北市立教育大學中國語文學系碩士班碩士論文。
黃詩惠，2003，《《客英大辭典》音韻研究》。彰化師範大學碩士論文。
黃榮洛，2005，《臺灣客家詞彙‧傳說‧俗由來文集》。新竹縣：新竹縣文化局。
楊冬英，1999，《臺灣客家諺語研究》，國立新竹師範學院臺灣語言與語文教育研究所碩士論文。
楊兆禎，1994，《客家老古人言》。臺北市：文化圖書。
楊兆禎，1997，《客家諺語拾穗》。新竹縣：新竹縣政府文化局。
楊政男、徐清明、龔萬灶、宋聰正編撰，1998，《客語字音詞典》。臺北市：臺灣書店。
楊瑞美，2009，《臺灣客家鬼神相關諺語的文化解析》，國立中央大學客家研究碩士在職專班碩士論文。
雷可夫（George Lakoff）& 詹森（Mark Johnson）著、周世箴譯注，2006，《我們賴以生存的譬喻》（Metaphors We Live By），臺北市：聯經出版事業公司。
廖德添，2001，《客家師傅話》。臺北市：南天書局。
熊姿婷，2006，《臺灣客家節氣諺語及其文化意涵研究》，國立雲林科技大學漢學資料研究所碩士論文。
劉守松，1992，《客家人諺語》。新竹市：著者。
劉怡婷，2011，《臺灣客家諺語中的男性研究》，國立中央大學客家研究碩士在職專班碩士論文。
劉敏貞，2010，《臺灣客家女性諺語中的文化意涵研究》，國立臺北教育大學臺灣文化研究所碩士論文。
鄭怡卿，2007，《臺灣閩客諺語中的女性研究》，國立花蓮教育大學語文科教學碩士班碩士論文。
賴文英，2003，〈《客英大辭典》的客話音系探析〉，《暨大學報》7 (2)：33-50。
賴惠玲，2008，〈客語語法研究議題的開發：以語料庫為本〉，收錄於行政院客家委員會《96 年補助大學校院暨獎助客家學術研究計畫成果發表會論文集》，臺北市：行政院客家委員會。
賴惠玲，2010，〈客語語料庫之系統化建構與量化分析〉，行政院客家委員會獎助客家學術研究計畫期末報告。
謝亞瑜，1995，《客家動物諺語的意涵與演變——從《客英》《客法》大辭典到當代諺語著作》，國立花蓮教育大學語文科教學碩士班碩士論文。

謝杰雄，2006，《語料庫的建置與臺灣客家語 VP 研究》，新竹教育大學臺灣語文與文學教育研究所碩士論文。

謝進興，2008，《與蔬菜有關之臺灣客家俗諺語研究》，國立新竹教育大學臺灣語言與語文教育研究所碩士論文。

羅肇錦，1994，〈客語異讀音的來源〉，《聲韻論叢》第二輯。臺北市：學生書局，頁 355-382。

羅肇錦，1998，〈客話本字線索與非本字思索〉，《國文學誌》2：355-382。彰化：彰化師範大學，頁 355-382。

羅肇錦總編輯，2001，《苗栗縣客語諺語、謎語集（二）》。苗栗縣：苗栗縣文化局。

羅肇錦總編輯，2003，《苗栗縣客語、諺謠集（四）》。苗栗縣：苗栗縣文化局。

MacIver, D. 1904. *A Hakka Index to the Chinese-English Dictionary of Herbert A. Giles, LL. D. and to the Syllabic Dictionary of Chinese of S. Wells Williams, LL. D.*《客語部首引得》. Shanghai: American Presbyterian Mission Press.

MacIver, D. 1905. *An English-Chinese Dictionary in the Vernacular of the Hakka People in the Canton Province.* Shanghai: American Presbyterian Mission Press.

MacIver, D., M. C. MacKenzie revised；王鑫、沈媛、池明明、楊文波、王姬校注；昌衍審訂，2019，*A Chinese-English Dictionary, Hakka-Dialect as Spoken in Kwang-tung Province.*上海市：上海大學出版社。

MacIver, D., M. C. MacKenzie revised. 1926. *A Chinese-English Dictionary, Hakka-Dialect as Spoken in Kwang-tung Province*, Prepared by D. MacIver, Revised and Rearranged with Many Additional Terms and Phrases by M. C. MacKenzie, 2nd ed., Shanghai: American Presbyterian Mission Press.（1982，《客英大辭典》。臺北市：南天書局有限公司。）

筆劃索引

三劃

四劃

五劃

七劃

九劃

十劃

十一劃

十二劃

十四劃

十五劃

十六劃

十七劃

十八劃

十九劃

二十劃

二十一劃

二十二劃

二十三劃

二十四劃

二十五劃

二十七劃

二十八劃

音標索引

國家圖書館出版品預行編目（CIP）資料

百年客諺客英解讀 / 彭欽清 , 黃菊芳譯注 .
-- 初版 . -- 桃園市：國立中央大學出版中心；
臺北市：遠流出版事業股份有限公司 ,
2020.12
面； 公分
ISBN 978-986-5659-35-6（精裝）

1. 客語 2. 詞典 3. 俗語 4. 諺語

802.5238 109019680

百年客諺客英解讀

Hakka Proverbs: A Centennial Revisit in English and Chinese

譯注：彭欽清 Chinching Peng、黃菊芳 Chufang Huang
執行編輯：王怡靜

出版單位：國立中央大學出版中心
桃園市中壢區中大路 300 號

遠流出版事業股份有限公司
台北市南昌路二段 81 號 6 樓

發行單位／展售處：遠流出版事業股份有限公司
地址：台北市南昌路二段 81 號 6 樓
電話：(02) 23926899 傳真：(02) 23926658
劃撥帳號：0189456-1

著作權顧問：蕭雄淋律師
2020 年 12 月 初版一刷
售價：新台幣 850 元

ISBN 978-986-5659-35-6（精裝）
GPN 1011000023
YLib.com 遠流博識網 http://www.ylib.com E-mail: ylib@ylib.com